U0580937

如何当好一只毛团

辰冰 著
CHEN BING
WORKS

著

【上册】

青岛出版社
QINGDAO PUBLISHING HOUSE

图书在版编目（ＣＩＰ）数据

如何当好一只毛团 / 辰冰著.--青岛：
青岛出版社，2019.11
ISBN 978-7-5552-8528-1

Ⅰ．①如… Ⅱ．①辰… Ⅲ．①长篇小说－中国－当代
Ⅳ．①I247.5

中国版本图书馆CIP数据核字(2019)第200408号

书　　名	如何当好一只毛团
著　　者	辰　冰
出版发行	青岛出版社
社　　址	青岛市海尔路182号（266061）
本社网址	http://www.qdpub.com
邮购电话	010-85787680-8015　13335059110
	0532-85814750（传真）　0532-68068026
责任编辑	贺　林
文字编辑	崔　悦
校　　对	耿道川
封面设计	千　千
内文版式	梁　霞
印　　刷	三河市良远印务有限公司
出版日期	2019年11月第1版　　2019年11月第1次印刷
开　　本	16开（700mm×980mm）
印　　张	34
字　　数	450千
书　　号	ISBN 978-7-5552-8528-1
定　　价	59.80元

编校印装质量、盗版监督服务电话　4006532017　0532-68068638

建议陈列类别:畅销·古代言情

目录 【上册】

目录 【下册】

第一章　初遇仙君

云母和她哥哥出生那年，人间下了一场大暴雨。

西起招摇山，东至漆吴山，九州半面被笼在黑压压的雨瀑之中。雷声轰鸣，电闪不绝，天空动不动就亮个半边，看得人心惊肉跳。

人间生灵大抵从未见过这么大的雨，都被吓个半死，缩在巢中不敢外出。算算如今的时节，这绝非凡雨。看情况，不是哪个"大能"要渡劫招了雷，就是哪位神仙犯天条获了刑，而且看天雷的气势……不是大劫，便是大刑。

暴雨冲垮了不少巢穴，许多山兽不得不急急叼着孩子举家搬走，然而即使搬到高处，这不眠不休的雷雨之声依然扰人清梦。

住在浮玉山山腰一棵大银杏树里的山雀夫人晚上数次被雷声惊醒。她忍不住推醒了身边的丈夫，担忧道："这么大的雨，也不知道白狐妹子和小狐狸怎么样了。"

山雀丈夫本就在这雷雨中睡得不大安稳，被推醒了也没责怪妻子。他想了想，道："你要是担心，我们天亮就下去看看。虽然她刚刚生产，但好歹也有五条尾巴，这么一会儿出不了事。况且现在天太黑不大好飞，也怕他们一家都睡熟了，我们过去反而打扰了他们，先休息吧。"

山雀夫人想想也是，便不再多言，只是心中依然有说不出的担心。

那白狐妹子名叫白玉，虽然已有三百岁，却还是头一回生产。她前几年从北方的山搬来后，就一直住在他们夫妇居住的银杏树底下的山洞中。

这山里开了灵智的动物不多，山雀夫妇结伴在山中修行多年，每天对着一群灵智未开的动物感到颇为寂寞，夫妻二鸟除了彼此都没人说话。所以当初有狐狸搬来，山雀夫人十分高兴，对新邻居表示热烈欢迎。白狐虽颇为谨慎，但也架不住山雀夫人的热情相待，不久便以姐妹相称。山雀夫人因比对方年长几百岁，修为也略高几分，便当了姐姐。

白玉生产以后，山雀夫人也去看过。白狐妹妹一口气生了两只狐狸，一公一母，哥哥出生得早些，妹妹要迟一刻钟。两只小狐狸都通体雪白，眉间有一道竖红的花纹，一看就是天资聪颖、灵动非凡。

白玉早已给兄妹两个起了名字，因着她自己是以石头为名，便用了浮玉山的矿石来给孩子们命名，哥哥叫石英，妹妹叫云母。

说来奇怪，这方圆百里都没别的有修为的公狐狸，也不知白玉她是何时又在哪里怀的孕。不过兽族本就随性而为，山雀夫人也没有太在意，只要小狐狸健康就好。那两个白团子软趴趴毛茸茸的，还不会睁眼，睡觉时就蜷在一起，便是她一个禽类看在眼中也心生喜悦。她总觉得他们是这些年里浮玉山上出生过的最漂亮的生灵了，尤其是妹妹。

山雀夫人看到白狐他们时，两个孩子都有了些狐狸的样子，虽说还是两个毛团，乍一看没什么区别，脸都生得不错，可偏偏妹妹那一身白毛和尾巴却莫名要更蓬松些，看起来极是柔软。若不是他们兄妹的母亲还在场，山雀夫人都想化作人形过去摸摸。

狐狸一族修尾成仙，修到九尾便能渡劫升天。白玉用三百年的时间修出了五尾，她的孩子自然也是天生灵狐，不必再像凡狐那样需要等机缘巧合再开灵智。

自从山雀夫人自己的孩子飞走后，浮玉山上已许久不曾有过有灵智的孩童。她觉得开心，可又事事为从未养过幼崽的白狐妹妹担心，总想替她操劳。但丈夫说得对，此时天色太晚，不宜下树打扰。

想到这里，山雀夫人重新卧下，缓缓睡去。

只是她不知道，她心心念念的邻居此时并未熟睡。事实上，自这场雨开始，白玉便再未睡过一个安稳觉。

她独自坐在山洞口，抬头凝视着翻卷的云层。忽然最响的一道惊雷闪过，电光照亮了整片天空，瞬息之后又归于平静。白玉望着那道刑雷，眼睛里突然渗出两滴泪来，吧嗒吧嗒掉进雨里。她在漆黑的夜里呆坐着，许久才起身回到洞中，而两个

2

孩子对她短暂的离开一无所觉，还安稳地睡着。

白玉在儿女身边躺下，长尾一摆，将两个孩子卷入怀中。

云母被母亲搂在怀里大概是觉得有点不舒服，无意识地张了张嘴，像是打了个哈欠，然后不自觉地去拨弄和她挤在一起的哥哥，结果被哥哥同样无意识的一巴掌糊了脑袋，才终于老实了。她呜呜地蜷成一团，靠近母亲沉沉睡去。

哗哗的雨声掩盖了万物的声息，也彻底掩去了狐狸洞中若有若无的仙气。

在狂风骤雨声中，浮玉山缓缓归于宁静。

只是此时尚无人知道，这一场因玄明神君与"凡人"相恋生子而犯天条受刑所下的暴雨，不仅掩去了浮玉山里的秘密，还让东海波涛翻滚，淹掉了被称作"东方第一仙"的白及仙君所住的仙岛。

等白及执行完玄明神君的天刑从九重天外归来，便看见他排行第三的唯一的女徒弟化了原形在天上边飞边嗷嗷乱叫，搅得乌云翻滚得越发激烈；二弟子蹲在屋檐下欲哭无泪地整理他过去引以为傲、此时却湿漉漉粘成一团的羽毛；大弟子元泽倒还颇为沉稳，知道拿个仙器舀水，一舀下去便是浪潮汹涌。只是就算是仙器，那到底还只是个瓢，所以他看到的其实就是他的大弟子满脸凝重地坐在屋顶上，奋力地用瓢想要把海水从岛上舀出去。

白及仙君神情未变，依旧是那张万年不换表情的清冷面容。他轻轻一拂袖，将还在岛上的几个弟子捞起。四弟子刚收入门中不久，还不大会法术，原本站在屋檐下愣着，看师兄师姐群魔乱舞各显神通，突然被不知从哪儿来的风捞起，吓了一跳。他远远地看到白及，才意识到是师父回来了。他天资不差，一旦冷静下来很快便找到了在风中保持平衡的方法，连忙稳住，朝白及的方向低头作了个揖，急道："师父——"

他下一句"仙岛被水淹了"还没说出口，回头一看，却发现原本还能苦苦支撑的仙岛，已经被一道仙术激起的高浪整个吞没。而他们的师父则云淡风轻地收回了施法淹掉自己宅邸的衣袖，连眉毛都未动一下，淡淡道："不过是座岛，身外之物，不必救了。"

四弟子竭力不在脸上表现出惊讶，实际却看得心惊。

倾刻之间翻天覆地，白衣飘飘不染纤尘。原来这便是仙人之姿。

他入门不久，原本又是凡人，不同于三位师兄师姐天生仙骨。他在机缘巧合之下被师父收作徒弟，平时在仙府中步步小心，面对师父也格外紧张，不敢做错一件事。此时，他不禁有些懊恼没有领悟到师父真正的想法，只得对着师父恭敬而畏惧地俯首，沉声道了句"是"。

师父朝他略一点头，转身乘风而去——这是让徒弟自行跟上的意思。

白及仙君座下第一大弟子元泽看着师父走远倒也不急，轻轻叹了口气，看向身旁皱着眉头努力参悟在风中保持行走姿势的小师弟。

他并不排斥凡人，只是这师弟少年老成得过分，才十一二岁，眉间便凝着巨大的仇怨，想法难免比旁人固执，气质也受到影响变得颇为阴沉，容易误入歧途，也不知他日后得知师父的想法比他猜的单纯简单得多，会不会觉得失落。

其实师父那一张超脱世俗的脸虽然千年不变，却仍是有喜怒哀乐的。对师父来说，淹掉仙岛或是退去海水，都是一甩袖的事，选择将府邸淹了，不过是他嫌事后收拾整理被淹的家具器物麻烦，倒不如重新建一个清爽。

元泽顿了顿，转头最后看了眼已经成为一片汪洋的仙岛，便熟练地御风跟上师父。他那三师妹这时才重新化了人形，拎着湿了羽毛后万念俱灰的二师弟追上来，摸着脑袋道："师兄，我们接下来去哪里？"

"跟着师父吧。"元泽说，"神山、仙岛、洞天福地，还有三十六重天，总有我们落脚的地方。"

三师妹点了点头，片刻后，又犹犹豫豫地开口："师兄……"

元泽一愣。

这个师妹向来没心没肺，虽然天赋过人，修行上却是三天打鱼两天晒网，干活也尽帮倒忙。刚才水灾时便是，若不是这厮在天上搅云，他何必舀水舀得那般辛苦。可此时一贯大大咧咧如男人一般的师妹突然露了些不安之态，声音也难得地带着求助意味，这让元泽对她绝望已久的兄长之心不由得又死灰复燃，心说到底还是个只有两百来岁的女孩子，突然失去了居住这么久的府邸，终究还是会害怕的。

元泽不禁摆出大师兄的可靠姿态来，准备好好聆听师妹的求助，再沉稳礼貌地安慰她，这样一想，他自觉身影都比往日高大了许多。元泽沉着嗓子问："什么事？"

"师兄，你说新住所……会有可爱的女孩子吗？"

"没有，滚。"

"哦。"

对于修道者来说，十二年如同须臾，转瞬即逝。

这日，云母迷迷糊糊地醒来时，天已经亮了，明亮的光从狐狸洞外透进来，照出一小片光影。她同往常一般从窝里站起，眯着眼睛抖了抖毛，四处看看，发现身边的母亲早已没了踪影。而在不远处另搭的一个草窝里，她的哥哥还在蜷着尾巴熟睡。她想了想，便没有打扰他，自行跑出洞外，望着洞前的大银杏树仰着头寻了半

4

天，才眼前一亮，对着树梢开心地轻轻呜嗷叫了一声，摆了摆尾巴，打招呼道："翠霜姨母！"

原本在银杏树上吹风的山雀夫人听到叫唤声，低头看到是邻居家的小狐狸，便拍拍翅膀飞了下去，落在最矮的一根树枝上，慈祥地回应："早安，云母。"

天生灵狐不比凡兽，成长要来得缓慢许多，倒是与人类孩童相近。虽然离他们出生时已经过去了十二年，可此时站在树下的小狐狸仍是小小一团，他们的身体比出生时饱满，却远比不上母亲修长优雅。她通体雪白，拖着一条比寻常狐狸大上几分的尾巴，乖巧地坐在树下，远远看着便是个雪团子，额间的那道深红更是为她平白添了许多灵气，十分讨喜。

山雀夫人越看越欣喜，温柔地说："你们的母亲出去寻食了，她说你们若是醒来，便让我先照看你们。不要担心，想来她再过一会儿就该回来了。"

"嗯，我知道了，谢谢姨母。"

小狐狸听话地点头，向山雀夫人道谢，尾巴微微一晃，便转身回了洞穴中。他们的母亲在洞穴中开辟了一块干燥洁净的地方存放食物，只是筐子略有几分高，云母费了些劲才探身进去用爪子扒拉出几个树果。其实狐狸应该吃肉多些，可母亲说他们修炼要保持身清气灵，所以食肉要节制，不能吃太多。

说来有些奇怪，云母自有记忆起便知道要好好跟着母亲修炼，母亲每回催促她和哥哥好好修炼早日成仙的时候，眉间总结着几缕化不开的愁郁。母亲似乎希望她和哥哥都能早点成仙，越快越好，甚至急过母亲对她自己成仙的期望。

云母一向懂事，母亲和翠霜姨母都说不能多吃肉，那她就忍着不吃了。只是她和哥哥石英毕竟都年纪尚小，还留着幼狐的玩心，彼此打闹间无师自通地学会了几种打猎的招数，时不时会出去抓点麻雀来玩玩。

云母吃了树果，又独自在狐狸洞附近扑凑巧飞来的蝴蝶玩了一会儿，忽然远远地瞧见有一片云越飞越近，便放过了蝴蝶。云母待白玉踏云归来，便高高兴兴地扑了过去，叫道："母亲！"

白玉稳稳地四脚落地，俯身拿额头蹭了蹭扑过来的女儿，低头温柔地将她衔住，叼回洞中。等她们回到洞里，云母才发现哥哥不知什么时候醒了，正在自己的窝里慢条斯理地梳理着毛发。他见母亲回来，便停下正在理毛的嘴和爪子，端端正正地朝母亲的方向坐好，低头恭敬地道："母亲。"

白玉见自己回来的时候，女儿玩得毛都脏了，儿子倒是干净得很，心情略有几分复杂。她将云母放下，把带回来的树果归置到筐里，回头清理女儿。白玉堂堂一只五尾狐自然不会给孩子洗澡还用舔的，于是找了个盆，用法术引来泉水，将云母

5

丢进去，也不理会女儿因畏水而发出的嗷嗷乱叫，等她扑腾到安静了才重新叼出来。云母把自己甩干以后，毛发蓬松得变大了一圈，整只狐却蔫耷耷的，委屈巴巴有气无力地躲进窝里团成一团，一看就很不开心，显然是不喜欢洗澡。

白玉抿了抿唇，安慰道："别气了，等你能化人形，水浴就不会让你那么难受了。有时间生气，倒不如出来修炼，早日修出三尾化出人样来，到时候我才能教你们用诀。"

石英看着妹妹的样子，咽了口口水，看着水盆，心中同样颇为警觉。他眼见母亲的目光扫来，连忙将背挺直，坐得笔直，生怕被亲娘看出点脏来。

云母受了惊吓，过了好一会儿才勉勉强强从窝里走出来。她出来以后，便是一家每天都要进行的修行课程。狐狸修出三尾方能化出人形，然后才能正式开始修炼法术。云母和石英都只有一尾，如今不过是打基础，听母亲念些能让他们静下心来排除杂念的道文，等悟"道"到一定程度，便能自然生出新尾。

这件事说来简单，过程却极为枯燥，要静坐在那里反复念他们早已背熟的东西，这对天性好动的年幼狐狸来说很难忍受。

白玉眼看着两个孩子又开始分心，口中还念着道心中却没道了，便停了课。她见石英云母都一脸松了口气的样子，无奈地叹了口气，说："下午我还要去一趟附近的城镇，你们自己玩吧。我天黑之前就会回来，要是有事，你们就对你们翠霜姨母、苍岚姨父说。"

翠霜、苍岚便是住在他们狐狸洞外那棵大银杏树上的山雀夫妇的名字，云母和石英皆点了点头。云母听到母亲要下山去凡人集聚的地方，早忘了刚才母亲将她扔进澡盆里的委屈，兴奋地两腿直立起来趴在母亲身上，摇着尾巴问："这次又是为什么要去？城镇那里又出什么事了吗？"

他们虽是住在山中的狐狸，却也需要人类的器皿工具，而要换取这些东西，便需要人类的钱币。因此白玉有时便会化作人形，以浮玉山中清修之人的身份下山替镇民解决些怪事，换取少许钱财，也算行善积德。

云母对这类事总是很好奇的，听山雀夫人说，她娘的人形在人中算极为貌美，又有灵狐的清逸脱俗之态，因此有些人类都不信她是清修者，当她是山中仙子。

听到女儿问起，白玉一顿，这才嗯了一声，解释道："的确是有人捎信给我，但暂时不知具体是什么事。我下去看看，顺便采办些东西。"

白玉停顿了片刻，又补充道："你们若是闲着，便好好修行，不要总是玩。"

云母石英纷纷称是，只是等母亲腾云一走，两只狐狸哪里还能静下心来背口诀。石英舔了舔嘴唇，一改在母亲面前的安分，兴致勃勃地道："云母，你想去抓麻雀吗？"

正所谓兄妹连心，哥哥想玩妹妹当然也想玩。云母连连点头，二话不说跟着哥哥跑了。山雀夫人微笑着在树枝上看着他们追逐着跑远，倒不觉得小孩子活泼有什么不好的，反而是白玉有时候逼他们逼得太紧了。

也不知道为什么，白狐妹子这么个端庄清雅的人，唯独在孩子成仙这件事上，总显得有些急切。

想到这里，山雀夫人轻轻叹了口气。

其实若是非得快速成仙，也并非没有办法。若是能让神仙将石英云母收作徒弟，让他们直接修习仙术，而不是凡术，那么，成仙速度定能快上两三倍。

她知道白玉并非没有动过这个念头。前几年不知从哪儿来的消息，说是有仙人搬到了浮玉山的主峰之上，白玉那段时间便天天去那附近徘徊，只可惜一无所获。近年她下山时对凡人自称是清修者，收取微薄的报酬来助人，其实也有寻仙之意。

只是……

要见到神仙谈何容易。那些神仙虽是住在灵山仙岛之上，可是府邸却都有仙术保护，有的甚至直接建在山顶天云之上，非天人不可见。他们这些尚未修成仙身的灵兽，自然也是看不见的。即使有些无聊的神仙会在人间游荡，也轻易不会现身。

世人都道登天难，而要见神仙……不登天，怎么行？

且说云母和石英这边。他们不久就抓到一只麻雀，但玩了一会儿便又放了，两人又开始彼此扑闹。

说来奇怪，玩了几分钟后，云母心里忽然开始七上八下，连带着和哥哥玩时都有些心不在焉，不久就被石英扑翻在地，不如往日势均力敌。

石英这么轻松就扑翻了妹妹，也有些不尽兴，担心地问："你怎么啦？怎么感觉不大对劲？"

云母刚才最后一下的确是分了神。她翻了个身站起来，抖了抖耳朵，道："哥哥，我刚才好像听到这附近有狗叫声。"

"狗叫？"石英不以为意地笑了，"这里距最近的人类村庄也有小几里远，哪里来的狗叫？山上又没有狗，就算有，我们灵狐也不……"

然而，石英的话却猛地止住了。他睁大了眼睛木呆呆地望着云母身后，竟是将浑身的毛都竖了起来，张着嘴，口中却半天发不出声音。

"哥哥？"

云母一愣，顺着石英的目光回头看身后，顿时浑身汗毛倒竖，尾巴毛都乍开了。

这哪里是狗？从草丛里走出来的，分明是一只身长十尺的黑纹大虎！那一双金红色的眼珠直直地盯着他们，血盆大口流着涎液一步一步朝他们走来，喉咙里嘶嘶作响，显然是盯上了猎物，势在必得。

虽说开了灵智的灵狐便是遇到老虎也不怕，可眼前这物明显不只是老虎这么简单，光是看它的眼睛就能知道，这绝对不是凡兽，只是不知道浮玉山中什么时候居然有了这种东西！

还是石英先反应过来，纵身猛地一撞云母，高喊道："快跑！"

云母这才回过神，连忙往旁边能掩身的高草中跑去。石英也跟着往灌木丛跳，但慌乱之中，兄妹俩竟是跑向了不同的方向。可此时他们离那东西太近，已经来不及会合了。说时迟那时快，那巨虎竟是选了追云母。云母刚跳进草丛，巨虎也是一跃而起，宽大的身体顿时遮蔽了大半边天空。再逃已是无用，云母心中一片绝望，下意识地闭上了眼睛。

黑暗之中，似乎有一道白光猛地一晃而过。云母预料中的疼痛迟迟没有到来，困惑之中，缓缓地睁开了眼——

清风之中，男子持剑而立，白衣胜雪。

此时，云母看着忽然出现在面前的男子，只一眼，便微微有些晃神。

他明明斩了那巨虎，剑刃上却还是一片雪白，不带一点血迹。他身材修长，白衣不染纤尘，发如黑瀑，面若凝霜，神情清冷，持剑站在树下，仿佛遗世而立，不似这凡尘中人。

云母从未见过这样的人，不禁看得失神，身体却不知怎么的动不了。那仙人一般的男子也没有注意到她，见巨虎倒地便自然地收了剑。就在这时，周围突然赶来了许多人，云母下意识地往草丛中一缩。她本来还想出去道谢，此时却不敢了。

母亲说过，人有好有坏，若是有人进山，不要让他们看见。

新来的人足有一大群，皆是相貌端正、气质非凡的年轻人，穿着打扮都与云母所知的一般人不同。这些人不分男女全部束冠，衣衫简洁，以单色为主，衣袂宽广而轻盈飘逸。不过最奇怪的是，那么多人急急地一路跑来，竟是没有发出丁点儿脚步声。

这一群人中，为首的是两个男子。他们皆着青衣，只是一人浅，一人深。浅衣的那人匆匆上前，朝那白衣男子极为恭敬地俯首道："多谢仙君！"

说着，浅衣男子面露羞愧之色。

方才被斩的那兽本是北枢真人所养的奇兽，形状似虎，尾巴类牛，而叫声却如犬。北枢真人觉得这兽长得有趣，便收了做个宠物，还给他起了个名字叫猪……啊不对，是叫鼪。前几日童子清洗笼子的时候，不慎让这鼪跑了。这种野兽本性凶残，才到人间几日便吃了不少人。天帝下令让他们这些北枢真人门下的弟子捉拿鼪，谁知这个鼪比想象中难对付，竟是好久没能捉住，反倒让它跑进了这浮玉山，还是住在这山中的白及仙君凑巧路过，才拿下了这孽畜。

想到这里，浅衣男子不禁偷偷抬头，小心而带着敬畏地打量着白及仙君。

在神仙中，但凡能在称呼中带个"君"字的，都怠慢不得。而这白及仙君，更是位于九仙品级中的最上品，是个正正经经的上仙。整个九重天，有几位上仙屈指便可数得过来。他们这些仙门弟子，平时要想有机会看一眼路过的上仙，都是要排在路边等的。

何况，白及仙君即使是在上仙之中，也是资历极深，地位极高的。

自然形成为神，修炼升天为仙。据说这白及仙君，过去并非仙，而是位上古自然诞生的神君，实力在上古神中也属上上流，还与如今的天帝争过天庭之主的位置，只是最终以毫厘之差败下阵来，被打散了元神。

后来神君的元神自然重聚，投胎为人，以肉身修道，重新飞升成了仙人，天帝不计前嫌，将其封为东方第一仙，便有了如今的白及仙君。

而当初白及仙君渡劫重回天界的事也是个传奇。

要知道越是实力雄厚的修真者登天路时，天雷就劈得越狠。听年纪大的老仙人说，白及仙君渡劫那日，天雷劈得天庭都震动了，那雷声响彻三十六重天，无处不闻。待九九八十一道天雷全部劈完，全天庭的神仙都跑去围观上来的是个什么人物，然后就瞧见白及仙君片尘不沾地上来了。别说狼狈，他神色淡然，连衣角都没被劈焦一片。

仙君样貌清俊，气度超然，不过才刚渡劫，倒是比这天上成仙了上千年的老仙还像个神仙。他上来以后只问了一句话——

"正式雷劫，何时开始？"

这句话将接引的天官吓得拿笔的手都抖了。待他问到白及仙君道行几何的时候，白及的回答让天官无论如何都不信，不得已当场算了算。白及仙君并无遮掩的意思，天官一算就算了出来，这一算不得了，让天官差点跪下来喊祖宗。

白及仙君的前尘往事由此曝光，只是他自己似乎完全忘了。说来奇怪，据说当年的神君是个性情暴戾之人，而如今成了仙，竟是褪了一身戾气，成了今天这位清心寡欲，堪称仙中之仙的白及仙君。

浅衣弟子自己都想不到他们下来捉个宠物，竟能碰见这位仙人。白及仙君果然如同传说中一般清俊出尘，在他们见过的神仙中，竟是无谁可比……这等相貌，简直是要让所有见过他的人都在他面前自惭形秽。

浅衣弟子将那半死不活的蛊收进葫芦中。白及仙君制服它时虽然挥了剑，但其实是以剑用诀，弄倒了蛊却没在皮肉上伤它，手法很是厉害。

将蛊收好，浅衣弟子再次道谢道："多谢仙君相助！我等不知如何感谢才好，待我们将这孽畜交还到天庭，定再来浮玉山正式拜谢仙君——"

"不必。"

白及仙君只是略一点头，神情毫无波动，似乎刚才所有一切根本与他毫无关系。话毕，白及仙君转身便走，然而还未走几步，只听那领头的另一位深色青衣弟子突然大喝一声："什么人——"

"呜嗷……"

听闻有人发出一声浅浅的吃痛之声，白及仙君步伐一顿，缓缓回头，只见一只雪白的小狐从草丛中跑了出来。

她毛发蓬松，通体雪白，眉间有一道竖红的印子。

白及不由一愣。

深衣弟子见只是只狐狸也有些傻眼，顿时为自己的小题大做而深感丢脸，尴尬地张了张嘴，道："狐狸……白狐……"

哪个山里还能没个狐狸？哪怕是少见些的白狐，也是有些大惊小怪了。

更何况眼前这只狐狸也不知有没有团扇大，一看就知道出生还没几个月，只是也不晓得这么小的狐狸，怎么会没有母亲带着，就自己蹲在草丛里。

"原来是只小白狐。"

浅衣弟子看到这狐狸，倒是温和地微微一笑，似乎是觉得可爱，弯下身来想摸摸她。云母呜呜叫了两声，也不知该躲还是不该躲，下意识地退了两步，抬头去望那位仙君。

云母此时心中十分忐忑。

原本云母只觉得这些人打扮不凡，然而待听到他们对那位救了她的白衣道人的称呼，却着实吓了一跳——他竟真是仙人！

灵狐慕仙，对方又救了她，云母虽有些害怕，却还是不觉望了过去，谁知这一望，竟和那仙君对上了眼。

刹那间，云母竟找不出词来形容这双眼睛，那里面似有千年时空、万丈星海，却又似乎只凝了千百尺的冰。云母移不开目光，却又忍不住躲闪他的视线，最后只局促地动了动脚，随即不知怎么的，居然对着那神君叫唤了一声。

叫完云母便后悔了。她年纪还不大，声音弱小，着实没什么气势，要说挑衅谈不上，要说撒娇更是不自量力，在仙君面前，简直丢人现眼。

想到这里，云母毛底下的脸颊不禁微微发烫。

那浅衣弟子不觉得有什么，反倒又笑了笑，见这狐狸可爱，又注意到它一直盯着白及仙君，正想打趣，一回头却见白及仙君竟也看着这小狐。

浅衣弟子一怔。他对这只小狐狸也是真的有几分喜欢，便有心帮它一帮，笑道："这只幼狐似是喜欢仙君。我听说白狐冰雪聪明、资质不凡，与其他野兽不同。它能在这里与仙人碰见也算有缘，若是仙君喜欢，不如带它回去，现在可以做个宠物，日后养大了若是天资尚佳，还能当个坐骑。"

云母听得懂他的话，原本毛底下的脸只是微微发红，这下真是整张脸都红得能够滴出血了。她这个年纪的女孩对"喜欢"一词颇为敏感，一听到就觉得窘迫。云母下意识地想团成一团来掩饰，可又说不清道不明地隐隐有些期盼，整个身体动弹不得，紧张地望着那白衣仙君。

谁知白及听他这么说，却淡淡地移开了视线，像是没什么兴趣，缓缓道："不过是只野狐狸。"

白及说罢，便再未看那白狐，转过身，乘风而去。

仙人走了。

云母原本就知道希望渺茫，那替她说话的浅衣弟子也不过是开开玩笑，可望着那白衣仙君翩翩而去，若说心里一点都不失望是不可能的。她沮丧地垂下尾巴，情绪低落下来。

浅衣弟子看这狐狸情绪变化这么明显也觉得有几分好笑，摸了摸下巴，问旁边的深衣弟子："师弟，你说师父……会同意我们在院里多养个狐狸吗？"

深衣弟子一愣，脱口而出道："你疯啦？！这狐狸放在院子里，还不被鼋——"

他话一出口，才想起那鼋已经被他们装葫芦里了。

深衣弟子这样一想，便改了口，说："不过不跟师父说便带个凡狐回去也不好，我们还得带鼋回去复命。你若真想养，至少先和师父报备一声。"

浅衣弟子一听觉得也对，道："也是，复命要紧。我们先回去。"

话完，他又担心等复了命禀明师父再回来，这只小狐狸已经找不到了，便抬手在空中画了个圈，朝云母投去。

云母听着他们的对话感觉情况不大对便想逃跑，然而她哪里跑得过仙人弟子的法术，没跑几步，那个奇怪的圈就追了过来，将她稳稳地圈在地上。她只听那浅衣弟子带着歉意道："抱歉了，小狐狸。我先回去复命，无论成与不成，一个时辰之内，我必定回来，到时候要么带你离开，要么放你出来，劳你先在此处等我片刻。"

说着，那浅衣弟子转身念了个诀，竟是带着其他人凭空消失了。

云母顿时大急，想追过去，谁知她一跑就撞到了圈线上，然后像是碰到看不见的墙似的被弹了回来。云母吓得轻叫一声，在圈内滚了一圈，这才站起来。

是仙人的法术！

云母瞬间慌乱起来，想尽一切办法在圈内挣扎，先是到处乱撞、四处乱跳，见跳不出去，又满头大汗地刨坑，可是这个圈居然连地下也能渗透，她打了洞依然是碰壁。

云母只好将刨开的土又填了回去，难过得想哭。虽说她听见了那浅衣仙人说一个时辰之内定会回来，可要是他忘了呢？要是她平白无故失踪了，母亲、哥哥还有姨父姨母肯定会很伤心……说起来，也不知道哥哥现在怎么样了，顺利回到家里没有？

她一边想，一边沮丧地趴在地上。石英并不在附近，大概是之前场面混乱时一口气跑太远了。不过云母想等哥哥发现自己不见，肯定会回去告诉姨父姨母和母亲，这才又放心了几分。石英知道他们遇险的位置，他一定会带母亲来的。

由于先前太折腾了，此时又是午后，云母不由自主地打了个哈欠。她坚持了一会儿，终究没有抵抗住睡意，不知不觉将自己团成一团，昏昏沉沉地闭上了眼睛。不过她毕竟还处在神经较为紧张的状态中，并未睡得太死，刚一听到附近有响动，立刻便醒了。

云母刚醒，还迷迷糊糊的，只当是之前那位浅衣仙人回来了，谁知刚一睁眼，看到的竟是一团黑乎乎的东西。她顿时被吓得魂飞魄散，整只狐都清醒了，迅速往后一跃！然后她才看清楚，那不是一团黑乎乎的东西，而是一个人，穿着一身黑衣，还蒙着面。野兽的戒备在这个时候上升到顶峰，云母不自觉地弓起身子，背毛倒竖，摆出攻击的姿态，警惕地盯着对方。

不过，这个时候，云母倒是又有几分庆幸她在一个仙人所画的圈内。她自己出不去，想必外面的人也进不来，她是安全的。

然而，在云母的注视之下，黑衣人果然缓缓地伸出手，轻轻地去碰圈着她的那个圈，只见白光微微一闪，然后……

圈没了。

她这下真的欲哭无泪了。圈一消失，云母撒腿就跑。然而她明明跑的是和那黑衣人所在的位置相反的方向，没几步就啪叽一下撞了人。云母抬起头，便看到那黑衣人已经站在她面前！

云母吓得浑身白毛竖起，紧接着却被那人握住身体抱了起来。他将她揣进怀里，还摸了两下她的背。云母被摸得毛骨悚然，却挣脱不掉。接着，这黑衣人竟腾空而起，云母赶忙嗷嗷乱叫，奋力挣扎。

石英跑回来的时候，看到的便是云母被黑衣人抱走的这一幕，立刻大惊失色。

他原本以为那凶兽是一直追着自己的，一连狂奔了小半个时辰，直到实在跑不动才停了下来，一回头才发现身后没有妹妹，吓了一跳，这才回头寻找，不想一回来，就看见云母被人抱走了。

石英急得大叫，可他们飞得太快，根本听不见他的叫声。他在原地跑了两圈，这才想起来应该赶紧去找母亲，连忙回了头，朝狐狸洞的方向跑去。

……

这个时候，云母已经被奇怪的黑衣人掳上了天。她急得嗷嗷直叫，眼看着熟悉的山头越来越远，眼睛里险些要掉金豆子。她不顾已经上了天，依然在努力挣扎着。那黑衣人见她动得厉害，浑身僵硬，似乎对她这么强烈的反抗也有些手足无措，只能努力抱住让她别掉下去。

那人飞得飞快，竟比母亲腾云还要快上许多。云母只能看见重山掠过，流云穿行，隐隐还能看见夹在山间的农庄小镇——他们并没有离开浮玉山的范围。

浮玉山并非一座山，而是一整条绵延数十里的山脉，有多座山头、数个高峰。云母与母亲兄长所居住的地方很快就不见了，这数十里在腾云飞行面前根本不够看。云母跟着那黑衣人从一座山头飞到另一座山头，眼看落了地，不知自己接下来将是什么命运，心中越发焦虑，慌张间，张嘴便咬了那黑衣人一口。

黑衣人吃痛地摇晃了一下，虽然稳稳地落了地，可经过这么一晃，蒙面的黑布也掉了。那人见状，皱了皱眉头，却任凭云母咬着，没有松手。

云母口中不久便漫上一股血腥的气味。她虽是狐狸，大多时候却以树果为食，又是跟着母亲清修的灵狐，心思纯善，从无伤人之意。她感到口中有血，反倒自己慌了，担心地朝那人看去。然而这一看，云母倒是愣住了。

眼前的男子约是弱冠之年，样貌清俊出尘，神情淡漠，不若世间之人，可不正是之前那位仙君！

云母呆了。

那仙人的神情没什么变化，目光淡漠却气质绝尘，浑身上下没有一丝俗气。此时他将淡淡的眸子转向了她，难以看出喜怒。

云母僵在原地，无论如何也未想到抓她的恶人竟是救她的白衣仙人。云母想到自己咬了救命恩人，竟一时不知所措。

白衣仙人却是没有生气的样子，带她向前走去。

云母一惊，这才发现这座山头的景色眼熟，正是浮玉山的主峰仙人顶。

浮玉山的主峰本不叫此名，几年前坊间不知哪里来了传闻，说是有仙人四处游历到浮玉山定了居，便住在这主峰之上，这才改名叫了仙人顶。那时，母亲还带着她和哥哥来过，只是并没有寻到仙人，母亲只得将他们带回去继续清修。

云母错愕地看着眼前的一切。

此处，在她眼前，居然有一座仙殿。他们正站在仙殿的庭院之中，云母虽然不能看到仙殿全貌，可依然能够分辨出此处亭台楼阁样样俱全、错落有致，院中有精致的鱼池假山，还种有树木花草，极为雅致。

刚才听那个浅衣仙人说改日再到浮玉山拜访眼前的仙君，云母还没有在意，没想到面前这位仙人，竟正是前些年到浮玉山定居的神仙。

云母失神的工夫，从仙人的庭院深处却已经匆匆跑出两个人来。

"师父！您回来了！"

跑出来的两人为一男一女，一个是白衣男子，另一人虽然穿着红色的男性长袍，却看得出是个女人。两人都束着冠，远远地看见自家师父回来，满脸高兴之色。

他们分别是白及仙君的二弟子观云以及三弟子赤霞。两人见一贯嗜白的师父今日竟一反常态地穿了黑色，已是微惊，但还没等回过神，就看到师父怀中居然还有个毛乎乎的小白狐。

二人一怔，对视一眼。

赤霞挣扎了一下，不确定地抓了抓头发，嘿嘿一笑，问："师父这是……您新抓的坐骑？"

"师父怎么可能会弄个这么小的坐骑！"

还不等师父回答，观云已经恨铁不成钢地拍了一下她的后脑勺。

大师兄元泽数年前便出师自立，还有了婚约，再过几日就要正式成婚。观云如今成了目前师父门中最大的弟子，势必要拿出些姿态来，不知不觉便有了几分元泽原来的风姿。

他清了清嗓子，指着白及怀中的云母，对着赤霞斩钉截铁地道："这分明是师父带回来的晚饭！"

云母哪里知道仙人吃不吃狐狸，听到眼前的男子这么自信地说，只觉得这人比黑衣人还恐怖，无奈她无处可躲，只能往仙君怀里缩，吓得蜷成一团。白及仙君见白狐如此，不觉一僵，迟疑了一会儿伸手拍了拍她。

然后，白及抬头扫了眼他的两个徒弟，被师父的视线扫到，两人均后背一寒，不由自主地站得笔直。

白及示意观云将双手伸出来。

观云迟疑地伸出手，便见白及将小狐狸放到了他手中。他心中一喜，以为自己猜对了，正要问"是抱到厨房去吗"，但话还没出口，只见师父神情不变，缓缓道："抱好，这是你师妹。"

观云手一抖，险些将怀里的毛团丢出去。

观云同师兄元泽一样，因为自家三师妹赤霞，对于"师妹"这个词，是从骨子里感到恐惧的。而且由于他和赤霞是同时入门，修为功法相近，相处的时间更长，恐惧比元泽更深。观云一听师父说怀中的毛团竟是师妹，表情瞬间就变得惊悚了。

听到白及的话，观云吓得舌头都打结了，惊恐地瞪大了眼睛道："师……师父，您……您刚才说……说什么？"

说着，他的眼睛便直勾勾地盯着师父袖子上那几个尖尖的洞，还有黑衣服上许多细细密密的抓痕。观云这辈子还从未见师父被人伤过，再加上对"师妹"一词的恐惧，他抱着怀里那个毛团的手更是抖得厉害。

要知道连赤霞都不敢动口咬师父，而他怀中的毛团子居然如此肆无忌惮，只怕这师妹看着可爱，实际上也是个狠角色。连师父都敢抓咬，何况师兄乎？将来若是和赤霞两个女孩子感情一好，师姐妹一激动来个合作……

这么一想，观云近乎是求助地看着白及，只盼他刚才是说错了。

白及显然没有再说一遍的意思，只道："你师妹尚未开灵智，拜师之礼日后再说。你先找个房间安置她，日后也要对她细心教导。"

白及说完，提脚便要走。观云心中万念俱灰，然而还不等他有什么反应，只听怀中一个陌生而细小的女声焦急地阻拦道："等……等等！"

观云一惊，忙低头看去。

刚才说话的，正是已经憋不住了的云母。她原本一直找不到开口的时机，眼看着白及仙君像是要走的样子，这才急忙开口，由于说得太急，还不慎咬了舌头。

白及正要迈开的脚步在声音响起的刹那停住，可还不等他转身，便已听到他的二徒弟大惊地脱口而出道："你能说话？！"

云母本来还不知道该怎么解释才好，见仙人的弟子主动问出了口，连忙用力地点点头，道："能说的！我和我娘还有哥哥，一直在山中修炼，并非没有开灵智，

15

但娘说让我在陌生人面前不要暴露这些，所以……"

居然有一大家子！

观云难掩震惊，瞪着怀中的狐狸，眼珠子都快掉出来了。

可是师父不是说——

观云下意识地将目光投向他们清傲的师父白及仙君，却见白及不知何时已经走了回来，望着云母，出声道："你……不是野狐狸？"

其他人便罢了，云母面对这位白衣仙君，心中终是有点说不清道不明的感觉，见他望来，竟有点不敢对视，忙摇头道："不是的……我娘就住在山里……"

云母有了机会，赶忙磕磕绊绊地把她的大致经历讲了一遍，等讲完，便拘谨地低着头等其他人的反应。

白及问："你母亲……为何没有在附近？"

"娘偶尔会下山，今日……今日她受了委托，凑巧到山下去了。"

云母说得紧张。她不太清楚神仙的脾气，也不知道乱说话会不会给娘惹上麻烦，便只好下意识地讲得模糊点。然而神仙们长久都不讲话，这让她莫名地觉得气氛诡异。

听完云母的叙述以及两人的对话，观云和赤霞再傻也能推断得出事情的前因后果了。

师父其实素来喜欢毛茸茸的小东西，但偏生又不愿意承认。这回，八成是师父他制服了鼍以后，看这只小白狐独自蹲在山间，年纪尚幼又长得可爱，误认为是失了母亲独自讨生活的野狐狸，就抱了回来，根本没想到它是哪怕年纪再小也不怕一般野兽、完全可以自己玩的灵狐。

既然人家有母亲有兄长，本来就跟着母亲修炼，说不定还算是有师承，这小白狐也不是自愿来的……他们师兄妹二人看了眼师父冷锐的神情，想想都替师父尴尬，只恨修为不够，不能当场原地消失。

观云见师父望着小白狐一时没说话，鼓起勇气道："师父，既然如此，恐怕我们还是先送她回去比较好，毕竟她出来时没有交代家里，万一她母亲追来……"

观云话还未说完，只见一个小小的童子慌张地从仙殿门口一路跑来，一张口就道："仙君，我们府邸底下不知道为什么跑来了一只五尾白狐，一直啼叫不止，要不要……"

小白狐的家人竟然已追来了！

观云被震惊了，自己都不晓得自己的乌鸦嘴居然这么准，慌张地朝白及看去。

听到童子之言，白及清冷的眸子似是也有一瞬怔愣，但他旋即恢复沉静，将小白狐从观云手中捞过去。

"嗷呜。"

云母不自觉地呜咽一声，重新落入仙君怀中。

云母小小一团，被仙君抱在手里可谓正好。仙君的手掌很暖，抱着她的动作也很轻柔。云母之前以为自己被捉，忙着挣扎便未曾注意到这些。

她看到白及手上被她咬的伤，忽然十分愧疚。可白及却未看她，平视着前方大步往仙居外走去。

观云和赤霞对视一眼，连忙跟了上去。

白及仙君的整个仙居虽说是在仙人顶，但其实是坐落于仙人顶山云的云霄之上，常人、山兽乃至灵兽和修真者都看不见，仙人大多也是如此，纵使云游山外，除了在特定场合，也不会为凡人所见。若要见到，定是他们自己现身。

在仙殿下面站着的，果然是一只五尾白狐。她身体修长，体态优美，一看便像是那只小白狐成年后的样子。她焦虑地仰颈长啸，叫声凄楚，直到师父抱着小白狐在她面前主动现了身，方才停止。

那白狐顿了顿，化作一个白衣广袖的女子，端庄而拘谨地展袖跪下，俯身叩首，恭敬一拜道："凡女白玉，见过仙人。"

云母原本看到母亲还很高兴，扑腾着就想过去，是白及怕她跌了才没松手。然而此时她看到母亲竟是对这位仙君行了大礼，一时不知所措，呆呆地看着眼前这一幕。

云母很少见母亲人形的姿态，此时，由于自己被白及抱在手中，而母亲俯身跪着，只能看见母亲黑发挽成的髻、一段雪白的脖颈还有优美的背部线条。

白及似乎对这样的事习以为常，神色未变，眉目淡然，微微抬手道："不必，起来吧。"

白玉却没有起身，依然稳稳地跪在地上，道："凡女尚有一事相求。"

白及一顿，心知这事多半与他手中的小白狐有关。他低头扫了一眼，只见那小狐狸也眼巴巴地望着母亲，便准备向她道歉然后归还女儿。谁知白及仙君刚要道歉，只听白玉铿锵有力地道："请仙人收下小女！"

白及一愣，刚要做的动作便收住了。云母也被吓了一跳，呜呜叫了两声，心中大乱，不明白母亲的意思。

只听白玉接着说："凡女不过是乡间野狐，资质平庸，能力有限，一对儿女却皆开灵智，凡女早已无力抚养。不过小女云母天资聪颖，天赋尚佳，若与仙人有缘，自是她的福分……小女如今虽年纪尚幼，但灵狐成年且修出七尾便可承千斤、日行八百里，如今可放在院中赏玩，待日后也可给仙人做个脚力，还望仙人闲时能

17

够指点一二……"

云母不是听不懂母亲话中的意思，却听得很蒙，不自觉地用爪子扒住了白及仙君的袖子。

白及听到一半亦察觉不对，眼前白狐化的女子似是误解不少，便打断了对方，出声道："我有意收她为徒。"

白玉心惊，下意识地抬起头，待看清眼前的仙人相貌，一慌，赶忙又低下头。

她原以为住在这山中的应当是个不问世事的闲散仙人，可看眼前这位仙人的气度风华，竟全然不似寻常神仙。没等白玉反应过来，那仙人已经自报门户说："我名为白及，是住在此处的散仙。"

白及不过是觉得应当将自己的名讳告知自己徒儿的母亲，并不知道白玉听到这个名字时心中早已掀起了惊涛骇浪。但白玉知道自己只是山中一只开了灵智的狐狸，绝不该知道太多神仙的事，所以强忍着震惊未表现出来。她拼命按捺住心中的震动，好不容易才将惊愕尽数压下，只作惊喜太过而说不出话之态，良久才郑重地高声道："多谢仙人！小女顽劣，还望仙人多多教导。"

"无事。"白及点头。

这时，白玉凝住心神，抬头问："不知仙人……可否让凡女再与小女说几句话？"

"可。"

对此要求，白及自是应诺。他略一俯身，便将云母放到地上，随即背过身去走了几步，在几米远之外等待着，不再看她们。

云母从仙人怀中落下，对今日发生的变故还摸不清状况。她不自觉地抬头去望已背对着她们母女的仙君，还未回神，已被母亲搂入怀中。

白玉今日下了山到了镇上，才知道是有数人离奇失踪，稍一查看，便发觉大约是山中进了凶兽。她顿觉不好，连忙赶回狐狸洞，谁知一回去便看到儿子急得乱跳乱转，语无伦次地说他们遇到了奇怪的野兽，妹妹还被古怪的人抱走了……她为女儿担惊受怕了整整半日，直到这会儿将云母小小的身子抱回胸前，才感安心。

白及仙君乃仙中的佼佼者，上仙中的上仙，云母能被他收为徒弟，反倒是因祸得福。但血浓于水，白玉看着女儿懵懂的眼神，想到要和女儿分离，终究不舍。她温柔地摸了摸云母脑袋上的毛，嘱咐道："日后你跟着白及仙人，定要好好修炼，早日真正成仙，莫要丢了师父的脸，不可再同以前那样动不动就偷懒了，明白吗？"

云母一慌，唤道："娘……"

"不要难过，你师父许是还会允你出来。若是娘成了仙，也可以来看你。"说着，白玉狠了狠心，将云母朝白及仙君的方向一推，"去吧，天快黑了，娘得回洞去，你也不要逗留了。"

云母站得不稳，又被母亲用力一推，便跌跌撞撞地撞到了白及仙君的脚。

云母身子一歪，还没来得及自己站起来，抬头便望见白衣仙君正垂首看她。云母心尖轻颤，正不知该如何反应，已被对方俯身抱起。

只听远处的白玉躬身行礼道："如此，凡女便告辞了。"

仙人朝白玉略一颔首。白玉没等云母再拦，已转身登云，翩翩离去。这时，白及亦转身带着两个弟子往仙殿的方向归去。

云母被白及抱回仙宫之内。

待回到庭院后，云母又被重新放了地上。老实说，她对今日发生之事还迷迷糊糊的，不明白为什么自己早晨还好好地在狐狸洞里醒来，傍晚就到了这里。她对环境不熟，心中又有些惶恐，看上去手足无措。

白及看着眼前惴惴不安的白狐，抿了抿唇，心知现在才问怕是有些晚了，不过……

他沉声问："你……可愿拜我为师？"

云母一愣，看向仙人。

她不大懂仙界的规矩，过去也从未听说过神仙的名字，自然不晓得白及。不过，云母却知道，便是这个人，今日救了她……

云母眼前的仙君眉目似画，神情冷傲，却有一种难以言喻的仙灵之气。她看得恍神，况且自家娘也求仙君收她……

等回过神来，云母竟已不自觉点了点头。

白及见她点头，也略略一顿，道："既然你已开了灵智，今日便正式拜师吧。"

云母只见白及仙君轻轻一展袖，抬手远远地朝她眉心的红痕一点，顿时感到身体发暖，尾巴根部的温度尤其高，隐隐有发烫之感。这种感觉来得陌生，云母忍不住眯起眼睛呜呜呜地叫了起来，等身体的热度降下来，她却觉得哪里还是不对劲，一回头，才发现自己居然已经有了三条尾巴！

云母吓了一跳，这时，只听白及仙君道："这便是为师给你的见面礼。"

白及说罢，又是一点。云母感到身体一轻，不过一眨眼的工夫，她低头看到的便不再是自己毛茸茸的爪子，而是一双女孩的手，也不知道是哪里来的衣服，又宽又大的袖子盖住了手背，露出葱白的手指和光洁滑润的指甲，黑色的头发垂落下来，落在地上和袖子上，白色的袖子上绣有精致的银色流纹，料子很光滑，便是云母也能看得出不似凡品。她对眼前的状况还不大明白，不知所措地抬起头，却见虽然师父没什么表情，可其他人都惊愕地看着她。

云母自己看不见自己的样子，观云和赤霞却都能看见。观云张了张嘴，竟是说不出话来。

眼前的女孩尚未束发，一头乌丝披散下来，皮肤盈盈如雪，杏眼朱唇，那一双眼眸明澈如秋水，仿若泛着波光粼粼，只是似有不安之色。

众所周知，狐族乃兽中美人，且观云刚刚也远远地瞧见了这女孩的母亲，光从对方的轮廓仪态也能判断出是个美丽的女子，女儿定是差不到哪里去，然而看到眼前的女孩竟能清丽至此，观云仍惊诧万分。

要知道仙中向来不乏美人。观云生在天界，对容貌多少有些麻木。他自己便是个中翘楚，每日对着的师父和三师妹也是貌美之人。赤霞虽然个性不好，但若论外貌，也是仙女神女中的佼佼者，平日里在宴会中少有对手。然而此刻，他们眼前的小师妹竟是比赤霞还要美上三四分，尤其是那眉心的一束明红，灵妙至极。明明这不过是只刚刚被师父点出三尾的灵狐，居然已有成仙之貌，甚至比许多女仙都要来得清灵。

观云对着赤霞看久了没什么特别的感觉，此时看这只山里来的小狐狸看得心惊。她这外表看起来十二三岁的样子，正是少女年华，等日后到了二十来岁成年了，再修个一两百年仙法，简直不知该是何等模样。

观云下意识地便去看师父，不过师父脸上没有什么波动。他看着师父那张冷脸，总算想起来自己该履行点师兄的义务了，忙对小狐狸道："师妹，快向师父行礼吧！"

云母第一次化成人形，以她的年龄化形着实还小了些，因此本来就对身体操纵得不大熟练，脑袋还蒙着，一听师兄的话，方才回过神来。她模仿着母亲之前的样子展袖俯首，磕磕绊绊地朝师父拜了三拜。

行完礼，云母又不知该做什么，维持着原本的姿势，迷茫地看着师父和师兄师姐，只听师父语气平和地问："你叫云母？"

云母紧张地点头。

师父顿了顿，介绍道："这两位分别是你二师兄观云以及三师姐赤霞。你在门中排行第五。日后基本功便让他们二人教你，不懂的事但问无妨。今后……"

白及话语一顿，扫了眼还跪在地上的云母。其实他并非完全不对这小狐狸的外貌感到意外，只是她毕竟是个小女孩，且他收她入门在意的也不是这些，便没再

20

注意。

此时白及想了想，觉得云母既然已开灵智，又能化人形，已不必再替她多开一处院落，且她年纪尚小，有人同住还能互相照顾，便道："今后，你便与赤霞同住吧。"

"——好啊好啊！"

"——万万不可！"

两道声音同时响起。白及望过去，只见赤霞满脸傻笑，反倒是与此无关的观云一脸惨白，像是极为绝望。白及便扫了他一眼，问："为何不可？"

"呃……"

观云满脸窘迫，总不好当着师父的面说他刚刚看小师妹化为人形的样子还算温婉，所以松了口气，现在生怕小师妹和赤霞走得太近被带坏了……要是真这么说了，师父只怕要生气。

观云僵了僵，只好抓了抓后脑勺，尴尬道："没……没事……"

"那就这般定了。"

白及不再多想，移开视线，道："我过些时日许会闭关，到时若无要事，不要打扰。你们好好教导师妹，我择日会来查看。"

观云和赤霞纷纷称是。云母见师父要走，也连忙拜别。

白及脚下生风，很快就消失在了庭院深处。他刚一走，赤霞便笑嘻嘻地将云母扶了起来，说："大师兄还骗我说这里没有可爱的女孩子，这不就是吗？走吧，我带你去我们的院落，明天再向你介绍师父的住处，教你练功。日后我们就是姐妹，有啥吃的我都会带你一份的。"

云母原本甚是忐忑，正不知接下来该怎么办，见师姐热情开朗，像是很好相处的样子，总算有几分安心，赶紧站起来，跟着她走。

观云看着赤霞带着矮她好几头的小师妹渐行渐远，心中着实担忧，可又不好忤逆师父的意思，叹了口气，也只好自行回院落去了。

这一日，浮玉山仙人顶的白及仙君门下，便正式多了位五师妹。

……

当晚，云母便与赤霞同住。

赤霞虽然有一整个院落，可院中只有一个卧房，卧房里也只有一张床。云母原本以为她是要和师姐同睡一床了，谁知赤霞嘿嘿一笑，甩了甩袖，便凭空在房间内多生了一张床出来，连带的还有配套的柜子、书桌和洗具，看得云母目瞪口呆。

赤霞被云母看得不好意思，这才摸着后脑勺解释这不是变出来的，是从库房里直接取出来的。这屋子本来就是双人房，因为原本师父门下只有她一个女的，所以才由她独住罢了，如今云母来了，两人正好做伴。

不过，这一夜，赤霞并未睡好。

她睡到半夜，便听见房间里有窸窸窣窣的怪声。她被吵醒后，揉了揉眼睛，点亮了灯，起身朝另外一边的床走去。

怪声正是从云母的床上传来的。在睡前赤霞教了她如何在人的样貌和原形之间切换，云母便在睡觉前换回了狐狸的样子。此时，赤霞迷迷糊糊地看过去，正看见长着三条尾巴的小白狐狸正仰面奇怪地扭成个圈，奋力地用嘴和四肢去拨弄自己的尾巴。白狐身体柔软，还真让她碰到尾巴了，只是由于动作太大，被子都被折腾到了地上，声音便是由此而来。

赤霞愕然问："师妹，你在做什么？"

云母自知自己虽然尽量忍着，可声音还是弄得太大吵醒了赤霞，连忙愧疚地道歉，接着欲哭无泪地回答道："师姐，我不知道睡觉该盖哪条尾巴了。"

原本她只有一条尾巴，一口气多了两条，很是不习惯。

赤霞听了云母的话倒也不取笑她，反倒蹲下来认真地帮云母想办法。她抵着下巴沉思了一会儿，忽然灵光一闪："要不这样？"

说着，她念了个术法，帮云母理了半天，硬是将她的三条尾巴理成了一条，只是这一条看着比原来的胖了许多。赤霞不好意思地摸了摸头，说："我也只能做到这样了，你看行不行？只是用了最简单的法术辅助，要是以后你还想变回多尾，自己解开就是了。"

云母摆了摆胖了许多的尾巴，虽然没有完全变成原来的样子，可她已经很满意了。她对这个好相处的师姐的好感顿时多了好几分，连忙道谢："谢谢师姐！"

"哪里，小事。"赤霞经不住夸，又笑了几声，道，"太晚了，你也早点睡吧，明早我还要带你参观这里呢。"

"嗯！"

云母安了心，赶忙点点头，躺回床上，将变胖的尾巴盖在身上蜷成一团，沉沉睡下。

"师父的住所，名为旭照宫。如你所见，便是我们的整座府邸，内有分隔开的庭院，还设有道场，等会儿我带你过去。"

第二日一早，赤霞果然便带云母参观白及仙君的居所。一路走来，云母看得眼花缭乱。她还不大熟悉人形，走得跌跌撞撞，速度也太慢，赤霞等不及，索性还是

22

让云母保持着狐形，由她搂在怀里揣着。

"我们的院落你已经知道在哪儿了，那边是他们男弟子的住处。"

又走了几步，赤霞接着介绍道。

"师门里的情况你基本都听过了，你排行第五，我第三，除了我们两个之外，剩下的都是男弟子。但是大师兄元泽已经出师，四师弟单阳这两年凑巧在人间巡游历练，现在那个院子也就观云一个人住。四师弟再过几个月就该回来了，到时你就能见到他……嗯，说来也该带你拜访一下大师兄，不过现在倒也不急，马上就会有机会的。"

云母点点头，尽量将师姐说的话都默默记在心中，期望自己千万不要忘了。师父是叫白及，大师兄元泽，四师兄单阳，还有……云母使劲记了半天，忽然想起了什么，问："师姐，你同观云师兄，是互称名字的吗？"

云母有些疑惑，一路上听赤霞说话，说起师父门下的其他弟子，赤霞对大师兄便称大师兄，对四师弟便称四师弟，唯有对观云直呼其名，像是要更亲密些。

赤霞听到云母这么问，一愣，接着不自觉地抓了抓头发道："啊，呃……这……怎么说呢？算是吧。我们父母是旧识，自小就认识，且是同时拜入师父门下的……只是他年长我几个月，这才当了师兄罢了。我们是一起长大的，那什么……也算是青梅竹马。硬要说……的确要比其他师兄弟来得亲近些。呃……但我这里是这样想，观云他怎么想的我就不知道了。"

云母似懂非懂地点了点头。

赤霞看着云母认真的表情，忽然扑哧一笑，揉了揉她的头，道："不说这些了，你也别在意……对了，还剩一个地方没带你看，走吧，咱们去道场。今天还有时间，既然我和观云奉师父之命带你入门，就要好好教你。师父说不定会来检查呢。"

云母一愣。她对仙界生活好奇得很，等反应过来赤霞说了什么，顿时忘了她们先前交谈的内容，朝赤霞开心地叫了一声。

于是，这一日观云抵达道场的时候，看到的便是自己的两个师妹面对面气氛庄重地坐着。赤霞端端正正地跪坐，师父新收来的小狐狸则一本正经地蹲坐。赤霞师妹满脸严肃地将手伸进了她那男子道袍的袖子中，然后……掏出了一根狗尾巴草，开始在云母师妹面前晃。

虽说早已习惯了赤霞的不着边际，但观云还是一如既往地感到后脑勺疼。他一个箭步便上前想去揪她的狗尾巴草，怒道："你在干吗？"

赤霞似是一点没有感受到他生气了，高兴地解释道："观云！你来啦！我正在试着教小师妹感气呢！我问了几个长得和狐狸差不多的朋友，他们说用这种带了灵力的草让师妹用原身追逐的话，或许能……"

观云对赤霞的逻辑简直感到悲愤欲绝："这怎么可能会成功！"

"哎呀，你好啰唆，可能不可能的，不试试怎么知道？"

"废话！小师妹是狐狸又不是猫，光是去扑这草就不可……还真扑了！"

观云目瞪口呆地看着小师妹跟猫咪似的盯着狗尾巴草晃来晃去的穗头不放，时不时跳着去扑，感觉到自己的认知又一次受到了冲击，也不知道是自家师妹出了问题，还是所有狐狸都这样。

赤霞见云母进入状态，赶忙指点道："师妹，你如今虽生了三尾，可其中两尾都是师父用自己的力量帮你冲上去的，境界尚不稳，所以现在最好不要继续修炼更高阶的心法，吸收巩固师父给你的仙力就好。我在这根狗尾巴草的草尖上注入了灵气，你不要光看摇晃的草尖，试着寻找里面的灵气看看，尽力跟上它，等你熟练以后，自然可以引导你自己身体里的气。"

赤霞说得有模有样，竟是挑不出错。观云听着觉得意外，便同样扭头去看小师妹的状况，只见那小白狐满脸凝重地扑来扑去，眼睛追着狗尾巴草，倒是极为认真的样子。

云母在山里的时候也会追麻雀扑蝴蝶，看着赤霞拿着晃来晃去的狗尾巴草，不知不觉便被勾起了玩心，追了起来。

说来也奇怪，按照赤霞所说的去感应，云母竟是真的觉得自己感觉到了什么，那狗尾巴草好像不知什么时候消失了，穗头也不再是穗头，剩下的只有一个在黑暗中飘忽上下的小白光点。云母追着那个白点跑，不知追了多久，忽然便有一个瞬间灵光一闪，她猛地一跃，啪的一声将狗尾巴草尖稳稳地摁在地上。

看到自己成功了，云母惊喜地摇着尾巴去看师姐。赤霞先是一愣，继而笑着伸手摸她的脑袋道："很好很好，领悟得很快。来，我们再来一次……"

云母正玩得兴起，听师姐这样说自然没有不同意的道理，高高兴兴地便跑回原位准备再来一次。

观云看着小师妹灵活地又开始追狗尾巴草了，这才回过神来。

寻常凡人许是难从这点情况中觉察出不对劲，可观云随白及仙君修行两百多年，心得还是有不少的。感气说着简单，是基础中的基础，可修行之初，点通这一点入门才是最难，凡间不知多少修仙者被卡在此处不得其门而入……小师妹竟就这般……领悟了？

观云想得震惊，看着小师妹一副玩得很熟练的样子，居然一时分辨不出她是真的以快得不可思议的速度就领悟了感气，还是在山间活跃惯了，这点玩乐难不倒她。

赤霞和云母一玩就是小半天，等到结束的时候，云母已经跳累了，正趴在地上休息。赤霞便将狗尾巴草收了起来，温和地道："那今天就到这里吧，既然这个方法可行，我们明天再继续。等你感气熟练起来，我再教你心法。"

云母玩得有些过头，身体疲惫得很，但一双眼睛却仍是明亮。她听完赤霞的话，开心地点头答应，但旋即又露出几分迷茫之色，四处看了看，不无失落地问："师姐，所以今日……师父没有来吗？"

她拜了白及为师，白及又救过她，云母便对师父有了几分依恋之情，今日又是正式拜师后的第一日，自然格外期待能得到师父的指导。

然而师父连面都没有露，云母的耳朵和尾巴都沮丧地垂了下来。

赤霞并非不明白云母的心情，只是师父一直就是那个性格。她轻轻摸了摸云母的后背，安慰道："师父一贯如此，不必担心。你如今学得尚浅，没必要劳动师父，由我和观云来教即可，等日后学到高深的术法，自然会由师父亲自来教了。况且你如今已经入了门，有的是时间，师父迟早会来看你的，放心好了。"

听赤霞这么一说，云母果然觉得心情放松不少。她笑着朝赤霞轻叫了一声。不过她刚叫完，还没等和师姐再说上什么话，突然觉得后背一凉，赶忙回头，朝道场窗户看去。

"怎么了？"

看云母态度反常，赤霞奇怪地问。

"我……"云母回过头来，有些迟疑，"不知道为什么，我刚才觉得窗户外有人在看我。"

赤霞一愣，也跟着望过去，窗外空无一人，连树叶被风吹动的痕迹都没有。

赤霞疑惑，又回头看云母。

云母见状，也觉得自己可能有些想太多了，怪不好意思的，忙说："大概是我多想了。"

赤霞和观云当然都没有责备她的意思，观云还学着赤霞的样子，摸了摸云母的头。

他停顿片刻，道："说起来，我明日要去天上一趟，去见大师兄，正好就将小师妹需要的东西也一并采办回来。我看她昨日化形时穿的衣服，好像还是师父拿了自己的给她套上的，哪怕师父有改过，看着仍然大了些，而且只那么一套，怕是不够，等下赤霞你帮忙量个小师妹的尺寸给我。对了，你们要是能想起来有什么需要的，写个清单出来，我一并带了。"

无论是什么鸟兽虫鱼，即使是石头，第一次化形的时候身上也是没有衣服的。

师父应当是想到这一点，昨日才直接取了自己的衣服随便改了改就在云母化形时给她穿了。云母怔了怔。她昨日还在想那衣服是哪里来的，此刻得知是师父的，忽然觉得窘迫起来。

她脑海中便浮现出白及仙君清俊的面容，爪子不觉挪了挪，想到都未见到师父，心中沮丧愈甚。

赤霞这会儿倒是没注意到师妹的异样情绪。观云都说帮她带东西了，她哪里还能耐得住性子，连忙举手道："云片糕云片糕！我想吃绯玉仙子做的云片糕！"

其实他们这些修炼了一段时间的弟子大多都是不用吃东西的，吃东西不过是吃个味道或是为了修炼，饿个两三百年也不会怎么样。天界也没有集市这种地方，想要什么他们多半是拿人间的供品，或者挨家挨户去找关系还不错的神仙索要，很是麻烦。观云忍不住白了赤霞一眼，却依然应下了。

赤霞得了便宜，也有点不好意思，抓了抓脑袋，笑嘻嘻地道："那……麻烦你跟大师兄问好啦。"

观云听到这句话，身体不觉一僵，顿了顿，才道："晓得了。"

观云一走便是几天。这段时间里，云母继续跟着赤霞修炼。云母经过几天的练习，有了不少进步，原本要扑小半个时辰才能扑着的狗尾巴草，如今一小会儿便能扑下来了。说来奇怪，这么玩了几天，云母的确能够感觉到身体中有些不一样的东西，并且像是能够控制似的。

云母好不容易又扑下一次狗尾巴草，累得趴在地上直喘。赤霞却显得有些心不在焉，见云母趴在地上累得起不来，看来是还要再休息一会儿，犹豫片刻，还是道："师妹，你先在这里躺着吧，我出去看看。"

云母乖巧地点头，然后便看着赤霞匆匆地走出了道场。

这段时间赤霞时常会到门口去瞧瞧。算算日子，二师兄差不多该回来了，云母觉得，赤霞师姐大概确实是很想吃云片糕。

赤霞师姐一走，道场中便安静下来。云母呆呆地趴在地上，便也开始想师父的事。她一会儿想当初被师父救了的事，一会儿又想师父那件衣服，不知怎么的，心中又有点说不出的委屈。

她拜师也有那么多日了，在师父帮她生出两尾之后，却再没见到师父。

虽然师姐说师父一两个月不露面都是正常的，要是闭关的话不露面的时间会更长，她和观云师兄当初打基本功的大半时间也都是元泽师兄带着的。可看不见师父，云母难免觉得有点难熬。她想来想去，觉得大概还是自己目前不够努力，所以才没法引起师父的注意，于是顿时有了危机意识，连忙从地上跳起来，准备好好感觉一下自己身体里的状况。

　　然而云母刚一站起来，便听到道场门口传来脚步声。她一开始还以为是赤霞师姐回来了，正要扑过去迎接，却突然发现脚步声不大对劲，和赤霞师姐观云师兄都不同。

　　云母一愣，缓缓地朝门外看去，心跳顿时快了许多。

　　映入云母眼帘的首先是一身白衣。

　　云母慢慢地往上看，便对上了师父那张清俊的脸。

　　师父仍是之前的模样，穿着一身白衣，不沾俗尘，一派清雅的仙人之姿，时间似是没让他发生一点变化。云母看着他不自觉地愣了片刻，然后慌慌张张地垂下了眼眸。

　　自己之前好好练习的时候从来没有碰上过师父，现在赶在赤霞师姐外出，她又在休息的时候，师父却正好来了。云母窘迫，生怕师父误以为她偷懒或责怪赤霞师姐擅离职守，忙解释道："师……师父……赤霞师姐已经教导了我一个上午，是我实在太累了趴在地上起不来，所以……"

　　云母话还未说完，就见白及仙君轻轻蹙了蹙眉头。她心中一紧，正以为师父对她的说法不满，却见他缓慢地蹲了下来。他抬手捏了捏她那一团胖乎乎的尾巴，皱着眉问："这是怎么回事？"

　　云母一愣，这才想起当初师父替她生了两尾之后便不曾再露面，故她当晚麻烦赤霞师姐将三条尾巴重新弄成一尾的事，还未告诉过师父。云母连忙回答："是我不习惯三条尾巴，晚上睡不好觉，这才麻烦师姐用法术替我理成了一条……"

　　云母说得小心，一边解释一边观察师父的表情。师父仍是深深地蹙着眉，注视着尾巴的神情似是十分费解。他又捏了她的尾巴两下，脸色辨不出喜怒。

　　云母只怕师父是生气了，毕竟是师父替她生的三尾，还让她能够化人，而她却未曾告诉师父一声便自行将三尾弄回了一尾……一股心虚从心底涌上来，云母越发不安，赶忙道歉："对……对不起，师父，若是这样不行，我……我马上就让师姐帮我恢复原来的样子……"

　　刚拜师不久就犯这样的错，云母沮丧至极，低落地低头，垂下了狐耳，不敢看师父的表情。

　　云母感到师父放在她尾巴的手微微迟疑了一瞬，过了好一会儿，才听见白及淡淡地道："不必了，不过是尾巴，你喜欢怎样便怎样吧。"

　　白及又问："近日你跟着观云赤霞练习仙法，进展如何？"

云母原本正处于紧张的状态中，听师父说不追究这件事，旋即抬起头。

白及已经收了放在她尾巴上的手，平静地站起来，看着她，目光沉静。

"师姐说我境界还不稳，让我暂时不要用人形练习，避免耗费多余的精力和因为操纵不熟练的身体而分神。"云母慌忙地低下头，老实地回答，"所以师姐教了我感气，我这几日都在练习，现在已经能追到她手上的灵气了，自己身体内的气息也能感觉到一点，不过别人身上的就……"

云母颇为忐忑不安。她不太清楚仙中弟子的平均天赋如何，生怕自己拖了师兄师姐的后腿，让师父感到丢脸。

谁知，师父略一点头，道："我亲自看看便知。"

说着，他轻轻地拂了拂袖，抬臂张开手，放出了一个小小的由灵气凝成的小球。云母有一瞬没有反应过来，待明白师父的意思后，赶忙追了上去。

虽说同样是追灵气，但白及放出来的灵气球却同赤霞将灵气放在狗尾巴草的穗头中不同。他放出来的灵气没有载体，只是一团气，肉眼看不见只能凭感觉去感知，难度增加了不少。云母还没有这样试过，一时急得都出了汗，手忙脚乱地乱扑了两下。幸好她两次扑空后便冷静了下来，第三次趁着灵气球飞低时便纵身一跃，将它摘了下来。云母两只爪子按着灵气球，紧张地抬头去看白及仙君，继而愣住了。

师父的嘴角，似是噙着一丝笑意。

白及气质本就极为出尘，这浅浅一笑竟是让人恍惚间见到了九天之云。云母一个怔神，便听师父道："做得不错。"

随即，云母感到头上一暖，原来是师父摸了她的脑袋。她下意识地松开摁在爪子底下的灵气球，望着师父的眼神却收不回来，就那么静静地看着。

赤霞一路拽着观云回到道场时，看到的便是眼前这一幕。

白衣仙人俯身抬手去碰一只小小的白色灵狐的脑袋，长袖微垂。白狐微微弓着身子，疑惑地抬头去看仙人的脸。靠近天空的轻柔阳光不知不觉斜射入道场，照在一仙一狐身上，竟是有种说不出的和谐。

尤其是云母身上，居然似乎刹那之间已经带了些仙意。

赤霞不禁有一瞬间的恍惚。道法自然，她不知怎么的想到了"道"这个字，连忙揉了揉眼睛，再睁眼，师父已经重新站了起来，脸上并无表情，一如既往地淡然。

"师父！"

赤霞和观云赶紧低头行礼，摆出恭敬的姿态。

白及对他们点了点头，便走出了道场，翩然而去。待师父走远，赤霞这才拍了拍胸脯，道："吓死我了，没想到师父这会儿来了……师妹，师父没有责怪我跑出去吧？"

云母总觉得脑袋上还残留着师父碰她时留下的力道和温度，有那么一瞬间，觉得师父十分温柔……

她愣了一刹那，才反应过来师姐还在等自己说话，慌忙对赤霞摇摇头，回答："没有，师父只是来检查我功课。"

"那就好。"

赤霞大大地松了口气，放松下来，高高兴兴地拉着观云的袖子把他拽到云母面前。

"你瞧，你师兄也回来了！"

观云无奈地看了眼赤霞，叹了口气，从袖子里掏出一盒云片糕放在她手上，说："好了，这个给你带回来了，拿去吃吧。"

赤霞眨了眨眼睛，倒像是这时才想起还有云片糕这回事似的，不好意思地接过，道："麻烦你了。"

观云点头，又看向云母，从袖中掏出一个大盒子，笑着说："还有，这些是小师妹的东西，拿着吧。"

观云将盒子放在地上。云母也没看清楚他是怎么从袖子里掏出来那么大一个盒子的，只想这应该是仙人的技法。云母灵巧地跑过去，用鼻子顶开盒子，见里面整齐地放满了衣服和一些生活用品，赶紧感激地向师兄道谢。

"不客气，你是我们旭照宫的正式弟子，师兄总不能让你只有一套衣服那么寒酸。"

观云和善地笑了笑，又从袖中掏出一封红色的东西来，递给她。

"还有这个，也是给你的，拿着吧。"

云母一愣，连忙化成人形，郑重地接过师兄手上的信封。

这信封精致得很，红色的漆上还有金色的鎏纹。云母对人形的运用还不熟练，笨手笨脚地拆开。她虽是狐狸，但白玉同样教了她与兄长读写，只是平时没什么看字的机会，不太熟练，看得难免慢些。

不过，纵然如此，云母依然一眼认出了上面的"请柬"二字，诧异地抬头去看师兄师姐。

观云微笑着道："这是大师兄婚礼的请柬。他几日后便要与劳山的紫草仙子成婚了。"

因入门晚，对于这位早已出师的大师兄，云母只知道他名叫元泽，是师父收的第一位徒弟，和观云赤霞一样，也是生在天上，天生便有仙骨，且在仙界中也算出身名门的子弟，目前任职于天庭。

"大师兄为人正直，又有耐心，善为他人着想，是个很好的人。"

前往婚宴这日，由于云母对人身还不熟练，怕在宴会上出错，故还是保持着狐形，由赤霞师姐抱在怀中。他们一边往婚宴的方向飞着，观云一边对她讲解着一些基本的要点。

"我和赤霞的基本功法，当初都是由师兄亲自教导的。师兄的未婚妻紫草仙子是个性格相当温婉体贴的女仙，是在师兄出师以后才在天庭认识的，两人看起来感情很好。今日新娘新郎会穿得格外隆重，到时你一眼就能认出来。"

云母听观云说完，十分郑重地点了点头。她还是头一次参加仙人的宴会，而且那位素未谋面的大师兄似乎在师兄师姐心中都极有威望，云母难免忐忑。

三人踩着云飞了许久，这才到了另一处仙人府邸。云母自从入了仙门以后，还是第一次离开师父的旭照宫，好奇地左看右看。

大抵是因为要举办婚宴，这处仙府外面被特意装饰了一番，还挂了红灯笼，不少仙人来来往往，有几分人间庆典似的烟火气。云母被赤霞带到府邸前，和观云师兄一道将三份请柬都交给了门口的童子。童子看过后，便放他们进去了。

观云一路走到正殿前，待看到正在正殿之前迎客的一男一女，立刻笑着迎上去，朗声喊道："师兄！嫂子！"

"观云！赤霞！"

元泽今日成婚，正是春风得意，自然面有春光，回头看见许久未见的同门师弟师妹，眼前一亮，马上大步朝他们走来。

"好久不见了，尤其是赤霞师妹……对了，这位，便是师父刚刚收下的小师妹吧？"

元泽果然如同师兄师姐告诉她的那样，看上去是个相貌堂堂的正人君子，只是这种在她入门时便已出师、在天庭有职务的正当仙人，对云母来说和大半个师父没什么差别了，赶忙在赤霞怀中认真地打招呼。元泽笑着应了，又道："我听说你叫云母……你比观云和赤霞都要小几百岁，我比你就大得多了，又早入门……日后没有机会当你师兄，不如索性当个长辈，喊你云儿如何？"

"当……当然！"

听他这样说，云母哪有不同意的道理，赶紧点头。

看着云母的样子，元泽又笑了笑，心说这个小师妹倒是单纯可爱。

他从袖中掏出早就准备好的葫芦，递给云母道："说来惭愧，师兄这里也没什么好送你的，正好前两天炼了两炉丹还算拿得出手，便给你做个见面礼吧。"

"多……多谢师兄！"

云母没料到还有礼物收，两只爪子接了葫芦却不知道放在哪里，在那里呆呆地戳着。

赤霞看着她的模样险些笑出声来——大师兄这个葫芦都快有小师妹半个狐狸大了。赤霞忍着笑，将云母手中的葫芦拿过来缩小了放进袖子里，说："你没地方放，我先替你收着吧，这个是练功的时候用的，到时候再给你。"

云母见赤霞帮她解决了燃眉之急，心中总算松了口气，乖乖在赤霞怀里趴好，准备跟着师兄师姐行事。

这些表面上该做的礼节都做过了，元泽这才切入正题。今天是他的大婚之日，元泽小心地拉住一直在旁边等着他处理好师门内事务的紫草仙子的手，将她带到三人面前，以温柔的姿态将新婚的柔情甜蜜表露无余。他对他们道："重新正式介绍一次，这便是我夫人紫草，日后也就是你们的嫂子，我已带她同师父见过，以后我若是有什么事，你们都不必瞒着她。"

虽然观云已经见过紫草仙子几次，但赤霞和云母却都是第一次见嫂子，纷纷点头称是。云母还是头一回见仙人成亲，好奇地偷偷抬头看。只见那位传闻中的大师兄夫人生着一张温和亲切的圆脸，样貌清秀，面颊红润，看起来有些内向，但似乎很温柔，望着元泽的眼神中满是爱意。

第一次见到仙女当新娘，云母忍不住又看了好几眼，直到观云和赤霞被元泽亲自带着落了座，才好不容易回过神来。

作为新郎的同门师弟妹，他们的座位安排得极为靠前，连云母这只狐狸都有个大小合适的席位。云母便是在人间都没见过这等盛大的场面，挨着赤霞师姐坐着，乖巧得不敢乱动，活像个可爱的狐狸装饰。

不过她的两位师兄师姐倒是神态自若，不久就和周围的神仙聊起来了。观云说话说得更多些。他先是向周围人介绍了云母这个第一次露面的小师妹，接着便开始聊大师兄元泽的婚礼。

"说起来……元泽仙友和紫草仙子认识才不过五年时间，怎么就成亲了？"趁着婚宴还未正式开始，有位白胡子白眉毛的神仙捋着胡子好奇地问，"元泽仙友一贯稳重，又是白及仙君门下的大弟子，怎么成亲一事上却如此草率……莫不是那紫草仙子有什么过人之处？"

这个问题正是认识元泽的神仙都想问的。神仙寿命不受约束，完全能活个千千万万年，谈恋爱谈个两三百年根本不算长，像元泽和紫草仙子这种认识五年就成亲的速度，简直快得不可思议。听到有人问起，其他人纷纷竖起了耳朵，天界的生活这么无聊，有八卦自然能听就听，就连赤霞都有些好奇地看着观云。

观云见赤霞这么直直地盯着自己，心中无奈得很。旁人或许不知道，他却是清楚极了，师兄这么快结婚，还不是因为在师门中时被这个三师妹折磨得对女仙绝望了，一出师门遇到紫草仙子，惊觉这个世界上原来还有温柔体贴的仙子，顿时好感狂飙，生怕只剩这一个，才选择赶紧成亲免得夜长梦多。

幸好这个紫草仙子的确是个善良的好仙子。她是劳山的紫草花生了灵智，修行千年成的仙。植物修行比凡人灵兽都要难，可成了仙便分外通透些，如今和元泽在一起倒也不失为一桩好姻缘。然而好姻缘归好姻缘，可间接导致这个结局的人直直地盯着自己，观云却不知道该怎么回答才好。实话实说，他只怕会伤了赤霞……

喷！

观云心里突然烦躁起来，大师兄大师兄，她和他说话每每都是大师兄，这会儿又是因为提起大师兄和紫草仙子才会看自己！自己居然还怕她听了实话会伤心！

观云心里气赤霞，更气自己，偏偏面上还不能表现出来，只得尽量装作什么都没发生的样子，笑着转移话题道："大师兄的想法我哪里晓得？但他为人稳重，肯定自有主张。再说，感情这事哪里能说得清楚，十几年前的玄明神君，还不是与那凡人认识没几年便私自拜堂生了孩子？"

云母原本在旁边乖乖巧巧地坐着，当装饰的仿真狐狸，也不知怎么的，听到"玄明神君"四个字时，心脏莫名地乱跳了一下，鬼使神差地朝观云看去。

见观云提起玄明神君，其他人果然不再关心元泽的事，注意力顿时全部被吸引了。玄明神君与凡人相恋生子乃是近百年来最为轰动的事，无论是玄明神君的身份，还是他对神仙与凡人不得相恋的这条天规的明知故犯，随便哪个话题，这群神仙都能聊个七八十年。

于是附近的老少神仙纷纷热火朝天地议论起玄明神君的事来。云母听着他们的议论，也将事情经过猜了个大概。

那玄明神君来头不小，身份不低，是远古混沌初开之时自然而生的神君，不仅如此，还是如今天帝在混沌中伴生的弟弟。

虽说天帝以天为父以地为母，可他们这兄弟身份却是毋庸置疑的。两人在同一个神胎中诞生，风吹即长，须臾便长为成人的体态。只是两兄弟长相虽有七八分相似，性格却大相径庭。

天帝生来便有帝王之相，既有能力，也有野心，性格自然强势些。玄明神君却不然。他性格散漫，喜欢云游于天地间，不喜遵循神仙中的繁文缛节，索性隐居了。在天界斗争最为激烈的时候，他天天躲在小竹林里酿酒弹琴种竹子，不问世事，逍遥得很，也不知道天道让这么个玩意儿和一统天界的天帝一道生出来是为什么。

奇怪的是，尽管这两人想法观念差距如此之大，可终究是兄弟，天帝和玄明神君之间没什么隔阂，关系很好。天帝成立了天庭之后，便让玄明神君掌管人间君子，不过他显然也晓得以自己弟弟的性格多半是懒得理工作，所以这群君子读书的事由文昌星君管，姻缘的事由月老管，命运之类的杂事也由司命星君管，玄明神君担的着实是个闲职。天帝给他这份工作只不过是让他好歹看上去有个职务，不要让其他神仙在称呼他时难办罢了。

玄明神君本人对天帝安排的这个工作也很满意，领了职就回自己的竹林里弹琴去了。他平时啥都不管，别人请他也不出去，除了天帝哥哥亲自邀约还会给几分面子，其余时候都是个神龙见首不见尾的隐世神君。

说来也怪，玄明神君明明什么都不管，可自从由他掌管天下君子开始，人间的君子大多也变成了他这番模样，个个弹琴喝酒，还居不可无竹起来。部分掌握了玄明神君神韵的，一有皇帝要给他职务就拼命跑，生怕肮脏的功名利禄玷污了他们清白高尚的灵魂。

总之，玄明神君就这样好端端地在竹林里待了数千年，待到年轻点的神仙都不知道还有这么个神了，他那片小竹林才终于出了事。

那便是十余年前，玄明神君的小竹林里，误闯入了一个"凡间女子"。

这些神仙讲的大多也是道听途说，哪里知道闯进竹林的根本不是人，而是一只口渴误喝了神君埋在竹林深处的神酒，结果误打误撞看见了玄明所居的茅屋的白狐。只听一位自称知晓实情的老神仙眉飞色舞地往下说——

"那凡间女子大约是迷了路，或是受了伤，总之一时半会儿离不了竹林了。玄明神君本就是个放浪不羁的人，原来就不大在意人仙殊途，更何况男女之别？他见她出不去，便索性让她留了下来，一日两日还不要紧，谁知日子久了，二人便生了情。他们认识不过几年，玄明神君便私下与这来路不明的凡人女子按照人间的习俗拜了天地，私自结为夫妻，谁都不曾告诉。又过了一段时间，那凡间女子便怀了孕。"

说到这里，老神仙便叹了口气。

"人仙殊途，神仙与凡人不得私配婚姻，更不可有子嗣。这条天规在天帝建立天庭之初便已定下，犯天条者绝不姑息。玄明神君此举，无疑是逆天行事。天帝是什么人？这么长时间如何能瞒得下去？还不等玄明神君的孩子生下来，这件事便已被天帝知晓。"

云母听得紧张，其他人也听得入神。老神仙刚停下来，立刻有人追问："接下来呢？不是说玄明神君那个妻子怀了身孕，却直到如今也未曾找到。天帝可是派了人去捉拿玄明神君一家？"

"非也。"

老神仙故弄玄虚地摇摇手指。

"得知事情暴露，玄明神君倒也没有让天帝为难，自行上了天庭，只说他妻子并不知道他不是凡人，过错由他一人承担。天帝也不知该拿这个弟弟如何是好，若是独对玄明神君网开一面，日后他身为天庭之主，该如何服众？于是天帝同整个天庭商量了几年，判了玄明神君一千两百二十五道天雷，再历七世凡间疾苦……且不说下凡历劫，便是这一千多道天雷，便是能将一般的仙劈得魂飞魄散了，也亏得玄明神君是远古大神，才能勉强顶下来。玄明神君没死，天帝也松了口气。只是待玄明神君下了凡，天帝才发现自己着了这个弟弟的道。"

听到此处，云母莫名其妙地长出了一口气，像是安心了似的。她也不晓得自己不过听个故事而已，到底是在担心什么。

一旁有人忙问："天帝着了玄明的道，这是怎么一回事？"

老神仙笑着捋了捋胡子，回答："那凡间女子可以不处置，毕竟凡人寿命短暂，可她腹中的孩子却不可不处理。只是玄明神君自首前将妻子藏了起来，而这些个神胎仙胎的，孕个三五年又是常有的事，若不生下来，就不好找，只好暂且搁置。谁知等来等去，这神胎竟是找不出了！天帝仔细一想，才猛地记起玄明神君下凡之时，将全身修为散尽化了雨水。他原以为这又是弟弟的怪癖，哪里知道其中暗藏玄机！玄明神君以自身之力藏了神胎的气息，而那雨从招摇一路下到漆吴，连位置都定不了了。"

说着，老神仙抿了口茶，又说："说来也巧，由于玄明神君辈分极高，要处天刑，一般神仙不好下手，总不能让天帝亲自动手。天帝想来想去，居然只有东方第一仙的白及仙君勉强合适，便派了他执刑。当初是天帝令白及仙君失了神身，如今又由白及仙君将天帝的弟弟劈下凡尘，也算了却一桩轮回。"

师父？

云母一愣。

她原本听得入神，根本没想到还有师父的事，骤然听到白及的名字，便下意识地去看赤霞和观云。然而他们两个也正看着说话的老神仙，没有注意到她。

赤霞摸了摸下巴，道："说起来，玄明神君弄的那场大雨，还把我家师父的仙岛淹了，我当初还以为是报复呢。"

观云也有一样的想法，不禁点了点头。

谁知，听到赤霞这样说，那老神仙却一顿，神情古怪地看了他们一眼，说："你们怕是对玄明神君的个性有所误解……若是当时你们在现场，或者见过玄明神君，便不会这样想了。"

"哦？是出什么事了吗？"赤霞眨了眨眼，好奇地问。

老神仙摸了摸胡子："也没什么大事，就是玄明神君大概是隐世久了，对当时天界的状况不大了解，也不晓得白及仙君的前世是何人，等一千两百二十五道天雷劈完，还有心情开开玩笑。当时他打量白及仙君许久，还摸着下巴给白及仙君留了句话——"

"什么？"

"'小伙子你雷劈得不错，若是日后我妻子生了女儿，介绍你们认识怎么样？'"

当时玄明神君说完这句话，就没什么怨言地、开开心心地自行下了凡，围观的神仙都感到一阵令人毛骨悚然的冷风从背后吹过。如今在元泽婚礼上听说这件事的神仙们，也都目瞪口呆。

白及仙君尚未娶妻这件事并不是什么秘密。虽说他前后两世的个性差得挺大，但对情爱没什么兴趣这点倒是相同的。白及两世的性格，前世乖戾，此世清傲，且他辈分极高，便是哪一种性格都让人不敢与他四目相对，更不敢给他牵姻缘线，因此玄明神君这句玩笑话，倒也算天上地下头一回了。

众人连白及仙君当时会是个什么表情都不敢想，场面冷了好一会儿，良久，才有人拿着酒盏颤颤巍巍地点评道："到底是远古便生而为神的神君，见解和胸怀都分外不同凡响啊。"

众人纷纷心虚地称是。且不说别的，光是他在这种紧要关头还和派来劈他的神仙开玩笑，这份气度就已经足够令人咋舌了，更别提他开玩笑的那位还是白及仙君……

众人聊着玄明神君的事又唏嘘了一会儿，忽然有人喊道："吉时已到，新郎新娘要来了！"

毕竟今日是元泽与紫草仙子的婚礼，他们两个才是主角。大家听到有人这么喊，连忙放下原来的话题朝新郎新娘的方向看去。云母虽然没来由地在意那位玄明神君的故事，却也知道师兄的婚礼才是要事，赶紧也跟着看了过去，接着便收不回眼睛。

"很漂亮吧？"赤霞见云母使劲站在座位上拉长脖子张望很是费劲，便伸手将她抱过来，好让她看得更清楚些，"紫草仙子飞升不久，许多事情有些难办，婚礼几乎都是大师兄在策划。她身上这身礼服是大师兄特意去请天庭的七位纺织星仙子替她做的。连天帝和天后的衣服大多也是由这七位仙子管，手艺非寻常纺织仙女可比。师兄费了许多功夫，才让她们腾出手来。"

礼服的确相当漂亮。天上女仙众多，且都颜貌非常，紫草仙子在女仙中姿色原本不过是中庸，却被这身宛如层云飞舞的礼服衬出了十分美貌。

观云听到赤霞这样说，又隐隐觉得有些不快，放下酒杯的手免不了稍微握紧了几分。随后，他不由自主地道："不过就是七位纺织星仙女罢了，日后我若是成婚，自然也可以弄来。"

闻言，赤霞抱着云母回过头诡异地看了他一眼，不知道这货在这种地方攀比个什么劲儿，道："呃……不过你不要说成婚了，根本连个熟一点的女仙都没有吧。"

说到这里，赤霞忽然恍然大悟，同情地拍了拍观云的肩膀。

"你也不用太羡慕大师兄了，你只要愿意，迟早肯定也是能成亲的。"

观云看着赤霞一脸真诚的表情，只觉得心中闷了口气，不想理她，转过头去继续喝闷酒。

云母张了张嘴，但师兄师姐间的气氛着实古怪。她插不上话，只是稍稍歪了歪头。

别的情况她不知道，可按照赤霞师姐之前的说法，明明她同观云师兄青梅竹马，关系应当是再好不过了，观云师兄并非一个关系熟一点的女仙都没有呀。

想到这里，云母便不由得抬头去看赤霞的神情，然后便愣住了。

赤霞睫毛低垂，安静地拿起酒杯抿了一口，竟像是有几分沮丧。

元泽和紫草仙子很快便拜了天地。天边降下祥云，说明自然大道认了这桩仙婚，如此一来，便是礼成。大家纷纷恭贺元泽和紫草仙子。两人看起来皆有些羞涩，但脸上却都是神采奕奕的。

神仙的婚宴一摆就要一个月，观云和赤霞虽然舍不得元泽，但也都无意在这里吃一个月的酒，且小师妹仙身未成，身体亦吃不消，因此等观完了礼，他们便起身准备偷偷告辞。元泽注意到他们要走，便低调地过来送他们出去。待他们走到门口，元泽不舍道："你们当真不再留一些时日？这一别，又不知何日才能再见了。"

"老见我们做什么？师兄你新婚燕尔，好好跟紫草仙子待在一起就是。况且四师弟云游在外，差不多该回来了，我们得接应他。"

赤霞见观礼结束，不需要注意形象了，又笑嘻嘻地开始抓头发。

云母听到赤霞提起她还没有见过的四师兄，下意识地抬头看了眼抱着她的赤霞。

"那倒也是，我会写信给你们。还有，你们尽量照顾好小师妹，这孩子看着不错，又被师父相中，应当是根好苗子。"说完，元泽微笑着后退一步，朝他们作揖拜别，"那么……劳你们代我向师父问好，就此别过。"

"再会，师兄。"

观云同样行礼告别。

道别之后，观云和赤霞便起身飞走。

"说起来……"他们飞到半路时，赤霞忽然想起了什么，转头问观云道，"四师弟上回说今年会回来，有具体消息了没有？他再不回来，师父就该闭关了。"

观云想了想道："快了，应当就是这几个月吧……不过约莫是赶不上在师父闭关前回来了。单阳一向与我不大亲近，我摸不准他的想法。"

赤霞点了点头道："我也是……"

这时，她低头注意到云母好奇的目光，笑了笑，摸了摸她的头道："不过说不定小师妹能明白呢。都说英雄难过美人关，小师妹和四师弟都是从人间来的，云儿长得又可爱……没准儿能行。"

云母呜呜地朝赤霞叫了两声，尽管没听明白师姐话里的意思，但既然师姐夸她了，总要回应一下。

赤霞过了这么会儿工夫，已经学大师兄把"云儿"叫上了。观云忍不住白了她一眼，却又不否认她的话。

观云想了想先前见过的云母人形时的样子，顿了顿，道："的确，说不定还真可以……"

第二章　天资初现

"不错，你三条尾巴的境界应该稳住了。"一转眼过了半年，这一天，赤霞检查过云母的功课后，高兴地夸奖道，"如此一来，日后便能增加你人形修炼的课程，你也可以正式开始学习仙法了。"

云母得了赤霞师姐的夸赞，极是高兴。她开心地朝赤霞呜呜地叫了两声，然后躺在地上打了个滚，对着师姐摇尾巴。

云母因为和赤霞观云都混熟了，便没有刚刚进入仙门时那么拘谨，心情特别好的时候就忍不住露出狐狸的天性来跟师兄师姐撒撒娇。这个动作其实作为仙人弟子来说有些失仪了，但反正云母年纪小，长得又可爱，赤霞和观云倒也不觉得有什么，愿意和她玩闹。

赤霞很快就习以为常地上手摸云母了。观云见状觉得手痒，也撸了两把，但终究顾及如今门中最年长弟子的仪态，没有摸太久便收了手。但他对云母的学习进度还是很赞赏的，笑了笑，道："这样一来，等师父出关的时候，肯定也会很欣慰吧。"

"嗷呜。"

云母轻轻地叫了一声，算作是回应。不过她听观云提起师父，就有些沮丧地趴在地上。

师父在两个月前闭关了，尽管听师兄师姐说师父隔几年就会闭关一次，这种只是正常的小关，没多久就会出来，但是她入门这么久了，却没有怎么见过师父。师父大多数时候都在他自己的院内清修，有时候会到道场来指点观云赤霞的修炼，偶尔也看看她的学习进度。可云母始终记得她被仙君救过，心中有些许不好意思说出口的孺慕之情和憧憬之情，这种距离，让云母忍不住产生一种师父是不是不喜欢她的患得患失之感。

如今云母已过了十三岁生日，心思难免微微细腻些，想到这些事，不觉有几分低落。好在她依然是幼狐的心性，倒也没有多想，只是自顾自地猜测着将来师母的性情相貌，直到被师姐突然拍了一下头，才回过神来。

赤霞笑着对她道："对了，既然你境界稳住了，师父又暂时在闭关，你不是一直担心你的母亲兄长吗？在下一步修炼开始之前，你要是想他们的话，我放你个假，让你回去看看如何？"

云母已许久不曾回家，一听师姐这么说，立刻惊喜地从地上跳起来："可以吗？"

"当然。"赤霞笑着点头。

"我和观云隔三岔五也要回去见父母的，我们旭照宫是学习仙法的地方，又不是受刑的地方，有什么不可以的？就是你别去太久了。四师弟回师门的日子也不过就是这两日了，到时候还要介绍你们认识。"

云母连忙点头称是。之前她入门时间太短，又听说过仙门规矩严格，弟子不得私自下山，自然不好意思提出要回家的请求，只是心中对母亲和同胞兄长的思念日益增加。如今赤霞师姐主动提出允许她下山，云母自然不会拒绝。

只是云母表现得太过高兴了，待反应过来后也有几分羞愧，忙道："谢谢师姐！"

云母知道赤霞会这么说，肯定是二师兄默许的，又赶紧转头对观云道："谢谢师兄！"

事不宜迟，云母收拾了一下东西，当天就下山了。

云母在浮玉山长大，对这里的环境比赤霞观云还熟，谢绝了赤霞送她的好意后，便自己一路往狐狸洞的方向跑。她约莫跑了半日，便看到了眼熟的狐狸洞。她一走就是半年多没回来，原本兴奋得很，到了这里却忽然近乡情怯，步伐慢了许多，紧张地往里走。

就在她快走到洞口的时候，另一只狐狸已经从里面走了出来。

"云母！"

石英看到妹妹很惊喜，先是愣了愣，继而便兴奋地朝她扑过来，一下子把她扑翻在地。云母连忙条件反射地反抗，不久就找到了过去同哥哥嬉戏的感觉，两只狐狸嬉笑起来，很快滚作一团。

云母原本的忐忑瞬间烟消云散，和石英边笑边滚地进了洞，等见到母亲，两人本来干干净净的白毛都变得灰扑扑的了。

母亲果然在洞里。

云母在旭照宫时每天都会想起母亲和哥哥，只是这时终于见到了母亲，却难免有些生分。她在兄长的陪同下小心地走上前去，轻轻地喊道："娘。"

白玉今天不知怎么了，居然是以人形端坐在狐狸洞中的，听到云母清脆的呼喊声，微微一震，回过头来，不禁睁大了眼睛。

白玉看到女儿和儿子一道进洞，显然有些意外。她看着云母愣了好一会儿，张了张嘴，似是有千言万语想说，但又说不出来只好闭上，转口道："云儿，你的尾巴怎么了？"

云母一怔，这才记起她的尾巴还处在三条并成一条的状态。赤霞用的是极为简单的法术，云母已经能自己解开。

云母连忙晃了晃身子，将三条尾巴都露出来，对白玉道："娘，师父已经帮我生了三尾了。"

云母顿了顿，又道："还有……我也能化人了。"

说着，云母赶忙按照赤霞教她的那样化了人形。先前观云已经给她带了新衣服，因此云母身上早已不是师父最初给她披的那件男袍，而是一条合身的素色裙子。

石英显然没想到妹妹一别数日居然已经能化人了，坐在地上张着嘴愣愣地看着她。白玉也被吓了一跳，但旋即看到云母即便化了人样，却仍是灰头土脸的造型，想她大约是因为之前在洞外和哥哥玩闹才弄成这样的，不由失笑。她抬手擦了擦云母的脸，笑道："还是一副小孩子模样，你跟着你师父可不要如此贪玩了。"

白玉停顿片刻，又仔仔细细地打量了云母。白玉见她气色好，又生了三尾，便知那白及仙君待云母不错，这半年来的担忧放下大半，某块压在心底的大石头也落了下来。白玉脸上不觉露出几分宽慰的笑容，道："你跟了一个好师父，这样娘就放心了，以后好好修炼，不要惹师父生气。"

"是。"

云母听话地点点头。她听娘这么说，多日没有见到师父的郁闷也少了几分。她想了想，开心地摆着尾巴对白玉道："对了！娘，之前师兄和师姐还带我去了大师兄的婚礼。"

云母本来就比较活泼爱玩，心情恢复了便忍不住想和母亲兄长讲讲在仙门中遇到的特别的事，谁知她脑海中第一时间浮现出的竟然是先前听来的玄明神君的八卦，于是便笑着道："在婚礼上，我听其他仙人提起，好像说天帝有个弟弟叫作玄明神君……"

哐当——

云母听到巨响，奇怪地抬头看过去，便看见母亲大约本来是想给她倒水，结果失手将铜茶壶掉在了地上。

云母担心地问："娘，你没事吧？"

"没……没事。"

白玉慌乱地回过头。

这下石英也被白玉的样子吓到了，连忙跑到她身边："娘，你怎么哭了？"

"没事，洞里有点潮。"白玉将茶壶捡起来，拿袖子擦了擦眼角作为掩饰，才接着看向云母，"别在意，云儿你接着说。"

云母哪里还敢乱说，飞快地就将她听到的内容全说了一遍，大致就是玄明神君违反天规与凡女相恋，受了天刑，遭了一千二百二十五道天雷和七世凡劫。云母又道："那一千二百二十五道天雷，好像还是师父执刑去劈的。"

白玉听到此处，心中一紧，不过马上又反应过来白及仙君如今也不过是天庭所管的神仙，奉命行事罢了，应当没有复仇之意。比起这个……

白玉缓了缓神，尽量不让自己神情太怪异，只是眼眶的涩意却止不住。她定了定神，又问："这么说来……那位……那位玄明神君，并没有死？"

"嗯。"云母老实地点头，考虑了一下，又道，"听当时在场的神仙说，玄明神君被雷劈完还有精神开玩笑，说若是他将来有了女儿，要把她嫁给我师父呢！"

咣当！

云母话音未落，白玉刚刚装好水的茶壶，又一次掉到了地上，由于装了水，声音竟是比刚才那下还要响了许多。

这下石英和云母都有些被白玉吓到。云母连忙伸手去扶母亲，担心地问："娘，你……不要紧吧？"

白玉今天都掉了两次水壶了。她向来是个稳重的母亲，是从未犯过这种错误的。

白玉摇了摇头，同时微微抿唇，心中百味交杂，心情复杂地看了眼云母。

刚才那话由云母自己说出来，实在是……怎么听怎么奇怪。白玉得知玄明神君未死，心里乱得很，又是苦涩又是欣喜，一时之间居然也分辨不出玄明神君说的那句话是玩笑还是真意，还是半真半假，只是她重新看向女儿的眼神，却着实古怪了几分。

云母才不过是十三岁，正是豆蔻年华。她若在人间许是不算小了，但在仙界，

41

还着实是个娃娃呢。况且，那个白及仙君如今还成了云母的师父……虽说仙人不羁于辈分年龄，可毕竟是师徒关系……这……这可如何是好……

白玉的眼神闪烁不定。

云母哪里知道，自己随口一句话又在母亲心里掀起了惊涛骇浪，尤其这句话她转述得其实不准确，玄明神君不过随口说了个"介绍你们认识"，到了云母口中，就直接变成嫁女儿了。

她看母亲的状态不对劲，将水壶收好也没有起身，而是扶着母亲坐到座位上，关切地再次问："娘……你真的没事吧？"

石英亦担心不已，轻轻唤了一声便围上来。

"抱……抱歉。"

白玉一顿，迎上一双儿女忧虑的眼神，这才勉强回神，只是今天得知的大消息让她整个人都忍不住微微颤抖。她稳了稳身形，才重新看向两个孩子。

"石英，云母，你们可否出去一会儿？娘想一个人静静，有些事……娘得想清楚。"

石英和云母对视一眼。

他们极少违逆母亲的意思，只是白玉刚才的脸色实在惨白，又连摔了两次水壶，看上去状态不大好，要留她一个人在洞中，他们着实放心不下。

白玉见两个孩子不动，也清楚是她先前的反应太过失态，让两个孩子担心了。可她确实也必须将事情尽快想清楚，于是只得将他们往外推，一边推一边安慰道："放心吧，娘已经没事了，若是有问题，我自会让你们姨父姨母帮忙。娘有要事要考虑，你们自己去玩，等傍晚再回来……"

石英和云母两只狐加起来也就不过有二十几年的修为和四条尾巴，哪里抵得过三百年修为的五尾狐，不久就被推出洞外。当他们慌慌张张地再想回去，洞口竟是被术法挡住，进不去了。

这样一来，兄妹两个都十分沮丧。云母出了洞，想了想便从人形又恢复成了狐狸的样子，亦将尾巴重新合成一条。

她和哥哥一起耷拉着脑袋，一副很失落的样子。

白玉在洞中看到，多少也有些不忍，想来想去，又走到洞口，蹲下身来，对他们道："别担心，娘真的没事，只是有些渴了，但脱不开身。你们要是实在无聊，去帮娘打些水来可好？"

听到她这么说，石英和云母顿时精神了些，连忙点头。他们原本正手足无措地不知道该怎么办，母亲帮他们找些事做，无异于在黑暗里点亮一盏明灯。何况他们正烦恼无法帮上母亲的忙，做这种力所能及的事正好。

两只狐狸飞快地跑了，白玉见他们跑远，总算松了口气，只是眉宇间的愁郁未散，在洞中郑重地思考起来。

"云母！云母！你跑慢点，等等我！"

山丛之间，两只狐狸一前一后地跑着。云母听到哥哥的叫唤声，才猛地停下脚步，疑惑地转过头，见到好不容易从有些远的地方追过来的哥哥，不由得愣了愣。

他们虽是双生，但在她上山拜师之前，石英的体能要比她好些，跑得也比较快，往常都是她追哥哥。所以这次云母也没多想，自顾自地跑着，没想到一回头，却发现石英已经快追不上她了，一路跟来，似是十分吃力。

云母这才想起如今自己已经有了三条尾巴，凭空比哥哥多了两尾，自然跑得也要快了。她想到自己刚才不管不顾地往前跑，连忙道歉："对不起，哥哥……"

"没事。"石英心情复杂地追了上来，几步跳到和云母并肩的位置，"娘说我也快到一尾顶峰了，马上就能生出第二尾的……以后我也会好好修炼，不久就能追上你。"

石英虽和妹妹关系很好，但其实也有几分心高气傲。他见原本同自己差不多的妹妹一口气超出了自己许多，心里不安，只暗暗觉得以后千万不能再抓麻雀浪费时间了。

兄妹连心，云母能够明白石英的想法，因此更是羞愧。她不是自己修炼出的三尾，而是师父给的。云母一边小跑着跟在哥哥身边，一边小声地说："哥哥，要不我去问问师父，将你也一起收入门中？母亲应当也会同意的……"

谁知，云母还没说完，石英已经扭过头来朝她不轻不重地翻了个白眼，道："才不要。笨蛋妹妹，你当初不是被那个仙人偷摸着抓走的吗？"

"诶？！"云母大惊，这误会可就大了，赶紧试图解释，"不是的，是师父救了我！当时我们不是遇到那只奇怪的老虎吗？是师父将它制服的……"

"反正不用。"石英笑笑说，"我在这山野中自由自在的，哪里不好？哪儿像你半年才能出来一次。况且，要是我也去拜师，谁来陪着母亲？"

云母张了张嘴，居然无法反驳哥哥的话。只是她确实觉得旭照宫挺不错的，师兄师姐待她都很好，师父虽然比较清冷，也很少露面，但……

还不等云母想清楚，只听她身边的哥哥已经刹住了脚，说："到了！等等……这里怎么有人？"

听到他这么说，云母也是一惊。她和哥哥都在这座山上长大，对这里的一草一木都熟悉得很，更不要说小溪边这种常来的地方。他们栖息的山与任何一个人类村庄都远得很，这溪边，是绝不会有人来的。

两人都还记得母亲交代过的不要让人类瞧见的话，可他们冲得太快，已经跑出草丛了，那人听到响动，也已回过头来，双方对上了视线。

那是个年轻的男子，看外貌应该有十六七岁，身形介于少年和青年之间，着一身黑衣，腰间别着剑，似是侠客打扮。他身材挺拔，面如冠玉，相貌是不错，只是眉头紧锁。

他原本在溪边喝水，趁着云母愣神之间，已经略微皱眉站了起来，朝他们走来。

单阳出现在这里的原因，说来有些丢脸。他本来是想径直回师门的，谁知当初在师父搬来浮玉山后住的时间太短，他又长期在人间游历，太久不曾回旭照宫，居然迷了路。他尚未练成仙身，无法辟谷，路过这里发现溪水，便想喝一口解渴，谁知刚一弯腰就听到身边有窸窣声，他生性警惕，下意识地就想出手，哪里晓得回过头，看到的是两只白乎乎的狐狸。

他硬生生地将快要出鞘的剑收了回去，愣了愣，有些自嘲。

想不到如今，他竟是连两只这么小的狐狸都警戒着了。

好在，这世间总还有山里的小动物，是不会有恶意和坏心眼的。

单阳这么想着，已经走到两只狐狸面前，见他们有些瑟缩和躲闪，反倒觉得心软。他稍稍一顿，没有靠得太近，远远地蹲下，在身上找了找，弄出两个馒头来放在地上，虽说不知道狐狸吃不吃馒头，还是对他们道："要是饿的话，就吃吧。"

单阳说完，见两只狐狸不动，也不强求，只是转身便走。

云母迟疑了一瞬，向前走了两步，疑惑地看着眼前穿着黑色衣袍的年轻男性。

她如今感气已经十分熟练。刚刚她稍微试了一下，便感觉到眼前的男性身上有相当重的灵气，纵使不是仙人，也绝对是仙门中人，只是不知道为什么会出现在浮玉山……

云母的举动把石英吓了一跳。他只觉得她哪怕多走一步都危险得很，马上想过去将妹妹捞回来，偏偏就在这时，那个看上去要走的男子又转过了头。

单阳也不清楚自己为何要再度回头，许是想看看狐狸会不会吃他留下的食物，谁知，此时看着眼前的场景，却不禁怔了怔。

阳光穿透森林树木的斑驳光影中，那两只狐狸，一只还躲在草丛中，另一只却朝他走了两步，步入阳光之下，像是不怎么害怕，反倒目光清澈地注视着他，面有好奇之色。

白狐本就是世间少有，灵动之感比寻常的红狐更胜几分。被那样笔直地注视着，便是单阳，在此情此景之下也不由得生出几分奇异的感觉，尤其是这只小狐狸尾巴大得出奇，十分好认，额间又有一道竖红的印子，隐约透着非同寻常的灵性。

单阳一顿，待反应过来，已经不自觉弯下身，在靠近他的那只小白狐头上摸了摸。

小白狐先是有几分害怕地缩了一下，然后便乖巧地不动了，只是小心翼翼地抬头看他。

这份小动物的单纯温柔，让单阳也不禁在心中软了下来，语气不知不觉和缓下来，抿了抿唇，有些生硬地道："你对生人，还是别这么信任的好，小心莫要被人抓住了。"

说完，单阳终于再次转身而去，这回他没有再回头，不久就消失了。

眼见着那黑衣男子的身影消失在森林深处，石英张了张嘴，这会儿才回过味来，问云母道："刚刚那个……莫非也是仙人？"

云母歪了歪头，也说不明白，还没来得及问呢，对方就走了，于是回答道："可能是吧……我也不太清楚。"

兄妹两个面面相觑，反正没出什么事就好，母亲还等着他们呢。两狐飞快地跑到水边，云母团成一团拨了尾巴半天，从里面掏出一个葫芦，这是大师兄给的见面礼，赤霞将里面的丹药喂给她吃完后，葫芦便由云母自己收着了。这个葫芦可大可小，能装的东西也多，云母还挺喜欢的。

在石英惊讶的目光中，云母拿葫芦装了水。待装完水，兄妹俩又一同往狐狸洞的方向跑。

"也不知道母亲怎么样了。"石英略有几分担心地说。

"嗯。"云母点了点头，只是又担心母亲，又有几分在意刚才的黑衣男子，心不在焉。

他们一来一回，也耗去了好长时间。不过毕竟还没到母亲说的黄昏，两只狐狸都有些担心还进不去狐狸洞。正因如此，当他们远远地瞧见母亲已经等在门口的时候，都颇为意外。

"娘！"云母惊喜地喊了一声，不觉加快步伐跑了过去。

白玉不知什么时候又从人形化为了狐形，此时正是以一只优雅的白狐的形态端庄地蹲在狐狸洞口，见两只小狐狸跑来，便郑重地站了起来。

云母欣喜得很，尚未感到母亲周围气氛的严肃，只想献宝似的拿出她装了水的葫芦。谁知，还不等云母跑过去翻尾巴，白玉已经低下头止了她的动作，用自己的脸颊轻柔地蹭了蹭她的脖子，似是十分不舍。

"娘？"云母疑惑地唤了一声。

"云儿。"白玉留恋地看着女儿，勉强才往下说，语气郑重，"云儿，娘决定要下山一趟……此次下山，怕是需要不少时间，你还是先回到你师父那里去吧。"

"诶？"云母没有反应过来。

只听白玉停顿片刻，接着道：“不过在下山之前，我还想再见你师父一面……走吧，云儿，我送你回仙人峰。”

云母万万没有想到她才刚下山，母亲就要送自己回去，一时不解母亲是什么意思，甚至疑心自己听错了。

白玉看着云母慌乱的样子，却沉默不言，低头又蹭了蹭云母的脑袋。

她其实舍不得女儿，只是云母如今已经入了仙门，有师父。自己要下山尚且能够带着儿子，可是云母……却是没有办法一起走了。

不过，由于玄明神君那句不辨真假的话，白玉想来想去，觉得自己离开前还是有必要再见对方一回。毕竟……这也是个需要慎重的事。

“走吧。”白玉下定决心，叼起女儿，便要唤云。石英也被眼前的情形吓了一跳，急忙跳到母亲脚边，下意识地想阻止她送妹妹回去，但白玉却将他往狐狸洞里拨了拨：“你先回去，翠霜姨母和苍岚姨夫会照顾你，娘去去就回。这一趟我们下山，怕是有一阵子不会回来，你要是有什么想带的东西，就先收拾收拾。”

说着，白玉带着云母腾云而起，一路朝仙人峰飞去。

云母被娘叼在口中往回送，眼看离旭照宫越来越近，疑心是自己的错，不安地问：“娘……我做了什么不对的事吗？”

白玉将女儿叼在口中不好说话，只好先将她放下，缓声道：“没有……是娘有要事，不得不走，但放心不下你，所以想再见一次你师父……到了。”

白玉轻巧地落在仙人峰上，然后便化了人形。云母见娘化作人形，连忙也跟着变成了人，母女俩并肩站在一起，样貌竟有六七分像。

家长要见先生，自古以来就是个让人害怕的事，云母心里惴惴。但白玉却深吸一口气，镇定地匍匐跪下，向她看不见的旭照宫一拜，高声道：“凡女白玉，求见白及仙君。”

母亲跪了，云母自然不能还站着。她笨拙地跟着母亲跪下，学着娘的样子叩拜，只是刚刚跪下，才想起师父还在闭关中，也不知道会不会出来。

白玉这般直白地说要见白及仙君，守门的童子自然立刻去禀报了，但出来的不是白及，而是云母的两位同门前辈观云与赤霞。他们听到自己放出去的师妹这么快就回来了都吓了一跳，又听说云母的母亲也来了，赶忙出来查看。

“师父还在闭关中。”赤霞担心地看了眼云母，对白玉解释道，“一旦闭关，师父一时半会儿不会出来，您怕是见不到他。”

白玉一愣，但态度依然坚定，越发真诚地行了一礼，说：“可否麻烦仙子去通报一声？凡女确有要事，若是仙君实在无法露面，我再离开。"

赤霞有些为难，但最终还是扭身进了宫。过了小半炷香的时间，云母先是看到赤霞再次走出了旭照宫，紧接着，便瞧见了她身后那个清冷的身影。

云母好久不曾见到师父，有一丝晃神。师父原本预计是要闭关半年，没想到竟然真会为了她出关。山兽的情绪是很直白的，云母长久地思念师父，此时忽然又见到他，一时呆呆的，忘了低头。

白玉看到白及仙君真的出来，亦是愣了一下。但白玉见那仙人目光平静地望过来，面色分不清喜怒，立刻回过神，越发恭敬地俯身行礼，然后便抬头望着白及。

上一回她心有畏惧，怕引起仙人反感，故连云母师父的相貌都没怎么敢看，而这一回毕竟事关云母的终身，白玉便不得不如此。同时，她看待白及的目光，亦不禁多了几分考察。

不过对方毕竟是高高在上的仙君，与她们这般尚未成仙的狐狸可谓云泥之别。白玉只是看了一会儿，便仓皇地低下了头，但却仍觉得心悸。

这白及仙君的目光，静得也太可怕了些。

上回白玉还不觉得，但这回带了些别的念头，便不由自主地替女儿担心。这世间的许多事，讲究的还不是一个"情"字，哪怕是清心寡欲修上天的神仙也绝非无情，否则哪里来的那么多仙婚神婚，哪里来的人仙不得相恋这一条天规？可是这白及仙君的目光沉寂成这样……这个人，可真会有情吗？

白玉心中百转千回，虽说心知以玄明神君的性格，那个"婚约"或许只是他随口一说的可能性大些，可心里还是隐隐有些担忧。只是云母已经拜了白及仙君为师，眼下也没有办法，白玉再度恭敬地垂首道："多谢仙君现身，凡女自知十分逾矩，还望仙君海涵……只是凡女即将携子下山，这一走怕是要数年，唯独这个女儿放心不下，故无论如何想再见仙君一面，也有一句话想对仙君说……"

白玉一顿，将云母往白及仙君的方向推了推，凝神道："我这女儿，日后便劳烦仙君照顾了。"

说完，白玉又端端正正地行了一次大礼，十分郑重。随后，她在与白及仙君礼貌告别后，便转身离去了，留下云母不知所措地跪在地上，还有看不出心情的仙君和不知道发生了什么的其他神仙弟子。

"她就说这个？"赤霞抓了抓头发，不解地道，"云儿不是早就拜师了吗？她娘这反应，怎么像是要嫁女儿似的。师父你说是吧？"

赤霞一回头，却见白及已经抬手将愣在原地的云母变回狐狸，并且抱到怀中，默默地往旭照宫的方向走去。

47

观云也是满心迷惑，问："师父，你知道是怎么回事？"

"不知道。"白及神情未变，淡淡地回答，"世事多变，凡间万物自有烦恼，不必多问。"

"哦。"

观云似懂非懂地点头，总之师父说的话总是有道理的，听不懂也要听着。

这样一想，观云便不再多心，跟着师父回旭照宫。

白及走在最前面。他没有抱过云母几次，但依然感到这只小狐狸分外安静，待在他怀中一动不动的。白及低下头，只见云母没精打采地趴在他怀中，耳朵尾巴都垂着，像是十分委屈。

白及动作一滞，轻轻摸了摸她的脑袋。

云母疑惑地抬起头，却看见白及虽然摸着她，眼睛却依然平视前方，步伐稳健地往前走。

"不要担心。"白及目不斜视，语气平稳，但云母依然听得出师父是在对她说话，"你母亲既然特意来见我，知我闭关也请求一见，必是对你放心不下。日后若是有机会，她定会回来看你。"

云母感到白及的手又轻轻地在她头顶摸了摸。即使云母再迟钝，也能明白这是师父在安慰她，其实道理她明白，只是依然难过罢了。她呜呜地在师父怀里发出了几声委屈的叫声，默默地将脑袋往师父手臂上一放，露出大片后颈和后背，任凭师父顺毛。

白及微微一顿，便缓缓伸手有节奏地摸了摸她，算是安抚。

于是这一晚，云母还是睡在她和赤霞房中。大概是后来趴在师父怀里的时间太久，她睡得很熟，以至于第二天早晨被赤霞叫起来的时候，整只狐还迷迷糊糊的。

"起来！师妹，快起来！"

一早，云母是被赤霞兴奋地晃醒的。

"快变成人形！我来帮你梳妆打扮！赶紧准备准备，你四师兄回来了！"

相比较于赤霞的兴高采烈，云母则还迷迷糊糊的。直到她变成人形，莫名其妙地被赤霞推到镜子前梳整齐了头发、整理好衣服，才问："四师兄……是之前说的到人间游历的四师兄？"

"对。"赤霞兴奋地应道，"他叫单阳。"

虽然赤霞之前在云母面前提起这个名字的次数也不少了，可总觉得这个小师妹看起来懵懵懂懂的，都不知道记住没有，索性多说几遍。赤霞想了想，颇为耐心地解释道："他是姓单名阳。凡人有姓，和我们不大一样。他是十岁的时候进的仙门，我没记错的话……嗯……今年应当是二十三岁吧？不过进仙门以后，许多事便不能按凡间的方法算了，外貌应该也比实际要小许多，所以和你一样，他也还是个小孩子呢。"

云母闻言，先是愣了愣，这才点头。

仙界的年龄的确同在凡间的感觉不大一样，赤霞和观云都是两百多岁，但外表在人间大约也就像二十岁的年轻人，似乎在神仙中属于年纪很轻的。那么，从赤霞两百多岁的角度出发，自然会觉得十几岁和二十几岁根本没什么区别了。

如此一来，她和四师兄倒还真算年龄相近的，又都是师父从凡间收来的徒弟……

云母听着听着，倒真的对这位听过许多次名字但还从来没有见过的四师兄，产生了几分隐隐的亲近感。

等云母被赤霞梳妆打扮好，已经是一炷香时间之后了。

道场离几个院落都不远，赤霞走得又快，云母被她拉着，不久就走到了。道场的风景同以往一般无二，云母刚远远地瞧见了二师兄修长的身影，一转眼就被赤霞拉到了门口。她刚想和往常那般对师兄打招呼然后行礼，谁知眼角余光一闪，发现里面还有另外一个黑色的身影，看轮廓无疑是个年轻男子。云母看到那张脸，步伐不由自主地一顿，怔在门口。

"观云！"赤霞很有精神地走进去，极为自然地拍了拍观云的肩膀，然后笑着看向屋内的另外一个人，"还有，好久不见了，四师弟。"

那人看起来不过才十六七岁，神情却严肃非常，恭敬而有些刻板地朝赤霞行礼，生硬地道："单阳见过赤霞师姐！"

"啊哈哈哈。"

赤霞好像对对方太过认真的阵仗感到不大自在，干笑几声，抓了抓自己的头发。

观云不动声色地替她解围，微笑着将单阳往旁边引了引，让他和云母面对面，然后温和地开口："对了，你还没见过吧，这是云母，师父前段时间收的弟子，入门还不到一年，是你的小师妹。云母，这位是单阳，你四师兄。"

云母听到观云师兄的介绍后，连忙慌乱地反应过来，朝单阳简单地行礼拜见："师兄好。"

说完，她小心地抬起头，疑惑地打量对方。

竟然是他！

云母在看到单阳脸的一瞬，着实有些吃惊……眼前的男子可不正是昨天她替母亲打水时在溪边见到的年轻男性？原来他便是一直素未谋面的四师兄单阳。如果是师父的弟子的话，这么一个满身灵气的人会出现在浮玉山上，也就说得通了。

然而，待迎上云母的目光，单阳却只和她对视了一秒，便不冷不热地颔首，打了个招呼，然后没什么兴趣地移开了头，对着观云略一低头道："师兄，那我去修炼了。"

云母一怔，这才意识到自己现在是人形，对方没有认出她来。

只听观云笑着回答道："嗯，去吧。对了，小师妹如今还需要人带，以后你要和我们轮流教她，我和赤霞也还是在老时间指导你，不要忘了。"

单阳平静地答应，随后便不再多言，皱着眉头在道场里找了个角落，自行打坐，很快就入了定。

观云见单阳已经进入了状态，才摇了摇头，随口对赤霞道："单阳还真是老样子，少年老成得太过了……明明才二十几岁，应当活泼一些才是。"

赤霞连连点头："是啊是啊，你我当年就很活……"

啪！

观云不客气地在赤霞脑袋上打了一下，嫌弃道："你当年活泼过头了！"

过了一会儿，观云脸上又露出些遗憾的神色，看了眼云母。

"说起来……想不到连云母都没能让单阳多注意两眼啊，明明年龄相近，云母长得也……这家伙，真搞不懂他心里在想什么。"

关于单阳的讨论很快告一段落，赤霞重新转向云母，执起她的手道："好了好了，不说这些。今天是你第一次以人形修炼，我们不该耽误你的时间。来吧，云儿，今日正式教你入定。"

听赤霞这么一说，云母赶忙点头。云母在母亲那里学习时，便听说修炼到三尾化成人形就能学不一样的东西，这下要正式开始，她的脸上也不禁露出些期待的神情来。

赤霞将云母拉到离单阳有一定距离的道场另一边坐下，让云母学着她的姿势坐好，然后道："你闭上眼睛，在心里跟着我念，要是觉得入不了定，口中念出来也可以。"

说着，赤霞将一段新的口诀念了出来，又让云母重复了几次，等确定云母记住了，才让云母闭上眼睛。待赤霞感觉到云母在心中开始背诵，便从旁指导道："你还是第一次念，不用太急，纵使入不了定或者察觉不到不同也没有关系，我们慢慢来。修炼这事，重在持之以恒，你……"

云母不断在心中重复着师姐教她的内容，却觉得师姐的声音越来越远，并且逐渐听不见了。说来奇怪，赤霞今天教她的这段口诀比以往的都要长，内容也很晦涩，但云母却并不觉得难记，反而没念几遍就感觉到身体进入了一种陌生的状态，似乎无师自通地知道了自己应该怎么做。云母渐渐感到温暖起来，有什么东西在朦胧中变得越来越清晰……

也不知道过了多久，云母才慢吞吞地睁开了眼睛，谁知一睁眼，就看到赤霞惊讶地看着她，还有观云师兄也不知什么时候围了过来，目光里同样写着吃惊。

云母感到身体有些异样，待她回过头，才发现自己不知什么时候以人形的姿态把尾巴放了出来。大约因为还是人形，那些白色的尾巴比平时要大许多，在她身后如同扇子一样铺开，干净夺目得很，只是数一数……

居然有四条。

云母吓了一跳，一连数了好几遍才确定自己没有数错或者眼花。

观云对这个状况亦是吃惊得很。纵然他早就知道师父总不可能随便就在山里捡个狐狸回来，这个毛茸茸的小师妹定然有过人之处，可是看到眼前的云母居然生了四尾，还是难以形容自己的震惊。

小师妹入仙门才多久？六个月，还是七个月？

狐狸修尾同凡人修仙一样，越是往上，修炼便会越困难。九尾狐世间难得，能修到九尾成仙的仙狐都是千年乃至数千年修行的老狐狸，纵使不愿成仙也是山中老祖级别的大妖狐，天资一般的灵狐便是几百年生一尾也实属平常，纵然师父当初一口气助她长到了三尾，这第四尾也不该这么快就长出来。

观云百思不得其解，看向云母的眼神也难免有些复杂。

赤霞的心思就要简单得多，不过她眼睁睁地看着师妹在心中默背她教的心法以后，不仅很快入了定，还飞快地长出了第四条尾巴，同样极为惊讶。她原本还想着不管师妹能否成功都要好好夸奖她一番，免得打击云母修炼的自信心，谁知闹了这么一出，都不知道该怎么称赞才好了。

云母看师兄师姐都不说话，更紧张了，忐忑不安地来回看着两个人，小心地问："赤霞师姐？观云师兄？那个……我是不是……"

"啊……没有没有，你没做错事。"赤霞回过神来，赶忙摆手道，算是安抚云母，"就是你的这第四条尾巴……好像长得有点太快了……"

赤霞抓了抓头发，胡乱猜测道："大概是师父帮你生三尾的时候，一口气给你灌的灵气太多，生了三尾后还有富余，所以今日你自己修炼的时候，就立刻生四尾了吧。"

赤霞其实说得亦不太确定，但除了这个理由，实在想不到别的解释了。她求助地看向观云。观云想了想，也只好点头。

毕竟实在没有别的可能性了。

云母听到师兄师姐的解释，总算稍稍松了口气，原本看他们那么奇怪的神情，还以为是自己的身体出了什么问题，原来只是因为师父……

云母发现观云和赤霞还看着自己，脸一红，有些窘迫地将自己的尾巴收了起来。她总觉得这种不知不觉中将尾巴暴露出来的举动挺不好意思的。

这时，只听观云师兄慢慢地道："不过，刚刚学习心诀就能立刻冲到四尾，想来也有你自己的悟性在……说起来，四师弟刚入门时同你很像，也是尤其擅长心诀……"

说着，观云回过头，感觉到单阳大约是受到云母先前生四尾的干扰，已经不在入定的状态中了，便回头道："既然如此，四师弟，几日后轮到你教导师妹时，可否麻烦你在这方面多指导她一些？"

云母对这种情况似懂非懂，只是下意识地朝单阳的方向看去。她只见单阳缓缓地睁开眼睛，恭敬地朝二师兄点头说了句"可以"。尽管观云和赤霞都对云母生四尾的事大为惊奇，但单阳却连看都没看她，便闭上眼睛重新开始修炼了。

"四师弟还是没变。"

观云见单阳这般反应，回过头，无奈地叹了口气。

云母听他这么说，眨了眨眼睛，小心翼翼地问："单阳师兄今日……是心情不好吗？"

明明在山林里的时候，他虽然也一直皱着眉头，但没有像现在这样拒人于千里之外，周围的气息也没有极不好亲近的生硬感。

"嗯？"

观云像是没反应过来，愣了愣，才明白云母的意思，然后摇了摇头，想到云母日后也要与单阳在门中相处，才慢慢地解释道："不，他一直如此，从入门第一天起便是这样了……好像是因为他是凡人之时，家里出过些事……不过具体的我也不大清楚。你不必对这些太在意，要是他教导你的时候太不用心的话，你来告诉我就好。"

云母慢吞吞地点了点头，只是看向单阳的眼神，依然充满疑惑。

这一日的修炼很快结束了，师父依然没有来，不过云母生到四尾确实是件大事，属于必须向师父汇报的进度。于是云母在修炼结束后，便决定去师父的院落。

白及的院落是整个旭照宫范围内的主院，比云母和赤霞住的，以及观云和单阳住的院子都要大，因整个院子都只有师父一个人住，难免有种遗世清幽的氛围。云母慢慢地往师父所住的屋子走去。

昨天……

云母的脸颊有些红了。

尽管她后来迷迷糊糊地睡着了，可是睡着前的事她多少还记得。母亲走了以后她心里很失落，就一直赖在师父怀里打滚不肯出来。师父居然也愿意一直抱着她，缓缓地帮她顺毛，醒来时她已经在自己屋里了，也不知师父是何时走的。

师父意外的……非常温柔……

胡思乱想之间，云母不知不觉已经走到了师父的房门前。她犹豫了一下，想了想还是觉得狐狸的样子比较直观，于是在师父的房门口重新变回小白狐，停顿片刻，忐忑地走上前去挠了挠门，然后又缩回来。

这个动作没能让她顺利地达到敲门的效果，不过意料之外的是门居然被挠开了。云母怔了怔，从门槛上跳了过去，然后往师父的房间内走。

师父正在打坐，闭着眼睛，也不知有没有意识。

云母围着他转了两圈，随后又试探地用爪子轻轻地碰了碰师父的膝盖，见师父没有反应，想到自己昨天反正也撒娇了，便胆子大了点，索性轻手轻脚地爬到师父腿上，然后默默地盘成一团，闭上眼睛。

过了一会儿，她便感到自己头上一暖，被一只手不轻不重地摸了摸。

"师……师父？"

云母原本是以为师父入着定才敢这般作死，没想到这么快就被抓包了。但她旋即想起自己是来做什么的，忙将自己身后刚生出的四尾摆了摆。

白及似是一顿，抬手摸了摸她的脑袋，缓声道："做得不错。"

"嗷呜……呜？"

云母没想到自己居然会被夸奖，怔了怔，不可置信地轻轻叫了几声，不知所措地看着师父，直到自己的头又被摸了几下，才缓过劲来。等她回过神，师父已经将她抱了起来，像揣团棉花似的揣在怀里，然后轻柔地顺她的毛。

这着实让云母觉得受宠若惊得很。她在师父怀中抬头，明知道师父已经看到，还夸了她，却仍然忍不住紧张中略带几分炫耀地竖起尾巴，开心地道："师父，我有四条尾巴了！"

"嗯。"

白及点点头，伸手又在她的脑袋上摸了两下，弄得云母有点痒，忍不住竖起耳朵抖了抖。

师父话少这一点云母早已习惯，但仍然感到很高兴，她又在师父怀中蹦跶了几下，怕师父觉得她一直留在这里太烦，挣扎了半天，只好道："那……那师父，我先回去了？赤霞师姐还在等我吃饭。"

怀中的狐狸眼睛亮晶晶的，像澄澈的宝石，一身柔软的白毛，蓬松而温暖。白及望着她这般的眸子，动作忽然滞了一瞬，心中忽而便有几分说不清道不明的意味。他放在她脑袋上的手一顿，但转瞬还是将她放回地上，闭上眼睛，缓声道："嗯，去吧。"

师父果然没有留她的意思，云母略有几分失落。她扭过头将自己的四条尾巴又弄成一条大的，大约是因为又增加了一尾，她的这条尾巴看起来更胖了。待她弄完，见师父已经重新入了定，便轻手轻脚地拖着尾巴从师父房间里跑了出来，一路朝自己的院子跑回去。

于是，单阳这一日从道场回院子的时候，便瞧见一道白色的小影子唰的一下从师父的院落中跑了出来，瞬间就不见了。虽说那小影子跑得太快，他看得并不怎么清楚，却分辨出那白影子额头上不同寻常的红印以及大得出奇的尾巴，居然眼熟得很。

单阳自从入了师门便极为刻苦，离开道场的时间从来都比师兄师姐晚，因此现在他周围没有别人，没法求证，只好自己揉了揉眼睛，然后深深地拧起眉头。

"师兄……我有件事，可否问你一下？"

这一晚，临睡之前，观云忽然听到单阳对他说话的声音，不由得愣了愣。

单阳这个师弟，年龄虽小，想法和心思却比他、赤霞和元泽这样的师兄师姐还要沉稳得多，平日里他能一个人做的事绝不会向别人求助，如非必要，甚至不大会和他们说话。因此这会儿听到单阳居然一反常态地有事要问他，观云的确吃了一惊。

不过作为师兄，问题还是要回答的，于是观云回应道："什么事？"

"师父他……"单阳眉头依然皱着，迟疑了好一会儿，才在手里比画了一下，继续往下说，"师父近日，是在旭照宫里养了大概这么大的狐狸吗？"

观云一怔，没想到单阳憋了这么久问出来的居然是这么个问题。

他一听便猜到单阳八成是在院子里看到了小师妹的原形，但没想到那是小师妹，忙解释道："那的确是旭照宫的狐狸，不过那是……"

"多谢师兄！"

大概是不想太过麻烦观云，还没等观云将话说完，单阳已经朝他抱了一下拳，算是道谢。

"啊……嗯。"

观云果然还是不擅长和这个师弟交流，心道只说这么点内容他就明白了吗？

另一边，单阳自觉得到了准确的答案，总算在心里松了口气，转过身面向着墙，闭上眼睛睡去。

结果第二日，云母见到单阳师兄时，着实吃了一惊。

倒不是因为单阳的外表发生了什么变化或者他说了什么令人吃惊的话，而是因为他们见面的时间地点实在有些反常。

虽然如今云母都已经可以用人的身体来修炼了，但毕竟原形是只狐狸，还是觉得四只脚跑跑跳跳方便点，所以吃完晚饭后，就用小狐狸的样子在院子里蹦来蹦去地消食，谁知路过师父的院落门口时，居然看到单阳师兄笔直地站在那里。她原本准备绕开，但还没等她开始绕，便见单阳朝她走来。

"你……还记得我吗？"

单阳在她面前蹲下，漆黑的眼眸安静地看着她，试探地问。然而不等云母回答，他又局促地抓了抓头发，像是自暴自弃地道："不对，你不会说话……啧。"

云母："嗷呜？"

云母愣了愣，立刻明白过来单阳还当她是山中的一般白狐，可还没来得及开口，单阳已经又说话了。

"你能……听我说说话吗？"

他缓慢地道，语气同先前在道场中的疏离感不同，没有那么沉重，反倒有一种虚弱的感觉。

这句话一出口，单阳自己都觉得有些莫名的无力。自己居然沦落到只能和一只狐狸讲话的地步，简直是发疯了。但不管怎么样，这总比自言自语要来得好一些，他本来只是听师兄说了旭照宫确实有狐狸以后，才试探着在昨天见到它的地方等等看，没想到居然真的等到了它。

他忽然就觉得失了力，慢慢吞吞地在旁边席地坐下，自顾自地开始讲话。

"你是怎么想的……对这种神仙住的地方。"他道，不过他倒没有真的期待云母会回答他，只是自顾自地说了下去，"这个地方，只有我们两个，是在人间出生的。"

"呜？"云母奇怪地歪了一下头。

云母张了张嘴，但看单阳的样子只是想对着什么东西说话，而且不能是师父、师兄、师姐和她的人形这样的人。她要是这个时候开口的话，对方即使不尴尬，恐怕也会很失落吧。于是云母终于放弃了说话的念头，索性坐下，假装是听不懂他在说什么的小狐狸。

单阳也没有察觉到什么不对，也不知道从哪里摸出一个酒葫芦，放到嘴边喝了一口，略带苦涩地道："真好啊，仙界。师兄师姐他们，大概都没有什么烦恼吧……"

大师兄原来总说他心思太重，纵然天资不错，却容易被心性拖累。可是师兄在仙界长大，从未去过人间，又怎知凡心叵测？过去单阳在人间也算出生于荣华，可那方天地早已烟消云散，若是当年他能同师兄那般生来便是仙身，同师父那样倾袖就是翻江倒海，他的家、他的家人，又如何会……

单阳不知不觉又红了眼眶，拿起酒葫芦喝了一口，用力地抿着唇，拳头狠狠地捶了一下地，指甲深深地陷进肉里，却不觉痛。

云母吃惊地看着他的举动，却没有办法说话，更没办法劝，只能眼巴巴地看着。单阳似是也忘了身旁还有只狐狸，时不时喝一口酒，时不时又说几句。这个时间观云和赤霞都各自在自己的院落中，多半不会出来，他的周围只剩下云母，安静得很。

纵使单阳的实际年龄已是二十多岁，可他外表不过十六七，虽说能喝酒，却远不到借酒消愁的年纪，云母看得心惊胆战。说来也怪，单阳一口一口地喝着，也看不出他喝了多少，但脸上倒是没有多少醉酒之态，除了眼眶通红、咬牙切齿两点。可只这两点，已让他看起来有些可怕。

云母年纪虽小，却也听娘说过酒不能乱喝，眼看着单阳拿起葫芦又要往口中灌，终于忍不住跳起来呜呜地叫了一声，啪的一下将他的葫芦夺过来，按在地上。

单阳见酒葫芦被拿走，看着空空的手掌怔了一瞬，然后苦笑着看向地上的小狐狸，缓缓地道："怎么，你也想喝吗？这是我从凡间带来的酒，比仙界的酒要苦得多……"

说着，他拍了拍云母的脑袋："我们见过两面，这个葫芦就送给你好了……说起来……"

他笑了一下，说起来他们这么快连续见了两面，倒是也算有缘。不过若不是他这次去人间又一无所获，也不会闷到找狐狸说话的地步。

他又看了一眼云母道："你这尾巴……我肯定没有认错的。"

单阳扶着旁边的石头站了起来，明明喝了那么多酒，却只是摇晃了一下就站稳了，然后掐了个诀清了身上的酒气，便朝男弟子的院落走去。云母看了看这个还剩下些许酒的葫芦，又看了看单阳离开的方向，一时不知道该怎么办。她想了想，叼起葫芦上的绳子，往自己和赤霞的房间跑了回去。

56

赤霞在屋内，房间里的灯亮着。

云母拖着葫芦回房间的时候，赤霞正目光不定地把玩着一支蝴蝶簪子。赤霞听到云母的声音，便抬起头，却看她出去溜了一圈就拖回这么大一个带着酒气的葫芦，立刻被吓了一跳。赤霞下意识地将簪子放回桌子上，惊讶地站起来："你喝酒了？！这是哪里来的？"

赤霞这个人不讲究得很，作为师姐来说不怎么严厉，也不怎么守规矩，可便是以她来说，也是认为云母才十三岁，这么小一团狐狸，喝酒自然是万万不行的。

但云母并没有喝，她连忙摇摇头，解释道："我没喝，这葫芦不是我的，这是……"

迟疑了片刻，她也不知道该不该将单阳的事向师姐告密，看师姐的反应，喝酒恐怕不是件好事……

"是捡的。"云母道。

赤霞眨了眨眼睛，脸上一副难以置信的样子。

那个葫芦没有封口，被云母拖了一路，里面的东西早没了。云母用后腿将它踢到了床底下，和她不想收拾的杂物们堆在一起，然后又目光躲闪地解释道："是……是在山里捡的，我刚才跑出宫了一会儿。"

"是吗？"

赤霞仍有几分惊讶，但知晓云母平日里的信用素来不错，便没有再怀疑，只顿了顿，便重新拿起桌上的簪子，微微垂下眼睫，慢吞吞地转着看上面那只展翅欲飞的青色蝴蝶。

云母看着赤霞同以往不大一样的神情，怔了怔，不知怎么的想起了刚才单阳师兄说的话。她小跑几步凑了过去，跑到赤霞的脚边，仰头看着她手中的蝴蝶簪，犹豫地问："师姐……"

"什么？"

"你天生就是神仙……那你……是不是从来没有什么烦恼啊？"

"嗯？"

赤霞回过神，看了云母一眼，不自觉地伸手去摸下巴，想了一会儿，回答："嗯……的确不大有吧。我入师门的时候年纪很小，从小大师兄和观云都很照顾我。师父还有家里的长辈待我也不错，不过……"

她的目光不知不觉又落在了那支簪子上，声音似乎也轻了几分："烦恼的事，倒也不是完全没有……"

云母愣了愣。她明显能够感到赤霞今日有些心不在焉。

赤霞察觉到云母的目光，一笑，解释道："这是你二师兄当年送我的及笄礼物，刚才想了起来，忍不住拿出来再看看……不过这种两百多年前的礼物，观云他大概早忘了吧。"

赤霞随后将簪子随手往头上一插，问："怎么样，好看吗？"

赤霞她平时都做男子打扮，现在头发也就是随便束了一下，其实女式的簪子和她男式的打扮不搭得很，但架不住赤霞天生丽质，随便怎么弄都行。云母忙认真地用力点头："嗯，好看！"

赤霞听了很高兴，弯下腰来用力摸云母的头，好久才松手。

接下来又是按部就班修炼的日子。云母一开始还担心单阳师兄的状况，不过发现他第二天就又恢复了严谨而疏离的模样，对她和师兄师姐都礼貌而疏远，一点异状都没有。

一转眼又过了好些天，这一日凑巧是轮到观云来教导云母，讲习的过程很顺利。正要结束时，旭照宫门口守门的童子忽然急匆匆地朝道场跑来，一进道场，就直直跑到赤霞面前，字正腔圆地道："赤霞师姐！有客人来找你！"

说着，小童子拿出帖子放在她手上，接着说："好像是南海龙宫来的！"

赤霞一愣，问："可是我娘？"

"不是。"童子摇摇头，"那是个年纪挺大的爷爷，看原形，好像是只老海龟呢！"

赤霞颇有点意外地咦了一声。另外一边的观云听到他们的对话，笑着对她道："大约是你家里派人来找你了，你快去看看吧！"

"嗯。"

赤霞面露疑惑，但的确不宜让客人久等，连忙跟着童子出去了。

赤霞走后，观云亦收回了目光，回头看见云母惊讶地眨着眼睛，这才想起因为他们平时不大注重原形和出身之类的事，都没和云母讲过他们的身世。观云笑了笑，说："你别看你师姐那副模样，她好歹也是个正正经经的龙女呢。如今南海龙王的长女、老龙王的长孙女，听起来挺厉害的吧？"

云母用力点头，何止是厉害，听起来简直是厉害极了。

观云看着她好笑的样子，便问她道："你要是有兴趣，我们干脆一起过去接待客人如何？赤霞才走不久，现在过去或许还能追上。"

云母眼前一亮，连忙点头。她自幼生长在浮玉山里，还没见过海，对传说中的龙宫好奇得很，也很想看看海龟。

观云看着她笑着摇摇头，神情略有几分无奈，却还是带着云母往外走。谁知，还未走到旭照宫门口，他们便听到了那位客人和赤霞的交谈声。

赤霞走得快，没等观云和云母赶上，已经和过来找她的人聊上了。他们只听门口有个年老的声音缓缓地道："公主，老朽这次来，是奉龙王之命，过来同您谈谈关于您的婚事……"

云母一顿。同时，她感觉到自己身旁的观云师兄，非常明显地僵住了。

"公主，您如今也有两百四十七岁，不算是小孩子了。既然龙王殿下有意立您为龙太女，您也是时候考虑安定下来，早日成家了。"那老人慢吞吞地道，因为是年纪很大的老者，声音颇为沙哑，还有种语重心长的感觉，"要是您能安定下来，您父母想必也终于能放心了吧。"

云母稍稍向前移动了几步，朝宫门外看去。从她的角度看过去，只能看到赤霞师姐的背影，不过客人的脸倒是能看清楚——那是个矮墩墩的老爷爷，头发和胡子都是黑的，但脸上有很多皱纹。不知道是不是因为原形是海龟，老爷爷背驼得厉害。

只见赤霞为难地抓了抓后脑勺，道："呃……成家什么的……我还要在师门中学习……我能力远不如大师兄，师父不可能让我出师的。"

"可以先订婚！可以先订婚呀，我的傻公主。"老人急切地道，"又没有立刻让你结婚，只是先安定下来而已。正式订婚之后，您还是可以继续在旭照宫里学习的，白及仙君想必也会同意的，一切都同之前一样，但龙王和龙王夫人却从此就能安心了呢！"

赤霞听他说完，也不反驳，只是两手一摊，道："就算你这么说，要订婚我也没对象啊。你看我这副样子，谁能看上我？"

赤霞的本意自然是让这位龟爷爷知难而退，谁知听完，老人非但不急，反而嘿嘿一笑。

"公主，还真有。"他一边说一边从袖中又摸出一本帖子模样的东西来，很小心地交到了赤霞手上，"东海龙王的三儿子，说是上回在元泽仙人的婚礼上见到了您，对您一见钟情，从此茶不思饭不想，便派了东海的龟丞相来找龙王和龙王夫人说亲。东海的三公子仪表堂堂，又与您是难得地门当户对，若是公主被封为龙太女，他婚后也愿意到南海来生活，殿下和夫人这才动了心思。不过，他们也不敢在您还没见过对方的时候乱定，所以……"

老海龟顿了顿，轻轻地拍了拍赤霞的手道："所以这不是派老朽来了吗？这是下个月初三的请帖，东海三公子邀您赴宴，当然，是只有你们二人的，可以趁此机会好好聊聊。公主，您老大不小了，还是认真考虑一下，这可是难得的眼瞎……不是，这可是难得的好夫婿啊。"

赤霞捏着请帖，呆呆的，没有说话。

老海龟见赤霞收了请帖，心道公主这些年果然是成熟了，便后退一步，躬身一拜道："事情便是如此，公主您好好考虑考虑。老朽就不久留了，龙王殿下还在等着我回去复命，待公主下次回龙宫，咱们再见吧。"

老海龟和赤霞互相告别，然后便慢吞吞地转过身，驾了片慢悠悠的云，晃晃悠悠地飞走了。

云母见老海龟走了，对赤霞师姐的状况着实有些担心，这才小心翼翼地走过去，在离她不远的地方轻轻地唤了一声道："那个……师姐？"

赤霞回过头，看见云母和观云，怔了怔，抓了下头发，似是有些尴尬地道："呃……你们看见了？"

云母点了点头，略带担忧地看看赤霞，又看看观云师兄。之前她还站在观云师兄身边的时候，还能明显地感觉到师兄浑身僵硬，不过这会儿倒是看不出观云有什么异状，只是他袖子底下的手，好像握得比平时紧些。

赤霞笑了笑，无奈地道："啊哈哈哈……那真是让你们见笑了。我娘总担心我结不了婚，所以……这次难得有机会，她和我爹大概都激动得不行吧。"

说着，赤霞的眼帘垂了垂，便是没有亲眼所见，也能想象得出龙宫里得到消息时她爹娘兴高采烈的画面，这么一想，手中的帖子顿时又烫手了许多。

"赤霞你……"观云张了张嘴，望着她的目光，似是心情复杂，"当真要去？下月初三，不就是五天之后？"

"再说吧。"赤霞沉吟了片刻，像是自己也不清楚该怎么办，"我还没想好，这两天再考虑一下。不过不管怎么样，我父母那边肯定要去交代……"

她顿了顿，看着观云一副不知所措的样子，大约是为了缓解奇怪的气氛，便戏谑地道："怎么，你难道是舍不得我结婚？"

"如果我说是呢？"

"诶？"

"开玩笑的。"

观云看着赤霞被他那么一句话惊得张大嘴说不出话来且有点慌张的样子，苦笑了一下，只好改了口，装作没什么异常地轻轻敲了一下她的脑袋，说："只是那人是在大师兄婚宴上看到你的，跟我和大师兄不同，没见过你平时的这副样子。你可不要太急着把自己嫁了，多考虑一下吧。不过你要是看过以后当真喜欢……也随你。"

赤霞平日在师门中都作男子打扮，唯有那日在婚礼上因为要求以女子正装出席，观云的担心，也算有据可循。

"噢，我知道的啦……"

虽说早已晓得定是这个答案，赤霞脸上笑嘻嘻的，眼中却还是不禁露出了几分失落，貌似不在意地揉着额头上观云刚才打自己的地方。她一边掩饰地躲开了观云含笑的视线，一边又牵起云母的手笑道："那时间不早了，我带师妹先回去了。观云你也早点休息吧。"

"嗯，去吧。"观云朝她摆了摆手。

云母却有些迟疑，看看赤霞，又看观云，只是观云似乎真没有挽留的意思。

最终，云母跟着赤霞离开了。

待两人都消失在视线范围之中后，观云才收起了脸上的笑容。他张开始终攥紧的拳头，只见手掌上整整齐齐地排着四个深深的指甲印。

观云又不禁苦笑，松了手，才发觉自己都有些站不稳了。

另一边，云母虽跟着赤霞回了房间，可却没有放心。自回来以后，赤霞便没怎么说话，只是心不在焉地翻着南海送来的帖子，也看不出在想什么。

云母坐在床上，担心地看着赤霞，沉默了好久，终于还是忍不住开口道："师姐……"

"嗯？"赤霞回过头。

云母不安地摸着袖子。她年纪尚小，对情爱之事不大精通，可赤霞与自己同吃同住，一直以来关系最好，这让她多少也能察觉到对方的一些细微的情绪。她迟疑片刻，终于还是决定将自己觉察了许久的事问出来。

她定了定神，小心地问："师姐你……是不是喜欢观云师兄啊？"

"啊？"赤霞一怔，像是没有明白她问了个什么问题。

云母脸颊一红，顿时也觉得自己问得太过唐突了，连忙摆手道："对……对不起师姐，你当我没说吧……我……我……"

"没事。"

赤霞骤然听到云母问这个问题，几乎是下意识地就要去抓后脑勺，好不容易才忍住了。她赧然笑笑，道："你看出来啦……"

"嗯……"云母尴尬地点了点头。

"没关系，看出来就看出来了。"赤霞倒是挺看得开的，反正已经承认，索性坦诚地对云母一笑，"不过你可不要告诉观云啊……他肯定不喜欢我，我不想让他为难。毕竟我们还跟着同一个师父修炼，日后还要见面的。"

云母连忙用力地点头答应了。可是她看着赤霞的样子，又忍不住有些好奇地问："师姐那你……为什么会喜欢上师兄呀？"

"啊？"

赤霞被云母问到这个问题，不禁露出了几分窘态。她抿了抿唇，不好意思地笑着道："我也不知道……我们一起长大，不知道什么时候就喜欢上他了，大概是总在一起习惯了吧……"

云母感兴趣地又问："那……师兄的原形是什么啊？"

这个问题比上一个好回答得多，赤霞便道："是青鸾，凤凰的一种，就是羽毛是青色的。他的家族掌管四方百鸟，担任天庭的信使，若是天庭有重要仪式偶尔也会派家中的小辈负责天帝天后的车驾。我家一族主要是负责掌管水族，以及和天官配合行云布雨。虽说在职务上没什么接触，但我们两家都是上古神兽，我们父母又凑巧认识，勉强也算世交。"

云母惊讶地睁大了眼睛。

哪怕她只是山中的一只小狐狸，却也知道龙凤都是瑞兽，在人间总是摆在一起说的，赤霞师姐和观云师兄又是同门，自幼一起长大，感情自是深厚……

"师姐。"云母困惑地眨了眨眼睛，有些犹豫地问，"观云师兄……真的不喜欢你吗？"

赤霞愣了愣，目光游移了一瞬，道："他许是将我当作兄弟和师妹，但别的……恐怕是没有了。你不知道以前的事，观云他怕蛇，又最爱惜羽毛，我年少时不懂事，总故意往他羽毛上泼水。那个时候我还没有长角，原形的外表和蛇差不了多少，半夜也总钻他被窝里……"

这样一回忆，赤霞自己都觉得自己年少时真是作了不少死，嘿嘿地笑着摸后脑勺："观云要是这样还能喜欢上我，我敬他是条汉子。当时他还和大师兄住呢，大半夜狂叫，连大师兄都天天被他吓得跳起来。"

赤霞都这么说了，云母也不知道该怎么安慰她才好。

赤霞故作轻松地笑了笑，说："放心吧，观云喜不喜欢我是一回事，我去不去相亲又是另一回事了。我会想办法处理好的，不用担心我……今天天色不早了，我们睡吧。"

云母沉默了会儿，看了眼赤霞的脸色，才点了头。只是等灯光灭了，云母在黑暗中依然没有睡着。她变成狐狸盖上尾巴，睁开眼睛闷闷地看向赤霞师姐的方向。山兽的眼睛在夜晚也能视物，只是赤霞今晚面对着墙睡着，云母只能看到她的后背，也不清楚对方睡着了没有。

虽然赤霞说得肯定，可不知怎么的，云母始终还是有种奇怪的感觉。赤霞不如往日精神，她心里也闷得慌……盖着尾巴翻来覆去了许久，才好不容易睡了过去。

云母心里那种奇怪的感觉，直到第二日观云师兄没有来道场的时候，终于达到了顶峰。

"观云昨日跟我说，他身体不适，想要休息几天。"这一天早晨，代替观云出现在道场的，居然是师父。白及脸上倒是没有异常，只是淡淡地解释着来龙去脉："所以今日，便由我替他亲自教你。"

云母傻愣愣地看着眼前面无表情的师父。

以往赤霞和观云轮班教她，现在还要加上单阳，的确偶尔会有换班的情况，不过通常都是赤霞师姐和观云师兄互相换，单阳倒是没有推脱过，只是教导过程不冷不热罢了，但现在……

今日的确原本还是应当由观云师兄教她，可师父亲自来替观云师兄代班……也太夸张了吧？！

云母如今修炼时都化成人形，面对师父，窘得连手脚都不知该怎么摆才好。白及却不觉得有哪里不对，从容地整了整衣襟，在云母面前端正地坐好，问："你昨日学到何处？"

师父居然真的摆出要教的姿态来了！

云母虽说入门的时间已经不短，可是还是第一次被师父亲自教导授课，放在膝盖上的双手紧张地不停上下交换。她战战兢兢地告知了师父昨天师兄教她的内容，然后低着头不敢多看一眼。

不过，说出进度后，云母小心翼翼地抬头打量了一下师父的脸色，鼓起勇气试探地问："那个……师父，请问观云师兄……身体很不好吗？"

云母话音刚落，便感到师父冰冷的视线在她脸上淡淡地扫过，吓得她后背发毛。然而接着，她就听到师父缓缓地道："观云并无病状，但脸色确实很差，我便让他休息了。"

云母眼睫微垂，说："原来是这样……"

"可以开始修炼了吗？"

"啊……是！"

被师父催促后，云母赶紧回过神。白及见她准备好，神情微凝，亦开始讲授。

然而白及讲到一半，皱了皱眉头，停了下来，唤道："云儿。"

"是！啊……"

63

听到师父喊她的名字，云母条件反射地挺直后背，眼睛一眨，这才意识到自己刚才居然在师父的课上无意识地发呆。她的脸立刻就烫了起来，连忙认错："对不起，师父……"

白及却是不动，缓了缓，问："你有心事？要是有什么不解，便问出来。"

"没……没有！"云母下意识地想要反驳，但话刚一出口，视线却不由自主地闪了闪，"只是……"

白及低头看着自己的小徒弟，虽说当初他误以为她是山中无依无靠的幼狐，且长得……毛茸茸的，觉得很可爱才带回来。但她确是认认真真地对他行了拜师之礼，他也是真情实意地收了徒弟。

师父有教导之责。

云母年纪尚幼，又是灵狐，生性天真懵懂，这教导便不只是仙法修习，还有如何为人处世，也要由师父一并教她，成长的烦恼疑惑，亦要为她解答……简而言之，便是既为师，也为父。

白及定定地看着云母，如今她已以人的姿态修行，外表虽是姿容端丽的少女，可神态依然稚嫩得很。白及闭上了眼睛，道："但说无妨。"

"那……"云母仍有几分犹豫，若她此时还是狐狸模样，耳朵肯定已经不安地垂下来了。她忐忑地看了眼师父，问："师父……你明白什么是情爱吗？"

"对……对不起……"

云母话一出口便后了悔，心知自己问得太过唐突了，脑袋迅速低得埋到了胸口，只恨说出去的话用仙法也收不回来。

"无妨。"

白及的确没想到云母想问的居然是这样的问题，因而愣了愣，但倒不介意她问，只是……

白及道："但我没有办法回答你。"

"诶？"

云母下意识地抬起头，却见师父脸上仍是一片出尘入仙的淡然。

白及说："因为我未曾历过情爱。"

说着，他再次闭上眼睛。

"我未曾经历过的东西，便不明白，自然无法教你。"

"这……这样啊……"

云母愣愣地点头，有些意外地看了看师父，但仔细想想，却又觉得是在情理之中。

所谓仙人，大多给人的便是清心寡欲的印象，虽然也有仙人会吃饭成亲，但师父既然被称为仙中之仙，自是比一般仙人还要来得不沾尘世得多……便是让云母来想象，也的确想象不出师父会爱上什么人。

光是师父竟然真会回答，云母便已经感到受宠若惊了。

"那……"既然连这个问题都得到了师父的答案，云母不知不觉胆子放大了些，她得寸进尺地问，"师父，若是你喜欢上什么人，却不知道对方是否喜欢你，还觉得她可能讨厌你，会怎么办？"

白及微微睁开眼，垂眸看了云母一眼，旋即又闭上，道："随它去。"

"哦……"

云母似懂非懂地点点头。

然而，还不等云母想清楚，便听到师父语调平静地接着往下道："他人的好恶无法被人左右，纵使强求也毫无意义。不过……若只是不知道答案，或是害怕失败，独自胡思乱想而无所作为，无异于放弃。正所谓事在人为，想要答案就去问，想得到什么就去争取，至于结果……随它去，顺其自然。"

他看向云母。

"谋事在人，成事在天，便是仙人亦无法左右全局。有时结果或许不尽如人意，不过……万物皆有定数。"

"师父果真这么说？说起来……他这回答还真是很老实啊。"这一日的授课结束后，待云母回到两人的房间内，赤霞惊讶地道。

云母先是点头，然后又歪了歪脑袋，疑惑地问："老实？"

回到房内的云母已经换了狐形，正坐在赤霞的桌子上，感到有疑惑的时候就眨巴眼睛，耳朵一抖一抖的，让赤霞忍不住抬手摸了摸她的脑袋。

赤霞想到云母自入了仙宫就没有出去过，和师父相处的时间也绝称不上多，自然不大清楚师父在外人面前的表现，便笑了笑，大致解释道："嗯，你不是总是很奇怪当初师父为什么没有立刻顺着那几个北枢真人的弟子的话，直接将你带回来，而非要后来特意换身黑衣再抓你结果把你吓个半死吗？师父性格便是如此，尤其在外人面前，他不喜多言，担心说话让人生出歧义来。"

见云母还是一副不明白的样子，赤霞只笑，却不多说。

好在云母也没有太过纠结这个问题，似懂非懂地点了点头，便担忧地看向赤霞，小心翼翼地出主意道："师姐，那你……要不要去看看师兄？"

云母也不好说得太直白，眼神有些躲闪。

"听师父说，师兄的脸色不大好，万一病得严重……"

赤霞动作一滞，放在桌上的手亦是微微一僵。

她明白云母的意思，也很感激小师妹替她担心的好意，只是……

真的要去问一个答案，要说不害怕是不可能的。

不过，正如师父所说，拖了这么多年，其实归根结底，无非在怕得到让人必须死心的回答。

事在人为吗……

赤霞抿了抿唇，翻了翻她随手放在桌上的请帖。她在父母眼中，年纪已经不小，便是这个东海的龙三公子不行，他们也会亲自替她再找别人。而且虽说还要在师门学习，日日要见面，可她和观云入门的时间其实不短，师父何时会安排他们出师亦完全是未知数，许是再过几年，许就是明日……待到出师之后，她负责行云降雨，观云则多半会在天庭当差，也不知是否还有见面之日……

赤霞心一横，站了起来，道："走吧，云母。"

"哦？我也可以去吗？"

虽然云母原本就觉得赤霞不去问问便放弃实在可惜，可见她听了自己的话真的要去，又忍不住为师姐紧张了。尤其是在听到赤霞准备带她一起去以后，云母更是觉得意外。

"嗯，一起来吧。"赤霞无奈地笑了一下，让云母看她抖得厉害的手，"至少陪我到门口，要是我中途后悔要回来，你好阻止我。"

云母眨了眨眼睛，其实也很关心赤霞的状况，忙点头："那……那好。"

虽然平时云母散步也会路过男弟子的院子，不过还从未进去过，因此一路跟着赤霞师姐走，一边走一边好奇地四处打量。赤霞倒是熟门熟路，直奔如今观云和单阳居住的房子，但等真到了门口，刚伸手要敲门，却又缩了回来，有些怂地抓了抓头发，不安地笑了笑道："那……那个师妹……能不能你来？"

云母难得看到赤霞师姐露出胆怯的样子，心中越发为她担心。云母无奈上前，敲了敲门，接着便听到观云师兄在门里道："谁？单阳？还是……"

赤霞接口道："观云，是我和……"

"赤霞？"

下一秒，房门应声而开。观云往外一看，原本皱着的眉头便舒展了几分，笑道："原来还有小师妹，我说怎么不像你的敲门声。单阳大概还在道场，不到夜深是不会回来的，现在房里只有我……你们先进来吧。"

观云虽是笑着，可云母总觉得他今日眼底像压着心事，见赤霞进去，忙摆了摆手道："师兄，我就不进去了，是师姐有事找你……我就在门口等师姐好了。"

说着，云母又重新化了狐狸，真的往门口一趴开始晒夕阳了。

观云闻言愣了一下，看了赤霞一眼，引她进屋坐下，熟练地翻过两个茶杯给自己和赤霞都倒了杯茶，同往常一般笑着道："所以呢，你今天为什么来找我？"

"呃……师父不是说你身体不适嘛，所以我来看看你。"赤霞不自然地摸了摸后脑勺，躲开了观云的视线，"所以你……还好吗？"

"啊……这个……"观云眼神一暗，自嘲地笑笑，"我没事，只是心情不好，且凑巧有些事想考虑清楚罢了。"

说着，他拿起扇子在赤霞额头上轻轻一拍，道："倒是你，请帖的事考虑清楚了吗？如何，你真要赴那个没见过面的三公子的约？便是大师兄与紫草仙子成了亲，你也不该如此自暴自弃。"

赤霞下意识地去揉额头，却又对观云的话不解："啊？关大师兄什么事？"

"没什么。"观云一顿，移开了目光，拿起茶杯喝了口茶。

"噢。"赤霞点了点头，不再深究。

她手心早已出了一层薄汗，暗自懊恼自己半天切入不了正题。赤霞道："对……对了，观云，我其实是有事想问你。"

"什么？"

"你……"赤霞深呼吸一口，心跳得厉害，只是话到嘴边不知为何还是拐了个弯，"观云……你有喜欢过什么人吗？"

观云捏着茶杯的手一僵，心情复杂地看向赤霞："你问这个做什么？"

"没……没什么，就是问问……"赤霞心虚得很。

她的两只手无意识地攥得很紧。虽说是问了，但赤霞其实知道观云大多数时候都待在旭照宫中，顶多偶尔去天庭或者回家，不怎么接触女仙，多半是没有的。因为知道自己下一句话就要直切正题，赤霞神经紧张得近乎绷紧到极点。

谁知，观云忽然放下了茶杯，杯底和桌面之间轻轻地发出咯的一声。

"有。"他道。

赤霞一懵。

"我已爱了一个人许多年……"观云苦笑了一下，缓缓地看向她，目光灼灼，"赤霞，你对这个怎么看？"

"我……"

赤霞万万没料到观云说出的会是这样一个答案。她竭力想从观云眼中找出一丝开玩笑或是恶作剧的神色，可无论是观云说这话时眼中那一缕无奈的神情，还是多年青梅竹马的默契，都让她没有任何逃避的可能。

她能读懂他的每一种眼神。

他是认真的。

赤霞只觉得胸口钝痛，良久才魂不守舍地努力笑着道："挺……挺好的啊……我……我会祝福你的，你成亲的时候我不捣乱就是了，记得请我啊。"

观云的目光变得深沉了。他又抿了口茶，道："不过对方大约对此毫不知情。而且她并不喜欢我，说不定是喜欢别人。"

观云这种想法简直同她的一样。赤霞觉得很苦涩，心脏难受得很，但还是把云母从师父那里听来的话变了变，劝他道："你不要一个人胡思乱想，你说的这些，不过是猜测吧？不去问问怎么能知道？"

"你觉得我应该去试试？"

"嗯……什么都不做的话，不是无异于放弃？"

"要是失败了呢？"

"总好过无疾而终吧？"

"那失败之后，她会讨厌我吗？"

"应……应当不会。你又没有做什么无礼的事……"

"既然是你这么说……"观云道，"那我就去试试吧。"

赤霞强颜欢笑道："记得告诉我结果啊。"

"一定。"观云望着她，同时站了起来，"那我现在就去准备，我要回家一趟……赤霞，你等我四日。"

"四……四日后你就会告诉我消息吗？"

"嗯，最多四日。"观云看了她一眼，"就是到时候……希望你不要后悔给我提这种建议就好。"

赤霞其实没懂他这句话是什么意思，只是她也无暇思考，只苦笑了一下，抓了抓头发："我好像已经开始后悔了。你晚上飞那么多路，小心点啊……呃，要不明天早上再走吧。"

"不了……时间不够了，再拖，她怕是都要嫁给别人当新娘了。"

说完，观云又深深地看了赤霞一眼，然后深吸一口气，化为原形，用力一抖，振翅而去。

云母原本紧张地在门外等着，在听到一声刺耳的鸟鸣后，下意识地回头，正看到一只青色的凤凰从房中腾跃而起，呼啸着朝火红的晚霞冲去。

她这辈子还没见过这么漂亮的鸟，璀璨的青羽在夕阳中熠熠发光，极是夺目。在知道观云师兄的原形是青鸾以后，她自然一眼认出那就是师兄。云母一愣，连忙化成人形朝房间里跑去。

"师姐……"

就算不知道他们具体说了什么，但看到观云飞走，任谁都能猜到一二。云母一时慌乱不已，不知该做什么才好。

赤霞对她笑了笑，道："放心吧，我没事。"

"那……那观云师兄……"

"他另有喜欢的人，去表白了，说四日后回来告诉我消息……"看着云母的神情，赤霞不好意思地说，"既然他有喜欢的人，我就安心了。他以前除了我、师父和大师兄以外，就没什么特别熟悉的人……不要这么看着我啦……其实得到答案，我也觉得轻松多了，再说我还没来得及表白就搞清楚了，大家都不用尴尬……"

然而云母看着赤霞这种样子，哪里能不管，手忙脚乱地从袖子里掏出手帕，笨手笨脚地替赤霞擦眼泪，慌乱地道："对……对不起，师姐……"

"没关系啦，不关你的事。"

赤霞笑嘻嘻地直接拿袖子擦眼睛，只是泪水流得太多，擦也擦不完。

"我小时候弄哭他的次数太多，也是时候还他一回了。有输有赢他下次才会再和我一起玩……对了，云母你能和师父请几天假吗？陪我一起去赴宴吧……"

云母大惊："师姐，你真要去赴那个东海龙王三公子的约会？！可……可是观云师兄不是说四日后……"

"嗯，不过是去拒绝他。"赤霞努力地止了泪，笑了笑，本想伸手去摸云母的头，但意识到自己现在手和袖子上都湿漉漉的，便又收了手，"放心吧，我知道轻重，不会因为被观云拒绝就自暴自弃。观云那里……我……我还没想好怎么办，反正只要初三那天回来就好了吧。相亲的事，我想来想去，还是觉得当面拒绝对方比较郑重，而且……"

她顿了顿，笑道："我忽然好想爹娘，好想回家，好想吃龙虾……"

赤霞师姐难得露出这么脆弱的样子，在这种情况下，云母自然无论如何都拒绝不了她的请求。于是把赤霞送回房间后，云母立刻就跑去找师父请了两人的假。不过赤霞比云母想象中还要坚强，哭累了睡了一晚上以后，第二天醒来的时候，她已经又是活蹦乱跳的了。

"云母！"

云母刚刚醒来，发现对面床上的赤霞师姐不见了还吓了一跳，谁知一转头就看见赤霞从门口探进来朝她招手，笑得没心没肺的，道："你醒啦？快准备准备，我们出发吧！"

等云母准备好一切跑出来，便看到赤霞在外面舒展筋骨似的活动着身体。她担心地朝赤霞道："师姐，那个……你没事了吗？"

"嗯？啊……没事了没事了，昨晚哭够了。"赤霞笑笑道，"一直消沉着总不是办法，再说，我好久没见到父母了，好不容易见他们一次总不能哭丧着脸……出发吧！现在走，说不定还能赶上午饭。"

云母理解地点头，要是换作她要去见母亲和哥哥，肯定也不希望自己是哭着去让家人担心的。她说："那我们走吧。不过我还不会腾云术，所以……"

"腾云？"

赤霞疑惑地皱了一下眉，这才意识到云母大约是误解了，连忙解释："不，不是的，这次我们不腾云。我家离这里很远，腾云太慢了，要飞好几天。"

云母一愣："那怎么去？"

赤霞嘿嘿一笑，突然化作了原形。云母吓得后退一步，再定神一看，眼前出现的已经是一条黑角红鳞威风凛凛的赤龙。她的尾巴还在房间内，头几乎要长到庭院口，声音倒还是赤霞的声音。云母只听她催促道："师妹，快上来师妹！我载你飞回去！快到我头上来！"

云母看得目瞪口呆，迈着四条腿一路跑到了师姐跟前，犹豫地不敢往上爬，迟疑不决地问："没……没问题吗？"

"没问题！"赤霞胸有成足地道，"放心好了，我载人技术很好的！"

于是这一天，从浮玉山到南海，很多沿路出来散步的仙人都看到了一只赤龙载着一只毛团似的小白狐在天上纵横的景象，尤其是那只小狐狸叫得还挺凄惨的……

当然，如果他们看到赤龙穿云破海直冲南海滚滚巨涛的时候，就会知道那只狐狸还能叫得更惨了。

赤霞上了天就活泼得很，翻云逐风不说，还给师妹表演了一出现场版的蛟龙入海，一口气穿破几千米的深海。云母晕"师姐"晕得很厉害，待赤霞重新化了人形精神抖擞地站在龙宫门口时，她已经完全成了只蔫巴巴的狐狸，没精打采地歪在地上站都站不起来。

"呃……抱歉。"赤霞看着云母的样子，带着歉意地挠了挠头。

云母慢吞吞地摇了摇头，倒不在意飞晕的事，只是担心地看了眼赤霞。虽然从早上开始，赤霞就没显出什么异状，飞得那么快也只是说因为回家兴奋，可云母总觉得她其实心里还是在意观云师兄的事，怕她心里不好受。

只是师姐不说，她也不知该不该提，再说也实在没力气说话了。云母自暴自弃地赖在地上。赤霞失笑，走过去将她抱起来，揣在怀里往里走。

深海漆黑，唯有龙宫如同这片黑暗中一颗闪亮的明珠，在海水之中显得辉煌明亮得很。赤霞自己是不怕水的，在入海前也没忘记给师妹丢个避水咒，现在两人在海中与陆地上无异。

"公主回来了！是公主回来了！"

赤霞一出现，整个龙宫顿时从外向里地沸腾了起来。

赤霞似乎也没想到她几年没回家，一回来就能受到这么隆重的欢迎，一路缩头缩脑地抱着半死不活的师妹往里走。她刚一进水晶宫，迎上来的便是一对等候她已久、装扮华美的夫妇，还有一个小男孩。

"霞儿！"一见她，龙王夫人立刻惊喜地迎了上来，一把抓了赤霞的手，上上下下地打量她，"这么久不见……你都瘦了……"

"娘，我没瘦，还胖了的……"

赤霞有点无奈地应付着龙王夫人的唠叨，还抽空向龙王夫人身后的父亲和弟弟打了个招呼，接着指了指她怀中的云母，笑着介绍道："娘，我不是一个人回来的，这儿还有客人呢。这位是我师妹，是师父新收的弟子，叫作云母。"

云母立刻跟赤霞的家人打招呼。

"原来是白及仙君的弟子。"龙王夫人温柔地道，亲切的笑容消除了云母心中的紧张，"既然是赤霞的师妹，那便不必拘谨，你就将南海龙宫当作是自己的家吧。"

云母连忙向龙王夫人道谢。但即便是龙王夫人这么说，她也不敢真的太过造次。

赤霞又和家人说了几句，便笑呵呵地抓了抓头发道："娘，我飞了好久有点累了，能不能先回房间休息会儿？师妹她今晚就跟我住吧，反正她在旭照宫里也是和我睡的。"

"随你。"知女莫若母，龙王夫人一看赤霞的脸上真有倦色，连忙催促道，"你累了就赶快去休息会儿吧，等到用膳时间，我再叫人去喊你，快去吧！"

这一晚，云母和赤霞同床而卧。

赤霞睡得快，云母能够感觉到她回到家以后终于全身都放松了下来。赤霞在床上躺下不久，便传来均匀的呼吸声。

只是云母睡到半夜的时候，迷迷糊糊地醒来，便看到赤霞脸上有泪痕。她小心翼翼地抬爪子替她擦干净，然后又用尾巴轻柔地摸了摸赤霞的头，等感到赤霞在睡梦中渐渐放松下来，才静静地闭上眼睛，重新睡去。

赤霞白天从不曾提起观云的事，看上去只是单纯地回来度假，整天带着云母吃吃玩玩。时间过得很快，转眼就到了初三这日，云母早晨醒来的时候，赤霞已经在镜子前梳妆打扮了。

赤霞生得十分貌美，只是平时鲜少作女儿态，所以才不怎么有人关注她的长相。而这会儿，云母坐在床上看着她梳头，见到赤霞一头乌发瀑布般倾泻下来，落在纤巧的肩膀上，稍稍侧过头，露出一个微微垂眸的侧脸的样子，忽然便明白了那位东海三公子，为何明明一句话都不曾和师姐讲过，却对她一见钟情。

不过，赤霞对镜梳妆的美好幻象仅仅持续了她梳头的那么短短一小会儿时间，等她梳好头发，立刻就熟练地换上了男装扎了个男发。待赤霞抱着云母从房间里走出来，连龙王夫人都被她的打扮吓了一跳。

"你……你就这样去赴约？"龙王夫人吃惊地道，"霞儿，你平时这样倒是没什么，只是你今日要去见东海的三公子，好歹穿得正式些……这样，如何能给人家留下好印象？"

赤霞笑嘻嘻地道："反正我本来就是这个样子，与其藏着等以后穿帮，还不如直接坦白了痛快些。娘，你也觉得欺骗别人不太好吧？"

龙王夫人一噎，良久，只得叹了口气摇摇头，心知此事怕是要黄。不过想来想去，她也舍不得女儿抑制本性，受那每日装模作样的委屈，只好退开，让赤霞就这样去了。

东海龙三公子原本发请帖是邀赤霞去东海赴宴的。由于赤霞是为了拒绝人家而赴约的，觉得不好意思白吃一顿，故前几日便主动要求将见面地点换作了南海，由她来做东家。龙三公子见佳人有约，自然欣然答应。

龙王和龙王夫人为了让赤霞和龙三公子有个良好的交流环境，特意给他们安排了一个龙宫中的小雅间，原意是让他们两个年轻人单独在一起，不过在赤霞的强烈要求下，他们勉强同意了由云母留下来陪同。

只是，在小雅间里坐下来以后，云母不久便感到赤霞心神不宁。

"师姐？"云母试探地喊了她一声。

"嗯？啊……"赤霞愣了愣，才反应过来，朝她一笑，"抱歉，我有些走神了。"

云母歪了歪头，再次小心翼翼地问："是因为观云师兄？"

说来，今日不仅仅是赤霞赴约的日子，还是观云说好要见她、告诉他自己表白结果的日子。不要说赤霞，便是云母，都忍不住在意。

赤霞苦笑了一下，算是默认。她摸了摸自己的脸，问云母："我表现得很明显吗？"

"还……还好。"云母不确定地道。她其实不太会判断人的表情，只是凭直觉。

云母想了想，提议道："师姐，你要是很在意的话……要不我想办法联系一下师父，问问看观云师兄回去了没有？"

不过，话一出口，云母又沮丧地垂下耳朵："但我还没学会传音之术……"

小狐狸的情绪实在太过好懂，关心之情也毫不掩饰，赤霞见状心里一暖，淡淡微笑，想了想，道："其实也不是毫无办法，我房间里有一颗海螺，可以跟与它相连接的海螺对话。我以前送过师父一颗，大师兄一颗，当然还有……观云……"

赤霞微微一僵，但旋即回过神来，摆了摆手道："不过无关紧要啦，我还是速战速决，亲自回去问他的好，就不用麻烦了……对了，云母。"

"嗯？"云母抬起头。

赤霞伸手对着她的脑袋乱揉了一通，笑道："谢谢你这几日陪我。我已经感觉好多了……其实仔细想想，我单恋观云这么多年，关系不进不退的，早就是时候做个了断。还要谢谢你替我问师父。"

等东海三公子按照时辰抵达的时候，赤霞和云母已经玩了一会儿了。对方被龙宫里的宫女带了进来，看到雅间内的情况，果然愣了一下，赤霞和云母一个来不及收手，一个来不及收爪子，两人都没想到会被看见，顿时不好意思起来。赤霞正要解释，谁知东海三公子率先反应过来。

"赤霞公主，你我二人真是心有灵犀！"

龙三公子特别高兴地道，同时从袖中掏出一只虾来，放到桌上。

"不瞒你说，我也带了宠物来赴约。你看，它是不是也很活泼？"

虾在桌子上蹦得很欢，还吐了几个泡泡。

同时，龙三公子啪的一下打开了扇子，摇了摇，笑着道："在下庄华，想必公主已经知道了我的来意。在元泽仙人的婚礼之上，在下对公主一见钟情，今日再见，果然更为倾心。公主，既然我们如此有缘……"

"不，不是……"眼看这个叫庄华的越说越离谱，赤霞连忙阻止他，同时伸手将云母拎起来放到桌子上，解释道："这是我师妹，白及仙君门下的弟子，云母。"

啪叽……

赤霞话音刚落，云母看着眼前那只跳来跳去的虾，终于按捺不住一把将它按在了爪底下。

龙三公子倒是不怎么在意他宠物的安危，闻言挑了挑眉，看了看云母，又看了看赤霞，笑道："原来如此。"

"还有，抱歉了庄华公子，我恐怕不符合你第一次见面时的印象。"赤霞开门见山，坦然地张开双臂，展开自己常穿的红色男袍，"其实我平时都是这种打扮的。"

便是男神仙，大多也还是喜欢有女人味的女子，且眼前来的又是一个号称对赤霞一见钟情的人，赤霞这般坦诚地亮出自己的本性，有七八分的把握能一举击退对方。

然而龙三公子却只是怔了一瞬，便笑着道："我进来时就看到了，不过无妨。公主或许不信，我其实不是以貌取人之人。我看人是看感觉的，之所以对公主有兴趣，并非因为看到了公主的美貌，而是看到了公主身体里那颗闪亮的少女心。"

龙三公子此话一出，且不说赤霞本人险些身体一歪跌倒在地，连云母都给吓蒙了，惊得爪一松，那只虾立刻猛地一蹦，从桌子上跳下逃逸了。

云母一愣，想到这只虾好歹也是龙三公子的宠物，连忙跟着跳下桌子去追。

那只虾看着个头小，跳跃能力却着实不弱，一蹦好几米远。云母一路跟着乱跑，最后好不容易才在赤霞房间的门口抓住了它。雅间和赤霞的房间离得不远，云母叼住了那只虾，正想跑回雅间去找赤霞，然而她的耳朵忽然动了动，好像听到赤霞房间里居然有观云师兄的声音。她犹豫片刻，又回过头，打开赤霞房间的门走了进去。

"赤霞！赤霞！赤霞你在吗！"

门一开，观云师兄的声音就清晰了起来，语气听起来焦急得很，似乎是从赤霞说的那个海螺中传来。但赤霞这个时候在雅间内，海螺附近没人，他根本得不到回应。

云母走了上去，将虾放在地上先用爪子按着，对着海螺的大口子，试探地道："师兄？"

"云母？！"听到云母的声音，观云像是怔了一瞬，但迅速地反应过来，连忙往下问，"赤霞呢？赤霞在吗？"

云母老实道："师姐她现在雅间呢，和龙三公子在……"

咔嚓一声，对面传来什么东西碎掉的声音。下一秒观云那里就没有声音了。

云母歪了一下脑袋，叼起虾，又往雅间内跑去。

另一边，被"少女心"三个字吓得差点发疯的赤霞正目瞪口呆地看着庄华。

"你……你什么意思……"

赤霞结巴道。

74

龙三公子的笑容加深了几分，回答："东海和南海不过一线相隔，我与公主虽然从未正式见过面，但却并非未曾听说过公主。之前听了传言，我总以为赤霞公主是个女儿身男儿心的假小子，谁知那日在元泽仙人的婚礼上一见，却发现并非如此……赤霞公主的性情或许的确在女子中少见了些，可是心里……却分明还是个柔软细腻的女孩子呢。"

说着，他稍微停顿了一下："这么说来，公主这么着急地要拒绝我，莫不是已经有了意中人？"

赤霞一愣，不知道该怎么回答。

"果然如此。"光是看她的反应，对方就已经得出了结论。龙三公子笑道："莫非就是那日宴席之中，总和你形影不离的那只年轻的青凤凰？"

提起这个，赤霞露出了几分失落的神情来，不自觉地抓了抓后脑勺，不好意思地道："不过我单恋罢了，观云他……另有喜欢的人。"

龙三公子哦了一声，拿扇子轻轻地拍了拍自己的下巴，然后道："你大可不必妄自菲薄，这话由我说出来可能挺奇怪的，但我……看你们二人倒是挺合适的啊。"

赤霞苦笑了一下，道："呃，不要拿我开玩笑了，这是他亲口对我说的……"

"是吗？"龙三公子的食指轻轻地在桌面上叩了叩，若有所思地道，"说来也巧，我从东海过来的时候，恰好看到一大群凤凰往这个方向飞，也不知道是不是巧合……"

"哦？"

未等赤霞反应过来，云母这个时候叼着虾回到了雅间里。她隐隐感到气氛不对，可刚放下虾，还没来得及开口，走廊上就传来了一阵局促的跑步声。

"公主！公主！"

一个宫女也不知是从哪里跑来的，上气不接下气的，神情还紧张得很。

"公主，凤族的观云少爷带着一大群凤凰，还拉着凤车，闯进水晶宫里来了！"

龙三公子捡起云母带回来的虾，放进袖子里，从容地摇了摇扇子，笑道："你瞧我说什么来着？走吧，去看看！"

赤霞哪里还顾得上龙三公子，焦急地跑了出去。见状，云母赶忙也跟上去。两人一狐跟着宫女一路跑到了前厅，龙王和龙王夫人都已经在那儿了。龙王夫人的神情看上去有喜有忧，看到赤霞出来，立刻迎了上去，道："霞儿，观云他……"

赤霞扶了扶母亲的手，让她先跟父亲待在一起，自己走了出去。

龙宫外果然停满了凤车，华美的凤车和璀璨的水晶宫摆在一起简直炫目得刺眼，更别提这里还突然挤满了五颜六色的凤凰。

　　然而赤霞一眼就认出了站在凤队前头的观云。刚与她的目光对视上，观云便化成了人形。

　　"你现在后悔给我提这种建议也已经晚了。"观云异常坚定地看着她，目光灼灼。

　　他侧开身子，指着带来的东西一样一样道："媒人、庚谱、聘礼，还有我家长辈和师父我都一并请来了。你如果非要成亲不可，比起才见过一两面的人，还不如选我！"

　　前厅忽然无人说话。云母被这种情形惊呆了，连龙王和龙王夫人都震惊地交换了眼神，而观云的家人们则是一脸欣慰的表情。

　　赤霞师姐本就是个单纯的人，不大会掩藏情绪，也不知道为什么要藏，这个时候她毫不掩饰地张大了嘴，一副吃惊到极致的样子。

　　观云既然敢来提亲，自然是做好了破釜沉舟的准备，只是就算他再沉得住气，在赤霞这种目光之下也着实觉得有点难熬，终于还是忍不住先移开了视线，焦虑地催促道："喂……你是怎么想的，行不行好歹说句——"

　　"好。"

　　空气里突然冒出一个字，观云原本还绷着脸，顿时瞪大了眼睛重新看向赤霞，简直怀疑自己听错了。

　　"——你说什么？"

　　"我说好啊。"

　　赤霞本来还算正常，结果观云的表情让她也窘迫起来了。

　　观云突然发蒙。他的长辈过来拍了拍他的肩膀，道："愣着做什么，还不快过去拜见你岳父岳母？还有，也不该让人家小姑娘就这样戳着，把她带上。"

　　观云这才回过神来，看了看赤霞，又转头去看南海龙王和南海龙王夫人，只见他们都是满脸期盼的喜色，没有因为他的莽撞而生气的意思。观云这才走向赤霞，因为还有点不敢相信发生了什么事，动作有些迟疑，还带着紧张，待走到赤霞面前，便一把抓住了她的手，握得很紧，一副不准备松开的架势。

　　赤霞愣了愣，就让他握了，只是在这么近的距离对视，两人突然都有了几分羞赧之色。他们互相打打闹闹的时间太久了，如今一下就变成了眼前的状况，反倒不知该如何相处。

接下来的事就要顺利得多。

观云带来的人和东西可以说相当齐全，龙王和龙王夫人虽然没有准备，但毕竟就在自己家，什么都能就地准备，急匆匆地张罗了一番，居然也真弄齐了。当然倒不是真的让他们两个当场就拜堂成亲，观云和赤霞尚未出师，还要在师门里学习，顶多就是暂时先定下来，正式的礼节订婚什么的日后再说。

在一片喜庆的恭贺声中，云母也替赤霞师姐和观云师兄高兴。只是他们两个人现在看起来都很忙。云母跟着其他人一同向他们道贺了一声，便没再缠着师兄师姐，在人群中乖乖地蹲着，然而没蹲多久，就忽然被一双手温柔地抱了起来。

云母一愣，回头看见来人，便高兴地朝他叫了一声。

白及摸了摸她的头，将她抱离了这种人来人往可能会被踩着的地方。

师父一身白衣，个子又高，在人群中很醒目。他神色淡然，周围人看起来对他都很礼貌，连看起来颇为德高望重的老凤凰，都在看到他时愣了一瞬，之后又笑着喊了声"白及仙君"。师父好像并没有与他们寒暄的意思，对谁都是轻轻地点点头，然后径自走到一个不起眼的角落里，揣着怀里的云母，静静地望着眼前的热闹。

白及仙君周围的一切仿佛是静止的。云母感觉到师父会无意识地时不时帮她顺一下毛，便乖乖地蹲着没动。不过她实在是关心师兄师姐的事，憋了一会儿，还是没有忍住，道："师父，观云师兄他……是怎么回事啊？明明前几天，他都还没有表现出对赤霞师姐有……有这样的好感过……"

云母好奇地看着师父。话说完后，她感觉到师父放在她身上的手微微一顿。

白及想起了今日观云急匆匆地赶回浮玉山，结果发现赤霞不见了之后惊慌失措，跑来问他，然后跪在地上请他出山同去的样子。

白及未曾体会过情爱，不明白观云会是怎样的心情，但他却知道这个二弟子纵然不及元泽成熟稳重，平时也绝不会露出那般失态的模样。于是等回过神，他已经跟着凤车一道来了南海。

白及定了定神，重新看向怀里懵懂的、正一脸期待地等着一个答案的小白狐。说起来……元泽、观云和赤霞姑且不论，单阳年纪虽小却少年老成，若认真算起来，这仙门中若还有谁和他一样尚不懂情爱的话，怕……只有这只年幼的白狐了。

这么想着，白及心中莫名多了几分复杂的情绪。他抿了抿唇，并未回答云母的问题，只是又伸手揉了揉她的头。

云母被摸得呜呜地叫着，眯起眼睛。她虽没有听到师父的答案，却感觉到了师父好像忽然对她亲近了几分，有些受宠若惊，又很高兴。尽管她还是很在意赤霞和观云的事，不过看眼下的情况，只能等晚上睡觉时再问师姐了。

事实上，赤霞和观云好不容易找到单独说话的机会，也是一两个时辰之后的事了。

凤族和龙族如今都子嗣稀少，双方的小辈中忽然有人彼此看对眼，对许久未曾有机会操办婚礼的两边长辈来说都是件值得开心的事。于是在经过最初的商谈之后，他们就大包大揽地将剩下的事都接了过去，将两个小辈赶到一边，美其名曰单独培养感情。

只是两人前几日还气氛尴尬，这一下又突然直接跳过情侣阶段直奔未婚夫妻阶段，正是不知道该怎么跟对方相处的时候，偏偏还被家长赶到了同一个房间里，空气安静得很。

赤霞和观云并肩站着。她还是第一次在观云面前如此坐立难安，既有点不好意思，又有点兴奋和羞涩的感觉，可她想不好这种时候该说什么，观云也没开口，房间里便一片静默。

他们就那样站了一会儿，赤霞眼角的余光才忽然瞥到了观云的肩膀，不禁咦了一声。

赤霞歪了歪头，疑惑地问：“你是什么时候长得比我高的？”

“我什么时候比你矮过？”观云无奈地看向她。

赤霞呆呆地想了想，这才有些发愣地傻笑道：“这么说来，好像是没有……不过你原来也没有比我高这么多啊，而且以前你弱不禁风的，一看就很弱的样子……”

说着，赤霞脑海中便浮现出了和观云一同拜入师门时的情景。

他们两个年龄差不多大，观云较她略长几个月，但小时候女孩子长得比男孩要快，所以个头也一般高。她那时就嫌裙装和头饰都不太方便，改穿男孩的衣服了。观云却相反。他们禽类最重外表，着装自是讲究，喜爱干净，所以观云的神情也带着点凤鸟一族天生的傲慢，穿着一身精致的青袍，腰间坠着玉，头发整整齐齐的，皮肤白皙，简直是个瓷娃娃。那时他们已经认识，他看了一眼她刚在门口跌了一跤弄到脸和衣服上的灰，还嫌弃地皱了皱眉头。

于是她当场就往他身上泼了水。她是能行云降雨的南海水龙，对这种事情再擅长不过。等白及仙君从内院走出来时，两个人都湿透了。他们的梁子就此结下，后来也不知道是怎么和好的。

这时，观云皱眉，不大高兴地看了她一眼，道：“弱不禁风？小时候你跑到山上去玩摔断了腿，联系不上师父，不是我把你背回来的？”

"是……是吗……"赤霞窘迫地道，干笑了几声，抓了抓头发，又有些不好意思地停顿了几秒，接着看了观云一眼，小声问，"那你……到底为什么会喜欢我啊？"

赤霞实在难以开口问这个问题，声音小得很，但观云听到后，还是猛地一僵，脸颊不知不觉有些红了。

观云迟疑了片刻，道："这么早以前的事早就忘了……说实话，我们小时候的关系的确不好，你总弄脏我衣服，还天天捉弄我，我挺讨厌你的。"

"噢……噢，对不起……"赤霞羞愧地道歉，尽管这是意料之中的答案，可她还是稍微有点失落。

"不过……"谁知，观云停顿了几秒，接着往下道，"有一件事我还记得。"

"嗯？"

"大概是七岁的时候吧，你知道了我怕蛇，就天天晚上变成原形爬到我床上吓我。但有一次……你半夜三更摸到我床上以后，大概是没把我弄醒，自己又太困，就迷迷糊糊地睡着了。"说到这里，观云忽然笑了笑，"你睡着的时候大概是没自觉地变成了人形，结果我早上醒来的时候，就看到你睡在我旁边。当时我心想完了，男女授受不亲，这下非娶你不可了……"

赤霞听到这里，已经脸色通红。

于是观云拿起扇子，轻轻在她额头上敲了一下。

他道："我绝望了好一会儿，但后来转念一想，反正都要娶你了，干脆多看几眼吧。所以我就那样躺着瞪了你好久，谁知道看着看着，就发现……"

他停顿片刻，低头在赤霞唇边吻了一下："一旦接受现实，我居然觉得你还挺可爱的。"

观云和赤霞的婚事要定下来，需要准备的事情很多。仙界大家族间的通婚仪式烦琐，凤族的长辈和龙王、龙王夫人他们忙了整整一个下午，最终还是没能将程序全部过完。

所有人只好在龙宫中暂住一晚，这些人中也包括白及。不过，到了傍晚的时候，云母看见东海龙三公子悄无声息地打算离开。她愣了一瞬，跟师父打了个招呼就从他怀里跳下来，往门的方向跑了过去。

龙三公子听到背后有声音，笑眯眯地回了头，摇了摇扇子，道："小狐狸。"

云母朝他轻轻地叫了一声，算是回应，但又面露为难之色，不知道该怎么说。

庄华倒是笑了笑，善解人意地替云母接了下去，道："放心吧，不用担心在下。那个凤族的小少爷说得不错，只不过是见了一两次面的人，纵是有好感，感情又能深到哪里去？让赤霞公主萌发出那颗女子之心的并不是我，那颗心里住的也不是我，强求多没意思。反倒是这么一出两情相悦的好戏，让我觉得高兴呢。"

说着，他低头看着云母，眯了眯眼睛。

"你年纪尚小，许多事怕是不明白，还是日后自己参悟的好。情爱这种东西，其实本不必看得太重，有缘则有，无缘则无，简单得很……那么，在下还要去试试寻找下一颗少女心，就先告辞了。小狐狸，有缘再见吧。"

说着，他对云母潇洒地晃发晃扇子，便转身哼着歌离开了。

云母连忙和他道别，对着龙三公子的背影歪了歪脑袋。不知道怎么的，她总觉得这个人离开的时候，倒像是比来时还开心似的。

第二天，观云和赤霞的事总算在长辈们的安排下尘埃落定。在一片祥和而喜悦的气氛中，凤族的长辈们率先一步告别，从南海飞回凤凰的栖息之所。接下来便是白及他们师门的一群人，云母、赤霞，包括观云，也和龙王一家道别。

女儿的婚事有了着落，龙王夫妻对观云看着也十分顺眼，自然连送别时都红光满面。他们舍不得赤霞，拉着她的手说了好久的话，叮嘱她按时睡觉，没事就回家看看，直到赤霞有些无奈地跟观云对视了好几眼，龙王和龙王夫人才放过她。

"走吧。"

最终，白及淡淡地宣布，同时伸手摸了摸自从听说今天要回去，就一直赖在他怀里死活不肯离开的小狐狸。

赤霞无奈地看了眼躺在师父怀里团成一团装死的师妹，不好意思地抓了抓头发。她来的那天的确心情有些浮躁，飞得难免焦虑了些，其实回去的话，肯定会飞得比上次稳许多的。只是师妹显然已经被吓到，绝对不会相信她的话了。

这个时候，目送着定下婚事的女儿离开，龙王和龙王夫人心中都多有感慨。他们一直到赤霞的身影消失在龙宫上方的海水中，才携手往龙宫中走去。不过，走了几步，龙王夫人忽然想到了什么似的，疑惑地问："对了，除了已经出师的元泽，白及仙君是不是还该有四个弟子才对？"

龙王夫人数来数去，还是觉得不大对劲。

赤霞平日里经常讲师门中的事，便是信中也常常提起师门中的人，元泽和观云这样同赤霞一道长大的师兄们自不必说，赤霞近日时常提起的刚刚入门的小师妹云母这回也见到了。可白及仙君总共五个弟子，算来算去，这样只有四个。

白及仙君昨晚都住在了龙宫内，弟子总是跟着师父的，还差一个不见，不应该呀。

夫妻之间自有默契，听到夫人的问题，南海龙王立刻便明白了她的意思，想了一会儿，点头道：“的确是有四个，这几日我们没见到的，应当是白及仙君的四弟子。若我没有记错的话，那是白及仙君十四年前从凡间带上来的男孩，原本是个凡人。我见过他一次，根骨倒是不错，不过……”

南海龙王迟疑了一下。

“不过什么？”龙王夫人追问。

南海龙王说：“不过他那时明明只是个十来岁的人类孩童，眼中的戾气却重得过了头，当时看到他时我就吓了一跳……后来我有一回偶然听从上古活下来的老神仙说，那个孩子的眼神……居然有几分像以前的……神君。”

龙王夫人大惊失色。

便是她的相公没有说出那位神君的名字，从他欲言又止的眼神来看，龙王夫人也知道绝没有第二个人选。她惊讶地张大了嘴，良久，才小心翼翼地道：“可是白及仙君……不是早就忘了前尘往事吗？怎么还会选这样一个孩子……难道说……难道说他其实还有以前的记忆？”

“不知道，许是巧合，许是白及仙君他……有自己的考量。”

龙王摇了摇头，目光中略有几分复杂之色。

“不过凡人成仙，最重要的便是心灵纯净。当年的神君乃上古神身，与天帝争斗时，实力甚至更胜于天帝，最终还不是落得那般下场……那孩子年纪轻轻心中就有怨气，便是拜了白及仙君为师，只怕成仙之路，也要颇费一番周折。”

第三章　凡间赏灯

数月后。

"云儿，你是不是有点长高了？"

这一天，结束道场的练习后，赤霞打量了云母一番，忽然问。

"嗯？"云母转过头来。

大概是她的动作幅度大了些，挂在腰间的两块玉坠子叮叮作响。那是她上个月刚过十四岁生日时，赤霞和观云送她的礼物。

"嗯，应该是又长高了。"赤霞拉着她端详了一番，笃定地说，"袖子有点短了，衣摆也不够长了……你之前的几件衣服都已经改了几次，索性趁这次换了吧，不如下次观云出去的时候，就让他——"

赤霞原本想说再让观云去弄几件衣服来，但看了看云母的样子，话到嘴边又改了口。

"嗯，算了，这回还是我和他一起去吧。"

云母轻轻地歪了一下脑袋，似是不解其意。只是站在道场中的少女乌发及腰，杏目丹唇，虽仍稚气未脱，却已初露亭亭玉立之态，不能再完全当作孩子来看待了。

赤霞看云母还是一脸呆呆的，抬手笑着揉了揉她的脑袋，忍不住调侃道："明明人形长得还挺快的，原形怎么一点不见长？我之前明明见过你母亲，不像你这么小一团啊。"

"我也不知道……"云母亦有些迷糊地回答，感觉到师姐在揉她脑袋，便乖巧地低下头让她摸，并且不知不觉眯起眼睛。

赤霞师姐和观云师兄订了婚，如今正在热恋当中。虽然他们依然和过去那样每天都来道场，可毕竟是未婚夫妻，两个人总要在练习结束后单独相处一段时间，这样一来，赤霞就不像过去那样有充足的时间陪她，云母自己玩的时候多了起来。

"那就这样定了。"赤霞揉了云母的脑袋好一会儿，这才松了手，语气温和地嘱咐道，"我晚上回房间再帮你量尺寸。你趁这段时间想想你想要什么料子、什么颜色的衣服，要是还有别的什么想要的东西，到时候也一并告诉我。"

说着，赤霞看着云母，脸上露出些愧疚之色，带着歉意地道："抱歉，我今天又不能陪你了。不过晚上还要帮你量身，我会尽量回去得早些……"

云母笑着摇了摇头，只觉得赤霞为人处世好像越来越像二师兄，比原来沉稳了许多。不过，云母还是担忧地道："你们早点回来，晚上走路不大方便，不要受伤了呀。"

师姐妹俩互相叮嘱了一番，正要道别，忽然，赤霞眼角的余光好像瞥到了什么，然后视线不由自主地移过去，轻轻地咦了一声。

"四师弟，你也要走了吗？"看到单阳从他一贯打坐的地方站起来，赤霞便问。

云母一愣，朝赤霞望着的方向看去，见单阳果然不知什么时候睁开眼睛站了起来，收拾了东西，正准备往外面走。听到赤霞喊他，才动作一顿，目光直直地看过来。

单阳虽是无意，可他的目光总让人觉得有几分锐利。云母一顿，心中不知怎么慌了，往赤霞身后躲了躲。

有些事说来话长。自从赤霞师姐与观云师兄订婚之后，云母一个人在房间里待得无聊，于是就增加了晚饭后在旭照宫各处跑来跑去消食的时间。结果也不知怎么的，这几个月里她竟频频遇到单阳。

他们头几次碰到，单阳几乎都会喝酒。那个时候还同第一次遇见的情况差不多，每次都是他苦笑着朝云母断断续续地吐了些她听不懂到底是什么意思的苦水，然后掏出酒葫芦喝酒，云母会立刻找机会将他的酒葫芦拍掉。只是不知道从哪一次起，她再遇到单阳时，他居然没有再喝酒了，有一回还对她道了声谢。

"你是我在这个地方唯一的朋友。"

就是这一句话，让原本觉得情况越来越不对劲、多次想要表明身份的云母再也张不开嘴，只好硬着头皮假装还是听不懂他说话的野狐狸。

相处的次数多了，云母渐渐也从单阳时不时透露的只言片语中猜测出来，他大约是将她当作是师父养在自己院子里的宠物狐狸了。既然单阳是这么以为的，云母便这么装着，幸好他平时和赤霞、观云都不太交流，独来独往，即使偶尔和师父讲话也从来都只讲修炼的事，不会聊起这些闲事，于是过了这么长时间，居然还没有穿帮。

最近，云母越来越觉得力不从心，不仅是原形的时候心惊胆战，连用人形都不敢与单阳对视，生怕对方看出什么来。

赤霞见云母躲到自己身后，只觉得大概是单阳表情太凶，让小师妹觉得有点害怕，便有些无奈地默默帮她挡着。

单阳听到赤霞的问题，语气一如既往地刻板恭敬，似是不愿意多说，只应答道："嗯……今天有些事。"

赤霞点了点头道："原来如此，那你去吧……对了，明日是师父给你讲习的日子，你不要忘了。"

大概是半月之前，单阳的修为被白及判断为到了火候，应当由师父亲自教导了。按照观云和赤霞的说法，他的进步速度之快，简直不似凡人。

单阳听了这话，严肃地朝赤霞颔首行了个礼，一声不吭地出了道场。看他离开后，云母也匆匆地对赤霞道："师姐，那我也先回去了。"

话完，她转了个身化成狐狸，连忙追了出去。

云母灵活地在早已熟悉了的仙宫庭院中穿行，不久就到了她通常会碰到单阳师兄的地方，待转过最后一个弯，云母的步伐不知不觉便慢了下来。

单阳果然站在那里。

他依然是穿着一身黑衣，沉着脸，等看到她靠近，表情才微微一松。

"我就知道你会来。"单阳道，也不知是不是云母的错觉，她总觉得四师兄好像微不可察地笑了一下，"我在等你……今日，我有话想同你说。"

云母看着他的样子，颇有些迟疑。她试探地朝单阳轻轻地用狐狸的声音嗷呜叫了一声，然后原地坐下。

单阳忍不住笑了笑。

相处了这么久，他自然不可能感觉不到这小狐狸颇有灵性，只是也不知道它是他们在山上遇见那会儿便这般通人性，还是因为被白及仙君养着，渐渐受了些仙气，才会变成这样。但无论如何……单阳几乎已经完全能够确定这只狐狸正处在灵智开与未开的边缘，许是再过些时日，就能开口说话了。

想到这里，单阳忽然有些恍惚。

待它能够说话，随后便是修炼、成仙。这小狐狸被仙君收为宠物，起点已是高了其他苦苦在凡间挣扎的灵兽不知多少，若是师父心情好，指点它几句也未必不可能，待修到三尾，便能化人……

他微微一顿，下意识地低头去看地上的白狐狸。只见这个小毛团子虽是白乎乎的一团，尾巴也大得出奇，但它的下巴却尖尖的，脸也小小的，一双眸子清澈明亮，尤其额间还有一道深红色的红印，虽不知这红印是何处而来……却莫名有几分说不出的神性。

无论怎么看，都是个美人胚子。

"也不知你化成人……该是什么模样。"单阳轻轻地道。

莫名地，他想象了一下，心中居然有几分异样。不过那奇怪的感觉还未成型，他便连忙摇了摇头，将古怪的想法从脑袋里甩了出去。

单阳苦笑了一下，只觉得自己怕是无人说话太久，有点疯魔了。再说他根本不曾查验过这只狐狸的性别，哪里就能断定它化成人形就是女人。

单阳定了定神，重新看着它，缓缓道："今日……我是来同你告别的。"

告别？！

一听到这个词，可把云母吓了一跳。她歪了歪头，脑袋里飞快地想了一圈，还是没有想出什么和单阳师兄这句话有关的记忆，至少到今天为止，不曾听说过单阳要离开浮玉山之类的事。云母顿时有些慌了，连忙慌张地朝他呜呜地叫了两声。

单阳看到她眼中的关切之色，嘴边难得有了一分笑意。和这只小白狐相处的时间长了，他自认为能懂得它的心情，再说，这只狐狸什么都写在脸上，情绪实在好懂。

他已好久没有从谁眼中看到过这样的感情了。

单阳恍惚了一瞬，过了几秒，才蹲下身来，缓缓地摸了摸云母的脑袋。

云母先是低了头，但旋即想到不对，现在可不是被摸头的时候，连忙奋力地甩了甩脑袋，又催促地朝他轻轻地叫了一声。

"我想要再次去凡间一趟，待明日向师父禀报后，便会立即启程，到时未必能碰见你，所以今日便提前来对你说一声。"这时，单阳才缓缓解释道，"反正在这个地方，除了你和师父之外，我也没有别的需要道别的人，明日对师父一说，其他人自然会知道……只是下次再见到你，怕是要到几年之后了。此前我在人间寻访数次，全都一无所获，但愿这次能……"

说着，单阳缓缓地闭上眼睛。

几乎是一瞬间，他眼前就浮现出一片血光。

母亲临死前绝望的嘶吼声、兄长愤怒的咆哮声、妹妹痛苦的哭泣声……他的耳边几乎全是混在一起的嘈杂而可怕的叫声。他有时能分辨出什么，有时什么都分辨不出。那些声音就像是击打着耳膜，让他不觉握紧了拳头，指甲也深深地嵌进肉里。

再睁开眼，他的眼睛静得可怕，深处漆黑如墨。

云母被单阳的样子吓了一跳，一时愣在原地不敢动。

单阳却没有再说什么。他每每闭上眼，耳朵边萦绕的都是那些声音，每天晚上睡觉都不得安宁，尽管痛苦，可这样十余年下来，倒也习惯了。他定了定神，重新看向云母，语气倒是比平日来得温和："事情便是如此……待我回来，会再来见你……对了……"

他又想起了什么，从袖中摸了摸，然后拿出一个空葫芦，递给云母。

"不如这个，就送你当个临别礼物。"

那分明是个酒葫芦。

云母这段时间从单阳手中夺过来的酒葫芦绝对已经够多了，床底下都快塞不下了，根本不想再要，再说……单阳的状态看起来还颇为奇怪。云母看了看酒葫芦，又抬头看了看单阳，却没有动。

单阳似是不解，催促道："你平时不是很喜欢这种葫芦吗？每次都抢。"

她哪里是喜欢葫芦……只是在这种情况下，云母不知道该怎么办才好，最终还是慢吞吞地叼住了那个葫芦。她小小一只狐狸，倒叼了个有她脑袋那么大的葫芦，看起来颇为滑稽。

单阳的嘴角弯了弯，看着小狐狸的表情，越发确定白狐狸其实已经听得懂他的话，也确信先前她每每抢他手上的葫芦，是真不希望他喝酒。

单阳心中莫名一暖，振作了几分，却没将葫芦拿回来，只是又对她略一颔首道："那么，再见了。"

话毕，单阳转身就走。

待他的身影消失，云母便张嘴吐了嘴里的葫芦，只是看着单阳的背影，想来想去还是觉得哪里不对。单阳说要走，可旭照宫里似乎根本没有人知道……

他这样的状态，让云母不安得很，可现在赤霞师姐和观云师兄只怕已经出去了……

停顿了片刻，云母转身撒开腿，急急往师父的院落跑去。

云母闯进师父院子中的时候，白及仙君正在打坐。

他近日来有些头痛，因此常常皱着眉头。

这种头痛他其实并不陌生，发作时仿佛脑海在疯狂地燃烧，还会伴随着耳鸣，只是这种痛感在他还是凡人以及刚刚升上天界时时常会有，最近几百年早已销声匿迹，原本以为自己应当再不会碰见，毕竟这是……境界有所突破前的征兆。

白及成为上仙多年，已达九仙品级中的最上一重，因此哪怕感到了突破前的征兆，也不清楚自己身上会发生些什么。他脑海里时时会闪现一些奇怪的画面，这在过去突破之时并不曾发生，这令白及隐隐有所不安，却又无处寻求答案，只能在心里闷着。正因如此，当他听到自己的房间外传来挠门之声，然后睁开眼睛，看到那只小小的白狐狸小心翼翼地推开门，正一只脚迈进门槛内，忐忑不安地望着他时，莫名心中一松，有种溺水之人得了喘息机会的轻松之感。

他朝门口的白狐伸出手，道："云儿，过来。"

云母原本还担心会不会打扰师父，听他这么喊，立刻耳朵一竖，高高兴兴地跑了过去。她在师父的膝盖上趴好，抬头朝他轻轻地叫了一声。

尽管师父仍然是一脸淡淡的神色，可若是相处多次，每次撒娇都能得到回应，云母哪里还会觉得害怕？要不是心里还存着几分对师父的敬畏，她都能在师父的膝盖上打个滚。云母十分自然地调整了一个她觉得比较舒服的姿势，然后乖乖地低下头眯着眼睛让师父揉了揉脑袋，好在她没有忘记正事，待师父松了手，便抬起头。

"师父……"她斟酌着语言，"我刚才在外面遇到单阳师兄……他跟我说他明日要启程去凡间，师父你……已经知道这件事了吗？"

"单阳？"

白及一愣。

云母点了点头，看到师父的脸色有所变化，尾巴不安地摆了摆："嗯……怎……怎么了？"

"没什么。"

白及顿了顿，又恢复了以往的神情。

只是他脑海中却不自觉地浮现出了些往事。

过去，在他的弟子中，单阳要与众不同一些。元泽、观云和赤霞无一不是他们的父母将他们送来仙宫，唯有单阳，是自己亲自带回来的。同时，他也是当时所有弟子中，唯一一个凡人。

那年白及奉天帝之旨到北方去除妖，途中路过人间的都城，忽然感到一股浓重的妖气和刺鼻的血腥味，便改道去了散发气味的源头。等他到时，却只从那座不复繁华的府邸中找到了单阳。

当时那个男孩才不过十岁，一直藏身在大衣柜中，衣柜的门被劈开了半扇，那半边的柜子被翻得凌乱万分，最上面还倒着他被一剑穿喉了的妹妹。单阳被凌乱的衣物和妹妹鲜血淋淋的尸体所掩藏，侥幸存活下来。白及找到他时，他的眼泪早已流干了。大概是因为哭出声就会被找到，他的眼睛瞪得老大，嘴里却没有一点声音，膝盖早已被他自己的手抓烂，血弄得满腿都是。

他抬头看白及时，那眼神让白及产生了极不好的感觉。

恨意滔天。

不过，让白及觉得怪异的，却不是他眼中的恨意，而是当他看到单阳的眼神时，一种难以言喻的……熟悉。

于是后来白及到处打听他的身世。

书香门第，世家名流。父亲得罪了奸人，以莫须有的罪名，一朝沦为阶下囚。

随后墙倒众人推，再后来家仆叛变。眼看府中萧条，便有想寻后路请辞回家的家仆偷了主人家剩下的财产，只是临走之前，又唯恐主人发现后报官追赶，索性弄了邪术引来了附近的妖物，除了使用邪术的家奴本人和成功逃生的单阳，整个单府从主到仆无一幸免。而他们一家早已是罪臣家人，天子昏庸，又是妖物作祟弄的事，自然草草上报又草草收尾，其后无人问津。

曾经的单明公在狱中得知家人尽死，顿时一口鲜血涌上心头，活活哽死。尸首被草席卷走之时，才有人发现他原本的黑发已成了满头白丝。

单阳已无处可去，于是白及就将他带回了自己的仙岛。

"师父？"

见白及良久不说话，云母轻轻地用爪子碰了碰他，又动了动耳朵，然后又用脑袋去顶他。

白及这才从回忆中回过神来，看着眼前歪着脑袋瞧着他的狐狸，不觉伸出手，揉了揉她。

云母下意识地呜呜叫了几声，乖乖地凑过去靠近师父给他摸。但顿了片刻，她还是担心地说："师父，单阳师兄他看起来不大对劲……"

白及一顿，稍稍一想就知道单阳怕是在云母面前不小心露出了些恨意。他自进仙门之后，便潜心修炼，为了不惹师兄师姐的厌恶，平日里也极力克制着自己的情绪，故显得颇为刻板生硬。只是他的确极少与师兄师姐交流，与其他人较疏远，所以云母不曾见过他那副样子……

白及轻轻地摸了摸她的头，不觉放缓了语气，问："吓到了？"

云母呜呜地叫了两声，算是应答。

"你不必担心。"师父顿了顿，闭上了眼睛，"明日他若是来问我，我自会回答。"

第二日，单阳果然在修习之后，向师父提出了要下山的请求。

谁知白及却没有同之前那般答应，而是睁开了眼睛，缓缓问："你先前几次下山，可有感悟到什么？"

单阳一愣。

"你遇到了什么人？可有印象深刻的事？你每回下山都会隔两三年时间，每次去可有发现人间有什么新的变化？还有我教你的心诀，你在下凡之后，是否有新的领悟？"

"我……"

单阳答不上来，未曾想过师父会问他这样的问题，自然没有准备，此时搜肠刮肚了一番，居然还是说不出话。

气氛一时有些僵硬。云母本来就对目前的状况颇为担心，便一直注意，听到两人谈到关键的地方，原本结束了修行正在收拾东西的她，立刻努力竖起了耳朵。

只听师父顿了顿，语气忽然严厉了几分，问："你此番下山，可是想寻仇？"

单阳忽然攥紧了手。他原本跪坐在师父面前，双手放在膝盖上，这一下，衣袍便被自己死死攥住，弄出一道道深深的褶皱。

空气立刻变得凝重。

白及仙君摇了摇头，重新闭上眼睛，语气平静："你虽告诉我是想下山历练，可你如今眼睛里能看到的太少，便是让你去，怕是也感悟不到什么。这些年你修为长了不少，可心性却没什么长进，还是留在山中学习吧。若是有机会，日后我会亲自带你下山。"

单阳的手攥得极紧。他的确是心急，现在在仙界有的是时间，但他的仇人却等不了，再在仙山上修行几十年，那些人指不定就全死光了。只是他可以不管任何人，却不能不尊敬从那种地方救了他，还收他为徒、带他进入了仙界的师父。单阳沉默了良久，就在云母都提心吊胆得快没法呼吸的时候，才慢慢地吐出了一个字："是。"

计划的事有了结果，单阳今日似乎便不想继续留在道场内了。他匆匆地收拾了东西，对白及仙君行礼道别后离开了道场。云母松了口气。她一向信任师父的决定，觉得师父做什么都是对的。

云母待送走师姐，见道场只剩她和闭目凝神不知在想什么的师父后，便重新变回狐狸，小心翼翼地朝师父走去。

其实她虽然担心单阳，却更担心师父。

她既入门已有一年多，自然能感受到师父虽然平日里少言寡语，外表也看不出喜怒，却绝非不在意弟子。刚刚拒绝了单阳下山的提议后，师父便在原地打坐没有再动，师父平时并不是这样，这让云母担忧。云母忐忑地走了几步，随即又小跑起来，不晓得是不是她之前坐了太久脚麻了，没跑几步，忽然感觉脚下一绊，往前一扑，啪叽一下跌在师父脚边。

白及缓缓地睁开眼睛。

稍稍一顿，他便抬手将云母抱起来，摸了摸她的头。

云母自然地呜呜撒起娇来，已经差不多被师父摸习惯了。她蜷着身体眯着眼睛抖了抖耳朵，迷迷糊糊地又睁眼看向师父，却忽然愣了一下。

她往常不大抬头，今日一抬头，才发觉师父的脸原来这么近。从这个角度，能清晰地看到他睫毛修长，眼眸漆黑如曜石。

她不曾见过几个男子，却知道师父俊美非常，又是仙人，身上总带着一种与凡尘隔绝的清冷之气。头一次见面的时候，她总觉得师父遥不可及……心脏莫名地乱跳了几下，云母慌忙地低了头，待意识到自己此举有些突兀，连忙呜呜地叫了几声，在师父怀中打了个滚加以掩饰。

待滚完，她忐忑地喘了两口气，再回过神，才发现心跳已经正常了。

云母松了口气，虽还有几分疑惑，但没有在意，只当是自己刚才吓了一跳太紧张。

当晚赤霞回来的时候，云母已经忘了还有过这回事，反倒是因为有些在意师父对单阳师兄说的那句"寻仇"，反复将他们的对话回忆了好几遍，不知不觉发现了一个令她有些在意的地方。待赤霞归来，云母便问："师姐，师父有时候……是会下山的吗？"

虽然当初她是被师父从山下抱回来的，可自她拜师之后，就从未见过师父主动下凡。师父平日里除了偶尔去道场看他们修炼，就是在自己屋里打坐沉思，甚至都不太出门，除了被师兄带出去向师姐求亲那一回勉强算是出了山，此外就未曾再出去过。

"嗯？"听到云母的问题，赤霞似是愣了愣，继而笑起来，回答道，"啊，这么说起来……你好像的确没看到过师父工作的样子。"

"什么？"云母眨了眨眼睛。

赤霞解释道："师父虽是散仙，但也算是被天帝封了东方第一仙，属于天庭的神仙。若是天帝有命，师父是需要去执行的。不过，师父地位特殊，一般的任务都用不到他，如果有的话，通常都是制服别的神仙解决不了又作恶多端的大妖怪……啊，师父还被派去劈过一次玄明神君。我和观云以前，也跟着师父出去降妖过。"

　　云母似懂非懂地歪着脑袋。

　　赤霞笑着摸她的脑袋，道："你可是在山上无聊了？放心，总不会一直没有任务的，日后总有机会的。"

　　不过，赤霞说是这么说了，但她本人也没有想到，这个机会来得这么快。

　　几日后，在弟子们修炼时间内，不等童子通报，一只红色的凤凰已经落在了旭照宫的院中，正在道场中修炼的弟子们匆匆赶来。待看清来人，观云便惊喜道："二叔！"

　　云母这时跟在后面跑来，便恰好看见灿烂的红色凤羽近乎染红了天空。

　　还未等她回过神，那凤凰一落地，便化成了一个笑眯眯的中年男性。他笑着走上前，先是对观云打了个招呼，随后又看向了赤霞，挑了挑眉，笑道："又见面了，侄媳妇。"

　　赤霞不好意思地抓了抓头发，有些不知怎么回应。

　　好在那凤凰倒没有为难她的意思，只调侃了一句便转而说起正事。只见他从袖中掏出一封信，道："你们师父可在？如今人间西南方有大量妖物作乱，为祸人间，怕是又要白及仙君出马了。"

　　观云一怔，问："好端端的，怎么突然冒出来大量妖物了？"

　　凤凰叹道："还不是那北枢真人又不小心放跑了宠物。"

　　"呃……鼍又跑了？"

　　"不……不只是鼍。"凤凰迟疑地停顿了片刻，像是不知该怎么说，"这一回全跑了……北枢真人所有的宠物，全跑了。"

　　"全跑"两个字一出，观云瞬间就感到一阵头痛。

　　仙界之人与天同寿且生活无聊，天庭的工作又没有想象中那么多，因此在漫漫时光之中总要给自己找点乐子。天上的神仙们各有各的爱好，有炼丹的，有织布的，还有像白及那样天天打坐闭关修炼的，而北枢真人的爱好，就是养宠物。

　　这本来倒也不是什么特殊爱好，天界神仙这么多，养坐骑宠物的多了去了。可北枢真人的不同就在于，他口味清奇得很，简直是这三十六重天的神仙中一股清新脱俗的泥石流。一般仙人养灵兽，或是有灵性、等开灵智就能修成灵兽的凡兽，可

91

这北枢真人偏偏喜欢些奇形怪状的妖兽奇兽。平时他常常在人间游历，路上看到什么有趣的生物，就收回来养着。他家道观里设了兽鸟鱼虫四院，专门用来养各种四不像的奇珍异兽，在天界也是颇为有名。

观云想到现在这些指不定长着什么头什么尾巴的东西正在人间到处乱窜，且其中有一大半开了灵智，只觉得脑壳都要爆炸了。他痛苦地揉了揉太阳穴，皱着眉头问：“怎么回事？北枢真人养着那一院子的动物都几百年了，一直都好端端的，怎么最近还不到三年，就又跑了第二回？而且这一回，怎么就全跑了？”

“哎……”凤凰叔长长地叹了口气，“说来也是造孽，此事确实又和虺脱不了干系……”

听到这句话，原本只是乖巧地站在旁边的云母顿时一愣。上一回，师父就是从那个虎身牛尾的怪物手里救了她。尽管它被师父一剑就解决了，可想起那个可怕的场景，云母还是不由自主地缩了缩脑袋。

凤凰叔三言两语便说清了事情的始末。

原来虺上次下山后吃了人，虽按照天条押回天庭判了天雷，可也算命大，居然没被劈死。北枢真人心软得很，又护宠心切，将奄奄一息的虺接回来继续养着，只是软禁了它。

谁知那虺遭此一祸，反倒开了灵智。虺灵气不足，性格凶暴又吃过人，便是开了灵智也成不了灵兽，却成了个实力非凡的妖兽。它非但不思悔改，还怀恨在心。它本就生性残暴，如今开了灵智便越发狡猾，不仅施展诡计从负责照顾这些奇兽的童子那里偷来了钥匙，还哄骗北枢真人院中的其他奇兽妖兽和它一道下山，扬言要一统妖界，成立妖庭，自己当个万妖之王，将来捅上天庭，抓天帝来复仇。

那些被北枢真人养着的动物，毕竟是仙人宠物，虽然长得奇怪了点，但也不是什么坏妖，有的甚至妖气都快散尽成为灵兽了。按照北枢真人一贯的作风，待他们修成灵兽，便会被真人收为徒弟。然而妖兽毕竟心性不稳，那虺又善花言巧语，被它一说二说，居然真动了心思，于是一群开了灵智的妖兽带着未开灵智的奇兽浩浩荡荡地下了山，随后便开始为祸人间。

“万妖之王？一统妖界？还要抓天帝？”观云听后哭笑不得。

“可不是。”凤凰叔笑了笑，显然也不将这些妖族的话当回事，接着道，“如今这群妖兽聚集在人境中的桂阳郡，离北枢真人的道观并不远。这些动物是北枢真人花了数百年收集起来的，那个虺逃出道观时还偷了北枢真人的法宝，因此光凭真人和其弟子之力，实在难以在短时间内将妖兽奇兽全部收回，天帝这才想请白及仙君出山。”

说着，凤凰将信递到观云手上。

"当然，天帝也不愿让白及仙君负担太重，除了仙君之外，各大仙境有实力的神仙都会去桂阳郡协助收妖，天帝甚至还派遣了天兵天将。只是众神仙之中，实力最强的依然是白及仙君。还望你向你师父转达一下，希望仙君多多担待。"

该交代的交代完后，凤凰叔将信交给了侄子后放心得很，化作原形拍拍翅膀便飞走了。

观云将信拿在手中，面色凝重地对师弟师妹们道："我去将信拿给师父，你们先回道场，我们许是要跟师父一道出山的……等有消息，再来告诉你们。"

云母点头，但她好像忽然又想到了什么，小心翼翼地往单阳师兄的方向瞧了一眼。她注意到单阳的眉头皱得比平时更紧了，拳头也是紧紧地攥着。

等他们回到道场不久，师父果然被观云师兄带来了。云母还是头一次见师父收到从天庭送来的任务，既紧张，又有点好奇。待师父在道场中坐下，她立刻就同师兄师姐过去按照入门顺序围坐在白及周围，忐忑地等待着师父发话。

白及显然已经看过了信，扫了周围弟子一圈，便点名道："观云，赤霞，随我同去。"

"是。"

观云和赤霞连忙异口同声地回答，两人的神情皆很认真。

单阳有些急了，身体不自觉地前倾，急躁地道："师父——"

"你也同去。"白及似是犹豫了一瞬，不过想到单阳与他一道去的话，能够放在眼皮底下看着，应该无妨，这才点了点头。

然而这一下，就只剩下云母没有得到师父的点名了。她顿时坐立不安地看着师父，谁知这一看，就注意到白及转过头来，将目光落在了她身上。

云母绷直了背，心脏跳得莫名地快。不知道为什么，她总觉得以人形而不是狐形暴露在师父的目光底下，比往常还要紧张，尤其是师父的神情不大看得出喜怒，让她心里没底。

白及此时心中也有迟疑。云母入门的时间实在太短，尽管天赋不错又有了四尾，可是却不大擅长与他人交战。他本也未想将她往这方面培养，只是……

这时，赤霞笑嘻嘻地开口道："师父，将云儿带着吧。我们这一去说不定要小几个月，这么长时间总不能把她一个人留在宫里。再说小师妹没怎么经过实战，北枢真人的宠物里说不定会有适合她练手的，趁此机会，正好让她稍微学学。"

听师姐帮她说话，云母不安地咽了口口水，背绷得更直了。

良久，白及才稍稍皱了皱眉头，点头道："可。"

这一个字总算让云母大大地松了口气。她微微侧过头去看赤霞，只见赤霞隔着单阳对她眨了眨眼睛。

出发的时间定在了第二日。

"你出发的时候记得换件白衣服。"出发前晚收拾行装的时候，赤霞忽然提醒道，"还有等抵达北枢真人道观的时候，你落地的动作轻盈一些，跟在师父后面的时候，记得保持目空一切、面无表情的状态……或者像四师弟那样，皱着眉头一脸不爽也可以。"

"为什么？"云母如今已经学会腾云了，只是还飞不远，对于赤霞师姐这样的要求，十分不解。

然而赤霞并没有解释的意思，反倒神秘地笑笑，兴致勃勃地道："放心，没问题的，照做就是，我和观云小时候每回都那么玩。为了让你能游刃有余地落地，我在前面会带着你的。到时候你就知道了。"

尽管不明白，但她还是点了点头，同时默默地变成狐狸，钻到床底下，从一大堆葫芦里翻出元泽师兄给的那个小葫芦，藏进尾巴里，就算收拾完毕了。

到了第二天，云母很快就知道了赤霞师姐的意思。

北枢真人的住处就在桂阳郡的亶爱山上，其他过来帮忙的神仙已经有不少都到了。由于北枢真人养的妖兽奇兽实在太多，有不少没开灵智的奇兽还聚集在真人道观附近，它们大约是被蛊用特殊手段激怒了，不停地攻击仙人。这些动物战斗力不高，但数量实在太多，而在这里应付的又大多是仙人弟子，难免陷入苦战，场面十分混乱。

恰在此时，只见一道刺眼的白光从九霄云外破云穿空而出，犹如天光临世。在场的仙级不高的仙人和仙人弟子们都受不住这等强光的照射，下意识地闭上眼睛，只听到周围传来野兽们凄厉的惨叫声，接着又是一连串饺子落水般的扑通倒地之声，再睁眼时，只见那些难缠的野兽都悄无声息地倒了地，既不见血也不见伤痕。

所有人皆是一愣，下意识地抬头往白光出现的方向看去……

"那……那是……"

一些刚入门的弟子哪里见过这等架势，顿时瞠目结舌，张着嘴巴不知所措。

年纪稍长几分的弟子连忙慌张地制止："住嘴住嘴！快住嘴！"

说完，他也来不及解释，慌忙地拉着师弟师妹退到一边，给来人让道。

只见白及仙君从云端落下，面色清冷、目不斜视地缓缓收了剑，大步朝北枢真人道观走去。而他的弟子们紧随着翩翩而下，共两男两女，四人亦皆着白衣，个个长相出色至极却神情冷淡、面无表情。他们步伐稳稳地跟在白及仙君身后，广袖飞扬，衣袂轻摆，一股清高之气扑面而来。

他们师徒五人仿佛对地上躺着的奇兽视若无睹，连眉毛都没有动一下，径直便进了道观之中。待看到他们消失在门口，其他人才终于从仿佛是定身一般的状态中恢复过来，因为刚才不自觉地屏了息，此时都开始大口喘气。

不少仙门弟子不约而同地低头看了眼自己，只觉得寒酸无比。他们与奇兽们搏斗许久，身上难免狼狈，有些沾了灰，有些挂了彩，还有的衣服都被弄破了。

年轻的弟子重新看向那道观门口，好奇而崇敬地问："刚……刚刚那位是？"

"是白及仙君和他的弟子。"年长的弟子向往地回答，"白及仙君正是东方第一仙……便是他门下的弟子，都跟我们有云泥之别。"

这个时候，云母总算从绷着脸的状态中松了口气，拽了拽师姐的衣袖，惊恐地道："师姐，单阳师兄怎么也肯穿白衣的……"

"观云逼的。"赤霞十分自豪地介绍，"你看他脸色是不是比往常更臭，效果看起来也更好了？"

几人进了道观，便又恢复了寻常的样子，不过全部穿着一身白衣，醒目统一得很。

白及带着弟子们等了一会儿，过来招待的童子听他们说要找北枢真人，却没往道观内跑，而是去了道观外。不多时，北枢真人便提着一个葫芦，拎着一把剑，一脸狼狈地跑了进来。

由于他是个喜好收集奇兽的怪人，云母本来还在想对方该是个什么古怪的样子，结果发现进来的却是个相貌端正的中年道人。他穿着一身藏青色的道袍，留着山羊胡，头发和胡子都是黑色的，尽管身上跟外面那些除妖弟子一般多少沾了灰和血迹，但依然有种正人君子的感觉。看到白及仙君和他的一众弟子，北枢真人连忙恭敬地一拜道："见过仙君！"

白及仙君对他略一颔首，却没有立刻说话，只是一双黑眸直直地盯着对方，眼中不辨喜怒，一副让对方自己交代清楚的样子。

北枢真人被他看得冷汗直冒。

其实他刚一进来，看到道观内白及师徒一排站开的场景，便已经开始头皮发麻。他在神仙中不过是个中流，哪里见过这等阵仗，被白及冷厉的目光笔直盯住，顿时感到十分紧张。

好在白及仙君不喜言辞一事在神仙中也算有名，当初去收魈的弟子回来后也说白及仙君总共只对他们说了九个字，正应了传言，这让北枢真人知道现在应该由他主动开口，于是他咽了口口水，解释起来。

"那魈……如今已开了灵智成为妖兽，目前也是我那些个宠物的首领。被它带下山的妖兽共有一百三十六只，大多是我带回道观时便已开了灵智的，其中有三十二只修为在三百年以上，另有十四只天资极佳，怕是要难对付些。此外，它们还带走了我院中一千五百七十七只未开灵智的奇兽，目前有三百只已经追回，未追回的奇兽中有两百六十只能力特别，十二只已在开灵智的边缘。有几个奇兽你们怕是要特别注意下，分别是……"

白及仙君既然应了天帝的命令来到此地，多半对前因后果已经了解，北枢便不再过多赘述，而是着重讲如今的状况，还有他那些个宠物的特征和弱点。

北枢真人如数家珍将事情一一道来，显然他对自己养的动物们相当熟悉，能够准确报出他们的名字、外貌、特殊能力和目前的修为。不过对于能够一剑横扫外面一大群奇兽的白及仙君来说，这些信息显然无关紧要，北枢真人说这些，是因为他不太清楚白及仙君的弟子修为如何，怕他们吃亏。

云母是还在学习的四个弟子中修为最弱、年纪最小的，且完全没有用法术进行过实战，听说那些妖兽中居然还有这么多修为在三百年以上的，顿时感到害怕。她特别认真地将北枢真人说的内容全都记下来，生怕记错一个字，等下会被修为三百年的妖兽一爪子拍死了。

北枢真人讲了好一会儿，等他自认为应当把比较麻烦的妖兽奇兽都说完了，终于轮到魈时，却突然神情一变，对白及仙君跪了下来！

白及面上冷淡，云母和师兄师姐们却都被吓了一跳。对方纵使再怎么样也是个正正经经的仙，除非触犯天规或是拜师，否则不会屈膝，见北枢真人这一跪，顿时连观云赤霞都乱了阵脚。

只见北枢真人对白及仙君叩首一拜，也不抬头，声音戚戚、羞愧难当地道："魈铸下如此大错，实乃我管教不严之过。事已至此，以我独自一人之力实在难以收场，劳烦天庭众多仙友，还麻烦了仙君出山，实在不知如何偿还众仙友和仙君的恩情……"

北枢真人说得诚恳，白及倒也没有打断。只听北枢真人絮絮叨叨地说了一通，头又伏低了些，道："那魈天资的确出众，虽是才开灵智，却已实力不俗。只是他麻烦的地方并不在此……此事说来惭愧，但却不得不对仙君如实相告。想必仙君已经知晓，魈下山之时，偷了我一件法宝，那法宝不是其他，正是——"

北枢真人顿了顿，像是实在难以启齿，良久方才吐出三个字。

"令妖牌。"

这三个字一出，就是观云都想跳起来把北枢真人当场打一顿。

这么多妖兽奇兽好歹被真人养了这么久，怎么一个反抗的都没有，轻易就被鬽全部弄下山了！难怪鬽都胆敢喊出要当万妖之王的口号！这种东西是能随便丢的？！

光听"令妖牌"这三个字，想都不用想就能猜出这是个什么玩意儿。

喜爱养珍兽奇兽的仙人，庭院里养的动物多了，不管开不开灵智，照料起来都会有麻烦，所以他们一般都会有驱使宠物坐骑的方法，比如炼个法宝。这种法宝仙人自己用不着，多半是给照料宠物坐骑的门中弟子或者童子用的，使用门槛极低，效果却极好。虽然每个仙人的法宝形式各有不同，但功能都差不多，区别只在于所管理兽物范围的大小而已。北枢真人口中这个"令妖牌"，估计就是个差不多的东西。

北枢真人也知这事万万不可隐瞒，低着头继续老老实实地将令妖牌的事全盘托出道："那是块手掌大小的石牌，正面是'令'字，反面是'妖'字。我炼那牌子用了整整一百年，只要拿着牌子便可驱骋实力在自己之下的妖兽和未开灵智的凡兽，但对灵兽没有用。那鬽在妖中实力已算不错，又得了令妖牌，怕是不好对付。若是遇上，还请仙君多加小心。"

云母原本不觉得师父对付鬽会有什么问题，毕竟当初在浮玉山，师父一剑就将鬽砍了。可是听北枢真人说得如此严重，不禁又为师父担心，有些不安地看向白及。

谁知，下一秒，师父就轻轻地摸了摸她的头。

北枢真人恰巧在这时抬起头来，哪儿想到会见到如此温情的场景，也是稍微愣了一下。

人人都道白及仙君清冷孤傲，如此一看，倒也未必全是如此。

不过，白及依旧是摆着那张淡漠傲慢的脸，听北枢真人说完，神情也不见一丝变化。只见他从年纪最小的弟子头上收回了手，淡淡地对北枢真人点了点头，算是听到了他说的话。随后，白及顿了顿，总算是开了口道："走。"

等出了道观，云母只听师父道："赤霞、观云，你们二人一同收拾附近的妖兽。云儿，我教你对付妖物之法……"

这时，他的目光缓缓地看向了单阳。

单阳一家皆为妖物所害。他恨害家之人，也恨这世界妖物。恨得太过，只怕于心性有害。他还太过年轻，又是修仙之人，不该造杀孽。

白及定了定神，道："单阳，你也与我同来。"

"是。"单阳沉着声应了,只是他把剑握得太紧,一直忍耐着。

云母见师父要亲自教她,心里既兴奋又紧张,连忙跟在白及身边,与赤霞师姐和观云师兄道别后,便等着听师父的命令。

白及腾着云飞了一会儿,不久就到了一片山林中的空地中。这里有几只稀稀拉拉的奇兽正在攻击山里无辜的山兽,看它们的相貌就能猜出一定是从北枢真人院子里跑出来的……看眼下这个样子,八成是魇得了那么多兵力,却不知怎么管理,于是随意挑出了些弱小没用的奇兽安插在路上抢占山林。

眼下,拿这些奇兽来给没什么经验的弟子练手倒是正好。

白及定了定神,往前一指,先对单阳道:"你去清理前面的妖兽,收了他们,莫要下死手。"

单阳似是紧了紧拳头,但终究压下了自己的脾气,对白及说了声"是",便提着剑过去了。

白及见单阳走了,又看向云母,指了指灌木丛附近落单的一只青色的奇鸟,道:"云儿,你先拿这个练手。"

云母顺着师父指的方向看过去,只见那只鸟约莫比麻雀大上一两分,一身青羽,却有三只眼睛,额头上还长了根长长的黑角,果然很怪异。

不过长得再怎么诡异也还是只鸟。云母盯着它看了一会儿,没等师父教她如何做,忽然有些跃跃欲试,道:"师父,我可以先自己试试吗?"

白及一怔,没想到云母刚才还十分紧张,现在看对手长得弱又活泼起来了。

小狐狸天性好奇好动,有尝试之心是好事,若太过死板,反倒容易让她失了灵气。

白及想清缘由后,道:"可。"

云母得到师父的同意,立刻高兴了起来。到底还是小动物心性,因为急于向师父展示她捉鸟的本事,居然一时忘了单阳师兄还在附近,马上就变回了狐形蹦蹦跳跳地朝三眼怪鸟跑去。也算她运气好,单阳正皱着眉头低头对付几只对他嗷嗷乱叫的不知道是狗还是什么东西的玩意儿,竟也没注意到她。

云母化成白狐后跑得飞快,都没等白及反应过来她说的"试试"是用狐形试,就已经几步窜到了那只怪鸟跟前。那只怪鸟倒也怂得很,看到灵狐吓个半死,都没点斗一下的意思就想飞走,结果被云母啪叽一爪子拍回地上,顿时躺下装死。

她自幼和哥哥捉山上的麻雀玩,对付鸟类最熟悉不过,用爪子拍了拍,看它真不动了,就低头叼起来蹦跶着跑回师父脚边,仰着头摇尾巴,颇为得意的样子。

白及有些无奈,但还是蹲下身摸了摸求表扬的狐狸,摸完以后,缓缓叹了口气，道："你要用原形也可，不过这样就失了我教你的意义。你且把鸟放了，变回来，我教你如何以道体使用术法降妖。"

云母这才意识到自己会错了意，白毛底下的脸红了起来。

于是云母只好有点委屈地松开了她的鸟，变成人形，等着看师父怎么做。

那只三眼鸟一被放开立刻扑腾着翅膀想跑，谁知刚飞了没多远，就被白及念出的一个诀定在了空中。随后，白及定了定神，闭上眼睛片刻，随手便现出了一把白色的玉弓，将它递给云母。

云母怔怔地接过只听白及道："今日只是教你用法术依附于武器，以此来说，弓箭的用法最为直观。事物万变不离其宗，你掌握了用法，日后再挑自己惯用的武器便是。"

云母似懂非懂地点点头，却注意到这把弓似是会随着使用者改变形状，手拿住它后，弓就变得小了几分，重量也轻了一点。

白及指示说："你摆个姿势给我看看。"

要用术法，云母真的有点紧张了。尽管白及只给了她弓没有给箭，但云母还是试着摆了个动作，只是她是生长在乡野中的小白狐，从未见过谁用弓箭，凭着想象和不知道从哪里来的模糊印象乱摆，自然不伦不类。

白及叹了口气，走到她身后准备帮她调整姿势。

白及伸手握住了她的手。

两人的肌肤刚一相触，云母忽然心跳加速。她的脑袋贴着师父的胸口，因为师父微微低了头，所以气息仿佛就在头顶拂过。这个时候，她能够闻到师父身上清雅的檀香味。

师父低着头，一根手指一根手指地帮她调整握姿。

明明平时当狐狸的时候，再怎么在师父怀里蹦跶也没有觉得不安，可是换了人形，不过是摆个姿势而已，云母却忽然觉得怪异起来。她的心脏跳得厉害，莫名慌乱得很。

"好了。"忽然，白及道。

云母一愣，这才注意到师父不知道什么时候已经帮她摆好了握姿，这样握着弓果然比之前要舒服很多，而且容易发力。

"记住这个姿势。"白及未察觉云母有点不对劲，只是一边语气平静地继续往下讲解，一边重新将原来帮她调整握法的姿势转为扶着她的手，与她共同握着弓，方便让她感受凝聚箭时的灵力控制方向和射箭应有的力道，"接下来，你试试感受我气息的方向，顺着我的轨迹将身体里的灵气凝聚成箭的形状，集中到弓上。"

感受到白及的气息从耳畔拂过，云母耳朵尖都烫了起来。换过姿势后，她犹如被师父搂在怀中，眼看着师父的袖子垂在她的袖子旁边，整个人被师父的气息所包围。她原本就没有从刚才的心乱中恢复过来，这个时候便是努力想要集中精神，注意力仍然时不时飘到师父身上去，只觉得整个人都有些不知所措。

云母既无措，又对自己的感觉感到隐隐的疑惑。

这时，她听到白及在她头顶轻轻地道："注意。"

下一刻，她便感到师父身上的"气"，顺着手传到她身上，形成一条非常清晰的路径在引导着她。

便是再心慌意乱，云母也只好在这种情况下努力集中精神，顺着师父引导她的脉络，慢慢将灵气凝聚起来。

她当初练了很久的感气，基本功打得很扎实，又有师父的引导，将灵气凝成箭并不是很难。不过，便是如此，在看到弓弦上真的渐渐凝聚出一支浅白色而没有实体的灵箭时，云母还是感到了喜悦。

然后，她便又感到师父握着她的手扶起了弓，就着她的手拉开弦，箭尖直指三眼鸟。接着，他的手轻轻松开……

唰——

云母只见那支用灵气凝聚起的箭矢以极快的速度刺破空气直直地朝被禁锢在空中的怪鸟飞去，与此同时，师父解开了定住那鸟的术法，只一瞬间，箭矢就贯穿了怪鸟的身体！

那鸟惨叫一声，从空中落了下来。云母连忙跑过去检查，却见那鸟身上没有伤口也没有见血，只是没了意识，就像师父之前制服的其他野兽一样。

"师父，真的射下来了！"云母回头惊喜地道。

白及看她这么高兴的样子，竟下意识地也想笑一下。但是他猛地察觉到自己的情绪居然有这般变化，忙心神一定，恢复面无表情的样子，只对云母微微颔首。

等云母掏出元泽师兄送她的葫芦收了那只怪鸟，跑回他身边，白及淡然地道："将灵力依附于武器的方法，大致便是如此。这把弓是我过去的旧物，你先拿着用，待练熟再换别的武器不迟，只要不是碰到修为太高的妖兽，这套方法便够用了。"

云母握着弓认真地点头。

白及见云母已经掌握了方法，跃跃欲试地想要自己实践，便不再多言。他定了定神，看向单阳。

单阳的天赋之高，便是在整个天界仙人的弟子中也属少见，更何况他比大多数人都要刻苦用功，若不是心思太重，心性被桎梏住难以成长，成就只怕比现在还要突出许多。不过，纵使如此，单阳独自对阵这附近所有的奇兽依然不见落于下风，只是奇兽数量实在太多，以少胜多难免需要费些功夫罢了。

云母原本正爱惜地摸着师父给她用的玉弓，见白及定定地看着单阳独自对付那些奇兽，便也跟着看了过去，谁知看着看着就入了神。原因无他，实在是单阳的剑招使得太流畅利落了。

单阳跟师父一样是用剑的，许多动作一看就能看出是师承白及，不过也有一些看起来不大像，或许是他在入师门前就学过剑法。尽管剑招看起来并不是出自一家，单阳却结合得极好，招招生风，流畅得很。

只是他挥剑的时候，始终深深地皱着眉头。

这个时候，单阳已经差不多在收尾了。没多久他就解决完妖兽，收剑，掏出自己的容器收了满地的奇兽，然后回到师父身边，板着脸恭敬地行礼道："师父，我已清理干净了。"

"做得不错。"白及略一颔首，夸奖道。

白及一直在关注单阳的动作，见他面对奇兽已经能够控制住自己的情绪，不会再像最初分不出妖兽和长相奇异的一般异兽之时那般杀气腾腾、招招下死手了，也觉得有些欣慰。

停顿片刻，他便如同称赞云母时一般抬手摸了摸单阳的头，道："你比之前沉稳许多。"

单阳在山下待了许久，回来也没怎么见过师父，已经很长时间没有像这样被夸奖过，一时感到脸上微微发烫。他有些不知所措地移开视线，道："它们并非妖兽，我知道的。"

"嗯。"白及点了点头，"你暂时还是不要亲自对付妖兽……现在散落在人间的妖兽和奇兽太多，我不可能天天看顾你们。待收拾干净北枢真人道观附近的奇兽之后，我会亲自去找虺。到时你同你师兄师姐势必要去凡间的城镇，想办法收拾掉为祸凡人的奇兽妖兽……若是遇到妖兽，交给观云和赤霞处理。"

白及仙君这样安排，无疑是怕单阳控制不好情绪杀掉妖兽，犯下杀孽影响修行。若是换作平时，单阳定然会对这个安排感到不满，只是今日受了师父的夸奖，便按捺住了脑海里那份仇恨的杀意，郑重地抱拳应道："是。"

北枢真人道观附近的奇兽数量虽多，但大都没什么修为，离开灵智也还早得很，便是云母都能轻松制服，不过两三日便被陆续赶来的仙人和仙门弟子清理干净了。

在山道被清理出来后，接下来就该去收拾为害人间的妖兽了。

"师父一早就会去找鼍，到时我们也和其他仙门弟子一道下山。"当晚，赤霞在道观的临时住所中对云母道，显然是早就和观云两人商量好了，然后分别在睡觉前给师弟师妹开会。

"不过明天我们顶多只能腾云飞到山脚，在人间不能暴露身份，要扮作一般道士，所以只能徒步下仙山。还有，不到万不得已，你也不要再变狐狸了，人类分不清灵兽妖兽，别给人当成妖打了。"

云母特别认真地点头。

她对人类好奇已久，此时下山，自然又兴奋又紧张，甚至都快忘了自己是要去除妖的了，简直像是去旅行的。

赤霞忍不住又伸手摸她头，摸得云母在床上晃来晃去。

赤霞摸了会儿云母的头，忽然想起什么，一拍脑袋道："对了，差点又忘了！我还有东西要给你！"

云母听后，探头探脑地看去，只见赤霞从袖中掏出一只紫色的海螺，递了过来，不好意思地抓了抓头发道："我之前让我娘从龙宫寄来的，早就该给你的，结果前阵子……咳，订婚太忙给忘了。这就是你之前在我房间里见过的那种海螺，联络用的。你拿着这个，到时候在城镇里分散了找你也方便。"

云母之前在龙宫中就见过这等海螺，没想到师姐竟然会送她，顿时兴奋起来。她高兴地朝师姐道了谢，连忙照例变成小狐狸将海螺好好地塞进尾巴里。

赤霞见云母这么不加掩饰地表示出高兴，作为送礼物的人也觉得喜悦，不觉抿唇一笑。等云母将收拾好的东西放在床上盘成一盘，赤霞就将床上的狐狸毛团随手捞进怀里，熄了灯一同躺下。

次日便是仙门弟子集体下凡的日子。

"害怕吗？"师兄妹四人一同走在山路上，赤霞见云母面有紧张之色，笑着问。

云母坦诚地点头，同时有些不安地看着脚下的路。她虽然在山林之间长大，却还是头一回下凡，更不要提与凡人接触了……虽说她过去也并非从未听说过人间的事，可是事到跟前，还是难免有几分忐忑。

赤霞又摸了摸她的头，安慰道："不必害怕，凡人想法虽多，却无非也就是这世间的生灵罢了。我们是道人打扮，便是行为略有出格也无妨。到时你跟着我们，看情况行事即可。"

"嗯！"听师姐这么说，云母便安心了许多，谁知她太过将注意力集中在师姐身上，却没注意到前面的单阳步伐慢了下来，结果还未来得及说话，已经砰的一下撞在了单阳背上。

"对……对不起。"

云母下意识地开口道歉，却只见单阳也停住了脚步，正侧过脸回头看她。

云母愣了愣。

由于今日观云师兄和赤霞师姐没有再要求大家服装统一，单阳已经换回了他常穿的黑袍，只是依旧和往常一般深深地拧着眉头，整个人周围盘踞着一种凝重的气氛，看上去仍然颇不亲近。

说起来，云母这时才注意到，仙家的服装其实和凡间的人穿惯了的衣服略有不同。他们平时穿的服装更宽松，袖子也更大更长，看上去比较轻盈飘逸，她和赤霞师姐、观云师兄以及师父都是如此，所以他们这次下山，全部都换成了款式和先前略有不同的道袍。唯有单阳师兄，他的衣服一开始就是同凡间之人一样的，所以没有必要更换。

单阳见云母没事，也没有多说话，只是对她略一颔首，便回头继续往前走，仿佛什么事都没有发生一般。

云母回过神，连忙又跟了上去。

他们四人腾云抵达的山脚实际上已离城镇不远，又因是仙门弟子，脚程自然比寻常人要快些，不过小半个时辰，便已到了桂阳郡里的一处大县。不知是他们运气不错，还是桂阳郡的妖兽奇兽已经横行到了泛滥的地步，进城不久之后，他们就打听到了城里怪物作祟的消息。

那传闻中的地点是一位富商的住宅。据说四天前，富商的家人和仆人便在夜里听到奇怪的嚎叫之声。那嚎叫声每晚都从入夜持续到黎明，让大家都毛骨悚然睡不好觉。此外，还有不少守夜的仆从看到古怪的黑影在夜色中晃来晃去，险些吓得魂飞魄散。

最严重的是，他们家里的狗夜里不知被什么东西咬了，第二天浑身发黑，没熬到中午就死了，闹得人心惶惶。

时间、地点和现象都对得上。待云母他们赶到时，富商一家已经被折磨了好几日，甚至都在考虑搬家了，一听说他们是专门来除妖的道士，连忙恭恭敬敬地将人请了进来。

"我们已经有三个晚上没有睡着了。"富商将他们请到客厅后，十分凄惨地苦笑着道，"我妻子还怀着身孕，实在受不起折腾。此事就劳烦各位道长了，事成之后，我必当重金酬谢。"

观云作为最年长的师兄与他们交涉，自然客气地答应，只是称他们作法需要场地，让富商清空庭院。

云母在一旁听得紧张，前些日子还是师父在旁边陪同她练习，今日就是真真正正地除妖了。云母是天生灵兽，对妖气和灵气都比较敏感，从踏进富商的院落起，就感到了一股淡淡的妖气。

云母不由得看了眼站在她身侧的单阳师兄，想起那日师父叮嘱过师兄不能对妖兽出手，心里不禁有几分不安。

富商从观云口中得知有妖物作祟后，不敢怠慢，立刻就清空了庭院，带着家人到卧室里躲起来。赤霞和观云刚一进院子，便默契地施法封住整个宅院，不让妖兽和奇兽出逃。他们绕着宅院转了一圈，摸清楚构造，便将云母带到相对高一点的阁楼中，让她待在那里。

观云仔细地交代道："目前只能肯定这里至少有一只妖兽，有没有奇兽、有多少还无法确定。到时候我会一口气将整个宅子里的东西都逼出来，然后由赤霞来收妖。但赤霞的视野范围有限，若是有遗漏的妖兽或者奇兽逃跑，你就拿弓箭射它们，射不中也无妨，只要告诉赤霞哪个方向有漏网之鱼就好。"

云母认真地记下来，便将师父送她的玉弓取出来捏在了手上，紧张得手心冒汗，生怕做不好。

单阳则被师兄师姐派去守富商房间的门，名义上是让他守着防止有落网的妖兽和奇兽跑进去，实际上是因为观云和赤霞也考虑到了单阳的状态不适合直接与妖兽接触。

云母所在的阁楼是整个宅院的最高处，几乎能够看到庭院的各个角落。她想到这里，忍不住朝单阳的方向看了过去，只见单阳穿着一身黑衣，抱着剑一动不动地站在主屋门口。由于离得太远，云母看不清他的脸上是何表情。

待准备好后，猎妖很快就开始了。

观云师兄在整个宅院正中席地而坐，闭眼念诀。他毕竟是两百多岁的青凤，法术效力自然不同凡响。在他闭上眼睛张开嘴的一刹那，云母立刻就感到周围的灵气暴躁地涌动起来，可谓地动山摇。下一刻，只听宅邸多处传出锐利的嘶鸣咆哮之声，云母绷紧了神经举起手中的弓，按照师父的说法在弓间凝箭，箭头在空旷的庭院中游移，寻找随时可能出现的目标。

自师父教会她之后，她又练习了三日，如今凝箭已经十分熟练，只是要百分百射中却不是一日之功。好在她只需要告诉赤霞师姐哪里有漏掉的对手就好，对命中率要求倒也不高。但纵使如此，云母仍然慌得手都有些发抖。

突然，位于北边的杂物间有一道黑影猛地撞开房门窜了出来。说时迟那时快，赤霞一个箭步冲过去，甩手发出一道白光。她和观云师兄的武器都是扇子，不如剑那么利落，却十分潇洒。那黑影被扇子甩出的术法劈中，当场惨叫一声倒地，被赤霞的瓷瓶收走了。只是事情并未就此结束，东边立刻又有怪物从无人的房间中窜出。赤霞连忙调转方向，跑过去收妖。

这样来回重复了四五回。这宅邸大约是豪华得颇得奇兽喜爱，奇奇怪怪的东西聚集了不少。好在赤霞身法灵活，看上去开心得很。云母中途也放了两箭，一箭中了，一箭没中，中的一箭令云母自信起来，情绪稍安，原本还紧张得发抖的手也不抖了。

只是……

云母趁着没有新东西跑出来的间隙，擦了把额头上的汗，眼睛却不住地到处乱转。不知道为什么，之前跑出来的都是没有妖气的一般奇兽，最重要的那只妖兽却没有出来，妖气也已经感觉不到了。她抿了抿唇，警惕地屏息凝神，重新凝聚灵箭开始巡视庭院……突然，主屋方向传来一声惨叫。那声音不是妖兽的，而是那富商怀孕的夫人发出的，下一秒，他们就看到一个小狸子形状的东西伴着尖叫声从卧室中跑了出来，直扑向守门的单阳——

除了正在闭眼用诀逼妖的观云，赤霞和云母都被这个变故弄得愣了一瞬。卧室是他们检查过才让富商一家进去的，也不知这妖兽是什么时候混了进去，可眼看妖兽扑向单阳，想起师父交代过单阳不能碰妖兽的事，两人都有几分惊慌。

还是赤霞先反应过来，立刻拿着扇子扑向单阳的方向，可惜已经来不及了，那妖兽已经径直冲到单阳跟前。单阳皱着眉头，下意识地举起剑，但不知是想起了什么，又犹豫了一下。便是这一瞬间的犹豫，妖兽举起爪子就狠狠地在他拿剑的手上挠了一道！

"嘶——"

单阳倒抽一口冷气，手臂上瞬间就见了血。那妖兽显然已会妖术，他被挠出血的地方泛着丝丝的黑气。

"师兄！"云母脱口而出喊道，可是还没等她反应过来，却见那个妖狸子猛地一个旋身，居然朝她所在的阁楼扑了过来——

主屋离阁楼其实就半个院子的距离，那狸子的速度又快得惊人，云母差不多是条件反射地用最快的速度凝了灵箭慌乱地射过去，谁知白箭嗖的一下射出后，却是擦着狸子的身侧飞了过去，没有命中反倒激怒了它。云母只听它咆哮一声，再凝一箭已经来不及，下意识地闭上了眼睛——

喵嗷——

出乎意料的，她接下来并未感受到疼痛，反而听到一声妖狸子尖锐的惨叫，再睁眼时，只见那只能从地面直接跳到阁楼的狸子已经掉下去了。单阳用没有受伤的左手拿剑，拧着眉头站在底下，心情复杂地看着那只被他情急之下劈下来的妖兽。

观云此时已经收了术法，既然连妖兽都被逼出来了，应该就没有剩下的了。云母连忙跑下阁楼，要去看单阳的伤势，但赤霞本就在楼下，自然比她先到。赤霞先一步到了妖狸子旁边，抬手一摸，这才松了口气。

"没死！"赤霞惊喜地道，"四师弟，这东西没被你劈死！"

说着，赤霞果断地拿瓶子将妖狸子收了。刚才它跑得快还没看清楚，这妖狸子居然前后长着两张脸，难怪直冲出来就能看见云母还往上扑。

听说妖兽没他劈死，单阳自己都怔了怔，但还没等他有所反应，主卧里的富商也十分激动地扑了出来——

"多谢你啊！多谢你啊小道长！"

单阳从外表上看不过十六七岁，看起来确实是十分年轻的小道士。富商一把抱住他，还压到了单阳的伤口，弄得他倒吸一口冷气。

刚才那妖狸子直接从主屋跑出来，将富商吓得够呛，他的感激之情便大多寄托在了弄倒狸子的单阳身上："若不是你，我们一家真不知该如何是好……当然，还有其他诸位道长，还有其他诸位道长……若是各位不嫌弃，请务必在寒舍逗留几日，待伤养好了再走……"

云母从阁楼上跑下来时，单阳还被富商拉着说话。单阳下意识地抬头看了她一眼，两人四目相对时都愣了一下。

云母想到刚才是单阳救了她，赶忙道谢："师兄，刚才谢——"

"不必。"

没等她说完，单阳便移开了视线，只是依然皱着眉头。他微微侧目，看向刚才妖狸子倒下的地方，神情似有几分复杂。

观云和赤霞他们本就没有定好住的地方，既然富商盛情相邀，自然没有推辞的道理。

经过这么一战，富商已经确信他们是有真才实学的游方道士，并非浑水摸鱼的假货，故给师兄妹四人的待遇极好。只是他拉着几人说话的时间太久，直到单阳脸色发白了才意识到应该让他们休息。

"单阳，你今日做得非常不错。"待回到房间之后，观云一边用法术帮他疗伤，一边欣慰地赞赏道，"你瞧，像这样帮助别人，然后接受对方的感激，不也挺不错的？师父希望你在凡间能够看到的，也就是这些罢了。"

观云好歹也和师弟共处了十来年，自然知道这个四师弟看着沉闷，其实脸皮薄得很。观云想到他今天被富商拉着时尴尬的样子，就忍不住想笑。他熟练地用仙法清除了入侵单阳体内的妖气。云母见观云师兄那里完工，赶快用事先准备的仙药帮他包扎。大概是她手法太笨拙了一些，单阳倒吸一口凉气，皱了皱眉头。

"对……对不起……"云母赶紧道歉，同时放轻了手上的动作。

她是因为白天被单阳那一剑所救，听说师兄受伤需要治疗，便主动要求过来帮忙的。若不是为了救她，单阳也不会打破和师父的约定和妖兽交手。只是她才刚刚习惯用人形活动没多久，又没怎么帮人包扎过，或许反而帮了倒忙。

"没事。"看小师妹一脸羞愧之色，单阳反倒不知该说什么，只好僵硬地移开视线。

云母见他这样的反应，总算松了口气，继续仔细地着手包扎。

然而单阳的心情却仍然没有恢复，观云师兄依旧在夸赞他今日忍住了杀气，没有对妖兽下杀手，只是这夸奖到了他耳中只让他觉得窘迫，其他人或许没有看出来，可他自己对事实最清楚不过。

他并未按捺住自己的杀意，挥剑的手法完全与往常相同。若说那妖狸子为什么没死，原因大概是……

他没用惯左手，劈歪了。

单阳深深地拧着眉头，望着受伤的手，还有随手放在床边的剑不说话。

"对了，那个……师兄。"

忽然，旁边小心翼翼的女声唤回了单阳的思绪。他不自觉地抬头，却不想对上小师妹的那一双杏眼。她好像有些不好意思地对他笑了一下，又愧疚又感激地道："那个……其实我也有话想说。今天，谢谢你救了我。"

单阳微微一愣，不知该作何反应。

好在云母已经熟悉了单阳的性格，本来也没希望从他这里得到什么特殊的反应，只是想把之前在庭院里没说完的道谢说完而已。现在她总算把感谢的话说出来，整只狐立刻就精神了，要不是在人间不能变原形，都能追着尾巴跑两圈。

"观云师兄，单阳师兄，那我回去啦。"云母笑着道。

妖狸子的妖气渗入伤口之中，对凡间的生物来说或许是足以致死的很严重的伤，但对仙门弟子来说却不是什么大事。而且观云已经用法术做了处理，云母这边替他包扎好，见单阳应该没什么事了，便告辞离开。

观云笑着对她道了别，等云母捧着药物离开房间，才忽然想到了什么，微笑着随口道："说起来，真没想到你能那么快反应过来去救小师妹。她年纪还小，要是被妖狸子挠到了，情况怕是要比你现在还严重得多。"

"师父交代过让我照顾她。"单阳一顿，轻声地解释道。

这个时候，云母已经走在了回暂住的房间的路上，向单阳师兄道了谢，今日又顺利解决了一个妖兽和几个奇兽，心情已经变得颇为不错。只是走着走着，不知怎么的，她脑内忽然浮现出师父的样子。

她好像有些想师父了。

云母索性在走廊里停下脚步，心不在焉发呆似的望着廊外渐渐变成红色的天空。

尽管师父上一次收拾鼍时看起来非常轻松，但她并不是完全不担心师父的，尤其是在北枢真人反复强调鼍手中握有令妖牌之后。

正是由于缺了令妖牌，这次收复妖兽奇兽的任务才会格外艰巨。

受令妖牌控制的妖兽和奇兽不会再听从其他的指示，若是鼍的命令强硬，即使在其本身并不想作战的时候，都会不顾自身性命地攻击凡人乃至仙人。从这个角度来说，令妖牌无论是对凡人、出来追缉妖兽的仙人还是对这些会被鼍控制的妖兽奇兽来讲，都是十分危险的东西，甚至对鼍本身都很危险。

云母不由自主地想起了他们离开道观前，听到北枢真人最后对师父说的最为郑重的话——

"我不敢太过劳烦仙君，只是仙君若是找到鼍后，发现令妖牌还在它手中，请仙君务必将令妖牌拿回来。"北枢真人唉声叹气地道，"令妖牌在仙界本不是什么不得了的东西，许多养坐骑的仙人都有类似的法宝，虽然好用，但毕竟为使用者自身的修为所限。鼍纵然天赋异禀，也只不过是初开灵智的妖兽，拿着令妖牌也无法发挥其全部效力。我所担心的……是这个东西若是被凡间的其他妖兽知道了，从而引发抢夺。这个东西在鼍手上还不算是大的灾祸，可若是被那些心术不正而无法上天的千年老妖得到……"

云母紧张地叹了口气，也不知道师父现在在做什么，找到鼍了吗？

她好想被师父摸头……

云母想到不知道什么时候才能再见到师父，便不由得有些沮丧。

这个时候，白及仙君顺不顺利没有人知道，不过鼍这边，却出了些事。

夕阳西下之时，桂阳郡深山老林之中，虺斜靠在手下们给他搭的披了毛皮的石椅之上，皱着眉头看着刚才被他的手下从草丛中带出来的少年。不知道为什么，明明他印象中从未见过这样的少年，却莫名地觉得对方眼熟。

眼前的少年样貌看起来有十四五岁，容貌极为俊秀，身上穿着一身简单的粗布衣服，却掩不住气质超群，尤其是他额心有一道鲜艳的红色印记，极为醒目，使得整个人都增了几分气势。

不过，他明显不是个人类，这倒不是什么妖气不妖气的问题，而是虺用肉眼就能看见，这个漂亮的男孩身后，拖着三条白色的大尾巴。

虺顿了顿，问："你是灵兽？"

拖着尾巴且没有妖气，又开了灵智，考虑到在这种地方遇到神兽的可能性极低，那么大概就是灵兽了。

少年果然迟疑地点了点头，只是拿不准眼下的状况究竟是怎么回事，环视周围一圈，警惕地问："你们要做什么？"

话音刚落，不但没有人答他，奇形怪状的妖兽反而全都诡异地笑了起来。

"做什么？"为首的虺止了笑，满眼皆是放肆的杀意，"整个天界都觉得灵兽高我们一等，我们已经忍了许久了。不过如今我们已是自由之身，不必再在意这些白眼。我人吃了不少，灵兽倒是还从未尝过，今日我倒要看看，你们灵兽到底是不是特别滋补——"

话音刚落，虺便化了原形怒吼一声朝少年扑了上去。

那少年看到虺的原形就吓了一跳。他原本只以为是奇怪的妖兽，没想到居然还是见过的，当初害自己和妹妹分离的可不正是这家伙！对方话里话外分明都是要吃他的意思，少年一惊，连忙施术应对，只是他才刚升上三尾不久，还处在不把尾巴放出来就保持不了平衡的不舒服状态，哪里能打得过连北枢真人都认为是妖兽中天赋异禀的虺，没一会儿就落了下风。

周围的妖兽纷纷叫好。他们已经全都受了虺的蛊惑，个个都认为自己过去是在成为灵兽被真人收为弟子的前辈的压迫下生活，此时看到灵兽被虺压制，也觉得畅快，高兴地鼓起掌来。

虺听到掌声，越发得意。他本就是想借打压灵兽来给自己立威，见效果比想象中还要好，自然十分高兴，却没注意到眼前的少年已经隐隐有些急了。

石英当然急了。他只是出来采个药，母亲还在附近暂住的山洞里等他呢。他想到母亲如今已经很难见到入了仙门的妹妹云母，若是他又在这里出了事，娘不定会怎么伤心呢。他顿时感到一阵气闷，也不知是不是急火攻心，张口居然吐出一大团火来。

虪没想到这灵兽居然还能吐火，亦是吃了一惊。不过他当年被天雷劈了那么多道却大难不死，早已不怕一般的凡火，于是躲也不躲，还嗤笑道："吐火？你也不看看本大王是什么——"

谁知话未说完，石英吐出的火迎面扑来，虪立刻就变了脸色，剩下的话生生卡在喉咙中说不出来，只能改了口："你……你怎会——"

虪一双虎眼瞪得老大，只可惜没机会将话说完了。眼前这小灵兽吐的并非凡火，虪的灵智是天雷劈开的，被这天火一烧，当即毁掉了大半，还烧掉了修为。虪凭着最后一丝神智，惨叫一声，扭身便跑。

其他乌合之众见首领的原形以肉眼可见的速度缩水，几乎变得只剩猫儿一般大，立刻便晓得眼前的少年不好惹，顿时一哄而散。只剩下石英还在原地大喘气，也没弄明白自己怎么会吐火，他惊魂未定来不及多想，脑袋里尚且一片混沌，擦了擦汗，下意识地看向那虪跑走的地方，忽然咦了一声。

"这是什么？"石英从地上捡起那虪落下的东西，自然地拿起来翻了翻。

只见那是一块石牌，两面都有字，一面是"令"，一面是"妖"。

数日后。

"多谢道长！多谢道长！"桂阳郡一处县城城郊，一户衣着平常的人家正感激涕零地拉着一位白衣道人道谢，"若不是道长出手相救，我们真不知该怎么办才好……"

白及没有开口，只是淡淡地点了点头。凡人并不知如今桂阳郡一带妖兽横行是仙家弄出来的事，便对他们这些奉命出来收妖的感恩戴德。

白及却对这些感谢受之有愧，草草与这一家人道了别，抬腿便走，一边走，一边微微蹙起了眉头。

他找那逃跑的虪已有一段时间了，但不知怎么回事，那虪居然像是人间蒸发一般，完完全全地销声匿迹了，既没有妖气，也没有相关的传闻，经过推演，却也没有算出虪和令妖牌的下落，这令他感到十分奇怪。

在这种情况下，白及只能跟其他下山的仙人一样，一边四处走访收妖，一边继续打探虪的消息。就像今日这样，白及偶尔在路上碰到从北枢真人那里逃走且尚未被收回的奇兽，就顺手收走。如今离那些妖兽奇兽初逃之日也过去了不少日子，在仙界弟子的努力下，已经收回了不少，只是奇兽多妖兽少，要将北枢真人跑掉的宠物全部捉回去，只怕还需一些时间。

"道长！道长请留步！"

忽然，背后传来的童稚之声打断了白及的思路。他脚步一顿，慢慢地回过头，却见是他才收了妖的那一户人家的小孩气喘吁吁地追上了他。

那男孩不过七八岁，个子还小得很，白及看着只是像寻常人一样在走，可实际上有法术推助，男孩自然追得十分吃力。他好不容易追上白及，却已经不得不弓着背，双手扶着膝盖喘气，一副狼狈模样。

白及目光沉静地看他，若是换作知晓他身份的仙界之人被这样注视着，怕是已经极为忐忑，但眼前的男孩不过是个人类的童子，刚刚又被白及所救，只当他是个做好事还不收取报酬的好道士，居然不怕。他喘够了气，笑嘻嘻地抬头张开手，对白及道："这是祖母让我拿来的，我们家穷，道长又不要报酬，实在不知道怎么报答才好，唯有这个……算是家里做的，虽不值钱，但也算一片心意，给道长留个纪念。再过两日便是七月七，到时候附近一带都会放河灯，道长若是有空，不如也去看看。"

说着，男孩也不等白及回答，便将东西往他手里一塞，转身拔腿就跑，跑出几十步远，还回头对白及招了招手。

白及愣了愣，低头看男孩放在他手中的东西。那是一盏小小的河灯，做得不算太精致，但正如那男孩所说，也算一片心意。

白及想了想，便将小河灯收入袖中，算是收下了。

"对了！"这时，男孩好像想起了什么，远远地朝白及大声喊道，"道长，你刚才问我们附近有没有怪事，我想起来了！从我们这里出发，往西走两百里有一处田庄！听说那里闹鬼已经有好一阵子了，若是道长有兴趣，可以去看看！"

白及一怔。

那个男孩又道："那地主姓张，听说为人奇怪得很，以前就神神叨叨的。田庄闹鬼许久，他名下的佃户人心惶惶，但那个张地主却不闻不问，反而说佃户们多事……"

男孩一家也不宽裕，听说有地主欺压农民自然觉得不忿，忍不住多说了两句。不过说者无心听者有意，这几句话男孩说的时候不觉得哪里不对，可是落在白及耳中，却让他忍不住皱皱眉头。

白及来凡间的次数不少，对凡人中的某些事也有所了解，听到男孩说的话，便有些疑惑。

白及闭上眼在心中掐算，谁知这一算才发现不好，当即变了脸色，都不等男孩再和他告别，便掐了个法诀隐了踪迹驾云而去。等那个凡间男孩抬起头的时候，只能看见前方空荡荡的路面，哪里还有白衣道士的身影。

"真是……真是多谢小道长！多谢小道长！"

这个时候，在离白及两百里路的西面，离田庄极近的县城之中，一个穿着一身黑衣同时也黑着脸的年轻道士模样的男孩也正满脸尴尬地被激动的县民抓着手拼命道谢。他看上去极不习惯被人这样对待，感到很不适应。纵使如此，人家也依然不放开他，还是满口说着感谢的话。

单阳好不容易才从非要感谢他的人那里跑出来。观云见他皱着眉头的模样，哈哈大笑，勾了他的肩膀道："你还没有习惯吗？都被感谢这么多次了，我觉得你表现得应该自然一些了吧。"

单阳说不出话，默默地躲开了观云的胳膊。

观云笑了笑，倒没有在意。看单阳如此不适应的样子，他便多少能猜到这个四师弟之前下凡的时间虽久，却恐怕根本没有怀抱着助人之心同这凡间的其他人交往过。看到他被富商感谢之时又并非完全无动于衷，观云便觉得这或许是个锻炼单阳的办法。于是这段时间，在他和赤霞商量好后，便有意无意地将没有涉及妖兽的任务都尽量交给单阳来处理，让他出些风头，再受人尊敬。尽管一路上也遇到过心术不正的人，但这世界上终究是好人多，受了许多感谢之后，单阳似乎也有所动摇。

此时见到单阳神情复杂，观云倒也没有多说。有些东西靠旁人提点是没有用的，必须自己想通了才行，他要是念叨得太多，说不定反而带来相反的效果。于是他定了定神，拍了拍单阳的肩膀，上前一步，笑道："事情还没完呢，我要和你师姐上了。你刚才收了那么多只奇兽也累了，就在旁边休息一下吧。"

单阳皱着眉点了点头，但看观云要走，犹豫片刻，还是开口问："师兄，你有没有觉得……这个县城，有些奇怪？"

"奇怪？"观云回头。

"嗯。"单阳神情似有些不解地环视着周围，像是要找什么东西似的，"这个城的妖兽，好像太多了一些……按理来说北枢真人的宠物已经被抓回去不少了，不该再有妖兽这么集中的地方了……恐怕我们找到的不只是从北枢真人那里跑出来的宠物，还有原本也大量聚居于此的、在凡间生活的妖物。但是为什么……"

单阳的眉头深深拧起。他与妖兽有仇，对这种事自然敏感些。他刚才收拾掉的虽是奇兽，可这周围的妖气弥漫不散。他都不需要闭上眼睛，就能在耳边清晰地听到亲人的惨叫之声，这让他很不舒服。

仔细想想，他家人尽丧之日的前一夜，他家附近就有这种压抑的气氛。

想到这里，单阳的眉头拧得更深了。

"这么说来，好像是有些奇怪。"

观云听单阳这么说，表情亦严肃了几分，只是准备开始降妖的赤霞已经等得急了，正在远远地对他拼命挥手。观云来不及细细斟酌，想了想，便对他道："你先不要急，等我和赤霞解决完这一带的妖兽，便来考虑这件事……先前我和赤霞跟师父下凡时遇到过类似的情况，这附近说不定是有心术不正的道人用邪术引妖来为自己谋利。若是真有，我们定要将他捉出来。"

说着，他看着单阳又笑了笑："师弟，你果然有些变了。"

单阳不解地蹙眉。

观云却指了指他始终深深拧着的额头，微笑道："这里，你不再单是为自己皱着了。你对我说这话，是有几分担心这些向你道谢的百姓吧？而且还知道找我商量。你入门这么多年，我还是第一次从你口中听到这么多话。"

单阳一愣，脸上瞬间发热，张口想要反驳观云略带戏谑的话。可观云根本没给他机会，将刚刚从高台上下来也准备休息的小师妹往他怀里一推，道："现在，就劳烦你先照顾一下云儿吧。她今天射了一天箭，也该休息一会儿了，正好她好久没上课，你要是心烦，就念念静心诀，顺便教教她。"

单阳下意识地用双手扶住了云母的肩膀，没让她真跌进自己怀里。他皱着眉头又想怒视观云，然而却正好对上了不明所以的云母的双眼。云母没听到他们之前的对话，只当是发生了什么争吵，见单阳一脸恼怒，便对他笑了一下。

单阳只好硬生生地把剩下的话憋了回去，黑着脸在原地生闷气，抱着剑别过脸去，等着他们收完妖以后回来会合。

观云大笑不止，转身就跑去和赤霞会合了。

观云和赤霞走后，剩下的两人之间气氛难免尴尬。

云母数了数之前赤霞给她花着玩的钱，赧然地转头对一直不说话的单阳道："师兄，我想去附近的客店要碗水来喝，你要吗？"

单阳一顿，自从上回他替小师妹挡了那个妖狸子之后，两人的关系倒是莫名亲近了几分。只是他依然不擅长和师门里的同辈相处，迟疑了片刻，还是摇了摇头。

云母对单阳的拒绝倒也不觉得意外，自然地哦了一声，便朝客店的方向跑去了。他们在这个县城已经逗留了几日，也显了本事，因此县里的人都知道他们这几个厉害的游方道士。她有把握能要到碗水喝。

单阳看了她一眼，见师妹渐渐跑远，便又低着头等师兄师姐回来。然而，没过多久，他突然猛地抬起了头，朝县城的西面看去——

有妖气！且妖气大盛！

113

单阳神情一变，当即拿着剑直起了身子。仿佛是为了印证他的感觉一般，围观收妖的人群中忽然一阵喧哗，一个慌乱的老妇人跌跌撞撞地挤了进来。她扫视了一圈，看到了单阳，就扑了过来，一把抓住了他的手，道："我听说这里有能除妖的道士！说的可是你？可是你？"

"我……"单阳蹙眉。他看了眼还在专心与不断从各处窜出的妖兽对决的师兄师姐，犹豫后，点了点头。

顿时，单阳便感到那老妇抓着自己胳膊的手更用力了几分，指甲都快嵌进他肉里了。听说单阳是道士，她立刻就要把他往城门的方向拽，又哭又号地道："跟我来！快跟我来……只有你能救我孙子……"

单阳眉头皱得整个人都阴沉了许多。这个老妇人不管不顾就要把他拖走，妖气这么重，他怎么可能不同师兄师姐说一声就走，更何况还有一个跑出去找水的小师妹还没回来。他是仙门弟子，一个老妇自然不可能用蛮力将他拖走，只是如此一想，口气便有几分不耐烦："你先说清楚，出了什么事？"

老妇人急得要死，说话根本口齿不清、颠三倒四："我孙子他，他在张地主家做工，现在……现在张地主那里……到处都……我出来的时候，已经——"

"姓张的？"单阳心中一跳，多年来的习惯让他近乎条件反射般问，"那人叫什么？多大年纪？脸上有什么特征没有？"

老妇人一怔。她一个一把年纪的妇人，现在脑子又乱，哪里想得起这种事，可又生怕答不出来，这位道士便不救她孙子，着急地想了半天，才道："张连生，地主叫张连生，好像有一些人也管他叫张六……年……年纪是四十六岁，下巴上有一颗大黑痣，眼角也有一颗，还……还有……"

老妇人的话说不下去了。她的确是怕妖兽，可是比起妖兽，眼前的这个少年好像才更令人害怕。

在听到她说的话的一刹那，单阳的眼神，瞬间就变了。

云母小心翼翼地拿着两碗水从客店跑回来的时候，远远看到的便是单阳师兄跟一个没见过的老妇人跑掉的画面。待看清单阳脸上的神情，云母顿时一惊。

他的脸上没有一丝笑意，目光沉静，浑身环绕着一股可怕而强烈的杀意，这种坚定而安静的神情简直让人毛骨悚然。单阳死死地握着剑，那把剑已经被不自觉地摆成了随时可以出鞘的样子。他的目光直看着前方，步伐极快地朝城门的方向走去。

看到单阳师兄这种模样，云母僵在原地无法动弹，手中的两碗水也不知该怎么放才好。

按理来说，她应当立刻去告诉师兄师姐，但偏偏观云师兄和赤霞师姐正战到关键之处，若是前去打扰会令他们分神。

但此刻云母也来不及想那么多了，眼看单阳快消失在城门处了，一咬牙一跺脚，将两碗水随手往旁边一放，赶忙追了上去。

这个时候，单阳正全心全意地往前冲着。他耳中的惨叫是如此真实，以至于听不见别的声音；他眸中的怒火是如此强烈，以至于看不到别的东西，只专注地一门心思朝老妇人所说的位置冲去。

张六，也就是单六。

这个名字早已在单阳心中燃烧了十五年。

张六是单阳出生那一年在饥荒中一路逃难到长安的难民，因为识字又懂算数，对玄学也略通一二，机缘巧合地被年轻时的单阳父亲、后来的单大人收入府中为家仆，算是有了一口饭吃。后来，他又按照家里的规矩改了姓，成了单六。

单六其貌不扬，却能言善辩，且确实有几分才能，不久便在府中得了人心，颇受单阳父亲的器重。单阳父亲事事都交由单六来处理，虽然自单六进府后，府中就莫名其妙频频丢些东西，但因为府中还有与单六同时入府的仆从，也没能找到什么能证明单六是犯人的证据，事情便多半不了了之，根本没有人怀疑平时八面玲珑的单六……直到那一夜。

单阳死死地握紧了拳头。

父亲入狱，家道中落，因此感到害怕而请辞的仆人并不少，卖了身的也有趁夜逃走的。母亲虽难受，却也一一让他们散了，跑掉的家奴亦没有费劲去追。正因如此，仆人们见母亲仁慈，跑走的便越来越多，愿意留下来的不过几人。那单六也是逃跑的人之一，同时，也是做得最绝的。

单阳恨的人很多——他恨杀他家人的妖兽，恨陷害他父亲的奸人，恨落井下石的亲戚和昔日父亲的好友。可是所有人中，他最恨的还是单六。

为何跑了不算，还想要卷走家里的财产？为何卷了所有的财产，还要害他家人性命？他们明明未曾亏待过他！

单阳的牙关咬得死紧，口中渐渐漫上血腥之气。这些年他四处寻访仇家，找遍了长安，又去了单六的老家。在家人死后，这个他年幼时并未多加关注的仆人的面目反倒比原来更加清晰。他知道单六必会改名换姓以逃避官府的捕拿，但又会因误以为单家人全死绝了而稍微放松警惕，也许会用回原姓。因此单阳只要听说姓张的就会多问一二，便是不姓张仅有些许相似之处，也会问清容貌年龄，只可惜多年来

115

一无所获，而现在……

张连生，也叫张六，年龄、痣的位置均与他记忆中的一一相合。这突如其来的消息让单阳简直不知道自己该狂笑还是该暴怒，但无疑，等了这么多年，找了这么多年，终于……终于……

单阳眼中恨意滔滔，一身杀气，却居然笑了出来。

原本是来求助、如今已经变成被单阳挟持着带路的老妇人看他这般样子，哪里还敢说话，只能缩着头继续引路，浑身却止不住发抖。

县城离那张地主的田庄不过几里路，单阳走路的速度快，没多久就到了。这附近早已妖气弥漫，而到了田庄，单阳才晓得县城那里的妖兽只不过是冰山一角，所谓的人间噩梦，也不过就是眼前这个样子罢了。

痛苦的咆哮声、哀号声，混杂着妖物尖锐的叫声，丝丝缕缕与单阳耳边的声音重合，竟让他一时分不清是不是现实。他拎起剑，大步往妖气最盛的地方走去。

那老妇人见眼前的场景竟比她跑出来时还要糟糕，早已吓得魂不附体，尤其是眼见着有妖兽朝他们迎面扑来，下意识地闭上了眼睛。然而预想之中的痛苦并未到来，待老妇胆战心惊地睁眼后，才见眼前的年轻道士一剑一个地斩着冲过来的妖兽，眼睛眨都不眨，甚至对那些被他斩死的妖兽看都不看，对惨叫声也充耳不闻，只是面无表情地直盯着前方，大步朝前走去，步伐平稳，连顿都不顿一下。

妖兽也是有血有肉的，单阳这数剑下去，血腥味顿时在空气中弥漫开来。一转眼，他们面前就被他硬生生清出一条血路来。年轻道士毫不犹豫地大步上前。

路上没有妖了，老妇人却仍不敢上前，只在原地发抖。单阳也不管她，反正已经到了目的地，不再需要引路人了。

"救我！救我！道长救我！"

这张地主的生活似乎过得不错，有庭院有仆从还有妻妾。单阳一路向前碰到的死人不少，向他求助的活人也不少。单阳见妖就斩，对其他人的道谢则不理不睬，只是径直向前走。

"老爷……老爷还在里面！"

有一个女人抓着他的袖子着急地喊道，给他指了方向。单阳便调转方向走了过去，那女人也赶忙跟上来。

然而走到主屋之前，单阳就忍不住想笑。整个院子乃至田庄都已经妖气弥漫，味道甚至都已经漫到了旁边的县城，然而这妖气的中心，竟然还会有一片人为布置出来的能够躲避妖兽侵袭的清静之地。整个田庄从地主的妻妾儿女到田庄的佃户都被暴露在妖怪攻击的范围之中，而这个起码能挤七八人的主屋里居然只有地主一

116

人，该是何等自私冷漠卑劣之辈才能干出这样的事？

没错了，就是他。

单阳跨步走去。

里面的人听到门口有脚步声，急切地大叫："别开门！别开门！我这里全是妖怪，别过来，滚开！"

单阳抬脚就踹开了门。

那张地主正蜷着身体缩在房间一角，见门被踢开，立刻惊怒地抬起头，正要发火，却看到一个没见过的年轻道士。

张连生微微一怔。他略通玄术，自然知道能像这样毫发无损地走到这里的绝不是等闲之辈，立刻露出了笑意，迎上来道："多谢道长！多谢道长救我！最近世道太乱，真不知道是哪里跑来这么多妖怪。我被困在这里已有两日了，真是多谢——"

然而张连生这话却没能说完。因为他刚走到单阳面前，正准备让单阳救他出去，却被面色冷淡的年轻道士一脚踹翻在地。张连生的姜室惊叫一声，立刻慌张地转身跑了。单阳懒得管，只是居高临下地盯着张连生。

单阳都不需要仔细辨认相貌，光是听那声音，便认出了他。他见对方似乎并未认出自己，冷笑了一声，道："张六，你仔细看看我是谁。"

张连生被一脚踹了肚子，正痛苦难当，骤然听到这话，便下意识地朝对方的脸看去。最初他认不出来只是因为有些惶恐，可随后脸色渐渐变得苍白。良久，他才喃喃道："二……二少爷？不……不是，这不可能——"

中年男人惊魂未定地看着他，犹如看到鬼魅。这也难怪，毕竟单阳入了仙门，到了十五六岁生长就变得缓慢，如今外貌依然只有十六七岁。虽然脸还能认出来，可年龄却和张连生印象中对不上，更何况……更何况他早该死了——

单阳看到眼前的人如此难以置信的模样，早已因浪潮般涌上来的恨意红了眼睛，一口血猛地从肚子上涌上心头。他没有耐心再等对方多加辩解，猛地提起剑，咬紧牙关狠狠朝地上那人渣身上捅去。

"师兄，你在做什么？"

忽然，从身后传来的清脆女声犹如一道惊雷在单阳满是惨叫声的耳边响起。单阳挥剑的手猛地一停，不知为何，脑内忽然潮水般地涌出师父的叮嘱和这些日子里听到的他人对他赞赏的话，还有小师妹那句"谢谢你救了我"。

他被仇恨填充的头脑突然清醒了，一时莫名有一种伪装被揭穿的慌张和窘迫，下意识地回过头，却见小师妹神情惊恐地看着他。

单阳这才意识到他已经满身血迹，喉咙一滚，第一反应居然是找借口来解释。谁知，下一刻就看见小师妹脸色一变，惊慌地拿起弓箭。单阳一愣，条件反射地就抬起剑来格挡，然而那道雪白的灵箭却是擦着他的肩膀飞了过去，只听后面铮的一声，紧随着就传来了撕心裂肺的惨叫。

单阳连忙又转过头，却看到那张连生不知何时掏出来想捅他的匕首已经掉在了地上，灵箭消失，张连生掌心里却全是血。他正伏在地上惨叫，愤恨地看着他们，满脸不甘之色。

云母赶紧跑到单阳身边，拉了他的袖子，上上下下地打量他，满眼担心，急切地问："师兄，你有没有事？"

单阳愣住，看看在地上刚才想要刺他的张连生，又看看拉着他袖子满脸担忧的师妹，喉咙腥甜，竟不知该作何反应。然而还未等他回过神来，门外便又传来一阵喧闹凌乱的脚步声。观云和赤霞紧随着云母之后赶到了，看到眼前的场景，两人都吓了一跳。观云忙问："怎么回事？这里出了什么事？"

可还不等单阳或是云母开口，倒在地上的张地主却已经痛苦地号叫起来："道长！两位道长！这个歹人——这个歹人是想杀我啊！他大概是来抢劫的！救我！求你们救我！若是你们能救我，多少钱我都——"

闻言，观云和赤霞怔了一瞬。

单阳本就杀意未消，不过是在云母的叫喊下才清醒了一瞬，原本脑袋就还乱着，此时听张连生这么说，立刻又想起了他当年是如何蛊惑人心、如何恩将仇报，顿时暴怒，咬着牙拔出武器就要刺去。观云和赤霞俱是一惊，反应过来之后赶忙拦住他，拖住他的手臂让他无法靠近张连生。单阳一双眼中满是血丝，瞪着通红的眼睛死死地瞪着地上的张连生，怒吼道："放开我！我要杀了他！让我杀了他！我的父兄！我的母亲还有我妹妹！都是他——都是他——"

此话一出，云母、观云和赤霞的心中更是震动，尤其是观云和赤霞。他们虽一直都能从单阳的表现中推断出单阳在人间恐怕出过什么事，却从未听他说过。而他会在此时说起，无疑已经十分愤怒。看他的样子，也是无法冷静下来了。

眼前这个人，怕就是单阳的心结所在。

观云和赤霞都是单阳的同门，自然不会信倒在地上的人那番指认单阳是歹人的说辞。只是单阳挣扎得厉害，他们两个人竟然都没法将他完全按住，可见自家师弟复仇的执念之深。但看单阳这样乱动，他们即使想做点什么都做不了。云母在一旁也是心急如焚，可眼前的状况她又插不进手，唯有干着急。几人就这样僵持了好一会儿，忽然，赤霞和观云都感到手中一松，前一刻还倔得跟牛一样的单阳竟然不倔了，虽然他眼睛还瞪得老大，身体却瘫软了下来。观云一愣，连忙接住他，并下意识地朝门口看去。

"师父！"云母惊喜地道。看到白及，她顿时松了口气。

白及来时，正是众人手足无措、情形最为焦灼之时。只见白及穿着一身白衣持着剑，在妖气过度凝集而阴沉的天色之下，犹如一道白光从门外踏入，一如既往地保持着神仙的气度。只是今日，白及却是微微拧着眉头，步伐也比往常要快。云母莫名地觉得他其实有些焦急。不过纵使如此，她依然在看到师父的一刹那安心下来。她也说不清楚为什么，只是觉得师父既然到了，那么事情一定能够解决。

白及的目光淡淡地在房间内扫了一圈，闻到单阳身上那一身的妖血之气，便知道自己终究是来得晚了一些。看着单阳瞪目欲裂的样子，白及心里也不好受。他将手轻轻放在单阳脑袋上，叹了口气，沉声道："你不该这么做。"

单阳死死地咬着唇，若非被法术制住，定然张口就要反驳。然而白及接下来的话，却让他睁大了眼睛。

他只听白及平静地开口："这本来便已是个死人，你又何必多此一举去杀他。"

白及垂眼扫了眼地上的张连生，只这一眼，便让张连生忘了手上的剧痛，浑身战栗不已。

张连生这一生见过无数人的表情，却从未见过这种眼神。这个白衣道人的目光太沉静了，根本没有一丝波澜，看自己的眼神不像是看人，倒像是在看什么物品。只这一眼，便让张连生心脏发冷。

尤其是白及刚才说出的那句话，明明没前没后，却莫名让张连生胸口一紧。

单阳怔怔地张着嘴，似是不知何意。

"此人纵妖多年，为了引妖怕是身上常年带着不少吸引妖兽之物，时间长了，他的气息在妖物看来，早已与食物无异。"白及面色平淡地解释，不喜不怒，只是陈述事实，"如今，哪怕他不主动引妖，妖物也会自然集聚过来。此地云集的妖物，大概都是被他吸引来的。"

这本来是不要紧的，毕竟这人会纵妖之术，可以将吸引来的妖兽为己所用。只是他万万没想到近日在附近活动的妖兽是从北枢真人门中逃出的，被仙人教养过的妖兽，势必不可能服从于区区一介凡人，所以这人引了妖来又驱不走，只好自己在房间里弄了个避妖术躲藏起来。方才这附近妖气大盛，想必就是此人又不服气想要再强行收一次妖，结果激怒了被他的味道引得口水直流的妖兽，使它们开始攻击附近无辜的居民。

他不让其他人进屋躲藏，任凭自己的家人、仆人和佃户死去。而这样僵持下去的结果无非两个：要么妖兽破了他的结界，将他分食；要么是妖兽破不了他的结界，但他也出不去，于是困死在房中活活饿死，随后结界被冲破，妖兽再冲进来将他分食。无论是哪种结局，从时间上来看，都不需要太久。

正所谓自作孽不可活，不过如此。

白及没有明说，却闭上眼道："他迟早会自食恶果，你杀他不过是断了自己的仙路。"

"可是这个畜生害死我家人——"单阳身体动不了，怔愣了良久，虽然心中明白师父是提醒他在这里造杀孽是无意义之事，眼中却仍留下两行泪来，咬着牙悲戚地道，"若是就这样放过他，若是不亲手让他偿还我家人临死之痛，我——"

他要如何甘心！要如何甘心啊！

单阳眼中泪流不止。那张连生听他这句话，吓得举着伤手就想要往屋里逃。张连生是通玄术之人，听到"仙路"二字便晓得自己是踢到了硬得不能再硬的铁板，生怕这个单二少爷宁愿自毁前程也非要杀他不可。刚才白及解释他的命数时说得太含糊，观云、赤霞和单阳这等下过凡、伏过妖的弟子虽能听懂，张连生却是半懂不懂的，误以为自己还有生机，故求生欲望极强，爬得飞快，然而还没等跑到内室，就被一柄横在面前的长剑拦住。

张连生恐慌地抬头，却见那白衣仙人不知何时睁开了眼睛，横在他面前的长剑，正是握在这仙人手中。

"你与他不同，做不到他这般冷血无情。"白及看着单阳，淡淡地道，"若是让你今日亲手杀他，你便真能从此快意？"

单阳一愣，眼中淌泪，却答不出来。

白及收回了视线，重新看向张连生，眼中冰冷，说："也罢。怪我之前也没有想清因果。你入了仙门，不该再沾染凡间爱恨，而我既收你为徒，你在凡间的种种恩怨，自然该寄托于我。"

白及停顿了片刻，目色沉静，下令道："观云，带你师弟师妹出去。"

此话一出，便是观云赤霞他们都不禁愣了一下。云母也听出师父是有要替单阳师兄了结仇怨的意思，立刻担心地上前去拽师父的袖子道："师父……"

白及听到声音回头，见他的弟子们都满脸担心之色，连单阳都一脸不知所措的样子，便对他们略一颔首，说："不必担忧，我自有分寸。"

话毕，他又抬手摸了摸离他最近，看起来不想走的云母的头，轻声安抚道："去吧。"

　　云母依旧不大愿意走，但观云师兄一边扛着还挣扎着的单阳师兄，一边说："交给师父就行。"她最后还是三步一回头地走了。等所有弟子都走后，主屋中顿时安静下来，只剩下两个人一站一趴。白及定了定神，看向倒在地上狼狈不堪的张连生。

　　张连生被这视线一扫，顿时遍体生寒，但眼珠子却还在乱转。他见眼前的仙君是单阳的师父，只怕是知道事情的前因后果，索性也不藏了，直接冷哼一声道："这位仙君，你真要杀我？"

　　白及看着他，不答。

　　张连生心中慌张，面上却不显露出来，故作镇定地眯了眯眼，笑着说："我知道神仙不可无故杀凡人，哪怕是如我这般罪大恶极的凡人……若是杀了，便是平白给自己增添孽障，有碍心性气息，严重的，需要下凡渡劫才能消除孽果。我不过一条凡人贱命，算不得什么，可仙君的心性修为却是大事。我知道你爱徒心切，可是仙君这样做，可值得？"

　　白及居高临下地看着他，缓缓收了手中的长剑，平静地道："我本就无意杀你。"

　　听到这句话，张连生顿时一喜，然而还不等他开心完，却见那神情清冷的白衣道人蹲下身，抬手在他额头上轻轻一点。张连生顿时感到一阵寒气侵体。他哪里知道这仙人在他脑袋上施的是什么法术，刹那间慌乱不已，面色煞白。

　　"这……这是什么？"

　　张连生疯狂地想要去抓脑袋上的东西，然而法术早已入体，哪里还能抓得出来。

　　白及静静地看着他，并没有解释的意思。

　　他的确是不准备杀他，眼前此人既是将死之人，又有何杀他的必要。只是，不杀他，不意味着不能让他死。

　　单阳所希望的，不过是让这个人尝他亲人所尝之苦、受他亲人所受之痛，让他为过去所做之事付出代价、痛不欲生。这种事，不需要动手杀人也能做到。

　　可张连生不知道自己不会死，只当是眼前这仙人嘴上说一套手中做一套，改了主意还是要杀他，在额头上抓了半天，发现无果，索性放弃。他盯着白及看了一会儿，忽然冷笑道："你以为这样他会感谢你吗？你以为付出便会有人感谢你吗？你看自古子女都受父母宠爱长大，可是结果呢！长大的子女便要嘲笑含辛茹苦将他们养大后变得老态龙钟的父母，笑他们迂腐愚昧，怨他们不是高官豪富。这世间人仙灵妖哪个不冷漠自私？若是不为自己谋利，如何在这世间生存？我不过是看透这一点罢了！血脉相连的子女尚且不孝的多，兄弟尚可为蝇头小利相残，更何况师徒哉！你看我一身才华，可知我也曾……无妨，死便死吧，反正烂命一条，况且死之痛如何比得上被信任之人遗忘背叛抛弃之痛，你且看百年之后！你且看百年之后！！"

张连生神情狰狞，意识已近癫狂。

只是听着他的话，白及却吃痛地皱起了眉头，忍不住闭上眼睛宁心静气，抬手捏了捏胀疼的鼻梁。他之前便到了突破的时期，不时袭来的头痛尚未痊愈，不知怎么的，刚刚张连生撕心裂肺的话竟又让他脑海中闪过一些画面。

他强行让自己平心静气，目光淡然地看着张连生摇了摇头，说："我并未杀你，不过是给了你十个梦与一线良知。"

凡人做梦，犹如仙人历劫。他将单阳与其家人所历之事投入张连生的脑海之中，让他以他们的身份亲历单阳一家所受之痛。至于那一线良知……则是白及看张连生之前虽有慌张懊恼之色，却全无悔过之意，才放入他脑海中的。

张连生听了这些话，呆若木鸡。他先前提起死，都还不曾表现得十分害怕，此时听到白及放入他脑海中的还有一线良知，却突然露出极度惊恐之色，拼命地想要把他放进去的东西拿出来。然而他抵抗不住睡意，终于还是睡了过去，然后在梦中经历了一切——他开始惨叫、咆哮、满地翻滚。仙人给的梦做得很快，张连生不过须臾便醒了过来，他在梦里死了九次，还剩下单阳生不如死侥幸存活那一次。他醒来后已经不像个正常人，只不停地惨叫、哭泣、以头碰地，不停地拿指甲抠自己，抠得胸口鲜血淋淋。

白及不再管他，只走到屋子四角，按照张连生之前的布置将单阳一脚踹破的阵势封好，以此暂时阻止妖兽入侵，然后退出了屋子，关上门，将一切恢复原状，让张连生正常地迎来他被分尸的命数。

但在合上门时，白及动作一顿，脑内不由得回想起张连生误以为自己将死之前的话。他虽不大在意这些话，却隐隐觉得话中的意思有些熟悉，因此转身不免迟钝了些，谁知他刚一回身，就有个纤细的身影扑进了他怀里。

"师父！"

云母在外面已经等了许久，好久都没有见师父出来，又听到屋内有撕心裂肺的惨叫，实在担心。她好不容易等到白及出来，见到他衣服上没有血迹，身上也没有血味，才终于安了心，马上高兴地迎过去，结果速度没控制好，一头撞在白及胸口。

白及一愣，不知为何心中一松，抬手扶住了她，让她在一旁站稳。云母却有些不好意思，慌慌张张地后退了一步。

赤霞在旁边笑道："云儿之前一直在门口等，怕师父你真的要杀人呢。现在大概是太开心了。"

话是这么说，其实见白及身上没有血气，赤霞自己也松了口气。

白及环视了周围一圈，有些不解地看向赤霞。

赤霞笑了笑，当即回答道："四师弟听到屋里传来惨叫声之后，捏了好久的拳头，然后突然脱力，就睡过去了。观云看他今天折腾得不轻，就先把他送回客店休息去了……对了！"

赤霞忽然从怀中掏出瓶子，放出一个被打得皱巴巴的奇兽，拎起来给白及看，显摆似的道："师父你看我刚才找到了什么！"

大概是被拎得很不舒服，她手中的那个怪物发出了虚弱的汪汪声，一副奄奄一息的模样。再仔细看这个怪物的虎身牛尾，可不正是彘？不过大小和之前差得太多，乍一看简直跟个姜黄条纹猫似的。

"它八成也是被那张连生的味道吸引到这里来的。"赤霞分析道，"不过它已经没了灵智，修为也毁掉大半，变得比成妖兽之前还弱。但我找了半天都没有从它身上搜到令妖牌。"

白及一顿，猜测彘身上的令妖牌八成是被其他更强大的妖物抢走了，叹了口气，对赤霞点了点头："你做得不错。"

"嘿嘿。"赤霞难得被夸奖，居然有几分羞涩，不好意思地抓了抓头发。

因为观云率先带着单阳回去，如今只剩白及他们师徒三人往客店的方向走，云母和赤霞一左一右地跟着师父。

云母虽是走着，可注意力却还是在师父身上，走了好几步，终于还是忍不住担心地拉了拉师父的袖子，抬头问："师父，你……真的没关系吧？"

白及步伐稍缓了几分，低头看到云母脸上毫不掩饰的关切和担忧，便摸了摸她的头，回答："无妨……我并未伤他。屋内的惨叫声，不过是因为……我还了他良知。"

云母听到师父说他没有伤人，自然也没有造杀孽，心中的大石总算是落了地，长长地出了口气。

不过，听师父说他只是将良知还给了那个张连生，对方就叫得那么惨，云母心里又觉得奇怪。

其实仔细想想，应该没有什么人会一出生就没有一丝良心吧？难道说，刚刚那个地主，其实是知道有了良知就会痛苦，为了保护自己，才逐渐全部舍弃掉？

云母不解地歪了歪头，却想不出什么头绪，最后只好作罢，继续跟着白及往客店走，心里也有几分担心忽然晕过去的单阳师兄。

待单阳再度醒来，已是两日后的黄昏。

"你总算醒了，再不醒，我就要让你赤霞师姐往你头上浇水了。"见师弟苏醒后，观云一边打趣，一边笑着往他嘴里塞了一勺吃的。他和赤霞可以辟谷，这个四师弟尚未练成仙身所以还不行。

单阳刚醒过来脑袋还蒙着，嘴里莫名其妙被塞进了什么东西，胡乱就咽了下去。他茫然地看了看周围，有些分辨不出时辰和位置，皱着眉头回忆了一会儿，忙抓住观云的肩膀，急切地问："师父呢？师父可有事？"

他还记得自己听到了张六的惨叫声，应该是师父替他报了仇，也替他承了因果。说着，单阳便不自觉地咬住了嘴唇，有些畏惧听到答案。

观云不动声色地躲开了单阳的爪子，又往他嘴里塞了一勺子，道："放心吧，师父又不像你这么笨，他没事。不过等回了旭照宫，你可要好好向师父道谢才是……"

"是。"单阳面露赧色。

苏醒之后，他忽然觉得身体轻了许多。为家人复仇对他来说，既是执念，也是责任。张六的事了结了，于他便是卸下了一大半的责任，看着这么一个昏黄的房间，也觉得好像比往日要来得明亮。

"对了。"观云忽然道，"你也要记得好好谢谢小师妹。若不是她看到你跑开就一路追过去，后来又用海螺联络我和赤霞，还给师父指路，我们怕是没法阻止你铸成大错。"

单阳一愣，脑内渐渐明晰，想起了他回过头时，小师妹替他射出的那一箭——毫无疑问，当时也是她救了他。

单阳抿了抿唇，只觉得心头有些异样，答应道："是。"

观云见他答应了，便笑了笑，站起来拍了拍他的肩膀，高兴地说："那走吧！"

"嗯？"单阳显然没反应过来。

观云兴奋地指了指窗外道："今日好像是人间的什么特别的日子，人们在外面的河里放灯。我和赤霞估摸着你今天会醒来，白天就去租了三条船，正好大家一起出去散散心，走吧！"

单阳听到师兄说的话，不自觉地朝窗外看去。他们所住的客店恰巧在河边，只见斜斜的夕阳里，街上亮起了灯火，晚霞照耀在江河之中，已有星星点点的莲灯自上游顺水而下。

单阳忽然有点恍惚。

他上一次见到这般情景，早已不记得是什么时候。

往事种种，恍然如梦。

不过，单阳答应归答应，等真的上了船，看着坐在自己对面的小师妹，又不禁局促起来。他到底是在人间出生的男子，极少与女子同船，看着对面脱下道服换上一般凡人女子裙衫、正在好奇地四处打量的小师妹，总有几分不自在。

因为要放灯，游湖的基本都是伸手便能触及水面的小船，一艘船坐不了几个人，观云和赤霞便索性一口气租了三条，然后按照入门的先后分配船只。师父是师长，自然是要给他单独一条船的，剩下两条便由观云和赤霞一条，单阳和云母一条。虽说三条船都没有船夫，但水流不急，他们又能用仙术操控，倒也没事。大家陆续登船之后，观云和赤霞两个人很快便兴奋地把船划走了。师父则任由船顺水飘着，独自坐在船舱中，不知道在做什么。从云母和单阳的角度看过去，能够隐隐看到师父端坐在船篷中露出的几寸雪白的衣摆。

云母的注意力不知不觉就被那段雪白的衣摆吸引过去了。她好久没有见到师父，不知为何在满河的莲灯光耀之中看到师父那节白色的衣服，心脏就跳得有些快，总觉得有几分心慌。为了让自己平静下来，她连忙晃了晃脑袋，等晃完便看到坐在船篷对面闷着声的单阳，顿了顿，喊道："师兄？"

单阳一顿。原本他正下意识躲闪云母的视线，现在也不得不看了过去，但又不晓得该说什么，闷了半天，才出声："嗯？"

云母想了想，有些担心地问："你没事了吗？"

单阳一怔。

"之前那个人……"云母迟疑了一下，不知应该怎么说才好，语气也不由自主地更加小心翼翼了，"是师兄你过去的仇人吧？"

单阳望着云母担心的视线，莫名慌乱，口中却是嗯了一声。他犹豫片刻后，开口道："我没事……等回到旭照宫之后，我会去拜谢师父为我做的事，还有……"

单阳停下来，眼神游移了一会儿，才道："谢谢你之前救我。"

云母听出他话说得不太自然但语气却很真诚，便抿着唇笑了笑，当时只是条件反射做出的举动，现在师兄却向她道谢，反倒弄得她不好意思起来。云母说："没事……师兄你之前也救过我呀。"

说着，云母又对单阳微笑了一下。单阳看着这一笑愣了一瞬。单阳本就不习惯与女子相处，于是别扭地往旁边一看，过了良久，才忽然放轻了声音，迟疑道："其实你……有一点像我妹妹。"

"哦？"云母眨了眨眼睛。

"眼睛有一点像。"单阳补充道，"她大概没有你那么漂亮，但是她长得很像我娘，也是我们兄妹三人中最活泼的。我原来有些嫌弃她，不想处处带着她，只想跟着大哥，可她总是黏我……"

单阳说不下去了，便皱着眉闭上了眼睛。

原先那些尖锐的惨叫声不知何时已经消失了，取而代之的是小女孩手腕上系着小金铃走路时碰撞发出的清脆的铃声。

她死时不过六岁，若是平平安安长到今日的话，应当比云母还要大上许多，大概早已嫁作人妇，兴许还有了孩子。

云母听到他这样说，也垂下了眼眸，有些沮丧地说："我也有哥哥……"

她自然没有经历过单阳记忆里那些惨事。比起四师兄，她完全是在母亲的疼爱下顺利长大的。哥哥与她几乎是同时出生，他们生来便有彼此，甚至心有灵犀。

她进了仙门后有师父和师兄师姐，但是还是会想起现在离开狐狸洞去了人间的母亲兄长。她有点想家了。

云母叹了口气，抬头望向天空。

初七之夜，月亮还是半圆的，因此星星要比满月时清晰几分。银河犹如一道玉带分割了星河两岸，牵牛织女星遥遥相隔，星海烂漫，与河中灯火交相辉映。星海与江河在地平线处相接，星星闪闪的莲灯与漫天星斗垂直相接，竟是亮成一片。

她毕竟是在人间长大，小时候也听母亲讲过人间的传说，倒不像赤霞师姐那样觉得新奇。据说此地放河灯是为了照亮牛郎织女相会之路，七夕虽不似上元上巳那般会有男女同游，但毕竟是女孩子的节日，白日乞巧之后，夜晚便会拜星祭神。今晚从船边飘过的河灯上有些有字的，多是女子祈愿姻缘之词。

不过，对赤霞师姐来说，大概就不太会明白这种传说了。对她来说，天上有的并不是和牛郎相会的织女，而是七位纺织星娘娘。那天上的星宿是诸位星君的住处，有的她见过还很熟，有的或许没有见过，但彼此多少听说过名字，且他们有着万万年漫长的时光可以相遇。观云师兄大约也是如此。

云母重新望向天空，忽然有些恍惚。

她如今也是住在那层层云霄之中，住的时间有些久了，以至于忘掉了，原来从人间看神仙的住处，居然是这般模样。

突然间，云母心里升腾出一种奇怪的感觉，还未等她反应过来，便感到胸口一烫……

单阳原本闭着眼睛回忆他妹妹，忽然听到小师妹慌忙地喊了一声"师兄"，赶紧睁开眼睛。却见在漫天星光与璨若星辰的一河河灯之中，小师妹一身白衣被笼在光华之下，宽广的衣袖衣摆被突然升腾的灵气之风吹起，乌发清扬，额前红印鲜明似血，而身后……

竟整整齐齐摆着五条雪白的尾巴。

单阳愣得说不出话来，然而下一刻的画面似乎还要令人吃惊。大概是刚刚突破境界气息不太稳，小师妹身上光芒一亮，在无意之中化作了原形。然后她下意识地皱着眉头抖了抖毛才睁开眼睛，回头看了一眼自己的尾巴，惊喜道："师兄，我有五条尾巴了！"

"啊，嗯……"

"我去给师父看看！"

云母满心欢喜，下凡这么久了，哪里还能记得单阳师兄还不知道她的原形这种事，见他们的船已经顺着河流漂到下游，周围没有人了，只剩同样顺水漂的师父的船还在不远处，便高高兴兴地跑到船头扑通一声跳下水中，四脚并用努力地朝师父的船游去。

单阳张了张嘴，都不知道云母有没有意识到自己已经变了狐狸，出口阻拦道："小师妹——"

"嗯？"云母一边游一边回头，歪着脑袋疑惑地看向师兄。

单阳张了半天嘴，终于还是扭过头去掩饰道："没……没什么……"

虽然小师妹身后现在有五尾，单阳先前在旭照宫中见的狐狸是一条胖尾巴，但是除此之外，两只狐狸的外表特征几乎完全一样，他不可能认不出来。单阳想到自己之前在小师妹面前的言行举止，想到他先前当着她的面随意喝酒胡言乱语还误将她当作是没开灵智的狐狸，难怪他有几次觉得一只狐狸居然看起来满脸的欲言又止……他几乎是立刻羞得满脸涨红，只借夜色遮挡，才没有立刻暴露出来……

云母见师兄半天不说话，又扭过头去，只当他是把想说什么忘了，继续在水里熟练地扑腾。她年幼时不喜欢水，但只是不想把毛弄湿，不代表不会水。狐狸天生就能游泳，就算是小短腿也能刨水。云母刨得飞快，不久就游到了师父的船边。她抓拉了半天，好不容易才上了船。她眯着眼睛甩了甩毛，等把浑身的毛甩得七八分干，整只狐的毛也蓬松了不少后，翘着五条尾巴蹦蹦跳跳地往师父的船里走，见师

127

父正在船篷中打坐，便轻轻地朝他呜呜地叫了两声。

白及原本正皱着眉头。昨日那张六的一番话似是勾起了他脑海中什么久远的回忆，让他本来就在临界点的境界越发躁动，头疼得也越发厉害，故正在尽力地压制着涌动的灵力，只等回到自己府邸之后再闭关专心突破。然而听到云母的叫声，他还是睁开了眼，下一刻，一只小小的白狐便摇着尾巴跳入他怀中，又朝他撒娇地叫了几下。

白及一怔，原本烦躁的灵气莫名地渐渐平复下来。只见云母有些炫耀地对他摆了摆尾，然后欢快地道："师父你看，我又长出一条尾巴了！"

云母明显是想得到师父的表扬。

白及听到她的话，亦有几分吃惊，原先的那种烦躁的感觉在她摇着尾巴的模样中莫名地烟消云散。他看着云母，一贯清冷的神情不知不觉有了一丝不易察觉的柔和。白及抬手摸了摸云母的脑袋，缓缓道："看到了。"

白及一向不太善于言辞，不知该怎么夸奖云母才好，只得放柔了动作摸她的脑袋。

因为被师父摸头，云母便下意识地低下头眯起眼睛，在喉咙里轻轻地发出高兴的呜咽声。她知道这便是师父的夸奖，兴奋得想在原地转个两圈，尾巴也不自觉地摇得快了起来。

云母刚刚从水中上船，便是在船边甩过了毛，现在也还未全干。她尾巴摇得一快，小水珠就从尾巴毛里飞溅出来，自己却还不自觉地小声叫着，一副想打个滚的样子。

白及也感到摸到的狐狸毛还有些河水的潮冷之气，又看眼前的小狐狸这般模样，便忍不住叹了口气，轻声道："下回不要这样游过来了，容易受凉。"

云母闻言，有些不好意思地往后缩了缩。她的确是太心急了一点，只想快点让师父看到她的尾巴所以直接游了过来，其实等上岸再给师父看也是一样的。而现在，白及这样一说，云母有种她自己也说不清楚的小心思被暴露在师父眼睛底下的窘迫，白毛底下的脸便渐渐发烫了。

白及却并未想太多，只当云母是真的觉得冷了，伸手将她抱起来，放到腿上。他身上没有携带毛巾，只有手帕。犹豫片刻后，他便掐了个诀给她暖身子，用手帕大致擦了一下，然后揣进怀里小心地搂着。

尽管白及动作已经尽量轻柔了，可是用手帕擦水时云母还是本能地有点想躲避，呜呜叫着不自觉地乱动，让他犯难。但当云母听到师父无奈的叹息声，又发觉

128

自己被师父抬手抱在怀里时，紧张的人就换成了她。

现在虽是七月初，天气还不怎么冷，可她尚未修成仙身，浑身是水又吹夜风的话还是有可能着凉的。被师父这样一抱，风大约是吹不着了，只是云母也不自觉地满面通红，害羞得厉害。

师父救过她，所以他身上那股淡而清雅的檀香味总让她有种奇异的安心感。她想亲近师父，可又慌乱地想从他怀中跳出来……但真要跳时，偏偏却又不舍。

云母纠结地僵在他怀中没动。白及并未察觉到云母的怪异，只觉得她好像比往日还要老实些。他见她这般模样，不忍她再一路游回去，叹了口气，道："一会儿，你便同我一起上岸吧。"

云母点头，拉长了音叫了声，随即往白及怀里一钻，蹭了蹭他的衣襟。她在脑海中进行了一番天人斗争，之后还是自暴自弃地直接在师父怀中团成一个毛团，然后不动了。

白及一怔，只当她是冷了，神情虽没什么变化，手中却又将她抱得紧些。

等云母从师父怀中出来时，已是小半个时辰之后了。

白及心知云母毕竟是心性未定的小狐狸，见她耐不住性子了，便松开她让她自己在小船中蹦跶。他松开云母后，看着小白狐拖着尾巴活泼地满船跑来跑去，心中奇异地有些暖意，暂时没了打坐的心思，索性正了正衣襟，端正地坐下来看灯。云母跑了两三圈就好奇地趴在船上，用鼻子去碰凑巧漂到船边的莲灯。白及稍稍一滞，像是想起了什么，伸手在袖子中摸了摸，掏出先前在县城郊外时，那户普通人家的孩子送给他的小河灯来。

他看向不远处趴在船边因为用鼻子将花灯撞得漂远了一点就高兴得晃尾巴的云母，轻声道："云儿，过来。"

"嗷呜？"云母疑惑地回过头。

白及张开手掌，将河灯递给她，道："先前有人送我的，你若是想放，可以拿去。"

"真的吗？！"云母顿时惊喜不已，见师父点头，便欢喜地跑过去从师父手中叼起了河灯。

云母虽然算是在凡间长大的，但毕竟没来过人间，看到人间的女孩子放花灯，心里其实十分羡慕。可她也知道赤霞师姐带出来的盘缠是用来做正经事的，不能拿来玩闹挥霍，因此不好意思提出要放河灯，眼下见师父拿出河灯，又惊又喜。

师父给她的这盏河灯同其他河灯一样，也是莲花形的，只是看起来比其他河灯要小一圈。好在云母本来就是年纪不大的女孩，正是喜欢小东西的时候，反倒觉得它可爱。

不过，云母叼着河灯试着放了放，却发现用狐形点灯不大方便，定了定神，便化作了人形。

白及原本抬头静静地坐着看她放灯，见云母变作人形，不禁愣了愣。一道浅浅的光芒之后，白毛团子狐狸已经不见，取而代之的是个端坐在船头的白衣少女。因为难得过节，又要赏灯，赤霞今日特别打扮过云母，给她换了一般凡间女孩的衣裳，并且为她稍微挽了发，大部分乌发都温柔地垂到了腰际。

变成人形后果然方便很多。

云母抬手借着其他灯的火苗将手中的小河灯点燃，这才小心翼翼地将它放入河中，看着它和其他莲灯一起顺水漂走。但她又舍不得小河灯真的漂走，每每等它看上去要漂得远了，便伸手又将它揽回来，重新放到近处再让它漂。

白及一顿，明明他这几天都看到云母，刚才那一瞬间，却忽然觉得她比他印象中要成熟了几分，但此时再看她专注地玩得很开心的样子，又觉得是错觉。白及迟疑了一刹那，皱了皱眉头，却见云母因为要捞河灯身子探出船太多，连忙念了一个诀将她拉了回来。他松了口气，也没有再想太多。

云母就这样来来回回地玩了一晚上，见周围的其他游船都收船要走了，才重新将小河灯收回来，小心翼翼地放进袖中。

"你要留着这个？"白及略有几分意外地道。

节日里放的河灯多半是祈福用的，放了便不会收走。

云母点了点头，欣喜地将它收入袖中。她是单纯地觉得这个灯可爱，想留着做纪念。这时，云母忽然又想到什么，好奇地看着白及，问："说起来……师父你以前放过河灯吗？"

尽管大多数人说起白及的过去时，多半会提起他以前曾是神君，可是云母却也记得，师父在此生飞升以前，也曾当过凡人。

据说白及以凡人之身飞升之时，才不过二十来岁，这等年龄就飞升简直惊世骇俗。仙界的神仙们想他曾是那等才能的神君，便觉得说得过去，可是他们却几乎没有想过，白及在凡间修炼之时，那些不知道他前世因果的凡人，该是如何看待此等异才。

二十多年，对神仙来说只是须臾，根本无需在意。可是对凡人来说，这无疑是十分漫长的时光，已经过了小半辈子。

白及听到她这么问，似也怔愣了一瞬，随后闭上眼睛，想了半天，才摇了摇头道："不曾。我为凡人……已是数千年前之事。"

那时，还没有这样的习俗。

再睁眼后，白及望着眼前的景色，竟也生出几分沧海桑田之感来。

云母歪着脑袋，哦了一声，点了点头。

然后，她有些迷迷糊糊地算了算，只觉得师父果然比她大好多啊，再算上神君之时，年纪怕是要上万岁了。

当晚，云母和师父的船靠岸时，观云和赤霞他们已经回岸边了。云母和师父师兄告别后，便跟着赤霞师姐先回了房间。回到客店，云母当然首先汇报了自己多生出一条尾巴的事。

赤霞大为吃惊，看着云母放出来的尾巴，围着她转了几圈，惊奇道："你竟然那么快又长了一条尾巴出来！"

云母被她看得红了脸，不好意思地点了点头。

赤霞张了张嘴，却还是不知道该从何夸奖才好。

五尾狐在天下所有开了灵智的狐狸中也算是中上水平了，而云母如今年不过十四岁，又不是青丘那种天生九尾的神狐，这种升尾速度可谓惊世骇俗。

哪怕小师妹实战能力和仙术水平尚且不佳，但光凭如今的五条尾巴，在灵力和悟性方面，已经难以挑剔。

这么一想，赤霞便抬手摸了摸云母的脑袋，道："看来我和观云平时给你布置的课程还是太简单了一些。我只当你起码几年内都会维持在四尾的水平，往常在心法口诀方面都没有太逼着你背……以后还是要加快速度，这件事我也会和观云说的。"

听师姐这么讲，云母连忙点了点头，认真地记住。

一夜过去。

由于蚩已经抓到，白及亲自去一口气收拾了那张地主田庄附近齐聚的妖兽之后，他们师徒五人又最后清扫了一番县城附近的妖兽奇兽，将收来的妖兽们交还给北枢真人，便要回旭照宫中。

"师父……你没事吧？"在去北枢真人道观的路上，云母担忧地拉住了身边师父的袖子，十分不安地问。

那日在张地主田庄之内，单阳尽管不管不顾地杀了许多妖兽，可并没有将妖兽杀尽，更何况田庄中还有不管杀掉多少妖兽都能再引来它们的源头张连生。因此那一天，他们虽然离开了田庄，可田庄一事却并未了结。直到几日前，师父又一次感到妖气大盛，而随后那齐聚的大量妖气竟有自然溃散之势，才又一次去了田庄，一口气收拾了所有妖兽。

白及第一日到了北枢真人道观，剑一起一落便能收拾掉所有闹事的奇兽，那么妖兽到他手中自然亦好不了多少，一来一回甚至都不到半个时辰。只是他回来之后，脸色便一直不是太好，常常皱眉头，额头上冒虚汗，还经常在房间中打坐不出门，犹如在旭照宫中一般。

今日亦是这般，白及面色苍白，眉头也紧紧地拧着，似有痛苦之色。云母见他如此，自然非常担心。

白及抿了抿唇，看身边的云母脸上毫不掩饰地写着对他的关切之色，便抬手摸了摸她的头，缓声道了一句"无妨"，继续往前走。只是往常他是清冷少言，今日云母实在很难不担心他是没有力气说话，仍然无法移开视线。

观云当然亦注意到了白及这几日的异样。只是比起云母来，他对师父的事、仙界中的事更了解。看到师父的样子，他极为心惊，忍不住开口道："师父，你这难道是……突破之兆？"

观云话音刚落，大家都立刻吃了一惊。

众人皆知白及已是上仙第一流，早已到仙品巅峰，按理来说，应该不会再突破的。

白及却只是皱着眉头，倒不觉得乏力，只是头疼欲裂，脑内不断闪现的画面让他想要打坐静心。他蹙眉解释道："我不确定……总之，尽快回旭照宫。"

"是！"听师父这么说，他们自然不敢耽搁，各自都加快了脚程。

他们顺着来时的路回了仙山，不久就到了道观。北枢真人听闻白及一行归来，急急忙忙地迎了出来。

为了争取时间，师父立刻带了魑去和北枢真人说话，杀了不少妖兽的单阳说要与北枢真人道歉就同去了，剩下观云、赤霞和云母三人一道去还妖兽。

因为云母走得慢，赤霞索性让云母化成狐狸，由她抱着。云母完全不介意被抱，待在赤霞怀中慢吞吞地摇尾巴，只是由于担心师父的事，难免有几分心不在焉。

赤霞亦是如此，所以她踏出大厅去后院的时候，险些不小心撞了人。

"啊，抱歉……诶？"赤霞一惊，抬起头来，这才注意到是有人正从后院走出来，幸好观云及时将她和小师妹一并扶住，这才没有真撞到。

只是赤霞却十分惊讶地盯着迎面之人怀中之物。

对面那个人怀里，居然也抱着只毛团大的狐狸，只不过是红色的。它的尾巴随意地摆在抱着他的人怀中，不像云母那样总是整齐地以扇形姿态摆着，所以数不清楚有几根，但绝对有很多。好在云母现在是一条胖尾巴，尽管数量不如人家多，但肯定比他每一条都胖。

刚才赤霞那一撞，虽然没有真的撞到对面的青年，但云母和对面的狐狸却是差点鼻子碰鼻子，便是她及时低头，也还是磕到了额头。她疼得拿爪子揉了揉脑袋上的毛，睁开眼便看见对面那只红狐狸也正瞧着她。两只狐狸面面相觑，都有些惊讶。

"嗷呜？"云母歪了歪脑袋，像是打了个招呼。

对面的狐狸怔了一瞬，旋即一下子就移开了视线，没有理她，神情颇有几分傲慢。

云母还是第一次在仙界见到同类，被冷落也没生气，只是好奇地摆着尾巴。她听师兄师姐说过仙界成仙的狐狸不少，但还从未见过，毕竟是同一种族的，肯定会觉得亲近。

因为是同族，云母一下子就看出它是公的。

可惜那只狐狸始终不理她，反倒是险些和赤霞相撞的青年好脾气地笑了笑。他额头上系着一根红绳，大约是装饰之物，显得原本就清爽的外表越发灵秀，对赤霞道了声"没事"，便抱着怀中的狐狸走了。

赤霞抱着云母亦走了。不过云母出于好奇，扭头看了看，却只看见了那红狐狸的好几根从不同方向露出来的尖尖的尾巴梢。

于是云母只好转过了头，乖乖地待在赤霞怀中。

"刚才那个女孩子，我怎么没有见过？"这时，与云母会面时一言不发的红狐狸，正扬着下巴发问。

他的皮毛比一般狐狸都要光亮，每一条尾巴都十分饱满柔顺，竖起时犹如燃烧的火焰，别人一看就知道他受着非同一般的照料。不过，大约是平时被无微不至地照顾惯了，以至于这狐狸的言行举止都颇带几分傲气。

只见他微微眯了眯眼，略有几分不满地道："难道这世间，还有不投奔我青丘的灵狐？"

抱着他的青年无奈地微笑了一下，却不知道该怎么回答才能不戳伤少爷高贵的自尊心，毕竟少爷自幼体弱，虽是神狐却极少出门。

然而，还不等他想出怎么回答，便听他怀中那狐狸道："阿四，替我查清楚。"

"啊？"青年一脸苦笑，"少爷，这怎么查？天下狐狸这么多，我们连人家的名字都不知道。"

能出现在这道观里的狐狸，不是仙狐，便是被收为仙门弟子的灵狐。狐狸本就是灵物，走在成仙路上的不知道有多少，光是青丘的门客，就有成千上万。

然而，他怀中的狐狸顿了顿，道："我知道。"

"啊？"

青年一脸吃惊地看着红狐狸，心道他什么时候有了这等看一眼就能知晓姓名的通天本事。谁知这主子憋了半天，扭了扭头，口中吐出两个字："娘子。"

糟了，事情闹大了。

年少的红狐狸这么说后似乎也感到几分尴尬，清了清嗓子，解释说："我刚才撞到她额头了……不是说男女授受不亲吗？我总要对人家负责。好了，去找吧。"

这个时候，并不知道自己只是非常无辜地和别人撞了一下额头就要被抓去结婚的云母还被赤霞抱在怀里。她本来就比较心大，短暂的好奇心也随着红狐狸的身影飞快地消失了，比起红狐狸，肯定还是师父比较重要。

旁边的观云师兄和赤霞师姐倒是还在讨论。

观云感兴趣地道："说起来，刚刚那个人的额头上好像是青丘的标记。"

云母到底听了一耳朵，也想起那个青年额头上确实系了一根红绳。

"哦？青丘？"赤霞亦露出恍然大悟之色，"这么说来，刚才那个难道就是据说有点体弱多病所以不怎么出门的青丘少爷？"

观云点头："我也没见过，不敢确定。但看那个样子，有些像。"

青丘狐狸虽然多，但刚刚那只红狐狸看大小就知道年纪肯定不大，估计和云母差不多年纪。但它身后却拖着那么多尾巴……小师妹十四岁生五尾已是极为难得一见的天赋，比她天资更高的灵狐肯定不多，剩下的唯有天生神狐了。

青丘神狐一族如今的主人成婚数百年，也只有十四年前诞下的一子，故年龄尚幼的九尾狐自然只有这么一只。不过此子自出生便体弱，经不得风，故不大出门，观云赤霞便没有见过。

这样一来，能有那么多尾巴的狐狸，大约就是那个鲜少在公众面前露面的小少主了。

观云摸了摸下巴，道："既然能到这里来，他的身体应该是好得差不多了。大概是天帝召集群仙替北枢真人收妖，青丘那里也放了小少主出来见见世面吧。"

这个时候，白及仙君已经将蠫归还了北枢真人，并大致说明了令妖牌尚未找到一事。

蠫虽是活着被带回来了，可北枢真人看着它如今不过狸子大小，又失了灵智，叫声有如奶狗一般的可怜样子，也是满心复杂。他看了瘦瘦小小的虺好一会儿，终是长叹一声，重新将它抱进怀中，从袖子里掏出几个葫芦，又是喂丹药又是喂水，亲自照顾了好一会儿，才将它交给童子带到后院去。

北枢真人重新抬头时，见白及师徒都一动不动地看着自己，涩然一笑，解释道："仙君有所不知……虺被我捡回来之时，也是差不多这般大……这些相貌天生怪异的妖兽奇兽其实心性大多是好的，只是它们外表长得与众不同，在凡间难免受到其他兽类的排挤，也不受神仙的喜爱，登仙之路比其他外貌端正之兽困难许多……时间一长，这些奇兽在开灵智前心中便易生出怨怼，乱了心性，日后多半会变成恶妖乃至凶兽，非要将过去的仇报了不可，还常常为祸人间……长得怪本不是他们的错，却让他们生来便承受了更多的痛苦。我将他们收留于此，便是想给他们提供一处不会受排挤之地，望他们日后不要误入歧途……你瞧我的那些徒儿，大多也是奇兽出身，化了人，个个不都挺漂亮的？"

说着，北枢真人叹了口气。

"虺开灵智之后，总怨我给他起的名字不好。其实这名字不是我一拍脑袋想的，而是算的……它，还有其他妖兽们犯下这等大错，不可不罚，以免他们一错再错。可他们犯下此错，终究有我教导不好的原因，是我的错啊！待事情处理完毕后，我亦会同他们一道上天庭领罚，将一切交由天帝定夺……"

说着，北枢真人跪下朝白及仙君一拜，眼中已含了泪，道："此次，真是劳烦仙君了……"

白及受命于天庭的任务不过是收复逃下凡间的仙人宠物，也的确有三分之一的妖兽和奇兽都由他亲自收回了。如今桂阳郡已平，任务已完成，他虽也在意令妖牌位置竟然推演不出一事，可总不能一直留在人间替北枢真人找牌子，剩下的事唯有交给北枢真人一门自行收拾。

白及告辞后，带着单阳返回去与剩下的三个徒弟会合。不过，待重新见到另外三人时，白及和单阳都不禁愣了一下。

赤霞抱着在她怀里睡成一团的云母，不好意思地笑着道："小师妹大概是之前爬山太累，中途就睡着了。要不……还是我一路抱着她好了。"

白及看着躺在赤霞怀中那只蜷成一团的毛茸茸的狐狸，心中一软。白及本来被突破之兆纠缠，虽是能忍住尽量不露出异样，可终归有几分难受，与北枢真人说话时便全程皱着眉头，不过这个时候，却难得有了笑意，只是在旁人看来他的神情并没什么变化，便是熟悉他的赤霞观云亦没有察觉。他停顿片刻，道："我来吧。"

"可以吗？"赤霞一愣。

白及颔首，自然地接了云母，只是神情仍是淡淡的。

白及今日行得比往常要快些，不久就到了旭照宫前。回到许久不曾回到的熟悉的地方，观云和赤霞都不禁露出了几分笑意，人间虽然有趣，可他们终究是在天界出生长大，哪里都比不上这里好。单阳却是在看到宫门时微微一顿，似有几分恍惚之色。

白及侧头扫了他一眼，转过头，道："去吧。"

"师父？"单阳抬头一惊。

白及未再回头，只说："我即刻便要闭关，起码有半年不出来……你若想要下山祭奠你父母，便去。"

心中之事被直白地点破，单阳窘迫不已。明明白及话语平静，似是告诉他自己现在没空接受行礼道谢，单阳却忽然觉得眼眶发酸，几乎又要掉下泪来。好在他还记得男儿有泪不轻弹，硬生生忍住，沉着脸朝师父的背影拱手一拜，生硬地道了声"是"，又跪下来朝师父磕了个头，这才转身自己腾云下山去了。

赤霞和观云一激动就跑在前头，见其他人良久没跟上，这才回了头，见到只剩下师父一人，不禁咦了一声。

白及并不准备多解释，只对他们道："我去闭关，此番要等境界突破方可出关，若非急事，勿要打扰。"

赤霞观云连忙称是，并目送白及离去。他们两人跟随白及许久，也不是第一次经历他长时间闭关，已经习惯这种情况了。他们也知道师父这等品级的仙人，闭关打坐之时常常会进入幻境，若是打断的话，虽然之后可以续上，但终究难以投入，许是会影响心境。尤其是白及此次是境界突破，除非十万火急的事，否则最好不要打扰他。

不过，白及离开后，赤霞却皱着眉头，一副苦思冥想的模样。观云忍不住看她，问："怎么啦？"

"我总觉得哪里不对劲。"赤霞说，"但又想不出来。"

这么一说，观云便也隐隐觉得哪里不对劲起来，可想了一会儿还是没想起来，只当自己又被赤霞带跑了思路，笑她道："许是错觉吧，你也不要太钻牛角尖了。"

"也是。"赤霞点了点头，只是依旧神情未展，像是拼命回忆着什么。

片刻之后，终于她突然睁大了眼睛，猛地一拍大腿，惊道："糟了！小师妹还在师父手上！"

事实上，白及进入内室后，也发现自己因为太顺手不小心将徒弟抱进来了。不过因为云母还睡着，他想了想，没有打扰她，而是小心地将她放在自己的床榻上让她继续睡，想着云母醒来后应该就会自行离开，自己便打坐入了定。

然而云母中间迷迷糊糊地醒来了一次，比起硬邦邦的床，肯定还是师父身上比较暖和比较软，所以就自己跑下来趴到了师父膝盖上，不久又沉沉睡去。

云母醒来时，被眼前的景象吓了一跳。

她居然身处一片莫名其妙的竹林之中，还有一个穿着一身红衣的男子饶有兴味地蹲在她面前看着她。

"你是谁？"云母惊慌得尾巴都蜷起来了，脱口而出道。

"我？"红衣男子摸了摸下巴，像是若有所思。云母这才注意到这是个长得十分标致的男子，而且他额间，居然有一枚形状和她一模一样的红印。

云母不由得望着那枚印记出神。恰在此时，那男子轻轻地笑了笑，回答道："想起来了，我叫玄明。"

第四章　星夜初吻

"玄明神君？！"一听到这个名字，云母惊讶地眨了眨睁大的眼睛，不可思议地看着他。

她是听过这个名字的，在先前元泽师兄的婚礼上。玄明神君是天帝的伴生弟弟，那位与凡人相恋而受了一千两百二十五道天雷的神君，那雷还是师父亲自去劈的。并且就在同一天，玄明神君散尽一身修为化成的雨还淹掉了师父原本居住的仙岛。

不过……

他为什么会在这儿？

还没等云母想明白，眼前的玄明已经抬手摸了摸下巴，似是觉得新奇地道："神君？这个称呼倒是有趣，我好像不大听人这样喊我。"

云母唉了一声，对眼前的状况不明所以。

玄明见她如此，轻笑一声，抬手弹了一下她的脑袋，笑道："那么这下该换我问你了。小狐狸，你为何会在我的院子之中？我看你自己也一副弄不清楚状况的样子，倒不妨说与我听听。我大小也是个神，好歹能帮你分析分析。"

云母被弹了一下额头，下意识地眯眼，可眼下没有别的办法……而且玄明神君掌管天下君子，应当不是什么心性恶劣的神仙。犹豫片刻，云母便点了点头，张开嘴开始讲。

她先前睡迷糊了，其实记得的东西不大多，只记得她原本是在道观里被师姐抱着睡着了，醒来时却不知怎么睡在了师父屋里，然后她又跑到师父膝盖上睡……再醒来就到了这儿。云母说得疑惑又委屈，玄明神君倒是神情未变，听得认真，时不时点点头，而且不知从哪里摸了把扇子出来边扇边听。待云母说完，他笑容未减，只若有所思地道："原来如此。"

说着，他将扇子一收，笑道："看来此处，不是我的院子，而应当是你师父的回忆当中。"

未等云母有所反应，玄明神君已经笑着转过身去。

"如此看来，我竟也不是真的我……有趣，有趣。我道今日怎么访客这么多……小狐狸，你且跟着我来吧。"

玄明优哉地朝前走了几步，因没听到后面有脚步声，又回过头，友善地微笑道："来呀。"

云母一怔，连忙迈开腿蹦跳几步跟了上去。

玄明一让开，云母才注意到这里果然有一个草庐，而脚下的这块空地，的确可以算是玄明的庭院。云母步伐微顿，又回头看了眼。

刚才她只觉得这周围都是竹子，可现在一看，才发现这竹林是尚未长成的——竹子中有不少还未成熟，底下倒是绿了，脑袋却还是个尖尖的笋儿，混在长成的竹子中，看着还挺可爱。

云母歪了歪脑袋，不过眼看玄明神君就要走远，连忙飞快地追上去。

玄明的居所，其实就是个再简单不过的茅屋，一走进去就能看到全景。不过，在看到屋内躺在床上的人时，云母一愣，连忙喊了声"师父"，三步并作两步地跑过去跳到床上。她低头拱了拱他，见师父不动，立刻露出担心至极的表情。

"他没事。"玄明关了门走进来，浅笑着说，"只不过是陷入了回忆。我刚才在门口遇到他，还以为是晕过去的过客，就带进来让他休息了。"

玄明见云母依然一脸不明白的样子，笑了笑，耐心地接着解释："这里并非是实际存在的地方，而是你师父的记忆；我也不是实际存在的人，而是你师父记忆中的人。嗯……或者说，我虽然的确存在，可你看见的我却只不过是你师父的一段记忆。你不是说你之前迷迷糊糊地睡在了你师父的膝盖上？你现在依然睡在那里，只是思想却跟着你师父进入了这里。"

停顿片刻，玄明神君优雅地摇了摇扇子。

"所以他的思维应该是在他'此时'的身体之中，然而保存着全部记忆的'本身'就留在了这里。他恐怕是有心结未解，待到契机成熟，才能在'这里'醒来，在此之前，则要先亲身过一遍回忆。"

云母听得似懂非懂，只知道师父一时半会儿应该是醒不过来了，神情难免懊丧，整只狐狸都蔫耷耷的。

于是玄明神君拿扇子敲了一下她的头，道："不过，倒也不是没有办法让你早点见到你师父。"

"哦？"云母立即抬头看他。

玄明神君嘴角微微弯了弯，对她说："既然他记忆中有我，那么我自然也知道他。你师父进入回忆后晕在了这里，说明他'这个时候'的身体离这里必不会远。若是如此，我倒是有些头绪。"

说着，玄明神君朝她略一挑眉。

"出了我的竹林，再往西走半里就有一个山洞。我知道前段时间这附近诞生了一个新神，他还挺懵懂的，也没有住的地方，就在那个山洞里。若是我没猜错，那应该就是你师父。你若是感兴趣，可以过去看看，反正在这里干等也无聊，倒不如出去玩玩……回忆总是断断续续的，说不定等你回来，你师父已经醒了。"

"可以吗？"云母动了动耳朵。

"当然，这里不过是回忆，你又是外来者，自然不会受伤。再说……"玄明神君对她一笑，"如今正是混沌初开之时，我猜离你所在的时代还挺久远的。这是个难得的机会，你难道不想看看？"

云母被说动了，可是被"混沌初开"这个词吓了一跳，同时又想起刚才玄明猜她师父是那个新诞生的神，便觉得哪里不对，忍不住歪了歪脑袋，又问："可是我师父他……应该没有那么久远的记忆啊。"

师父的确前生是神君，可是大家都说，他转世轮回之后，已经忘光了前尘往事。

"不记得，不代表不存在。"玄明摇了摇头，笑道，"看来如今，是你师父想起来的时候了。"

云母没有再回应，而是坐在师父身边认真地考虑了好一会儿。她盯着师父一动不动的睫毛看了好久，只觉得师父比平时看来还要安静。想了半天，云母终于还是点了点头。

玄明微笑着摇扇子，像是早就知道她会做这样的决定。他送了云母出茅庐，云母顺着他指的方向往西走，可又忐忑地三步一回头。玄明始终站在门口朝她挥手，看上去心情很好的样子，直到小白狐的身影完全消失看不见了，才关门回到屋内。

另一边，云母也跑得远到看不到玄明了。

她按照玄明给她指的方向，不一会儿就出了林子，然后又沿着向西的道路走了半里，果然看到一个山洞。云母站在门口徘徊了两圈，朝里面试探地呜呜叫了几

140

声，却没有得到回应。想了半天，她终于小心翼翼地往里走。

山洞比想象中深。

这里果然有人生活过的痕迹。不过大约因为他是新神，需要的东西有限，所以山洞里只放着一些像是生活用的东西，角落里整齐地叠放着几件干净的衣物，还有一个石台，大约是打坐和睡觉用的。

云母跳上石台卷着尾巴趴了一小会儿，见山洞凹凸不平的地面上有一个可能是山洞滴水形成的小水坑，就跑过去试探地用爪子碰了一下。水大约只没过爪子，于是云母高高兴兴地跳了进去，在里面蹦了好几下，看着水花乱溅，开心得尾巴乱摇，以至于没有听到身后之人刻意放轻的脚步声。

山洞的主人回到家里的时候，看到的就是一只毛茸茸的小白狐狸在他所住之处的水坑里蹦来跳去，还拿前爪拍水，看上去很活泼的样子。

于是下一刻，云母就突然被抱了起来。

"嗷呜？"

云母惊慌地僵在对方手中，紧接着，便看到一张不过十四五岁的少年的脸。这个男孩脸上没什么表情，却莫名地不让她觉得害怕，因为她一眼就认了出来，这张脸与师父有七八分像，完全便是……

师父年少时的模样。

云母立刻精神起来，不过还没等她叫一声打个招呼说明一下情况……对方就已经将她揣进怀里，面无表情地揉了起来。

"嗷呜？"

云母根本没有弄清状况，只感到自己被抱起来，脑袋被乱揉了一通。她一开始还蒙着，可是过了好久才发现对方根本没有放下她的意思，还从站着揉变成坐到石床上揉了，才呜呜地叫着，手忙脚乱地挣扎起来。

少年见她挣扎，倒也不敢太用力，因为怕伤到她，所以下意识地松了手。云母赶紧熟练地往地上一蹦，稳稳落地，本想回头呜呜地叫两声，控诉对方下手太重，可是才刚叫了一声，待看清少年的表情后，却又有些叫不出口了。

这人神情似师父一般清冷，样貌亦与他有几分相似，可此时，云母竟从他脸上看出些许低落之色，修长的睫毛垂下来，在眼底留下一小片淡淡的阴影。云母以己度人，只觉得眼前的男孩若是只狐狸，只怕耳朵已经要垂下来了。

"嗷呜……"于是云母也沮丧地垂下了耳朵，伸出爪子轻轻地碰了碰他，愧疚地问，"你没事吧？"

因为眼前的神君年纪太小，又露出这般神情来，云母便在心中将他和总能在自己面前遮风挡雨的师父区分了开来。以前她听赤霞和观云说过，这些远古而生的神君大多一出生便通人言，有的见风就长，如天帝和玄明，也有的生来就是成人模样。正因如此，云母也摸不准他面前这个神君到底多大，说不定对方看着有十四五岁，其实诞生还不到几日，年纪很小呢。

少年摇了摇头，继续一动不动地看着她。

云母只好硬着头皮一跃，又跳回对方膝盖上，抖了抖耳朵，视死如归地闭上眼睛。

过了一小会儿，她才感到对方的手再次放到她头上，不过这一次动作显然要温柔得多，也摸得很小心。

云母这才松了口气，乖乖趴着被摸，想了想，又问：“你是叫白及吗？”

果然，对方又摇了摇头，道：“朔清，我叫朔清。”

“朔清神君？”

听到云母这么称呼他，朔清露出了几分古怪的神色，见云母歪着脑袋看他，看上去像是真不明白的样子，便解释道：“我……及不上神君。这是地位高的神才有的称呼。”

“哦。”云母了然地点了点头。

在她那个时候，从上古活下来的神已经全部成为神君，可是按照玄明神君的说法，现在这个时候才不过是混沌初开、诸神诞生之时，大部分神才刚刚降生。而眼前的朔清神君更是才诞生不久的新神，在神中的地位不算太高，或许除了住得近的玄明神君，都没什么人知道他。

这时，朔清问：“你呢？你叫什么名字？为何会在此处？”

云母忙答道：“我叫云母。”

云母想来想去，继续问：“你一直住在这里吗？”

“嗯。”朔清果然被分散了注意，说，“暂时住在这里。等找到合适的住处，我想给自己建个茅屋……”

两人有一搭没一搭地聊着，因为对方的力道放轻了，云母倒也不大介意一直被摸，就是趴得腿麻了，脑袋和后背也被摸得有点麻。

云母心不在焉地抬头看了眼这个外表和她师父很像的小神君，心中亦有几分疑惑。

因为知道师父前世是神君，所以她自然也听说过师父转世后性格不大一样的事，但看着眼前的小神君……

他明明看上去既不像是有野心，也不像性情乖戾的人呀，到底是为何……后来要与天帝争天庭之主，还被打散元神？

云母抖了抖耳朵，百思不得其解。

于是这一夜，云母直接决定住在朔清的山洞中。

奇怪的是，云母躺下后居然没什么困意，试着眯了一会儿果然还是睡不着，想要再起来看看朔清。然而她一睁眼，却看见整个洞中的场景都变得模糊起来了，仿佛平白起了一层白雾。

云母愣了愣，这才意识到此处是在白及记忆之中。且不说师父本来没有神君时的记忆，便是有，也不可能记得睡着以后的事。至于她……

大概是因为她本来就睡在师父膝盖上，已经相当于是在梦里了，所以不困吧？

等白雾散去后，已是第二日。

这一日朔清准备去人间，在云母的强烈要求下，才同意将她一道带去。他们去了最近的人类聚居地，此时的人类尚且是以部落形式生存。他们从凡人面前穿过时，并没有人注意他们。朔清见云母摆着尾巴打量，便抿了抿唇，开口解释道："他们看不见我们。"

云母了解地点头，并不觉得十分意外。

云母被朔清抱着走，不能自由行动，也不清楚朔清要做什么，因此朔清去哪里她就去哪里。过了一会儿，朔清便进了一间屋子，屋子里已经围了许多人。有一个人躺在地上，呼吸很微弱，眼睛只能微微张着一条缝，无神地望着屋顶。而其他人则围在他身边，有人啜泣，还有人身穿与他人不同的衣袍，口中念念有词，似是在祭祀。

她担心地看向朔清。朔清顿了顿，解释道："他们在祈求神明……减轻他的痛苦。"

朔清闭上眼睛，道："他看起来的确很痛苦。"

接着，云母便被他小心翼翼地放在了地上。她只见朔清神君走上前去，在那将死之人周围的空处坐下。他闭目凝神，轻轻引动仙气，接着云母就隐隐瞧见什么东西从那人身体中出来，进入了朔清神君的身体之中。

下一刻，不知是不是云母的错觉，朔清看起来竟然又长高了一点点。云母抬爪去揉眼睛，待再睁眼，只见地上那人已露出安详的表情，不久便安静地闭上了眼睛，而朔清神君……则皱起了眉头。

"嗷呜？"

云母不知为何有些畏惧，小心翼翼地喊了他一声。听到她的叫唤声，小神君睁开了眼睛，只是……

那双眼眸中，竟有鲜红之色。

云母感受到危险，下意识地想要后退。可是就在此时，朔清已经忍耐着什么一般地摇了摇脑袋，深呼吸一口气，再看过来，面色已如常态。他站起来道："抱歉，已经好了……走吧。"

说着，朔清从那些凡人面前缓缓走过。在地上那人闭眼的一刹，其他人便哭号着扑到了他身上。祭祀者则长叹一声，闭上了眼。他们看不见朔清，朔清也无意多留，唯有从那去世之人身上飘出来的一缕淡淡的灵魂跪在地上感激地朝朔清一拜，遂飘然而去。

朔清似乎漫无目的地在凡人间穿行。凡间正是难熬的冬日，饱受饥寒之苦之人甚众，也有不少人在饥寒交迫中死去。朔清抱着她在附近的几个部落中转了一圈，便分担了不少凡人的苦痛。每分担一次，他就长高一分，同时，眼中的戾气亦增一分。起初看来还没什么大碍，可是等到回山洞之时，朔清看起来已有些萎靡不振，不如昨日精神。

朔清的神情变化明显，这着实令云母担心。

她小跑过去，蹭了蹭朔清的小腿，担忧道："神君，你没事吧？"

朔清只道了声"没事"便不再说话，皱着眉头开始打坐。云母晃了晃尾巴，不敢打扰朔清修炼，便轻轻地在他身边躺下，等着白雾升起一日过去。

在回忆中的时光过得很快，日复一日。每日朔清都会抱着云母下山，去人间分担凡人的痛苦；每天他回到山上时，都比之前成熟了几分。只是相对的，朔清身上也开始发生了更多变化。一开始他难受时还会抱着云母揉个不停，云母会安慰他，但后来朔清日渐沉稳，变得比先前还要寡言，抱着她的时间也变短了。

终于有一日，云母在安安静静地等着过夜，但白雾散去时，她却发现自己并未被朔清神君抱在怀中，而是又一次出现在了玄明神君的竹林中。玄明神君正在不远处挖了个坑，大约是想种竹子，见云母出现，便微笑地放下手中的铁锹，擦了擦汗，打招呼道："你回来了？小狐狸。"

大概是懒得自己种了，玄明神君随手一挥，原本挖出来的坑马上又被填满，同时立刻有小小的笋尖从里面冒出来。

玄明神君拍了拍手上的土，笑着问："怎么了？看你这表情，和你师父相处得不大愉快吗？"

云母的确是沮丧地垂着脑袋，倒不是愉快不愉快的问题，只是还在担心朔清神君。她都还没有搞清楚到底是怎么回事，都还没来得及劝劝朔清神君，就被莫名其妙地送回来了。

玄明神君看她的样子，笑着蹲下来，摸了摸云母的头，说："回忆就是这样子的，断断续续，似真似假。你当你只在记忆中与朔清相处了几日，可你知道对朔清来说那是多久？"

云母一愣，抬头看他。

玄明说："已经两百多年了。"

一听到这句话，云母简直当场被吓得半死。她虽然没有仔细数白雾升起的次数，可多少还是有点概念的，自己在朔清山洞里逗留的时间绝对没有超过半个月，怎么可能有两百年那么多？

玄明神君看着她毫不掩饰的吃惊表情，哈哈大笑："是不是吓一跳？凡人说的神仙一日，凡间十年，是不是就是这种感觉？你以为的一夜并非一夜，许就是几年呢，只因回忆终究是回忆，你也并非回忆中原本就有之人，故你们都没有发现罢了。"

说着，他拿出扇子来悠闲地摇了摇。

"君不见昔日的新神早已长成独当一面的神君。凡人修'道'成仙，神要长成大神，心中也要有'道'。朔清之道，便是感他人之痛为己痛，感他人之苦为己苦，认为以此便能化解人间仇怨。故他汲取凡人的痛苦便可成长，只是……他要承担他人之痛，自然也要将经历想法记忆一并承担。这种东西承担得太多了，怕是于心性有碍。"

云母听得心惊，几乎是在第一时间想起了单阳师兄。观云师兄和赤霞师姐常说他将仇怨看得太重，于心性有碍。玄明神君的意思，可是说师父承担他人之苦时，也会感受到对方的记忆和想法，也就相当于……

将单阳师兄所历，历了千万次？

对仇人的怨恨、壮志难酬的不甘、死亡将至的畏惧……

云母回忆着这段时间所看见的种种，回忆着朔清神君像是吃东西一般吸收到自己身体里的苦难情绪，不知为何忽然难受不已，耳朵和尾巴全都难过地垂了下来。

"你之前……为什么不将这些告诉我呢？"云母忍不住低落地问。

玄明神君看着眼前的小狐狸难过的样子，不知为何也忽然觉得难过起来。他敛了脸上的笑容，又轻轻地摸了摸她的头，不知不觉地放软了语气道："此处虽是幻境，却也处处受时间规则所约束。先前我也不知道……他那里过了两百年，我这里又何尝不是？再说，这里不过是回忆之中，改变不了过去的事，要发生的事终会发生……比起这个，既然你已回来，你师父想必也差不多该醒了。你可想要去见他？"

云母一听师父大概醒了，一愣，然后连忙点点头，朝玄明神君的草庐方向跑去。玄明神君看着她跑掉的背影无奈地笑着摇了摇头，抬步跟了上去。

"师父！"在看到端坐在屋内的身影时，云母原本低落的心情总算回暖了几分。她呜呜地叫了两声，高兴地扑了过去。

白及刚从一段除了摸够了狐狸之外谈不上多好的记忆中挣脱出来，犹如做了一场幻梦，此时正在头痛，一抬头便看到云母飞快地奔了过来，便抬手将她接住。接着，他便看见自己的小徒弟脸上满是失而复得的喜悦之情。她将脑袋埋在他胸口蹭了半天，然后蹭着蹭着就打了个滚翻过身，在他怀中不停地摇尾巴。

白及怔了怔，忽然脑海中一阵抽痛。他吃痛地抬手扶了扶额头，先前经历的画面又在脑中闪过，只是比之前任何时候都要来得清晰，那些画面似乎已完全成了他回忆的一部分，只要他想要想起来，便能想起来。

想到此处，白及低头看向云母，又是稍稍一顿。

他在刚才那番幻梦中，失了自己本来的回忆，有意识时，便只当自己是自然天成的新神，按照自己的本心行事。刚醒来时他还在疑惑怎么这段回忆里会有一只也叫云母，还长得和云母一模一样的狐狸跳来跳去的。在一场色调昏暗的梦中，这只小白狐可谓难得的明亮之色了，正因如此，他甚至还有一瞬怀疑自己……难道是动了凡心？而他此时再看云母竟真的在眼前，虽有了合理的解释，可又有新的疑惑。

白及微露困惑之色，问："你为何会在此处？"

他的境界突破尚未结束，此处仍是幻境之中，云母不该在此。

"我醒来就在这里。"云母看师父平安醒来，躺在师父怀中，便觉得安心了。她飞快地摇着尾巴，将她如何睡在师父膝盖上、如何醒来的事又说了一遍。因为白及闭关前一直在与她相处，当然听得比玄明更明白些。

不过，说到进入竹林之后，云母歪了歪头，才道："玄明神君他……"

"玄明神君？"听到这个名字，白及面露不解之色。

不过还不等他再问，草庐的门后已经又出现了一道人影。玄明神君一路优哉地走了过来，落后于一路跑过来的云母不少，手里还拿着个铁锹。手持这等俗物，也难为他风姿不减。玄明见白及醒来，挑了挑眉，笑道："醒了？"

停顿片刻。

"你这两百年……过得可辛苦？"

闻言，白及下意识地想到先前经历，面色一变。

他的回忆其实比云母要长些，在离开那山洞后，还发生过许多事。想起他脱出回忆最后看到的场景，想到朔清神君所作所为……白及都来不及细问眼前与他过去曾在天庭刑场有过一面之缘的玄明神君什么，只对他略一颔首打了个招呼，便提起剑站了起来，一副要离开竹林的样子，脸色凝重。

云母一愣，慌慌张张地从他身上跳下来，忙问："师父，你要去哪儿？"

白及眸色微暗，吐出两个字道——

"屠神。"

听闻"屠神"两个字，不只是云母，便是玄明神君亦稍怔了一瞬，颇感意外地摇了摇手中的扇子。

他好歹也是这混沌世界中最先诞生的几位神君之一，便是以前不曾与白及有过交集，当初他倒在他草庐庭院中时，玄明仍是看一眼就明白了。这位仙君修为不低，身心魂灵却是一片纯白，必是藏锋刃于柔怀中、不染杀孽之人，平时便是出剑，必也会留鞘七分，将他人归天命而不夺其性命。而此时，他眼中意志坚定，犹如一柄锐剑终于亮出雪白的刀锋，竟有势不可当之势。

究竟是何事，能让一把一贯清高不沾鲜血的剑非出鞘不可？

玄明神君只是稍稍一想便明白了。他自认是个不与人为敌的闲神，眼前人要砍神总不是砍他，而对方又是寻求境界突破、了却心结而来……玄明挑了挑眉，拦住他道："你要杀朔清，了断自己的因果？你在这一场回忆中，可是看见了什么？"

白及步伐一顿，不答，却缓缓闭上了眼。

那股寒冷刺骨的仇恨再次从深不见底的黑暗之处滚滚袭来。这并非他的仇恨，却宛如出于己身。这样的仇恨，光是感受一下便令人欲疯欲狂，更何况沉浸于其中？这便是他身为朔清神君时最后感受到的东西。

而朔清，便是他自己。

朔清的"道"走到了尽头。他吞噬的东西太多，心性已毁，虽为神君，却戾气滔天，任之必为祸苍生。

万物苍生皆有其数，白及知晓自己并非圣人，不能轻易定他人生死。恨意滔天者若心性未乱，便可以收他为徒，教他静心学道，引他回正道，如单阳；若心性已乱，便还他苦痛、还他悔恨，让其不得为祸人间，将其归天命，如张六。可若是此人是他自己……

必不能留。

万念心头过，白及再睁眼时，眸中之色又坚定了几分："朔清必将为祸。"

玄明无奈地笑笑，道："嗯……这话或许不该我来说。不过，你可知此处是在你的记忆之中？已发生的事既已发生，你便是在回忆中改变，也无济于事。"

白及却摇了摇头："我说的并非记忆……我既有这份记忆，说明朔清的恨意尚在我意识之中，我若此时不除他，日后他再现世便不是在记忆之中。这般身缠戾气之人若是其他人，尚且有挽救之法，可若是我……除我之外，谁能阻我？"

玄明听得怔住了，良久，才无奈地笑道："我倒没看出来你竟然是这般狂傲的性子。"

云母亦听得心惊。不过她倒不是觉得师父狂傲，只是担心他。

她听说过师父还是神君之时便可与天帝一较高低，转世后则是"东方第一仙"，论起修为实力皆是上仙第一流。

云母完全不怀疑师父那句"除我之外，谁能阻我"，只是一方面为师父口中所说的那戾气冲天的朔清神君怨恨尚存于他身体之中、说不定什么时候就会复活担心，另一方面又为师父要去屠的是他自己担忧。

便是云母不曾历过心结，也知道这世间最难打败的，莫过于"自己"。

云母呜呜叫了两声，便朝师父跑去，谁知还未等她碰到师父的衣角，已经被大步上前的玄明神君一把捞进怀里。玄明神君道："既然如此，你这误闯的徒儿就暂时寄放在我这儿吧。她本来在你记忆中不会受伤，但毕竟现在的情况相当于元神入梦，而你若要去杀你自己，已是元神相斗，颇为危险。我看你这徒儿仙身未成，若是不好，难免波及她。她可是承受不住你们随便哪个打一下的。你要是出事，我也好送她出去。"

白及步伐一滞，看向被玄明抱在怀中满眼忧虑的云母。

不知是不是错觉，云母看到师父的眸子闪过了一丝担忧。

接着，只听白及道："好。多谢神君。"

说完，他抬步要走。云母忙脱口而出喊道："师父！"

白及出竹林的步伐又一次被阻，一回头，就看到云母差不多半个身体都快从玄明神君怀里探了出来，满脸忧色。他一顿，抬手摸她的脑袋，沉声道："等我回来。"

话完，转身而去。

云母委屈地从喉咙里发出咕噜声。

玄明神君看她这般模样，叹了口气道："你别这样，看不见你师父就这么难过吗？看不见他，你还可以看看我啊……你难道不觉得论起英朗俊秀，我比起你师父也不差吗？"

云母使劲打起精神看了他一眼，随即又非常沮丧地趴了回去，挂在玄明神君手臂上。

玄明失笑地晃了晃扇子，倒不生气，考虑片刻，摸了摸下巴道："你也别这么失落。我虽是隐居在竹林中，但好歹是个神仙，你若是实在担心，让你在草庐里看着你师父的办法好歹还是有的。"

云母一震，抬起头来。

玄明笑了笑，暂时将她放下，走到草庐的角落里，打开一个积了许多灰的箱子，翻了半天，拿出一面简陋的镜子来。

白及出了竹林便往他心中所想的方向行去。

此处毕竟是以他的记忆为本形成的幻境，他对此处自然比云里雾里的云母要了解得多。

若说幻境刚开始时是混沌已开、人族初现之时，如今便已是人间始现繁盛，上古神各自为营形成势均力敌之势。此时玄明神君的兄长、如今的天帝已经在筹谋管理天庭中数量日渐增多的各路上古神，以及从少数人间飞升上来的早期仙人，只是碍于此时的仙大多没什么功利心只愿四处逍遥，而上古神中有实力者则大多心气高傲不服管教，便是立了天庭，也非得自己当那第一神不可，这才迟迟建立不成罢了。

上古之时，正是神仙界最为动荡之时，大约也就玄明神君那方仿若与世隔绝般的竹林才能百年如一日地毫无变化了。

白及坚定地朝着他所认定的方向走去，没有丝毫迟疑。

如今有实力的神率领站队的各路中下流小神和门下弟子各掌一方，互相吞并。朔清在上古神中虽算是极其年轻，却成长得极快。苦难之力是何其强大的东西，多少人身陷绝境而凭此力奋力挣扎绝处逢生？朔清现世之初，便可以一人之力占据一方天地，引得有野心的中神小神纷纷投奔而去，成为他门下之人。虽然朔清为人孤僻任性，一身煞气，可在天界乱世之中，性情古怪又如何？

只可惜他们不知，朔清彼时早已失了心性，身负万千仇怨，心中犹如死水一潭。他要登至高，图的哪里是掌管三界，分明是要灭世。再历八百多年的分分合合，待到他与天帝两方分庭抗礼之时，朔清的野心便暴露无遗。世间神仙或有野心或傲慢，可大多以善为本，哪里见过这等邪神？待朔清性情变得越来越乖戾，便是原本他门下之人，渐渐也吃不消退走而去，终究又剩下他孤身一人。

然而纵使如此，天兵天将仍是奈何不了朔清，唯有天帝亲自下场一斗，大战十年，方才分出胜负。

白及目色微微一凝，握紧手中剑，再看向前方，眸中已是一片清明。

此处乃是记忆之中，可他既能脱离朔清的身体在自己的身体醒来，便说明本身的意识能与朔清身负的怨恨分离。

此时的朔清，便是他的心结所在，亦是不可不杀的隐患。

白及行路极快，不过须臾便已至他所想之处。朔清如今已是一方神主，自不必再住山洞，住所奢华程度甚至不亚于天宫。宫宇重重，白及却宛若洞悉方向一般穿行其中，不久就找到了一处大殿。他刚抬脚踏入，便见里面立着一个黑衣人。对方听到脚步之声便转过头，他原本身形样貌都与白及有七八分像，只是目中无神，眉宇间的煞气之盛近乎能凝聚出实体，在此相貌的影响之下，原本的七八分相似硬是降到了只有三四分。

白及心中大定。

"你是何人？"对方问。

白及一言不发，只是持剑上前，穿着的一身白衣宛若皓雪。

下一瞬，剑锋相接。

云母拜入师门至今，还不曾见过需要她师父出第二剑的对手。而今日，她只看到眼前白光不断，根本难以分辨两人的动作，更是不知哪边占着上风，只能一通乱看，其实心焦不已。

一旁的玄明神君却哑然了，原本拿着的扇子不知不觉也收了起来，渐渐露出正经之色。

不知过了多久，玄明忽然头中一痛，抬手扶了扶额。

云母原本看得认真，可是感到身边的玄明神君状态不对，不免慌了神，赶紧过来扶他，担心地问："玄明神君，你没事吧？"

"无妨。"

玄明拿扇子拍了拍头，只是笑得难看。

"你师父那里大约是要分胜负了。我毕竟是他人回忆中之人，他那里了事了，我这里却是要按照正常的时间来过的。八百多年的记忆一口气涌上来，果然还是有点吃力啊。"

此时，白及那边放下了剑。玄明脑海中出现的却是"煞神现世，争帝位，天兵不敌，玄天神君与之大战，十年乃胜，后立天庭"的景象。

只听朔清神君在镜中道："这世间所谓的善意爱意，不过是虚假之物。你所看重的东西，亦不过是软弱之'道'。你可忘了，当初你好不容易聚起元神转世为人，那些凡人是如何待你的？你不过是天资出众几分，不过是天生喜怒淡薄，便要忍受无尽的嫉妒和无缘无故的恨意敌意。你若好，他们便恨不得将你拉下神坛；你若不好，他们便要狠狠将你踩到泥里。他们羡慕你是神君转世，恨不得以身代你，却从不想想你当神君时承受过的仇恨他们可否承受得住，你拼凑元神忍下的疼痛他们可否忍得下来！凡人大多丑恶肤浅至此，神仙亦好不到哪里去。这等世界，毁了又如何！你可还忘了？这个幻境记忆不全便走不出去，你现在杀我，一会儿便要重历元神四散之苦，重历凡间丑陋之痛！你今日舍我而选那些软弱虚假之物重新立道，他日可不要后悔！"

白及只低头看他，缓缓道："不后悔。"

话完，两人身上都泛出白光，那满身煞气的朔清神君本就奄奄一息，不久就消失在原地。而白及却是闭上了眼睛，任凭白光撕扯，不过多少还是皱起了眉头，微露痛苦之色。

云母在镜子前早已急得满地转圈，忍不住还是咬住玄明的袖子拽了拽他，问："神君，这是什么意思？"

玄明已恢复过来记忆，可是听到朔清的话，面色也是不禁苍白。他抿了抿唇，才道："意思是……幻境尚未结束，你师父……还要再历一次元神散尽之后，重聚元神、转世为人、再登仙路的过程。"

而且这三个过程，每一样，都不会是什么好事。

幻境之中，自上古朔清神君神散，又过了五百年。

"白及，这次肯定还是白及。"太行山脉的首山归山之中，一处修真者所居庭院里，年轻的修士愤愤地踢了一脚地上的石头，面有不甘之色，"反正他整天坐在屋里什么都不干就能拔得头筹，我们还费劲去争做什么？直接一起弃权让给白及不就好了！"

"算了算了，人家是神君转世嘛。"他的同伴拍了拍他的肩膀，似是安慰，可脸上却是嘲讽，"按照掌门师父的说法，他可是指不准两百年内就会飞升之人，到时候我们归山可就是出过神君上仙的门派了，可不什么都要紧着他？至于我们，当然是好好跟在白及身后扫地，说不定等他飞升之后，会需要在院中扫地的仙童呢。"

话音刚落，一行人的脸色均变了。别说，他们中还真有人被师父喊去帮白及扫地，多半都是"白及近日在闭关参道，他院子里灰积太多了，你们师兄弟住得近，能不能顺便帮忙扫扫？"这样的安排。当时还没有人觉得不对劲，现在这么一说，却忽然觉得被看低了。

他们都是十四五岁的男孩，正是自尊心极强的好胜之时，明明与白及差不多是同期入的修仙之门，却眼看着与对方差距越来越大，心中本来就有怨气，这样明晃晃的例子一说出来，自然让大家心中都有些不舒服，尤其是那些自认天资不差、只是缺少机缘的人。

果不其然，少年中立刻有人说："什么神君转世，说不定就是他自己编出来的谎话……啧，他是掌门师父的关门弟子，一开始就入了室，我们怎么比得过？若是换我一开始就入了室，日日得师父亲自讲道，自然也——事先说好，我可不是嫉妒他被掌门师父收了关门弟子，就是讨厌他那副自命清高的样子！明明还没有成仙，装什么深沉？"

他这么一说，立即有人附和："对啊！非弄得和大家多不一样似的。还有师父们，未免太夸张了些，说白及对'道'的理解多透彻，还要让他给我们讲习……对了，那个讲习会你们准备去吗？"

"不去！如果是大师兄讲，我自然没有意见，可是白及，他分明就是和我们同辈入门，能有多高深！"

"说得对啊，那我也不去。我们就让他一个人对着空气讲……"

一人提议，响应者甚多。

一群少年吵吵闹闹地从正殿门前走过，却没注意到正殿中有两个人正要从里面走出。出来的两个人正是一对师徒，一个年长些，一个和那群少年一般大，十四五岁的年纪。少年人的模样生得极好，目若晨星，面如冠玉，只是神情冷淡，分辨不出喜怒，这样的神情生在少年的脸上，难免让人觉得有些不好亲近。

那年长之人显然没想到他带着徒弟出来会正好听到这么一番话，实在尴尬。他将白及收为关门弟子，一方面的确是怜惜偏爱他天资出众，可另一方面，又何尝没有想要尽快助他成仙、光耀师门的意思。归山已多年没有能够飞升的弟子了，便是掌门、长老一辈大多也知自己飞升无望，修仙不过是延年益寿，顺便能下山赚些钱财罢了，毕竟他们这些修士在凡间的达官显贵面前还算有几分颜面。

成仙看机缘，看天赋，能登仙路者数千万里挑一。正因如此，当他们占出门中弟子竟是神君转世，注定能够成仙之时，可想而知会有多激动！正如那些弟子所说，归山之中若能出一神君上仙，不要说他们一门，便是整座归山都能成为名山！门中弟子日后便是无法飞升，也能因有这么一个师兄，在凡间获得非同寻常的地位。在这种情况下，他们当然是希望白及能越快飞升越好，因此平日里对他的要求都已经到了偶尔连掌门自己都担心会不会揠苗助长的地步。只是没想到，这些他们自觉对白及有些愧疚的修行，在其他大约并不知白及平时要做多少功课的弟子看来，竟也成了偏袒宠爱。

掌门师父看了眼他身边天生不善表达的徒弟，叹了口气，道："白及，他们那些话，你勿往心里去。他们尚且年少，知道的太少，却心直口快……"

"我明白。"不等掌门师父说完，白及已经点了点头，神情亦没什么变化，让人看不出他在想些什么。

"那就好。"掌门师父既心酸又欣慰地点了点头，颇为赞许白及的稳重。

但旋即他又小心翼翼地问："对了，白及，我也没想到竟会出这样的事，那讲习会……"

那些弟子都是后辈中较为活跃之人，现在他们一个个都说不去，只怕在同辈人中一闹，原本想听的也怕得罪他们或是表现得过于特立独行而不去了。掌门师父想想白及面对着一间空室的情形也着实尴尬，又长叹一声，说："要不……"

"我会讲。"白及说。

掌门师父颇感意外地看着他，只是这徒弟面容太过沉静，实在看不出他的心绪。想来想去，他也只当白及是神君转世，自然与众不同，有一颗有容乃大的神心，认为便是有一人愿意来听，他也愿意给一人讲。

于是掌门师父赞许地点了点头，说："好。"

他停顿片刻，又道："白及，你要记得，虽今日我是你师父，但日后你的成就必远超于我，私下里便是当同辈相处也未尝不可。若是当日没有人去，我便亲自化个童子去听，你放心准备讲就是。"

白及闻言一震，却也不敢废了礼数，恭敬地朝师父一拜，算是感谢，然后才行礼告辞。

因他是入室弟子，房间是设在师父内院之中的，与周围几个大他许多的师兄同住。天色已晚，白及一路也没碰到什么人，穿过空荡荡的走廊便进了房间，待关上门，才微微垂下眼睫，目中微露低落之色。

旁人都道他是神君转世，方能喜怒不形于色，遇事泰然自若。然而，神仙有没有神心白及不清楚，他唯一知道的是，自己如今不过是凡人，有的，自然只是一颗肉长的人心。

不是他喜怒不形于色，只是不大清楚该摆什么表情，便习惯性维持安静罢了。先前那些人，他平日里自认以礼相待。他们都是三五岁时便被收入师门，一道长大，有些说话多的，白及幼时还以为是自己的朋友。所以刚才他听到他们那样说，若说丝毫不在意、丝毫不难受……自然是不可能的。

好在，他也不是第一次听到这样的话了，后来再受冲击，总归不会比初次来得诛心。

他说要讲习，不过是憋着口气。

——他们羡慕你是神君转世，恨不得以身代你，却从不想想你当神君时承受过的仇恨他们可否承受得住、你拼凑元神忍下的疼痛他们可否忍得下来！凡人大多丑恶肤浅至此，神仙亦好不到哪里去。这等世界，毁了又如何！……你今日舍我而选那些软弱虚假之物重新立道，他日可不要后悔！

不知为何，白及突然又听到脑海中有人在嘲笑般说话，声音与他自己的极像。

白及一愣，连忙摇了摇头，然后坐下打坐，默念静心咒。

他今日已是极累，一念咒便入了定，相当于睡去了。待他再醒来时，窗外已经天色大亮。

白及看着窗外透进之光皱了皱眉头，正要起身，却忽然觉得身体有哪里不对，下意识地低头一看，下一刻便是怔住了。

他膝盖上，不知为何躺了一只小小的白狐，而且这只狐狸……尾巴还特别胖。

云母跑了一夜，刚刚才睡下，睡得还不深，因此白及一动，就醒了。她眯着眼睛打了个哈欠，将盖在身上的尾巴像孔雀开屏一般缓缓打开。云母慢吞吞地站了起来，迷迷糊糊地抖了抖毛，睁眼看到比她印象中要稚嫩好多的师父，立刻兴奋了起来。

明明眼前的白及和朔清神君长着差不多同一张脸，也和她跟朔清神君第一次见面时差不多年纪，但云母却能分得出来，这才是她师父！

云母高兴地站在白及膝盖上，拼命朝他摇尾巴，激动地打招呼道——

"嗷呜！"

云母跋山涉水一连跑了一整夜，好不容易重新见到师父，此时心中除了排山倒海般涌现出的喜悦之外，还有许多她自己都很难描述清楚的感情。她对师父受难感同身受般的难受、对自己修为不够明明入了幻境却无法帮上忙的自责愧疚、眼睁睁看着却无能为力的颓然挫败、失而复得的惊喜……

自白及在幻境之中斩了心结分离出来的朔清神君之后，便像玄明神君说的那样，虽未像现实中那样被天帝打败，却依然散了元神，历经混混沌沌的五百年方才拼凑齐元神而转世为人。云母在玄明的竹林中眼巴巴地看完了整个过程，难受得几次掉了眼泪。后来白及的神魂聚集成功，被归山修仙门派掌门师父收为关门弟子，云母本想立刻过来找师父，只是自师父从朔清神君转世为白及，这个幻境就又发生了变化。

大概是因为师父认同的是自己"白及仙君"这个身份，相比较而言，作为凡人的记忆也比神君的记忆要清晰很多，所以在转世为白及后，幻境的真实感就高了不少，不会再出现一阵白雾过去就是几百年的情况，甚至云母都开始需要像生活在幻境中的人一般睡眠和吃东西。不过，即使如此，在师父年幼的时候，幻境中依旧发生过几次不稳定的跳跃，结果就是急匆匆地想从竹林跑出来的云母被玄明神君拦下，直到幻境完全稳定才被放出来，但这个时候，师父都有眼前这般年纪了。

云母对师父的感情太多，多得她自己理都理不完。只是她知道现在还是在幻境中，眼前的少年还是个未长大的凡人，尚未成为她在旭照宫中的师父——东方第一仙白及，所以也不好多说什么。云母千言万语只得换作在他膝盖上打了个滚这个动作，然后不停地朝他摇尾巴。

只是云母一只狐欢脱得很，对面的白及看着她却是一片茫然，见面前这只狐狸实在亲近自己，便是白及也忍不住觉得胸口有些柔软。在经历昨日那样的事后，这份来自山兽的信任他而言无疑是一种奇异的慰藉，哪怕不知这只小白狐从何而来。

白及将她小心翼翼地从自己腿上抱了下来，安稳地放在一边。

云母很习惯被抱，更何况是被师父抱。见白及一伸手，她就不动了，配合地被抱起来，等落了地，就安安静静地站在地上摇着尾巴看白及，一副乖巧的模样。

白及身体微僵，开口道："你……"

他话未说完，门外已传来叩门之声。

"师弟，你怎么还没起？我记得师父的讲课已经要开始了，你下午还要讲习，怎么还未起来准备？"住在隔壁的师兄的声音从门外响起，似略有担心之意。

白及忙对门口道："无碍……劳烦师兄。"

话完，他又回头看蹲在地上歪着脑袋望他的云母，问："你可要留在这里？"

云母点了点头，但她跑了一晚上，刚刚才睡了一小会儿，对着师父摇了太久尾巴都没力气说话了，意识有些迷迷糊糊起来。她张嘴打了个哈欠，弓着身抖了抖毛，就地趴下蜷成一团。

见她果然听得懂自己的话，白及一愣。他虽在山中修行，但修仙者归修仙者，灵兽归灵兽，两者各有自己的修行之道，一贯井水不犯河水，这么多年来，他还是第一次见到如此通人性的狐狸。

其实白及还想问她可否说人言，可这狐狸已经自顾自地睡了，门外师兄又催促着敲了敲门。他无奈地看了眼白狐，便匆匆离去，只是离开之前，轻手轻脚地替她掩好了门。

因为那只白狐，这一日白及听课时，多少有些心不在焉，师父催促了他两次才反应过来。走神被抓住，白及难免有愧疚之感，尤其他是由掌门师父亲自单独上课的，越发不该分神。他一怔，忙低头道歉道："抱歉，师父，我……"

"无妨。"掌门师父看着面前神情沉静但面容依然隐隐透着稚嫩的弟子，叹了口气，忍不住还是道，"你可还是在为下午的讲习会担心？唉，若是我当初……"

白及见师父面露愧色，反倒是愣了一瞬。回过神，他这才意识到自己因担心房间里那只小白狐，居然一时都忘了讲习会之事。白及定了定神，闭上眼，尽量让心绪平静下来，片刻之后，再睁眼，漆黑的眸中已是宁静许多，说："师父，无事，我……会处理好。"

太阳东升西落是自然之道，时过正午，太阳便升至最高空。早课刚过，白及已从掌门师父的院落中出来，此时正独自一人静气凝神地端坐在道场之中。

道场内的香炉袅袅地冒着烟气，空寂的香味飘散于四周，只是场中除了白及空无一人，给门中弟子打坐用的蒲团同往常一般散落在四周，却无人落座，衬得白及一人犹如遗世独立。

白及坐在室中，面色不变，如往常一般清冷从容，在这空荡荡的室中倒也不显得突兀凄凉。只是他虽对掌门师父说了会处理好，可面对眼前的场景，实在很难做到完全不焦虑。

若是掌门师父或其他修仙门派之中的长辈约定讲习，这个时候道场内外定然人满为患。求仙之人讲求机缘，能听高人讲道的机会自是一次都不能错过，像今日这般定了讲习会却依然萧条的场面，在归山门中，便是百年也未必会有一次。尽管他早已在心中决定哪怕听者只有化身童子而来的掌门师父一人，也要将自己想讲的东西好好地讲完，至少向师父表明决心，但此时师父未到，场中除自己之外再无生灵，白及仍然不禁产生了些许萧条孤寂之感。

尤其是，场中虽无人，他却能感到场外隐匿着不少熟悉的气息，只怕……是专程来看他笑话的同门。

白及抿了抿唇，哪怕那些窥视的目光对他来说犹如芒刺在背，可他依旧坐得同往常一般笔直，闭着眼睛不去瞧他们，既不想让掌门师父失望，也不愿在看笑话的人面前露怯。

"我倒要看看他能装清高到什么时候！"窗外之人见白及一人在室中坐得端正仿佛泰然自若，在窗口蹲着看的他们反而像傻瓜一样，自然不服气，故作镇定地嗤笑道，"你们且瞧着吧！到时候他还能一个人对着空气讲不成？对了，来道场的路已经按照计划拦住了吧？肯定一个人都来不了对吧？"

白及不显窘态，他们自然很没意思，其实其他人也觉得自己在窗外尴尬得像傻子，只是不好承认，一听有人这么说，都觉得有个台阶下，纷纷称是。他们自以为法术用得高明，白及发现不了，谈话也不避着，讨论得十分大声。

"放心好了！"另一人略有几分得意地笑道，"我们已经全部想办法拦住了。童子和后辈直接压住便是，难道他们还敢和我们作对不成？至于前辈……前辈哪里会来听白及这个小子的讲习会？就算真有人来，路口那边马上就会有人想办法把他们引开。今天我敢保证，但凡是个人，就绝对不可能靠近这个道——"

咯吱——

忽然，道场门被推开的声音打断了说话声，众人皆是一怔，朝那被打开的门看去。刚才，他们分明没有听见一点脚步声……

白及听到开门声，又没有察觉到异样的气息，只觉得老师所化的童子来了，便睁开眼望过去，然而，一眼看去却没有看到人，他一愣，视线下移，才看见推门而入的是早晨突然出现在他房间里的那只小白狐。因为道场的门槛对她来说高了几分，小白狐蹬了好几次腿、费了好些劲才跌跌撞撞地跑进门里。迎上他的视线，白狐居然面露几分怯意，缩了缩脑袋，还是小心翼翼地走了进来。

在这种场景下，云母的确是有些胆怯。

她是半个时辰前睡醒的，睡醒后就从白及房间里跑了出来。她本来是想找师父的，结果半途却看到有几个年轻修仙者在议论白及讲习会的事，还四处拦着人不让过去，遇到年长的就装病将人引走。

云母在竹林镜中多少也看到了白及的童年遭遇，不必多听就知道他们是想做什么。她自然生气，要为师父出头。她本来想以人形偷溜进来假装归山之人，可这些人身上都穿着统一的着装，归山女弟子不多，总不能平白冒出一个来，想来想去，还是以原形蹦蹦跳跳地来了。

也不知道山中的灵兽能不能过来听讲习。

云母十分忐忑不安，却没忘记在进来后礼貌地用额头将门重新关好。她定了定神，努力保持冷静地走到白及面前，爬到离他最近的一个蒲团上，规规矩矩地坐好。

白及怔怔地低头，看着眼前这只小狐狸，居然是一副认认真真准备听课的样子，愣了几秒，旋即回过神来，尽量让自己平心静气。他清了清嗓子，正襟危坐，张口开始讲了起来。

与云母所担心的正好相反，对于凡间的修仙者而言，若是有人讲道能够引来山中灵兽或者未开灵智但有灵性、通人性的山兽，绝对是一件很有面子的事。据说上古有仙神下凡讲道，点化生灵。他们在山林中讲道时，自然会有有灵性的走兽飞禽被吸引围聚，一些心境通透的，当场就能被点化成仙。现在虽然不是随随便便就能把灵兽点化成仙的时候了，不过谁讲道时能引来山中走兽的话，依然是身上有仙人之气、道讲得有仙人之感的印证，说出去都是可以炫耀的事。

尤其这一次，白及引来的居然是最易出灵兽的狐狸，还是白狐。眼前这只狐狸额心有一道竖红印子，相貌又生得十分周正，一看就是灵气逼人的模样，要引来这样的狐狸，白及看起来是有多像仙人啊？

一时间，待在门外的年轻弟子心情都有几分复杂。他们眼见着白及已经开始讲了，那只小狐狸亦确实一副坐在蒲团上认真听、绝不是凑巧路过的样子，便有心性摇摆不定的人道："要不……我们也进去听听看？师父们都这么推崇白及，万一……万一他真的讲得很好呢？"

这么多年来，在修仙者中，讲道能引来灵兽的人屈指可数，能引来灵兽的，个个都是修为极高的修士，甚至还有近飞升之人。五十年前还曾有一位老道士在讲道完后当场悟了道，立刻引来雷劫，渡劫升了天，身边那些被引来的灵兽山兽，也好运地被当场点化带上天做了童子。

其实他们中也有人并不讨厌白及，只是不敢不随大流罢了，现在亲眼看到白及尚未开口便引来了白狐，多少就按捺不住了。

开玩笑，如果真的能提升心境呢？能够引来灵兽的修仙者，错过这一次要等到什么时候？现在进去的确是丢脸，可跟成仙比起来，丢脸又算得了什么？虽说在门外偷听也行，可终究没法静下心来好好打坐参悟……

动摇的人很快观察着周围人的神情，不久就从同样面露纠结之色的人身上感到了同伴的气息。

领头的人心高气傲，正是那认为白及自命清高的年轻弟子。他在外室弟子中天资也数一数二并且刻苦勤奋，颇具骄傲的资本，见白及引来白狐，又听到其他人立场不坚定的话，只觉得越发不服，恼火道："去什么？平时我们院中鲜少有山兽进来，哪儿有这么巧他一开口就引来一只！这只狐狸干干净净的，进了道场一个脚印都没留下，根本不像外长的狐狸，说不定就是白及养的，为了弄个名声就做出这种……喂……喂！你们做什么？"

"抱歉了，扶易。"

同伴中的一人愧疚地看了他一眼，抬手轻拍了一下他的肩膀，头也不回地朝道场正门走去了，走到正门口就取消了身上的法术，整了整身上的衣服，挺直腰背，像是刚到一般踏入门中。

他一走，动摇的同伴们纷纷紧随其后，各自议论起来。

"其实我一直就觉得我们做得过分了些……"

"对啊，何必如此对白及。人家既入了室，又是关门弟子，掌门师父如此看重他肯定有道理。"

"唉，等讲习会结束，我还是同白及道歉吧。"

"对不住了，扶易。"

口子一开，哪里还堵得住。有了先例，其他人便有学有样，陆续带着歉意地朝领头的扶易点了点头，随后慌慌张张地进了道场之中，假装成没来得及及时到的样子。纵然扶易在那里难以置信地"喂喂"地喊他们，可哪里拦得住，不过一会儿，门外的人竟是去了三分之二！

这样一来，剩下的人自然越发尴尬，道场中已坐了不少人，虽不及高人讲习时的盛况，却也有了几分同门互相交流探讨的味道，白及的笑话定然是看不成了。

"扶易。"平日里与扶易颇为交好的人为难地看了他一眼，"要不我们也……"

他们平时是看起来最不喜欢白及的一群人，此时要下台阶也比其他人难得多。老实说，他们并不想进去，可人总有从众之心，当发觉自己已不再是主流时，难免会感到焦虑。

扶易憋了半天，像是也下不定决心，过了好久，才道："走！"

"去哪儿？"其他人面露犹豫之色。闹到现在，他们多少都觉得累了。

"内院！"扶易不甘地咬了咬牙，"我不信这狐狸不是白及养的！这狐狸来得太巧，又太亲近白及。刚才白及都没开口说话，那只白狐就来了！哪儿有这么凑巧的事！我们过去等着，这狐狸若是白及偷偷养的，等下讲习会完了，他们定会一起回来！"

"这……不太好吧？"他的同伴闻言，目光不由得躲闪起来。

"有什么不好的？我们只不过是去趟内院。"扶易隐隐也觉得自己做得过分了，可胸腔中那股邪火却忍不下去，倔强地道，"若是他故意养了狐狸来长自己的名声，是他不好！"

这个时候，道场外的动静早已没有人注意。白及闭着眼睛在讲道，一边讲，一边进入了一种玄之又玄的境地，仿佛能感受到天地之灵气和朦胧的乾坤大道。他甚至都没注意道场内除了小白狐后又进来了别人。其他人原本进来听同辈讲道多少还有些别扭，毕竟白及的年龄比他们中的部分人或许还小，但一旦听进去了，竟也纷纷静下心。

窗外叽叽喳喳的雀鸟儿不知何时也安静下来，乖巧地在窗口停了整齐的一排，还有的飞了进来，或立在地上，或立在弟子们的肩膀上，就这样听了起来。不久，亦有别的动物被吸引而来。

不过，离得最近的依然是云母。她坐着位置最好的一个蒲团，从她的角度，可以清楚地听到白及说出的每一个字，可以清晰地看清他垂眸时打在白皙皮肤上的每一根睫毛阴影。

云母仰慕地望着师父。和周围最初因为和白及是同门同辈而略有不服的其他人不同，她本就是师父的徒弟，听师父讲课自然没什么不对的。在旭照宫的时候，因为她道行太浅，通常都是师兄师姐来教她。师父只负把关之责，要等到她修为再升上去一点，基础打好了，才会亲自教她。现在能听到师父的课，对云母来说完全是意外之喜。

159

此时白及尚未成仙，讲的又是给凡人同门的道，对云母来说并不算难。其他人听得有些困难，她却觉得正好，听着听着便不觉闭上眼睛，同师父一道入了定，觉得自己的心境渐渐沉静，犹如浸泡于凉而不寒的冷泉之中，渐渐随着师父的话进入了一种境界之中……

白及一讲就是两个时辰，等她再睁眼，窗外居然已是黄昏将至。

云母疑惑了一瞬，才适应了光线，见白及亦睁开了眼睛，连忙高兴地对着他摇尾巴。

将自己所想的东西传达给别人，未尝不是一种学习，尤其是他在开讲前经历了一番心绪的大起大落，越发磨炼了意志。白及在这一场讲道中，感受到的竟比听他讲道的人还多。他凝神巩固了一番此时的感觉方才睁眼，谁知一看到眼前的景象，反而吓了一跳。

他开始讲道时道场中不过只有一只小白狐，睁眼时道场内居然已经密密麻麻地坐满了师兄师弟，还有不知道从哪里飞来的鸟和不知道哪里跑来的松鼠，这么多双眼睛一齐看着他，哪怕白及一贯是喜怒不形于色的沉静性子，此时亦不禁愣了愣。

"你们……"白及正要开口询问，可还不等他的话出口，先前在同伴面前撂下话要道歉的那几个已经壮着胆子上来了。

"白及你太厉害了！这些东西你怎么想到的？"

"刚听你讲了这么一会儿，我的修为立刻就增进不少！"

"师兄，关于你刚才说的这个问题……"

"对不起，白及，我们先前竟然还怀疑你……"

"白及，对不起……"

这一场讲习会过后，大家的收获不可谓不多，甚至还有聪慧的山兽当场开了灵智并向白及道谢。正因如此，那些先前还说风凉话的人面对白及皆感羞愧，个个都不敢看他的眼睛，对他是神君转世之说更是信了十分，此时也顾不得大家年纪是不是差不多同龄了，纷纷歉意地行礼道歉。一时，白及简直要被道歉之声所淹没。

白及听得头疼，目光却不自觉地落在坐在最近的蒲团上朝他摇尾巴的小白狐身上。他不知这只狐狸从何而来，为何如此亲近他，可是看到眼前的情形，哪里还能不明白其他人是为何而来。此时，白及便忍不住对这只白狐抱了许多难以言说的感激之情，也对她越发亲近。

他抿了抿唇，不禁抬手摸了摸这白狐狸的脑袋。

云母自是乖乖低头任摸。对她来说，被师父摸脑袋的体验也是久违，不觉高兴地呜呜叫了起来。

然而，这种和睦的气氛并没有持续多久。

"白及师兄！"

忽然，未等那些弟子道歉完毕，一个尚是童子模样的小师弟便急急地推开门跑了进来，见道场内这么多人还有山兽飞禽，也是怔了一瞬，但旋即想起师父的嘱咐，不敢耽搁，忙道："白及师兄！还有……还有在座的各位师兄，掌门师父请你们马上到正殿走一趟！"

说着，那童子便一连报出了几位弟子的名字。除了白及，被点到名字的人皆是脸色一白。

他们都是组织或参与了孤立白及计划的门中弟子，只是……只是师父怎么会知道得这么快！

他们慌张地互相看来看去，已经六神无主。唯有白及这时才想起掌门师父化身的童子到现在都没有出现，担心是师父那边出了事，连忙整整衣袍站了起来。

不过，刚要立起，白及动作一顿，看向手底下的狐狸，生涩地问："你若还愿意跟着我……要不先回我房间等？我晚上会回去。"

云母原本没想到师父会留她，只想趁师父睡着了自己再跑回去趴到他膝盖上的，她没想到还能等到师父的这么一句话，顿时开心不已，尾巴摇得更快了，她嗷呜地叫了一声，欢快地跑了两圈，算是答应。

白及见她果然听得懂，心中柔软，唇边亦不觉噙了丝笑，又摸了摸她，这才离去。

云母目送着师父离开后，等其他山兽亦各自散了，她才离开。她记得回师父房间的路，便顶着晚霞轻快地朝师父所住的院子走去。

"说起来，扶易他们到哪里去了？"

过了一会儿，跟着童子走到半路，那几个胆战心惊的弟子忽然道。

童子点出了一大串名字，其中一大半都在道场里找到了，不过也有没找到的，就是一开始领头、后来执意不肯进道场听白及讲道的扶易及众人。既然童子还要出来寻他们，说明扶易那几个人也不在师父那儿，出来的时候也没见到还有人躲在窗外……所以他们去哪儿了？

其他人百思不得其解，面露疑惑之色。

"会不会是去白及院中了？"忽然，有一人怀疑道，"扶易怀疑那只白狐是白及养的，以他的性格，肯定是非要去弄个清楚不可……"

这人话还未说完，身体已经砰地撞上了走在前面却忽然站住的白及后背上。他原先忙着扭头和后面的人说话，眼睛就没好好看路，此时被这么一撞，顿时身体不稳，可待看清白及脸上的神情，顿时连抱怨的话都不敢说。

"你的意思是……他要去内院抓那只小白狐？"白及问道。

他平日里不苟言笑，浑身透着一种遗世独立的清傲气质，已经让同门觉得不好亲近，而此时白及虽然面色不变，可眼中的怒意却是人人都能看得出来。这样一张清冷又不带笑容的脸上表现出怒气，顿时令其他人下意识地噤声不敢说话。

但是白及的问题又不能不回答，被他直直注视的人迟疑了好久，终于还是慢吞吞地点了点头。

白及的脸色当即就变了。

"劳你转告师父，我先回一趟内院。"他对引路的童子匆忙地说了一句，立刻调转方向朝内院走去。

"白……白及师兄？！"

引路童子在这种事情上做不了主，可又拦不了白及，当即惊慌地在后面喊他，可哪里能喊得住？白及健步如飞，引路童子身后又跟着一串师兄，总不能让他们在这里干等自己过去追白及，想来想去，童子想不出办法，急得跺了跺脚。

白及却越走越快。他此时的心情与其说是恼火，更多的还是心焦，整个胸口都被焦虑和担忧所填满，不知不觉中皱起了眉头。

他晓得扶易看不惯他，却没想到对方居然还有这种念头。先前是自己让那只小白狐狸回房间等他的，眼下却成了祸事。扶易在同辈的外室弟子中也有数一数二的地位，平时虽不大会伤及生灵，为人却十分固执。要是他执意抓白狐，那白狐定然会反抗，可那小狐狸长得这般幼小，若是……若是……

白及不敢多想，只能继续一门心思地朝内院赶，脚下的步子越来越快。童子要去的正殿方向和白及所住的内院相隔并不算远，此时夕阳西斜，院中已亮起了灯，他不久就看到了格外亮堂的内院，还听到了喧嚣声，似是出了什么事。白及心头一紧，越发加快了步子，飞快地踏进院子之中——

"嗷呜？"听到声音，云母抖了抖耳朵，疑惑地歪着脑袋回过头来，看到是白及，连忙高兴地摇着尾巴跑过去，绕着他的腿跳来跳去，似乎想叫白及抱她起来。

白及一怔，赶快弯腰将她抱起来，可是看着眼前与他想象中不大一样的景象，却还仍有几分发蒙。

只见小白狐熟练地在他怀里找了个位置趴好，而内院中，那些意图找事的师兄们狼狈地趴了一地。

云母看着只有一条胖尾巴，可实际上已经是只五尾狐了。她母亲白玉在狐狸中天资出众，还误喝过神酒多生了一尾，便是如此，生出五尾时也有实打实的三百年道行。成仙是千千万里挑一的事，在凡间，生出五尾已是不易。白玉虽未曾占山为王，但不说当山中老祖，以五尾狐的修为，当个镇山将军还是绰绰有余的。

云母在仙界平日里出入需要师兄师姐护着，见谁都要叫长辈，可此处是凡间，眼前的对手只不过是几个十四五岁的修仙少年，堂堂五尾狐哪里有输的道理？再说云母也不是故意打他们的，她原本蹦蹦跳跳地回院子，结果一进门就看到一群不速之客掏出麻袋要套她，如何能不慌？挣扎之中她也分不清力道，一人抽了一尾巴，有些可能不小心抽了两尾巴，反正等她回过神后，他们已经都跪在地上了。

扶易原本是被那狐狸尾巴抽得龇牙咧嘴，对自己此时面对白及和白狐跪着的情形感到十分丢脸，怒视着手中抱着狐狸的白及，恼羞成怒道："这狐狸果然是你养的！想不到你堂堂神君转世，讲个道居然还要用自己养的狐狸来撑场面！"

白及本来正在查看小白狐受伤没有，见她只是毛脏了些，并无大碍，便松了口气，听到扶易说话，这才回过神看他，道："它不是我养的。"

停顿片刻，他亦没什么心情解释，只道："掌门师父喊你们去正殿。"

"喊我们？全部？"

这次说话的人不是扶易了，而是其他一道在庭院中的人。他们面面相觑，面露慌张之色。

白及嗯了一声，点了点头，然后便抱着白狐狸要进屋子。

扶易心中也慌，可见白及一点都没有慌神，越发感到不甘，在他背后焦急地喊道："你养这只狐狸，还训练它去听道的事，我也会一并告诉师父的！"

白及却抬头古怪地看了扶易一眼。他自认行得端做得正，是不怕对方去说这种他本就没做过的事的，扶易要到处说他也无所谓。于是他看完那一眼，便收回视线进了屋，关上门。这种不冷不热的反应将扶易剩下的话都硬生生堵在了肚子里，上不去下不来，难受得很。他憋了半天，道："走！去见师父！"

"扶易，师父会不会……"看扶易一脸坚定，其他人却是缩起了脖子，颇为害怕。

"不知道。"

扶易心中亦有几分惴惴，咬了咬牙，道："总之去了再说！我们有错，白及又何尝没有？掌门师父难道当众还能一味地偏心他？走！"

其余之人面面相觑，又不敢违背掌门师父的命令，只好忍着疼重新从地上爬起来，朝正殿的方向走去。

这时，白及进了屋子，将怀中的狐狸放到地上。云母一落地，便自然地抖了抖毛。她先前在院子里被那些人缠上的时候，在地上打了滚，身上沾了灰，其实不是很舒服。

云母一身白毛，稍微脏一点就很显眼，白及自然也看到了。他见云母没事已经放了心，自己还要去见掌门师父，本来只是想先把狐狸放屋里，可现在见她需要清洁的样子，倒是有些为难，他想了想，问道："你是想洗澡？山后倒是有泉水……不过我还要去正殿，你能自己去吗？"

云母一顿，点了点头，只是用爪子扒拉了一下白及放杂物的架子，示意自己想要个木盆。白及便将木盆拿下来给她，云母拖着比自己还大的盆高高兴兴地往白及说的方向去了。她上一次洗澡还是在玄明神君的竹林那里。云母能化成人形以后，已经不像小时候那样讨厌碰水了，又在旭照宫里养成了爱干净的习惯，现在的确觉得有些不适。

白及还是第一次看到有狐狸洗澡会想用盆，不过她通人性的情况已经出现了很多次，倒也不算太出奇。待小白狐从房间的后门离开后，他也重新站起来，朝正殿的方向去。

"胡闹！胡闹！这就是你们的同门之道！这就是你们的君子心胸！"

片刻后，正殿之中，掌门师父怒火滔天。

便是门中弟子，也从未见过一贯慈爱和蔼的掌门师父这般生气的模样。犯了错的弟子们一个个低头跪在地上不敢动，只能看着眼前的方寸地面，承受师父的怒火。

掌门师父的确是气得急了，若不是化身童子去听讲习会半途被拦住，竟是不知道这群弟子们居然胆子大到在道场路上拦人！他当场不好暴露身份，待回了屋子，立刻就命童子将这些人全都抓来了正殿，再根据他们供出来的合谋之人去找人，谁知他们有不少已经在听道，故耽误了些时间。

掌门师父原以为他们只不过是联合起来排挤白及。白及的确资历不够，同辈乃至师兄师弟不愿去听也不能押着他们去，掌门师父除了自己帮忙之外也没有别的办法，可是怎么也没想到他们竟能——

掌门师父气得手都发抖，指着跪在地上的一众弟子，颤着声音道："你们……你们如此行事，如此对待同门，我教你们十年道，你们就修出如此心境，日后竟还想修仙身、登仙路吗？"

此话说得极重，一众弟子都低着头不敢与师父对视，唯有白及坐在掌门师父那一侧，心情复杂地看着眼前的场景，不曾言语。

正殿中静得连喘息声都听不到，空气犹如凝结成冰。

掌门师父在室中来回走了两圈，似是对这群弟子失望至极，最终，他的目光落在扶易身上，冷声道："扶易，我听说事情因你而起，你可还有话要说！"

扶易在白及院中气势不弱，原本气势汹汹要就白狐一事与师父理论，可真到了掌门师父面前，被强自己千千万万倍的修士气场一压，却是大气都不敢出，什么话都说不出只能满脑袋冒冷汗，只是师父既然这样问，也只得咬了咬牙，伏身一拜，高声道："徒儿不服！"

便是不抬头，他也能感到掌门师父的视线冰冷地落在他背上，可是一口气憋在胸中已久，不吐不快，若是不趁此机会说出来，只怕要不快一辈子。

扶易匍匐在地，话却是说得咄咄逼人："师父历来偏爱白及，不过因为他是神君转世！莫非我等生生世世而为凡人，哪怕天资勤恳皆不落人之下，仍是天生便低人一等吗？这可就是师父说的公正？更何况他这神君转世的身份却都不知是真是假，我们中明明无人得见天神，根本无从考证，白及今日讲道说是引来了白狐，可那白狐分明是——"

"除了白狐，还引了其余走兽飞鸟数十，你可是要说这些全是白及养的？"掌门师父一句话便打断了他，也是同一句话，突然便让扶易如坠冰窟，后背瞬间被冷汗浸透。

掌门师父垂眸看他，道："扶易，你只见你所想见的，听你所想听的，认为不合你心意之事便是假的，自然觉得他人处处不如你！你自命不凡，可知人外有人，天外有天？这世间或天资出众、或出身显赫者不知凡几，你可是个个都觉得名不副实！天赋家世皆是天命，改无可改，然而不服天命者甚众，凡人读书从军，修真者修道成仙，皆是逆天改命，但你所为如何？上天给你机会却不修行，尽使这些歪门邪道……难道将他人拉下来，便可改你的命了吗？"

扶易跪在地上说不出话。掌门师父的这一番话让他犹如醍醐灌顶，瞬间清醒，只是清醒过来后，整个人反倒冷得越发厉害。

见掌门师父骂扶易，其他弟子早已跪得累了，又觉得气氛难熬，也不知是谁壮着胆子喊了第一声，很快不少人都开了腔。

"师父说的是！我们早就觉得扶易做得不对……"

"是他非要我们这么做……"

"我也知道我做得不对，若不是听了扶易的话鬼迷心窍……"

"住嘴！"掌门师父吼了一声，主殿内方才安静下来。他头疼地扶着眉梢，只觉得难受不已："你们多少人是不敢阻拦，多少人是想做却一直等着有人领头，到此时便可推卸责任，自己心里清楚。我罚你们全部禁足三月，可有异议？"

"是。"至此，无人再敢说话，唯有俯身听命。

扶易终归是领头者，被罚禁足半年。掌门师父实在气得厉害，转过头，却见始终坐在那里一声不吭的白及面色苍白，忙问："白及，你可有事？"

白及闭着眼抿着唇摇了摇头，原本只知这些人不喜欢他的性格，却不知他们竟然还设了障碍在路口拦人。眼前的参与之人何其之多，几乎是与他同辈者的全部……眼前这闹哄哄的一幕似是他取得了胜利，可他却没有半分喜悦之情。

——他们……恨不得以身代你……却从不想想……你拼凑元神忍下的疼痛……凡人大多丑恶肤浅至此……你今日舍我……他日……可不要后悔……

脑子里皆是些断断续续的话，这些话他也不知是在何时听过，此时却如同耳鸣般响得厉害，弄得他头痛。白及皱着眉头，扶着台子勉强站起来，朝掌门师父一拜道："徒儿今日乏了，恳请师父让我先行告辞……"

"去吧去吧。"

掌门师父见白及脸色确实不好，哪里还敢留他，赶忙嘱咐他回去好好休息。白及谢绝了师父让童子送他的好意，忍着头痛快步朝内院走去。不知为何，他此时倒是想见那只小狐狸。今日他的心情经历了数次大起大落，每每从消沉中看到一线希望都是因为那只小白狐，若是将它抱入怀中，不知是否能够感到些许慰藉……

然而白及好不容易走到内院，看到自己房中毫无光亮，心中一沉。他推门进去，果然没有找到白狐，又看木盆也不在，心道许是那只小白狐还没有回来，便从后门出去，往山后去找。

归山门本就立在山中，而住在内院的是入室弟子，连接内院的后山泉池设了数个，都是各自私用的，这个时候也没什么人外出洗浴，白及一路上倒是没碰到人。他是出来寻白狐，便没有多想，顺着山径一路走去，然而随着遮挡的树叶渐渐散开，熟悉的泉池展现在面前，却是一愣，当即僵在原地。

泉水旁边，并没有白狐狸。

今日正是十五，此时已经夜色当空，一轮明亮的圆月浮在山林正空。月光照耀着泉水，皎皎微光之中，水边端端正正地坐了个年纪与他一般大的女孩子。她只着单薄的中衣，身边放着个很眼熟的木盆，正侧着头沐发。

她及腰的乌发如同瀑布般垂下，肤白胜雪，杏眸含星，香腮朱唇……额间还有一道红印。

髣髴兮若轻云之闭月，飘飖兮若流风之回雪。

竟然……

不似这人间中人。

166

白及站在原地动弹不得，无论如何也没想到见到的会是这般情形，电光石火之间，脑海中只闪过了"只怕天上仙子也不及眼前女子三分"的念头。他从未觉得语言是如此苍白无力，所见之景一分不少地诠释着"美若天仙"四字。

纵然他平时再恪守礼数，再静心寡欲，到底也不过是十四五岁的少年，哪里见过女孩子在河边洗沐这等私密的画面？哪怕对方并非一丝不挂，看上去是刚洗好了澡在洗头发，可中衣后领微垂露出一段雪白的后颈、被贴着身的衣物衬出的纤巧的肩膀以及沐浴后顺着皮肤滚下的晶莹水珠依然忙不迭地闯进他的眼中，女子的身姿尽显无遗。

在对异性颇为敏感的年纪，便是如此也早已逾矩。

白及方寸大乱，手脚都不知该怎么放才好。然而他走进来并未特意掩饰，大约是脚步声大了些，那池边的女孩已经听到声音，疑惑地侧过身，用一双明亮的杏眸望了过来。还不等白及反应过来，两人的目光已在月夜微凉的空气中交会，双方顿时都局促不已。

白及的心脏跳得厉害，气血直往头上冲，待回过神后，立即猛地转过身，用右手掩住脸，这才意识到面颊早已发烫。他大约是心跳得太快，胸口闷得厉害，只觉得空气灼热无比，令人呼吸困难，但正因如此，在寂静的、只有风声的夜色中，身后的声音似乎也变得格外清晰起来。

云母也被吓了一跳，白皙的脸颊瞬间就红透了。她已经好久没有变成人形，因为洗澡时还是不大喜欢白毛沾到水的感觉，才变回人形。她亦没料到会遇到这么尴尬的情形。对她来说，身后的少年虽是与她一般年纪的男孩，未来却会是她师父，因此分外羞窘。云母连忙慌乱地背过身，慌慌张张地去取放在一旁的外衫。可她太惊慌，手肘不小心撞翻了身旁的木盆……

扑通……

木盆连带着旁边的衣服一并落入了水中。

云母的脸更红了，是因为失手而感到羞愧所以红的。

白及本来听到身后传来仓促的窸窣声而暗自耳根发烫，忽然又听到这样的声响，还有紧随其后的女孩子不小心惊呼出的啊的一声。

白及只觉得脑子一嗡，憋了一会儿，脸颊耳根连带着脖子都烫得厉害。他猜到可能发生了什么事，却不敢多想象一分。他顿了顿，僵硬地脱了自己的外衫，不大熟练地挂在旁边的树枝上，生涩地说了句"自取"，光是这两个字，就让他的脸莫名又热了几分。

白及不敢再停留，赶忙抿着唇匆匆离去。

云母一怔，呆呆地回头，却只来得及看到白及的一角白衣消失在树丛间，他的外衫则整整齐齐地挂在树上。白及嗜白似乎从现在就已初现端倪，那件洁白的外衫在一片昏暗的树林中分外显眼。

云母顿时不好意思起来。

她将掉进水里的木盆和自己的衣服都慌张地捞了起来，然后再去取白及挂在树上的衣服。

这已经是师父给她的第二件衣服了。

白及此时的身量还未完全长开，衣服自然还是少年的尺寸，且是归山弟子的款式，不过往云母身上一披，还是大了几分，显得松松垮垮的。他爱干净的习惯没变，衣服上的味道很清爽。

这个时候，白及已一路急急地走回了房间。他一回到屋内，立刻就坐下来静心打坐。他心境之干净沉稳在弟子中都算少见，以往片刻就能入定，可是今日偏偏无论如何都静不下心来。

一闭眼，他眼前晃来晃去的全是那惊鸿一瞥的洁白。

他心乱不已，无法入定。

白及自认不是看重女色之人。修仙需要清心寡欲，不可沾染过多俗世凡尘。他已许久不曾想修行以外的事，便是被同辈的议论乱了心神，却也未曾因此而乱了修行。

可此时，他明明吹了半天的冷风，又念了好久的心诀，可心头不断浮现的仍不是道，而是月光下那抹乌发雪肤的皎白。

无论是那女孩出现的地点、放在她身边的木盆，还是她额间的红印，都将她的身份展露无遗。

那小白狐不过一尾，为何会变成人？所以早晨醒来便趴在他膝头的正是她？是她走进无人的道场，安静地坐在他对面？是她打了扶易？还有他先前抱着走的，也是她？

白及心烦意乱，正在此时，后门传来轻轻的吱的一声，似是房门被推开了。他心跳瞬间乱了两拍，犹豫良久，终于还是睁开眼睛看了过去，随后便看见云母穿着他的外衫，捧着他的木盆不安地走了进来。

两人视线一撞，又都拘谨地移开。

云母走了一路脸颊却还是红扑扑的，忐忑地看了眼白及，见他又闭上了眼睛似是在打坐，便将木盆放回原位，又将被泉池弄湿的衣服挂在了架子上。她想了想，又变回了白狐，结果因为没收起白及的外衫，一变回狐狸就被蒙头盖住了，吓得她呜呜叫着求救。

白及睁开眼，便看见那只熟悉的小白狐从他的外衫底下拱了出来。她一出来便低头眯着眼抖了抖毛，然后回头叼住那件比自己大了许多的外衫，吃力地叼着拖过来盖在白及膝盖上，然后惴惴不安地朝他摆了摆尾巴。

便是知道眼前的狐狸就是之前那个女孩子，但亲眼所见，白及仍是不知所措。

他倒是听说过灵兽妖兽修炼到一定程度就能化人，可还是第一次看见。白及望着白狐又想起了月下之景，身体一僵，慌忙地移开视线。

他感到胸口莫名地发闷，仿若平静的水面被激起了涟漪……那涟漪一圈一圈荡开，竟是无法止息。

白及抿了抿唇，硬压下心中若有若无的那点心绪，别过脸去掩饰微红的耳根，故作镇定道："对不起。"

他略一停顿，声音又僵硬了几分。

"我本无意……撞见。"

他本就不是擅长表达感情之人，知晓自己面对的是差不多年纪的女孩子，面上虽是尽量不显，心中却焦虑得很。他艰难地道："我不知你可以变成人……也不知你是……姑娘，所以……"

云母听得也是窘迫不已，摇了摇头，道："我本来想说的，早晨太困忘记了。后来……"

后来她忘了为什么没说话了。

云母歪着头，自己也说不清。她本来就是小狐狸心性，维持着原形的时候，原本的习惯对她来说很自然，不知不觉就那么做了。

正因如此，她其实也不是特别在意洗头发被师父看见的事，尽管的确会感到害羞，但面前这个人毕竟是她的师父。

对师父来说，她大约还是个小孩子吧？更何况，又不是没有穿衣服……

云母一愣，惊觉自己心底里竟有几分说不清道不明的失落，连忙晃了晃脑袋，将先前的窘迫全都甩到脑后，尽量不去想之前的画面，努力将注意力放回到没有向师父解释她可以化成人形的事上。

关于能够化人一事，她本无意隐瞒，见白及好像不生气了，总算松了口气。

她动了动耳朵，略带不安地自我介绍道："那个……我叫云母。"

说着，她又竖起她的胖尾巴，将尾巴重新变回五条，并呈扇形展开，解释说："是五尾狐。"

五尾狐在人间已是少有，更何况还是这么小的狐狸，白及看到此景，心中倒是颇感意外。

"云母……"

他生涩地重复了一遍，不知这个名字有何意义，脑子里太乱也无法细想。他还是无法直视她的眼睛，只好道："我叫白及……"

两人互相自我介绍完毕，白及知道对方是与他年纪相仿的女子后，哪怕碰一碰也觉得是逾礼。他沉默地注视着她良久，在心中反复斟酌，终于轻声道："谢谢。"

若是今日，没有人为他辩白……

若是今日，没有生灵踏入空无一人的道场……

若是今日，他未曾见到天地间这道皎白的灵光……

为何世间明明丑陋至此，却又总有美好之物能将他拉回来？

不知何时，白及脑海中那个狰狞地笑他不要后悔的声音已经消失，取而代之的是另一道宁静的白光。白及重新闭上眼睛，心中的躁动并未停止，却又莫名觉得沉静，仿佛在冥冥之中抓住了什么，可又不大确定。在混沌中，他终于逐渐入了定……

听到那句"谢谢"，云母微微动了动，小心翼翼地抬起头来，见白及已经重新闭眼打坐，她晃着尾巴又重新朝他跑过去……

白及第二天醒来的时候，就又看到云母趴在他膝盖上睡着。

同是打坐一夜，相比较于昨日醒来时的烦闷，他今天却感到胸中开阔、神清气爽。再看到正在他膝盖上蜷成一团睡着的小白狐，白及心头一软，说不出是什么滋味。他见小白狐睡得沉，便扯了一旁的外衫给她盖上，此后又闭上了眼，没有同往常一般外出早修，而是直接在室内修行起来。

云母的习惯其实挺好的，第一日虽然因为连夜赶路在白天睡了一觉，但平时都要和师兄师姐一道在道场中修行，起得并不晚，不会影响白及早课，因此白及即便等她自己醒来，也还是能按时去上掌门师父的课。

掌门师父前一日被门中的弟子气得伤了身。他虽格外偏爱白及，可门中弟子又有哪一个不是他逐一看着长大的？他骂他们骂得厉害，可自己又何尝不伤心？他既心疼学生，又懊恼自己教了这么久，他们竟是如此心性，胸闷了一整夜，而今日见到白及，又对他愧疚万分。

白及昨夜离开时面色极差，却拒绝他人送他回去，掌门师父其实对他担心得很，故一早见他神情已恢复常态却依然不敢完全放心，待他分外柔和。只是等到检查白及功课之时，掌门师父发现白及已催动体内灵力，一瞬间哪里还顾得上其他，当即变了脸色，大惊道："这一夜之间，你如何又破了一重境界？！"

若说昨日他因门下弟子行令人不耻之径而惊怒，现在变了脸色却是因为大惊大喜。白及上一次修为破境不过才是上个月的事，哪怕是天赋过人如他，以往突破境界也从未有过这么快的速度。掌门师父愣了一会儿，便想通了其中的关节，顿时几乎要落下泪来。

"好，好，好。"他怔怔地连说三个"好"字，举起袖子擦了擦眼角，"你那些师兄师弟不争气，你倒是个能大破大立的。想不到他们弄出一番波折，反倒让你悟出心境立了道……"

凡人成仙，乃是逆天改命。唯有在逆境中不退反进、在干涸枯竭的泥土里生长开花者，方能成就大道。

尽管掌门师父早知白及必有一朝要登天路，但这份感觉从未像此时这般强烈。他再看白及端坐在那里一副清傲、不染俗尘的淡然模样，心中感慨万千。他欣慰又无奈地苦笑道："我以往总盼着你早日成仙，现在倒又希望你在人间多留些日子才好……我此生怕是登天无望，也不知寿数大限将在何时。如今我归山后辈中无人能担大任，若是你能留下，我倒是能放心了……"

白及对自己早晨醒来便破了一重境界多少也有些感觉，但此时听师父如此感慨，却又不知该接些什么，只能朝掌门师父一拜，道："请师父指教。"

掌门师父长叹一声，再看眼前这年轻的弟子，只觉得自己能教他的越来越少。他慈爱地笑了笑，便定神指点。

由于当日闹事的几人统统被掌门师父禁足在屋中反省，这一辈平日里的大课也都停了，白及意外地过了一个多月平静的日子。他心性已定，这些日子更是修为大涨。

这一日，白及又在道场讲道。

没了扶易等人的干扰，再加上上一回他讲道引来白狐以及其他飞鸟走兽，此次道场中十分热闹。掌门师父原意是希望白及能将他心中所想传达给有悟性的门中弟子，上次由于扶易拦人之举，倒是让许多本想听听看的人没有听到。掌门师父征求了白及的意见后，便趁着他这段时间没有大课的工夫，又补办了几次。谁知由于他上回引来灵兽的名声传得太响，不只是归山门中弟子，竟连太行山中其他修仙门派的弟子也来了。且白及本来就会引山中鸟兽，这样一来，小小的道场竟是被挤得水泄不通。发展至此，连掌门师父都觉得意外。

白及闭着眼睛讲道。因他生性冷淡，待睁开眼后，旁人也不敢扰他，哪怕有问题欲请他留下再讲解一二也不敢，只在白及站起来后让开一条道让他离开。白及倒也不逗留，径自回了房间，只是刻意放慢了脚步，让身边的小白狐跟上来。

师父讲道，云母自然是每次都来听的，且每次都与白及同来，自然坐得离他近些。旁人只晓得这只白狐是白及第一次讲道时被他引来的，后来索性就跟着白及不肯走了。他们起初还觉得稀奇，后来便见惯不怪了。云母平时在归山里自由地跑来跑去，过得十分开心。

如今已是秋日，红叶不知不觉便点燃了山林。一路上云母觉得好玩，便沿途捡了许多掉在地上的野栗子，回到房间后，就高高兴兴地将栗子往自己尾巴里塞。

白及已不是第一次看云母往自己尾巴里塞东西了。上回在她的外衫挂在架子上晾干后，他也眼睁睁地看着她将整件衣服团成一团塞进了尾巴。白及忍不住问道："你尾巴里……放了很多东西？"

云母一顿，不知是不是自己做错了什么，也不往里塞栗子了，有些拘谨地在地上站好。她不知道其他狐狸是怎么办的，反正她一直将东西放在尾巴里，其实倒不是尾巴真能放那么多东西，多少还是用了法术……云母无辜地看着白及，然后用力摆了摆尾巴。

她的尾巴和往常不同，此时咣当咣当响了几声，然后掉出一堆乱七八糟的东西。除了一个葫芦和一个海螺，还有一堆刚才放进去的栗子、不知道从哪里捡来的松果和零碎的小玩意儿，一看就知道是她图好玩乱捡的，衣服倒是没有掉出来。

白及看得惊讶，顿了顿，指了指那两个明显与其他东西不同的葫芦和海螺，问道："这两个是……"

"是师兄和师姐送我的。"云母思考了一下，老实地回答道。

白及觉得胸口一紧，有些在意她口中说出的话，下意识地问道："师兄？"

云母平时说起自己的事比较少，所以白及从她口中听到一个没有血缘又关系亲密的男性时不免感到意外，同时有种说不清道不明的……在意之感。但不知怎么的，他又不希望自己表现出异样来让对方看破。

好在白及本来就神情清冷，又有一身不染俗尘的气质，云母没看出什么，回答道："嗯，葫芦是我的大师兄给的。我入门时大师兄已经出师了，这个葫芦是他成婚时当见面礼送我的，里面的丹药我吃了，我看它能装很多东西，就一直留着了。"

白及听到"成婚"二字时忽然松了口气，胸口的沉闷感也散了不少。

谁知云母又接着往下道："不过，说起来……四师兄大概也算给过我葫芦吧。"

白及刚刚放下的心重新提了起来，一愣，问道："四师兄？"

"嗯。"云母点头，但她本来就是突然想起而随口一提的，并没有要解释的意思，只自然地将地上掉的东西重新塞回尾巴中，便轻快地站了起来，爬到白及膝盖上趴好，摆着尾巴，竟是一副准备休息的样子。

这在往日没什么不对劲，这一个多月来，白及打坐的时候，云母就在他膝盖上趴着。若是平常，白及见云母这样趴在他的腿上，肯定就要默契地开始打坐了。只是今日，他仍在纠结，挣扎了半天，还是问道："你四师兄他……为什么要送你葫芦？"

"啊？"云母把头一歪。

"算了……"白及对上云母的眼睛，又略有几分局促地移开了视线，"我不过是问问，不必在意。"

云母疑惑地眨了眨眼睛。在她眼中，白及仍是一脸淡然，于是她默默地将"不是师兄送我的，是我抢的，因为他乱喝酒"这句话咽了下去。待白及闭了眼，云母也蜷成一团趴好。今日她听了师父讲道，就像白及打坐一般，也需要静下心来好好参悟。

然而白及虽是闭了眼，心脏却是七上八下地乱跳。过了一会儿，他又重新睁开眼，注视着乖巧地睡在他腿上的小白狐，只觉得胸口有些难受。

那日之后，明明她说自己只是困了便跑进来睡，可却再也没有离开。云母没有说，他便没有提，原以为许是他们之间有什么尚无法明说的默契，可白及越看云母的样子，越觉得她是小孩子心性，仿佛她认为她本来就该在此，根本没有往别的方向想。

所以那天泉池月夜之事……可是只有他一人还在在意？

脑内忽然又晃过那一抹纤细的皎白，白及心头一乱，仓皇地闭上眼，却良久定不下神。

"白及……白及！"

第二日在课上，白及心中的烦躁未散，不知不觉便发了呆，待听到呼喊声回过神时，他这才意识到眼前的人是大师兄。

大师兄在门中最为年长、极有威望，对白及颇为照顾，过去还曾管教过背后说他闲话的年轻弟子。白及在他讲习时发呆，多少还是觉得窘迫，面上不觉露出几分赧色，连忙朝师兄低头行礼道歉。

大师兄不大在意他的道歉，反倒笑了笑，道："想不到你竟也会在课上发呆。我带你这么长时间了，倒还是头一次见你如此。怎么，莫不是又出了什么事？"

白及上回的事闹得颇大，掌门师父也是当真发了火，大师兄自然不可能不知道。不过当时的肇事者仍在关禁闭中，大多数人还得在房间里待一个多月，受罚最重的扶易更是还要关禁闭四个多月，最近整个归山看起来都萧条了不少，惹事的倒不可能是他们。

大师兄想来想去，都想不出什么靠谱的原因，摸了摸下巴，半开玩笑道："白及，你总不会是动凡心了吧？"

白及一怔，抬头看他。

白及一贯沉稳，神情更是鲜少有变，旁人难得从这个师父极为看重的师弟脸上见到慌张的神态。大师兄一愣，觉得稀奇，但又有几分愧疚，忙道："抱歉，是我玩笑开过头了。"

不过，他未曾注意到白及在他说话间耳根不可控制地浮上的一点赤红。

白及则不得不努力平复下因师兄一句"动了凡心"而使他一瞬间变得异常快的心跳，可是脑中浮现出的月下倩影却挥之不去。

她为何愿意留下？

她可曾还在意那日水边之事？

她如何看我？可有将我看作男子？

她是否看我……如我看她？

白及心乱如麻，只是气息一旦乱了，再要平复便极为困难。

于是这日他回到自己房中时，比以往还要焦虑。

云母已经在屋子里了，原本圈着尾巴躺在窗沿上往外看，看到白及，便远远地朝他兴高采烈地摆尾巴。

云母没有注意到自己的尾巴粘着红叶，但白及却看到了。只这一眼，他便知道她今日大约又自己到山林里去玩过了，许是钻了灌木丛，才会粘上叶子。

未察觉到自己尾巴上带着叶子的云母看师父靠近了，便高兴地从窗口跃下，蹦跳着朝他跑过去。白及一顿，等她到了自己面前，便轻轻抬手替她将红叶取下。云母下意识地低了头，看见白及把玩着手中的叶子。她眨了眨眼睛，然后继续围着他蹦跶。

白及看着红叶出了神，思绪控制不住地飘远了。

他还当云母是原本就住在归山中的狐狸，自然觉得她那些师兄师姐也是山中灵兽。如此一来，他便忍不住想云母每天跑出去……可是去见原本的亲人朋友？她为何还会回来？那么，会不会有一日……她就不再回来了？

白及很在意她是否会离开，但他终究难以问出口。他的情感向来不易外泄，云母难以察觉他情感上的细微变化，便笑着说："听说今晚星空会格外明亮，我晚上想去山顶，大概会晚点回来，能给我留个窗吗？等我回来我会关好的。"

白及下意识地一顿："听说？"

"嗯。"云母点头，"听山中的灵兽说的。"

太行山一脉既然是连绵的灵山，山中自然也有开了灵智乃至已经在修行的山兽，哪怕只是在归山山头上，起码也有十数个灵兽之家。他们彼此之间有来往，形同人间村落，云母常常过去与他们交谈。山中灵兽心灵纯善，云母年纪又小，他们便对她十分友好，欢迎她去玩，一来二去云母就与他们混熟了。

云母今日的消息，便是从那些山兽中善观星者口中得知的。

不过，不等白及回答，云母的脑内已又转了好多念头，想了想，又道："师……不是，那个，要是可以的话……你要不要一起去？"

话音刚落，云母又觉得不妥，虽然想和师父在一块儿，但白及平时晚上都要修行，似乎课业极重。她脸上不自然地浮现了几分红晕，耳朵垂下来，改口道："啊，还是算……"

谁知，还未等她说完，便听白及道："好。"

云母一怔，听到答案难以置信地抬起头来，却见白及神情仍是淡淡的。

她没想到师父居然会答应，待反应过来就惊喜地问："可以吗？！"

"嗯。"白及颔首。

云母高兴地欢呼一声，原地跳了两下，便欢喜地跑回房间做准备。既然白及要一道去，那便要重视些了。不过，她一只狐狸其实也没什么非要准备的，无非要检查检查尾巴有没有不妥帖之处，以及好好整理毛发。

这段时间她与白及同住，房间里的布置多少为了她做了些改动，比如白及原本不是太常用的镜子就被放到了云母容易拿的地方。云母将镜子摆好，打算认认真真地在镜子前面整理尾巴。不过她刚把尾巴蜷到身体前准备梳理的时候，忽然犹豫了一下。

又是晚上啊……

这样一回忆，云母脑袋里不知不觉地便冒出了某些画面，脸颊一热，赶紧摇了摇脑袋，拼命将某些令她觉得害羞的事从脑海中除去。不过随即，她又忍不住抬头看向镜子中。

镜子里映着的依旧是她熟悉的白狐狸模样。

说起来，她好像好久都没有变成过人形了……

白及虽是觉得心神不宁，但在云母准备的时候，还是闭着眼睛安静地打坐。因为他并未顺利入定，故总是听见小白狐在房间里跑来跑去的窸窸窣窣的声音。尽管不知道她到底在干什么，但光是从这样的声音中，他仿佛就能想象出云母在屋子里上蹿下跳地将想带的东西都塞进尾巴里的样子。

所以当白及感觉到自己的膝盖被碰了一下而睁开眼，发现面前的并非是对他摆尾巴的小狐狸，而是先前在泉池边见过的女孩子时，顿时怔了怔。

"怎么啦？"

与白及的目光一对上，云母便慌张地移开视线。

她也不知道自己为什么今日就是特别想让师父看看自己人形的样子，明明这么长时间没有变过人形，再加上先前尴尬的原因……哪怕她尽量克制了，还是……

云母不知道自己紧张慌乱的时候，对面的白及其实比她还要紧张慌乱。他面上许是不显，但胸口的心脏却已是控制不住地狂跳起来。

上一回她化为人形时，白及不敢多看，只是那道影子却时不时在他脑海中闪现，现在见到了，只觉得云母与他记忆中一般无二。

白及不禁别过脸，唯有自己晓得自己耳根发烫，呼吸乱了，可面上仍要故作镇定地道："你很漂亮。"

"是……是吗？"

云母不好意思地理了理衣服，又将掉在脸侧的头发别到耳后。平日里观云师兄和赤霞师姐也会摸着她的头夸她长得好看，可不知道为什么，今日听师父夸她，总觉得格外……令人羞涩。

"嗯。"

白及也不知该说些什么，便是连他自己都忍不住觉得自己太过沉闷。平复了一番乱得快窒息的心跳后，他缓缓地站了起来，说："走吧。"

"好。"

云母连忙点头，跟了上去。

归山门本就立在深山之中，修仙门派又寻求天道，自然要离上天近些。白及所住的内院亦离峰顶不远，沿着台阶走一会儿就能登顶。不过，云母才刚刚走出来就后悔了。她本就在山间长大，平时用狐狸的身体到处窜来窜去没什么感觉，故刚才就忘了自己人形时走路的速度要慢许多。要是她一个人走慢点倒也无妨，可今日却是同白及一起上山。她走得慢吞吞的，白及又是男子，难免会要师父等她……云母如何好意思让白及等？察觉到对方已经放慢了步伐，她便努力地想要走得快些，谁知一急就忙中出错，且今日所行乃是山路，险些就绊了自己一下，差点摔倒，好不容易松了口气，一抬头，便看见白及已回过头朝她伸了手。

白及顿了顿，道："我扶你。"

"谢谢。"云母面颊微红地将自己的手放了上去。

两人步调一致之后，不久就登了顶。

待云母看到白及师门建在山顶的亭子后，心中一喜，下意识地松了白及的手，几步跑到亭子里，走到亭子的另一边往天空望去，望了会儿，又回头来朝白及招手。白及一愣，也走了过去。

亭子里也放了蒲团，大约是供门中弟子在亭子中打坐参悟用的，看上去有些旧了。云母和白及各拿了一个放到亭子边，并肩坐下来观星。云母兴致勃勃地抬头看了会儿星夜，只觉得今晚果然如同那山中灵兽告诉她的一般，星空分外明亮清晰。

如今是下弦月，月亮要后半夜方能升起。皎月虽美，但太过明亮，若是要观星，还是选择没有月色争夺星辉的日子较好。且如今正值秋日，天高气爽，夜空中无云，一道银河清明无比，仿若分割人间天地。

最重要的是，这是师父年少为人时的天空。

天界不分寒暑，四季如春，但人间却是有季节时令的。现在这个幻境是秋季，她在凡间与师父一道放灯时是夏末，时节算来其实差不多，只是斗转星移，白及记忆中这片星空却与他们所看的大为不同，如今……大概许多星宿尚未形成，星君亦没有归位。

云母笑着道："好漂亮啊。"

白及原本因为身旁坐的是女孩子，觉得拘谨，听到云母说话，方才转过头，看她在星光底下眼中带笑，不觉抿了抿唇。

星夜甚美，却不及人。

白及被这一闪而过的想法吓了一跳，哪怕只是有这样的念头，仿佛都已经逾礼。他窘迫地移开视线装作观星，不敢再看。只是他原本在意的便不是他看了十多年早已看惯的夜色，而是坐在身边的云母，即使移开视线，又如何能真的安下心？他独自焦虑了一会儿，终于还是忍不住想要问她问题，然而未等他开口，便见云母犹豫了一瞬，从袖中摸出一个河灯。

他先前见云母从尾巴里掏出来的东西不少，却还没有见过这个，又看云母神情与往日不同，不觉一愣，问："这个是？"

云母看了白及一眼，有些迟疑，斟酌了一下，回答道："我师父送的。"

说来奇怪，明明是幻境，她印象中带在身上的东西却都还能拿得出来。

因为是师父送的，且这个河灯是凡间之物，做得较为简陋，所以她保存得格外小心。

听到是师父所送，白及再次莫名其妙地松了口气，但同时，见她在这时拿出师门中的东西来，又有些担心，于是问道："你想回去？"

"诶？"云母眨了眨眼。考虑自己是其次，虽说偶尔也会想念幻境外的师兄师姐，会忧虑现实中会不会有什么事情发生，但事实上，她更在意眼前的师父何时才能从幻境中出去。

不过这话现在却不能对师父说，云母想了想，道："算是吧。"

这一句话让白及瞬间胸口干涩发闷，有种难以言喻的抽痛感。他略一抿唇，下意识地问："若是我留你……你可愿意留下？"

话音刚落，白及便已后悔。

他们虽是同龄，但他知道云母是小孩子心性，怕是始终对他都没有往别的地方想太多，这样说已是露骨，只怕要让对方为难。

师兄说得对，他已……动了凡心。

但说都说了，话还能收回来不成？他放在膝上的手不自觉便捏成了拳头，紧张地等着答案。

然而白及方才是脱口而出，话说得太急，又恰好有风吹过让云母眯了眼，等她眨了眨眼睛回过神时，白及的话已经说完了。云母歪了歪头，问："什么？"

白及原是忐忑不已，也做好了她会慌张的准备，但见云母仍是一脸懵懂，顿时觉得浑身都失了力，不知拿她如何是好，既让人泄气，却又仿佛一口闷气憋在胸口。

白及也不知道自己忽然哪里来的冲动。看着云母望着自己的眼中映了星光，太过明亮，情急之下，他便抬手遮了她眼中的星光，同时另一手抓起她的手猛地按在自己胸口。

云母眼前一黑，还未等明白过来发生了什么事，便感到自己手心被抓去按着的那个胸膛中心震如鼓。她一愣，张口刚要说话，便感到嘴唇一软，好像贴上了什么冰凉而柔软的东西。

"唔！"

用力，但一瞬即离。

云母的脑袋还蒙着，却能感到自己从脸颊到耳根突然一寸一寸地烫了起来。

捂着她眼睛的那只手微微地发着颤，可从对面传来的白及的声音却沉稳得令人发慌。

他道："如此，你可明白？"

明白……明白什么？

云母头脑中一片混乱，脸颊烫得厉害，只觉得自己无暇思考，或者脑袋已经钝得无法思考了。

白及见她呆呆地不动，便迟疑地放了手。星光之下，两人四目相对，于是云母得以看清白及的脸。

白及那一如既往的清傲面容，嘴唇微微抿着，目光却灼灼。

云母脑海中一片空白，脸颊的温度仍在上升，从面颊逐渐烧到脑袋，仿佛随时会炸掉。

因为两人已经坐着看了许久的星星，白及早已适应了黑暗的光线，能看得清云母的脸颊被星光衬得通红，目光里泛着水光。她看上去手足无措，好像完全没有料到会发生这样的事。见她如此，白及多少也有些懊悔自己冲动行事，松开了自己抓着放在胸口的云母的手，道："我……"

砰。

白及还没来得及斟酌好想要说的话，便看见眼前的女孩身后突然冒出了五条摆得飞快的尾巴。他措手不及，稍稍一愣，然而就是这一瞬间的愣神，云母已经重新变回狐狸。

然后狐狸拔腿就跑。

白及怔怔地望着那一抹白飞快地消失在夜色深处，原是想要伸手去拦，但刚一动，又退了回来。

他明白自己唐突。

意料之中。

不过仍觉得有些苦涩。

此去，她定不会再回来。

白及定了定神。他闲言碎语听得不少，也知世间不喜他者甚众，可是唯有这一次，胸中的痛楚如此清晰而真切，无法平复。

缓缓地，他松开了攥紧的拳头，面对星夜闭上了眼。

……

一只受到惊吓的五尾狐跑得能有多快，那就要问受到惊吓的六尾狐才能知道了。

数日后。

远离世俗的竹林间，玄明神君按部就班地结束了整理花草、种竹子、埋酒、在竹林中闲逛的工作，随后优哉地在屋子里逛了一圈，随手拂掉家具角落里的灰尘，然后走到一个堆杂物的箱子边上，像是不经意地掀开了盖子，一把将躲在里面蜷成一团的小白狐抱了起来。

"出来吃东西吧。"玄明漫不经心地笑着道，"虽说是幻境，不过也不能把自己饿死了。"

云母大约是在箱子里躲着躲着就累得睡着了，被玄明一抱才醒，眼睛还是蒙蒙眬眬的，整只狐没精打采地蜷着，尾巴垂得低低的。

玄明将她往桌上一放，笑嘻嘻地拿手指敲了一下云母的额头，戏谑道："小小年纪，学人家玩什么为情所困。你这个岁数的狐狸，不是应该还好好地在山林里捉小鸟吗？"

云母立在桌上没什么精神地抖了抖毛，呜咽了一声，张嘴开始吃玄明拿来的食物。

她倒也希望自己不要去想了，干干脆脆地将事情忘了或者就当这件事根本没发生过最好，可是一来她做不到，二来也觉得听完表白就跑这样好像有点不负责任，可事实上她已经跑回来了……呜……

云母吃了几口就沮丧地重新在桌子上蜷成一团，一副拒绝见人的模样。

几天前的晚上，她脑袋一片茫然，还没反应过来已经下意识地跑了，等回过神来，人已经在玄明神君的竹林里了。她跑了一整晚，回到竹林已是清晨。玄明神君当时正在院子里给他种的除竹子外的其他花花草草浇水，看到她狼狈地跑回来还愣了一下，但紧接着就笑着道了句"小狐狸"。

然后云母就自己跑进茅屋里找了个箱子躲起来了。

玄明神君本就是神君，对凡间的事想知道便总有办法知道。云母也不清楚他是不是已经晓得了什么，反正玄明始终体贴地没有点破，除了吃饭时间就让她一只狐在箱子里待着，怕她闷死还在箱子上开了几个窟窿。

"对了。"

这时，玄明仿佛想起什么般，又笑着摸了摸她的头，道："你托我送的信，我已经差了附近的鸟送去，想来今天就能送到，不要担心了。你师父将来能成就那般修为，此时就算年少，也定不是心灵脆弱之人，至少比你这么只小狐狸要坚强得多，再说情爱本就是你情我愿之事，接受也罢，拒绝也罢，你大可不必如此愧疚。不过……"

玄明若有所思地挑了挑眉。

"'与君重逢成仙时'吗……你倒是会打幌子。"

云母埋在尾巴里的脸更红了，哪里知道怎么办才好。现在的情况对她来说太过复杂，她只能尽力而为，那封算是信的小字条，还是她在没有变成人形的情况下叼着笔匆匆写的。

答应肯定是不可能的，倒不是……倒不是她对师父有没有情的问题，而是师父如今是在幻境之中，所以才会误以为自己是凡人，误以为自己还是归山中一个修仙的弟子。他忘了他们是师徒，也忘了自己早已成仙，但云母却是记得的。若是她在

180

这里答应了，那出去后……等出去后，师父会怎么想呢？他们又是什么关系？再说，她虽入了仙门，却尚未成仙……终究是仙凡有别……可她也不希望师父伤心，不希望师父觉得那是讨厌他的意思……

想着想着，云母只觉得脑袋又开始烧了。她将脸往身体里埋，自暴自弃地蜷成一个白毛球，蒙住双眼不想面对世界。

玄明看云母这个样子就知道她在想什么，失笑地摇了摇头，只觉得难为了这么一只平时一看就不喜欢想太多的小狐狸，用她的小脑瓜子想这么一堆东西。

她写的那封信，在如今的她师父看来自然是"等他成仙时再说"或者"他们都成仙时再考虑这个问题"，这种约定在修仙者和灵兽之间倒也不少见。不过，由于此处是幻境，她师父又是早已成仙之人，所以她想说的其实是"等回到现实之中""此处并非现实，她不能答应"的意思，待她师父想起一切重回现实重新为仙，自然会明白，也能体谅她的难处。

不过……

玄明饶有兴致地看了眼云母埋成一团后却又拖在桌子上扫个不停的尾巴。

灵兽心思单纯，便是嘴上不说，身体也会表达。但是眼下，这白毛团子竟是自己也没发现自己尾巴摇得厉害的样子。

说起来……那句话里其实亦有"等我成仙再应你"的意思，只是这意思，只怕她心中虽有，下笔时却没有想到吧。

如此一来，她倒未必是对师父没有情呢……

玄明神君顿时感觉此事万分有趣。他虽终日待在竹林里，安于闲淡，但时间长了偶尔也是会感到无聊的，总要给自己找点乐子。他想了想，问道："说来，我之前听你说过，你师父当初救过你？"

在桌上团成一团的云母颤了颤，有些不解玄明神君为何要问这种问题，但还是小心翼翼地露出脑袋，然后点了一下头，又埋了回去。

她在师父转世为人那段时间，与玄明提过一些她和师父之间的事。

"原来如此。"玄明拿手中的扇子拍了拍掌心。

英雄救美，又是清俊的仙君救了天然对仙界有好感的灵狐，也难怪这小家伙心中埋了种子。

玄明心中了然，笑道："你若是还累，就自己在屋里休息吧。我就在院子里。"

云母有气无力地点点头，然后又把自己塞了回去。

玄明笑笑，走到了屋外。

云母埋在自己的毛里。这两天她的确一会儿害羞一会儿纠结地想太多，不久就累了，迷迷糊糊地便躺在桌上睡着了，待再醒来，已是数个时辰之后。

窗外还亮着，同时，隐隐有厚重悠长的乐器声从外面传来。

云母拿爪子揉了揉眼睛，站了起来，好奇地走了出去。

玄明坐在竹林之中，正在弹琴。

他虽是个闲士，却也是个雅士，竹子种得，风雅之事也做得。玄明一手琴弹得极好，看起来乐在其中，瞧见云母走来，便笑着道："小狐狸。"

云母听到这个称呼，方才想起来，她与玄明在幻境中接触的时间也不短了，可玄明却未曾问过她的名字。

云母跑过去，看着玄明的衣服歪了歪头。

他既然是个隐士，自然不是张扬之人，可她看他穿衣服，十天总有六七天是红色的，倒和平时作风不大一样。云母眨了眨眼睛，问道："你很喜欢红色？"

玄明笑了笑，大方地展开袖子给她看，道："你难道不觉得我着这一身红衣坐在竹林之中，正是万绿丛中一点红？"

云母张了张嘴，但接不上话。

玄明哈哈大笑，抬手揉了揉她的脑袋，随后眼睛便眯了眯。

他道："我这竹林虽是隐世之处，却偶尔也会有过客经过。既是我种的竹林，如何能让他们迷路呢？故我有时会故意现身于竹林中，若是有迷路之人看到我，自会过来问路。"

云母恍然大悟。

玄明笑着说："你对我而言，亦是迷路之人……其实这世间许多事，大可不必那么在乎，放手去做便是。你师父之事，你不必如此担心。他长你几千岁，难不成还不如你看得开？不过……"

他手一收，取了扇子出来摇了摇，有些感兴趣地看着她，道："不过，说起来……我还没见过你化人的样子呢。想不到你师父那般性情的人，竟也会动心。他那般正经的仙君，总不能真爱上一只狐狸……我倒有几分好奇。小狐狸，你可介意化人让我一看？"

云母一顿，点了点头。

不过是化个人形，自然没什么不可以的，再说，她总觉得玄明神君有一种莫名的亲近感。

于是云母闭上眼睛，熟练地掐诀准备化人。玄明神君原是兴致盎然地摇着扇子，只是待眼前的狐狸露出少女的模样后，他倒是一愣，手中的动作亦不由自主地

182

顿住了。

云母有六分肖其母，剩下的四分肖谁，自不必多说。

这世间见过玄明的人不多，到了云母出生的时候，除了天帝，剩下还活着的，约莫一手便能数完。能够认出玄明的人本就无几，云母又是个能做狐狸就不化人的性格，自然没察觉到什么不对。不过，玄明在他自己种的竹林中住了上千年，自己是万万不可能认不出自己的。

云母躲在箱子里许久没有化人形，身上的衣服都皱了。她不好意思地理了理衣袍，心道之后要跟玄明借水池洗澡，一抬头见玄明神君竟是敛了笑容、皱着眉头看她，云母一愣，有些不安地问道："神君，我……有什么不对吗？"

"啊……"玄明从一瞬间的失神中回过劲来，过了好一会儿，才摸了摸下巴，半真半假地调笑道，"没什么……只是忽然发现你下巴长得有些像我，莫不是我何时留下的风流债？"

"啊？"

云母一愣，还没等弄明白玄明神君是什么意思，就已经被对方按着脑袋摸了摸头。

她一化形就是坐着的，玄明也是坐着抚琴，只是个子要比她高上好几分，这个动作做得十分顺手。

玄明摸完她的头，脸上又恢复了笑容，问："听琴吗？小狐狸。"

云母本来就是听到声音才出来的，也不希望因为自己的外出打扰了玄明神君原本的兴致，听他这么问，连忙说好。

玄明闭上眼睛，浅笑着接着弹了起来。云母不懂音律，都是懵懵懂懂地听着，好在她能静心，倒也不会不耐烦，就乖乖坐在原地想心事。

玄明弹了一会儿琴，问道："小狐狸，你生在何处？母亲又是何人？家中可是只有你们两人？"

玄明的琴音沉稳而悠长，时如泉水叮咚，时如古道绵长。

云母还是第一次听玄明神君问起她的事，虽不解其意，但还是老实回答："我生在浮玉山上，母亲是五尾白狐，除了我和娘之外，家里还有哥哥。"

"是吗？"玄明微笑着问。他手中一顿，手中的琴声在一个响亮的亮音之后告一段落，稳稳地停住。

玄明语气似漫不经心地问道："说起来，之前还没有问过你，你叫什么名字来着？"

听到玄明神君终于问起她的名字，云母反倒感到意外了。她不知为何玄明先前那么长时间不问，现在却忽然问了，不过还是回答道："我叫云母。"

"云母？"

玄明先前就又弹起了一段曲子，此时听到她这个名字，笑得手底下都乱了几个音，好在马上又调整了过来，反倒让意境升了几分，像是即兴而为。

玄明笑道："你娘起名字倒是心大，怕是随手捡个石头就起了吧。既是女子，好歹也该以珍贵的玉石为名，你又是白狐，说来我腰间正好有一块白……哦……原来如此。"

玄明看了眼自己腰间系着的白玉，笑着笑着便敛了戏谑之意。

听这小狐狸说的话，她娘是五尾狐，多半是山间灵兽。这世间灵兽多是赤子之心，哪里分得清玉和山石的价值，玉石对她来说多半也只是光润些的石头，未必比得上山中晶石来得漂亮。而这样的起名方式却让玄明脑中不经意地冒出一句话来——

君知我心似君心。

咣。

玄明的琴声猛地一荡，吓得云母都不觉抬起头来，受惊似的看着他。可玄明却是颜色不变，唇边带着一缕浅笑，十分悠闲的样子，一点都不像刚才弹了个能让狐狸受惊之音的人。

玄明没转头也能猜到云母的表情，笑了笑，道："没什么，不过是我忽然希望自己不是这幻境中人。"

真想见那命名之人。

只可惜，因为这时是在幻境之中，想做什么都是徒劳。

这只是在一位仙君的记忆中，尤其他是记忆中人，无论在这里发生了什么，他察觉到了什么，都无法影响到现实。

玄明垂首拨弦。

这样一来，倒是没有必要让眼前这只小狐狸知道得太多了。

玄明停了手中的琴音，又抬手摸了摸云母的脑袋，坐在清风中浅笑着看她，并不言语。

云母低着头，总觉得玄明神君许是个容易让人心生好感的对象。她并不讨厌被对方摸头，可是被揉着揉着，思想却又飘忽起来。

她的脑内一瞬间又浮现出了师父的样子，先是在归山门入室弟子住处中一身弟子白衫的少年白及，一会儿又是持剑而立不染纤尘的师父，接着又是那个星夜……

不过是一瞬，脸就又烫了起来。

云母抬头去看眼前的玄明神君，她知道这位神君将来要因与凡人相恋而受天刑，与云母此时的状况多少有些关联。云母踌躇片刻，终于还是壮着胆子问道："说起来……神君，为什么会有人仙不能成婚的天规呢？"

玄明一顿，收起摸着她脑袋的手，拿起扇子摇了摇，道："云儿，你可知这世间这么多灵兽灵植，还有这么多修仙之人，最终，有多少能成仙的？"

云母答不上来。

玄明索性直接挑明了答案："万万中无一。"

云母眨了眨眼。

"一旦成仙，便是跳脱于生老病死之外，再无寿命长短之说，唯有永恒。"玄明轻轻地说，"凡人生死不过须臾，与仙相较，犹如朝菌之于冥灵、蟪蛄之于椿树。世间凡物之于仙神，不过朝生暮死，如何相恋成婚？并非仙者无情，而是有情不敢系。且凡人日后投胎转世，转世为人者可又能算是先前之人？若二者育有儿女，算仙算人？天界下凡历劫者，哪怕知道自己下凡渡劫乃是人身，仍有不少会顾忌伦理而提前与司命、媒神商议避免婚配，亦是这般缘由。"

云母听得愣神，怔了怔，问道："那……没有破解之法吗？"

"有。"

玄明神君笑着点头，云母这时才发现他眼梢上扬，似有桃花态。

"凡者大立成仙，便是破解之法。不过正如我先前所说，凡物成仙，谈何容易？成仙既要修为，亦要心境。修为尚且可以用灵丹神药解决，可心境如何能助？上古之时不禁仙凡相恋，你可知有多少神君仙者为伴侣寻天灵地宝、寻不死药而踏遍三界九州？可惜寻到亦是枉然。能成神仙者大多心思纯净、痴情忠贞，伴侣死后仍要去寻转世，寻到能再相恋也就罢了，若是不能……当年并非没有神仙因此堕天，也并非没有神仙因此乱了心境转而为祸人间。我兄长成天帝后便立了这条天规，既是为了护凡间，更是为了护仙神。"

云母听得头晕。她不像玄明这样活得那么久，知道得那么多，听他说了那么多，总觉得仍是云里雾里。好在大致意思是明白的，正因如此，云母才越发困惑地歪了歪头。

玄明神君既然想得那么清楚，那为什么日后还会……

仿佛是知道她心中的疑问般，玄明摇了摇扇子，笑道："不过，我倒是不愿受此约束。感情本是顺心顺意而为，若是来了，何必强躲？"

云母一怔，问："可是不是说朝生暮死……"

"这有何难？她在一日，便爱她一日。日后的事，日后再说。"

玄明含笑抿唇，见云母不懂，就拿扇子轻轻地敲了敲她额头，安抚道："不过，你不必想这么多。以你的出身资质，日后，只要你想，定是可以成仙的……倒不如说，你现在，多少也有一半是神仙了。"

云母下意识地抬头捂住额头。

她并没有怀疑玄明的话，只当玄明是在夸她。毕竟她确实尾巴长得快，如今已经长了五尾，勉强也能算是一半了。

不过，玄明略微思索了一会儿，又皱了皱眉头，说："但你如今年纪尚小，考虑情爱之事确实尚早……"

他眯了眯眼。

"我好歹年龄辈分高你几分，今日便算是替你父亲操个心。你现在才十几岁，等出了幻境，到了两百岁再议亲不迟。还有……"

他思索了一番眼下的状况，又考虑了下白及的性格，决定给对方下个绊子。于是玄明忽然微笑道："刚刚忘了告诉你，你师父出了幻境后，便不会记得这幻境中的事，你大可不必担心。"

"真的？"云母果然一下精神起来，高兴地看着玄明神君。

"自然。我如何会骗你？"玄明笑得优雅无比，一派春风和煦的样子，"对了，离幻境结束只怕还有些时日，你既然不想回去，整天待着也无聊……不如我把先前那个镜子再翻出来，你平日里要是不想和我聊天，就自己看看镜子吧。"

云母其实也担心师父的事。她在箱子里躲了几日，因没有消息而十分焦虑，听到玄明神君的提议，便红着脸点了点头。

竹林远离尘世，日子过得比在白及身边要快些。接下来的时光，云母大多都是在听玄明弹琴、陪他埋酒种竹子，还有看镜子中度过。

师父往昔的事在她眼前一一掠过，一些熟悉的面孔也逐渐出现在眼前。

在离开不过几年后，她便看着白及在众人的惊叹中破云渡了劫。他穿了一袭白衣承受了八十一道天雷，一尘不染地登上天路，获封东方第一仙。

随后便有曾与朔清有过渊源的仙人送了自己的孩子拜白及为师，于是云母便见到了日后的大师兄元泽。

再之后，南海赤龙送来一女、南禺山青凤送来一子请白及教导，正是赤霞观云，他们未等见到白及便彼此弄得狼狈不堪、两看相厌，但在白及来后，却又并肩跪下，朝白及行拜师之礼……

有一日，云母正看着镜中观云师兄被元泽师兄调侃后涨红了脸，撕心裂肺地喊着"谁要娶赤霞！打死我也不娶赤霞！"的场景，忽然感到身边起了雾，她有些惊诧地站起来，便看见玄明神君从不远处朝她走来。"看来幻境的终点就是这里了。"玄明笑道，"我不过是幻境中人，怕是不能接着陪你了。"

云母一愣。她与玄明相伴许久，此时猛地生出好多不舍，刚要开口说话，玄明却已走到她面前，按着她的脑袋揉了揉。

玄明神君今日说话似比平时要温柔。云母只听他道："幻境外的我虽不知道这段往事，但他必思我所思、想我所想。不必担忧，日后，我们必有再会之日……"

他停顿片刻，收了手，朝她摆了摆手道别，笑着说："珍重了，小狐狸。"

云母连忙匆匆地道了句"再见"，还来不及说其他的话，只觉得眼皮一沉，便失去了意识。

再醒来时，她只感到身体分外沉重。

云母努力睁开眼睛，奋力地站起来抖了抖毛，好不容易舒展开僵硬的身体看清眼前的景象，方才发现自己依然在旭照宫内室之中，还站在师父膝盖上。

大梦一场。

云母小心地看向师父，不自觉地摆了摆尾巴。她好久没见白及，既是紧张又是担忧。见他还没睁眼，她犹豫地往前迈了一小步，呜呜地叫了两声。

伴随着她忐忑的叫声，白及并未有所动作。云母想了想，还要再上前，却见她师父忽然皱了皱眉头，下一刻，就缓缓睁开了眼。

第五章　青丘少主

　　师父此时比起归山上作为凡人弟子的少年长了数千岁，自是要沉稳内敛得多，这双眼眸一睁开，便是黑如墨染、静若止水。

　　云母心虚地后退了一步。

　　尽管玄明神君信誓旦旦地告诉云母师父不会记得，可真正重见师父……又如何能轻易迈过心里那道坎？

　　师父他……会如何想？

　　云母忐忑地小心抬头望着白及，却见白及顿了顿，恍然迟疑了片刻，黑眸似是闪了闪，然后，就见他慢慢地抬起了手……

　　云母惴惴地不敢动，下一刻，感到师父的手轻轻地放在她脑袋上，柔和地摸了摸。

　　"嗷呜！"

　　云母感到这样被摸脑袋的感觉很熟悉，绷紧的身体渐渐放松下来，乖巧地低头任摸，心中松了口气。

　　师父看起来没有异状，看来玄明神君说的是实话，他应该不记得那段幻境……或者说，也许师父已经正常地想起了神君的记忆，心境有所提升，但并不会记得她。

　　云母安下心来，表面上亦开心了许多，高高兴兴地呜呜叫着，对着师父摇尾巴，却不知白及此时胸口的心绪是如何驳杂。

怎么可能不记得？

白及手中一停，闭了闭眼，万千思绪便如潮水般涌入心头。两段记忆并存，他却能分得清真假虚实。

他记起了自己为朔清神君时真实的过往，也记得在幻境中那只围着自己跳来跳去的白狐狸。

他在凡间为人时，自然不曾出现过一只小狐狸。那场讲习会他虽对着空无一物的道场讲了许久，引了不少飞鸟山兽，但直至结束，也没有人类踏入。后来师父虽惩治了扶易一帮人，他却难以因此而感到真心愉悦，与他们的梁子亦越结越深，直到他几年后渡天雷登天路，与扶易之结终是没有解开。

如今他已为仙，不必再在意凡间因果，往昔的非议与磨难不过是磨砺他心智的过客，扶易更只是其中无足轻重的一笔……不过，若有可能，他竟也有几分希望幻境中方才是真的。

幻境虽是虚假，可他却真真切切地重历了少年时。

亦真真切切地动了情。

白及定了定神，重新睁开眼，望着松了口气在他膝上打滚的小白狐，却只是轻轻地摸着她的头。

但愿如此，能让她安心。

云母并不晓得白及将她先前忐忑的神情当作是拒绝和为难之意，亦不晓得因为她那封叼着笔写的信，白及在幻境中当真等了她千年。

她一贯是黏师父的，得知白及不会记得后便又小心翼翼地试探了几下，见师父的确没有回避她的意思，终于彻底放下心，开心地拿额头蹭白及的手和衣襟。

恰在此时，内室的门被咯吱一声推开，观云拿着食案走了进来，一抬头看到师父和云母都直勾勾地看着他，顿时大为惊喜，惊讶道："师父！师妹！你们醒了？！"

云母眨巴着眼睛看着观云。她才刚从幻境中醒来，上一秒看到的还是不过十来岁大、撕心裂肺地宣称"打死不娶赤霞"的观云师兄，现在眼前出现的却是外表已如成人且与赤霞师姐订婚的观云师兄了，难免有种时过境迁的怪异感。

然而下一秒观云就把食案放在她面前，道："太好了，今天这食物总算不用浪费了。小师妹你可知你一觉睡了多久？再不醒来，我和赤霞都要担心你饿死了。"

云母原本还没觉得有哪里不对，可听观云师兄这么一说，又闻到面前食物的味道，顿时觉得自己整只狐狸都是瘪的，饿得连路都走不动，真不知道之前蹭师父的力气是哪里来的。她连忙从师父膝盖上跳下来，对着食案上放的粥就埋头吃了起来。

云母虽是五尾狐，辟谷几个月不成问题，但毕竟尚未修成仙身，太久不吃东西也是够呛。观云看她吃得急，一边帮她顺背一边道："慢点吃慢点吃，别到时候撑坏了。你身体许久没有进食，不能一口气吃太多……"

观云看着云母吃东西，只觉得好气又好笑，看她没什么事的样子，这才看向师父。面对白及，观云的神情便认真严肃了许多，恭敬地行礼道："师父。"

虽是低着头，可观云却暗暗心惊。白及刚刚从幻境中出来，身上气息未敛，观云稍一感气，便能察觉到他身上那股难以言喻的鼎盛气势。

师父他……竟真的突破了上仙。

观云有一种又心惊又骄傲的感觉。师父没有表现出什么异状，他却激动得手心冒汗，心中澎湃难以形容。

白及的确对自己突破境界没有太大的感觉，淡淡地对观云点了点头，沉默片刻，问道："现在是什么时候了？"

观云回答："凡间快到年关了。抱歉，师父，私自进你的内室……先前我们赶过来的时候，小师妹已经跟着你进幻境了。我们怕惊醒你们会造成什么意外，故不敢打扰。所以这段时间我和赤霞只是轮流过来送食物，怕小师妹什么时候醒了……"

说着，观云低头看了云母一眼，见她刚将碗里的粥喝了个精光，正摇着尾巴看他，不禁一笑。

白及略一颔首，问道："单阳回来了吗？"

"快了快了。"观云笑道，"这次他并没有久留，只是在人间需要步行，脚程难免慢些。且他祭祀完父母后凑巧又遇到些故人，所以难免多留了几日，前两天已经收到信，大约是在路上了。你和师妹出关得正巧，若是顺利，他应该明日便可归山。"

观云说到此处，突然想起什么，道："对了。"

他费劲地在袖中摸了摸，掏出一支细巧而精致的簪子来。

"师父，我刚才还有一件事忘了说了。"观云笑道，"小师妹是正月生人，算起来日子快到了。前两天她娘从凡间寄了信还有这个过来，说是希望我们能替云儿办及笄礼。小师妹今年正好十五岁，在凡间是成年的时候了……"

说到这里，观云似是整理了一下语言，才微笑着摸了摸云母的脑袋，道："在天界十五岁也是难得重要的年纪，不如就办一下……师父你觉得如何？"

白及听到此言，不觉一愣，目光落到一旁的小白狐身上。云母本来也没想到会聊到自己身上，坐得十分拘谨，疑惑地在两人之间看来看去。

白及眼中倒映着的虽是小小的白狐，脑海中浮现出的却是端坐在月夜泉池边的少女。他原先对云母的感情没有那般分明，只当她是弟子，如今得知当初抱回来的小狐狸不知不觉竟已到及笄之年，难免失神。

白及此时尚未完全从幻境中脱离，凡人少年时的心绪居然颇为强烈地冒了出来。他定了定神，垂眸静心片刻，勉强将杂念除去，面色沉静如初，缓缓颔首道："可。"

"好的，师父。"

观云未察觉不对，笑着应声，将云母娘寄来的东西重新塞回袖中，一手抱着云母，一手拿起云母吃完的食案，推门离去。

内室的门又缓缓地被合上，光影交叠，白及重新独自置于稍暗的房间中。他静坐良久，方才睁眼，注视着空无一物的室中，对于自己接下来该如何做，竟也觉得茫然。

"云儿！"观云将食案交还给童子处理后，便径自抱着云母去了她和赤霞的院舍，正好赶上赤霞从院子里走出来。

赤霞远远地看见观云抱着云母回来，先是吃了一惊，紧接着便露出高兴的神情来，道："你总算醒来了！"

在旭照宫中，云母自然是与同住同睡的师姐关系最好。她许久不曾见到赤霞，现在终于见到了，感到十分开心，对着赤霞不停地摇尾巴。赤霞亦熟练地将云母接过来抱着。

观云见状笑笑，没打扰她们师姐妹重聚后的喜悦，将书信和簪子递给云母，嘱咐一番，就自行离去了。

赤霞便抱着云母回院子。云母一直颇为在意母亲和兄长的事，等回到屋中，连忙将信和簪子拿了出来。

信一共两封，一封给师父，一封给她。给师父的信师兄已经拆开过了，正如观云师兄所说，是娘亲请求师父替她办及笄礼的。云母将两封信都拆了，待看清母亲的字迹，眼泪险些要掉下来。

白玉的信写得很长，却并没有写许多东西，大多是对女儿的问候和对他们目前状况的说明。云母一字一字地看完，得知娘和兄长都很健康，兄长石英已经能化人形了。他们在人间找到了合适的地方暂时落脚，让她不必挂心。白玉还在最后留了新地址，竟是人间的都城长安，说云母若是方便可以给他们写信。原来住在他们狐狸洞附近的山雀夫妇因为寂寞也搬过去同住了，现在两家四人住在同一个院子里，倒是颇为热闹。

尽管云母对母亲搬到了长安感到有些意外，可这封信依然将她这段时间以来的担忧一扫而空。她当晚就精神地写了回信，因为有许多话想说，便不觉间写到了很晚。云母刚从幻境中出来，身体实际上还很疲惫，又写了长长的回信，故她好不容易睡下后，第二天起晚了。

赤霞又心疼又哭笑不得地将在被窝里睡成一团的白毛狐狸摇醒，等她变成人形后，两人才一起去了道场。她们来得有些晚了，观云已经在道场中，此外，还有另一个人。

"四师弟，你回来了？"

赤霞惊奇地看着已经提前在道场中打坐的年轻师弟。他依旧是穿着一身黑衣，神情严肃而认真，只是表情相较于以前似乎柔和了些，看到赤霞进来，立即站了起来，恭敬地对她行礼，道："师姐。"

略一停顿后，他的目光又稍显复杂地落在云母身上，似是迟疑了一会儿，方道："小师妹。"

云母上一次和单阳好好说话，还是在凡间放灯的时候。她有些拘谨地和单阳打了招呼，便安静地找了个地方坐下，等着跟师姐修炼。

这一日，师父没有来。

云母按部就班地学习了一日，却没看到师父的身影出现在窗前，多少觉得失落。在幻境中，云母已经习惯了天天见他，在归山中的那段时间更是两人每天都住在一起，一下子回到现实中，反而有些不适应。

赤霞察觉到她情绪低落，关心地问道："你怎么了？莫不是还觉得很累？"

"没事。"

云母不好意思说，只好笑着摇了摇头。赤霞原本还要再问，但忽然感到有脚步声从她背后传来，下意识地咦了一声，回头看着准备离开的单阳道："四师弟，你今日也走得这么早？"

听到这句话，云母一惊，赶紧抬头去看单阳。

单阳脚步一顿，回头对赤霞礼貌地点了点头，略带赧色地道："是。"

赤霞眨了眨眼，觉得人间一行回来后，这个师弟周身的氛围比原先平和了许多，刀锋一般的戾气褪了大半，总算有了点少年人的样子。她笑了笑，道："那你去吧，要是因为刚回来太疲惫的话，不妨多休息几天。"

单阳似对这话有些迟疑，但想了想，终究没有反驳，只是又说了声"是"。随后，他又看了云母一眼，这才大步离开道场。

云母心脏乱跳。她自然知道单阳师兄每次提前离开都是去什么地方，来不及多想，亦匆忙跟赤霞说了一声，便化为狐狸追了上去。

等她跑到师父院落之前，单阳已经笔直地在那里站着了，见她跑来，便看向她。

云母心里忐忑不已，总觉得这样下去不是办法，只是却想不出该如何开口跟单阳说明，只好硬着头皮往前走。待走到单阳面前，她嗷呜地叫了一声，算是同单阳师兄打了个招呼，接着便乖巧地跳到一旁的一块稍高的石头上坐下，准备听师兄吐苦水。

单阳见她如此，蹲下身来与她平视，无奈地叹了口气，开口道："那个，小师妹……"

"嗷呜？"听到这句话，云母当场愣住，和单阳四目相对。

单阳也很尴尬，师妹当初只不过是维持着原形乱跑而已，是他强行把人家当作师父养的狐狸，硬抓着师妹说话，闹出这么大的乌龙，论起来终究是他的不是。

单阳轻咳了一声掩饰，提醒道："先前在人间，七夕的时候，你当着我的面变过一次狐狸，还有在北枢真人道观……"

单阳将云母先前暴露身份的经过大致说了一遍，越说云母脸越红，虽说脸上有毛看不出来，但她快要埋到胸口的脑袋和身后不安地晃来晃去的大尾巴却暴露了心事。待单阳说完，两人都窘迫不已。

单阳手足无措，却依然理了理衣袍，郑重地道歉："那个……抱歉，师妹。之前耽误了你不少时间，喝醉后还让你听了些有的没的……"

云母见已穿帮，索性化作人形，顶着因气氛太过尴尬而泛红的脸颊，不好意思道："没事，师兄。"

"是……是吗？"

"嗯。"

两人沉默了一会儿，似是都不知道说什么好。过了好久，单阳才轻轻叹了口气，道："师妹，今日我在这里等你，的确也是有话想和你说。"

单阳停顿了一瞬，似乎是在心里整理语言。

他这次在人间待了不过半年，却知道了过去许久都不曾知道的事。他原本只是去祭拜父母，没想到竟会遇到父母昔日的故友。

当年他家出事、父亲身陷囹圄之时，他们虽未出手相助，却也并未落井下石。大家各有各的难处，单阳如今当然不会不懂这个道理。不过对方似乎一边吃惊于他还活着且长相如此年少，一边又对他有愧，提出要留他当家中门客……甚至提议亲自推荐他为官。

他已入仙门，自然不会留恋凡间的荣华。只是……入朝为官似乎是能让他父亲沉冤得雪的途径。

单阳摇了摇头，不再多想，只将手探入袖中，沉着声边摸索边道："我此番外出，顺便回家收拾了一下家中旧物……虽说当初大部分值钱的东西都被逃奴搜刮，所剩无几，但多少还是留下一些……"

说着，他从袖中掏出一物，递给云母。

云母看着那样东西面露疑惑，迟疑地伸手接过，谁知拿过来一看，才发现手中放的是一支精致无比的玉簪，簪身通透柔滑，雕纹栩栩若生。即使云母不懂玉，也能一眼就分辨出此物并非凡品。

云母吓了一跳，连忙要还，却见单阳摇了摇头，硬是将簪子放到她手中。

单阳固执地解释道："这是我这次下山寻回来的，约是祖母或者母亲留下的物件。女子之物，我留之无用。之前你在那张六的田庄里救我一命，此物赠你，便当是报恩。"

云母哪里好意思收这样的东西？她忙推脱，但单阳提前抓住了她的手，硬是让她握住。

他们二人的注意力全被簪子所吸引，以至于没有注意到院落中有人走出来。

他们本就是在白及院落门口碰的面，白及原是心烦意乱无法静心才出来透气，一出来便正好撞个正着。

只见云母安静地坐在石头上，握着单阳给她的簪子神情怔怔，单阳则握着她的手，耳根微红。

年纪相仿的一对俊秀男女，竟是登对异常。

单阳大约是不曾送过女孩子饰品一类的物件，神情不大自在，面露赧然地劝道："我也是觉得衬你，方才择了这支。且你今年十五，天界虽没有这般习俗，可毕竟是及笄之年，你许是用得上……我先前说过你像我妹妹，并非随口而言，既然赠你，你收着便是……"

说着，单阳趁着云母低头拿着玉簪不知所措的工夫抿了抿唇，低头看她。他站着，从他的角度，正可以看到云母头顶柔顺的乌发，还有微微垂下的长睫毛。

他这闪动的神情落在白及眼中，让白及不由得一顿。

少年人的眼神。

他过去许是不明白，如今，如何还能不懂。

白及胸口一沉，待回过神来，身体居然已经朝着那两人的方向走了过去。

这时，云母恰巧抬起头，拿起簪子似要归还，急道："师兄，我不能……"

"——师父？"

然而此时，单阳听到了白及的脚步声，先是转过头，一愣，连忙恭敬地低头拱手行礼。

云母听到这两个字，顿时慌乱，一抬头，果然看到师父一袭白衣飘然走来，风姿如往常一般清冷出尘。她心脏莫名地狠狠一颤，匆忙站起来行礼道："师父。"

只听师父同往常一般开口道："她的笄礼日子已定在几日后，她母亲亲自寄了簪子过来……你莫要让你师妹为难。"

白及这番话显然是对单阳所说。他语气平稳，脸上又一如既往地没有表情，单阳只当他是替师妹解释。没想到赠簪子的举动被师父看到还被当场点破，单阳自然觉得有几分窘迫，脸红了红，忙躬身道："原来是这样……抱歉，师妹。"

单阳见情形如此，终究没有强塞，收了簪子就告辞离去。

云母习惯了单阳师兄这样的行事方式，倒没有在意，只是一回头，才发觉现在只剩下她与师父两人。云母抬起头，却正好对上白及漆黑而安静的眼眸。

白及一贯沉静，但不知为何，今日与他对视，云母仍是一愣。

白及亦难以形容自己此刻的心情，胸口百味交杂，颇有些仓皇不知所措。他与云母清澈的视线一对，心脏一紧，随口道："待你生辰那日，我会给你戴上及笄的簪子……你可觉得有何不妥？"

云母愣了一瞬，赶忙摇头。

虽然在凡间及笄上簪的通常都是女性长辈，但天界本就没有这套规矩，也不在意男女之别，自然不必太苛求。由师父给她上簪，她高兴还来不及，如何会嫌弃？且师父本就是旭照宫中唯一一个长辈……只是还不等云母想明白他为何这么问，白及已经点了点头，一顿，抬手摸了摸她的脑袋，便转身离去。

云母望着白及离开的背影出神，有些想不通师父今日的举动。她抬手摸了摸头顶上师父刚才碰过的地方……不知为何，忽然觉得有些低落。

转眼便到了及笄这日。

毕竟是云母生辰，赤霞又是个爱热闹的人，难免有意弄得隆重些，倒像是比云母本人还要兴奋。她起了个大早，将云母从床上拽起来，认认真真地梳妆打扮了一通，还拿出一套提前备好的新衣给她换上。

云母这个时候才刚睡醒，整只狐都迷迷糊糊的，任凭赤霞师姐摆弄，直到被赤霞师姐一口气推到镜前，才猛地清醒过来。

赤霞颇为得意地让云母看着镜中的自己，笑着问道："怎么样，我弄得如何？"

云母闻言望向镜中，紧接着，便不禁晃神。倒不是她自负，觉得镜中的自己如何美貌，而是云母好久没有好好看过自己的人身了，此时一见，只觉得镜中之人都有些不像自己了。

十五六岁的姑娘成长起来速度何等之快，云母自己都不晓得自己的脸颊是何时褪了小女孩的稚气，何时有了纤细的腰身和渐渐隆起的胸脯。她玲珑可爱的曲线被天界柔软的衣物包裹，衬得楚楚动人。镜中与她四目相对的人，居然已经真真正正的有了少女的样子。

云母的脑袋还蒙着，赤霞却笑着敲了一下她的额头，打趣道："这么吃惊做什么？你又不是一天就长成这个样子的。要不是因为你整日用原形乱跑不好好化人，早就发现了。"

说着，赤霞又开始解释："天界虽没有十五岁成年一说，不过这也的确是个重要的年龄……从今日之后，你外表成长的速度就会变得缓慢起来，许是几年都变不了多少，就如单阳一般，不会再像孩童时长得那么快了。"

云母了然地点头，算是明白了。想到自己先前看着镜子吃惊的傻样子，她又觉得不好意思，忙认真地道了句"谢谢师姐"，然后主动地帮忙一道准备起来。

待她们完全准备好，赤霞便拉着云母的手到了举行笄礼的堂室。这对百年来几乎天天平常如一日的旭照宫来说是难得的一件大事，又因为是小师妹的成人之礼，所以除了作为长辈来主持的师父，云母的两位师兄也都来了，他们见她如此打扮，皆是眼前一亮。

云母被他们看得不好意思，却有些在意师父的反应。白及原本安安静静地背对着他们站着，听到响动也只是回过神慢慢地转过身来。他气质清冷，独自站着时一人便是一方小天地，叫人轻易不敢打搅。云母感到师父的视线淡淡地扫到她身上，一时紧张得把手放在身前，惴惴地低下头。

云母感到师父的目光果真只是一扫，一瞬之后便毫无波澜地转移了。她隐约觉得失落，神情沮丧了几分。

她哪里知道白及刹那间便乱掉的心神。但他们如今只不过是师徒，她尊他、敬他、喊他师父，如此，他又如何能做出出格之举，让她为难？

白及闭上眼睛，强压下不足为外人道的心思，移开视线不再看。

待各方准备就绪后，笄礼的仪式便正式开始。旭照宫里并没有云母的血亲家人，他们准备得也匆忙，因此一切从简，烦琐的地方也顺着天界的意思改了改。不过纵是如此，待加到最后一簪时，云母额头与后背仍已经微微冒汗，白及取了云母的母亲寄来的那支簪子，替她插到发间。云母感到头上稍微重了点，知晓此时师父的手指许是碰到了她的头发，身体不禁绷得僵硬。

白及此时离她很近，他身上的檀香味萦绕在云母鼻侧。待他的手离去，云母俯身一拜。仪式已近尾声，她虽然松了口气，手却仍微微发颤。

云母面向地面闭了眼。

其实直到现在，她仍有种不大真实的感觉。在幻境中时间不大分明，但云母仍能隐约感觉到她在幻境中停留时间之长，也许已经超过了她在真实世界中经历的人生许多。幻境中的春夏秋冬太分明，人亦太鲜活。

灵兽所居的太行灵山、隐入山间的归山仙门、玄明神君的一方竹林……她闭上眼，仍能回想起所历种种。她后来还在玄明神君的镜中看了不少人间冷暖，而这些都尽入她脑海之中。幻境外的时间不过半年，而幻境中的时光却跨度极大，纵然云母不受真实时间约束，仍能感到时光之漫长……而这些，都不过是一位仙君的记忆罢了。

她第一次感受到了时光之于仙神的浩瀚漫长。而进入一位仙君的脑海之中的经历，让她稍微能够理解师父的一些想法和情绪。"成仙"本是个令人期待和兴奋的词汇，但这一回，她却对此有了忐忑犹豫之感……

云母尚未理清自己的思绪，可在她重新从地面抬头时，背后却突然多了一条尾巴。

云母一怔，回头看着自己又多长出来的第六条尾巴。她这一回倒不算太惊讶，因为她在幻境中并非整天玩乐全无修行，不仅听了好几回师父讲道，后来又得到过玄明神君些许法术上的指点，况且她先前已经生过几尾，多少提前有了预感。

幻境中的时光如此之长，若不是她以元神入境，只怕早就生了尾巴，这次不是一出幻境就立刻长尾巴，她还有些意外呢。

不过云母不惊讶归不惊讶，观云、赤霞和单阳这些过着正常时间的人们，看到她生尾则是感到十分惊诧，尤其是一直外出的单阳，对他来说，就是云母在他离开前刚长了一尾，一回来又长了一尾。

赤霞惊呼了一声，连忙喜道："云儿，你又长尾巴了！"

听到赤霞的声音，观云不久亦反应过来，连忙恭喜云母。

一时间，道贺之声不绝于耳。

云母一边慌乱地笑着接受祝贺，一边又下意识地侧头去看白及，见师父对她微微颔首，方才放心下来。

笄礼已成，他们在堂室里说话总不像个样子，师兄妹几个不久便同师父告辞走了出来，只是师父允诺后亦并未停留，径直回了他的内室，倒让云母失落不已。

师兄妹们交谈完后，也各自回院子。赤霞和云母一道走，她们原本有一搭没一搭地闲聊，可是聊到某个点时，赤霞忽然想到了什么，话锋一转，道："说起来……一直以来都是我和观云教你如何修炼，如今你已有六尾，再过些时日，只怕要有些变化了。"

云母听得一愣，歪头问道："变化？"

"是。"

赤霞点了点头，笑着说："六条尾巴，若是三尾三尾算，离高阶的灵狐也只差一尾。所以……待学到难度更高的法术心诀时，师父也许会亲自教你。"

"真的？！"云母原本还很沮丧，一听这话，顿时满脸惊喜。

赤霞见师妹神情这般好懂不禁想笑，但旋即笑容一滞，语气又转为严肃，说："不过有一件事，我有点担心……"

"什么？"

"小师妹，你的尾巴生得太快，这说明你心思纯善，有灵性，心境极佳，可是你的修为战法却远不及你尾巴的生长速度，我担心你……渡不过雷劫。"

赤霞这话说得郑重，且皆是肺腑之言。

雷劫是凡物修炼成仙的必经之路，共有九九八十一道。雷劫的强度与成仙者的实力有关，越是实力强劲的修仙者，天雷劈得就越狠。例如白及登天时，那八十一道天雷就劈得三十二重天的每一重都震个没完。

不过，就算天雷有强弱，终归也是区分凡物与神仙的最后一道屏障，它是有底线的。

这千万年来历尽千辛万苦，好不容易走到最后一步却熬不过雷劫的修仙者、灵兽和灵植不知有多少,像白及那般天雷劈他劈得都快疯了,他自己却还气定神闲的仙君终归是少数,对大多数仙来说,天雷是最后一道劫数。而小师妹的尾巴生得太快……太快了,若是她还没有能力应对雷劫,天劫却即将到来,后果简直不堪设想。

赤霞心里为云母紧张。云母听赤霞这么说之后亦是一怔,原先她还觉得渡天劫是遥不可及之事,但没想到这么快就有了六尾,成仙之路仿佛已近在眼前……

云母恍然,但亦知赤霞所言极是,忙认真地颔首答应,道:"师姐,我明白的,我会随师父好好修炼的!"

"好。"赤霞闻言,便安心几分,笑着摸摸云母的头。

正如赤霞所说,云母生出第六尾后几日,白及便到道场中来了。

他来,便是为了云母之事。他让弟子们在他面前坐好,目光落在云母身上,开口道:"你们上午的修炼,我已看了……今日我境界已稳,云儿既生了六尾,下月开始,便由我亲自授课吧。"

"是!"这个消息使云母感到很惊喜,心里却又不禁惴惴。

白及视线与她一对,便不经意地移了开来,说:"单阳每月初一、十五由我教导,云儿便定在初六与廿十吧。你们平日里自行修炼,或继续由观云赤霞教导,可否?"

云母听日子定下来已经十分开心了,哪有什么意见?当即俯身行礼向师父道谢。观云、赤霞和单阳亦纷纷称是。

转瞬就到了下月初六,云母正式开始接受师父的教导。

这一日,云母一大早就坐在白及面前。

她特地起了个大早,梳了几遍头发,试了几遍衣服,可饶是如此,面对眼前清逸飘然的师父时,却还是拘谨得很,整个人绷得笔直。

白及看云母如此紧张,竟也有些不自在起来,迟疑片刻,才道:"开始吧。"

"是……是,师父!"

云母慌张地应声,稍稍抬起了头,便看见了白及先前说话时张开嘴的样子。不知为何,她脑海里忽然就又冒出了幻境中在归山的最后一晚,那个星夜里师父在她唇上印下一吻的画面。

由于是夜晚,事情发生得突然,白及又蒙了她的眼,她回忆起来亦觉得朦胧,却独独记得唇上冰凉如露水、柔软如花瓣的触感,还有睁开眼后看见的那双在星光下灼灼的眼眸。

她此前……还没有过……

云母的脸刹那间涨得通红，甚至连脑袋都不大清楚起来。若是狐狸，只怕浑身的毛都要紧张得一根根参开来了，哪怕她拼命在脑海中强调"师父不记得幻境中的事"，脸上的高温依旧难以消去。偏在这时，只听白及顿了顿，轻声道："云儿……"

白及的声音很清冷，只这一声便让云母胸口一麻。明明平日里师父其实也是这么喊她的，可她刚刚正想着令人羞窘之事，莫名地便觉得这个称呼亲昵肉麻得厉害，再次结结巴巴地应下。

"你心境尚佳，而修为不足。"这时，白及在短暂停顿后便继续往下说，"自桂阳县归来之后，我便未曾再教过你实战之术。如此，是我疏忽。你若继续如此生尾，怕是在几年之内就要渡雷劫，还是早日准备为好。我先前教你用弓，不过是让你学着将法术附于武器之上，如今你也该正式学习了……云儿，你可有心仪的武器？"

听白及问起这个，云母反倒愣了。她没有仔细考虑过这个问题。

"你没有什么想法吗？"白及见云母不答，等了一会儿，便问道。

白及想了想，提议道："你……可要随为师用剑？"

云母一顿。她向来无条件服从师父，但这次却莫名犹豫，问："师父，我能看看有哪些武器吗？"

"可。"白及略一点头，从地板上起身，"随我来。"

云母连忙站起，跟着师父离开了道场。

白及带她去的地方是旭照宫的仓库。虽说这是放杂物和平时用不着的东西的地方，可是因为有童子打扫，所以依然称得上干净。白及熟门熟路地打开了其中一个库房，让云母看里面的东西，然而云母才凑过去看了一眼，就呆了。

屋内从常见的刀剑到不常见的峨眉刺等武器，琳琅满目，应有尽有，甚至还有不少云母连名字都叫不上来的武器，都是成套的。

白及的目光闪了闪，淡淡道："大多是旧物。"

师父明明没有解释很多，可云母却莫名地一听就明白了。他的意思并非指这些是他的旧物，而是朔清神君原来的东西……因白及是朔清的转世，飞升后虽未留下记忆，这些认了主的东西却还是到了他手上。如果是那位朔清神君，倒的确有可能会搜罗这些武器。

云母的视线在库房中扫了一圈，最后落在角落里一架积了灰的琴上。她稍稍一愣，不由自主地走过去抹掉琴上的灰，回头问道："师父，这个也能做武器吗？"

白及点头："可以，以灵气入音便是。"说完，他沉默片刻，又补充道，"不过武器有音，用途有限。"

听了白及的话，云母又犹豫了一小会儿，也不知怎么的，最终还是下定决心，说："那……我想要这个。"

白及见她做了决定，倒没再说什么，走过去帮她抱起了琴。

云母原本只是鬼使神差地选了放在角落里的琴，自己都不知道为什么选这个，可是弹了一下午，居然当真有些喜欢了起来，弹得也高兴。音律本就是能让人心生愉快的东西，纵然她弹的调子稚嫩得很，弹得额头上都冒了汗，可还是不气不恼的。待她下了课回到房间里，虽变回了狐狸，却依旧蹦蹦跳跳地围着她的新琴打转，尾巴摇得都能飞起来了。

赤霞看她高兴，心情不觉也好了许多，笑着道："你以前学过琴？"

"啊？"云母一只爪子还放在琴弦上，一愣，眨巴着眼睛回头，尾巴却没停住还摇得飞快。

"庭院里的声音在道场里也能听见。"赤霞解释道，同时又不好意思地抓了抓头发，这才往下说，"我是听不懂，是观云说的。他说你虽是新手，但好像是对琴有些熟悉，不像是第一次弹。"

云母啊了一声，这才想起自己在玄明神君的竹林里听他弹过许多次琴的事。

她老实地摇了摇头，正要好好解释，却见赤霞像是想起了什么，又道："说起来，因为琴看着雅致，所以在神仙中选它做武器的人不少。不过我听说弹得最好的……还是前些年被罚下凡间的那个玄明神君呢。"

云母一顿，话到嘴边都忘了，说出口就变成疑问："玄明神君原来是用琴做武器的吗？"

赤霞耸肩："谁知道？见过玄明神君的就没几个人，说不定是以讹传讹罢了。玄明神君本就不是以战力见长的神仙……不过，他弹得一手好琴应该是真的。"

两人漫无目的地聊了几句，云母便又围着她的琴摇尾巴。尽管说是师父的旧物，可毕竟是仙品，且琴本就讲究年代，这琴一点都没有旧的样子不说，反倒显得精致无比。云母刚刚学琴正是新鲜的时候，欢喜得恨不得在琴弦上打滚。

赤霞原本看她玩觉得有趣，看着看着却忽然又咦了一声。

"说来，前两天观云听附近的鸟说，青丘的少主正到处寻一只白狐狸。先前在北枢真人道观的时候，我们也和那个小少主碰过一面，他找的不会是你吧？"

赤霞摸着下巴问，但想了想又觉得不可能。

他们只不过是与对方擦肩而过而已，又没偷对方的东西，他找云母做什么？虽说那只小九尾狐是青丘少主的可能性挺高，但也未必真是。

这么一想，赤霞便将此事搁在一边不再提了。云母注意力本来就不在赤霞说的话上，见赤霞没有说下去，便也没有在意，高高兴兴地踮着脚拿爪子扒拉着琴弦，一边摇尾巴，一边听它发出闷闷的声响。

拿到新武器后，云母一连开心了半个月，庭院里数日都是叮叮当当的声音。不过，她平日里欢脱地跳来跳去，琴声也活泼，等到了师父面前，整只狐却又紧张得老老实实了。

武器定下后，白及教云母的方式亦发生了变化。他们在道场讲了半日道便将阵地转移到庭院，云母规规矩矩地坐好，因白及坐在身侧而分外忐忑不安。

同讲道不同，既然是教法术，师徒间总免不了肢体接触。白及每每一动，云母便感到自己的心跳乱了一下。然而他却并未碰她，只是微微凑近轻声给她指弦，云母有些慌张，但依然赶忙点头，重新弹过。

只可惜云母越急便越难弹好，连着几个音注入灵力的方向都不对，甚至有几个入了音的灵气都快打到自己了，还是白及抬手护了她才没有受伤。云母羞愧地红了脸，没想到自己练了半个月，居然还是在师父面前丢了脸。

白及皱了皱眉头，想了想，还是犹豫着轻轻握住她的手，重新教她用力。

云母一慌，手不自觉地颤了下，可还是竭力让自己静下心顺着师父的力道去碰琴弦。她的目光不自觉地落在两人的手上，师父的手能将她的整个手握住，他的手指修长而有力，大约是因为经常握剑，云母能感到他手指掌心上薄薄的茧。

不知为何心更慌了，云母使劲让自己静神去注意琴弦，却总有几分失神。

其实白及亦是心乱，第一次觉得掌握不好分寸。他一低头就能看见身边的徒弟柔顺的乌发、泛红的脸颊和明亮的眼睛，一池春水被搅乱便再难平复，涟漪一圈接着一圈地荡开，竟是无法止息。他唯有闭了闭眼，沉声道："我不算善于弹琴。以琴音作为武器，既要有力，也应有律……我的琴音，你可是不适应？"

云母平日里在庭院里练琴，白及在院落虽然听不到琴声，但也不由自主地走出院子听过数次。她平时虽然谈不上擅长弹琴，可至少不像今日这般频频失误，想来想去，只可能是他的原因。

白及知晓自己只是单纯将琴当作武器，琴音难免锋利尖锐了些，许是为了能制敌。但要说意境，却比不得那些真正善于弹琴的人。

云母闻言，连忙摇了摇头。她哪里好意思说自己今日频繁失误是因为太过在意

202

师父？且师父又不知道幻境的事，即使她不羞于开口，说了也会很奇怪。

云母只得闷着头继续弹，慌得其他的都想不了了，弹得反倒好了些。

白及见状，便沉默地不再说什么，只是闭着眼睛听音，想待她有失误时再指点。

谁知恰在此时，只听远处传来一阵急促的嗒嗒嗒的脚步声。

云母下意识地回过头，只见守门的童子正从旭照宫门口方向匆匆跑来。他大约是跑得急了，小脸通红，满头是汗。一见白及和云母，先是一愣，接着忙道："师父！小师姐！有客人来了！"

"客人？"白及蹙眉，问道，"是何人？"

"是青丘的人！"童子说，"是青丘来的……一大群狐狸！"

白及的眉头皱得更深，只觉得青丘之人来得毫无征兆，但迟疑了片刻，还是说了声"带路"，接着便往旭照宫门口走去。

白及走了几步，发现云母还站在原地，正拉长脖子不安地望着他。他心中一软，回身安抚地摸了摸她的头道："你先休息。"

得了师父的话，云母乖乖地让他摸了两下。

白及由童子引路到了旭照宫门口，只见旭照宫外果然站了不少客人。其中有人有狐，但那些外貌是人的，每个额头上都系了一根红绳，一看便知是青丘的人。他们不少人手中都捧着像是礼盒的东西，而那些跟来的狐狸各个都端庄得很，每只狐狸脸上都笑眯眯的。

不知为何，平日里他不会讨厌毛茸茸的狐狸，可今天，白及却有了些不好的预感。

果不其然，这些青丘的狐狸们一听到有人来了，便一齐看了过来。而为首的男子亦跟着回了头——他是个外表俊秀的青年，额上同样系着红绳。他见白及出现，立刻笑着迎上来，恭敬地拱手道："在下青丘狐四，奉少主之命，见过白及仙君。"

只见他面带笑容，礼貌且不失稳重地缓缓说明来意："今日，青丘此番拜访，是来求亲的。"

狐四话音刚落，旭照宫里又传出一阵杂乱的脚步声——是观云和抱着云母的赤霞来了，紧随其后的还有单阳。他们到时，恰巧听到对方最后说的"求亲"那段话，几人包括云母在内都怔了怔。

白及虽是让云母在原地休息，但他前脚刚走，云母后脚就遇到了从道场出来的师兄师姐，赤霞听了经过，自然是当机立断地决定要过来看看。因为云母下午消耗了太多灵气需要休息，赤霞便让对方变了狐狸，还由自己抱着走。

不过，纵然先前听到"青丘"二字时就有了心理准备，可看到旭照宫外一圈一圈围着的狐狸们，赤霞还是忍不住惊讶了一瞬，不自觉地抱紧小师妹。

白及皱起了眉头，眉宇都深深地陷了下去。他费解地重复了一次："求亲？"

他眉目清冷，修为又高，稍一蹙眉便容易让人心生畏惧。不过，狐四早就听说过白及仙君的性情为人，倒是没有被吓到，反而笑得越发谦和，道："是，求亲。"

狐四解释道："我们少主曾在桂阳郡北枢真人道观中与仙君的一位弟子有过一面之缘，并对她一见钟情，只是当时他们并未交换名讳，故少主回青丘后，便派了成百上千的狐狸出来寻人，花了几个月的时间，总算寻到了仙君这里。此事少主已经禀明了家主与夫人，因此今日我等前来，便是想将这消息告诉仙君……"

说着，他十分自然地后退一步，不卑不亢地低头行礼，笑着朗声说："青丘欲聘旭照宫白及仙君门下白狐弟子，与青丘少主少暗结为夫妻！"

此言一出，旭照宫众人皆惊。青丘来的狐狸们倒是很高兴，纷纷嗷呜嗷呜地仰天长啸。

一时间，旭照宫门口一面沉默不已，另一面则热闹非凡，倒是相映成趣。

云母听到他们口中之言，顿时大惊失色，哪里想得到被求亲的会是自己。她慌张地去看师父，可是师父站在前面，她只能看到对方在清风中挺拔而沉默的背影。

这时，只听白及道："不可。"

他一贯清傲，神情作风都是如此，可今日，观云居然从他话语中听出一丝不耐烦之感。

他们青丘之狐一向是护短的，小少爷被回绝了，狐四便觉得对方有怠慢之意，忍不住蹙眉道："敢问仙君为何不可？"

然而白及心情烦躁，根本不知还发生过狐四口中这事，此时只觉得胸口闷着团火却无处宣泄，但果断地拒绝之后，他居然又想不到合适的说辞，只能用锐利的目光静默地望着他。

狐四虽是青丘里修为较高的旁系神狐，却也扛不住上仙与他对视时产生的威压，不由得败下阵来。

观云叹了口气，只当是师父在外人面前不喜欢说话的老毛病又犯了，苦笑着上前圆场道："这位仙友，你家那位名叫少暗的少主，我记得是如今狐主的独子，不曾与外族混过血，也就是血统纯正的九尾神狐，对吧？"

此事不是什么秘密，狐四狐疑道："是又如何？"

说着，他又看了眼那只被抱在同门师姐怀中的小白狐，怎么看对方都是只狐狸没错。

然而，他以为观云要说的是血统，可观云的重点其实是九尾神狐。只听观云道："可我这小师妹还不曾成仙，只是六尾灵狐。"

话完，观云回头看了眼，云母会意，连忙当着一群狐狸的面将她那条胖尾巴松开，垂下整整齐齐的一扇尾巴来，不多不少，共有六条。

狐四一惊，道："怎会！"

这倒是的确出乎狐四的意料，大约是没想过白及仙君这等上仙门中居然还有未成仙的弟子，来时便出于对上仙的敬重和礼貌没有感气。此时他稍稍定神感了感，方才注意到那小白狐的确没有仙狐气息。不只是她，还有站在弟子后面不曾开口的那个黑衣少年，也只是凡人而已。

狐四慌乱之中便有些局促，连忙道歉道："如此……真是冒犯了，还请白及仙君以及诸位见谅。此事，我得尽快回去向少主禀报。"

停顿片刻，他又匆忙行礼："告辞。"

说完，狐四便准备带着一群狐狸回去。其他化作人形捧着礼盒的狐狸们虽乖顺，可也没想过还有这么尴尬的变故，面面相觑，未变人形的狐狸们更是面色不安，彼此嗷呜嗷呜地甩着尾巴。

青丘一行人是乘车驾而来，这时回去，狐狸们纷纷熟练地蹿上了车，转眼便乘着车驾腾云而去，远远地还能看见其中一辆车窗里露出了一条狐狸尾巴。

看狐狸们匆忙而去，观云总算松了口气。他擦了把汗，哭笑不得地道："这些狐狸，应该不会再来了吧？"

白及不答，转过身见赤霞怀中的云母正探出小半个身子朝他爬来，一愣，怕她摔了，赶忙伸手接过来。

软乎乎的毛团子一入怀，他刚刚看到云母而平静下些许的心，又突然烦躁起来。

那些狐狸……但愿是真的不会回来了。

白及又瞧了一眼渐行渐远的车驾，抬手轻轻地摸了摸云母的头。云母自然地团好，高兴地呜呜叫了几声。

然而，狐四乘着车刚一回了青丘，便一刻不停地去了少主的住处。今日那红狐狸少主难得地维持了人形坐在软垫上，着一身绸制红衣，身形尚是纤细的少年，神情却十分傲气。听狐四大致说事情经过时，他还没什么反应，待听到他说那小白狐并非仙狐时，红狐少主眉头一皱，笃定地道："不可能！"

"为什么不可能？"

狐四闻言一怔，他熟悉少主的性格，尽管在开口前他就猜到少主也许会生气，可能还会要性子，却没想到令对方要性子的事情却是这个。

他有上古狐神血统，又和那白及仙君收为徒弟的小白狐有过……呃，肢体接触，说不定当时就已察觉到什么。思及此，狐四便摸了摸下巴，道："我感气过了，那位姑娘的气息的确是六尾狐。难道是白及仙君为了尽快拒绝我们而用障眼法将九尾掩成六尾？少爷，你这么说，莫不是有什么凭据？"

少暄拧着眉毛一脸不屑，道："自然有。"

狐四一惊："是什么？"

"直觉！"

哪怕一向对少爷极为忠诚，此时望着眼前的年轻少主信誓旦旦的表情，狐四依然忍不住生出了一丝微妙的无力感。

这时，还未等狐四反应过来，少暄已经一挥衣袖从软垫上站了起来，道："阿四，备车！"

"少爷，你要做什么？去哪里？"

狐四一愣，看着少暄的动作，忍不住紧张。

少暄微微蹙眉，他生得一副好相貌，因被娇生惯养而生出了一派盛气凌人的傲慢贵气，不过是稍露出些许不满的神情，便有了气势。

"自然是去白及仙君的旭照宫！"少暄理所应当地说，对狐四的问话反而觉得不解，"难道因为他们拒绝，我们就不负责了？"

那一边青丘的红毛狐狸正准备气势汹汹地再次冲过来，这一边的旭照宫中，云母却是忧心忡忡的。她才刚年满十五，还没什么情爱方面的经验，突然就被一个没见过的人求了亲，终究觉得古怪。

云母以原形在房间里来来回回地走了几圈，最终沮丧地往地上一趴，还是没什么精神。

赤霞抬手摸了摸她的脑袋，道："说来，你和那青丘少主，除了在北枢真人道观那次，可是还有见过？"

云母摇了摇头。

赤霞便越发不解道："那他为什么会上门来求亲呢？难不成就因为你们见了一面……真是一见钟情？"

云母到底还是少女，"一见钟情"这个词一出，白毛底下的脸瞬间就开始烫了。她赶忙结结巴巴地否认道："怎……怎么可能，师姐你别乱说！"

一见云母慌张得耳朵都开始乱抖，赤霞戏谑地道："怎么不可能？你长得可爱，又与那青丘少主年纪相仿，对方看上你也不奇怪。"

"说起来，你要是仙狐，这桩亲事倒的确不错。按照你尾巴生长的速度，说不定也不用等太久。若是到时候那青丘少主还来向你提亲的话……"说着，赤霞摸了摸下巴，咧嘴一笑，打趣道，"左右你没个喜欢的对象，不如索性答应了如何？"

"不……不要！"

云母一听，脸都红透了，将脑袋摇得像拨浪鼓，哪怕她听得出师姐是在开玩笑，仍是一副十分抗拒的样子。

等摇完头，她不知是想到了什么，原以为不能更烫的脸上忽然一烧，低着头沉默地没说话。

赤霞看她这副模样便咦了一声，收起脸上的戏谑之色，认真端详了云母的神情，斟酌着问道："云儿，你是不是其实有……"

云母大惊，用力甩着脑袋抢答道："没有没有没有！"

"有心事？"

赤霞张了张嘴，看着云母这般恨不得当场在房间里挖个洞把自己埋了的窘迫模样，倒不知该怎么开口才好。她抓了抓头发，说："呃，云儿，其实我先前就想说了，只是不大确定……你从师父幻境中出来以后就时常露出若有所思的样子，我觉得你有心事，但又怕自己想多冒犯了你，所以……"

她们是同屋居住的师姐妹，赤霞看着云母的时间比其他人都要多，对师妹的小情绪也能分辨。只是赤霞晓得自己并非感觉敏锐之人，虽觉得有异，可又担心判断错。

唯有云母知道自己白毛底下的皮肤有多热，只是她脑海里想的东西，哪怕是最为亲近的师姐也着实说不出口。

怎么能说呢？先前赤霞师姐说不如索性答应提亲的时候，她脑袋里浮现出的竟是师父的样子。

云母心脏跳得厉害，哪怕她一直安慰自己这应当是因为师父在幻境中吻……吻了她的关系，所以她会在意这种话题，在这种时候想到师父也是情理之中，可是……可是……

果真如此吗？

云母不敢细想，在赤霞师姐的目光中如坐针毡。想来想去，她索性当场将自己一团，整只狐都埋成了一个球，除了露在身体外面的小小的耳朵，什么都看不见了。

赤霞看着地上的毛团无奈地笑了下，真诚地道："没事，你不想说就算啦……我不是什么好的倾诉对象，不过你要是以后有困难的话，大可以告诉我，我会帮你的。"

云母一顿，点了点头，但是脸上的热度未消，埋在毛里的脑袋还是不肯出来。同时，她也不由自主地以这样的状态想起了心事。

所以那个青丘少主到底为什么来呢？还有……师父他……又是怎么想的呢？

云母的不安一直持续到了第二日，然而令她更为忐忑紧张的是，这一日，师父居然也来了道场。

白及是很少在前一日授过课的情况下，第二日继续出现在道场的。望着师父如同平日里一样平静冷淡的侧脸，云母吓得打坐几次都没能入定。有时会感到师父的目光静静地落到她身上，可等她纠结过后好不容易下定决心转过头去看一眼的时候，却总发现白及安静地望着别处，这让云母感到羞窘，觉得是自己想太多了。

然而白及其实烦躁得很，总觉得事情未完，不将云母放在眼皮子底下看着就不放心。

两个人都在不知对方情绪的情况下焦虑地过了一天，谁知到了黄昏时，白及的预感竟成了真。

守门的童子一脸哭相地来报，昨天那群狐狸又来了。一回生二回熟，白及眉头深深地蹙起，只得带着旭照宫一行人浩浩荡荡地又去了宫门口。

今日来的依旧是昨天那群狐狸，依然有华美的车驾、精致的礼盒，所有人额间都系着标志性的红绳。不过，不同的是，这次换了领头人。

昨日为首的狐四恭恭敬敬地站在一个傲气的红衣少年之后，那少年满身的贵气做派，也不惧白及，上上下下地打量了他一番，扬眉道："你便是上仙白及？"

说着，他看到了白及身后的云母。因为赤霞他们是快步走过来的，云母走路的速度太慢又成了拖累，所以这会儿她便又化了原形，由师姐好端端地抱在怀中。

红衣少年看到小白狐，顿时眼前一亮，不过面上却依旧是不可一世的神情。

白及皱着眉头，不耐烦地道："昨日已经说过，云儿尚未成仙。"

少暗亦蹙眉，但懒得在这个问题上争执，只是闭了闭眼。待感觉到云母身上的气后，他也有些惊讶，自言自语道："居然真不是……"

他身后的狐四听到这句话，简直要当场以头抢地。第二次上门了还要掉链子，亏他还以为少爷果真有什么依据在手。

"无妨。"红狐少主虽然惊讶，但面色却没变几分，高声道，"你将你徒弟给我便是，我青丘要让狐狸成仙，自然有的是办法！"

少主话音刚落，狐四的内心完全是崩溃的。

见鬼了！青丘哪有什么让狐狸成仙的办法！没看到同行的狐狸里还有那么多没到九尾的吗！

少暄并不知道狐四的想法，只看着白及等待答案。反倒是周围的狐狸感觉到未来狐主高昂的情绪，纷纷仰头附和般呜呜叫了起来。少暄见白及沉着脸良久不答，也有些焦虑。只是他一身傲气哪里那么容易退缩，看白及不说话，就扭过头去看云母，两只狐眼神一对，少暄立刻有些仓促地移开视线。

他原本便没怎么接触过同龄的女孩子，青丘中的其他异性神狐最小的也要比他年长个几百岁，平日里接收到的目光都是慈爱的。倒也有些尚未成仙的母狐狸与他同龄，只是少暄也知神凡殊途，自然生不出其他心思。按说云母亦是没有成仙的狐狸，可他第一眼将她认作了仙狐，又火急火燎地跑来求亲，便是这么一弄，使她忽然与旁人变得格外不同，真真正正地成了"同龄的女孩子"。

少暄不敢再看云母，耳朵红了，却还是硬着头皮摆着一副高傲的脸，高声道："青丘漫山遍野都是狐狸，她自不会感到不适。狐狸与其他灵兽不同，是修尾成仙的，但青丘也有适合狐族修行的功法。待她到青丘之后，我会有办法让她尽快成仙……"

他顿了顿，又道："况且……况且她既然是我未婚妻，在青丘自然能受到应有的礼遇！我既然准备将来娶她为妻，等到了青丘，自然会好好待她！这一点，你放心好了！"

话一说完，少暄脸上已经红成一片。狐四听到小少爷居然说出这么一番话也颇为意外，少主心高气傲，能情真意切地说出这番话着实不易。狐四不由自主地朝白及仙君看去，心道这番话或许真的连白及仙君也能打动……

根本没有打动！

白及仙君不为所动的表情让狐四当场打了个寒战，只觉得这位上仙脸上的寒气都要冒出来了，不仅没有被少主这番话感动，反而好像还……更生气了？！

白及好不容易才将几乎要漫上胸膛的怒火狠狠压下。他数千年来从未体验过情爱，竟不知伴随着情爱一道来的，居然还有如此强的占有欲。在刚才听到对方话的一瞬间，他几乎是下意识地想要拔剑，哪怕拔剑的冲动被深深按下，那股烦闷之感却是挥之不去。他烦躁不已，不自觉地动了动，抬起袖子将云母挡住，自己微微侧头看向她。

云母被赤霞抱在怀中，将少暄说的话听得一清二楚。她毕竟是个十五岁的少女，哪里听得了"未婚妻"这种词？毛底下的脸颊早已烫起来了。她怕师父真的将她给人，急得呜呜叫，此时见师父侧过头来，哪里还能不抓住机会，她连忙奋力地摇头，满脸不愿。

也不知是不是她的错觉，在看见她摇头后，师父那张面无表情的侧脸，似是微微松了口气。

"不可能。"白及回过头，果断地冷言道，低垂着眼冷淡地看着眼前的一众狐狸，"云儿不愿意，请回吧。"

言罢，白及转身要走。

然而少暄的视线先前被挡住，根本没看到云母摇头那一幕，此时白及转身，便看到云母也要走，少暄心中一急，哪里能甘心，长袖一展，脱口而出："等等！"

话音刚落，少暄袖中便有一道仙术直冲向云母，云母几乎立刻便感到一股压力将她往外拽。观云惊得睁大了眼，没想到那红狐狸居然会直接抢狐，他和赤霞都未来得及反应，然而此时，却见白及抬手猛地一动，雪白的袖子仿佛带着风般在空气中划过一道极为有力的弧度，下一刻，云母都没来得及叫出声，就只觉得周身一暖。她一抬头，才发觉自己已被师父抱在袖间，只是还未等她看清师父的神态，突然便眼前一白，视线连同整个脑袋都被白及的袖子轻轻盖住，一双大手安抚似的摸了摸她的脑袋和耳朵。

云母一愣，觉得师父放在她额头上的手温柔得紧，身子不自觉地就软了，乖乖巧巧地蜷缩到他怀里，呜地团了起来，拿侧脸高兴地蹭了蹭师父的衣襟。

这时，云母感到师父将她护在怀中的手收得比平时更紧。白及眉间的印痕已经深入额中，一贯难辨心情的神情露出怒色，问："你这是何意？"

少暄一愣。他本意只是阻止云母离开，没想到劲使得猛了些，居然变成了抢狐。可是事已至此，他反倒有些恼火刚才出手还不够快，索性将事情认下。他高高地扬起下巴，极为自信而肯定地道："自是带她回青丘！她不愿来青丘，应当是因她不曾来过青丘的缘故，只要她去过，又如何会不愿意留？我且带她回去，待她亲眼所见，自然会明白！"

这一番话听得观云都要以头抢地了，原以为自己当初贸然地跑到南海龙宫提亲已经够唐突，想不到眼前这青丘少主比他还猛！小小年纪，真是……观云咂舌，想了想，倒是有话想说，只是他尚未开口，却见那青丘红狐少主表情一变，将目光转向云母，认真而坚定地问道："你当真不愿意跟我回去？"

云母不知何时已经从白及的袖子中探出头来，此时突然和少暄灼灼的视线一对，不由得便有些慌乱，但仍然摇头。

"对不起。"云母抖了抖耳朵，低着头抱歉地道。

对方毕竟是为提亲而来，她也不愿让对方觉得难过……云母犹豫片刻，正要再开口说几句，却见那少暄少主忽然蹙眉闭上了眼睛，过了几秒，又缓慢地睁开，倒像是下定了什么决心。

"原来如此……既然你不能去青丘，我也有别的办法……狐四！"少暄张口看向他身边的青年，定定地开口。

骤然听到少主的命令声，狐四一愣，却还是恭敬地拱手道："是，少主。"

"将东西留下，然后你回青丘把我的行装送过来。"少暄娴熟而自然地吩咐道，"从今日起，我住在浮玉山。"

从第二日起，旭照宫中便又多了一只每到上课时就蹲在道场里的红狐狸。

虽然云母先前已经有了心理准备，可是这一日真在道场里看到这位青丘少主时，她还是稍微愣了愣，险些直接从道场里退出来，还是赤霞在后面推了她一下，她才走进去。

少暄是在等她，见云母人身进来，便也化为了红衣少年，端正地跪坐在地上。他到底也只是个十来岁的男孩子，虽然有勇气和冲动搞出求亲这种事来，但也仅限于不需要直面云母本人时。其实少暄和云母的视线一碰，心中的焦虑不比她更少，偏他又不想露出窘态，依旧生硬地在那里抬着下巴，满脸高傲的做派。

云母在被师父亲自教导后，师兄师姐的课也不是天天上了，许多时间都需要自己独自修炼。这一日她尽量找了个离那青丘少主最远的位置，拖了个蒲团过来打坐，只是因为氛围太奇怪，静了半天心也静不下来，依然入不了定，想了想，云母索性取了琴出来，准备去庭院里练习。

谁知云母抱着琴还没走几步，先前也不修炼就坐在那里盯着她看的少暄却忽然开了口："喂！那……那个，你——"

云母脚步一顿，后脑勺有些发麻，犹豫着要不要回头。然而她还未回头，观云和赤霞同时睁开眼看了过去。坐在另一边的单阳倒是还算镇定，只是他微微蹙了蹙眉，挣扎片刻后，也朝少暄望去。

一时间，少暄体会到了万众瞩目的感觉。他本意并没有要引起这种效果，可是他想顺理成章地和云母说会儿话，难得有了机会，哪里还能放过？

　　只是张开口后，少暄才发觉自己是真不曾与人身的云母说过话，即便想说，也不知该说什么。

　　少暄的脸涨得通红，憋了良久，才道："我乃青丘狐主之子少暄！我知道你是白及仙君弟子……是叫云母？"

　　云母迟疑地点头。

　　她对少暄有些戒备，因此开口颇为谨慎。

　　少暄见状，亦有些焦虑。他好不容易和云母搭上话，不想这么快结束。这时，他的目光落在云母手中抱着的琴上，忽而一愣，问道："你既然已经是六尾灵狐，为何还要练习这等武器……难不成是不擅长用火？"

　　"用火？"云母听到一个自己不大理解的词汇，不由得微怔，下意识地歪头问道。

　　等她回过神，才发觉自己不小心同少暄说话了，顿时有些慌乱。

　　"不错。"见引起了她的注意，少暄大为振奋，道："狐狸天生火象，哪怕不是神狐，大多数灵狐妖狐修行到一定程度一样能用火，如同凤凰一般。"

　　说着，少暄炫耀似的一展袖，果然便有熊熊火焰在空气中跳动。他又揽袖一收，嘴角上扬，意气风发地笑道："便像如此。"

　　少暄的容貌本就偏于张扬，那一霎又被明丽的火光包围，整个人瞬间都犹如跳动的火焰一般。云母看得愣神，不由自主地低头去看自己的手和袖子。

　　少暄的余光瞥到云母的动作，略有些得意，趁热打铁道："你师父是人身道体，这方面难免疏忽。你若是想学，我教你如何？"

　　云母一愣。

　　她看少暄用火，的确觉得稀奇有趣，小狐狸的玩心起了，有些跃跃欲试，可眼前这只狐狸少主是因为先前向她提亲才会出现在这里的，若是她答应了他什么，总觉得有哪里不对劲……云母纠结了一会儿，决定拒绝，谁知她还没有开口，一直关注这边的观云倒是笑着说了话："你现在这个年纪就能这般用火，倒是很不错。"

　　他注意到云母露出困扰的神情，笑了笑，自然地夸赞起少暄来，没让云母为难。

　　少暄没有想到自己会被云母的师兄夸奖，先是一顿，随即又昂首道："那是当然！"

212

大概是狐狸多少能够从细微的肢体语言中感受到对方的情绪变化，明明少暗少主并没有将他那炫目的九条尾巴放出来，可云母却好像已看到他得意地摇了摇尾巴的样子。云母怔了怔，还未等她抬手去揉眼睛，就感到自己被观云师兄摸了摸脑袋。

观云道："其实师父前一阵子叮嘱过我……若是云儿显出吐火的迹象来，就让我指导她一二，不过她一直没有动静，所以就搁置了。云儿尾巴长得太快，怕过不了几年就要引来雷劫，因此现在还是专心学琴的好。不过……难得今日有你在场，虽然同为火属，但在狐狸的事上总还是同族比较熟悉，择日不如撞日，不如今天就试试看？"

观云说完，便微微侧头对云母眨了眨眼睛。云母愣住，哪里还会不明白观云师兄是看出她想试试，可又知道现在她处境颇为尴尬，这才想了个折中的办法，心里大为感动，感激地对师兄笑了笑。

观云回以一笑。

少暗早在调查云母身份的时候就将旭照宫内的情况调查得一清二楚，晓得观云的原形正是同为火属的青凤凰，倒不奇怪白及有过这样的安排，想也不想便道："好啊！"

然后，他便迫不及待地变回了原形，化作一只小红狐狸坐在地上，理所当然地吩咐道："既然你还没吐过火，那便先跟我一样变回原形。"

云母犹豫了一会儿，这才将手中的琴收起，跟着少暗的动作化作白狐狸坐下。

少暗道："一般第一次有用火的迹象时都是吐火……用原形要比人形吐火容易些。虽然不同狐狸间总有擅长和不擅长之分，但你已经是六尾，体内总该有些火气。你且看着我做……"

少暗闭上眼睛，似是沉心定气，他摆了摆尾巴，忽然张口就吐出一大团烈火！云母吓了一跳，还未反应过来，却见少暗收放自如，身体一甩，九尾有节奏地一揽一收，也看不清他是怎么弄的，那些火焰就被他自己收了个干净。

"大概就是这样，等下我将青丘有助于吐火的心诀告诉你。"

少暗明明觉得自己做得极好，脸上隐隐得意，可是对云母说话时，神情却仍矜持着。他又想了想，道："不过既然你是第一次做这个，虽然能吐出来但未必收得起来，所以……"

"我来灭我来灭！"赤霞笑嘻嘻地举手，笑着跑到云母对面等着。

让龙女来灭火其实有些大材小用，但赤霞看上去兴致勃勃的，其他人焉有意见？便如此决定下来。

213

云母知道轮到她了，所以分外紧张。她此时想起了母亲和兄长，心中惴惴不安……在她印象中，无论是母亲还是哥哥都不曾用过火，说不定自己就是那种吐不出火的白狐狸，再说人家青丘少主本来就是红狐，看上去就比较擅长使火……

然而云母来不及多想，就听见少暄已经开始说话了，只听他道："你先闭眼，气沉丹田，屏息凝神，仔细感受腹部是否有灼热之感……"

按照青丘少主的说法，凤凰是藏火于羽毛，而狐狸则是藏火于身体，因此她应该憋足了劲将那些火气都集中起来，然后一口气吐出……这个过程听起来很简单，少暄亦解说得轻巧，然而云母眯着眼睛憋了半天，憋得尾巴毛都快参开来了，还是一点感觉都没有。

"嗷呜！"云母沮丧地睁开眼，委屈地去看观云师兄。

观云一笑。

实际上，云母到了六尾都没有吐火的迹象，刚刚念了青丘的火诀还吐不出来，观云已经差不多猜到她大概是体内火少。他们这些神兽能生长出多少火和性情其实有些关系，像眼前的红狐少主少暄这种既傲气又易燃还不服输的性格显然就是用火的好材料，而云母性格平稳温和，被白及收为徒弟后又住在灵气清净的仙宫之中，养不出火也正常。

不过，看云母这么失落，观云不好太打击她，一打击恐怕更吐不出来，便鼓励道："头一次要掌握要领确实困难，要不然你试试看将身体内有些热的地方都集于一点试试，还有……"

观云絮絮叨叨地往下说，也不知是不是观云的指导真的奏了效，云母这回一边默念心诀一边闭上眼，居然真的在体内感到一点点热源。她小心翼翼地将这些热源都集中到一起，然后使劲憋气，憋得身体弓起，尾巴都有些竖起来了。云母憋了好久，忽然猛地一张口，嗷地吐出一团小火球！

赤霞一愣，伸手要灭，然而还没看清那个蒲公英大的火球是什么颜色，它已经噗的一下在空气中熄灭了。云母累得半死，软软地趴到地上，有气无力的样子活像个年糕。

云母脸红了几分，不好意思地道："我是不是吐得不太……"

"呃……"赤霞先是一怔，却首先反应过来，未等云母说完，已经笑着揉了揉她的头，道，"是不算太厉害，不过你吐得很可爱啊。"

"是……是吗？"

云母一愣，转头去看其他人，单阳对这方面却是不懂，见云母看过来，胸口一紧，说不出话来。而观云是向着赤霞的，反应也快，忙笑道："是很可爱。再说火术其实不大要紧，你以后应雷劫，用琴也是一样的……"

不久，道场内就被观云和赤霞的赞美之声包围。

少暄张了张嘴，听旭照宫里的人这么说他才意识到要安慰对方，赶忙将自己险些脱口而出的话生生咽下。

云母哪里听不出师兄师姐话里话外对她的安慰和照顾，不过能吐火她就已经很高兴了，纠结一下便释然了，反而对师兄师姐愿意照顾她感到很感动。

云母向师兄师姐道了谢，甩了甩尾巴。她依然对自己刚才吐出来的火感到新鲜，在原地趴了会儿，忽然从地上跳起来，兴奋地道："我去给师父看看！"

说完，云母也不等师兄师姐回答，一路蹦蹦跳跳地奔出了道场，往师父的院子赶。因为云母情绪亢奋，所以跑得比以往都要快些，然而好不容易跑到师父内室的门口时，云母刚要拿爪子去开门，脑子里却又浮现出幻境的画面……云母赶忙飞快地晃了晃脑袋，提醒自己师父并不记得幻境中的事，让猛地热起来的脑袋冷静下来，这才重新调整心态顶开了门，嗷呜地叫了一声算是打招呼，然后四条腿一跃进入屋内，小心翼翼地朝师父以往打坐的方向看去。

白及果然一如既往地坐在他平常坐的位置上，听到云母的叫声，缓缓睁开眼。

其实他这几日都入不了定，只觉得心烦意乱得很，一睁眼，竟然真的看见一只小白狐轻快地跑了过来，反而愣了一下。

"师父！"

云母轻巧地跑到白及身边，看到白及睁眼后，她眸子亮了起来，但等她跑到师父面前时，云母的脚步又缓了下来，有些扭捏地摆了摆尾巴，期待又羞涩地道："师父，我……我会吐火了！"

白及闻言，微微一怔，似是疑惑地重复道："吐火？"

"嗯！像这样——"

云母点了点头，说着就准备张嘴再像刚才那样吐个火球出来。

说来奇怪，她刚才兴高采烈地跑来时本没有觉得不对，可是一到白及面前，忽然又找不到感觉了。

于是白及就眼睁睁地看着地上的毛狐狸眯着眼睛憋得浑身发颤、尾巴竖起，看得出她铆足了劲……白及耐心地等着云母吐出她所说的火来，等了好一会儿，只见云母像是想到了什么，她眉头狠狠一皱，突然一动，嗷地叫了一声，像是泄了气般猛一张嘴——

然后白及一愣，却看云母……什么都没吐出来，就已经褪了力往地上软软地一趴，像是耗尽了心力的样子。

为……为什么偏偏是这种时候吐不出来？

不等白及说话，云母的脸已经羞得赤红，她只觉得自己很丢脸。她窘迫地拿尾巴将自己裹了起来，僵硬地道："师父……我刚才还……"

白及轻轻地叹了口气，看这小狐狸可怜的样子，将她抱起，十分轻柔地慢慢摸她的头。

云母一贯喜欢被师父摸脑袋，等她回过神来后，立即无意识地靠了上去，将整个毛茸茸的头都凑到了师父手心里，不停地拿耳朵蹭他，喉咙里发出呜呜的咕噜声。

云母脸很烫，对自己不争气的撒娇行为感到羞耻，但又舍不得离开师父的手，索性打了个滚，乖巧地坐下来。她也不知怎么的，被师父摸了摸，忽然胸口一热，嗷地一下张嘴吐出了点什么来，一吐完，云母就觉得喉咙烫得很，埋头难受得咳嗽了起来，边咳边惊喜地道："师父，我是不是……咳咳咳……是不是吐出来了？"

白及一愣。他自是看见了，不过她吐出来的哪里有火，顶多就是点烟，但看着云母咳得水亮亮的眼睛，白及又说不出这话，只得抬手帮她顺气，道："你不必这么急。"

这时，白及一顿，终究没有克制住心中那说不清道不明的"在意"，忍不住问道："这是……那个青丘少主教你的？"

白及一向清冷，面部表情也少有变化，云母又在咳嗽，自然听不出他话中那一点点不对劲。她好不容易止了咳，眼泪汪汪地点了点头，目光倒是明亮，道："嗯。"说完，她又担心师父误会，忙补充说，"是他和观云师兄一道教我的！我本来没想和他说话，但是……"

云母的脸微微地红了，她想起自己因为急着跑来跟师父炫耀，都忘了跟少暄道谢。尽管她摸不准对方的行为举止究竟是什么意思，可他毕竟教了自己青丘的火诀……

云母想着想着便纠结起来，耳朵动了动，有些为难。

然而云母这番话落在白及耳中却成了另一副样子，在白及听来，她话中透露出的消息是那青丘少主不过半日便已经与观云赤霞他们打成一片。

到底是年轻人，他与单阳、云母或许有神凡之别，可终究年龄相近，也合得来些。云儿或许现在情窦未开，对于求亲这种事还觉得羞窘，且又与那青丘少主不算熟悉，故理所当然地拒绝对方……可是以仙神的寿命来说，他们如今说是孩童都不为过，到千百年后便算是青梅竹马，两人既是同族，又一道长大，云儿到时……果真不会接受？

白及光是一想便觉苦涩。他一贯相信道本应顺其自然，如今一切尚未发生，便是想得再多也无能为力，只是不知为何思绪却无法止息……

白及神情太冷，云母未曾察觉到他表情上的变化，不过却能感到他帮她顺毛的力道略微重了几分。云母平时迟钝得很，偏偏灵狐作为自然灵物的善感天性在这时表现出来了，她虽不知师父的心情，但望着师父清俊的眉眼，自己也隐隐受他影响变得焦虑。云母下意识地定了定神，总觉得成仙的愿望突然强烈了起来。

白及感到手中忽然一空，接着身上一重，有什么温暖又柔软的东西落在他怀里。他本因心绪受扰而不自觉地闭目凝神，谁知出了这样的变故，一睁眼，就看到云母化为人形坐在他怀中。他一低头，恰好能与她眼睛对眼睛，鼻尖对鼻尖，便是嘴唇之间不过也只差几分，二人呼吸交错，空气一时间安静下来。

白及的眼睛毫无预兆地便对上了云母纤长的睫毛和清透的眼眸。云母神情慌乱，雪白的皮肤也在白及的眼底一寸寸地变红。云母本来是趴在他膝上，被他用手护着，蓦地变成人形，便入了他的双臂，云母双手抵在他胸口，整个人被他环在怀中。

显然连云母自己都没想到会出这种事，她以前没在谁膝盖上化过人形，从不知道在膝盖上化人形居然会是这样的！

云母顿时尴尬起来，脸上的温度仅次于在幻境中那回。

她手忙脚乱地想从师父身上爬下来，谁知挣了一下，搂着她的手臂竟然没松开，白及抱着她的力道竟意外地大……云母一愣，连忙又挣了一下，这次却轻易地挣开了。

云母跌跌撞撞地从师父怀中爬出来，好不容易才坐到一旁，赤着脸道歉："对……对不起师父……那个，我……"

云母脑子里一片混沌，有心想解释一下自己为什么突然要变成人，赶忙用法术将她的琴取了出来，结结巴巴地道："我……我总觉得近日进步的速度有些慢了，所以想练习一下琴。师父你现在有没有空？可不可以……"

云母知晓自己的要求唐突，因此越说越是低下头。白及看着她微微出神，空荡荡的手不自觉地握了握……

白及的掌心里，仿佛还残留着她腰间柔软的触感。她跑出去后，他总觉得胸口少了点什么。

白及闭了眼，胸腔中仿佛有数百种感情在来回流动。她刚才离得那么近……他

217

既有些懊恼于自己的犹豫，却又不得不庆幸他什么都没有来得及做……

白及强行克制住自己翻滚的心绪，端正了作为师父的态度。他漆黑的眼眸扫向云母，淡然地道："可。"

他缓缓地抬手抚弦："你有何处不懂？"

师父的声音一响起，云母便觉得耳梢发烫，但听师父问起，又连忙凑了过去……

她听着师父的讲解，忍了忍，终是没忍住抬眼去瞧师父微微垂眸的面容，胸腔里那颗心脏跳动得厉害。

若是成仙……是否就能与他近些？

云母心想。

她熟练地抬手去拨琴弦，却未察觉自己的琴音里带了些少女情怀的微微酸涩，只任凭琴音远去。

云母毕竟还是心性未定的小狐狸，用火对她来说固然新奇，但努力了几天也没能吐出更大一点的火，况且每次吐火都咳嗽得喉咙痛，于是她玩了一阵子后，很快便将练习用火的事抛在了脑后，重新勤快地练起琴来。

少暗见云母不能再被自己随手挥出来的火吸引，急得团团转，偏偏他还不能在明面上表现出来，只好自己怄气。赤霞倒是惊讶于云母这阵子的努力，直道云母转了性子。

"你这段时间怎么这么用功？终于被单阳刺激到了？还是说……"

这晚，在睡觉之前，赤霞忍不住多看了几眼还坐在桌前拿着书背心诀的云母，摸了摸下巴，脑内忽然灵光一闪，问道："你莫不是……真想早日成仙跟那青丘少主定亲，然后嫁到青丘去？"

云母原本已经困得不行，观云师兄给的心诀册子晦涩难懂，她读着读着意识就模糊起来，脑袋不自觉地往下掉。师姐说话的时候，云母的眼睛已经睁不开，额头都快碰到书页了，只迷迷糊糊地听着赤霞说话，然而赤霞那句"嫁到青丘去"却让她猛地一惊。慌乱之中，云母那本来就很低的额头顿时咚的一下撞上了硬邦邦的桌面。她瞬间痛得眼泪差点流出来，这下可算清醒了。

"怎么会！"她吃痛地呜了一声，便捂着额头看向赤霞，奋力地想为自己辩解，"我……"

云母张了张嘴，可是下一刻脸不自然地一红，憋了半天，小声地道："我是……不想让师父失望。"

云母不自觉地抚了抚胸口，却想不明白。好在赤霞本来也只是随口一说，她不是第一次拿青丘少主逗云母了，晓得见好就收。

"你肯用功，自是好事。"赤霞笑着说，"你若是能早日成仙，我、观云还有师父……便都能松一口气了。"

云母被师姐的话鼓励了，心中有些感动，还告诫自己应当更努力些。

不过，云母固然要在功课上努力，可少暄的事情，却不能不解决。

少暄从第一日在道场中和云母搭上话尝到甜头后，便日日跑到道场来坐着，一日不落地看云母修炼。

为了照顾少暄，青丘留下了不少灵狐在浮玉山上，一时间不少狐狸都在山间乱窜，不是青丘而胜似青丘。

云母即使在山林中时也极少接触同类，更没有遇到过同样开了灵智的灵狐，对同族多少还是感到好奇的，她虽不敢去招惹那个青丘少主，有时却会试着与这些灵狐说话。这些灵狐也颇喜欢云母这样年纪小又生得漂亮的白狐，一来二去他们倒是相熟了起来，还跟云母讲少暄小时候的事。

"少主虽是神狐，但年龄其实跟你一样大，今年才十五岁，是整个青丘的神狐里最小的……"

这一日，狐狸们在一起聊天时，和少暄一起留在旭照宫的红狐中最年长的一个聊得兴起，不停摆着尾巴笑眯眯地道："我是看着他出生的，狐主和狐夫人生少主不容易，费了好几天的工夫才生下少主。他刚出生时才那么一点点大——"说着，年长的红狐抬起爪子在空中大致比画了一下。云母化着狐形乖乖地坐在地上，她不晓得自己和哥哥出生时有多大，但看到红狐狸比出来的大小，还是不禁惊讶道："这么小？"

"可不是。"红狐狸笑着说，一边说一边不自觉地眯了眯眼，脸上露出怀念的神情，"少主年少时体弱，狐主和狐夫人担心少主的身体，便极少让少主出门……少主除了青丘几乎没有去过别的地方，也没什么玩伴……神狐中与少主年纪最相近的也要比他大三百岁……少主幼时很孤单，还曾用尾巴整天卷着一只其他神君当礼物赠给他的木头小九尾狐，当作自己同伴。只可惜那只木头狐狸后来被一个仆从失手用狐火烧掉了……"

云母听到这里不由得啊了一声，胖胖的尾巴不自觉地摆了摆。

她小时候也不小心弄丢过极为心爱的玩具，此时一听，便能够感同身受。光是听红狐狸的描述，她也能猜到木头小九尾狐对少暄来说定是非常重要的东西，远远不能单以"玩具"两个字就轻易概括。

云母本来在听到对方开始聊少暄时还下意识地想回避，但此时却迟疑了一下，不知不觉低下了头。

看她如此，那年长的红狐目光便不禁慈爱了几分，对云母一笑，道："所以云母姑娘，这样一来，少主自然待你十分特别……你可知十五岁便能修成人身的灵狐如何可贵？少主只怕这些年来都盼着你这样的一个人能够出现呢。实际上去年北枢真人的妖兽大闹桂阳郡那会儿，还是少主身体大好，第一次有机会离开青丘。我虽不知为何少主一见你就断定你是仙狐，但他见到你定然是十分高兴的……"

说着，红狐稍稍一顿。

年长的红狐有意推少主一把，因为对云母印象极好，故眼神变得越发慈爱。红狐停顿片刻，貌似不经意地说："少主被整个青丘捧在手心里长大，的确性格骄纵了些，但其实心软得很。那木头狐狸被烧掉后，他伤心了好久，却也没有因此就责怪失手烧掉的仆人。他在青丘长大，自然对青丘感情最为深厚，有时看似傲慢过头，实际上他不过是以自己的方式在维护青丘……对了，云母姑娘，少主他其实很想与你说话，你若是有空，可否偶尔也去陪少主聊聊天？"

红狐说完，其他狐狸也纷纷附和，他们期待地看着云母，高兴地等着她的答案。

"我……"云母一愣，却没有立刻答应。

其实她原本就想找机会就教自己用火的事向少暄道谢，但一直没有找到机会……倒不是她讨厌少暄，只是他们之间的情况确实不大对劲，且少暄的个性也让人不知该怎么跟他开口……听了红狐的话，她又犹豫起来……

云母的耳朵不安地动了动。

红狐狸的话多少让云母受到了影响。于是，第二日清晨，云母再见到红狐少主时，倒没有像平日那样立刻回避。

说来也巧，这日因为赤霞要去找观云，单阳还在庭院中练剑，故云母是独自一人进入道场的，一踏进来便与早已等在道场中的少暄视线对了个正着。两人之间多少还是有点尴尬，目光交错了一会儿，少暄见云母没有像以往那样避开他，先是意外，随即耳根发热。

少暄将拳头握在嘴前掩饰地轻咳了一声，不敢与她对视。

见他如此，云母亦觉得自己若是和少暄单独待在道场中还是有点奇怪，想了想，便取出琴准备到庭院里去弹。谁知她刚一走，少暄便着急地开口留她："等等！"

云母疑惑地回过头。

少暄抬着下巴皱眉道："你走做什么？我又没有赶你！还……还是说……你其实是在躲我？"

少暄也是一副少年模样，端正地坐在道场的角落。他当惯了小少爷，尽管有意将衣服弄得乱糟糟的，摆出潇洒不羁的样子，可坐姿却十分得体，可见他注重言行举止早已成了习惯，自己都未必注意到。不过正因如此，他稍稍不自在地一动就显得极为明显。

年纪小的狐狸不善掩藏感情，云母又善感知，自是能看出少暄的情绪。

想到昨日从红狐狸那里听来的少暄的事，云母挣扎了半天，终于还是收了琴，小心翼翼地走过去。

少暄本来纠结地别过头，忽然感到眼前光影摆动了一下，一怔，竟看到云母走过来端坐在他面前。

但还不等少暄高兴，云母就犹豫地挪了挪，又往后退了几分，坐得离他老远。

"那个……"云母犹豫了一下，不太自在地开口道，"之前你教我用火的事，我还没有向你道谢。"

少暄教她用火已经是好久之前的事，云母一直觉得自己应该道谢，但始终没能找到机会说出口，不知不觉拖延到如今。

少暄听到她开口说的居然是这件事，他拧着眉，不以为意地道："没关系，不过是小事而已。不过既然你这么对我说了，我也有话想问你……"

他话说得生硬，但稍稍一顿，目光又灼灼地落在云母身上。

"关于跟我回青丘，还有，咳……成亲的事，你想清楚了吗？"

云母的脸瞬间就红了，她特意坐得比较远就是怕少暄多想，一听到这个问题就急得摆手，拼命辩解："不不不……我不会跟你去青丘的！师兄师姐，还有……师父，都待我极好，我从未想过离开这里。况且你是神狐，我还没成仙，所以……那个……"

少暄低下头，满脸消沉。

不过旋即，他不甘地重新抬起头，笃定地道："不过，这么说来，你也不是不愿意和我成亲，是喜欢我的了！若是担心神凡有别，你大可不必担心。只要你来青丘，我自然会倾我全力助你成仙！这一点，你完全可以不……"

"不是！不是！"云母的脸更烫了，哪里晓得少暄还能有这样的误会，匆忙解释，"我不是说我喜欢你！啊……我也没有讨厌你的意思，但是……"

忽然，云母一愣。

不知怎么的，她忽然想起了赤霞师姐在龙宫被观云师兄求亲那日笑眯眯地独自离开的龙三公子，想起了他那句"只不过是见了一两次面的人，纵是有好感，感情又能深到哪里去"。这句话那日她并不懂，且转眼就抛到了脑后，只是现在想起来才觉得用在如今的场面居然意外合适。云母顿了顿，等回过神，原本急于辩解的话到了嘴边就鬼使神差地变了。

于是，观云和赤霞一道结伴走到道场门口时，便听到小师妹犹豫的问话从道场内传来。

只听她困惑地问："你向我提亲，难道就是喜欢我的意思吗？"

观云和赤霞一起过来时还碰到了在庭院中练剑的单阳，三人一道过来，此时听见道场内传来的云母的声音，皆是一怔。待回过神，观云和赤霞已经双双按着单阳躲了起来，屏息凝神地藏在门口，小心地往里面看。

单阳因被捂着嘴，所以没法开口，眼看着师兄师姐往道场内观望。他原本不想掺和，毕竟这是小师妹自己的事，但实际上他也暗中在意那位青丘少主和小师妹的关系，纠结了一会儿，终于没忍住，顶着压力往道场内看去。

只见云母和那青丘红狐少主面对面坐着，虽是在说话，但距离颇远。少暗毕竟只是个十四五岁的少年，脸皮还薄，听完小师妹的问题，顿时整张脸涨得通红。他硬生生地梗着脖子点头道："那是自然！"

"可是……"云母疑惑地垂了垂眸子，将龙三公子庄华当日对她说的话原模原样地抛了过去，"可是你我只不过见了一两面，你来求亲之前，并没有和我说过话，更不知道我是什么样的人。如此……你为何会喜欢我呢？"

少暗愣住，张了张嘴，居然说不出话。

少暗静默了几秒，连忙别开视线，辩解道："喜……喜欢这种事，哪里说得清楚，这也不是我能控制的……我说喜欢你就是喜欢你，难道不对吗？"

云母摇了摇头，不解地说："可是你只见过我一面就来我师父的仙宫向我求亲了……你只知道我狐狸的样子，都不晓得我是凡是仙，不晓得我人貌如何，不晓得我是什么性格，这样就准备要同我成亲，那……"

云母这些话一说出口，少暗还没有反应过来，躲在门口的观云、赤霞和单阳却都颇感吃惊。观云和赤霞对视一眼，毕竟小师妹一向是小孩子心性，故他们两人无论如何都没有想到云母竟然会说出这样的话来……看来大家总说女子早慧，并不是没有道理。云母和少暗虽是同龄，可坐在一起一对比，便看出了些不同。

观云看得起劲，却忽然感到背后有清风掠过。他一回头，却见白及从庭院里走来，正要同往常一般踏进道场之中。

观云这才想起今日是师父教导单阳师弟课业的日子，暗叫不好。眼看着师父已经注意到他们这些在道场门口扎堆的人，观云也不顾白及面色如同往常一般冷凝了，连忙将手指放在唇边焦急地打了几个手势，又指指道场内，壮着胆子提醒师父，小师妹和少暗在里面，此时不宜进去。

白及步伐一顿，没有说话，也看不出表情，只安静地朝道场内望去。

他如今是上仙之上，隐藏气息再容易不过，哪怕直接站在道场门口，只要他不想被发现，便是以云母和少暗加起来的修为，都绝不会注意到他。故相比较于勾着背暗中窥探的门中几个弟子，白及长身直立站在门口，气质竟一分未减。他依旧是穿着一身白衣，乌发广袖皆随清风而动，眸中淡淡的，看不出喜怒。

少暗听了云母的话，其实心中已然动摇，只是嘴上却还要逞口舌之快。只见他憋红了脸，道："你如此说，难道是因为你已经有了喜欢的人，所以才会如此教训我？"

云母一愣："什么？"

没等云母考虑明白要作出什么回应，少暗却越想越觉得是这么一回事。他深深拧着眉头，道："你若是没有喜欢的人，何必如此干脆地拒绝我？至少也该考虑一番才是！你所中意的那人是谁？他也是狐狸？"

"我……"

云母白皙的面颊几乎是瞬间便红了，抿着唇居然不知怎么回答，脑海中第一时间浮现的，居然是师父安然静默的眉眼。

几乎是在师父的面容浮现出来的一刹那，云母就慌了神，拼命甩头想要将头脑中的杂念撇出去。只是她先前迟疑了一会儿错过了回答的最佳时机，只好通红着脸辩白道："没……没有！不是狐狸！"

云母话音刚落，不要说少暗，便是躲在门口悄悄窥探的师兄妹几个都怔了一下。小师妹虽然是否认了，可看她这满面春意的模样，他们哪里还有不明白的道理？

白及站在门边未动，清冷的脸上看不出喜怒，但视线也并未离开。

云母答完，自己也知道自己答得不好，都回答"没有"了，还多此一举说什么"不是狐狸"？倒像是此地无银三百两一般，只得垂着头坐着。

少暗看到云母的表现，心中亦是咯噔了一下。云母拒绝他的求亲并且心里喜欢其他人，这让他不可抑制地感到自己的雄性自尊心有些许受挫，少暗不自觉地抬高了声调，不高兴地问："所以……是旭照宫里的人？"云母没有回答。

"嗯？"

"不，不是！啊，那个……没……没有，我没有……那个……"

云母紧张得一下子绷直了背，自己都不晓得自己表现得如此慌张，只能下意识地尽量掩饰，可是先前表现得太过明显，若是身为原形只怕狐狸耳朵都要竖起来了，着实没什么说服力。云母挣扎了半天，最后越说越小声，连自己都泄气了，索性不说了。

她的神情落在门口的观云和赤霞眼中，观云和赤霞立即对视了一眼。

下一刻，他们的目光一并落在了单阳身上。

饶是单阳一贯镇定，此时师兄和师姐忽然如此诡异地看着他，他也不禁有了一丝慌张。他无措地回望他们，咽了口口水，道："你们……怎么……"

观云斟酌了半天语句，方才心情复杂地道："四师弟，小师妹刚才说的，难道是……"

他深深地看了单阳一眼，并未说下去，但眼中的意思却表露无遗。赤霞也是差不多的表情，两人一同直勾勾地盯着单阳，让他压力倍增。

观云犹豫了一下，缓缓道："旭照宫中……算上童子，如今也就六个人。"

小师妹喜欢的总不能是赤霞，而童子的外貌是七八岁的小男孩模样，也不可能，剩下的男性不过师父、观云和单阳三人。云母总不能是爱上了师父，观云又与赤霞订了婚，因此在几人中……怎么看都是单阳。

他们两人年龄相当，外貌登对，且单阳和云母也是旭照宫中唯二不会受"仙凡不得相恋"这条天规约束的人，云母若喜欢的是他，怎么看都十分合理。

赤霞回忆了一会儿，想了想，也问："说起来，单阳……你在云儿及笄之前，是不是还送过她簪子？"

"那……那不过是我的一番感谢之情。"单阳心中一动，但还是一本正经地回答了，不过目光却有几分躲闪。

他说："小师妹在凡间时救了我一命……那支玉簪只是我从凡间带上来的家人旧物，凡品罢了，在仙界并不值什么钱。"

观云心情复杂地看了单阳一眼，倒是从对方这一番辩白中听出了些深意。

单阳师弟身负血海深仇，张六死后他那一身戾气虽是比过去敛去了些，性情也平和许多，但他父亲的冤案仍未翻案，家人依旧未能沉冤得雪。尽管单阳如今极少提及，但观云却晓得他并非不在意，证据便是单阳仍旧常常在深夜偷偷翻看他上次下山祭奠父母时，凡间的故人留给他的书信。单阳自以为做得高明，可他们师兄弟二人同住，观云又耳聪目明，如何能瞒得过去？听说那"故人"还有意在凡间推举单阳入朝，以此弥补当年不能挺身救他父亲的遗憾，当时观云便想着，只怕这师弟日后还要去人间走一遭。

不过此时重要的倒不是单阳的家仇，而是那支玉簪。他全家都死得那般惨烈，家人在单阳心中早已成心结，哪怕他说他这次回去拿回了许多旧物，可当初他的家宅被逃奴扫荡一空，所谓的"许多"又能有多少？即便如此他仍能从那些东西中挑出一样赠给云母，其中所饱含的心意哪里是能以凡品、仙品和神品加以区分的……单阳说是感激云母的救命之恩约莫不假，可是，那簪中所包含的……果真只有感激之情？

在观云毫不避讳的注视之下，单阳不知所措，不自觉地往道场中看了一眼。

观云师兄说的话单阳并非听不懂，只是待听明白后，竟不知该如何反应……事实上，小师妹那番话早已让他紧张得厉害，便是自己也吃了一惊，心中犹如冬雪化开，仿佛是自己藏于心底里的秘密被融化于阳光之中，竟让他有措手不及的局促之感。

事实上，便是他也觉得小师妹口中所说的，极有可能正是自己。

道场中的小师妹整个人浸沐于清晨温柔的阳光之中，面貌柔和，目光灵动，雪腮泛着动人的桃红，仿若急于在漫天白雪之中绽放的第一朵娇俏的梅花，宛若画中仙。

不是仙子，风姿却更胜于仙。

然而，不等单阳理好心绪，只听观云忽然惊讶地咦了一声。他顺着观云的目光看去，见到白及已经缓步跨入道场之中，单阳一愣，方才意识到看到眼前那情景的人，并非只有他而已。

师父未躲未藏，所站的位置比他更好，亦更光明正大……也不知师父眼中，刚才看到的是何等景象。

白及跨进院中，也意味着无论是道场外的暗窥，还是道场内关于情爱的讨论，都已经告一段落。

听到背后传来脚步声，云母先是一惊，继而回头，看到来人是师父，思绪来不及收拢，已然慌乱。

"师……师父……"

云母不自然地低下头，完全乱了方寸。

师父他……可会察觉到她刚才话里的意思？

若……若是师父知道……

云母越想越急，可又没法开口询问，只能自个儿着红了脸，连少暗的反应都无暇顾及了，过了良久……她才感到师父缓缓抬手，轻柔地在她脑袋上摸了摸。

云母愣了愣，抬头去看白及脸上的表情。

然而白及的脸上并没有表情。

所谓仙有仙貌，神仙的修为、功法皆会反映于容貌之上。师父乃是仙君，且不说神君转世的渊源，光是上仙之上的品级亦足以俯瞰众生，自然生得俊逸。云母不知该如何形容，只晓得师父无处长得不好看，只是面容太过沉静，辨不出心情，一双眼眸又深邃坦荡，落到云母眼中，云母便无法移开目光。

这一次，师父的手在她头顶停留的时间比以往要长。云母凝视着师父墨漆般的眼眸，心中惴惴，却瞧不出他心中所想。

云母瞧得胸口都痛了，可仍无法从白及的面容上看出一丝一毫的情绪来。她不安至极，良久才看到白及一动。

白及也不知自己如何才压下了胸腔中翻滚的波涛，如何才克制住将她揽入怀中的冲动。他数千年来未曾历过情爱，心口胀疼的感觉来得陌生，竟令他也觉得无措。只是观云能想到的事……他又如何想不到？

此时，倒恨自己早已不是人身。若是弃了这仙身，可否……让她视他，如视单阳一般？

此念一出，便是白及自己也觉得可笑。仙身尚可弃，可历经千万年的岁月又如何能弃？他早已不是少年人，又如何让她待他如少年？

本就是自作多情，强求又是何必？

胸口之疼竟忽然犹如排山倒海而来，五脏六腑都似灌满了苦水，却无从排解……他沉默地强行按捺下来，看向云母。

白及对上云母的目光，见她杏眸微闪，面上仍泛霞色，不由得心脏一痛，视线却不自觉地落在她微微抿着的唇上。他的心结已解，可感情却被幻境中的记忆所困，无法做到心如止水。

云母与少暄聊了那么久并不觉得累，此时不过与师父对视片刻，浑身却绷得僵了。云母察觉到白及似有不对劲，小心地唤道："师父？"

"无事。"过了好久，白及平静地移开目光，亦收回了放在云母头上的手，"修炼吧，勿要误了时辰。"

白及一贯不多话，待说完，便缓步走到往常坐的位置坐下，闭上眼等单阳进来。可云母的目光却不觉随他而去，她望着师父如画般的眉目，只觉得世间再无如此至仙之人，心中一黯，却不知自己为何黯然。

云母低落地垂下眼眸，理了理衣衫，只等师兄师姐来一道修行。

大约是云母的话起了效果，少暄那天虽倔强地与她争辩，可这日按部就班地结束修炼后，倒也没再同她提起求亲的事。又过了几日，云母便发现他遣回了住在浮玉山临时建的居所中的狐狸，连同提亲时带来的礼物和华车也一并带走了，只留下几只平日照顾他的红狐与他一道住在旭照宫里。

"碍事。"待云母问起时，少暄傲慢地回答道，却不承认自己想过了云母话里的意思，"反正他们留在这里也只是每天在山里打滚，倒不如回青丘去，我一人在这里足矣。"

云母哑口无言，不过看不见那些青丘求亲用的喜气的礼物华车，她心里倒也的确轻松了许多，连带着面对少暄时都比之前自然。不久后少暄又教了她一些与她现在修行方式相辅相成的青丘狐狸修行的方法，还有一些狐狸们一起玩的游戏，两人的关系反而亲近起来。再加上赤霞也愿意陪他们玩，一段时间之后，赤霞逗弄一红一白两只狐狸玩的场景就成了旭照宫的常见景象，至此大家相安无事，气氛亦融洽起来。

不知不觉过了半年多，也不晓得是不是少暄教她的适合狐狸的功法起了作用，她的修行速度加快了许多，待云母年满十六后又过了数月，便长出了第七条尾巴。这条尾巴因出得较往常相比显得悄无声息，云母一开始还有点蒙，拖着一排尾巴不知所措，等其他人都笑着恭喜她，她才渐渐回过神来。

这一尾相较于之前的尾巴，长出来时用的时间稍微多了些，但却是她实打实地靠修炼修行而长的，这并非因为领悟而提升心境一时突破，而是真真正正的修为。云母很高兴，对这条尾巴也极为喜爱，每天晚上都用人形抱着她的七条大尾巴梳理好久，还经常以狐形在院子里跑来跑去，也不变胖尾巴了，就拖着七尾，不仅到处跟师兄师姐炫耀，还常去师父那里显摆。她看白及还在入定就乖乖地在旁边等，想等他醒了再炫耀，结果等到两次白及清晨醒来，就看见小白狐蜷成一团趴在他腿上睡着。

白及本有意与她拉开距离，见云母如此，心情自是复杂，但因他神情太过冷淡，云母又始终没看出来，还开开心心地显摆了好一阵子。

看她蹦跶，观云和赤霞当然是亲兄长亲姐姐嘴脸满口毫无原则地说着"好好好"，单阳也夸赞她，就连一出生就有九条火焰般极为漂亮的红尾的少暄，也只是在面上摆出一副不屑的模样，行动上却未曾真的打击她。云母备受激励，于是一炫耀就炫耀了半年有余……直到她有一天跑来跑去的时候不小心踩到了她那第七尾，整只小白狐一口气跌出去滚了好几圈，滚得脸和腿都磕破了，毛掉了不少，云母这才老实将尾巴都变回胖尾，从此再不敢得意忘形。

当天在道场时，赤霞一边安慰云母一边笑。云母眼泪汪汪地扎进师父怀里半天不肯出来，非要白及给她揉了好久脑袋又亲自给她上了药，她的心情这才重新好起来，修炼也误了弹琴也迟了，好在师父没有怪她。

观云也觉得无奈，摇头看着上了药还病快快地赖在师父怀里的云母，笑道："你们狐狸这么多条尾巴，都同师妹这般走着走着就会踩到吗？那还怎么得了。"

少暗为了随时陪云母玩，他的形态一向是跟着云母变化的，故此时他也是一只小红狐，安静地蹲在旁边，只碍于自己是青丘少主，蹲得颇为矜持。听到观云说的话，少暗不屑，辩驳道："怎么可能，我就从来没有踩到过，我尾巴还比她多……"

他看向云母出主意道："你可能是尾巴摆得太整齐了，尾巴一多，垂下来的时候就容易踩到。若是像我一般，走路的时候就让所有尾巴随着步伐节奏一起不规则地上下摆动，就不会踩到跌跤了。"

说着，少暗站起来走了几步，展示了一下他的群尾乱舞，踩是没有踩到，只是九条红尾上下甩动犹如火焰飞舞，炫目归炫目，看着却比云母还要容易摔倒。

观云又叹着气摇了摇头，心中想起这小少主平时出门都是让随从抱着的，最近稍微走动几步还是因为来了旭照宫后狐四不在身边，要不然就以他这种走法，摔倒也只是时间问题而已。

云母学不会少暗这种厉害的走法，最后还是把七尾变回一条胖尾巴了。她当初将三尾变成一尾，只是为了晚上睡觉盖起来方便，倒是没想到还有如今这种用法……她脑内一瞬间闪过了"不会是因为自己习惯了以前的走路方式，所以现在才不会走路了吧"的念头，但因为这念头出现的时间太短，云母没有太在意。她只觉得爪子疼，想舔爪子，但由于刚上了药，一口下去也是满嘴药，只好忍着。云母想想又觉得委屈，呜呜地叫了两声，不停地摇着尾巴，埋到师父怀中撒娇。

白及感到她往自己怀里蹭，顿时一僵，犹豫良久，终于还是小心地避开她的伤口，轻轻地将她搂入怀中，缓缓地摸着云母的脑袋和后背，看着她自己找了个姿势躺好，舒服地抖了抖耳朵，心里却是无奈。

幻境中的事过去了许久，云儿大约是忘了，或者是以为他只要出了幻境就能摒除一切杂念……若是她知他心中如何想法，可还会如此亲近？

可是白及这么瞎想却是无果。

这一日还是照旧过去，太阳东升西落，夜空斗转星移。

一年多又过去了，云母的修为提升得快，不知不觉却停在七尾两年而未有变化。这对旁的狐狸来说是再正常不过的事，可对云母来说则有些太慢了。观云和赤霞检查过后，观云摸了摸下巴道："倒是有些奇怪了，以你的修为应当已经能长出第八尾了。"

这日白及亦在。他本闭目凝神地休息，听到观云说话，便抬手召云母过去。云母一看师父招手，连忙从观云师兄膝盖上跳下来，蹦蹦跳跳地钻到师父怀里，还没等摇尾巴，便感到白及在她眉心一点，感受到白及的仙意进入身体，云母立刻身体一软，几乎是下意识地想贴着他抖毛，但还没来得及做出撒娇之状，便感到白及已经将仙意收了回去。他停顿片刻，答道："确实如此。"

云母不解其意，不知是不是因为自己遇到了什么不太对劲的事，在师父和师兄之间不安地来回看。

观云毕竟是他们中入门最早的人，理论上也算是大师兄，哪怕师父不解释，也能想到不少。见师父亦觉得小师妹修为已够后，观云便分析道："修为已到，云儿自不会被心境所阻，那么剩下所差的……"

他想了想，说："云儿所差的……是契机。"

成仙要天赋，要勤苦，要心境，亦要契机。

契机这个东西说来玄妙，比较难懂，不过通常来说与"功德"有关，而所谓的功德，便是"助人"。

仙门弟子常常需要下山历练，除了单阳这种情况特殊的，其他的大多都是要下山助人以磨砺心境并积攒功德的。

少暗也听明白了观云的意思，稍稍一顿，提议道："我有办法。若是想要契机……不如让她随我到青丘去如何？"

少暗话音刚落，道场中所有人的视线唰的一下全都落在他身上。少暗的脸一下子就热了，他在旭照宫中住了不少时间，哪里会不清楚其他人的想法。

他其实已经许久都没有提过要与云母定亲了，少暗顶着其他人的视线，艰难地道："呃，我不是……那个……"

他憋了半天，都没想到合适的辩白之语，索性抬着下巴直接解释道："青丘附近的山林里到处都有狐仙庙，周围的凡人若是有心愿，便会带着祭品参拜狐神。我和我父母没有那么多时间一件一件去完成这些凡人的愿望，故平日里都交给青丘仙狐或者修为足够的灵狐。若是有灵狐需要功德契机，便自行去狐仙庙听取愿望，挑选力所能及而又不违天道的心愿替凡人实现，以此积攒功德。反正大多都是些男欢女爱的愿望，帮那些年轻的女孩子想办法见到爱慕对象就行了……你们这是什么眼神？！"

少暄本就对他人的态度有些敏感，眼看着周围人从他说出"男欢女爱"一词后神情就微妙得有些不对劲，不由得气鼓鼓地恼羞成怒，身后拖着的九条尾巴都要竖起来了。

观云赤霞他们原本是觉得少暄装作不在意还强撑着一本正经说话的样子有趣，此时眼睁睁地看着狐狸参毛，观云哈哈笑道："没什么没什么，不过是对你所言感兴趣。"

观云想了想，若是真如少暄所说，去青丘未尝不是一个不错的选择。他抬起头，看向师父还有使劲想往师父怀里蹭的云母，道："我觉得少暄所说倒不失为一个好办法……师父、小师妹，你们觉得如何？"

由于白及先前试探地点入云母眉心的一点仙意，她现在莫名地正处在一种对师父相当依赖的状态，但因为知道现在说的是关于自己的事，就算云母一凑近师父就想在他怀里打滚，此时也忍住了。听到观云师兄的问话，她先是一怔，继而下意识地扭头去看师父，同时耳朵不自觉地便轻轻颤了颤。

如果只是单纯将去青丘作为她长出第八条尾巴的契机的话，云母当然是不介意的，而且少暄说的狐仙庙听起来很有趣，她甚至有些跃跃欲试。可是，如果去青丘的话……

师父或许不会一同去。

白及抱着云母的手不觉一紧。他缓缓地低头看云母，见她满脸忐忑不安之色，心中一软，但他理智尚存，知晓这契机事关云母是否能长出第八尾，对她来说是重要的事，不可因为他的私心便不放对方出去。他顿了顿，便淡然地点头道："可。"

不过，看云母这般神情，白及也晓得大概是她觉得一个人外出会害怕，思索片刻，环视一圈，问："你们可有人愿意陪她同去？"

白及倒是愿意陪她，只是作为师父，不宜在这方面插手太多——他比云儿修为高出许多，若是把握不好分寸，会让弟子得不到功德。原本陪云母下山，赤霞应当是最好的人选，可她与观云的婚期将近，两人平日里已经开始在南禺山和南海两边忙活，若要再出远门，许是不便。

果然，白及刚将视线投了过去，就看到赤霞观云两人面面相觑，皆有为难之色，没有立刻答应。他稍稍一顿，便将目光投向单阳。

单阳也明白如今的状况，见白及看他，果然一愣。他咬了咬唇，似是准备开口，但不知为何又犹豫了起来，退了回去，亦没有说话。

"既然如此。"见没有人回答，白及缓缓地闭上了眼，一会儿方又睁开，明知现在不该这么想，却无法否认自己松了口气，"那我便亲自外出一趟吧。不过若如此……我一点都不会出手，云儿，你可介意？"

云母本来就担心师父不会同去，见白及愿意陪她，哪里还有挑剔的心思，连忙高高兴兴地点头，用力地对着师父摇尾巴。

白及抬手摸了摸她的脑袋，见云母乖巧地低下头，他也在心里叹了口气。

事情便这样定下来。

少暗在旭照宫一住两年多，他这么久没有回青丘，其实早就想家了。既然决定要回青丘，他当即回了客房和他的狐狸们收拾东西，并且通知狐四带车驾来接人。云母去青丘的事确定好后，白及这边的弟子们亦各自散了。云母转而被赤霞抱在怀里，师姐妹一道往院子里走去。

"说来……"赤霞一边带着云母走，一边面露疑惑之色，腾出一只手摸了摸下巴，随意地道，"说起来，我本来还以为单阳会挺愿意同你一道去的呢。"

云母正沉浸在又可以和师父一起出门的喜悦之中，听赤霞师姐这么说，便疑惑地歪了歪脑袋，眨眼问道："为何？"

"你还问为什么！"赤霞笑着敲了师妹的脑袋，"他本不是那么好相处的人，却一向待你如妹妹一般亲厚。我和观云两年内就要结婚了，若是我们成婚了，自然要一道出师。到时候就剩你和单阳在旭照宫中，日后就你们两个弟子相处，他到时便与观云现在一般，在门中与大师兄无异，你们只怕朝夕相对的时候极多。还有……单阳当初不是要送你贵重的簪子？"

赤霞戏谑地看着云母，等她露出羞涩之态。谁知云母怔了怔，关注的地方却是赤霞师姐和观云师兄或许两年内就要出师的事，神情颇有几分黯然。

见她这副模样，赤霞即使迟钝，哪里还有看不出的道理，一时也有些不好意思起来。因为老惹人生气，也自知嘴笨不会说话，赤霞抓了抓后脑勺，方才道："你别担心，到时候我们闲着没事说不定还会回来看看的……我和观云都在师父这里两百多年了，总不能一直赖着不走。"

说着，她又抬手揉了揉云母的脑袋，笑道："你要是无聊，直接来南海龙宫找我便是。再说，反正还有一阵子呢，现在就不要伤感了。"

听赤霞师姐这么说，云母方才觉得好受了些，她呜呜地朝师姐叫了两声，算是回应。

这个时候，白及已经回到他的内室之中，刚刚打坐调息。然而他刚坐下不久，还未入定，便听到了门外的脚步声。门外之人像是犹豫了许久，终于还是抬手敲了

231

敲门，白及听得出每个弟子的脚步声，知道是谁来了，倒不算太意外，只沉着声道："进来。"

"师父。"单阳唤了一声，随后步入内室之中，如往常一般恭敬地对白及行礼，行完礼后，方才下定决心般道，"师父，我……并非不愿意陪小师妹去青丘。只是有一事，我想先向你禀报。"

停顿片刻，他望向白及的目光一定，语气也坚定了许多，单刀直入地道："师父，我想下山。"

第六章　妖王兄长

单阳在白及房中待了约半个时辰，因没人晓得他与白及说了些什么，故几日后临出发时，云母见到单阳站在师父身边，还略微吃了一惊。

"你师兄顺路与我们一道走。"白及目光沉静，缓缓地解释道。

单阳并未反驳，而是对云母略一点头，算是打了个招呼。

云母虽然觉得奇怪，可也觉得没有多问的必要。她目前也是人形，走过去和单阳一左一右地位于师父两边，待青丘的车驾到了眼前，少暄已经先行一步进了车，他们一道进入车内。车里装饰华美，亦很宽敞，坐下五六人都绰绰有余。狐四在外驾车，云母便好奇地往外看。青丘的车驾是狐狸拉的车，有一只狐狸见她看向自己，还眯着眼朝她笑着嗷呜地叫了一声。云母见到有同类与她打招呼，感到很高兴，也不顾自己是人身，呜呜地就叫了回去，引得一群狐狸纷纷跟她打招呼。

这些驾车的狐狸都有五尾以上，年龄都是几百岁，云母虽然尾巴比他们多，在他们眼中却与第一次乘车而兴奋的孩童无异，狐狸们觉得她可爱，表现得极为友善。

这是青丘的车驾，少暄见云母感兴趣，感到颇为自得，懒洋洋地倚在座位上，得意地道："现在就这么开心做什么？我青丘的狐狸自然都是极好的，我还未让你开眼界呢。待到了青丘，有的是你看的。"

云母不置可否，却高兴地朝他笑了一下。少暄一愣，别开了视线，他如今倒不再说喜欢云母要娶她了，但这也不妨碍他觉得同龄的女孩子可爱，面颊别扭地红了起来。

车行一日，便到了青丘。

因车里颠簸，云母变成狐狸以后就不知不觉地窝进师父怀里睡了过去，再醒来已经是第二日。她迷迷糊糊地醒来时闭着眼睛抖了抖毛，打了个哈欠才睁眼，发现是在陌生的地方，狐耳顿时就紧张地竖了起来。

"你醒啦？"见云母站了起来，早已等待在一旁的三尾红狐冲对方一笑，友好地走了过来，道，"昨日你师父抱了你好久你都不醒来，想把你放下来你又勾着他的袖子不肯松爪子，所以我们只好先让你们在这里休息了。你师父抱着你打坐了一夜，今天早晨才走，现在应当是在正殿与狐主殿下会面……你若是现在就想见他，我可以带你过去。"

云母万万没想到自己睡着以后会干出这种事，听完对方的叙述，当即就脸红了。云母回头看了眼，这才发现自己醒来时虽然是睡在床上，但房间里果然有个打坐用的垫子，她抬起鼻子嗅了嗅，房间里的确还有师父身上淡淡的檀香味，师父应该是刚走不久。

云母忙道："我想去找师父……请你带我去正殿可以吗？"

"当然，随我来。"对方微笑着点头。

于是，一盏茶的工夫之后，坐在正殿中的单阳便觉得脑袋不够用了。

昨夜到得晚了，师父又要哄睡着后不肯松爪子放开他的小师妹，故单阳独自一人接受了狐狸们宾至如归的招待。而今日一早，单阳本是与师父一同来和青丘狐主会面，然而还未来得及开口，便见一只三尾红狐带着睡醒了的小师妹进了正殿。

只见那三尾红狐恭敬地朝青丘狐主行了礼，十分守礼地张口道："嗷嗷嗷嗷！"

说着，她让开一步，让小师妹上前。云母似有些忐忑，看了眼师父，又看向威严的九尾神狐狐主，犹豫了一小会儿，还是文雅地开口："嗷！嗷呜——"

坐在主人位上的狐主稳重而庄严地点头："嗷嗷嗷，嗷呜，嗷呜——"

殿内众狐仰天长啸："嗷呜——"

见面完毕，云母缩着脑袋既紧张又兴奋地跑到师父身边。因为青丘规矩松散，周围的灵狐也是到处乱趴的，她索性直接爬上了白及的大腿，往师父怀中一坐，高兴地说："师父，青丘这边的口音真好听，跟我娘说话不一样呢！"

白及一顿，自然地抬手摸了摸她的脑袋，面色淡然道："嗯。"

单阳心想，师父你听懂了吗？

云母昨夜到得晚，又不小心在车上睡着了，此时方才见到真正的青丘，新奇不已，只觉得自己从客房走来正殿的一路上见到的狐狸比此前十八年加起来的还多，新鲜地左看右看，还不时摇尾巴。

白及见她如此，不觉一滞，问道："你喜欢此处？"

云母蹲在师父腿上，便觉得师父的声音从头顶传来，与此同时，他身上那股清雅的檀香味似是也变重了，想到三尾红狐先前所说之事……云母莫名地心跳加快，待反应过来，已经昧着良心摇了摇头，壮着胆子回答："我喜欢跟着师父。"

话音刚落，便是云母自己亦觉得脸红。她局促地低下头，慌得耳朵一抖一抖的，然而等了良久还是没有等到什么反应，好不容易才鼓起勇气去看白及，却看到师父不知何时已经闭目养神，云母顿时很是沮丧，低落得耳朵都垂了下来。

她哪里想得到白及近日总是心神烦乱，此时他正克制着自己不要因为这一句话而想多。

这个时候单阳也在，便是她心中真有何想法，那个人也不是自己。

如此一想，白及胸口虽疼，脑袋倒是分外清爽。

与狐主的会面不过是惯例寒暄，狐主尽了主人之谊，又与传闻中"仙中之仙"的白及见了面，便离开了。剩下少暄拿着他昨晚大半夜翻出来的册子兴奋地跑来和云母说话。

"现在正好有一处狐仙庙空着，等下我带你过去。"少暄大约也是头一回做这种事，看起来异乎寻常地感兴趣，比云母还要积极，"等下你就按照我先前说的，在狐仙庙里等待凡人来许愿……一般许愿的都是附近村民或者镇里的住户，愿望也不会太大，所以你……"

云母一边听少暄解说，一边凑过头去看他手上的册子。此时少暄翻到的一面正是一张地图，上面密密麻麻地标着山名、村落还有狐仙庙的位置。见她凑过来，少暄便大方地将那处空出来的狐仙庙指给她看，只见那庙位于青丘极北面，已经到了青丘的边境，看上去颇为偏僻。

到底是第一次积累功德，云母多少觉得有些不安，咽了口口水，又下意识地抬头去看白及，见师父对她点了点头，方才安心了些。

既然确定了位置，接下来便是准备出发。

白及先前说过不出手，自然没有帮她的意思，故只有云母和少暄同去。两人飞了差不多小半个时辰，才到了地方。

云母此时已经化了人形，两脚轻盈地落了地。只是她见到眼前的狐仙庙时，还未表现出吃惊的样子，少暄已经先尴尬了起来。

"呃……"看到眼前的破庙，少暄身体一僵，窘迫道，"大约是太久没有人来，早先管理这里的仙狐就另寻他处谋求功德，走时也忘记修了……你等等，待我回去再问问有没有别的……"

"没事。"

少暄转身要走，云母赶忙拦住了他。她看了看面前的狐仙庙，尽管这里比想象中要破旧，但是望着正坐在满是枯草落叶的正堂中的狐狸娘娘像，又不知怎么就想起了母亲。

她说："就在这里吧。"

少暄一贯以自己是青丘少主为傲，不承想过青丘境内居然还有这般破烂的狐仙庙，一想到这庙还是自己亲自带云母来看的，他便有些手足无措，恨不得当场将庙埋了才好。然而云母坚持，他也就没有多说什么，老实地跟着云母收拾。

两人好歹是一只七尾狐和一只九尾狐，用了几个口诀再亲自打扫了半天，原本破败的狐仙庙总算焕然一新，虽算不得多豪华，但终于像模像样了。

少暄极少亲自做这种杂事，做完之后，他居然还有了几分成就感。

他双手抱胸，擦了擦汗，道："凡人看不到我们，等一会儿有人来许愿，即使他们不开口，愿望也会通过香火传达到我们这里……你一试便知！"

云母点了点头。

她抬头望着那尊狐仙像，心里也有些紧张。狐仙像是个端庄秀丽的年轻女子模样，但怀中抱着狐狸，脚边也蹲着两只狐狸，三狐皆是九尾。她眼睛微垂，像是注视着下方之人，衣带轻盈，仿若飘飘欲飞之仙。

云母忽然想起娘亲当年也常常去附近的城镇，用法术替居民解决些难事，现在想来，母亲这么做除了赚取钱财换些人类的物品之外，应当也是想要多积攒些功德好早日飞升……

也不知哥哥和娘亲，现在修行得如何了。

云母越想越思念他们，眼睫亦微微垂下。

大约是这处狐仙庙太过偏远，又荒废了好一阵子，他们两只狐在庙里戳了一天连个人影都没看见。因是他最初信誓旦旦地跟云母保证这样能寻到机缘，少暄此时焦躁得不行，反倒是云母还算平静，她本来就晓得积攒机缘不是一朝一夕的事，索性放平了心态不急。

谁知一等就是几天，不要说人，那狐仙庙里连愿意进来的飞禽走兽都极少，整天只有昆虫飞来飞去。云母后来站得脚麻，干脆化成狐狸趴在狐仙娘娘像的旁边，狐仙娘娘像本就做得栩栩如生，她一化形，俨然成了雕像里的第四只狐狸……有时候她和少暄在庙里玩了一天才发现居然已经到了黄昏，然而事情却毫无进展。

此处无人问津，便是云母也有些泄气了，这一日她碰到单阳时，心里羞愧得很。

"对不起，师兄……误了你的行程。"云母低着头抱歉地道。她晓得单阳只是顺路而行，并不是一直陪着她的。

单阳没想到云母会因这个来向他道歉，一愣，略一颔首道："无妨。我要行的事……多等几日亦可。我已同师父说好，若是到时候你需要长久地留在凡间，我就送你下山……等你完成机缘，师父会亲自去接你回来。若是你要去的地方与我顺路，我也可以多送你一程。"

这下反倒是云母怔住了，没想到自己懵懵懂懂地每天守着狐仙庙的时候，师父和师兄已经帮她想得这么妥帖。她感激地道："谢谢师兄。"

单阳嗯了一声。他如今看云母的脸会不自在，便不自然地移开了视线，尽量不与她对视。然而，正当他以为小师妹要离开的时候，却听对方好奇地问道："说起来师兄……你要到哪里去呀？"

单阳抬头去看云母，只见小师妹疑惑地歪了歪头，像是不解。她犹豫一瞬，又问道："不能问？"

单阳一顿，便摇头道："不是。"

说着，他闭上了眼。

并不是不能说的事，只是一旦心情沉重，难免寡言。

停顿片刻，单阳说："我要去长安。"

为门客，被举荐入朝，为父翻案。

今年少帝登基，求贤若渴，单阳也算是通晓玄术，此为常人所不及之处，正是机会。

说来简单，其中会有多少困难，单阳自己也不是很确定。他唯一能确定的是……待他了却此事，便不再离开旭照宫，不再过问凡尘俗事，只做师父门下的一介求仙人。

单阳再睁眼时，眼中已是一片清明。不知怎么的，他看到小师妹脸上担忧的表情，心里一软，明明对方没问，却也对她道："我幼时在长安长大，遇到师父方才搬去仙宫……对那里熟悉得很，且父亲的故友已答应让我在他那里暂住，你不必替我担心。"

"原来是这样。"云母松了口气，对单阳笑了笑。

她又随口说她娘和哥哥如今也在长安暂居，若是师兄遇到他们时请替她打个招呼云云，单阳自是答应。

说来也巧，不知是不是真有狐仙娘娘感到了云母等不到来人的焦躁，在她与单阳谈过的第二日，破落的狐仙庙里便来了客人。因为这偏僻的庙里平日实在少有人烟，听到有人进来，云母和少暄反倒吓了一跳。

因为两狐之前闲得在一起抓虫子，所以现在他们都是原形。云母第一反应就是想躲，被少暄咬住尾巴拖了回来，他翻了个白眼道："你躲什么？人家又看不见你，好好在这里等着便是。"

说着，少暄自己往雕塑台上一趴，优哉地晃着尾巴。云母一愣，这才学着他的样子趴下。

云母木讷地坐在石像台上看向进来的客人……继而惊讶了一瞬。

进来的客人并非人，而是一只再平常不过的山狐。青丘山纵横数百里，狐狸多很正常，但云母能在狐主宫室中见到的，都已算是拜入仙门的狐狸，算是仙门弟子，而剩下更多的，则是漫山遍野无缘投入仙门的凡狐和灵狐。

眼前跨进庙门的这只山狐显然正处于此列，她外形与云母差不多大，口中叼着一只苹果。她站在狐仙庙前徘徊了几圈，终于还是走上前，小心翼翼地将苹果放在供桌上，在狐仙娘娘像前拘谨地坐下，祈愿道："狐仙娘娘……"

只看对方进来时的样子，云母便多少能感觉到对方应该是开了灵智的，等听到对方开口，她一下坐直了身子。

"狐仙娘娘在上。"山狐一双狐眸亮闪闪的，充满期待，"我有一个想见的人……数月之前，我在山间被妖兽纠缠，他如神仙一般从天而降！他救了我，却没有留下名字，我当时太慌乱，都没来得及向他道谢……若是可以，我真想再见他一次，亲口向他道谢，想办法报他救命之恩……"

云母听得认真，只觉得有些像她当初和师父第一次见面时的样子……她脸一红，顿时十分理解这份仰慕之情，可听着听着，却又觉得为难。对方说的信息太少，茫茫人海，去哪里找这位恩人？

少暄显然也觉得有点为难，他皱了皱眉头，说："你问问她还有什么特征没有，用法术暗示她一下，要不然这样怎么找？"

云母连忙点头，闭眼凝神使了个诀。这道仙法一进入那灵狐眉心，姑娘果然灵光一闪，当即道："他原形也是狐狸，已有八尾，离成仙不过一步之遥！当时他口令一出，群妖皆服……我四处打探过，其他人说……我碰到的许是居住在长安城附近的妖王！"

238

"他是妖王，而我不过一介灵智初开的凡狐，即使知道他在长安，也无法得见，唯有请求狐仙娘娘指引，指点我报恩之法。愿娘娘开恩！"

说罢，山狐姑娘屈着腿跪了下来，对着狐仙像恭恭敬敬地磕了几个头。

磕完头，山狐就跑了出去，不一会儿她又回来了，嘴里叼了一个苹果，郑重地在供桌前放下，耳朵垂了下来，有些沮丧地道："我已经没有别的苹果了，待日后存下来，再来供奉娘娘……愿狐仙娘娘开恩。"

说罢，她又认认真真地磕了个头，起身后忽然拿尾巴掩了脸，脸上竟是十分害羞之色。

云母啊了一声，一眨眼的工夫那小山狐已经跑得没影了。她便也从神像台上跳下来，碰了碰供桌上的苹果，犹豫地问："若是我收下这两个苹果，就算是将愿望接下来了吗？"

云母跟着师父不缺这两个苹果，见那山狐姑娘略有几分舍不得的神情，便让她不好意思收下这供品了。

"算是。"少暄看出她的想法，眉毛一扬，"你先收着，明天早上找个机会放回她洞口，让她当作是捡到了新的苹果便是。"

听少暄这么说，云母总算安了心，将苹果捡起来先塞进尾巴里放着，然后便开始思索"妖王""长安""八尾狐"之类的关键词，正想着，忽听少暄在一旁不屑地嗤了一声。

"怎么啦？"云母抬头看向他，却见少暄一副不太高兴的神色，整张脸都别扭地皱了起来，便问，"你知道那个妖王？"

"什么妖王。"少暄亦从神像台上跳下来，长尾一扫，轻轻地皱了皱眉头，"多半就是在别处修炼的八尾妖狐，也不知道是从哪里跑来的，要拐带我青丘的狐狸……啧。"

少暄一贯将青丘看得极重，云母看他这副模样，便晓得他是不高兴自家的狐狸跟着别家的狐狸跑了，她无奈地一笑，说："既然他从其他妖物手中救下了那只小灵狐，想来应当不是那种靠吃修为低的妖兽灵兽走捷径修炼的妖怪……不是灵狐而是妖狐，说不定是因为别的事情而导致心境受阻……总之，我先去长安看看再说。"

少暄嗯了一声，不置可否。

"妖王？"

因为今日总算听到了别人的愿望，云母难免比以往兴奋些。等回到狐主的仙宫，云母自然是第一时间告诉了师父，白及听完后，便睁开眼睛，看着端坐在他面前的小徒弟。

云母此时已特意化为了人形，眼睛亮亮地点头，但刚点完，眸色却又一暗，局促了片刻，终于还是不安地问："师父，你是不是准备先留在青丘，不会陪我们去长安了？"

白及一愣，一时没有回答。

按照原本的计划，他的确是有这个打算，不过……当时，他也未曾想到云母会需要跑到长安那么远的地方去。白及看着云母的这般神情，心一软，张口已改了计划，道："若是如此，我可送你们到长安附近的仙山，然后你们自行下山，我在山上借居一段时日便是。"

听闻此言，云母喜道："当真？"

"当真。"

"嗷呜！"

还未等白及反应过来，面前的少女已经欢欣鼓舞地化成了一只小白狐，毫不掩饰喜意地撞进他怀中，让他肚子上瞬间就多了一团毛茸茸软乎乎的东西。云母高高兴兴地站在他腿上，拿脑袋蹭他的衣服，口中发出撒娇般的呜呜声。

虽然师父还是不陪她下凡，但在附近的仙山总算离得近些，已经比云母预计的好很多了。她蹭师父蹭得很开心，却听到白及叹了口气。

白及心情复杂道："云儿，你总是如此……"

"嗷？"

"没什么。"

白及重新闭了眼，说不出"会让我辨不清真心，会出事"这样的话，只好自己沉心静气，终于安定下来。他一边安抚着蹭他的云母，一边叮嘱道："这世间的人有好有坏，你此去人间，若是遇事，便唤我。"

云母呜呜地低头应着，心里为师父关心她而暗暗高兴。

白及说话算话，待云母第二日将那两个作为供品收到的苹果放回小灵狐的洞穴附近让对方捡到后，他便带着云母和单阳纵云前往长安附近的仙山。

住在仙山中的仙人乃天成道君，与白及似是有些交情，守门的童男童女远远地看到白及就尊敬地迎了上来，双双拱手道："见过白及仙君！"

话完，他们又瞧向跟在白及身后的云母和单阳，笑嘻嘻地行礼："见过小师兄，见过小师姐！"

那额间点了一点朱砂的童女一边带着白及一行人往里走，一边解释道："仙君

240

的安排，师父都已经知晓。师父先前接到仙君的信函很是高兴，但无奈师父已经受了天帝的命，今日恰巧要去拜访司命星君，故不能亲自迎接仙君，实在遗憾……师父交代了我们要好好招待仙君，厢房早已备好了，仙君住下便是，千万不要见外……"

白及缓缓颔首。那童女自顾自地说得兴起，乖巧地跟童男一起将他们领到了厢房，说："两位师兄师姐若是不急着下山，也可在此安住几日，有事但唤我们便是。"

云母连忙点头。

云母进屋后，便好奇地打量着这里。天成道君的称呼里有个"君"字，这里看上去也像是有地位的神仙的宫宇，还有刚才童子所说的奉天帝之命……天成道君听起来像是个事务繁忙的神仙呢。

她幻想了一番，将行李放下，见童男童女又招呼着要带他们去参观仙宫，赶忙跟了出去。

这个时候，云母想象中事务繁忙的天成道君正在同司命星君议事，两人相谈之时，天成道君不慎碰倒了司命星君桌前大把的案卷，那些纸卷山峦倾颓一般纷纷滑落在地上，不少案卷直接散开，密密麻麻的字显露出来。天成道君一慌，赶紧低头去捡，谁知刚捡起一卷要放回去，眼角的余光却不经意地瞥到了上面的字迹，不禁咦了一声。

"怎么了？"司命星君也在弯腰捡卷子，见同僚顿住，疑惑地问。

天成道君摊开那张纸，指着上面的字说："这可是十八年前受刑的那位玄明神君的七世凡命？想不到居然也在你这里！他的命，也是由你写的？"

"这等上古神君的命，我哪里写得。"司命星君摇了摇头说，"我这里不过是存个底本，天道自有安排。"

"原来是这样。"天成道君恍然大悟，又匆匆扫了几眼，接着便又面露意外之色，道，"我虽没见过玄明神君，可我听说过天帝曾让他掌管人间君子……以他的性格作风，我本以为他的转世也该是什么薄命的文人墨客，没想到……到底是天帝的同胞兄弟，他这一条帝命，居然是在这！"

"可不是。"司命星君将了将胡子，叹了口气，"天子之命至贵，而亡国之君……却又至衰。如此驳杂的命事，由犯了错的玄明神君来担，岂不正合适？"

万事万物盛极而衰乃是天理，王朝亦是如此。

昔日的人间王朝也曾有过人人讴歌的盛世太平，也曾有过天下一统千秋万代的美好幻梦，但如今世风日下，盛世早已如昨日之花，佞臣与宦官共舞，外戚与敌族齐飞，王朝内忧外患、千疮百孔，正所谓山河将倾、风雨欲来——偏偏长安城里依旧是一片花团锦簇、人人安居乐业的快活景象。

先帝沉迷修道不问政事，子嗣亦甚是稀薄。如今的新帝年不过十八，据说自幼过目不忘，倒是素有才名。然而再怎么惊才绝艳的天子，也无法以一人之力抵挡一朝衰落的大势，况且朝廷大权早已把握在权臣手中，新帝纵有复兴之心，却也无复兴之力……如今的天子倒也是个通透的人，性情颇闲散，见争不过，索性不争了，整日吟风颂月，却也没有同先帝一般索性完全消极怠工，每日上朝时都笑嘻嘻的，一副好脾气的样子。

如此一来，竟也没有人同他为难。新帝至今宫中无人，亦无子嗣，这本来是件奇怪的事，但更奇怪的是没有人催他……旁人只道是权臣连天子的后宫都已把持，只等什么时候逼新帝让位，却不晓得玄明神君本就是犯了不得与凡人相恋的天条才下凡历的劫，哪里还能让他下凡来和更多凡人成婚生子？他是下来受罚又不是享福的，注定是无妻无子之命，且还必将英年早逝，二十出头便要归天去下一世，算来在这人间不过只剩数年光阴。

听天成道君说完这一大段人间大势，云母已经惊奇得睁大了眼。

天成道君已从司命星君府邸归来，正好招待白及他们一行人，在仙宴之上难免就多说了些。道君是个有趣的人，口中说出来的话亦是妙趣横生，比旁人说起来有意思些，而云母原本是生活在山林间的灵狐，即使入了旭照宫也一心修仙，极少听闻凡间的事，故对这些事很好奇，听得尾巴一甩一甩的。

其实玄明神君的事到底涉及了些机密，天成道君便隐去了一些内容未同她说，但纵是这般，云母也已听得满足。

天成道君见她如此，高兴得脸颊红润了几分，笑得眯起了眼睛，活脱脱一个慈祥的老爷爷。他将了将胡子道："这些凡间的事，我也是刚从司命星君那里听来的，待你成了仙，若是有机会在天庭供职，叫他亲自说给你听。"

小白狐兴奋地嗷呜叫了一声，摇尾巴的样子越发让天成道君眉开眼笑，他转头对白及说："白及仙君，你这徒儿真是个妙人，生得如此灵性，想来成仙之日，亦不远矣。"

天成道君与白及相识得早，算是朋友，先前又喝了两杯仙酒，放得开，正是情绪高昂之时，对白及说话便随意些。听了对方所言，白及拿着手中的茶盏微微抿了一口，不说是也不说不是，只微微垂眸，目光沉稳而安静，让人不晓得他在想些什么。

气氛融洽的一夜过去了，第二日太阳初升云母便醒来了，她简单地收拾了东西，跟着单阳下了仙山。

下山途中，单阳问她："师妹，此番下山，你是准备扮作凡人，还是同游仙一般行事？"

扮作凡人便是像上一次收妖那样作道士或者一般女子打扮，游仙便是用法术隐匿身形，使凡人看不见她。

这等法术虽然对仙家来说再自然不过，可对云母这等未成仙的人来说一直用还是很吃力的，只是……

云母想了想，还是道："游仙吧。"

迟疑片刻，云母又补充道："不过有时候我还是会现身的，难得来了长安，我想去见我娘和哥哥，也许会住在他们那里……到时候，总要让他们看见我。"

单阳点头，对她这个解释没有提出异议。

毕竟他们都在长安，两人交换了各自要去的地方。随后单阳将云母送到了她要去的地点，看他领路领得熟门熟路，云母便恍惚地想起四师兄被师父收入门中前是在长安长大的，这些年来这里变得不多，他自然还是认识的。

单阳把她送到了地方就要离开，云母连忙拦住他，问："师兄，你要不要一同进去歇歇脚再走？"

单阳好歹陪着她走了这么多路，就这么任由他走了，实在怪不好意思的。

"算了。"单阳一顿，说，"我也要去拜访我父母的故交了，他们许是在等我。"

"哦。"云母点点头。

她看着单阳离去的背影，总觉得师兄今日情绪不高，好像分外严肃。但云母还来不及细看，单阳已经拐了个弯走远了，她将视线重新放回到眼前的院门。地址已经核对过许多次了，绝对没有错。

这里不是浮玉山的狐狸洞，云母感到陌生得很。她紧张地咽了口口水后才敲了门。院中刚传来一句"谁呀"，下一刻就有人开了门，开门的妇人看到云母先是一怔，接着便极为惊喜道："你……你莫不是云儿？"

云母点头，乖巧地喊道："翠霜姨母。"

先前住在狐狸洞前那棵大银杏树上的山雀夫妇因不堪寂寞，也随白玉一同搬到了长安城中同住，此事云母已从母亲信中知晓，只是现在终于见到了，还是忍不住鼻尖一酸。

翠霜赶忙将云母拉到院中，嘘寒问暖，连呼云母长大了变漂亮了，继承了白玉十分的美貌，白玉看到定要吃惊，她又责怪云母回来都不提前说一声……

云母红着脸回答对方的问题，也问了姨父姨母还有母亲兄长的安，接着，她打量了一下似是只有山雀夫人一人住的空荡荡的院子，又问道："我娘还有哥哥不在吗？还有姨父呢？"

"你姨父出去了，我们既然住在人界，总要做点营生。"山雀夫人随意地说，"你娘恰巧不在，她这两年总外出，神神秘秘的，我也不晓得她在哪，不过黄昏时应该就会回来了……至于你兄长，他这个年纪的狐崽子，总跟母亲住不太像个样子，所以去年他就自己搬到山里去了……但隔几日还是要回来让你娘检查功课的。对了，他现在很喜欢到集市去，偶尔还会坐在茶馆里听书，你若是想见他，要不现在去看看？说不定能碰上。"

云母原本听说哥哥自己单住时还吃了一惊，一听后面的话，她看看天色，若是现在不去，说不定集市就要散了。她连忙向山雀夫人道了谢，然后在对方的目光中匆匆往外跑。

却说云母其实不认识路，到处问人才找到的。然而等她匆匆赶到集市后，望着眼前人山人海的景象，又有种欲哭无泪的感觉。

哪怕王朝将倾，都城总归还是繁荣之地，集市上有如此多的人，她要到哪里去寻？而且云母这才想起，她上回见到石英时他都还没能化形，她不晓得哥哥的人形长什么样……

既然翠霜姨母说哥哥偶尔会去茶馆听书，她便干脆寻着茶馆走，然而到了茶馆门口，她还没找到石英，却正巧看到门内走出来一个人，看到对方极为眼熟的相貌，云母不小心就失了神。

说来也巧，云母正看着那人出神，对方也看到了她。那个年轻男子略一皱眉头，抬步就走向了她。这一转身，立刻便让云母看清了他额上那道显眼的竖红，原本她只觉得对方的侧影有三四分像玄明神君，还准备揉眼睛再看看，现在加上那一道红，三四分瞬间成了七八分，只是这人的年龄比幻境中二十五六岁的神君要小许多，看着要嫩点。

眨眼之间，那人已走到她眼前，云母不自觉地脱口道："你……"

这时，对方一笑。

他本就是极为俊雅的相貌，这一笑更有春意。

他抬手一敲云母的额头，笑道："笨蛋妹妹，连哥哥都不认识了？"

听到对方对她的称呼，云母感觉自己魂魄出窍了好一会儿，呆了好久才不确定地道："哥……哥哥？"

云母心中震惊，有一个念头在脑海中渐渐浮现。但还未等她将因为惊讶而张开的嘴合上，却已听石英笑着说："是啊，妹妹。"

石英并未察觉到云母并非只是因为偶然遇见他而惊讶，说完，他便又疑惑地问道："说起来，你怎么来人间了？你既然要来，我怎么一点都不晓得？"

但话一出口，他看了眼周围的人山人海，立刻改口道："不过这里不是说话的地方，还是回家说吧。走，先回家里去！"

说完，他便极其自然地拉了云母的手要走，云母一愣，注意力便移到了兄长握着她的手上。他们年幼时常常并肩同行，一起玩耍，互相扑打也是常有，但这样相处倒还是第一次。隔了这么长时间两人再次见面，亲密起来居然也不觉得奇怪。

石英带路，两人很快回到家里。

山雀太太见他们兄妹俩一同回来极是开心，为二人忙前忙后，还是被石英制止才停下来。待三人重新安静地坐下后，石英才问道："所以……你最近这几年在仙界过得怎么样？"

此时石英眼中满是关切之色，他停顿片刻，又道："你要晓得，若是你觉得仙界不好，我还有娘，都随时欢迎你回家。"

云母怕石英误会，忙解释道："师父待我极好。"

说着，她赶紧开始解释自己出现在长安的来龙去脉，从自己修为已满却生不出来新的尾巴讲起，一直说到在青丘狐仙庙时从小山狐那里听来的愿望。

石英在云母说起那小山狐和"妖王"时微微一愣，手指不自觉地在桌子上轻轻叩了叩，若有所思地拉长了音，扬眉道："长安……妖王？"

云母从他话中听出了什么，忙问道："哥哥，难道你知道什么关于那个妖王的事？"

"嗯……算是知道些吧。"石英的神情变得古怪了起来，手指指节又无意识地轻轻在桌上敲了几下，继而笑起来，随意地往椅背上一倚，问，"所以你这次来长安……就是来找那个妖王的？"

"是。"云母坦然地点头。既然哥哥知道一二，那总比她一个人在长安大海捞针地乱找好。

她接着问道："你知道他在哪里吗？哥哥，你能带我去找他吗？"

"可以是可以……"石英眉毛一挑，话锋接着一转，问道，"说起来，你要找的那个妖王住的地方正好离我那颇近。现在我已不同娘住，一人在山中定居，你既然要找妖王，要不要顺便到我那里去看看？"

"可以吗？"云母惊喜道。

"当然。"石英应道，见妹妹如此，样子还颇有些自得，"既然如此，那我明日便来接你。"

兄妹俩如此说定了，又天南海北地聊了一通。因为云母要等白玉，石英现今几日才回来一次，总不可能不和母亲打个招呼就走，故也留了下来。两只狐狸等到黄昏，白玉果然提着篮子回来了，里面零零散散地装了些灵草，看上去像是上过山了。云母这么久没有见到娘亲，单是看到对方的脸便感到眼眶一热，当即迎了上去，喊道："娘！"

"云儿？"白玉看到云母亦是吃惊，看女儿冲过来，下意识地张开手臂，下一秒看着对方撞到自己的怀里，眼眶都有点泛红。

日思夜想的女儿归来，她如何能不惊喜？只是白玉向来不太善于露骨地表达感情，此时太心急了更是不知从何说起，只能拉着对方问来问去，云母便将先前告诉哥哥的又原模原样地向母亲说了一遍。

这一晚全家人难得团聚，小院里的灯亮到很晚，待云母困得实在睁不开眼了，众人方才歇下。白玉像过去那样哄着云母睡了，待小小一团的毛狐狸蜷着尾巴睡着，白玉又看了这小家伙好一会儿，这才替对方又盖了一遍被子，熄了灯，走出房间，轻手轻脚地关上门。

白玉打量了一下四周，四下寂静，她没有回自己房间，而是趁着夜色化了原形，熟练地跳到屋顶上。她犹豫了一下，又看了一下云母的房门……其实今晚云母回来得突然，她更想陪女儿。

白玉心情复杂，可想来想去，终于还是觉得不可失约。于是她还是悄无声息地召来了云，腾云而去。

轻盈的白狐驾着云雾一路前行，待进了宫城，便化为女子，悄然无息地入了整个长安最为繁华的宫室之中。

一夜过去。

清晨，东方不过微亮，玄明便感到身边一凉。他素来在这方面有些敏感，察觉到动静便睁了眼，却见身边的女子起身拢了衣衫，雪白的肌肤和引人遐想的身段瞬间便被轻薄的白衣拢住，只留下一个纤细曼妙的背影。

他侧过身，安静地倚在床上看她在床前梳妆，长长的乌发垂下来，露出一段白皙的后颈。良久，玄明微笑着吟道："践远游之文履，曳雾绡之轻裾，微幽兰之芳蔼兮，步踟蹰于山隅……玉儿，你究竟是仙，还是鬼？"

白玉侧过头，柳眉微蹙，疑惑地看着他。

246

玄明略微思索，自顾自地道："应当是仙吧……鬼魅哪有你这般轻灵。说来你许是不信，我第一次见你，便觉得以前曾在哪里见过。我们前世……莫不曾有缘？"

白玉不言，却垂了眸，片刻后回应道："别说这种玩笑话。"

"是了，抱歉。"玄明笑笑，倒不生气，只是望着她的目光依旧神往而迷恋，他顿了顿，说，"我不过一介凡人，何德何能得了仙子的垂青。我只是有些疑惑，为何你从不问我的名字，只让我唤你玉儿，欢好之时又总是流泪……可是我不够温柔？还是……你将我当作了什么人？"

白玉的背影颤了一下，但没有回答，总不能说她一点都不想听到假的名字。

她已经理好了鬓发，便缓缓地站了起来。玄明见她起身要走，方才急了，慌乱之中便拉住了她的袖子，问道："你昨夜来得晚，为何今日这么早就要走？我早已遣退了宫人，他们还有一个时辰才会来，你大可……"

白玉看着他拽住自己袖子的手，目光复杂，过了一会儿方将他的手推开，说："不要说傻话。"

话完，她又提步要离开，却忽然被人从背后抱住。那股熟悉而温柔的竹林气息充盈着鼻腔，让她有瞬间的怔愣，过了一会儿，却听那男人在她耳边问道："我比你先前的夫君，差在哪里？"

白玉身体僵住，不禁侧目。

身后那人生着玄明的脸，连笑起来的模样都一般无二，只是没有额间的红印。

他笑着说："这么吃惊做什么，相处这么久了，我总能感觉到一二。你们可是还有孩子？生得可漂亮？该有多大了？"

白玉抿唇，不知该如何回答。

过了一会儿，方听玄明说："我若说我羡慕，你可会生气？"

"羡慕什么？"白玉眼睫垂落，睫毛轻轻地颤了颤，像是自言自语般轻声说，"你也想留给我两个孩子不成？"

玄明在她耳边闷声笑了，回答："这自然也是羡慕的。"

停顿片刻后，他又说："不过还是算了。我也不知自己何时会死，还是别拖累你们的好。"

他这一番话反倒让白玉越发不知道该如何接才好。玄明如此说时，脸上始终是一副云淡风轻嬉皮笑脸的模样。白玉抿了抿唇，只觉得胸口难受苦涩得很，却又无处可诉。

玄明见她如此，反倒将她搂得更紧。他闷着声在白玉耳边又笑了好几声，张口不轻不重地咬了一下怀中人的耳垂，哑声道："这么说来，可是我赢了？"

"赢什么？"

"无论你先前那夫君如何，既然你如今陪的是我，那自然是我赢了。"玄明的眼睛笑成一道弯钩，像是十分开心似的，"他的运气不如我。"

白玉一噎，居然无言以对，只扭了扭身体。

她这一挣，倒是很容易就挣开了。还没等白玉用力，玄明已经十分自然地自己松了手。他往后退了几步，重新坐到床上，弯了弯嘴唇，惬意地看着对方，慢慢地说道："何其有幸，我在一日，便能爱你一日……这样一来，若是以后我舍不得死了该如何是好？玉儿，你是我命中的皎月，你可明白？"

白玉轻轻地回头看了他一眼，继而眼睫一垂，她抿了抿唇，轻轻地、冷淡地道："油腔滑调。"

白玉说完便拂开隔着屋室的轻纱往外走。她的身影在垂着的帘幔中若隐若现，显得有些朦胧。玄明还坐在那里，优哉地道："我说的是真话。"

他这句话说得轻，然而白玉的身影早已隐没在帘幔后，玄明也不晓得她听见没有。他在静悄悄的房间中无奈地一笑，摇了摇头，方又躺下睡去。

这一日云母醒来时，天已经大亮了。院子里传来山雀太太催促丈夫起床的叽叽喳喳的鸟鸣声和不远处的水声。云母好久不曾起得这么晚过，她连忙抖了抖毛跳下床，化为人形打开房门走出来。云母看到在院子里浇灌灵草的白衣女子，恍惚之中开口喊道："娘。"

白玉和山雀夫妇大约是觉得这间房子带着院子，闲着也是闲着，就在院子里种了些灵花灵草，都是常见的治病用的草药。此时白玉正在浇灌它们，听到云母唤自己，便转过身来。

"起来了？"白玉问道。她看到女儿的样子，自然地走过去替对方理了理衣襟。

"怎么这般不仔细？"白玉缓缓地说，"你在你师父面前也是这样子的？"

"呃，不……不是。"

云母的脸变得有些红了，下意识地想辩解，但又不好意思说赤霞师姐有时候比她还随便这种话，最后只好否认了一下就不再吭声，安安静静地任凭娘亲将她的衣服理整齐了。

她打量着白玉的样子。

云母听哥哥说，娘现在已是六尾狐。娘既然已有六尾，自然就没有那么容易老

248

了，她看起来还和云母离家前一样。云母不知是不是因为娘多了条尾巴，整个人看起来似乎比原来还貌美了几分，只是仍然愁眉未展，像是心中积着愁郁。

白玉替云母整理好衣服后嘱咐道："你今日跟你哥哥出去，不要玩得太晚了，早些回来……还有，这附近的山里有不少猎户和樵夫，你若是在洞穴外就保持人样，不要叫外人看见原形。"

这些事白玉从云母小时起就叮嘱过许多遍，云母早已烂熟于心，连忙称是。

云母按照昨天说好的时间在家里等了一会儿，石英果然按时来了。他也和云母一样被白玉叮嘱了一番后才被允许和妹妹一道离开。兄妹俩出了城，又往山里走。云母一到山脚就感觉到相当强烈的妖气，强烈程度完全不亚于在桂阳郡时。

云母以前并没怎么和妖打过交道，先前去收妖的那一次也和妖算不上有什么好交情，她几乎是一感到妖气就进入了戒备的状态，后背挺得笔直。

石英看她这副样子，反倒笑了，说："你这么紧张做什么？不要紧的，你都晓得这山里有妖王了，妖气比其他地方强些也正常。放心吧，这里的妖物都不算坏的，不会攻击你。"

云母想想也是，脸一红，便放松了些。但她又看向石英，疑惑道："哥哥，你平时就住在这里？"

"还好吧，习惯了就没什么感觉。"石英的神情似有几分怪异，他不自然地换了个话题，"对了，你上次说你做任务时遇到的那只小山狐，是什么样子的来着？"

云母一愣，没想到哥哥会对这个感兴趣，但还是回忆了一番，如实描述了起来。

果然越是往山里走，妖气便越重。毕竟妖王是号称统领众妖的大妖怪，在山里设了好几重屏障。但石英居然一一找到了入口，轻巧地带着云母走了进去。

他们一路上没碰到什么妖怪，云母好奇地四处打量，直到最后一处山障被破除，石英脚步停住，对她说："到了。"

说着，石英向前一指。

"此处便是妖王的住处。"

云母顺着石英所指的方向看去，却见眼前是一个巨大的山洞，洞口被巨大的石门结结实实地掩住，上书"令妖宫"三个字。山洞的戒备不太森严，门口没有人守卫，跟云母想象中的妖王住处不太一样。

石英还未等她有所反应，长袖一展，那石门就自动朝两边敞开，他转头对妹妹一笑，道："进来吧。"

云母怔了怔，完全没有料到石英对妖王的住所居然会熟悉至此。看样子，他先前说的对妖王"算是知道些"并不尽然，两人何止是住得近，根本就是熟识！

云母心中一急，但还没来得及问，石英已经直接进了洞内。她赶紧回过神，小跑追了上去，紧接着便又是一怔。

妖宫里面，居然别有洞天。

相较于外部的朴素，令妖宫里面除了暗些，简直可以用舒适华美来形容。洞内空间比想象中大，相当宽敞，地面和墙壁都打扫得干干净净，四处燃着灯火，因而十分明亮，灯盏同样一尘不染，被火苗衬得亮闪闪的。

石英一路穿过空荡荡的走廊，熟练地拐了好几个弯。云母一路跟着他，隐隐觉得有哪里不对。终于，她忍不住问道："这个地方明明妖气很重，为什么一路上都没有碰到妖物？今天都不在吗？"

然而云母没有立刻听到回答，反倒听到咔嗒一声，只见石英又一展袖，将最深处的一个大门直接打开。云母跟在他身后，待看清里面的景象，当即吓了一跳。

这个房间比起其他地方都要隆重华丽，大堂正中有一张足以坐下两人的石椅，需要走几级台阶才能上去，上面铺着看起来极为昂贵的红色软垫和厚毯，一看就知属于地位极高之人。

即便是石英不解释，云母也能看出，这里必定是妖王的正殿。

"当然没有人，因为我昨日便将他们遣出去了。"石英道。

云母一抬头，便见他身上已经燃起了一团火，待火焰燃尽，石英居然比先前看起来还高了几寸，原先穿着的普通青衣已经换成了一件红色的长袍。

他走上台阶，一展长袍在石椅上坐下，八条白尾一一展开，犹如孔雀开屏般拖在身后。

石英对她一笑，道："再说一遍你找我什么事吧，笨妹妹。"

正殿之中，四方明亮的火苗在华美的灯盏中有节奏地跳动着，石英穿着一身红衣显得分外灼目。他懒洋洋地靠在石椅上，笑得颇有些得意。然而云母怔怔地望着兄长，竟说不出话来。

石英对她这个反应很满意，但是看她太久说不出话来也觉得有点又好气又好笑。他举起手掌对着她晃了晃，笑道："怎么样，吓了一跳吧？"

这何止是吓了一跳！

云母愣愣地看着眼前的哥哥，想叫他一声但又怕自己认错了人。

云母在看到石英身后整整齐齐的八条尾巴之后呆了半天，好不容易才反应过来，问："哥哥，你已经有八尾了？"

"嗯？"石英顿了顿，其实他现在都不怎么在意尾巴了，听云母提起，才想起自己是八尾，不自觉地回头一看，这才漫不经心地答道："是。"

石英这八条尾巴自然不可能是凭空变出来的，事实上，这里的好几条尾巴都可以说生得困难非常……与云母每日修炼领悟、寻找机缘而自然生尾不同，他的后几尾都是硬生生战出来的。这种修炼方式蛮横近妖，性情温和的灵兽很少会选择这么做，一来这种方式修身而不修心，稍有不慎就容易堕入妖道，二来……实在是太过凶险。

不过，用这种方式修炼，修为提升的速度的确比一般修行要快上许多，但若初心动摇，简直犹如走了邪道。

当然，那些惊魂可怕之处，石英没有必要同云母说。

他这妹妹最是心软不过，过去都过去了，何必累她担心。

于是石英一笑，对她说："可不是。你上回是不是说你卡在七尾了？我早说过我会追上你的，如今这不是应验了？"

停顿片刻，石英又补充道："对了，这事你不要和娘说，娘不晓得我做这些。"

"娘不晓得？！"

听到这里，云母更是难掩惊愕。不过云母想到在她到长安之后，白玉的确没有表现出知道石英在山上号令群妖的样子，便知道石英瞒得极好。

狐狸的感觉一向敏锐得很，白玉又是有孩子的母狐狸，自然分外警觉。云母惊道："你怎么能瞒得过……"

"娘如今是六尾，我是八尾，要瞒过去还不容易。"石英不以为意地笑着说，"她要是知道的话，大概又要担心我……放心好了，我有分寸的。再说，我都这般年纪了，怎么可能事事都让娘晓得。"

说着，石英又展开了自己的袖子，让云母看他的身量。他这话说得坦然，可见是对自己的体格颇为自信。

云母一愣，其实先前石英用火换了衣服时，她便注意到哥哥长高了几分。此时石英自己敞开了任她打量，云母便注意到他果然有些不同。她与哥哥今年都是十八岁，他们出生的时间前后差不了一刻，可是云母至今都是十五岁的模样，石英却活像长了她两岁似的。

同时，因他高了这几寸，外表……竟也与幻境中的玄明越发相似……

云母先前一时抛到脑后去的念头在此时又不可控制地浮了上来，她张了张嘴，然而还未等她问出口，石英已知她心中所想，笑着解释道："你晓得灵兽性灵似仙，心思单纯又如孩童，故生长得慢些。而妖物则性散，成熟得早……我虽依旧是灵狐，但现在时常与妖兽一道，多少受了妖气的影响，长得也比寻常灵兽快了几分，平时怕娘发现，都用法术压着呢。我晓得你有许多问题想问，若说我为什么会成为妖王……"石英一顿，摸了摸袖子，从里面掏出一块边角磨损了的石牌子，抬手往云母的方向一丢，道："是因为这个。"

云母慌慌张张地接过来，待看清那牌子一面"令"一面"妖"的样子后，顿时大惊，脱口而出道："令妖牌？！"

石英见云母一下子说出名字，反倒有些诧异了。他挑了挑眉，说："你知道这个东西？我都不清楚这是什么，我还一直管它叫妖令呢。"

云母点头，由于当初北枢真人强调了许多遍这个东西的重要性，让她简直张口就能背诵。云母立刻紧张道："这是北枢真人原来用于管理院中妖兽的东西，持有者能够号令修为在自己之下的所有妖兽和奇兽，北枢真人现在还一直在到处找呢……哥哥，这个东西怎么会在你这里？"

"捡的。"石英老实回答。

听了云母所说，他若有所思地摸了摸下巴："原来是这样……居然是仙人的东西，我道怎么这般邪门……"

说罢，他随意地一摆手："既然如此，你把这块牌子还回去吧。"

"可……可以吗？"

石英说得太过洒脱，云母不禁愣住了。他这般不在意这块让他成了妖王的牌子，实在出乎云母的意料。

"当然。"石英自然晓得云母在想什么，脸上却毫无留恋之意。

当初石英修炼到五尾时，母亲再无什么可教他，他在处于瓶颈期好长一段时间后，索性请求母亲让他独自外出修行。然而石英在修行过程中也不晓得是在哪里露出了这块牌子，竟频频有妖物来找他麻烦。

一开始他虽是疑惑于为何多了这么多冲着他来的妖兽，却没往他捡到的那块平时用来垫桌脚的牌子上联想。然而后来围攻他的妖兽越来越多，输了便非要拜他为王，他还在偶然间发现一些小妖完全无法反抗他的命令，这种情况实在太过怪异，他这才想到那块写着"令妖"二字的牌子。之后聚集在石英身边的妖物太多，渐成气候，弄得其他一些占地为王的妖兽听说了也非要来与他一战分个高下，搅得他无法专心修行。石英暴怒，狐火势头大涨，索性来一个就战一个，生生打出了剩下的三尾。正是如此，他才阴差阳错地当了这个妖王。

然而这些经过如今到了石英口中，不过三言两语。云母只听他说道："无用之物留着做什么？妖令不过是命令不服管教之妖，他们如今都已臣服于我，我又有制服他们的手段，还要这石牌子有何用？"

　　云母现在担心哥哥担心得紧，张口又要再问，这时，却见石英站了起来。他走到妹妹跟前，抬手刮了一下她的鼻子，笑道："你别想那么多，也不必担心我。那些妖物中若有败类混在我的洞府中，我自早肃清他们。其他的妖兽虽比起灵兽要自由散漫些，却也是些有趣的家伙，算不上坏。我是因为喜欢同他们一道，才当了这个王的。"

　　说罢，他便不再多言，适时终止了这个话题，转而问道："你先前说要了却对方心愿的那个小山狐在青丘哪座山头？长什么样？有什么特征没有？我去年的确是去过青丘一趟，也有这么回事，但当时只是看有妖物作恶就顺手救了她罢了，现在已经有些忘了……既然你需要机缘，我明日再去青丘一趟就是。对方既然只是想感谢我，想来很快就能了结了……"

　　云母张了张嘴，却不知该说什么才好。她问了的、想问但没问的，石英都已回答了，总觉得话都被哥哥说了，自己还莫名其妙地就拿到了遗失多年的令妖牌，今天的事已经超出她的预期太多。老实说，她现在关注的地方早已不在青丘小山狐的心愿上……再说，妖王成了她的兄长，这桩事不费吹灰之力就办好了，又如何能算得上是她的机缘？

　　云母心中有些沮丧，可却还有更多的担忧。她照实将小山狐的事跟哥哥说了，只是一边说，一边看着石英。

　　那年在幻境竹林之中，玄明神君十日里总有六七日要穿红衣，而现在石英也穿着一身鲜艳的红袍。虽说两人性情相差甚远，可脸却着实相似，云母越看，越是心惊，简直无法找出理由来否认内心深处的那个想法。

　　这个念头直到石英拉着她在山里晃悠了一日，准备要送她回去的时候，依旧在云母的心中并未消去。因他们兄妹难得相见，石英今日看着比往常还要兴奋，不小心就玩得晚了，他看了眼天色便决定用障眼法掩了身形，直接用原形和云母一起飞回去。谁知兄妹俩双双一变原形，石英看着还没枕头大的团子妹妹就笑了，说："虽说我受了妖气影响不算太正常，可你这么长得长到什么时候去……算了算了，谁让我是哥哥，尾巴又比你多一条，还是我直接载你回去吧。"说着，石英衔起云母的脖子就往背上一丢。云母"嗷呜"叫了一声，踢巴踢巴挪了几步，抱紧石英的脖子，心里的复杂之感却更重。

　　其实石英就算长得再怎么快也不是成年的狐狸，没有白玉大，顶多就是已经成年的公狐狸，可这么一看却着实比这两年都没怎么长的云母大了一大圈，八条尾巴一展更是威风。石英对着天空长啸一声，轻松地踩着云凌空而去，待将云母送回院子后才离开。云母远远地朝他摇晃尾巴告别，直到哥哥看不见了才转过头。

今天白玉没有外出，早就等着女儿回家了，见到女儿平安归来，方才松了口气。云母上去喊了声"娘"，随后便主动帮对方整理东西，只是每当看到白玉的脸，她便总是有几分心不在焉，脑袋里想的全是哥哥。

她和哥哥都是娘的孩子，哥哥长得有几分像白玉是正常的。可是剩下那几分，却是实实在在的像玄明神君，难道说……

云母下意识地咬了咬嘴唇，心脏跳得太快好像要从嘴里蹦出来了。

哥哥他……不会是……

不会是玄明神君的转世……吧？！

云母脑海里的思绪被这个设想搅得变成一团乱麻，想来想去，最后只剩下"玄明神君受罚下凡是十八年前"和"她跟哥哥今年都是十八岁"这两个念头。

不管怎么看都……

对得上啊！

云母因为这个可怕的念头，当晚辗转反侧，许久都不曾睡着。石英第二日倒是神清气爽。

石英与云母飞了半日多便到了青丘。石英本就是八尾狐，跑得比先前少暄派去旭照宫接他们来青丘的狐车还快，加上他有意向妹妹炫耀速度，越发不遗余力。

那小山狐既然朝云母许愿，而云母又收了对方的供品，她们两人之间便建立了联系。云母略用法术感觉了一番那小山狐的位置，便知晓了对方的所在之处。云母让哥哥找个不起眼的地方等着，假装路过，然后自己去找小山狐。那小山狐也是在山中修行盼望着成仙的灵狐，心性尚且不稳，云母略施法术便将对方引来了。小山狐追着云母放出来的随风而飞的小花到了石英所在之处，待飞花忽然散作无数花瓣飞去后，她一抬头就看到心心念念的恩人站在落花之中，先是一愣，继而大为惊喜，一时既是忐忑又是激动，踌躇了好久方才向前，小心翼翼地试图同石英说话。

小山狐看不见云母，自不晓得这里除了石英还有别人，脸上的表情甚是欢欣雀跃。云母见对方如此，便松了口气，缓缓收了琴。她现在的武器是琴，自然也习惯以琴施术。云母一边看着小山狐兴高采烈地围着石英转悠，一边又看着在树林之中酷似玄明神君的石英，心中越发不安。

灵兽心思单纯而且易于满足。那小山狐自然对石英有强烈的好感，但她只是认

254

认真真地向石英道谢了一回，又见石英亲切地接受便满足了。待石英明言自己有事要离开之后，那小山狐虽有几分失落，但还是高高兴兴地向他道别。她痴痴地望着恩人起身飞走，待收回视线想走时，她突然又想到了什么，先是睁大了眼，继而惊喜之情更甚之前。

只见她突然就地跪下，喜悦地摆了摆尾巴，虔诚地低头屈腿朝天地之间的方向行了个礼，感激地道："多谢狐仙娘娘显灵！多谢狐仙娘娘显灵！"

话完，她又兴奋地追着自己的尾巴跑了两圈，这才往住的洞穴跑去了。倒是云母愣了愣，好一会儿才渐渐回神。

说来也巧，先前那小山狐随意朝天地间拜的方向，正好对着并未随石英离开的云母。在云母看来，这便是她朝自己感激地行了礼。

忽然，她的身体莫名发暖。云母抬手自己探查了一番，发觉那久久未出的八尾居然当真多了些要长出来的迹象。

另一边，石英同小山狐说是要走了，可实际上他是上天飞了一圈便又回到原处。看到妹妹呆呆地坐在原地，他笑着上前，问道："那小山狐还挺可爱的，有几分像你小时候……对了，现在你的尾巴长出来了吗？"

云母摇了摇头，说道："还没。"

不过她想了想，又补充道："但我觉得……好像离长出来近了些。"

可见像这样实现他人的愿望是有用的，正如娘过去积累功德那般。

石英建议："那你干脆留在这里，再接几个愿望？"

"还是算了，今天先回去吧。"云母的确也认真考虑了一会儿，但最后还是摇头决定放弃，"我师父还在长安附近的仙山上等我，我总不能不跟他说一声就自己留在这边。而且若只是要积累功德的话，我到长安附近找找机会也是可以的，不必非得来狐仙庙。我留在长安既可以陪母亲，也不用让师父总陪我走来走去。还有……"

"还有？"石英漫不经心地挑眉追问。他并没有想到云母欲言又止的话其实与他有关。

云母望着石英的脸，目光闪了闪，终于又下意识地移开了视线，道："没……没什么……"

石英长得太像玄明神君这件事，云母也不晓得应不应该直接告诉哥哥。她心中只是犹豫了那么一瞬间，话到嘴边便下意识地先用别的话来拖延了。

云母赶紧转移话题道："还是先回去吧。现在已经不早了，再不回去，只怕到长安时都要天亮了。"

石英疑惑地看了云母一眼，也没有多想。兄妹俩依旧化为原形，又飞了好几个时辰回到长安。纵然他们今日行事十分顺利，可来回一趟毕竟需要时间，等到了家中，已是深夜。

第二日又是如往常一般的月落日升，只是云母虽然完成了小山狐的愿望，却未能长出八尾，可见是机缘未到，她还得继续留在人间，师父自然也没来接她。

她想来想去，这一日并未上仙山主动去和师父汇报情况，而是先去拜访了单阳师兄。

因为云母不晓得直接以女客身份拜访单阳合适不合适，会不会给他惹出什么麻烦，故而这一日便索性隐了身形寻着单阳给她的地址过去。那地址是长安之中世代有官职的大户人家，因旁人看不见她，云母便直接从敞开的正门走了进去，可进去之后她还是遇到了麻烦——

她不晓得单阳住在哪儿。

云母欲哭无泪。这等世家的住所很是讲究，亭台楼阁样样不少不说，院落也颇多，她根本不知该往哪里走。

然而，恰在这时，花园里叽叽喳喳地走出几个侍女打扮的小姑娘来。她们走得飞快，云母尚未成仙，还做不到有形而若无形，险些被她们撞到，连忙匆匆闪开。

大约是因为这些姑娘年纪小，正是青春活泼的年纪，加之周围又没有主人家的人在，便吵闹了些。她们似乎正讨论着什么，热火朝天得很。她们身上的香粉之气在云母鼻尖拂过，对话亦传入了云母耳中——

"在东园！在东园——今日那位郎君，听说是在东园呢！"

"风神秀异——"

"善诗书，善清谈——"

"古今皆通，棋剑双绝，气自芳华，有如神人——"

"还是家里的贵客……"

那些年轻侍女们的对话接二连三地传入云母耳中，也不知她们是说起了什么，忽然笑作一团，只听其中一人叹气道："单郎……"

云母原本已想想离开，可突然听到"单"姓，心中倏地一惊，连忙又朝那群侍女看去。然而她们片刻之间已然走远，剩下的话竟是听不清了。云母眼看她们就要离开了，急忙跟了上去。

"单"姓不算太常见，那个"单郎"指的是单阳的可能性极高，云母本就一筹莫展，自是不能错过这条线索。她跟着这群年轻女孩到了东园，首先映入眼帘的却是一方生满白莲的池子。

那些姑娘们走到围墙后就停住了，过来看单郎的居然不止她们一群，围墙外早已围满了穿得花红柳绿的莺莺燕燕。这些女孩大多是十二三岁的年纪，最大的也不过十五岁，个个谨慎地躲在围墙外，捻着帕子踮着脚好奇地往外看去。

云母下意识地也顺着她们的目光看去，只见莲池之中，长廊曲折，唯有一座石亭独立，视线随着满池的清莲上移，眼前的景象，亦是让云母一怔——

清风徐来，莲香袭面，亭台之中，单阳着一身白衣，拢发束冠，眉头轻蹙，手指轻捻黑子而落。他面露认真之态，落子的动作干净利落，子落棋盘犹如珠入玉盘，发出清脆的啪的一声。坐在他对面的中年男子看着棋盘沉吟片刻，忽而抚掌笑道："服输，我服输了。想不到今日竟是三弈三负，果然后生可畏，阳儿，你的棋路——颇有乃父之风。"

单阳闻言，不骄不躁地拱手，轻声道："承蒙世伯让棋——"

"说什么话，我可没有让你。"中年男子大手一挥，输得颇为潇洒。他抬手轻轻抚了抚胡子，眼中满是长辈的欣赏与慈爱之色，道："阳儿，自你父亲死后，我已许久不曾如此畅快地与谁对弈过，有子若此，想来子文此生已无憾矣。"

听世伯提及父亲的字，单阳身子一颤，谦虚地低头，却是无言以对。

这时，只见那中年男子稍稍一顿，神情又严肃了几分。他似是斟酌了语言，方才压低了嗓音说："世侄，我有一言，愿你听了莫要觉得唐突……我与你伯母膝下无子，唯有一小女爱如珍宝，她的言行品貌，你先前也已见过……"

单阳一愣，视线躲闪，脑子里也不知是想到了什么，却是下意识地想要拒绝。谁知他抬起头刚要说话，视线却正好撞上莲池对面看过来的云母，欲言的话当即卡在喉中。

云母也没想到自己会与单阳师兄对上视线，还偏偏是这种时候。凡人看不见她，单阳师兄勤奋刻苦又天赋极高，自然不会看不见。

云母的原形乃灵狐，性格许是天真些，但终究不是真的稚童，那长辈的话中之意，哪里会听不明白。没想到她正好撞见了这个场景，脸当即就有些红了。

单阳也没想到云母会来，望着她那双清澈的眸子，一时竟是有些莫名的慌张，不自觉地想同她解释，却不能开口。

好在单阳性情沉稳，很快便恢复过来，眼看面前的长辈已要切入正题，连忙打断他，沉声道："承蒙世伯错爱，可惜我虽早已过弱冠之年，如今却身无长物，且又心系父亲冤情，现在难以安定……我欣赏宛筠妹妹的才情，亦待她如亲妹，可却不能……并非她不好，实在我年长她太多，又无安身立命之本，不敢承诺，还请世伯……"

那中年男子愣了愣，看着单阳不过十七八岁的面容，听到他的话方才想起他如今已过而立之年。不过他又想起单阳的才学人品，面露可惜之色，过了良久，方才叹了口气道："你若无意，那便罢了。"

但中年男子想了想，终有几分不甘，又忍不住说："我的筠儿千好万好，你今日拒了，日后可莫要后悔。"

"是。"单阳低头回应，神情恭敬，面上却根本没有后悔之色。

这时，云母注意到，同样躲在围墙后往外看的女孩子中，有一个衣着格外华美的姑娘，情绪忽然低落下来，垂下了眼眸。

在这里尽管听不大清楚亭里的人说了什么，但那位女子对自己的名字很敏感，能猜到几分，再看单阳的样子便知是对自己无意，难免觉得难过。

云母眨了眨眼睛。她是灵狐善感，见旁人难过，便下意识地想安慰对方。这姑娘不知内情，云母却是知道的。单阳师兄并非看不上她，只是拜了师父为师，入了仙门，早晚是要成仙的，自不能与凡人再有婚姻。而此事又不能对外人说，唯有找了理由推拒，着实不是这姑娘的问题……

只可惜对方现在看不到她，云母纵是想劝也无力多言，抿了抿唇，只好将视线又转回单阳师兄身上。

这时，只听单阳师兄道："世伯，我今日有些乏了，可否——"

那中年男子收留单阳已三日有余，这几日他们日日下棋，自然晓得对方没有那么快就会疲乏，想来今日要撤是因为先前那番对话。他长长地叹了口气，只恨流水无情不能强求，摆了摆手道："去吧……"

单阳张了张嘴，却无法解释自己并非不愿陪坐，而是……

他抬首看了眼等在亭台之外的云母，垂眸行礼道："告辞。"

单阳理了理衣襟准备起身离去。云母这才回过神来，见他要走，连忙准备跟过去。谁知刚一见他站起身，周围的那些小姑娘便产生了一阵混乱的骚动。

单阳相貌本就生得端正，幼时家教极好，举手投足之间又有风度，且随白及修仙多年，沾染了上仙身上的仙风华气。他在仙界时前有师兄观云的丰神俊朗，上有师父白及的风姿绝尘，外貌才不显得出众。而今日单阳是在人间，难得地换了一身士绅模样的白衣，顿时显得气质如华，也难怪那些小姑娘感兴趣。

只可惜单阳似是没有注意到。

云母一路跟着他进了他如今居住的院子，又跟着他进了屋。待单阳毫无异状地遣退在院中服侍的人，仔细地关上门后，他方才叹了口气，为难道："小师妹，你今日怎么会在此？"

"师兄。"云母乖巧地打了个招呼，在单阳对面整理衣襟坐好。她略有几分担心地顿了顿，问："我是不是打扰你了？还有……"

她看着单阳身上的白衣歪了歪脑袋，似有疑惑之色。

单阳见云母在意他的着装，顿时不好意思，却还是清了清嗓子，无奈地解释道："世伯过几日便会推举我为官，我既要入仕，还是如此打扮好些，世人崇尚君子，这样能让他们有些好感。况且我若是上朝堂便会面圣，还是同过去那般穿着，难免会显得无礼。所以……"

云母点了点头。

单阳见云母没有追问，心里多少松了口气，道："小师妹，你今日来找我可是有事？"

云母此时满心担心的是她兄长，自然无暇顾及其他，听单阳师兄这么说，定了定神，连忙道："我是有事情想问师兄，师兄你知不知道……"

话一出口，云母又有些犹豫。一来是担心结果，二来毕竟事关她哥哥，她怕会生出什么事来……不过她想来想去，觉得若是真的暴露了哥哥可能是玄明神君转世的事，应该也不会有什么严重的后果，方下定了决心，接着往下问："师兄，你知不知道有关玄明神君的事？还有……你晓不晓得玄明神君若是转世，有可能会是什么人？"

259

如何当好一只毛团

辰冰 著

CHEN BING
WORKS

著

【下册】

青岛出版社
QINGDAO PUBLISHING HOUSE

第七章　云母身世

云母问得紧张。

其实拿这个问题问单阳不算太巧妙，毕竟四师兄并非神仙，对于玄明神君知道得许是不如其他人多。不过，云母专程来问他，也并非全无考虑。

赤霞师姐和观云师兄离得太远问不了暂且不论，按说师父成仙极早又与玄明神君前世今生都有渊源，他若是愿意回答便能知道不少，但……

云母想起师父当年毕竟劈过玄明神君，又曾因天帝堕凡，虽然在幻境中曾受过玄明的帮助，但师父现在又没有幻境的记忆……云母有些担心提起这事会让师父觉得不快，故略有几分犹豫。再说单阳师兄入仙门比她早上十余年，修行认真，自是知道许多，在云母心急如焚之时又偏离她最近，就首先过来了。

况且，她若是要上仙山见师父，本来就不可能不与师兄打招呼就走。

云母忐忑地看着单阳。

单阳微微一愕，果然露出不解的表情来，道："你怎么突然问这个？"

"不……不能问吗？"

"也不是。"

单阳深深地看了云母一眼，答道："我知道得应当不算太多，不过既然是你问我，定当知无不言。"

话完，他果然将自己所知道的都说了一遍，不过大多是那些仙界这几年来盛传的玄明神君的八卦。例如他如何与凡间女子私会、如何被天帝发现、又如何被白及仙君劈了之类的，其中有真有假。单阳说完，停顿片刻，道："我所知的大致就这些。你若是还有什么想知道的细节，许是等回了旭照宫再问师兄师姐更好些。至于他会转世成什么人……"

单阳想了想，只得摇了摇头。

"这便不是外人所能知道的了。神仙转世的人身，哪怕在天庭也属机密之事。"

云母点点头，只是单阳所说的与她现在听说的相差不多，她的疑虑也未得到解决。云母一顿，连忙焦虑地问道："师兄，这样犯了天条下凡的神君，有可能会转世成灵兽吗？"

单阳一愣，不知云母为何如此问，先是摇头，再回答道："不曾听闻。灵兽是已有成仙资质的生灵，不在神仙历凡的范围之内……转生为一般动物的倒是有，但那是罪大恶极、罪孽滔天的堕魔之神方才有的刑罚。玄明神君不过是与凡人相恋，罪不至此。"

云母闻言哦了一声，终于安了心，长长地松了口气，一副劫后余生的模样。想到自己这几日因为哥哥的相貌自顾自地担心了好几天，不觉又感到有些可笑。

不过……石英为什么长得与玄明神君如此相像呢？

想到这里，云母又不禁露出了几分疑惑的神色，可是想来想去毫无结果，只得作罢。她转念一想，其实哥哥与玄明相像大多是因为额上那枚红印，少了红印也就三四分像，而那红印她也有，是兄妹俩并生的……这么一想，当真是巧合也说不定。

她脸一红，赶忙道谢："原来是这样，谢谢师兄。"

"不必。"单阳回应道。

他本就不是巧言之人，云母这样认真地向他道谢，反而让他有些局促。单阳抿了抿唇，有些生硬地又找话题问道："你先前在青丘狐仙庙中接下的机缘……如何了？"

提起这个，云母多少又有些泄气，毕竟她的第八尾毫无长出来的迹象，失落地低了头，慢慢地与师兄说明情况。

师兄妹俩不知不觉说了半个时辰的话，大多是云母在说，单阳坐在她对面安安静静地听着，偶尔见她失落，想安慰几句，但嘴太笨，张了张嘴终究还是闭上。

"啊，抱歉，师兄。"云母说着说着，注意到单阳的沉默寡言，忽然醒悟过来自己聒噪，尴尬地低头道，"我好像打扰你太久了……师兄，我已经没事了，今日就先……"

"无事。"

单阳颔首蹙眉，抬手缓缓地捏了捏鼻梁。

他近日其实压力颇大，虽是要为父亲翻案，可数日间打探长安如今的情况，却发现比他先前所料还要不乐观。

到底是日薄西山之时，朝中局势哪里是一句"乌烟瘴气"可以形容的？世人皆道善恶有报、天道轮回，可在乱世之中却只见善人白骨。当年害他父亲的奸人如今官至丞相，满朝文武唯有他一家独大，整个朝廷任他指鹿为马，便是天子也被那人牢牢控制在掌中，如此一来，纵使他恨得咬牙，父亲之仇……又要如何得报？

以他的修为，想杀了对方自然容易。可师父当初已替他担了张六的业果，他又有何颜面以师父所授之术去报私仇？再说，这本是他当初在凡间所遗留之事，自该以凡人之身相报。

再睁眼时，单阳又不禁叹了口气……他心事重重，可眼前的小师妹藏不住事的模样却让他莫名地觉得放松。顿了顿，单阳也不知自己是怎么想的，忽然道："小师妹，你可否……为我弹琴？"

"弹琴？"云母先是一怔，面露不解之色，不自觉地重复了一遍单阳的请求。

单阳点头，自己也觉得这个请求有点无礼，耳尖略红了几分，方道："许久不曾听你弹琴，倒是有些想念……不行吗？"

"当然可以，师兄不嫌弃就行。"云母闻言，连忙点头。

她隐匿身形后，凡人便也听不见她的琴音。云母无所顾忌，直接将琴取了出来，试了试音。她脑子里有点乱，一时想不出弹什么曲子，不知为何在幻境中玄明神君于竹林里弹给她听的调子浮现了出来。云母一愣，未等自己反应过来，手指居然已经循心而动。

不久，琴声袅袅，风皆感其灵，只可惜普天之下，唯一人能闻此音。

或许不是一人。

华美的亭台楼阁之中，玄明本是懒洋洋地躺在室中读书，因他本就懒散随性，虽是手中持卷，倒也不知道他读进了多少，尽了多少心。

室中宦官宫女皆垂首而立，个个面如死灰了无生气，从室中到长廊外共有数十人，但安静得竟像无人在此一般。

忽然，玄明放下手中的书卷，微怔片刻，笑着问身旁之人道："你们可听到琴声？"

那宦官一抖，却不敢看他，只深深埋着头道："不曾，陛下。"

说来也是，新帝后宫无人，朝堂也早就散了，有谁会在离宫殿这么近的地方弹琴？

玄明不再为难那宦官，挥手让他退下，只摸了摸下巴，自言自语道："也不知弹琴者是何人，莫不是……"

他话到此便顿住，不曾再说下去，只心中默默记下。

既然有了心事，无聊之书便也没什么兴致再看下去，玄明抬手将他早已背下的书卷往地上一丢，旁人连忙匆匆跑来替他收拾。只听玄明笑道："今夜也如往常一般，你们不必入室，在门外守着便好。"

随从们纷纷低头乖顺地称是，新帝不喜睡觉时有人在场，他们都早已知晓。

是夜。

白玉如以往一般悄无声息地入了玄明居室之中，两人相处自有默契，坐下聊了一会儿便来了气氛，不久衣衫褪尽，一刻千金。

然而，当他将貌美佳人压在床榻之际，见美人香腮胜雪、媚眼如丝，玄明却不知怎么的停住了动作，忽然抬手摸了摸下巴，笑着问道："对了，玉儿，今日在我殿中弹琴之人……可是你？"

他这话虽是询问，语气却有六七分笃定。然而白玉柳眉轻蹙，不解道："我不会弹琴。"

白玉略一停顿，语气略有不满："你哪里来的闲情逸致说这个？"

玄明得到答案后一愣，倒有些意外，良久，才笑道："奇怪，那会是何人？"

下一刻，玄明身子一歪，已经被推到一边。只见白玉已经拢了衣衫站起，背对着他走了好几步，快到门口了方才回头，语调清冷还似有几分不高兴，道："许是更懂你心之人。"

说罢，抬脚便走。

玄明险些失笑，却不敢笑太多，赶紧追过去将人抱回来，重新摁回床上。

"哪儿有这种人？"他道，再低头，嗓音已是沙哑，"你便是我心。"

却说云母这边弹完了琴，便与单阳师兄道别，刚走出府邸大门几步，便感到自己身上一暖。云母下意识地停住了脚步，摸了一下自己的手腕探查，察觉到果然离八尾又近了几分，只是她这八尾明明早已到了生出的时候，却始终像是被什么堵着似的长不出来。

反正这条尾巴长不出也不是一日两日了，云母倒没有太在意，反倒是对给单阳师兄弹了一会儿琴便有了几分进展感到有些疑惑。

云母歪着头，想不明白便不想了。

思维一转，云母动作一顿，不自觉地抬起手，摸了摸袖子中发烫的令妖牌。

下山才不过几日，她竟是觉得已经好久没有见到师父了。

要将令妖牌还给北枢真人，还是将牌子给师父比较好，而且她现在虽然完成了在青丘收到的愿望，但是第八尾仍然没有长出来……

这种情况……可以上山和师父商量吗？可以吗？可以……吧？

云母紧张得心怦怦跳，最后强行说服自己应该是可以的。她定了定神，便下定了决心。

第二日，云母同母亲和山雀夫妇告别，独自一人上了仙山。

待隐隐看见云雾之中天成道君的仙宫，她不知为何又有几分怯意。云母脸一红，有些投机取巧地化了原形。她晓得自己原形看起来比较年幼，撒起娇来不易被责怪，再说师父好像……也对她的原形更亲近些。

云母摆了摆尾巴，沿着山路而上。

"仙君，你可有什么需要的东西？"

仙宫之中，性情颇为活泼耐不住寂寞的童子正围着白及打转。

白及今日不知为何将修行之处从房中挪到了院中，并且每隔几个时辰便会看一眼院外。如此频繁，便是童子也感到清冷的仙君今天好像比往常浮躁些，虽不知仙君眼中看到的是什么，却怕自己招待不周，连忙上去询问。

然而白及沉着声拒绝道："不必。"

"是，仙君。"

童子心中略有几分低落，却依旧乖顺地应声，然而再抬头，却见白及仙君又闭了眼，脸上一片淡然，像是已然入定，便只好作罢。童子安静地站在一侧，眼睛望着院子里时不时飞落在花叶上的蝴蝶出神，却没注意到白及仙君闭了眼后，眉头却微微地紧了紧。

事实上，白及并未入定。

他一闭眼，便觉得胸腔深处隐隐有股焦躁感，偏偏他自己都不晓得为何焦躁，所以特意坐在门边，像是在等着什么。然而未等他想明白，忽然听到山门处远远地传来兴高采烈的狐啸声，白及一睁眼，就看到云母拖着尾巴一路从门口跑来，不由分说地撞入他的怀中。

白及微愣，伸手接住了她，云母习惯地粘着师父蹭了蹭。旁边的童子一直陪着白及都快闷死了，看到云母回来脸上也是毫不掩饰的惊喜，说道："小师姐！你这么快就回来了？"

云母点头应了声，抬头看了一眼师父，见师父亦低头看她，漆黑的眸中看不出情绪，她的心跳莫名地乱了一拍，有些慌乱。云母慌忙地移开视线，撒娇不敢撒得太过，不安地摇了摇尾巴，低头唤道："师父。"

说着，她赶忙将身子一卷，用鼻子理了理尾巴，从里面拽出一块牌子来，直切主题地道："师父，我找到了这个，所以就想拿来给你，有机会还给北枢真人。"

说着，她将石牌往白及面前推了推。白及接过令妖牌便认了出来，不过他虽有些意外，注意力却不在令妖牌上，而是在云母身上。

几日不见她，居然分外想念。

尽管明知她不过是下山几天，外貌上不会有什么变化，可是望着她一身雪白的狐毛，却总觉得瘦了，再定神一看，又觉得许久不曾见到。

白及一顿，自己都不曾察觉地放软了语气，他问道："你如何找到的这个？"

云母早知会有这么一问，在路上也想过了，老实地说了是兄长捡到的。不过她也晓得天庭其实不喜妖物自行称王的举动，故这一点隐了没说……云母小心翼翼地望着他，白尾不自觉地动了动，看见白及点了点头，没有多问，方才大大地松了口气。

师父知道那青丘小山狐的愿望是见到长安妖王，而如今长安妖王就是石英，师父若是想知道，定然也是知道的。他既然不说，便是不在意，也就不过问。

事实上，白及的确晓得，也确实不在意，只是略一点头，便道："我会还给北枢真人。"

他又抬手摸了摸云母的脑袋，下一刻，却微微皱了眉头。

白及在探查云母的修为和生尾进度的时候，仙意便会进入云母体内，不过只有一瞬，可云母还是下意识地身体一软，心跳变得更乱。这已经不是第一次了，云母有些不知所措，但还不等她明白是为何，却听师父问道："你的第八尾依旧未生……可是机缘不合？还是生了什么变故？"

云母一怔，也不顾刚才那股一接触到师父的仙意便恨不得贴着他抖毛的异样感，忙说："在青丘狐仙庙中接下的愿望我已经完成了，但是……"

云母此时是原形，情绪亦表现得极为明显，刚有低落之情，竖起的耳朵和见到白及就一直高兴地摆着的尾巴就都纷纷垂了下来，当真是垂头丧气之态。

"尾巴没有长出来。"云母道，"我感觉到修为其实有长进，但是不多。我既已经到了长安，想就在这附近找找看有没有什么能做的事……"

云母乖巧地说着，白及亦安静地听。只是他见云母如此，心中亦有不忍，同时，似是想到了什么，便忽然蹙起了眉头。

这尾巴如此难生，许是机缘……有什么特别之处。

想了想后，白及问道："云儿，你除了青丘之事之外，近日可曾感到过什么契机？"

云母抖了抖耳朵，眨巴眨巴眼睛，一时没有明白过来师父的意思，她下意识地想要摇头说没有，但紧接着又是一顿，想起了些什么，回答道："我昨天去找单阳师兄，师兄说他想听我弹琴，我弹完之后，好像也有些长进……"

听到单阳的名字，白及不自觉地一动。

思索了一瞬，他闭上了眼。云母一愣，看到师父的姿态，便晓得他是在替自己掐算。

正所谓天机不可测，哪怕是神仙，也是要天机初露方才能够掐算的，如此一来，云母自然紧张。

良久，云母方见白及皱着眉睁眼。

"你这一尾，似在单阳。"

"单阳"两个字一出，云母当即便愣住了，咦了一声。白及动作一顿，并未立即解释，而是又缓缓闭了眼睛。

胸腔微痛。

意有所指然而心为之动，情为她所系，为她一颦一笑所扰，为她命运行为所牵，情丝已生，大抵便是如此。

尽管早已知晓，但胸中情痛传来，终是难以自禁。

良久，待情绪稍稍平复，白及方又睁眼看云母，见她满面疑惑地等着，便道："这一尾既在单阳……也好。我不可出手助你，若是你有不解之处，也可让你师兄帮你。"

白及凝视着她，问道："云儿，你可愿与他一道？"

云母点了点头，但旋即又困惑地歪头："可是为什么是单阳师兄？"

论起修为，单阳天资极高，修行时间又比她长数年，而勤奋更是恐怕找遍十万仙宫都未必有出其右者。即便师兄师姐都说她尾巴长得极快，可事实上，哪怕她如今已在七尾顶峰，论起实力来，单阳仍是在她之上的。

这样的单阳师兄，有什么地方会需要她帮助呢？总不能是要她天天给师兄弹琴吧？

云母想来想去也没有想出结果，疑惑地望着师父。

白及被她这样看着，呼吸稍稍停顿了一瞬。

白及知道云母不晓得单阳的身世，也不知单阳此番来长安所为何事，所以没有立刻看破这份机缘所在。不过，他作为两人之师虽然知晓实情，却也不能越过单阳将这件事直接告诉她。

故白及稍顿片刻，便道："待你下山，问他便知。"

云母哦了一声，似懂非懂地点了点头。

云母见白及面上沉静，没有再说下去的意思，顿时空气又安静下来，乖巧地在原地站着，显得有些无措。

她已经没有事情可以和师父说了，可是师父看起来也没有话要同她说。她如今还在寻找机缘的途中，按理说尾巴未长成，不应私自回仙界，如今师父都已经亲自为她算卦指点，告诉她应该去找单阳师兄了。她不该浪费时间久留，所以现在是不是……该走了？

不知怎么的，云母的耳朵失落地垂下来了，整只狐狸都沮丧了起来，但碍于在师父面前不敢乱动，只好不安地用前爪小幅度地蹭了蹭地面。过了一小会儿，云母终于还是硬着头皮主动问道："那……师父，我……是不是得回去了？"

说着，她看了看还未到中午的天色，发现现在回去完全来得及后，又赶忙改变方向去看她先前爬上来的台阶。仙人住处大多都立于云峰之上，云母来往于仙界凡间，要走的路自然不少。她看着望不见底的山阶，又小心翼翼地去瞧师父，可怜地低下头，蜷着尾巴坐了下来，好像很累的样子。

白及见她如此，哪怕明知云母是在撒娇，仍是心疼，轻轻叹了口气，道："同天成道君说一声，你今日便住一夜吧。"

说着，他伸手想去摸云母的脑袋。谁知云母听到这句话倒是精神了，见白及伸手过来，还当他要抱她去找天成道君，再熟练不过地小跑两步抱住他的手，尾巴乱摇，高高兴兴地等着被师父抱入怀中。

白及一顿，倒不好将她再推出去，还是抱了起来，看着云母自然亲昵地蹭自己的衣襟，怀中多了一团绵软，心中却百味交杂。

童子因侍奉白及仙君实在太过无聊，好不容易有个差事极为兴奋，待禀明了天成道君，便积极地将客房也理了出来让云母住下。

另一边，白及回到了屋中，便闭目凝神地打坐。他见不到云母的这几日有些静不下心，却没想到见到她心中更乱，索性强行打坐静心。谁知这一静，居然做了个梦。

梦中之景似是她跑到他面前吐火那日，她冒失在他腿上化了人形，把她自己都吓了一跳，双手勾着他的脖子慌张不已。这一回他却未来得及放她走，理智虽尚存奈何身体先动，遂唇齿交融。

梦境到此处戛然而止，白及暮一睁眼，陡然清醒，这才发现窗外不知何时已经入夜，脑海中浮现的却仍是梦中之景，一时失神，竟不知所措。

仙人不常做梦，自他成仙之后，白及已许久不曾入过梦境。对他而言，睡在床上不过闭眼凝神休息，打坐度夜是常有的事。正因如此，他倒不承想今日这般短暂的凝神居然会有梦，故不曾有防备。

仙人的记忆尚且能自成环境，梦中之境自也分外真实。

为了避嫌，他一向主动避免同云母的人形有肢体上的接触，而梦中的她抱起来就感到温暖柔软，脸上绯红犹如流水照春风，因太过似真，反倒伤神。

偶然得到一梦，竟是徒增许多思虑。

白及略有几分头疼，正皱着眉头思索含义，偏偏这时听到门外传来小小的敲门声，良久，才听到云母的声音在外面谨慎地响起："师父，你……"

她大概是接不下去了，在门外考虑措辞。白及一叹，主动开口道："进来。"

下一刻，云母便推门进来，但见她进来，白及愣了一下。

云母习惯在山里乱跑，尤其是来找他时，大概是对他有些畏惧，总是以原形来的，故白及倒是没有想到她今日进来……会是以人形。

白及先前刚做了对云母冒犯的梦境，马上便见到了云母的人身，多少有些不自在，稍稍一顿，便别开了视线。

云母倒是不觉得有哪里不对，反正师父永远都是一个表情，反而是自己还没想好措辞就被叫进来，没做好准备，有些局促。

她之前沐浴时就化作了人形，在院子里逛了两圈，心里还是想见师父，没怎么考虑就过来了，也就没有再变回狐形。只是现在当真见了白及，她的心脏突然猛地跳了一下，让她本来就没想什么的脑子当即又空了一半。云母也不知是不是因为沐浴过后身上有热气，只感到自己的脸忽然就烫了起来。慌乱之间，她在原地呆了半天，才到白及面前坐下，理了理衣衫，唤道："师父。"

白及回问："何事？"

云母抬眼去看师父，却见白及不知何时闭了眼。他虽然一向不苟言笑，但今日还皱了眉头，看起来分外正经。云母哪里晓得他是因为到处都避不开看她索性不看，只认为自己打扰到师父，暗暗觉得懊恼。可她既然来了，总不能这样就走。她的脑袋在片刻间胡思乱想了许多，最后脱口而出的便是——

"师父，虽然你让我下山后去问单阳师兄，可是师兄先前来长安便自有打算。他原先本不必有我相助，若是我问他之后，他也不知道我该做什么……该怎

269

么办？"

云母原先并没有想得这么远，谁知问完倒是真的担心起来了。她不安地眨了眨眼，看着师父。

白及一愣，回答道："你之前为他弹琴时……可听他说了些什么？"

契机既然来了，云母定然是从单阳那里听到了什么关键的东西，只是她并未注意罢了。既然是她的契机，自然与她有关，定然是唯有她能做之事、唯有她能助之举。

云母闻言，便绞尽脑汁地思索起来，想了好一会儿才犹犹豫豫地道："当时师兄说，他父母的故友愿意举荐他入朝……他再过几日许是要面圣……莫不是这个？"

"许是。"

云母自己都不确定，白及虽是算出了她的契机所在，但也难以助她，想了想，方说："你契机在此，他契机亦在你，时候到了，自见分晓。"

云母仍旧似懂非懂，但还是点了点头。不过她大概是明白单阳师兄需要她，就算她没能立刻明白，单阳师兄没有她也没法跨过这道坎，所以总归会有需要她的地方。如此一来，云母便稍稍安心，情绪亦有所振作。然而她想要抬头与师父说话时，却见白及依然闭着眼，似乎是急于打坐的样子。

云母胸口一紧，感觉师父应该是没空与她多说话。

若是这个时候再因此低落闹脾气，大概就属于无理取闹了。云母觉得失落，却依然乖巧地与师父道别。白及略一点头便不多话，待他听到云母小心地合上了门，脚步声远去，方才睁眼，摊开手看了看一无所有的掌心，叹了口气。

云母次日一早便要重回长安，又要与师父告别了，有种说不出的低落萦绕在心间，心里感到分外不舍。她这日起得极早，本以为见不到白及，谁料推开门便看见师父不知何时已站在庭院中。他依旧是穿着一身一尘不染的白衣，在清晨微风中皓如霜雪。白及听到声响便回过头，一见云母，便道："走吧。"

云母感到很意外，但旋即便反应过来白及是担心她不能一个人下山，正如先前安排好让单阳师兄送她一般。云母赶紧向师父道了谢，乖巧地小跑跟上他，两人一道往仙门外走去。

白及一路送她到了山门。云母独自往前走了几步，还是留恋不舍，又回头说："师父，我会尽量早点回来的……和单阳师兄。"

白及一顿，略一颔首。

云母抿了抿唇，加快了步伐往下跑了几步，一连跑出十几级台阶，再回头，便看见师父仍在原地目送她。她本想与师父挥手告别，但想想还是不好意思，于是忽然化为了狐形，远远地对白及挥了挥尾巴，如此几步一回头，也不敢看师父的反应，转头一溜烟地跑了。待她再回到长安，天已然大亮了。

下山的速度总比上山来得快些，云母又跑得急，几乎是一路飞窜地下了山，回到城中便没有耽搁，直接去了单阳借住的凡人宅邸。

这一回她直接找了找路就去了单阳独住的院落。然而单阳此时并未在自己院中，云母只好继续到处乱找，一个屋子一个屋子地寻着，终于在路过书房时听到了师兄的声音："世伯，你的恩情，我真不知该如何感谢才好。只是我此番去必与大权者为敌，若是对方日后查到是世伯为我引线，只怕会连累……"

云母当即顿住了脚步。

只听书房内的中年男子打断单阳说了下去："贤侄不必如此多礼，你父亲在世时帮我良多，当年未能救他，我已懊悔至今，如今倾力帮你，不过是偿还……再说那奸相为非作歹，我与其说是助你，不如说是助苍生。不过，现今奸相把持朝纲，我虽能举荐你，却不好将你明着介绍给陛下，接下来要如何引起陛下注意，还是要看你自己了……"

说到此处，他停顿了片刻，方才继续往下说："陛下天资出众，幼时便有过目不忘之才，且文韬武略无一不精……若非被奸人掌控了朝中内外，定能成一代明君。现在要说有何办法击溃那奸相，也唯有让陛下重建一派可用且有才的良臣为心腹，如此一来……待那奸臣倒台，陛下自然也有办法为你父亲翻案。只是陛下性情闲散，又才学甚高，一般的做法只怕无法引起他对你的注意……"

现在陛下的宫宇中多少也有奸臣势力渗透，宦官也与丞相勾结，陛下常年被困难以出宫，若是要单独与谁见面，定然也要承担风险。单阳要与他单独交谈，势必要给陛下一个非见他不可的理由。

单阳心中亦对此有些困扰……不过他在仙宫修行多年，即使不得在凡间乱用仙法，自认也有些办法，略一思索，便点头道："我明白了。"

话完，两人又交谈了几句，今日便告一段落。云母听到单阳告辞的声音，这才发觉自己居然不知不觉听完了两人的对话。此时要躲已经来不及，单阳已经拉开门走了出来，一抬头就正好与云母四目相对。

一时间，两人都颇为意外。好在单阳飞快地回过神，因云母隐着身形不好说话，便不着痕迹地使了个眼色让她跟上。待两人一道回了屋中，单阳方才定了定神，问："小师妹，你今日怎么又来了？刚才那些……你可听到了？"

说着，单阳的目光闪了闪，居然有几分心慌。

云母的确在意刚才单阳在院中的对话，见他主动说起，先点了头，继而问道："师兄你……入朝为官，是要做什么？"

因为单阳经常下山，云母起先便只以为他是同往常一般下山游历，然而她现在一想……才发觉似乎不是。单阳师兄其实自这趟下山起，行为举止便有些神秘，她问起一点他才答一点，来长安的目的又极为明确……云母如果细心，在单阳师兄说他要被推举为官时就应该察觉到不对，可她当时一颗心都放在哥哥身上，单阳又是随口一提，就没有注意到。直到师父说了她这一尾的机缘在单阳身上，云母才越想越觉得不对劲。

这种不对劲之感，在听到师兄和书房内的中年男子的对话之后，终于达到顶峰。

想来想去，见师兄看上去并不是很想直说的样子，她索性开门见山地道："师兄，我昨日上山去见了师父。"

见单阳似是愣住了，云母便没有停顿，立刻接着往下说："师父替我算了一卦，说我这条尾巴生出的契机在你。所以我想……你是不是有需要我帮忙的地方？"

云母话音刚落，单阳便惊讶地脱口而出，道："怎么会？"

他话出了口方觉失仪，忙镇定下来，道："这本是我的家事，应当与你无关，为何会……"

云母担忧地问："很凶险？"

单阳本来并不想叫她担心，只在想以借口敷衍，然而望着小师妹的眼睛竟说不出假话。良久，他好不容易才低低地嗯了一声。

应完，他又补充道："于我而言，其实也不算多凶险，失败了回师父那里便是。但……对世伯而言，他助我，的确是凶险至极。我若不想连累他，便只能胜不能败。"

说完，单阳一顿，像是下定了决心，直视云母的眼睛，说："师妹，我的家仇并未报完，还剩我父亲一桩。我此番回来，是来了却最后的尘事。"

云母一愣，听到单阳说出"家仇"二字，她当即想到的就是当年在桂阳郡，师兄见到妖物时目光赤红可怖的模样，不由得有些害怕和担心。她怔了怔，道："可是那个张六不是已经……"

"嗯，张六之事，是我欠了师父。"单阳微微垂了垂眸，继续道，"不过我父亲之事，并非完全因张六而起。我父亲一世忠直，然而竟死在了狱中……"

说到此处，他像是不愿提起往事，但看了眼十分担心的云母，顿了顿，终于还是大致解释了一番。

　　说来也是个老土的故事，奸臣谋害忠良自古有之，可若当真发生在自己身上，便是灭顶之灾。

　　明明是空口无凭的事情，却因权臣一手遮天，平白无故就抓了他父亲下狱，然而也因是莫须有的罪名，反倒令他无法拿出对方伪造证据的把柄来翻案。他如今一介白身，单论说，肯定是说不过对方的。

　　云母听得吃惊，张了张嘴，不晓得该如何安慰对方，只好又沉默了。

　　单阳的声音很平静，接着往下说道："此事我怕让你和师兄师姐担忧，未曾提过，只有师父晓得。师妹你放心，我有分寸，不会像之前那般魔怔。但这终究是我自己的家事，与你们无关，我无意牵扯到你们，所以……"

　　云母打断他，认真地道："师兄……师父既然说我的契机在此，说不定我当真有能帮你的地方。嗯……虽然我也不晓得我能帮到你什么，不过……你如果有什么烦恼的地方，不如同我商量一下吧。"

　　云母说得其实也没什么底气，师兄无论能力和修为都在她之上。她只盼不要帮倒忙就好了，但师兄总一个人闷着也不大好……

　　单阳见她认真，不忍拒绝，尽管不大相信她真能帮上忙，还是叹了口气说："既然如此，你不如替我想想面圣的事？"

　　云母坐正，表现出"愿闻其详"的样子。

　　单阳道："你之前也在书房外听到了，我虽能得到举荐入朝，却未必能得到陛下的信任。那位新帝此前一直被困在宫中，虽知他才能出众，可兴趣爱好一直是个谜……我原先听说他登基后求贤若渴，如今才晓得这不过是丞相扶持党羽的说辞，陛下本人似乎没什么招揽幕宾的野心……我需得见他，再想办法说服他，却无从下手。我善棋，原先想说不定以此有机会引他注意，不过……"

　　单阳并未说下去，但云母也明白了。

　　既然那位新帝连外出都费劲，想来是没办法和他下棋的。再说，棋艺也未必投其所好，若是尽力传了名声出去而无法引起对方兴趣，不过是浪费时间。

　　然而云母也一筹莫展，两个人绞尽脑汁还是没有想出对策，弄得云母羞愧不已，感觉自己放了豪言壮语却无法实现，红着脸道："对不起，师兄。"

　　"没事。"

　　单阳本就没有指望她太多，见云母如此倒是笑了笑。他迟疑片刻，抬手摸她的脑袋，不过只是碰了碰，就又仓促地收回了手。

他道："你愿帮我，我已十分感激。"

这是实话，单阳本就有些压力过大，能有人交流，自然轻松了不少。他琢磨了一会儿，又说："对了……你若是与附近的灵兽交流时听说了什么，改日告诉我便是。"

人不知道的事，也许……并非只有人才能知道也说不定。

云母总算找到一个自己能帮得上忙的方向，立刻点了点头。

单阳入朝之事筹谋已久，几日后果然得了举荐入朝。同时也正如他那故交长辈先前所说，单阳在如何找机会与新帝相谈上碰了壁。朝堂上按官位资质排辈，单阳除却第一日拜见对方时与他简单地说了几句，之后便只能远远地看到个影子，一时毫无进展。

云母替单阳师兄心焦，但这几日上山拜访附近的灵兽灵植都毫无收获。为此，她还麻烦了哥哥石英替她在妖中打探一二，可惜也没有信息。

她连着沮丧了几日，已经让白玉看得心疼。这日见云母回来便委委屈屈地化了原形趴在桌上，白玉忍不住问女儿道："你最近在做什么，怎么这般吃力？"

"娘……"

云母有气无力地喊了她一声，此时看着母亲，她忽然想起其实还没有问过母亲，尽管觉得娘一心修炼大约也不会知道，还是问道："对了娘……你住在长安这些时候，可有听说过什么关于新帝的事？"

白玉一愣，心中不觉一紧，道："你问这个做什么？"

云母累得在桌上摊成了狐狸饼，并未察觉到白玉口气中的一丝紧张，只道："为了帮单阳师兄……"

她先前已同母亲说过师父替她算卦的事，只是没有详说，所以此回便简单解释了一番。说完后，云母便自己心烦意乱地乱摇尾巴，满脸无从下手的纠结，看向母亲，等她回答。

白玉一时没有回答。

其实即使云母真没有头绪，要找对方感兴趣的地方也没有那么难。云儿这次来长安许多时候是隐匿身形到处活动的，如此一来，直接进皇宫去，观察对方几日便可……

只可惜她这女儿想法太直，性子又乖巧，大概想不到这种办法来。不过……也好在她没去。

云母见她沉默，便觉得疑惑，歪着头又问了一遍："娘？"

"嗯？"白玉猛地回过神，再望着女儿的眼睛，已是有些心虚。

云母却未察觉到她的异状，见母亲久久没有回答，便以为她是不知道。云母为难地叹了口气，道："说起来，单阳师兄以新帝为着眼点入手，也不知是否有用。"

白玉原本便有些心不在焉，此时听她这么说双手又是一紧，下意识地问道："什么意思？"

"我先前听天成道君说……"云母眨了眨眼，有些同情地道，"如今这个王朝气运将尽，恐怕快到改朝换代的时候了……"

云母是善感的灵狐，能以他人之悲为悲，哪怕不认识那位新帝，说起这种事神情也是十分沮丧的。可是纵使如此，当她抬头看到母亲眼角似有泪光时，仍然被娘亲的悲伤情绪吓了一跳，忙道："娘，你没事吧？"

"没事。"白玉身体一颤，慌忙抬起袖子擦了擦眼泪，下意识地侧过头隐藏，只是微红的眼眶却掩饰不住。

她早就知道玄明受罚而要下凡七世，这七世定然不会是什么好命数，可是当真从女儿口中听闻时，依然感到胸口狠狠一痛。白玉伸手抱起了云母，将女儿温暖的身体搂入怀中，方才觉得好了些。

良久，白玉道："不过是想起了些往事……对了，云儿，我好像在哪里听说过，现在这位天子喜欢听琴。"

"听琴？"

云母原本轻轻地拿头蹭白玉以安慰她，闻听此言后忙抬起头来，却见母亲的神情已经恢复了常态，只有眼角还留有些绯色。

事实上白玉的心情哪儿有那么容易平复，不过是在硬撑，似是无奈地苦笑了一下，说："嗯，即使自己没机会弹，听到别人弹也总要多注意一两分，是个琴痴呢。"

说着，她又停顿了片刻，补充道："你那师兄若是想要引起新帝的注意，想来用琴是最好的。"

话完，白玉便又感到眼角泛上涩意，当着女儿的面，哪里好叫对方看出来。白玉慌忙地转过身，又随口说了几句便找借口回了自己屋，留下云母在那里懵着。

"琴？"次日，云母与单阳在房间里面对面坐着，单阳听完云母的话，皱了皱眉头，问，"你母亲是从哪里听说的？"

"娘说她忘了。"

云母其实也觉得疑惑，但之后又去问过一次，白玉却不再说别的什么了。云母熟悉母亲的性格，自然不会怀疑她什么，便只当是凑巧了。

她想了想，又道："说不定师父说的契机，正是这个呢。"

单阳的眉头依旧未展开。

云母见他如此神情，便主动问道："师兄……你会弹琴吗？"

"幼时学过一些。不过……"单阳顿了顿，脸上露出几分难以言喻的神情，微微移了视线，回答道，"已经忘得差不多了。"

云母立刻明白了几分。

她如今已晓得师兄的身世，也知道师兄原本出身于书香名门。他年少时自是学些儒雅之士喜爱的琴棋之物，只是家中出事以后，满心复仇，想着要手刃敌人，故终日只练剑……棋他偶尔还会试试，琴这般纯粹的陶冶情操之物便完全放下了，学的时候年纪又小，如今便一点都记不起来。

涉及师兄幼时之事，云母不忍戳他痛处，道："那我教你吧。"

单阳一愣，还未等回过神，却见面前的小师妹已经十分自然地取了她的琴出来。抬头撞见单阳的目光，她歪着头问："怎么了？"

"没什么。"单阳匆忙低头，下意识地避开了她的视线，道，"我去向世伯借一把琴。"

说完，不等云母反应，单阳已经慌乱地站起来走了出去。待回来时，他已神色如常，手里也多了东西。

单阳到底不是完全的新手，还是有点底子在的，云母稍稍教了一会儿他就渐渐想了起来，弹得有些样子了，唯有琴谱忘得精光须重背。云母给他试了几首曲子，两人都觉得好像哪里差了一点，单阳思索片刻，便问："前些日子，你给我弹的那支曲子好像与寻常不同，不如换那首如何？"

云母一愣，方才记起那是她在幻境中从玄明神君那里听来的曲子。她回忆了一番，便又顺着记忆弹奏起来。单阳有模有样地看着学，他记忆力极好，迅速地记了下来。等到能够完整弹奏以后，单阳先是松了口气，继而却不敢完全放松，放在琴弦上的手不自觉地攥紧了拳头。

成败，许是就在此一举。

毕竟是要引起新帝注意的琴音，单阳记了谱子之后，又练了一个月有余，待云母点了头觉得可以了，他才决定真正上阵。

这一个月来单阳除了照常做他的小官，便是在住所中练琴。收获不太有，倒是让他世伯府中的侍女们知道了他不仅能下棋能舞剑还能弹琴，差点没给激动疯了。倒是单阳本人有些察觉到不对，窘迫地开始主动回避她们。

定下的日子终于来临。

若新帝感兴趣的果真是下棋之类的事会很麻烦，而琴音却好办，想办法传入对方耳中便是……这对单阳来说倒不算太麻烦，用点法术便是了。

故这一日，玄明好端端地在自己宫里坐着，忽然又莫名其妙地有按理说不该有的琴音传入他耳中。他放下书卷，环顾四周，问道："又是谁在弹琴，你们听到声音没有？"

仆从们皆是毕恭毕敬的样子，然而并无人听见。

玄明一笑，索性自己侧耳倾听，只听了三个音，他道："弹得不大好。"

话是这么说，不过因先前他已应了佳人，只要听到有人弹琴便去看看，倒还是准备站起来。不过，未等他完全起身，随后又传来一段旋律，这段旋律居然有些耳熟，玄明一愣，脸色却有了变化。

单阳弹琴之处，离皇帝的寝宫不远，但也不近。整座长安城皆是帝王宫城，先前有位皇帝喜好高台楼阁，在城内建了不少可眺望远景的高台，文人墨客皆可登台远望，还常会在此举办诗会茶会，算是风雅之地。单阳挑了这些高台中最高、最显眼的一处，设下了琴，算准了时辰便弹了起来，又借着术法之风，让其传入了新帝耳中。

即使谋划许久，当真实行起来，单阳仍是紧张。他晓得自己并非真善琴音，也不晓得这等琴声到底能不能引来天子，只能竭力而为，故弹得比往常还要拼命些，不久背上额间就冒出了汗珠，弹到着力之处，更不可谓不激动。云母在一旁听着，都觉得单阳师兄如果以琴为武器，杀伤力肯定比她强，毕竟以师兄的修为再配上这琴音，整个长安城的人可能都已经死了。

云母听了一会儿，忍不住委婉地道："师兄，要不还是我来吧？等下皇帝来了，再换你来弹。"

单阳却摇了摇头，说："不必，既是我之事，便该由我来做。况且你虽能代我一时，但总不能一直代我，等下若是新帝来了，说不定会露馅，还是由我自己弹吧。"

"可是师兄……"云母脸上十分焦急，又不知该怎么开口说才好，终究还是含蓄地劝道，"其实你没必要弹得这么凶的，跟平时一样便好了。"

"哦。"

单阳当即脸上微微一红，手中的曲音便乱了一下，好在他很快反应过来，重新调整。

琴是弹了，只是到底能否成功，两人心里其实都没有底。正因如此，当高台底下真有一驾车辇停下时，云母不由得兴奋地不停拍单阳肩膀，拍得他险些琴调都乱了。

那虽不是御辇，却也的确不是一般人家能够用得了的华美车驾，更不要说刚刚停下之时，周围那些随从已经极为熟练地驱散了周围的百姓，无论哪一样都显示得出车中之人地位不凡，只可惜隔着帘帐看不清楚。直到随从将车内之人扶出，看清那远远见过许多次的身形，单阳才总算松了口气，道："是他。"

单阳犹豫地看向云母，交代道："小师妹，等下我就不便同你说话了，你……"

"我明白！"

云母连忙点头。她今日其实也是隐匿了身形出来的，不过哪怕知道其他人看不见她，还是十分主动地自己跑到了角落的帘子后面躲着。

在彻底躲起来之前，云母还是忍不住好奇，偷偷朝外面瞧了一眼，然而却只见那传说中的凡人天子被层层叠叠的护卫围着，还有两个侍女小心翼翼地举着东西替他遮阳，同时防止旁人看清他的相貌。

待云母躲好，单阳深吸了一口气，待新帝和一众人走上高台来，倒也没有露出意外之色，只是非常自然地走过去行礼，不卑不亢地道："见过陛下。"

对方对他微微地笑了一下，便道："免礼。"

两人见礼之时，新帝的随从们已经将高台重新摆好，替新帝铺好了座位，宫女拉起了帷幔，设了阻隔，甚至还有人扛了屏风上来，搁在两人之间。高台上因没人说话，一时间满是调整摆设的磕碰声，单阳顺从地低着头，玄明则自然地坐好了。

高台上的空间其实颇大，露台里面还有隔间。云母原先躲在一处隔间的帘帐后，然而玄明这么大张旗鼓地一摆，不仅隔开了他和单阳，还将云母也硬生生地与师兄隔开了。这个时候，她正好奇地打量新帝。云母能隔着好几层薄薄的帘帐看到玄明的身影，但因为还有屏风，以及宫女举着的羽扇挡着，任她拉长了脖子，也只能瞧见对方衣摆上精细的花纹、他本人挺拔的背脊和一点点尖尖的下巴。

这新帝看起来很年轻，好像长得挺俊秀的，他嘴角好像弯着……是心情不错吗？

云母心不在焉地想着。

然而正如她端详着玄明一般，玄明也正端详着行礼后端正地跪坐在他跟前、膝上还放着琴的单阳。同时他越是打量，嘴角的笑容也就越僵硬，手中的扇子不自觉地就在膝盖上轻轻地敲了敲，问道："你……是前几日被程公举荐的……"

"单阳。"见玄明说着说着就想不起来了，单阳索性主动低着头接上，"臣名为单阳。"

"是了。"玄明眯了眯眼，笑道，"单阳。"

说着，他拿扇子在膝盖上敲了敲，以掩饰内心某种难以言喻的急躁。

他是应了白玉之诺来的，这几日他总想着玉儿说让他见的弹琴人，和她会是什么关系。

玉儿外表看起来是二十二三岁的美貌女子，不过她既然是仙子，玄明心中清楚她的年纪只怕比外表要大上不少。先前单阳被举荐时，他只道是和往常一样走个过场，便没怎么注意他，此时一见，方才注意到他看起来十七八岁，做玉儿的儿子许是正好。玄明心里咯噔一声，接着便免不了下意识地要从单阳的脸上找到玉儿昔日那位夫婿的影子。

他是以情敌的眼光看的，自然十分挑剔，然而看着看着，心里居然隐隐不快起来。

单阳不知玄明的心态，只能坦诚地任他打量。他本是出身于长安的世家名门子弟，相貌生得恰是时下受追捧的士人模样，有着恰到好处的俊朗秀逸和清贵傲气，举止言行无不合乎礼节，抬手之间又略有潇洒风流之态，正是君子所行。并且单阳在旭照宫里清修了十数年，在凡人看来，周身不知不觉便有些仙境中的出尘气质，正应了白玉的仙子身份。故他这种种事先演练了许久的"无可挑剔"，落入玄明眼中，也就剩下了两个字——

烦人。

心态既然受了影响，玄明说起话来便也刺人了些，道："你的琴弹得实在上不得台面，后面虽好了些，可若不是先前受人所托……我定不会来见你。"

单阳闻言一愣，脸当即涨得通红，有些在意那句"受人所托"包含的意思，但想想没人会托玄明来找他，大概是世伯不知什么时候替他说了话的意思，一时便没有机会想太多。单阳知道与新帝对话的机会来之不易，尽管受了批评有些窘迫，但紧接着便坦然道："实不相瞒，我的确不善琴。比起琴……我更善棋，善谋略、清谈，略通玄术。"

随即，单阳自荐道："陛下若是有兴趣，不如与我对弈一局。"

棋在于算，在于谋，故谋士大多善棋。单阳言下之意，便是有意展示他的本事，也隐隐有献策的意思，而先前故意让琴音飘进皇宫，则是说明了他会玄术。

玄明果然没有意外之色，但比起这些来，他还是对琴更有兴趣。

"不急。"玄明先是轻淡地回绝了单阳下棋的提议，问道，"你刚刚弹的曲子……是谁教你的？"

单阳一愣。玄明见他这般神情，笑了笑，说："你弹成那样，总不可能是自己作的曲，定有人教你……再说，这首曲子，我听其他人弹过。"

单阳被拆穿了，略感尴尬却不羞恼，道："是我的小师妹。"

"小师妹？"玄明微怔，自言自语般重复了一遍，接着又看向单阳，直接问道，"她人在哪儿？我可否……见她一面？"

玄明此话一出，单阳和云母皆是一愣，师兄妹都不明白他为什么会在意这个。

尤其是云母，本来就为单阳师兄紧张，整只狐狸都犹如紧紧绷着的弦，突然被点了名，不自觉地便是一颤。她原来躲在帷幔后，双手抓着帷幔呢，这一抖，那帷幔就被她揪得颤了一下，然而云母本就隐匿着身形，这一幕在外人看来，便成了帘子极不自然地动了动。

天子身边的人何其戒备，当即就有侍卫锐利地看了过去，便是玄明也有所察觉。他一愣，挑了挑眉道："你不是一个人在此处，还有人在里间？"

话音刚落，侍卫便握紧了刀，似是有意要往云母藏身之处走去。其实其他人毕竟看不见云母，她现在真躲开也来得及，只是单阳担心万一这些侍卫当真铺天盖地地搜，电光石火之间，他已有了决断。

单阳忙道："是，小师妹也在此处。她人比较内向，先前便在里间休息，大概是一直不敢出来。我刚才见陛下见得急，也未来得及介绍。陛下，臣可否……"

玄明随意地做了个自便的手势，单阳便站了起来，连着掀开几层帘子进了隔间，伸手拉了云母的手腕，将她从帷幕后拉了出来。云母自然配合师兄，适时地去了身上的障眼法，倒像是之前真的一直躲在后面一般。

单阳拉着云母跪下行礼，一边行礼，一边自然地介绍道："陛下，这是我师妹，名叫云母。"

云母慌慌张张地行了个礼，但她其实不懂凡间礼数，更何况是见帝王，匆忙间也不知道做对了没有，并且不等对方回应就自顾自地抬了头。照理来说这是不敬之举，偏偏云母与玄明的目光对了个正着，她看不到躲在层层帘帐和屏风后头的玄明全貌，也看不清脸，玄明却将她看了个清楚，接着——

他当即愣住了。

"幻境外的我虽不知道这段往事，但他必思我所思、想我所想。不必担忧，日后，我们必有再会之日……"

在幻境之中与云母分别时，玄明神君曾笑着意味深长地说出了这段话。

云母有六分肖其母，至于剩下四分肖谁……

此时云母极为紧张地跪在地上，一双漆黑而明亮的眼睛张皇失措地望着被层层帷帐屏风阻隔的那个人间至高无上之人。她的眼神一贯有着灵兽的天真清澈，身上又沾染了跟随仙君修行的灵秀之气。这一望，不只是玄明，连他身边的侍卫宫女都不由得怔了，恍惚间简直以为自己看见了不小心落入凡间掉入人群之中正在惊慌失措的仙子。

她先前被单阳那样突然地从帷幔后拉出来，本就出人意料，容貌又生得极为俏丽灵动。一时间，本该制止她抬头的侍卫们居然就这般呆在原地，个个都忘了拦她。

云母感觉到自己和屏风后的青年男子对上了目光，可看不清对方的脸，只能模模糊糊瞧见轮廓。单阳师兄好不容易才走到这一步，云母生怕自己拖累了他，整个人都绷得不敢动弹。

高台室中也不知静了多久，久到连原本对自己之举有七八分把握的单阳都不知不觉绷紧了背，屏风后的新帝才缓缓道："起身吧。"

"是。"

听到这三个字，单阳顿时犹如从冰天雪地走入火中，身体总算渐渐暖和起来，这才发觉自己整个人都被冷汗浸透，里衣不知何时凉飕飕地贴在了身上。好在他面上并未露出异状，依旧是恭敬地对新帝行了礼，方才拉着小师妹回到他先前坐的位置坐好。

玄明自然是无措的，此时非得极为专心地按捺住自己胸口喷涌欲出的情感，才能勉强控制住声音不要发颤。然而他握着扇子的双手却在膝盖上不住地发抖，唯有紧紧握住才能稍稍控制住不动，若非周围有那么多人、有那么多眼线，他说不定早已跳起来！

她为何会在此处！她为何如此像玉儿！她为何如此像——

无数问题仿佛洪水决堤般涌入胸口，震得玄明胸口发疼。他的头脑何等清晰，感觉何等敏锐，这些问题几乎在涌入脑海中的一刹那就被一一破解，种种线索抽丝剥茧，最后显露出的真相几乎让人不敢相信。

与玉儿相似的外表，他莫名觉得耳熟的琴音，玉儿落泪时欲言又止的神情……

他脑海中的答案荒唐得很，自己却对此莫名地深信不疑。

原先的三分挑剔七分从容尽数散了干净，玄明不可置信地开了口问："你……"

张了口，他才发觉自己声音颤得异常，连忙清了清嗓子，却掩不住干涩。他仿佛已经忘了单阳，只望着云母，道："你……你名叫云母？"

玄明似是希望自己的说话声听起来亲切些，可待声音出了口却由不得他控制，发了声就觉懊恼。但云母似是无所察觉，见新帝有意与她说话，先是一愣，接着还是不安地点了点头，胆战心惊地顺着对方的疑问一一回答。

"先前的琴曲是你教他的？"

"是，陛下。"

"你从何处学来？"

"一……一位隐士长辈那里。"

"你今年多大？可有婚配？"

"刚满十八，还……还没有……"

听到"婚配"二字，云母的脸不自觉地烧了起来，脑海中居然模模糊糊地浮现出一个人影来。她不由得怔了怔，倒是比新帝要见她时还慌张，赶紧拼命摇了摇头，好让凉风吹散她脑袋里的热气。

女孩子听到这种问题害羞也是常事，玄明只当她是用力否认，倒没有察觉不妥。只是玄明此时心脏狂跳，想直接问，可话要出口时又觉得情怯，焦躁地拿扇子拍了拍掌心，一顿，终于还是问道："你……父母是何人？"

话一出口，玄明当即感到心脏提到了嗓子眼，手中的扇子也不动了，就坐在那里一眨不眨地紧盯着云母的神情，等着她的回答。

然而听到这个问题后，云母却是一怔。

这一问对她来说颇为敏感，她这次是以游仙的身份下山，虽说在人间要弄个身份混过去容易。可她娘毕竟是灵狐伪装人身住在长安，凡人分不清灵妖之别，若是发现她娘原形是只狐狸，说不定会出什么事，还是不要节外生枝的好，还有……

娘其实还算是好答的，而父亲……

她和哥哥幼时倒是问过娘他们为何没有父亲，娘总编个狐仙娘娘送子之类的传说来哄他们，所以她和哥哥曾有好长一段时间觉得他们兄妹俩是狐仙娘娘亲自送来的，不同于那些不知由爹娘怎么弄出来的一般狐狸，倒是得意得很。后来年纪渐长虽然明白了这是娘亲编出来的谎话，可他们也过了在意这个的年纪，大多数狐狸本就是只有娘没有爹的，他们的状况也算不上不正常。

想了想，云母说："我娘亲是一般妇人，至于爹……"

她稍稍一顿，摇了摇头，答得颇为老实："我不知道。"

"不知道？"玄明愕然。

云母嗯了一声，回答："娘亲不曾说过，我与兄长也不曾追问。父亲自出生起便没有见过，许是早就过世了。"

她话音刚落，除了玄明，满室望着她的目光已经带着同情，几个心肠软的侍卫面面相觑。

也是云母出生的时间巧，十八年前王朝正与北方敌族有过一场大战，死伤以数十万计，不少民间征来的男丁都死在那一场大战中，多少妻子丧夫，多少母亲丧子。

云母虽是说没见过父亲，可气质轻灵，眸子纯洁无垢，一看就是良家女子，其他人第一时间想到的便是"遗腹子"三字。现在的世道，失了父亲，孤儿寡母生存如何不易，且她还有兄长，光是想想便觉凄惨。

玄明听完这等身世亦感到震惊不已。他只觉得自己手抖得厉害，几乎握不住扇子，可这又不好让人看出来。见他许久不说话，云母还以为是自己说错了什么话，小心翼翼地询问道："陛下？"

说来奇怪，与这位新帝对话了一阵子，云母听他的声音、看他的轮廓，居然渐渐觉得熟悉起来。

狐狸好奇心盛，云母不自觉地拉长了脖子，想将天子的面貌看得清楚些。躲在屏风后的玄明此时已有些念头，被这么一望，顿时一惊，立刻展开扇子装作随意地扇了扇，趁机挡住了整张脸。

这下云母彻底看不见了，泄气地低下头来。

"我今日有些乏了。"玄明侧着头慌张地起身站了起来，匆忙道，"不过是听到琴声随便过来看看，现在便要走了。"

说着，他似是略沉思片刻。下一刻，单阳便感到新帝的目光笔直地落在他身上，这位帝王已经收了之前的闲逸和游刃有余，神情似是相当认真。

"这里不是说话的地方，你若是想同我下棋，不如等我传召。"

话完，新帝抬步离开，身后的随从侍女见他行动，连忙哗啦一下全动了起来。单阳和云母只感到身边有一道风刮过，待风静之后，高台之上已经一片寂静。

当晚，月色临空，白玉借着月华踏入玄明宫室之中时，却发现屋内并未燃灯，只有玄明一人端正地坐在黑暗中。他面前摆着桌案，桌上摆着精致的酒壶和小小的酒盏。见她进来，玄明似是淡淡一笑，道："玉儿。"

明明是平时听惯的两个字，今日他却好像有意咬得比以往来得缠绵动情，还略有调笑之意。白玉听完便是一震，不自觉地望向玄明，却因他整个人被昏暗的夜色拢住而看不分明。她心头一跳，敏锐地察觉到今日屋中的气氛隐约有些不对，除此之外，玄明给她的感觉，也似乎有种说不清道不明的……

熟悉。

感受到熟悉的一刹那，白玉几乎登时便心惊肉跳。

玄明自然一直是玄明，除了少了额上那枚红印，他的相貌性格都没有变，只是终究成了凡人，忘了那些前尘往事。且他毕竟要从婴孩重新长大，哪怕在这宫闱争斗之中被教得少年早慧，如今又已是青年，终究比白玉记忆里终日在竹林中弹琴的夫君要年轻些，可今日……

有一瞬间，她几乎以为自己看到了以前的玄明。

见白玉站在原地良久不动，玄明又是一笑，催促道："怎么不过来？"

"来了。"白玉一顿，方才回过神，抬步走过去，在玄明对面坐下。玄明将酒盏递了一个给她，缓缓斟上酒。

窗外的月色斜斜照入屋中，正好映照着白玉端丽白皙的脸。她微微地抬头，头上的步摇坠子随着她的动作轻轻一晃，睫毛像是羽扇般颤了颤，疑惑地看着玄明的脸。

玄明并不急，他想了想，自然地抬手取了早已准备好的琴放在膝上，笑道："玉儿，我弹琴给你听吧。"

白玉一愣。

玄明如今的处境，让他并不喜旁人知晓他的喜好，故他虽爱琴，却极少亲自弹奏，也不知今日为何忽然要弹。不过他既然想弹琴，白玉倒也不会拦他，便点了点头，谁知……待玄明起手拨弦，琴音流畅地从弦间流出，还未等一段弹完，白玉已然大惊失色，震惊地看向他——

"你——"

玄明弹的并非人间的曲子，而是他在竹林中喜欢的曲子。白玉在那片竹林中与他相伴了近百年，自然不会听不出来，立刻方寸大乱。

"你先前让我去见的人，我今日去见了。"玄明一笑，停了手中从单阳那里听来的曲子，貌似随意地说着，抬头看了眼白玉，"谁知……倒还意外地见到了对方的小师妹。"

话音刚落，白玉脸色已然大变。

不过，玄明停顿片刻，便道："不过……我没什么想问的。"

白玉惊愕地看着他。

玄明哪里舍得让她露出这般神情，放下琴，索性将人拽入怀中，搂着她的腰，

284

捧着脸亲了亲，待她凑近了，便在她耳边轻声道："你既然不希望我晓得，我就不晓得。日后，我也不会再见她了。"

玄明天资聪颖，虽说以凡人的见识终究不可能将事情猜全，可他既能将白玉当作仙子，便也能猜得八九不离十。他有许多事不解，唯有一件事确定，玉儿不愿让他知道，也不愿让儿女知道，总不可能是故意的，定然是无可奈何而为之。既然是无可奈何，那他若是强行拆了这个局，反倒是要害他们。

白玉听了他的话心中一松，可终究还是有些紧张。她稍稍一愣，便躲着玄明的吻，抬手想将他推开，慌张地问道："她看见你了？云儿可看见你了？"

不怪白玉担心，实在是玄明和石英长得太像，怕云母把他们联系到一起。

玄明闷笑一声，咬了咬她的脸，道："应当是没有。"

沉默了片刻，他又道："玉儿，多谢你来。"

这几个字，倒叫白玉心尖颤了颤，一时居然有些不知所措，也不知该如何回应才好。

过去玄明年长她千岁万岁，看她总跟看个孩子似的，可换到如今，反倒是她年长玄明几百岁，主动权也在她这里。然而偏偏在这一刹那，白玉感到了些微妙的不平衡感，玄明的声音沉了，和过去更像了。

白玉一时有些慌乱。

然而玄明还有话要说。下一刻，他便道："这段时间我很开心……这两年，倒比过去十几年都要开心些。我说你是我命中的皎月，可不是骗你的……若还有来生，你可还会来找我？"

不知是玄明换了位置，还是月光移了位置，他此时一转，本来处在阴影中的脸便到了月色之中。白玉看着他笑脸盈盈，眼中尽是温柔之色，哽咽道："来寻你！自是会来寻你！但你……要做什么？"

"不是我要做什么。"玄明笑笑说，"是我本来时间就不多了。"

话完，他笑嘻嘻地展开自己的袖子，接着往下说。

"过去我想着本就活不了多少年，得过且过也就罢了。更何况，我也不舍得你，想着拉你多留一日也是好的。不过，既然现在……"

玄明想说的是"既然我们有孩子"，但话到嘴边又咽了回去。他看着白玉的眼睛，明白对方懂了，便索性不再说下去。

既然为人父母，便该有些样子了。

于是玄明微微一顿，接着往下说："我虽不知到底出了什么事，但其实我对自己为何在此、有何任务在身，心中多少有数。自我担任太子，看到放在库房中的那些破破烂烂的东西起，我便明白了……如今这个王朝衰微、气数将近，怕是早已救不回来的，所以我在此……只怕就是要跟这个活了几百年的老家伙做个了断。"

说着，玄明站起来，笑着摸了摸屋子里的墙壁。

自王朝立于此，皇族世代便居住于这个宫室之中，算下来，也是列祖列宗住的祖宅，华美归华美，只可惜内里早已腐烂，既然是烂了梁柱的屋子，那么倒下也是迟早的事。

就是早已从女儿口中偶然听到王朝命数的白玉，在此时听到玄明自己将这话亲自说出来，也是吃了一惊。然而未等她想出什么说辞，只听玄明接着道："你不必担心我，人不过是生老病死，转世轮回罢了。再过几年，许是就又能相见了……不过，既然都要了断，与其就这样令它腐烂而去，倒不如……做些别的事。"

玄明说到这里，抬手摸了摸下巴，道："虽说不知能不能成功，但总归应该试试。我……已有打算。"

自高台弹琴之后，单阳又在暂住的故友家中忐忑地等了数日，果然接到了新帝的传召。

朝会散后，单阳在殿外等了片刻，便听到有人轻声唤他，随后跟着那人往皇宫之内走。单阳穿过许多长廊，终于跟着侍者进了一处花园，园中有花有水，临池水立了个楼阁，远远地就能瞧见楼阁上有人坐在窗边。新帝见他们过来，与单阳对上视线，还笑着朝他摆了摆手。

单阳一顿，微微行了个礼，新帝笑了笑，并未说什么。那年老的侍者大约是没有注意到少帝已经注意到他们，还在同单阳解释："此处是陛下亲自要求建的休憩之所，鲜少招待外客。"

单阳点头记下，便不再注意。不久他便随侍者登上了楼，行礼过后，玄明招了招手让他过去，手指自然地一指他对面的座位，道："坐。你不是要与我对弈？来吧。"

"是。"单阳在玄明对面坐了，看向桌案。

玄明预先在案上摆好了棋盘，不过单阳落座时，盘上已经黑白错落，显然是少帝等他来时一个人在打谱。单阳不动声色地看了眼玄明手中的白子，又看向棋盘上的情况，本是想探探新帝的棋路，谁料一看那棋盘上黑白子的搏杀之势，单阳顿时愕然，颇为惊讶地抬头看玄明。

这么一个闲散的人，怎么棋路竟是这般——

玄明并不意外地对他一笑，拿起茶壶亲自给他倒了杯茶，笑着说："开始吧。"

说着，他首先抬手将自己的棋子收了。单阳定了定神，尽量将刚才一瞬间过于吃惊的心绪平静下来，这才开始拣自己这里的棋子。因对弈时黑子先行，通常由地位高、辈分长、棋艺好的人执白，单阳面对天子自然地选了黑子。待棋盘收干净了，他首先捻起一子，飞快地落下。

棋盘四方很快都被占据，黑白开始真正地搏杀。玄明下了几步，一边下，一边仿佛不经意地问道："说起来，你和你师妹师承何人？"

"师父不让我们透露他的名讳。"

单阳同样落子，黑子在棋盘上发出轻轻的叩的一声。

他们师从仙人，在人间自然不能说自己是仙人弟子，更不能说师父的来历和仙位。

"原来如此。"

好在玄明并不介意，脸上依旧是笑盈盈的。他笑得亲切，可手下的棋路却是步步紧逼。单阳一向自认擅棋，在家中能下得过世伯，在旭照宫也能下得过观云师兄，甚至大师兄元泽出师前十盘里也有九盘要败在他手上，故他对自己的棋力绝不算是自负，然而此时面对新帝，居然隐隐觉得吃力。

单阳心中暗惊，心道这位天子天资聪颖、过目不忘的传闻只怕不是胡说，也难怪世伯说新帝才学甚高，一般的才能恐怕不能让他刮目相看，势必要多费心。

单阳收起了以为凭下棋就能引起新帝注意的念头，重新沉下心来与玄明较量。

这一局两人下了半个时辰，偏生两人落子速度都极快，竟是不晓得时间是耗在了哪里。一转眼，棋盘上已经布满了黑白棋子，死棋和活棋都狠狠地经过了一番争斗。单阳吃惊于玄明性格散漫温和，棋路居然以进攻为主，每一子似乎都带着舍身成仁的刀光剑影，偏合在一起又是步步精妙。单阳不得不转他擅长的攻势而为守势，皱起的眉头始终未展，不敢有一刻懈怠。黑白二子狠狠纠缠了一番，终于，玄明将他的白子一抛，极有风度地笑道："你赢了。"

"承让。"

单阳背后出了一层薄汗，良久才从激烈的棋局之中回过神来，倒是许久不曾与人战得这般惨烈。他定了定神，终于看向玄明，一双漆黑的眸子等待着他的反应。

按理来说臣子若是想让圣上开心，便不该赢他。但单阳所想展示的是他的谋略之术和治世之才，想让对方认可他的才能，再说服对方合伙对抗奸佞，这才尽力一显……否则，他若是连新帝都赢不了，又要如何证明他可对抗新帝对付不了的权臣一派？

单阳等得紧张，然而这时，玄明停顿了片刻，拿起茶盏来抿了抿，旋即开口道："我调查了你的身世。"

单阳一愣，望向玄明。

玄明放下了杯子，垂了眼眸，神色已是认真，道："当年单明公死得的确冤枉。还有你一家的惨死，也有我父亲沉迷玄道而不务正业之责。"

玄明话语之中似有歉意，然而单阳只是沉默不言，不接话，静静地听下去。

玄明却在此时停顿了片刻。

按照他出生的年岁来算，单阳应当早已过了弱冠，然而眼前的男子却不过十七八岁的模样，倒是看着比他还要小些。单家出事之时，因权臣介入，记录得不清不楚，但却写的是"无一人逃脱"，而后单阳便是十八年不曾有过踪迹，直到今年才回到长安，低调地以门客身份住在父母故交的程家。因为当年单家全家惨死，无一人幸存，让某些人全无后顾之忧，而单阳外表又与实际年龄相差甚大，他这一趟回长安还做了官，居然也没有人注意到他。

不过……

其他人不曾注意到他，却并不意味着单阳没有关注他们。在最近这一段时间，只怕他早已将朝中上上下下摸得明明白白，只等契机一到，便要将刀子一口气落在他们身上。

玄明望着单阳的眼睛。他善于识人，晓得有这么一双眼睛的人必然执着，是不会轻易善罢甘休的。

玄明微微一顿，道："想来你那师父，定是性子刚直、心灵无瑕之人。"

单阳有些古怪地皱眉，问："何出此言？"

当然是因为你们师兄妹一个接一个的脑子都太不会转弯了。

玄明笑着摇了摇头。一个师妹到处打听天子喜好却不晓得亲自进宫来看看，一个师兄明明晓得王朝气数将尽脑子里却还想正面应敌翻父亲之案。这种想法他倒不是不能理解，那小姑娘没想到要进宫，只是她潜意识里觉得随便进不认识的人家里窥探隐私不太好，而眼前的单阳不曾想到别的方法，无非……他骨子里还是想着要寻正道，没有别的念头。

看到单阳疑惑的表情，玄明嘴上却没有将心里想的话说出来，只貌似不经意地转开话题，道："其实你要翻你父亲的案，并非只有从我这里入手一途。"

玄明轻轻捻起一枚白子放在已死的棋局之中，然而已死的局已无法救起，白棋放在哪里都终将被黑子吞噬。

单阳看了看棋盘，不解其意。

玄明却轻轻拿指节叩了叩棋盘，叹了一声，目光不自觉望向窗外，那窗外有皇家花园漂亮的山石草木，远远地还能看到宫室美丽的华顶。

他道："如今的江山，已经救不回来了。你我之举，不过如这一步棋。"

单阳心脏猛地一跳，吃惊地看向玄明。

玄明对他微笑。

"你别看长安城如今依旧是花团锦簇，西方和南方都早已有军士起义，攻入此处，时间问题而已。而如今的朝廷，不过是蛀空了芯子的朽木，早已无力回天……王朝将倾，要保住天下，唯有大破而后立。"

单阳隐隐猜到玄明的意思，顿时一惊，道："可是若是如此——"

"你家世代为忠，许是不太懂这个。"玄明笑着说，"人人都道皇室死了，皇宫换了主人便是亡国，可是你看外边……换了主人，这宫宇可会少一分华美？外面的山峦可会少哪一座山峰？江河可会少一滴水？难道换了皇家，原本的父便不是父，子便不是子，亲人血脉便要断绝不成？凤凰浴火涅槃方可重生，若要救如今这个破败的天下，唯有全部推翻重来。"

趁着单阳愣神的工夫，玄明已经站了起来，笑着将广袖一展，张开双臂立于楼阁之间。

"现在我若死，想来立刻便会有人以身代我，毕竟他筹谋已久……不过，我无力改变这大势，但总能为这天下择个新主人。我晓得你无意于帝位，但却能替我挑选这新人……到时待立了新的王庭，前朝之事，还不是任你书写？"

玄明眯了眯眼，笑得更和煦了些。

"朕不忍见天下苍生落入歹人手中，单爱卿，你可愿助我……倾了这江山？"

单阳同玄明神君密谈的第二日，便辞官离开了长安城。云母听他说了事情的经过，便也一路跟着他，两个人找了个像是隐士君子会喜爱的僻静之地隐居，养了几个门童，还似模似样地收了弟子，以一方隐士的身份住了下来。

单阳当然并非真要隐世，不过是借此扬名。他一向乐于让人借宿，与过路的士人谈论诗书谋略，有时也会递书信到附近的书会诗会，只是只见其字不见其人。他明明不曾现身，却能按时让童子送来准确的题目和答案，当即引得感兴趣的人纷纷拜会，但这些主动来见面的人却未必都能如愿，因而愈发增加了神秘感。

有人见过他，有人没见过，却都乐于谈论他。众人说得真真假假，反倒愈发勾起人的兴趣，不久，附近一带的人就都知道了山中住着一位隐士君子，年过弱冠却面如少年，风神秀异气质自华，言谈举止都极令人倾慕向往。故又过了不久，便有更多人慕名而来，有人是想与他结友，有人是想听他谈书，自然也有求仙、求玄之人，访客渐多。

单阳有何等的才华，来访者无不叹服。不过半年，他便已名满天下。

单阳的名字并不是秘密，只是有名的君子，大家都本着敬慕之意而不直呼其名。因他身边总是跟着一只乖乖巧巧的白狐，故不知何时起，他人便索性恭敬地称他白狐先生。

刚听到这个称呼时，明明不是叫她，云母却害臊得恨不得拿头砸墙。不过这么一来，她用原形帮师兄搞噱头的目的算是达到了，也总算松了口气，不枉她每次有客人来就满院子窜来窜去地引人注意，偶尔还帮忙叼个棋罐子。

"不过，想不到那位新帝竟会那样说。"

偶尔与单阳师兄闲聊到此事时，云母惊奇地说道。

她已经从师兄那里听说了事情的来龙去脉，尽管不懂政事权谋，却也听得惊讶。

"嗯。"

单阳沉闷地应了一声。便是他，至今想起当时新帝所言，也觉得震撼异常，无论如何也想不到一介凡人竟会有那般见识。

单阳抬手在棋盘上落子，一边与云母下棋，一边道："我世伯说得许是不错……若非生在如今，他必能成为一代明君。只可惜……"

话到这里，单阳并未说下去，只是口气中颇有惋惜之情。云母自然听得出他话里没有言明的内容是什么，对那位莫名觉得熟悉的新帝也颇有好感，这个时候不知该说些什么，索性低着头心不在焉地钻研面前的棋局。

毕竟跟着单阳在草庐住了半年，云母也从师兄那里学了不少东西。师兄能指点她修炼，也能教她一些别的方面的东西，这段时间云母除了一些凡间的诗书之外，还学会了下棋，只是终究还是新手，下得很是吃力。

单阳虽说半是教导半是随意地陪她下下棋，可棋力到底在她之上不知多少，眼下棋盘中的局势已经又是快要屠城了，小师妹只怕不久就要丢盔弃甲。他作为师兄兼任指导者，到底有些担心小师妹失了兴趣，见她皱着眉头思索得吃力，便忍不住道："要不我再让你两子吧？"

"师兄你已经让了我快十子了！"

"是吗？"

"嗯。"

云母心情着实复杂，其实单阳开局时就先让了她五子，后来看她快不行了又陆续让了两三次。云母现在实在厚不下脸皮再让师兄让了，自己都不晓得是怎么下成现在这个样子的。然而即使明显不敌单阳，她总还要再争一争，否则岂不是辜负师兄一番教导。如此一想，云母又重新集中了精神，聚精会神地思索起来。

单阳不着痕迹地看了云母一眼。小师妹似是觉得被让了近十子受挫，但他事实上并未觉得她笨拙。凡间若是顶级棋手与新手之间、师父与徒弟之间，开局就让九子的也有，他本就擅棋，在寿命动辄成百上千年的天界都鲜少遇到对手，而云母才刚学棋几个月，被让个几子着实不必羞窘……实际上，单阳觉得她已经下得不错了。

又过了一会儿，因云母不接受让棋，棋力又不敌单阳，果然丢盔弃甲输了棋局。好在她虽然面色失落，但不像是完全泄气的样子，单阳顿了顿，便趁机借着先前的棋局指点了几句，让云母认真地听了记下。待讲解完毕，单阳想了想，又道："我书房里还放了几本棋谱，上面有我记的笔记心得，你若是有兴趣，就自己拿回去看看。再过段时间……只怕我便不能再亲自教你了。"

云母一愣，点了点头。

其实近几日，她已经感觉到单阳师兄身上灵力气势都有所变化，恐怕是契机将至。她好歹跟随师父学习了几年，推演的功夫还是有一点的。单阳师兄隐居在这里这么长时间又传出了名声，目的不过是等玄明口中那个可禁得住挑选的人，而现在……那个人应当是要来了。

师兄妹俩心照不宣，但日子依旧过着，唯有单阳师兄不动声色地收拾起了行装。几日后，小院中果然来了一位特别的客人。那人三十六七岁的模样，器宇不凡。他答出了单阳设在院外的题目，故得到了整个小院的额外礼遇。

云母当然还是和往常一样在院子里跑来跑去。只是这天，单阳在一局棋的时间内与对方交谈片刻后，便请了对方入雅间细谈。他们谈了整整一日，单阳邀请对方留宿，等他出来以后，见云母在外面等他，想了想，便道："小师妹，我准备走了。"

云母已经知道了单阳师兄的安排，尽管清楚这一日迟早要来，可听到此言，还是下意识地怔了怔，毕竟相伴这么久，师兄妹感情已与过去不同。不过，云母也晓得这是师兄在凡间最后的夙愿，待完成，师兄的心结便可解开……故她认真地祝福了师兄，然后送别了他。

单阳第二日便安置好了弟子和门童，跟着那人走了。云母这回没有再跟着师兄，只是因机缘还在师兄身上，所以现在也没法回仙山去见师父，索性便先回了长安。她一边等师兄，一边还能和母亲一道在附近做做好事积累功德，时间不知不觉也过得飞快。

这一日，云母找了时间到山上找哥哥，见他的令妖宫里居然也有棋盘和棋子，云母忽然来了兴致，便主动要下棋。石英本来想着兄妹俩棋艺都差不多，就随便陪她玩玩，谁知被云母杀得片甲不留，十分丢脸。

云母自学棋就没赢过，谁知这次赢了，自己都意外得不行，但看着石英十分吃惊的模样，明明高兴得尾巴都能摇飞了，却还不能显山露水。云母强压下心里的得意，镇定而宽容地道："哥哥，要不我让你两子吧。"

他们兄妹连心，云母表现得再怎么镇定，石英哪里还能看不出她快飞起来的得意样，顿时险些夯了尾巴毛。

倒不是他输不起，只是毕竟比云母要大一刻钟，且比她多一尾，自认是哥哥，而且石英晓得自己这妹妹心思单纯，不是会谋划的料子，哪里晓得她能这般擅棋。再说他们兄妹俩自小什么都差不多，修为心境等等皆是，玩游戏互相有输有赢，而这次云母胜得着实多，倒令石英大受打击。

云母先前因为哥哥是八尾又是妖王受了好多惊吓，这次终于扳回一城，极为开心，不过想到教她下棋之人还没回来，便又萎靡了下去，面露担忧之色。

石英原本看着棋盘还在琢磨自己输在何处，见妹妹神情有变，微微一顿，就安慰道："你也别太担心。长安那边不是说大军压城，马上就要变天了吗？百姓想逃难的都逃了，想来你那师兄不久就会回来，说不定是明天，说不定就是今天，你——"

石英话音未落，云母却突然站了起来，似是感到了什么。石英一愣，刚要询问，却也随后一步感觉到长安城那边有一股极为强大的"气"正在形成，浩浩犹如奔河喷涌而来。未等石英说话，云母已经丢下一句"我去看看"便跑了。石英站在原地犹豫了片刻，终究没有去追，他们师门内的事他还是不要掺和的好。

不过，待妹妹跑不见了，他也一敛衣摆出了令妖宫，一路纵云腾跃到山顶，从山的最高处往长安城看，却见长安城的天空上笼着层层黑云，且翻卷的云层还在越聚越多。

这是……

石英一惊，居然说不出话来。

云母稍微隐匿了身形就直接化为原形腾云飞了过去，感觉到气息的中心是在皇宫之中，便直接飞去皇宫，落地才重新化为人身。

穿过层层宫宇，其他人看不见她，她却听得到喊打喊杀声，不由得心惊。在隐居之前，她和单阳师兄为了找个好位置也算在外游历了一段时间，那时她才知道现今王朝的状况实在算不上好，别看长安繁荣依旧，许多城池早已乱成一片，贫穷之地更是民不聊生。

不过想想也是，若当真是太平盛世，石英又如何能在离长安城那么近的地方以妖王自居。当年桂阳郡妖物大乱而朝廷却无所反应，只是眼下最为华美的宫宇都将付之一炬，她实在很难不伤心。云母努力定了定神，才朝她感觉到的灵气汇聚的中心飞快地跑去。

今日的宫室格外安静。

没有侍卫、没有宫女，不见任何人影，分外寂寥。云母跑了好一会儿，方才见到单阳师兄，他不知为何独自站在空荡荡的殿中，靴上淌血，周围躺着几具士兵的尸体。云母到时，他正俯身摸着那士兵，似是在探鼻息，听到脚步声，才回过神。看到是云母，单阳明显地愣了一下。

"小师妹？"单阳似是有些慌乱，下意识地便解释道，"这并非我动的手，我算是军师，不必……"

但说到此处，他忽然又止了口，换言道："不过，这些人之死多少也因我而起。新帝主动开了城门，又遣散了王城的士兵，这些人……是丞相的私军。他本欲在最后一刻反抗，但是……"

单阳一顿，终究没有说下去，现在说这些似乎也已没有必要了。

同伴同情他的遭遇，也已应了他的请求，待新的朝廷成立之后，他父亲必将沉冤得雪。

单阳微微闭了闭眼，只觉得这数月来的经历在心头飞快地闪过，师父之前让他好好看看这人间，这一回，他可算是认真看了。

单阳的心结已释，茅塞已开，如今，剩下的便是……

单阳蓦地睁开了眼，漆黑的眸中沉静一片。

云母隐隐感到了什么，有些担心地上前，下意识地开口："师兄……"

然而单阳连忙对她摇了摇头，示意她不要靠近，同时，自己却看了眼大殿之外。

"别跟过来，免得伤到你……外面的劫云已在等我。"他安静地看向云母，缓缓说，"师妹，我已成仙。"

王朝末年，敌军压城，少帝主动遣散卫兵，开了城门，而本人竟是在城门大开的一刻病竭而亡。进入城池的新皇性情仁厚，过去也曾仰慕前朝少帝的才华，本不欲杀他，见他如此命数也只得长叹一声，将他体面地安葬了，从此改朝换代。新朝皇帝从民间而来，深感民间疾苦，故行休生养息之政，使得在前朝权臣把持之下民不聊生的情况得以缓解。同时，昔日的权贵世家也被尽数清洗，一切都被推翻重来。

不过，这些都将是此后数月乃至数年之事。

此时，云母还没有完全反应过来单阳师兄的那句话是什么意思，只觉得师兄的神情与目光都与昔日不同，且先前笼罩长安的那股横行而强烈的气息也是来自于他。单阳整个人被一种不同于以往的强大灵气所包围，周身的压力和气魄也与旁日不同。

这便是……成仙？

单阳勤苦且努力，所有见过他的人都说以他的天资一百年内足以成仙。他也极为勤奋地修炼了近二十年。云母如今已经极为接近八尾，可师兄的实力仍然远在她之上，单阳离成仙其实并不遥远，唯有心境差上一层，这才始终踏不出最后一步，然而现在……

云母愣愣地看着师兄，像是没有反应过来师兄成仙的日子会来得这般快。宫殿外的乌云已经团团聚集，云层之上隐隐有隆隆的闷雷之声，显然只等单阳出去迎接便要降下。师兄显然已是半仙之身，与真正的仙人不过只差八十一道天雷……

云母想得呆愣，下一刻却忽然感到自己整个身体发烫，甚至还未来得及惊慌，便察觉到身体正在发生剧烈的变化。云母一惊，强忍着古怪的不适感，使劲转头去看……

单阳原本已经准备走出宫殿去应劫，发觉云母脸色不对，他顿住了脚步，下意识地问道："小师妹？"

成仙，要修为，要心境，要功德……云母这一尾阻在功德而不能生，可现在……

助人成仙该是多么大的功德？

云母晓得自己这一尾的机缘是在师兄，却不晓得是助他成仙。云母从来没有感到过周身聚集如此强大的灵力，简直像是要瞬间将她吞没一般。还未等她反应过来，她就觉得身体几乎要被什么东西胀裂了。她不自觉地蜷起身体，不由得呻吟出声。

单阳完全没有想到这种时候小师妹身上会发生变故，虽然他急着出去应天雷，可此时视线却完全被云母所吸引。

此时云母已经痛得整个人都弓了起来，眉头深深皱起，脸色近乎惨白，声音几乎已经带了哭腔。她背后的七尾在无意识的状态里尽数放出，居然隐隐泛着金光。

在层层金光之间，那第八尾终于渐渐浮现出来，嵌入原来的七尾之间。这本该是好事，但单阳却无暇替她高兴，小师妹先前那几条尾巴还不都是说长就长的，为何独独这第八尾生得如此吃力？单阳疑惑不已，顾不得还要保留体力应对天劫，当即便要伸手去探云母状况，然而不等他想明白，待那盼望已久的第八尾生出时，他忽然望着云母身后的尾巴，惊得睁大了眼睛——

八尾之后，居然第九尾也隐隐有了生长之势。云母身上的金光竟是愈来愈强烈，与之相伴的，是宫殿外骤然轰鸣且聚得极厚的层层劫云——

仙山之中，天成道君仙府里，白及仙君骤然睁开了双眼。

"仙君？"

原本站在白及身后守他守得昏昏欲睡的童子，感觉到贵客站起，也猛地一个激灵清醒过来，见白及脸上有凝重之色，当即怔住，疑惑地问道。

白及却不答。他已经感到了凡间那股急速凝聚起来的仙气和跃跃欲动的劫云。若是往常，这等寻常的新仙渡劫自然引不起他什么兴趣，可此时地点离得如此之近，而那股仙气之中夹杂的灵力又如此熟悉，几乎立刻便让白及提起了精神。然而若是事情只到此处也罢，他不过是立即赶去长安，然而下一刻，在喷涌而起的仙气里，竟然又隐隐显出了另一层仙气——

白及感到新一层仙气中有那令他近乎魂牵梦绕的气息，瞬间就变了脸色。仙童何曾见过视万事万物如空的仙君露出如此神情，顿时吓了一跳。可还不等他做何反应，就见白及仙君长袖一展，童子眼中只余下白光一片，再等他回过神，哪里还有白及仙君的影子？

仙童惊叹不已，可此时已经飞出天外的白及却满心焦急，一刻都不敢停，只拿出最快的速度，直直朝着劫云的中心长安去了。

这个时候，云母还蜷着身体痛苦地挣扎。

她这辈子还从未这么疼过，八尾九尾共生的刹那冲上来的灵力凶猛得很，几乎要将她的身体撕扯开来。与目前的修为不匹配的功德和迅速靠拢过来的仙气冲得她浑身胀痛，意识险些在瞬间被吞没。她拼命咬着牙奋力对抗才好不容易保持着清醒，然而云母无论如何都不敢想象，偏在此时，感觉到自己身后居然有隐隐要生出九尾的预兆——

若是在正常情况下一尾一尾修炼而生出九尾，当然是件高兴的事，可此时她毫无准备，突然就从七尾越到了九尾，不要说修为够不够，只怕连控制身体里涌上来的仙气和灵力都困难。云母并非自负狂妄之人，心中自然清楚，哪怕最近几年刻苦修炼，也绝无可能现在就成仙渡劫，扛过那分割仙凡的八十一道天雷。更何况单阳师兄也要同时渡劫，若是单阳关注她这边，她说不定还要拖累师兄……

云母越想越急，当即努力集中精神要将那条尾巴摁住不让它生出。可她本来修为就不够，现在整只狐狸痛得意识都模糊了，又不知如何操作，哪里能成功。

"师妹！"

单阳看到云母那九尾后也是一惊，立刻想通了小师妹现在无法渡过天劫，当即上前帮着她阻止那即将生出的九尾。

单阳加入之后，那第九尾生长的速度果然慢了很多，可仍然无法收回去。云母疼得虚脱，眼看意识就要被灵气冲散，急得简直要掉眼泪。心急如焚之时，云母闭上了眼，拼命地对抗九尾，脑子里想的却是——

师父……

迷迷糊糊之间，云母忽然感到身体一轻，那些她奈何不得的惊涛骇浪般的灵气仙气都在霎时被一股更强大的力量同时定住，即将撕裂她的力道突然凭空消失。在这时，云母只觉得浑身上下都有一种说不出的感觉，但又并非不适，反倒有些温暖。只是她的力气已经耗空，连眼皮都睁不开，身体刚刚虚弱地一软，就落入了一个安全的怀抱之中。

单阳自然清楚刚才短短那一会儿的时间对师妹来说是如何紧张而凶险，为了助她也着实出了不少汗，此时见云母的第九尾终于收了回去，才安心地长出了口气。他抬头看向及时赶来的师父，太累了也想不起行礼，一边喘着气，一边恭敬地唤道："师父！"

白及对他点了点头，然而先前那一刻他的心脏几乎骤停，此时也顾不得许多，将云母打横抱起。云母与她那第九尾斗得太累，而那些突然冲出的灵气又着实伤害了身体。她此时气息微弱，一被抱入怀里，就只能乖乖缩着喘气，好在还留有意识，勉强能颤一颤睫毛。

白及一顿，将她护住，看向单阳道："你师妹伤了气神，我先送她到仙宫暂避，前五十道雷许是不能护你，你能否自己撑住？"

"能！"单阳见云母被师父护住已经心神大定，此时见白及问起，答得铿锵有力，"小师妹要紧，不过八十一道雷，我能应付。师父但去便是。"

单阳一向行事沉稳，此时心结已散，眼中已有仙道……白及看着他那双眸子，心中一定，便不再多留，抱着云母腾空而去。

云母因九尾欲生出而浑身无力，自然算不上舒服，可被师父抱在怀里，却安心不少，凭着仅存的意识睁开了眼。她先看见了师父清俊的面孔，而后视线一转，又有些担心地看向单阳师兄。

这时，单阳正缓缓抬脚步出殿外，早已在空中等候他的黑云发出阵阵振奋的低吼，云层中电光闪亮，似是期待他的到来。

单阳拔出了剑。

仙人之剑连犯错的妖兽都不杀，自然不斩凡人，故他之前哪怕人在军中，也不曾拔剑。

然而此时，剑光雪亮。单阳的手指紧紧地握着剑，青筋浮现，指节突起，显然早已熟练。

不知怎么的，云母的视线不知不觉地落在了单阳师兄的手指上。

她与师兄在山林中同住了半年，师兄一直教她弈棋，所以云母熟悉他的手。

那双手手指修长，骨节分明，甚是好看。

此时他单手握着剑，剑柄的纹路想来已经深深地刻进了掌心里。

大约是灵狐天生善感，恍惚间，云母莫名其妙地想起了一些事……师兄出身于书香门第，少时也曾习琴练画，若是不曾出事，若是不入仙门……

师兄那双手，本该是用来写字的。

第八章　渡劫成仙

"仙君，小师姐这是怎么了？"

待回到天成道君的仙宫，童子看到刚才飞出去的白及仙君抱着云母回来，先是大吃一惊，接着手忙脚乱地帮忙，替白及引路开门。因现在准备客房已来不及，白及索性直接将云母带回他目前暂住的屋子里，小心地放在床上。

他当时动用自身仙力强行压住了她的第九尾生成和灵力的躁动，可已经生出的九尾要完全收回去谈何容易？云母一下子喷涌而出的灵气和仙气又随即被压住的九尾强行吞噬，原本的灵气与一口气迸发出的仙气一道翻江倒海、纠缠不清，先前她在皇宫外一瞬间的精神只不过是安心后短暂的错觉，这会儿她已经脱力，完全没了意识，只能张着口微微地喘气，脸色惨白。白及一将她放到卧榻之上，她便不自觉地皱了皱眉头，像是不安地蜷起了身体，不自觉地朝温暖的地方侧过来，靠向白及。

童子虽不知云母出了什么事，却也能感觉到她身上灵气有异，故急急跟在白及身后焦虑地道："白及仙君，小师姐身上的灵气太弱了，现在又失了意识，无法自己调理，若是不……"

未等仙童将话说完，白及已经轻轻地嗯了一声。仙童能感到的，一直抱着云母的白及自然早已知晓。他虽是将云母放在了榻上，可一直抱着她的手却并未松开——他原先由于幻境之事一直有意与云母保持距离，但此时情形危急，也顾不了许多。

白及微微一顿，一手轻轻捧了她的后脑，顺势低头垂眼，以口渡气，直接将自己的仙气喂入云母口中。

仙童一愣，看到这一幕，当即红了脸。

他当然晓得白及仙君此举不过是为了救人，绝没有什么多余的念头。再说仙君这样一个冷清淡欲的人，只怕是与男女之情有关的事都从未想过，又怎么会有杂念？现在小师姐气息微弱、灵气奇缺，仙君愿意以自己的仙气喂她，当然是最快、最有效的方法，实在再好不过。仙童明知如此，可是……可是……

可是……这毕竟是徒弟和师父呀？

童子越看越是脸红。若是两人看着极不般配也就罢了，偏白及仙君成仙时才不过二十出头，仙身也极为年轻，生得又万般俊美，将小师姐搂在怀里正常得很，这一口气渡下去，居然生出了几分亲昵的味道。

仙童哪怕被点化了几百年也是孩童心性，越看越脸红，索性低着头不敢看了。然而白及实际上却并未如仙童想的那般镇定。尤其是云母原本的灵气和刚生的仙气一起被她那强行按下的九尾吞了，此时体内灵气大缺，一感到他渡气，便自己无意识地主动依偎了过来，女孩子香香软软的味道瞬间侵袭了他的鼻腔。她乖乖巧巧地贴着他，双手搂着他的脖子。云母大约是有些急了，甚至不自觉地吮了回来，带着小动物试探般的温顺，又是磨蹭又是撒娇似的亲亲碰碰，饶是白及再怎么克制，被她这样抱着也不禁有几分动情，呼吸乱了，心跳亦快了好多，动作不知不觉就有些加重……若不是理智尚存，白及只怕自己要做出什么错事来。

待感到云母体内的气息渐渐平衡，呼吸平稳起来，也不再无知无觉地抱着他吮吸找气了，白及方才松开了她。

"好了。"

原本是事出有因，白及强压住自己荡漾的心神，将云母稳稳平放在床上。

白及顿了顿，又说："我渡给她的气只能暂压一二，她同时伤了身神，接下来还要调养……我仍要赶去长安，麻烦你照顾她一段时间，另外……请你书信一封送到浮玉山旭照宫，让她师兄师姐过来接她。"

仙童连忙应下。

白及交代完毕，想了想觉得应该并未遗漏什么，便起身要走。然而他刚一抽身，身体却猛地一顿，低下头，便是一怔。

他先前渡完气后，因云母还无意识地往他这里靠。他心一软没有松手，还让她靠在他怀里。然而这会儿云母不知是不是感到他要走，却是无意识地伸手拽住了他的衣襟，努力将脸往他胸口埋，皱着眉好像不大舒服地呢喃道："师父……"

尽管声音很小，白及却还是听清了，一时只觉得心都要被她喊碎了。若非今日抱她回来，他都不晓得她这样轻，明明身后还拖着那么大的八条尾巴，抱起来却没有一点分量。云母虽是收了他的气，可先前受到那么大的冲击受的伤也是没那么快就能够调整好的，她现在只怕依旧难受，脸上也是毫无血色。

"我去去就回。"

白及心软地安抚道，抬手摸了摸她的头发算是哄她。可云母没有意识，就算听了话也是有点不讲理的，硬生生拽着师父贴着就不松手，让白及着实为难。

仙童在旁边看得着急，看云母脸色又觉得不忍，忙出主意道："小师姐大抵是很依赖仙君，灵气又受了损所以心里害怕，仙君一走就觉得不安。仙君……要不你分一缕仙意给小师姐抱着，说不定这样能让她安心些？"

白及一愣，仙意其实是沾染了他的气息的，分一缕出来倒是未尝不可，只是抱仙意犹如抱人，还有……

白及定了定神，晓得云母对他除师徒之情并无其他，倒是不必往深处想。于是白及不再犹豫，当即抓着云母的手，分了一缕仙意出来放入她手中。云母抓住了仙意，果然松开他的衣襟，然后迷迷糊糊地化成了一团小白狐狸，无意识地将白及那道纯白的仙意幻化成一个拳头大的白球，像搂着什么珍宝般搂在怀里，终于安安稳稳地睡了。

白及总算放松下来，对仙童略一点头，便提着剑大步离去。

云母睡了整整一天，再醒来时，居然已经是第二日早晨。她浑身疼得不行，昨天灵气仙气在她体内横冲直撞的痛感还未完全散去，都不晓得自己后来怎么睡得这般安心。云母愣了愣，才发觉怀里的东西，只是掏出来一看，师父那缕仙意经过一夜已经散得七七八八，只剩一点点大，而她一掏出来，都不等云母反应，正好连最后一点都烟消云散了。

云母一惊，不舍地嗷呜叫了一声，条件反射般就要去追仙意散去的方向，然而哪里追得回来，才刚奔到床沿边，那缕仙意就一丝痕迹都没有了。她觉得脑袋有些发蒙，不记得昨日发生了什么事，也不记得自己为何会抱着师父的仙意睡着。她低着头奋力思考，却猛地想起单阳师兄成仙渡劫的事，当即一惊，马上就要往门外跑——

赤霞正好在这时匆匆走进来，看到云母往外跑，顿时吓了一跳，脱口而出道："云儿，你醒了？"

她停顿一瞬，又担心地问道："你身体可还有事？"

"赤霞师姐！"

云母连忙唤了一声，既惊讶于赤霞师姐为何在这儿，又担心单阳的状况。且刚醒来脑袋还乱着，先是点头又是摇头，好不容易理清楚了，她忙问道："单阳师兄呢？他渡劫成功了吗？还有……师父呢？"

云母上回下山后也有近一年时间没有见到师父，其实很是想他，可又不好意思说。昨天好不容易见到师父又是那样的紧急状况，云母想起她醒时抱着的仙意，又懵懵懂懂地记起了她前日睡着前好像是被师父抱回来的，立刻脸一红，莫名地有些羞涩。

不知怎么的，她这么一羞涩，忽然就感到嘴唇也有点说不出的不对劲的感觉。云母不自觉地抿了抿，却说不上来是哪里不对。

赤霞倒是没有注意到云母神情的异样。她已收了信，清楚大致经过。赤霞整理了一下语言，解释道："四师弟现在才应到第六十几道雷，越是后面的雷劈得越是狠，他大概还得要一天。不过观云去看过了，说是四师弟看起来状态还不错，应当能应下……师父正在陪他。"

云母点了点头。听到这里，她总算感到脑中的记忆清楚了些。

赤霞又说："我和观云今日先留在这里陪你，等到黄昏时分，师弟的雷劫熬过了，你若是有力气，我们就一起去接他。"

这一日，等到黄昏时分，云母便被赤霞师姐抱在怀里，往登天台飞去。

云母并非第一次听说这个地方，只是头一回去，心里也知那是在凡间成仙后登上天梯会到的地方，因此总有些好奇。

观云师兄已经提前在那里等着了，远远地瞧见她们，便笑着招手。他身边还站着接引的天官，那天官约莫是接到了快要有新仙登天路的消息才匆匆赶来的，呼吸还有些局促，见赤霞和云母过来，也向她们打了招呼。

登天台位于浮云之上，是三十六重天的第一重，茫茫一片白色，却有种说不出的神圣空灵。此处离单阳渡劫之处已经极近，即便被师姐抱在怀中，云母仍能感到云层在震颤，轰鸣的雷声简直令人心惊肉跳。

此时已是最后三道雷，云母紧张地一道一道数着。

倒数第三道劈下，登天台上剧烈一抖，紧接着便是应劫者与天雷互搏的晃动。

倒数第二道劈下，重天之上风卷云动，已有天地变色之势。

然后，最后一道劈下……

这个时候，接引天官已晓得了即将上来的是观云和赤霞的师弟、白及仙君的徒儿，看着这天雷，不禁赞赏道："你们这师弟倒是了不得，看这天雷的架势，在三百年内登仙的人中也属少有，待成了仙……假以时日，说不定日后也能成为一方仙君呢。"

然而三人皆来不及回应他的话了。接引天官话音刚落，登天台上忽然一片大亮，乌云散尽，一道皎白的天路拨云而上，直入云霄。

单阳都要上来了，云母以狐狸之形接他总不大好，赤霞连忙将她放在地上。云母刚一化了人形，就感到身边有东西一闪，扭过头，就看见白及不知何时站在他们旁边，一身白衣胜雪。她一抬头，两人便对上了视线，一双清澈的眸子猝不及防地映入白及眼中。脑内浮现出昨日的场景，他明明未做什么亏心事，目光却不自在地闪了闪，连忙移开了视线。

云母一愣，但来不及多想，登天梯远处已经隐隐有了人影。

她抬头一望，只见单阳师兄一步一步地走了上来。

毕竟是刚刚渡完天劫，单阳浑身是错杂的伤和灰尘，衣服破了好几处，嘴角还挂了点血，十分狼狈。但他脚步还称得上稳健，走上来的速度不快但很平稳，单阳抬头时凑巧与云母的视线相交，略微一怔，忽然抬手用袖子用力擦了擦脸，但是脸上的血迹、灰尘和干掉的血痕交错在一起，看上去分外斑驳。

单阳倒像是没有感觉到痛似的，依旧保持着那样的速度走着。等他走近，观云便连忙过去扶他。接引的天官一愣，赶忙也跟着走过去问东问西，一支笔杆子唰唰唰地动着，记得飞快。

见单阳师兄被人团团围住，云母犹豫了一下，还是没有立刻靠近，而是站在原地远远地瞧着。然而即便未曾近前，她也能感到单阳师兄周身的气息已经与过去全然不同。过去充沛的灵气消失了，取而代之的是更为强韧的仙气。哪怕不仔细感受，云母都能感觉到对方气势上与过去全然不同的压力，居然让人——

不敢接近。

接引的天官很快就在一页簿子上记满了不少内容，即便知道单阳是白及仙君的弟子，在听到对方年龄时仍是明显地愕然了一瞬，好不容易才写了下去。单阳倒是神情淡淡，并未因此而露出丝毫骄傲的神情，只平静地答着。等单阳答得差不多了，接引天官便拱手告辞。

她看着师兄，还未想出什么恭贺的话来说，却突然见单阳抬起了头，朝她看过来。

"小师妹。"单阳撑着身体，疲劳地说，"小师妹，近日你可有空？等回到旭照宫，我有话想和你——咳——"

单阳说得认真，可话还未说完，却见他忽然剧烈地咳嗽起来，紧接着咳得吐了口血。这变故将周围人都吓了一跳，云母慌慌张张地就要上去扶，不过观云先一步支撑住了他。观云无奈地摇了摇头，苦笑道："还有话想说呢，这事儿你还是等回到旭照宫里再说吧，现在你给我好好养伤！这两天都不许出门，刚挨完雷劫逞什么强？云儿，你先别理他。"

云母也被单阳吐血的样子吓到了，看师兄这般模样，想来是被雷劫劈出了内伤，只是在接引天官在时还硬撑着。她虽不知师兄要对她说什么，但现在绝对是以单阳师兄的身体要紧，她连忙点点头。

单阳被观云当着云母的面这么一说，当即有些脸红。不过他也并未反驳，算是默认了，任由观云架着他走。

因单阳要及时回去休息，观云跟白及打了个招呼就带着他先行一步。剩下白及、赤霞和云母落在后面，云母虽是身体未好，可要回浮玉山就不能不同娘和哥哥告别。她本想请师姐送自己，谁知不等她开口，师父的目光已经淡淡地在她身上一扫，顿了顿，便道："我也一并送你。"

"谢……谢谢师父！"

云母一怔，不知为何对上白及的目光便觉得脸烫了起来，又晓得自己被他看穿了心思，自是局促不已，不敢与他对视。

云母与家人道别，劳师父亲自送了一趟，倒是并未耗费多少时间。只是她不过是在仙山上休息了一夜，隔了一天重新回家，娘却不知为何整个人都憔悴了许多。她的眼睛不知怎么的肿了，嗓子也哑了。

云母对家里自然是报喜不报忧的，没说差点一口气长了九尾还伤了身体的事，只说昨天长出了第八尾来，离成仙也很近了。白玉一连说了几声"好好好"，又抱着她摸了她半天脑袋，方才道别。石英听她要走也是有些不舍，不过依旧是笑着恭喜了她。

等三人从长安出来，已是一个时辰之后。云母化了原形好让赤霞抱着，两人飞在师父身后，回旭照宫的路上有一搭没一搭地聊天。赤霞等云母时是站在门外的，但在云母出来的时候看到了她的娘亲。赤霞虽然没见过云母的母亲几次，但总归记着对方是个极为漂亮的美人，今日看到她这般憔悴的模样也吓了一跳，不知不觉便有些在意，想了想，问云母道："说起来，我记得你母亲……同你一般也是白狐狸？"

这是当然的。

云母点了点头，旋即歪头问道："怎么了？"

"没什么。"赤霞亦是一副不大确定而思索的样子，"只不过是我今日看了四师弟的状况，往返长安时还听说了些传闻……"

她顿了顿，才道："昨日城门大开，先帝驾崩……然后昨夜入了棺。今日长安城里便有传闻说，昨晚守棺的宫人半夜看见一只白狐进了那前朝少帝的棺中，卧在少帝身侧哀鸣不止、声声泣血，仿佛恨不能以身相随……不过看见的那个宫人据说平日里就是个神神叨叨的阴阳眼，其他人都没瞧见，都说她睡糊涂了。"

云母对这些人间的奇闻异事也觉得新奇，听师姐说起，便听了一耳朵。

云母回到旭照宫已是好久以后，这一回出门着实花了好长的时间，回到了熟悉的仙宫之中，第一件事就是高兴地到床上抱着尾巴滚了好几圈，滚完了又抖毛抖耳朵，等浑身都舒展开了，方才觉得快意。

云母之前因险些长出九尾而形成的伤害还未恢复，故这几日也就没有去道场上课，整天待在屋子里打滚。同时单阳师兄凑巧也一直留在屋中休养渡劫时受的伤，两人便有一阵子没见面，不过云母始终记得师兄有话要同她说。

不知道单阳师兄为何要找她，想来想去，她觉得自己这边与单阳师兄有关的好像只有床底下那一大堆葫芦，莫不是师兄要让她还葫芦？

尽管不晓得是不是，云母考虑过后，还是找来了个藤袋将葫芦一股脑儿地塞了进去，等听说单阳师兄身体大好可以见人了，便拖着这一袋葫芦，吭当吭当朝他院子里去了。

云母这日跑来男弟子住的院落时，屋子里只有单阳师兄一个人。单阳外伤已愈，本在屋中打坐休养，听到有挠门声就跑去开了门，一低头看到云母，不由得一愣，问道："小师妹，你这是……"

"你不是说有话要对我说？"云母不解地歪着脑袋，低头将葫芦袋子往单阳师兄那里推了推，说，"还你。"

单阳看着她身后比小师妹还要大不知多少倍的葫芦袋子，顿时哭笑不得，说："这里不是说话的地方，你先跟我来吧。"

云母点头嗯了一声，但旋即又疑惑地问："那葫芦呢？"

单阳顺着她的目光看向那些葫芦。

他一望过去，记忆便也跟着回溯了。他自然是记得这些葫芦的，当时还以为小师妹是师父养的凡狐，便对着她不分场合地吐了许多苦水。那时他满心复仇，却又不知如何做，更不曾看清世间因果，正是心结最重的时候……心里苦时就拿酒解忧，一日一日喝下来自然不曾觉得有什么不对，可现在小师妹将他那几个月喝掉的酒葫芦一口气全推到他面前，场面竟是如此壮观。

单阳不由得吃了一惊。没想到他那时居然喝掉了这么多酒，只怕着实让小师妹担心了不少，还有……

没想到她居然留着这些葫芦。

再看向乖巧地坐在地上的云母，单阳只觉得师妹对他若是有情，无论是师兄妹之情、担忧之情，抑或是……其他，都可谓情深义重。

单阳闭眼定了定神，再睁开，眼中已然大定，目光一片沉静。他道："先放我屋里吧，我回来再整理。"

这些葫芦在她床底下可是经年累月放得够久了，听说师兄要拿回去，云母当即高高兴兴地叼起袋子就要往单阳房间里拖。谁知她还没跑几步，整只狐就被单阳师兄直接从地上捞了起来揣在怀里，同时单阳自然不过地接过了袋子，轻松拎起道："我来吧。"

说着，单阳已经一手抱着她，一手提了藤袋往自己的床铺附近一放，接着走出来关了门，继续往外走，竟没有注意到云母一被他抱起来，浑身上下都突然僵住了的样子。

云母直到被师兄抱起来还有些愣愣的，自己都不大明白是发生了什么事。她明明熟悉师兄，也习惯被抱着走，可平日里抱她的不是师父便是赤霞师姐，今日身体一凌空，她居然下意识地想挣扎、想跳出去……

然而未等她深想，单阳已经停下了脚步。云母刚一抬头，便听师兄在她头顶说："到了。"

单阳带她来的，是他和观云住的院落里的一间雅室，是平日里用来休憩、喝茶、下棋的地方，因日常有童子打扫，一直干净得很。

单阳进了屋子就将她放到地上，云母自觉地跳到附近的一个蒲团上坐好，尾巴一卷，认真得像是要听师父讲道似的。单阳则在她对面端正地坐下，抬眼一看小师妹还是个狐狸模样，笑道："师妹，你能不能……化成人形？"

单阳说得温柔。

小师妹的原形的确是十分可爱，也惹人喜爱，可是……他接下来想说的话，若是对着一只毛茸茸的狐狸说的，还真有些难以说出口。

云母对人形狐形自是没什么意见的，听单阳这么说，没有多想就化成了人形。

单阳本想单刀直入，可看着眼前由白狐化成的少女，居然说不出话，终于还是转身从盒子里取了棋盘出来，问："师妹，下一盘棋吗？边下边说。"

见云母面露怯意，单阳一顿，又补充道："让你九子。"

云母这才点头。

棋局很快就开始了。

云母执黑先占了九个点，单阳这才缓缓落下白子。与小师妹下棋时，他一向都不紧不慢，今日却心不在焉。他抬头看了眼云母盯着棋盘认真思索的脸颊，顿了顿，说："师妹，我如今已经成仙。虽说师父在上仙之中排行第一，如今更是上仙之上，他到现在教我的只是他自身的沧海一粟，我大有可以继续请教学习的地方，不过……我此前眼中尽是血仇，虽走遍江山但未曾注意的东西太多。且你晓得，我先前为引起新朝天子注意，在凡间收了一些凡人弟子，这段因果总该要回去了结，所以……"

云母原先专注于棋盘，听到这里却顿时一怔，抬起头说："师兄你又要走？"

"是。"单阳并不否认，但见云母微微蹙眉，便忍不住问道，"怎么？"

云母垂眸道："我只是觉得……师兄你好像每次找我说话，都是跟我说你要走了。"

单阳愣住，脑海中飞快地回忆了一番，竟然当真如此。

不过他一贯独来独往，大事都不与人商量，除了师父之外还会与人告别已是破例，而且……他自己都没想到他平日里不曾与小师妹说什么话，可每次要离开，却都是记得跟她告别的。

单阳先是颔首，但继而又摇了摇头，望着云母，下定决心般问："不过这次不同……小师妹，你可愿意和我一起走？"

"嗯？"

不等云母回答，单阳已将他这段时间反复在胸中斟酌的话一口气地说了出来："此番我下山，并未有特定的去向、特定的目的，不过是纵览凡间，体味人间冷暖，将这些年师父希望我看而我未看的全部补上，顺带了却先前的因果。因此，我亦会有大把时间指导你修行，陪你纵横山林，也不必约束于行程。你若有何处想去，我便陪你去；你若有何处想看，我便陪你看……万水千山，花开花落。若是你只想像先前那样在山林里定居，自然也可。日后待你生出九尾，便由我替师父护你……小师妹，若是如此，你可愿意？"

这么一番话说完，单阳自是紧张。

他已经挑他能说的说了，只愿小师妹能明白。他要护她生出九尾也并非虚言，云母心境太纯而尾巴生得太快，而论起修为，则是他要强上许多。如此一来，云母的天雷威力自不如他，他能渡自己的八十一道天雷，自然也能替云母承下来，至于违逆天道的业果……既是他亲口说的这话，自然做好了承担的准备。

再说，既然他心情像如今这般……万一云母渡不过劫，他也宁愿由他来承，而不是师父。

然而云母听这一番话听得不明不白，且她既不想离开旭照宫，也没明白师兄邀请她一起走为何要绕那么大一个弯子，连忙摇了摇头，说："我觉得现在这样就挺好的……我才刚刚跟着师兄游历过，又在长安住了很长时间，最近外出已经够了，现在还是留在宫里跟师父学习的好……"

想了想，云母道："师兄，其实我觉得你也不必走得太急，现在……"

单阳听她如此说，就晓得小师妹并未听懂他的话。

"师妹，我并非那个意思。"单阳叹了口气打断了她，下定决心，"师妹，我……"

他微微一顿，随即就换了称呼。云母还未能有所反应，却感到单阳师兄忽然抓住了她刚捏了棋子还未放到棋盘上的手。她一抬头，便见单阳师兄直直看她，目光灼然，只听他道——

"云儿，我心悦你。"

仙宫本就是仙人居住的清净之所，一旦静下来，便连鸟鸣声都不会有，单阳话音刚落，雅室之中便静了下来。

云母懵懂地看着单阳，单阳亦笔直地看着她。两人对视，云母浑身绷紧，竟不晓得该摆个什么样的表情才好。

我心悦你。

这四个字倒是简单，但单阳如此说，可谓直接至极。即便云母再怎么迟钝，此时脸颊也不受控制地热了起来，不久就红成一片、滚滚发烫。偏生她这时又是人形，没有白毛挡着，想躲却无所遁形，局促不已。

"诶？师兄……诶？可……可是……"

云母因为慌张而说不出话，从面颊红到了耳根，吞吞吐吐说出来的话凌乱而不成句子。

她与师兄相识已有七年，晓得他是个认真沉稳的性子，这种话定然不是随口乱说的，而云母却从未往这个方向想过，此时整个人都吓蒙了。

单阳也是头一回向女孩子表白心迹，自然也是紧张的。只是看云母这个反应，他又不忍心催她，只好耐心地等着她将乱成一团的脑袋整理清楚。云母在那里卡了半天，憋了好久才躲闪地说："师……师兄，可是你……已经……"

未等云母将话说完，单阳已经平稳地接下去说道："若是我已为仙的事，你不必担心。你如今离九尾极近，理应是会成仙的，而我又才登天路不久，即使有人察觉，想来天官也会睁一只眼闭一只眼。况且……"

单阳顿了顿，眼中目光坚定，平静地道："我自会等你。"

云母张了张嘴，怔怔地说不出话。单阳却是安稳地看着她，既不意外，也不窘迫，只安安静静地等她回答。

他此时向云母表明心意并非临时起意，这个念头何时产生的他并不清楚，许是早在河灯璀璨中见她眸中含星而笑之时，许是在旭照宫朝夕相处抬头低头修炼相处之中……他唯一所知的，便是云母拒绝少暄那日得知她可能在意自己的那一刹那，胸腔中骤然涌出的按捺不住的喜意和激动。他此前凡尘未了不能多想，之后心防放下回过神来，计划居然早已成形……这段时间他在屋中休养无事可做，早已将云母可能会问的、担心的事想得清清楚楚，她问什么他都能应对自如、从容不迫。他唯一不确定的……是她的答案。

单阳定了定神。

尽管观云和赤霞都觉得小师妹那日未明说的人是他，可他自己却不敢确信。况且小师妹素来懵懂，一副即便开了情窦自己也不知道的样子，她那日实际上又并未真的明说什么……但想想小师妹的性格，只是反应慢的可能性也不是没有……想来想去，单阳觉得自己能有四成把握，故而有几分不安地看向云母，又问了一遍道："云儿，你可愿意……同我一起？"

被单阳师兄这样看着，云母有些难以自处。可是她心里也清楚这种时候不能顾左右而言他，不说清楚是不行的，于是顶着单阳那毫无玩笑之意的认真目光，云母僵硬片刻，还是硬着头皮……摇了摇头。

单阳既然来表白，自然事先也做好了被拒绝的准备，只是见云母当真摇了头，还是忍不住神情一黯。单阳抿了抿唇，尽量平复了心情，松开了抓着云母的手，故作平静地问："为何？"

云母原也小心翼翼地打量着单阳的表情，生怕他难过或是尴尬，说："我……我并非讨厌你，但也没有……"

但也没有……其他方面的心思。

她自是尊敬师兄、信赖师兄、仰慕师兄才华，尤其是一起在凡间共历那一年，感情自是深厚……她不是不喜欢师兄，可她所谓的那种"喜欢"，与单阳对她所说的"心悦"，似乎并不是一回事……

不过话又说回来，师兄口中的"心悦"，到底又是什么呢？

云母一愣，一时心跳快了几分，似是有些疑惑，可碍于此时和师兄交流最为重要，并不能深入去想。

单阳听云母说了一半，又看她这般为难的神情，自然已经明白了。他心脏微微一沉，满腔的苦涩和失落，可屋里气氛尴尬，一时又找不到话说，雅室里再一次安静下来。

云母此时已经如坐针毡，偏生手心里还握着一颗未落下的棋子，她难过得很，就随手往棋盘上一放，眼睛却是焦急地看着单阳师兄，顿了顿，担忧道："对不起，师兄……"

"你何错之有？"单阳见云母满脸担心之色，若是原形，只怕两只狐狸耳朵都要沮丧地垂下来。他哪里忍心见她如此神情，叹了口气，摇了摇头道："无妨，你不必担心我，我既能成仙，心境还不至于脆弱到需要你道歉的地步。你既不能陪我去游历，我自己一个人去便是。"

云母张了张嘴，可想说出的话还是道歉之言，想了想师兄的意思，又将嘴闭上了，半天说不出话。

见小师妹这般模样，单阳反倒一愣。她这个拒绝人的看起来竟比他这个被拒绝的还沮丧，着实是桩奇事。

单阳并非死缠烂打之人，既被拒绝，便该接受这个结果。他心里的确觉得难受，心痛如绞，可因早有准备，似乎倒也没有……那么难受。不过……

他原本想问小师妹无意于他，是否还有意中人，可是抬头一看小师妹那双明显还没从刚才的事中回过神来的眼睛，又将话咽了回去。他抬手摸了摸她的头，又道："你年纪尚小，不知情爱，倒是我想多了。"

单阳说完这句话，已经心中一松，不再像之前那样窘迫。他道："师妹，你若愿意，就陪我下完这盘棋吧。"

听闻此言，云母连忙点了点头。她心中还乱着，自是师兄说什么就是什么。可她刚低头，待看清局势，不由得咦了一声，发觉自己不知何时已经落过子了。

单阳看着棋盘也是一惊，他算棋可比云母快多了，只一眼，便晓得结局，忽而无奈地笑了笑，坦然道："小师妹，你赢了。"

他先前注意力并不在棋盘上，只顾着同小师妹说话，因而随手乱下，大失水准。不过饶是如此他原来也不至于输，偏生云母那一步走得精妙至极，让他也无话可说。

真是满盘皆输。

云母都还没反应过来自己怎么就赢了，却见单阳已经笑着摇了摇头，望着云母的眼神多少还有些不舍，却无不甘。他停顿片刻，道："无妨，许是我意不在棋，早已不在局中。小师妹……日后珍重。"

云母眨了眨眼，望着那棋盘，却是良久没有明白过来。

从单阳师兄那里出来以后，云母整只狐都还有点蒙。赤霞师姐这时已经从道场回来了，见云母一脸神游的样子，笑了笑，抬手点她额心的红印，笑道："你怎么这副模样，不会是忘了明天什么日子了吧？"

云母听她这么一点，瞬间清醒，下意识地抬手捂住脑门，看着师姐问道："什么日子？"

"居然真忘了？"赤霞笑道，"明天是初六，是师父亲自教你的日子。你现在身体好得差不多了，正好明天起就要去道场……你这样子……"

赤霞忽然伸手揉了揉云母的头发，说："刚才是去见单阳了？"

原本听到师姐提起师父，云母心口一缩，心脏立刻就下意识地多跳了几下。然而赤霞的后半句话又让她胸口抽了抽，当即惊讶地道："师姐，你……"

赤霞和观云那日都听到了云母对少暗说的话，关注他们两人已久，当然是知道的。不过看小师妹回来以后是如此神情，赤霞倒有些意外。她不善拐弯抹角，索性直接疑惑地问："我自然是晓得。不过……你怎么看上去不大高兴？"

"为……为什么要高兴？"

"四师弟没说他喜欢你吗？"

"什么？啊？"

"你不是也喜欢四师弟吗？如此一来，不是正——"

"啊？"

赤霞眨了眨眼，眉头一皱，问："单阳没和你表白吗？"

云母听她说了这么多，脸都红透了，但还是硬着头皮点了点头，回答道："说了，但我……拒绝了。"

师姐妹俩乱七八糟地说了一通后，互相一脸茫然地看着对方。大眼瞪小眼了一会儿后，赤霞脑子里不知道拐了多少个弯，终于大惊道："你不喜欢单阳？！"

云母原本心思乱得很，连忙摆手说："不是不喜欢单阳师兄，只是不是那种……"

云母说到这里又停住，觉得无法讲清楚。她疑惑地看向赤霞师姐，问道："师姐，你喜欢观云师兄……是什么感觉？"

赤霞一愣，居然有些不自在地摸了摸脖子，说："喜欢就是喜欢了，我也说不清楚……"

见云母歪着脑袋一脸不解，赤霞就知道她大概还是听不明白，想了半天，忽然啊了一声。

赤霞说："说起来，有一点倒是比较明显。"

云母看向她。

赤霞顿了顿，面露赧色地抓了抓后脑勺，道："若是感情不同，对对方的气息难免会敏感些。灵气仙气之类的东西还好，但仙意神意沾染的气息就比较强，若是碰到会觉得像是碰了本人，感觉总有点奇怪。所以……"

赤霞还未说完，一对上云母的视线，却怔住了。

云母呆呆地望着她，神情……居然有几分慌乱。

赤霞看到云母的神情便是一怔，云儿皮肤白皙，脸稍微红一点就分外醒目，此时简直是满面赤色，仿佛轻轻掐一把就能滴出血来。

如此，赤霞哪里还有什么不明白的。她心中一惊，试探地问："云儿，你……"

云母心慌意乱得很，这个时候，满脑子都是之前她第八尾长不出的时候，师父曾经两次用仙意查看她的修为和状态，她回回都是立刻就想跑过去贴着他抖毛。还有前一阵子她因为险些长九尾受伤那天，师父怕她不安，便分了一缕仙意给她抱着睡，她高高兴兴地搂了不肯松手，醒来时发现怀里的东西没了，那一刹那简直伤心得不得了。

她先前从未深想，现在听师姐这么一说，云母当即就慌张起来。

赤霞还在那里担心地追问："你莫不是……想到谁了？"

云母脸烫得厉害，哪里……哪里好意思对师姐说出师父的名字？！她几乎是一瞬间就仓皇地别过了头，否认道："没……没有！"

云母看起来实在非常心虚，毕竟不善撒谎。赤霞顿了顿，却没有拆穿。她平日里神经粗，可在旭照宫里好歹要给云母当个姐姐，这种事要给她时间自己想清楚。故赤霞想了想，便抓了抓头发，没再问下去。

然而，这一晚云母睡得不好。

因为她满脑子都是师父。想到他的脸和气息，她心里就揪着疼，不知不觉辗转反侧了一整夜，听着自己剧烈的心跳声到凌晨，看着窗外的天空一点点亮了起来。

到了早晨，云母萎靡不振。

赤霞清晨醒来时，就看到自己对面的床上坐着一只格外颓废的狐狸，尾巴蜷着，耳朵没精打采地垂着又低着头，看着倒是十分可怜。赤霞愣了愣，晓得是昨天的话题让小师妹失眠了。赤霞看她的样子也觉得心疼，便道："要不我去和师父说一声，你今天再休息一日吧？"

云母挣扎片刻还是摇了摇头，轻轻地朝赤霞嗷呜叫了一声，算是拒绝。

她是很想逃，可现在若是跑了反倒更像是心虚似的。况且……她现在理应为了避免九尾长出时不再出事而拼命提升修为才是，回旭照宫后休息这么久已是偷懒，师父半个月才出来教她一次，若是今日不去，就又要再等半个月，这样……怎么能行？

师姐妹俩一道梳妆打扮好便一起去了道场。云母本来忐忑得紧，谁知一路走到道场却没有看到一向来得最早且已身体痊愈的单阳，反倒是观云已经在了。他注意到云母的神情，笑了笑，主动解释道："单阳又要准备出远门，所以虽然身体已经好得差不多了，还是让我同师父请了假，今天就不来了。"

与单阳住在一起，观云自是也知道了昨天发生的事。他对云母竟对单阳无意这件事的吃惊程度并不比赤霞少，可观云毕竟年龄最长，此时表情并未露出一丝异状来，这让云母轻松了不少。

云母本就愧疚，听到观云如此说，也不晓得该对见不到单阳师兄感到松了一口气，还是该更为不安。这时，她感到赤霞师姐轻轻推了她一下，只听赤霞道："云儿，师父来了！"

听到白及的名字，云母一惊，差点丢了三魂七魄，目光却还是不自觉地顺着赤霞师姐的话朝道场门口望去。

白及被称作是仙中之仙，气质自是清俊飘逸，云母一望过去，便看到那袭白衣的皓皓无尘，但又因他这一身清傲真仙之气，对云母来说显得分外渺远。

师父的身姿她这些年来不知看了多少次，本以为已经习惯，可今日不知怎么的又令云母忽然心口一痛，恍惚间思绪重回到他们初遇那日。他是住在云深之处高高在上的仙君，而她不过是山林之中不知事的一介凡狐……如此，她怎敢肖想？

云母这么一想便觉得心脏抽疼得厉害，仿佛是被什么东西束着，一点一点地收紧了。她慌张地垂了眸子，生怕被师父察觉出不对，仓皇失措地掩饰着。

故而这一日，白及教习琴时，云母也有些心不在焉。她手里拨着弦，心却不在

312

琴音上，如此，难免弹错了几处，惹得白及皱了皱眉头。

云母生性轻灵，又难得敏感而善识音，在弹琴上颇有几分天分，自从她熟练之后，这几年便已极少犯如此幼稚的错误，现在如此显然不对，偏她此时神情还恍恍惚惚的……

白及一顿，缓缓抬手——

云母本来神情呆滞地弹着琴，忽然感到手腕上搭上了什么，立刻一惊，险些像受惊的猫似的跳起来，等她看到师父的脸才平复下心情。

白及沉声问她："你身体可还有异？"

说着，他刚才握住了云母手腕的手指微移，自然地摸了她的脉，微蹙的眉头更皱紧了几分，似是不解地问："气息倒是稳的，只是脉搏……为何这般快？"

云母闻言顿时大慌，动作比思维还快，未等她回过神，身体已经下意识地抽回了手腕，只是她力气用得太过，抽手时比起心虚掩饰倒更像是在躲白及，下一刻，云母便极为慌张地拿手背掩了脸。

师父先前要判断她的状态，握住她手腕时也往里探入了一丝仙意，此时她脸已经涨得通红，心脏被撑得满满当当，身体亦是烫得厉害。

云母原先三次接触白及的仙意，不是以原形的姿态便是没意识的时候，唯有这次是以人形的状态，还清醒得很。她的身体反应实在太明显而强烈，饶是她想找借口给自己开脱都开脱不了，唯有祈祷师父不要注意到，可实际上整只狐却是前所未有的慌张。

于是就这么一小会儿的工夫，白及便察觉到云母连气息都乱了，不再怀疑她身体还未康复，只是这回他却不能再直接喂气给她。他略一凝神，下一刻云母便感觉到自己完全被包裹在师父的仙气之中。云母一惊，还没来得及做出反应，自身乱掉的气息已经被白及强行用自己的仙气压回了正常的轨道，下一刻，波动归于平静，白及也收放自如地敛了自己的气，静静地凝视着她。

"你之前功德大乱险些生出九尾之时，我唯有控制住你浑身的灵气方才能替你按下九尾，但你现在功德心境皆已步入成仙之门，只待修为足够，便可再次生出九尾……日后，你若是再有像刚才那样气息混乱的情况，立刻来找我。"

白及说得沉稳，因为担心云母，便不知不觉叮嘱得格外详细，字字关切。

云母却是愣愣地望着白及，原本是因自身感情问题而造成的气息不稳就这样被师父强行平复了，连云母自己都没想到居然还有办法这么干……

她努力平复下自己的心情不要再犯，然后用力点了点头，将他先前说的话记下，乖顺地回答道："师父……我明白了。"

这一日课程结束时已是黄昏，白及因担心云母的身体状况，告别前又查看了一番她的状态，然后将她好好地交给赤霞之后方才回自己的院子。但不知是不是错觉，云母今日似乎对他格外拘谨，总回避着他的视线，这着实令人在意。

白及闭上眼睛，不知不觉已被她占了心神。因而走到自己的屋室之前，白及看到在他门前长身直立的四弟子时，面上不显，步伐却停了一会儿，才唤道："阳儿。"

单阳回过头来，听到师父如此唤他，当即便有些面上发红，多少有些不自在。

这倒不是师父第一次这么喊他，只是白及一贯少言，且言简意赅，而单阳这些年来频繁下山，白及不太出门又常常闭关，单阳倒是很久没有听到这个称呼了。他一时感觉时光过去了很久，仿佛回到幼时……他定了定神，方才同往常一般自然地拱手行礼，恭敬而礼貌地喊道："师父。"

白及对他略一点头，主动推了门跨进屋中，说："进来吧。"

"是。"

单阳既然来了，当然无推脱之意，垂首应了声，便紧跟着白及跨入内室之中。师徒二人一同在内室坐下。白及亲自给单阳倒了杯茶，单阳道了谢接过茶，两人在蒲团上相对而坐，一时无言。

他们成为师徒已有十余年，单阳当初跟着他时不过才十一岁，还是能够躲进衣柜里的个头，却因家人之事总沉着脸，一副少年老成的模样。而时至如今……尽管他外貌随着修行而变化得越来越慢，终究已是身材颀长的年轻男子，且他既成仙，便已是放下了心结，得成大道。

白及虽在意云母心慕单阳之事，可单阳于他，亦绝非仅仅徒弟这般简单。

他是白及第一个自己带回来的弟子，亦是第一个由凡人之身成仙的弟子。如今见单阳这般模样，白及心中亦是隐隐震动，似有所感。他成仙数千年，神君时期的记忆恢复后，记忆中所历的岁月已然过万年，寻常之事皆难以动他心神，然而此时……白及居然微微有怅然之感。

抬手握了茶盏一抿，白及缓身问道："你今日来，可又是来道别的？"

单阳一怔，心里不知怎的想起小师妹昨日埋怨他每回说话都是道别之事，其实仔细一想，他来找师父时，又何尝不是十有八九是要告别……不过，即使如此，单阳仍是坦然，并不掩饰地点了点头，道："是。"

"你现在的能耐尚比不上元泽，还不足以出师。"

"徒儿明白。"

单阳声音沉着，似是早有准备，说："我自知自己比不得大师兄，也并无出师

314

之意，此番前来，是想与师父告个长假……我这些年来修行虽刻苦，但大多只顺着一个方向前进，修为虽略高于同龄之人，但心境却长进缓慢，甚至比不上小师妹通透，此次与小师妹下山，让我感悟许多。"

说到此处，他略顿一瞬，然后才继续说下去。

"我被一叶障目之时，师父曾问我这些年下山可有感悟、可有遇到什么人、可有印象深刻之事、凡间可有变化等，当时我一问都答不上来。如今那障目一叶被取下，我才明白师父当年之意，此番下山……便是想将我当年错过的一一弄个清楚明白。此去，许是几年、十年、百年……我虽做不到小师妹那般天生通透，却应当也能以此磨砺心境，只盼再回师父仙宫修行之时，能将那些问题答上来，还望师父成全。"

说完，单阳便诚恳地低了头。只是他说这番话时，亦有几分出神。

他此前并非没有想过，天下女子那么多，为何进入他心房的偏偏是小师妹……是因她出现时是毫无心机的狐狸？是因她花容月貌灵秀逼人？是因她当初救过他一命？还是因她性情温顺单纯又常伴他身边？

回回思索，他回回都有一个答案，但又每回都觉得差上一点，此时一想，终于恍然大悟。

他在意小师妹、倾慕小师妹，想来便是因他自身心思太重，而小师妹有的……正是那一分他身上没有的通透吧。

这个时候，白及亦点了点头。

白及原先阻止单阳单独下山，正是因为他没有想明白。而如今单阳想得如此清楚，他作为师父，自然没有再阻止他的道理。白及神情平静，道："如此，你便去吧。"

"谢师父。"结果并不意外，单阳再次恭敬地道了谢。不过他顿了顿，再次看向白及，迟疑片刻，终究还是说："对了，师父，其实我还有一事相求……是关于小师妹。"

白及轻轻抬眸。

单阳说起这件事，难免还是觉得羞赧。他尽量直率地看着白及道："其实我原先……曾想同小师妹一起走。我倾慕小师妹，故昨日，便向她表明了心迹。"

单阳话音刚落，还未等白及之心提起，便话锋一转，脸上的赧色加深了几分，诚实地道："不过……我已被小师妹拒绝。她似是对我无意，是我……多心了。"

315

单阳平静了一下心情，道："小师妹性格绵软，又太善于为他人着想。我被拒绝了倒是无妨，可昨日……小师妹看起来却耿耿于怀、愧疚得很，只怕比我还要难受。但我现在见她……自是有些尴尬，亲自去解释反倒不好，且我也想尽快下山，故之后只怕没法安抚小师妹……此事是我太过孟浪，她如今正在生九尾的紧要关头，本不该为其他事操心……我担心小师妹近日会因此影响心态，还望师父能够多关注她。"

单阳担心的是云母会因受他影响而心态修为受损，尤其怕她因男女私情而憋着不好意思与外人说。他今日提前来同师父打声招呼，让白及多看着小师妹，这样一来，即便他所忧虑之事当真发生，有师父护着，也酿不成什么大错。

单阳话说出口后，心中大定，朝师父一拜，终于安了心。

只是师父居然良久未说话，单阳一愣，奇怪地抬起头。结果他刚一抬头，却见白及一贯淡然的眸中竟有复杂之色一闪而过，未等单阳明白过来那眸色一闪的含义，只听白及道："我自会照应。"

如此就算是答应了。

不过白及立即又问道："你被拒绝了？"

听出师父话里有一丝难言的惊讶不解和意料之外，单阳耳郭一热，便想起了他误解那日，白及也在道场外听着，站的位置还离云母最近，想来听得十分清楚。单阳想不到师父面上不曾说，心里也同他和师兄师姐一样误解了，不由得越发觉得羞耻难当，点头称是。

他想说的事至此已经说完，继续留在内室叨扰师父就显得有些小家子气了。单阳稍坐了一会儿，便要告辞，离开之前依旧谦虚地用膝盖往后挪了挪，郑重一拜——

"徒弟单阳，谢师父多年教导之恩。"

话完，他重重地磕了一个头，这才站起身，从内室中离去。

单阳走后，内室之中又只剩白及一人。他静坐良久，倒是并未再闭上眼修行，屋内的香炉散发着淡淡的薰香味。

听到单阳说是他多心时，白及心头确有一瞬间的茫然。但他亦记得自己只听半句之时胸腔里猛然泛上来的痛楚。他心里倒是有一刹那出现了些别的念头，但不等它生根发芽，便已被理智及时克制。

不可多想。

不能多想。

白及闭了闭眼，想起单阳之话，倒是解释了云母今日种种反应的异样。过了一会儿，白及叹了口气，终于暂且忘了那些令他险些意动的念头。

单阳说走，第二日便下山离开了。

云母虽然之前已经听说过他要走，但终究没想到如此之快。只是单阳也想得很清楚。他已经做了决定，既然无须等云母，便是要早日出去游历的。云母和观云、赤霞这一回难得送他一路出了浮玉山，等单阳彻底消失在视线中，几人才返程。

赤霞和云母并肩乘着云往回走，走到半途，赤霞轻扫了她一眼，问道："你可是舍不得了？"

云母抿了抿唇，道："单阳师兄这一次走，大约一百年里……许是当真不会回来了。自我拜入师门，仙宫里大多时候都是六个人，师兄一走，我现在还有些……不习惯。"

云母说得别扭，过了好一会儿才吐出"不习惯"三个字来。赤霞一愣，想起当年大师兄元泽出师时，她也曾有过差不多的感觉，当即就理解了云母。不过她侧头一看，见云母若有所思的样子，立刻就丢了心头刚涌上来的一点点怅然，抱着云母的脑袋笑嘻嘻地一阵乱揉，笑着说："别想了别想了，你这小脑袋瓜子每次一胡思乱想背后就要冒尾巴，别这么一送单阳你又不小心把尾巴想出来了。想那么多做什么？天界范围有限而时间无尽，世间就这么点神仙，我们又是同门，日后总能再见面的。"

回到仙宫之后，云母便继续认真刻苦地跟着师父还有师兄师姐修炼。狐狸到底是狐狸，忧愁来得快去得也快。她起初还闷闷不乐，到半个月后，就又重新适应了环境的变化，又变回一只每日蹦蹦跳跳的狐狸。

不过，事情终究发生了些变化。

其实那日听了白及的课回来后，云母便有了心事。只是偏她是个反应慢半拍的，回来以后断断续续地在休息的空隙想了半个月，才渐渐明白过来。而在明白过来的一刹那，她从人形就砰的一下变回了狐狸，还是只浑身上下熟透了的狐狸。她当场跑回床上抱着尾巴躲进棉被滚了半个时辰，倒弄得赤霞忍不住侧目，不明白小师妹发什么疯。

大抵女孩子到了年纪，遇到了什么人，心里就会渐渐开花。云母那颗种子埋得早，长得却慢，只是少女情窦初开，开得突然，来得汹涌，谁知她这棵迟到的桃树一旦长成，瞬间就生出了桃花林，一开就是百树千树、千朵万朵。心中的迷雾拨开，长久以来令人害怕的陌生感情一旦标上了"爱慕"两个字，云母就觉得刹那间对师父便是满心满眼的爱慕之情。狐狸的爱慕也是简单得很，就想去蹭蹭师父，想让师父抱抱，要是身量够长就想把师父用尾巴圈起来裹着。只可惜她现在身量不够，算上尾巴和身体也顶多在白及脖子上绕一圈假冒个狐毛领子，不过只是如此也是好的，最好能挂着不下来。

然而云母还没来得及开心一会儿，脑子里别的念头就又给自己浇了一盆冷水。

且不说师父喜不喜欢她的问题，她如今……还没成仙呢！

想到这里，云母难免觉得沮丧。虽说她这条尾巴是硬生生给摁回去的，可第九尾毕竟难长，眼下看来等它再长出来还遥遥无期。而一个难题跑到眼前，剩下的难题难免也接踵而至，越冒越多。

仙凡有别、师徒关系、师父辈分仙品太高，性格温柔归温柔，可冷情也冷情，好像还有点呆呆的，不知道师父会不会不喜欢她……

想完师父那里特别长的一大串问题，云母整只狐彻底萎靡了，往床上一摊又自暴自弃地不动了。

赤霞在旁边看得心惊。她原本闲来无事在嗑瓜子，结果眼睁睁地看着云母突然在房间里以狐狸的最高速飞天遁地地窜来窜去、满床打滚，还没蹦跶一会儿，就又生无可恋地趴在床上……

赤霞刚嗑出来的瓜子仁掉了不说，等回过神来，瓜子壳已经吞下去了。

忽然，她看到摊在床上的小师妹又一下子重新变回了人形，从床上坐起，满脸严肃地弯下腰从床底下翻出了一个她平时喜欢趴着晒太阳的垫子来，然后又从桌上拿了心诀笔记，抬脚就要往屋子外走。

赤霞一愣，问道："云儿，你出去做什么？"

云母严肃着脸，吐出两个字："修炼。"

赤霞抬头看窗外的天色。她们回来时已是傍晚，而小师妹在屋里一通飞天遁地之后，此时一道弯月凌空，月宫仙子都起床值班了。

小师妹一向挺用功的，在下定决心之后，这段时间更是格外勤勉。但现在都这个时辰了，云母之前再怎么勤勉，也没到大晚上还要抱着垫子出去修行的地步。

赤霞惊道："你怎么现在想着要修炼了？！"

当然是因为云母刚才想明白了，目前能做的，也唯有早日成仙而已。若不成仙，其他的都是空谈。然而忽然被师姐喊住回答这个问题时，云母还是下意识地一阵紧张，总不能老实回答"不成仙我怎么追师父"……

云母也来不及想太多，电光石火之间匆忙地摆了个正气凛然的表情，正直地道："我身为仙门弟子，日夜修行本就是分内之事。若无修为，将来如何救天下苍生于水火？师姐，你莫要拦我！"

说完，云母抱着垫子大步走出了屋子。

背影都正气凛然。

其实说完那个临时想出来的，蠢得她自己都想撞墙的理由，云母转身就脸红了。不过好在赤霞师姐没有当场揭穿她或是说点别的什么，云母还自以为蒙混过关了，高高兴兴地蹦跳着走了。

不过，她到底是情窦初开，而一只小白狐若是有了心上人，自然就成了一只有心上人的小白狐。云母哪里能按捺得住，真的一心修炼什么都不做？平日里她在道场修炼完了，总要凑巧从师父院落门前路过一遭，故意徘徊好几圈，或者蹲在石墩子上往里面瞧，盼着什么时候能和师父偶遇。还有晚上独自修行之时，因一个人在道场总归寂寞，她也故意把垫子拖到师父的院子门口，想着万一师父会出来看月亮呢？于是就索性坐在那里乖乖巧巧地修行，结果她始终没有等来师父，自己倒是望月望了个过瘾。

如此重复多日，师父院前的石墩子都因她总是趴在上面而被磨平了不少，云母这么一只小小的狐狸，情绪很容易受影响，自然多少有些气馁。

若是她当初在幻境里没有跑掉就好了……

懊恼的念头一旦浮现出来，云母自己都吓了一跳，连忙拼命晃脑袋想要忘掉。只是她能够忘掉一刹那后悔的感觉，却控制不住脑海中不自觉地浮现出别的东西……比如星月之夜冰冰凉凉的吻，比如她重新张开眼时，师父凝视着她的眼神……

云母胸口一热。她以前也偶尔会莫名其妙地想起那个夜晚，但是从未深究过，大多时候也只是觉得害羞和不知所措，而现在再想起……却似乎多了几分滋味。

云母这几日心情时苦时甜，起起伏伏，好在大多数时候总归还是积极的，成仙的想法越来越强烈，因而颇有长进。待数日之后，轮到白及给她授课之日，白及用仙意探了探她的脉，继而一愣，便道："你近日……修为长了不少。"

云母眨了眨眼，也不知这算不算是师父在夸赞自己，抿了唇含羞低头，心里隐隐觉得高兴。

因单阳师兄下山后师父不必再给他上课，而云母这里的情况又比较紧急，白及查看过她的状况之后，便将她原本一月两次的课增加到了一月五回，每六日便有一次课。由于云母应劫在即，修为实在太过重要，白及甚至都不再给她讲道，五回课里有三回讲琴，一回讲术，剩下一回教她如何应对天雷。每回课他都会检查她的修为状况，免得像上次那样出什么意外。

319

既然要检查，那自然是会用到仙意的。云母心扉已开，明白了那是什么东西，便不再觉得可怕。尽管她靠近白及时多少会因他的气息太近而感到不自在，但却不至于慌张地躲着了，也能恰到好处地掩饰羞涩，不让白及看出来。

　　她明明每天蹲在石墩子上盼白及出来抱抱她，盼得望眼欲穿，上课时见到真人却又怂得不敢上去求抱。不过每个月起码有五次能见到白及，云母心里还是高兴的。如果不是上课时要变成人形，她能不停地摇尾巴。

　　这日，云母略有几分紧张地望着白及，笑着道："师父，我想早日成仙。"

　　"是吗？"

　　白及一愣，颇感意外地看了她一眼。云母因为性格温和，一直以来认真归认真，但大多数时候都不曾表现出强烈的成仙意愿，倒更像是能成便成，成不了也就算了的样子。如今听云母这般明确地说出要成仙，白及有一瞬间的惊讶。

　　他抬手摸了摸云母的脑袋道："不错。"

　　顿了顿，白及又道："我先前听你师姐说了，你尚未成仙，却有以天下苍生为己任之志，如此甚好。"

　　"哦。"

　　云母丧气地低了头。哪怕她没指望过未成仙时就能将心意传递给师父，但却希望能从师父口中听到些温柔的话，多让她开心地在棉被里滚两天也好。大概是她想得太美好了，当发觉师父只以师父的身份与她交谈时，云母心里就觉得失落起来。

　　白及见云母刚刚还很高兴，听了他一句话之后就变得消沉了，不禁亦有几分焦虑。只是他不知该说什么安慰她……想到刚才仙意探到的情况，白及顿了顿，道："你的雷劫，许就在下月初二。"

　　闻言，云母一惊，立马就忘了先前的沮丧，紧张地注视着白及。

　　哪怕现在只是月初，而她又早已晓得这九尾迟早要来，可得知具体日子的感觉终究不同。云母心头一紧，有种大考将至的不安感。

　　白及见她不安，便再次抬手摸她的头，轻声道："雷劫应当不会太为难你，以你如今的修为，想来应该能过得去，你莫要担心。"

　　云母点了点头。既然是师父说的话，她自然是信的。

　　这一日的修行颇为顺利，因白及今日分外耐心，云母得知渡劫日期后绷紧的精神也渐渐放松下来，多了几分自己应该真能渡过雷劫的自信。白及见她有了精神，亦放心许多。

　　——只可惜，计划赶不上变化。

这日的授课还未结束，未时刚过，守门的石童子忽然慌慌张张地跑进来报告，说是旭照宫里来了客人。

踏入屋中的是一位给人感觉一丝不苟的天官。

天庭的官员亦有品级高低之分，工作之时会穿朝服。因白及在众仙之中地位超然，派来的天官品级也高，只是他看起来很不好亲近，一板一眼，严肃得很。待行过礼，唤过"仙君"，这位天官倒也无意耽误时间，从袖中掏出一份请帖，直接道："下月天帝召集万仙，将于天宫举行群仙之宴，共商天庭大事，特邀东方第一仙白及仙君前往。天帝已给仙君留了上首的座位，还请仙君赴会。"

说着，他便将请帖递给白及。

不过白及并未立刻接过去，反而皱了皱眉头，问："下月何时？"

天官道："下月初二。"

听到这个日子，云母当即心里一慌，这日正是白及算出的她的渡劫之日。

天帝之邀，群仙之会，听起来就是无法推脱的要事。

听到天官的回答，白及的眉头亦蹙得深了几分。他感到自己的袖子被云母揪住了……同时，他发觉天官的视线缓缓地落在了云母身上，对方的目光似是微讶，还有几分审视。

这等探究的目光令白及隐隐感到不悦，他又察觉到云母害怕，便伸手握了云母拽着他袖子的手。云母本来是在不安师父会不会走，谁知忽然感到手被握住，接着白及用法术轻易地一推，她就在对方的仙法之下强行被化成了狐狸。云母吓了一跳，嗷呜叫了一声，紧接着就被师父搂入怀中护住，雪白的广袖拢住了她，也阻隔了外人的视线。

下一刻，白及沉静地闭上了眼，吐出两个字——

"不去。"

白及拒绝得坚定，竟然丝毫未给天官和天官背后的天帝留面子，天官一怔，问道："仙君不去？"他接着又皱眉说道，"据我所知，仙君本是散仙，近日应当并无杂事……"

白及亦不同他啰唆，只合着眸沉声道："我有弟子要渡雷劫。"

白及当着外人的面便比平时还要少言，面色亦越发沉冷，看起来极不好亲近。他显然未有详细解释的意思，说完前一句话，便道："请回吧。"

话里话外的意思，居然是要送客了。

白及冷淡，可那天官有要务在身，哪里能就这样走。只是天官也不曾料到白及

321

谢绝是因弟子，他先是一愣，才收回来的视线就又下意识地往白及广袖之下一瞧，问："仙君门下要渡劫的……莫不就是这位女弟子？"

这个时候，天官将目光落在白及袖下，可只能瞧见那白袖高起的一处有什么东西在微微耸动着，好像是贴着仙君的身子，在袖子那边小心地活动。

感觉到天官的视线变化，白及又动了动手臂，用宽大的袖子将云母整个儿都掩得更严实了，藏得密不透风，让对方连根狐狸毛都看不见。不过天官似是并未注意到他这些小动作，反倒是想起刚才惊鸿一瞥时那位仙子的相貌，心里有些在意。

他的视线先前不知不觉被对方吸引，是因那小姑娘生得实在俊俏，又规规矩矩地坐在清傲的白及仙君身边，显得十分独特。他起初只是用眼角余光瞥到，待正眼看到对方长相时，居然吃惊不小。倒不是因为其他，而是因她额间那枚红印。

额间带红乃极为轻灵吉利的长相，是得自然大道喜爱之证，极为难得，大多生在上古神祇额间，不过上古神祇也只有少数有印，现在更是少见……这小白狐非仙非神，只不过是一介灵狐，额间居然生了这么个印，偏她这枚印还形状饱满、颜色明亮、品相极佳，天官便忍不住多看了两眼。不过没等他看清，那小姑娘就被白及仙君强行化为原形掩起来了。

白及仙君历来在天界是有名的性子清冷，谁能想到他这徒弟居然是旁人看都看不得的。天官脑海中不禁闪过些"白及仙君怕是极宠这个小弟子"的念头，面上却还是不动声色地道："群仙之宴百年方有一回，又是天帝亲自相邀……弟子渡劫虽重要，但天劫毕竟是他们自己之路，仙君稍去片刻，想来也是无妨的。"

天官说得没错，云母忐忑不安地仰头望着师父。然而白及始终合着眼，语气淡淡，毫无动摇，只道："不便。"

天官见白及看都不看他，态度极是坚决，始终站在这里也觉得无趣。他又公事公办地礼貌地问了几次，确定白及仙君当真不去，才勉强走了。

待天官走了，白及才将袖子放下，让刚才被他罩在怀中不能见人的云母露出头来。云母刚冒出脑袋便赶忙甩了甩毛，担心地问道："师父！你拒绝天帝的邀约，真的不要紧？"

白及低头看向云母，见她眼中满是担忧之色，便抬手摸了摸她的脑袋，回答："无妨。"

"当真？"

"嗯。"

322

云母望着白及一双淡然的眼睛，左看右看也看不出师父说的是真的还是在哄她。云母忍不住有些泄气，摆了摆尾巴，沮丧地低了头道："对不起，师父，又给你添乱了……"

白及看着她没精打采垂下的耳朵，索性又摸了摸。他不觉得拒绝一个群仙宴会出什么问题，他往年也并非次次出席……算起来，出席的次数反倒比较少。

故而白及又开口安慰了她几句，云母晓得师父是为了她才推了群仙之宴，又是担心又是感动，一时心里又涩又甜，不自觉地拼命摇着尾巴，趁机贴着师父的腰拿脑袋蹭了两下，心中感激不已。

这个时候，却说天官那边虽在白及那里受了些挫，但好在之后办事都还算得上顺利，故而数个时辰后，他便按时返回了天宫，向天帝汇报公务。

屋内充满了翻动纸张的沙沙声，还有天官一丝不苟的阐述之声。他一字一字清清楚楚地将事情一一汇报，待说到群仙之宴时，天官顿了顿，道："白及仙君今年又不来。"

"嗯。"

坐在华座之上的男子微微颔首，面颊硬朗且线条分明，额心有一道红印，尽管面貌年轻，可神情却颇为稳重严肃。听到天官汇报的话，他并不意外。

天官是个认真的人，最烦与弄不清事理或是想法天马行空又拿不出实际计划的神仙共事，然而他每回向天帝汇报工作时却感到很舒服。天帝话少，但句句直切重点。天帝这个位置不像四海龙王或是青丘狐主那样每隔几百几千年就要换一换，一日是他，千千万万年也是他，这等日复一日的工作要千年万年地做下去绝非易事，寻遍三十六重天，只怕也找不到第二个人能坐稳这个位置。

停顿片刻，天帝忽然停了手中的动作，问道："你今日去见白及，他那里……可有什么异常之处？"

天官一愣，回答："好像没有……陛下，你为何问起这个？"

天帝道："我算到他的仙宫许是要有些变故，只是不知具体为何。白及……或许有劫数将至。"

闻言，天官先前的惊讶便又加深了几分，既因白及这等仙君的仙宫居然还会有变故，又因天帝闲来无事居然算了白及的仙宫。但既然是玄天问起，他便越发努力地回忆了起来，然后说："白及仙君的确同以往一般，不过他仙宫的变故，或许不是他，而是他新收的弟子。"

其实云母拜师这么多年，从小女孩长成了少女，着实算不得什么新弟子。不过奈何天界的人活的时间太长，她才入门十年不到，在仙人看来，自然还是新得很。

天帝果然感兴趣地抬了头："新收的弟子？"

天官点头道："是个额间带红印的灵狐，面相极好，资质也不错，下个月似是就要渡劫了。"

天帝并未管别的话，只问："额间带红印？"

天官答："是。"

天帝并未再问，只是用手指轻轻在桌上叩了叩，若有所思。

天帝好似在心里记下了点什么，又过了几日，天庭的天官再次造访了白及仙君的仙宫，与他同来的，还有一只兔子。

"天帝许久不见仙君，甚是思念，听闻仙君婉拒群仙宴很是遗憾，故特意择了礼物赠与仙君，还望仙君勿再拒绝。"

说着，一板一眼的天官面无表情地从袖中掏出了白兔，十分谨慎地递了过去。

被拎着耳朵的兔子一脸惊惧。

天官若不是公务在身需要绷着脸，此时也该是一脸惊惧。

天界毕竟有万千仙宫，不少仙人有事务在身，一闭关就是成百上千年，群仙宴有人去不了也是情理之中。这仙宴既为了召集众仙商议天庭要事，也为了让不太出天宫的天帝与仙人们交流感情，若是天界有身份的重要仙人不愿意出席，天帝会送个礼物来表明这位仙人与天庭并无冲突也是惯例，但是……

天帝让他来送活物，还真是头一遭。

天官想起前些年都还算正常的礼物，又看看白及仙君那张冷若冰霜的脸，忍不住心道天帝与白及仙君也算有上万年的交情了，总不能不清楚他的性格，这礼物当真是想要维系白及仙君与天庭的关系？别是天帝被拒绝太多次恼了决定要结仇吧。

看到天官费劲地从袖子里掏出来的居然是只兔子，白及果真没什么反应。见白及只盯着兔子看而不说话，也不接，天官为了替天帝说话，只得板着脸卖力推荐道："这是天宫里命仙娥专门饲育的玉兔，虽说灵智未开，但却个个灵性，平日里可以帮忙送个信跑跑腿……天帝送仙君此兔，也是一片心意。"

白及沉默不言，一双眸子冷飕飕地看着兔子，良久，方才伸手要接。赤霞、观云和云母这日都在，赤霞在后面笑笑，微微侧头对云母道："这兔子长得倒是可爱，师父他说不定——"

赤霞话音未落，发现身边忽然空了！只见白光一闪，小师妹突然化作原形冲了过去，还没等白及伸手接住兔子，云母已经先一步跑到他脚边，又是蹦跶又是乱蹭，急得嗷呜嗷呜地叫唤。白及一愣，便转了方向，先将着急地围着他乱转的云母抱了起来。云母一进入师父的怀里，立刻飞快地找了个位置趴好，还是非得两只手抱着不可的那种姿势。她两眼一闭，一副"我绝对不下去了"的样子。

白及见她这般微微一怔，抬手摸了摸她的脑袋。云母耳朵抖了抖，眯着眼委屈地呜了一声，依旧是不肯下去的样子。如此一来，便是白及再迟钝，也能瞧出她是不高兴了。但白及又不晓得她为什么不高兴，揣着怀里的毛团一时有些无措，只感到云母又蹭了他两下，喉咙里呜呜呜地打着呼噜。

云母当然不高兴了。她拜入旭照宫这么多年，对白及多少有些了解，隐约能够感觉到师父应当是有些喜欢她的原形的，本以为即使现在当不了师父的心上人，好歹能当师父的心上狐，结果这只跑出来要横刀夺爱的兔子是怎么回事？！

云母越想越委屈，赖在白及怀里不肯出去。她的想法简单得很，师父总共只有两只手，抱了她总不能再去抱别的毛茸茸的兔子。所以只要她不出去，师父就没法摸兔子。

这样一想，云母在白及怀里一团，扎得更紧了，放都放不下来。

白及自是无奈得很，看云母忽然黏他黏成这样也有点心乱，正在不知如何是好之时，却见赤霞焦急地朝他做了个"兔子"的口型，又暗暗地指了指天官拎在手上的兔儿。白及一愣，尽管还有些不明白，但仍看向天官，婉拒道："谢过天帝美意，旭照宫无处饲育生灵，还请收回。"

天官微惊，道："这兔子是天帝的一番心意，亦是天庭的诚意，仙君无处养兔子是一回事，可若是拒了礼物，只怕外人要以为仙君与天庭不睦……"

天官说得这么多，无非因白及曾是与天帝有过一战的神君，说来他也是出于好心。白及一顿，道："我备一份回礼便是。"

天官闻言，便不再多说。倒是云母仍旧愣愣地抬头望着白及，从听师父开口时就已觉得惊讶了……她只是不希望师父摸了兔子就不摸她，倒是没有让师父将兔子退回去的意思。如此一来，她便对那只平白因她被退的兔子有些歉意，愧疚地抬头一看，却见那只灵智未开但颇有灵性的兔子满脸地松了口气，一副劫后余生大难不死的样子，乖乖被天官又收回了袖中。

云母总算放心了，重新靠回白及的胸口，轻轻地蹭了蹭。大约是因为这会儿安心许多了，她垂下来的尾巴不自觉地摆了摆，然后便悄悄地往白及腰上一圈。云母不晓得师父发觉她的小动作没有，心里却有点说不出的开心，因而越发卖力地往他衣襟上蹭了蹭，呜呜地叫了两声。

云母蹭得专心，倒是没注意到赤霞有些愕然地把目光放在了她的身上。

因为天帝随手要送白及兔子，云母这日多少受了几分惊吓。待天官离去，赤霞和观云也自行回了道场后，她仍旧缩在白及怀里耍赖，磨蹭够了才出来。因天官这日来得晚，云母又明白自己撒娇大概过了头，不好意思再请白及授课，红着脸道了别就不敢再看白及，抱了琴飞也似的逃回了自己的院子继续练习。谁知云母刚跑回屋子里，就发觉赤霞已经在屋里了……她居然也提早回了院落。

"师姐，你回来啦？"

云母脸上还红晕未消，下意识地抬手拨了拨因她跑得太急而掉到脸颊边的碎发，想要掩饰那一点点羞涩的不自然。

云母情窦开归开了，可因为喜欢的对象是师父白及，就没有办法跟师兄师姐说，哪怕是平时最亲近的赤霞师姐，也没法开口……一方面他们二人现在是凡仙相隔，另一方面又多少有些违背常理。她一只狐狸晚上在被窝里想师父想得打滚，白天在师父院子门口盼师父出来盼成望师狐，最终也还是小心翼翼地没让赤霞师姐发现异样。

虽说赤霞师姐神经粗，可云母总归还是担心被发现，此时心虚得很，尤其师姐望着她的目光似与往日不同。

赤霞像是没发觉什么似的嗯了一声，便收回了视线。两人又随口说了几句话，云母松了口气，正摆好琴要自己练习，忽然听本来已经不说话了的赤霞又开了口，她沉了沉声，道："说起来，云儿……先前我们不是聊过关于仙意的事……"

云母一僵。

赤霞抓了抓头发，艰难地开口道："你别是……喜欢师父吧？"

霎时间，房间里的气氛一下子尴尬了起来。赤霞听身后良久没声，这才转过头去看云母的状况，谁知本来已经摆好琴准备弹的小师妹这会儿连个人影都没了，反倒是被搁在地上的琴后面躺了个蜷成一团的毛球，她脸都埋进了毛里，只留下一对尖尖的耳朵贴着身体，尾巴因为太胖收不进去，就直接拖在了背后。

这是明显的不愿意回答而逃避问题了。

事到如今，赤霞实在很难再有什么不明白的。虽说她从以前就隐隐察觉到小师妹心里许是有喜欢的人，可之前一直以为是单阳……仔细想想倒也是，云母长久都待在旭照宫中，在仙界根本不认识几个男子，且看她先前那个反应，必然是接触过对方的仙意的，可是云母能接触到仙意的对象……能有几人？

想通重点，赤霞摸后脑的动作变得更无奈了。她沉吟片刻，说："你这样……不太好办啊……"

"嗷呜……"

听到赤霞的话，云母轻轻地叫了一声，看起来有些泄气。

云母当然也是知道的，只是她刚刚陷入爱慕的情绪之中，浑身上下都是倾慕之情，就不愿意往不好的方面想，毕竟若是想她和师父之间的差距……她只怕就要振作不起来了。

云母想了想，还是壮着胆子忐忑地问道："我这样……果真是不行的？"

赤霞晓得云母说的是他们师徒有别，轻轻地叹了口气。只是她看云母如此，终究不忍心说责备的话。她走过去坐在地上，将云母抱起来放到膝盖上，然后摸了摸她的头，算是安慰……可赤霞总不能不说实话，顿了顿，还是道："天规倒是没有这么一条，只是到底少见，难免……会要让人另眼相待。而且师父的性格……"

赤霞抿了抿唇，就没有再说下去。

白及性情虽说没有外表看上去那么淡漠，可在某些方面冷情却是真的。他身为神君仙君的年岁如此之长，却从未与谁有过哪怕几分情缘，可见的确无意于情爱。再者白及是清冷克己之人，光云母是他的弟子一条，就足以让白及不会生出旁的心思。

云母一听就明白了，尾巴都不摇了，低着头，垂着耳朵。

见她如此，赤霞不安极了。好在她本来也是个大胆之人，看云母这副模样，赤霞用力抓了抓头发，又改了口，说："你要是实在难受，要是成仙后想试试……倒也不是不行。"

"真的？"

云母当即又竖起耳朵抬起了头，一双狐狸眼睛望着赤霞。

赤霞被她这目光看得有点不好意思。她受过相思之苦，自然也晓得让云母一直一个人憋着是很不舒服的，有时候甚至都觉得不如直接下刀子来得痛快。不过云母看起来很是期待，倒令她有些为难。赤霞两手一摊，说："嗯。毕竟本来就没有那么一条规定，只是成不成功就……"

师姐妹俩叽叽喳喳地聊了一会儿，云母起先还不大敢说，见赤霞师姐并未太过阻拦她，胆子就大了。她晃了晃尾巴，因之前自个儿憋得久了，问题颇多："师姐，你同观云师兄当初在一块儿，师兄是如何喜欢上你的？你……你有什么建议没有？"

"我？"

赤霞一愣。

云母问完就觉得脸上发烫，但还是硬着头皮点了头。只是问完后，她便想起了当初还是她主动去问师父"何为情爱""该如何做"的，当时师父是说——

谋事在人，成事在天。

尽人事，听天命。

云母出神。只是这时赤霞也回想起了她那不堪回首的往事，说："我十六七岁的时候喜欢上了观云，然后两百四十七岁的时候同他定了亲，所以他是如何喜欢上我的，我的经验大约是……"

赤霞一顿，道："憋着。憋个两百年，他说不定就喜欢上你了。"

房间里安静了一刻，下一瞬间，云母噉的一声趴平在赤霞膝上。

说起来……玄明神君当年在幻境里也是建议她到两百来岁再定亲，这说不定是个神仙成婚的标准岁数。可是……可是……

两百来年？两百来年？

云母觉得这个年份长得令人心慌，当真要等这么久？

赤霞同情地看了她一眼。

其实她话里还留了些余地，她与观云尚且能憋两百年，而师父无意于情爱，又清冷自持，对象换作是他……

只怕要憋两千年。

云母今年才十九，两百年于她而言着实是个遥不可及的数字，光是听着便令人心慌。从赤霞师姐口中得了这么个答案，云母也不晓得自己该高兴还是该难过……希望总归还是有的，就是渺茫了些。

不过，如今云母雷劫将至，倒也没有办法想太多。天官走后，距离她天劫之日不过数天而已，云母实在不敢耽搁，一心修行，每日经过庭院，都能听到云母接连不断的琴音。因她的琴声乃是武器，经过这么多年的练习，她若是有战意，琴中便显锐气。而此时——

锐气如洪。

转眼便到了雷劫前夜，这一晚，云母辗转反侧，难睡得很。

月亮不知何时就升到了正当空，但是等到后半夜的时候，乌云突然开始聚集，一下子变得黑压压的，天空中时不时响起闷闷的雷声，听得人心慌。云母这时忽然明白了单阳师兄历劫前说"劫云在等我"是什么意思了，尽管天雷还未降下，她却已能隐隐感到，外面那些云、那些风，还有风云底下隐隐震动的闷响……都是在等她。

若有万一……给娘亲还有哥哥的书信都已经压在了砚台底下，也已经同赤霞师姐说好，到时师姐会亲自送去。她还将自己放在床底下的杂物也理整齐了，不知师父还有师兄师姐会如何处理……

云母心慌得很，又紧张……云母将自己应该准备的事想了一遍又一遍，生怕有什么遗漏，可越是想，心脏便跳得越快……忽然，窗外连着响起了一片闷闷的雷声，云母吓得蜷成一团。待雷声结束后，她想来想去，还是坐起来看了眼对面床上还在熟睡的赤霞，然后从床上跳了下去，打开门，以最快的速度往院子外奔。

云母这一奔，便一路跑进了师父的院子里，小心翼翼地推开门，进了师父的房间。

从自己的院子跑到师父的院子，头顶便是乌云和闷雷，云母很是担心她这一出来，劫雷就会顺势劈下，所以一路胆战心惊地狂奔，等她跑到白及屋中时已是气喘吁吁。因为乌云遮了月，晚上屋子里又没有燃灯，白及的内室便有些昏暗。云母轻手轻脚地跑到床边，然后连跳带爬地上了床，师父闭着眼侧卧在床上……本来她还有些犹豫，但想想自己也不是第一回钻进师父怀里了，又何必怕第二回？于是云母麻利地钻进他手臂之间，往他怀里一趴，尾巴搭到师父身上，闭上了眼睛。

然后白及就醒了。

他睡觉只是修神，本就没有睡得太深。尽管云母一路小心，可终究弄出了些声响。只是他蓦一睁眼便被怀中躺着的狐狸惊到，喉咙一动，愕然道："云儿？你为何会在此？"

云母见师父当真醒了，还是有几分愧疚。她嗷呜地叫了一声，耳朵垂了下来，委屈道："师父……"

她心里也晓得自己这个时候跑过来找师父，还把师父吵醒了是不对的。可是她忽然就很想看师父的脸，想让师父摸摸她的毛，等回过神来就已经跑到这里了。云母心虚道："天亮就要渡劫了，我实在睡不着，所以来找你……"

说着，她索性又往白及怀中一钻，道："对不起……"

嘴上说着对不起，身体却全然没有出来的意思。

白及叹了口气，感到云母在自己怀中乱动，心跳当即就有些乱了，连忙按了她的动作，喉咙一沉，道："别闹。"

"嗷……"

云母还挺听话，师父让她不动，她就乖乖趴在那里不动了。她晓得自己心里喜欢师父，便想要与他亲近。此时她其实已经贴着对方的胸口，能够听到师父胸膛里稳稳的心跳声，觉得比先前安心了不少。也不知是不是因为师父是男子，云母总觉

329

得师父的心跳比她平时的要重些，似乎也要快上几分。

都和她现在差不多快了。

她是想见师父才来的，可是眼下满心的喜欢却又不知从何处表达才好，又想起赤霞师姐建议的"憋两百年"，云母心里当下就有些犹豫。

想了想，她好不容易才开口唤道："师父。"

"嗯？"

白及应道。

云母扭捏地问："我若是渡不过雷劫，以后……你该不会忘了我吧？"

"不会。"

白及虽不知云母为何这么问，可他答完后，心里却不禁泛起一丝苦涩。

且不说云母不会渡不过雷劫，若是她……如何能够忘记？

然而，白及话音刚落，不等他回过神，就觉得手上一空，怀里倒是多了什么东西。白及一怔，有些吃惊地低下头，却恰巧对上云母一双明亮的眸子。室内昏暗，故而云母的轮廓并不算太分明，但白及依然能感觉到云儿在他怀中化了人形。她的脑袋枕在他的手臂上，乌黑的长发披了满床，小心翼翼地偎在他怀中，温暖的体温、女孩子甘甜的馨香味钻进他的鼻尖。白及手指一颤，只感到双臂之间环了个柔软纤细的身体，距离近得他当即呼吸就有些不畅。然而云母似乎并未察觉到有哪里不对，反而一双眼睛无意识地凑近了些，紧张地问道："当真？"

白及不晓得她为什么要在这种时候化原形，偏生云母没有觉得不对。他移开视线，沉声道："嗯。"

云母也没想太多，只是觉得气氛到了应该化人形便顺心而为。此时得了答案，她心里稍微安心了些，就又变回了白狐狸，毛茸茸地往白及怀里蹭了蹭，张嘴就道："嗷呜呜呜——"

宣泄完了，云母也觉得舒服了许多，重新卷了尾巴躺好。

白及隐约能察觉到云母应该是太担心雷劫了，虽然依旧没有太懂，但还是摸了摸她的头道："回去睡吧。"

云母闻言，却用力摇了摇头，说："现在回去，我怕一出门天雷就下来了，而且……我睡不着。"

说着，云母一顿，白毛底下的脸颊红了几分，大约是夜色能壮狐胆，反正师父看不见她，索性壮着胆子往白及怀中一拱，道："师父，你能不能哄哄我……"

说着，她打了个哈欠，呼吸变得均匀，居然不等白及哄，已经贴着对方的衣襟蜷成一团睡着了。

白及不知道怎么哄她，沉默了半晌。过了好久好久，云母才在半梦半醒之间，听见耳边有人轻轻地说了一句："不必担心，我会护你……"

结果这一日天明，观云和赤霞到主殿给云母送行时，发现她是被白及抱出来的。

昨晚云母睡熟之后，便换作白及彻夜难眠。

白及叮嘱道："以你的修为，应当能够渡过雷劫……不要着急，沉稳些便是。"

云母目光闪了一下，羞涩而认真地点头。听完师父的嘱咐，她便取出了琴，抱着往外走。外头已然轰鸣的雷声似乎更响亮了些，隐隐透着振奋。

然而，云母走了两步，却忽然又收起了琴，转头回来。

白及和赤霞、观云都不解她为何如此，各个面露疑惑。云母却望着白及，眼睛里闪闪烁烁。

在这一个瞬间，云母脑子里想了许多。

雷劫不同于其他，若是渡不过，是当真会死人的。故而在这一刹那，云母想到，师父她抱都抱了，蹭都蹭了，若是心意都没有传达出去就死了，岂不是很亏……岂不是很亏啊？！

难不成真要等两百年？可……可是她还不知道有没有两百年呢！

电光石火之间，云母的身体已经先于脑子替她做了决定。她飞快地冲到白及面前，踮脚、搂脖子一气呵成。因她开窍后便在脑海中胡思乱想过不少事，也算在脑内演练过，这一套动作做得顺畅无比，还未等师父反应过来，她已经闭上眼睛轻轻地在他唇上亲了一下。

啾。

蜻蜓点水，一触即离。

亲完，云母根本不敢再回头看白及和师兄师姐的表情，丢下一句"师父那我走啦"转身就跑，冲入雷光之中。

几乎在云母冲出主殿、步入云层之下的一瞬间，她那条久盼不生的九尾便在夺目的金光中应运而生。云层里的天雷发出阵阵兴奋的闷响，云母的九尾一生，她立刻就以最快的速度取出了琴，摆出应对天雷的架势，天雷亦不拖泥带水，当场就降了下来。

不多时，主殿外电光闪烁，雷声轰鸣。

云母在外面斗雷斗得开心，主殿里的人却都快爆炸了。

白及脑海中一片空白，怔怔地看着云母拖着九条尾巴对抗天雷，刚才一瞬间柔软温暖的触感仿佛还留在唇上，少女身上甜美的馨香味轻轻地贴着他，简直让他分不清是真实还是幻境。白及只觉得他的脑中也响起了一道惊雷，耳边则是一声一声的雷响，站在原地几乎不能思考，唯有身后两个弟子震惊的交谈声传入他的耳中。

　　观云无疑是被狠狠地吓到了，张大了嘴，半天说不出话来，只能道："这……这这这……小师妹？小师妹她……"

　　什么情况？！什么情况？！小师妹怎么就和师父亲上了？！到底什么情况啊？！

　　观云震惊地看着师父，又看看正在应劫的小师妹，不由得瞪大了眼睛，因为太过吃惊而说不出话来，整个人都傻了。

　　赤霞见他如此，连忙抓紧机会在观云后脑勺上用力打了一巴掌，道："这么吃惊做什么！"

　　赤霞虽然也多少被小师妹大胆的举动吓到了，但毕竟先前就知道云母对师父的心思，并没有观云这么惊讶，故而回过神也快一些。以往她总是被观云拍后脑勺敲脑袋的，这下可算是找回了场子。赤霞扬眉吐气地长出了口气，接着说："小师妹也有十九岁了，有个喜欢的人怎么了？很正常的吧。"

　　"可她喜欢的是——"

　　观云惊得脱口而出，但想到师父就在旁边，还是适时地止住了。

　　白及毕竟是清冷寡欲的仙中之仙……他不仅无意于情爱，还是他们的师父。

　　赤霞当然知道他想说什么，不由得咋舌。不过，赤霞摸了摸后脑勺，嘴上还是道："那……那也不用这么惊讶。你看师父多镇定！"

　　说着，两人的视线都不由自主地朝师父身上移去。只见白及一身白衣清雅出尘地立在主殿之中，片尘不沾仿若遗世独立，仙风无人能及。哪怕他刚才被快要渡劫的小徒弟抱着脖子亲了一下，此时脸上也仍是一片清逸绝世的淡然，看不出什么表情。

　　观云和赤霞一起默默地噤了声。

　　他们哪里知道白及此时心里已经快疯了，若不是云母刚才跑得太快，现在已经在应劫，他只想冲过去将她抱回来问个清楚。

　　白及的思绪被云母那个轻得跟羽毛似的吻搅得一团乱，心情焦躁不已，他的视线紧紧锁在云母身上。随着九尾生出，她身上的灵气之中已经混入了仙气，只等雷劫渡完，便可成就仙身。因为渡劫需要一口气动用大量灵力，而狐狸修尾成仙，自然有大量灵气凝聚在尾，为了使用法术更为顺畅，云母便没有将生尾时自动显露出

332

来的九尾收回去。此时她拖着长长的九条白尾，手中铮铮地弹着琴应对雷劫，看上去有些焦急。

因见师父专心看着主殿外应劫的小师妹，观云和赤霞震惊了一会儿，便也心情复杂地望过去。赤霞看了片刻，忽然咦了一声，道："小师妹的琴声好像……"

赤霞说了一半就不往下说了，不过，即使她不说明，其他人也明白了她的意思。

云母的琴音很激昂。

因为在准备渡雷劫，·小师妹这段时间一直很努力，士气也很足，故而琴声一直带着锐气。不过今日，她的琴音居然比以往还要来得高亢，显然云母整只狐都处在兴奋的情绪中，状态很好，眨眼之间，已经应对了前十道雷。

天雷总共八十一道，前面劈得快，越到后面雷劫越是凶险，更会慢些。应付整场雷劫通常需要一天一夜，正如单阳是从前一天黄昏开始应劫，到第二日黄昏才结束。

不过由于每个人的天雷力道不同，还有应劫能力不同，应劫速度也有快有慢。云母的修为其实比不上单阳，所以她受的天雷也弱，此时云母又状态极好，这十道雷就过得极快。相较于势如破竹的小师妹，天雷居然反倒看起来疲软了。

赤霞在那里看得高兴，早知道小师妹亲一口师父就能兴奋成这个样子，刚才就应该让她多亲两口再走，说不定半天就将八十一道天雷全过了。白及毕竟是他们师父，以弟子修行为重，想来若是对云母渡劫有益，他肯定也是不介意的。

十道雷之后，紧接着又是十道。

云母这会儿的确是情绪高昂，刚才那个吻一方面让她觉得激动，另一方面又让她害羞得恨不得当场挖个地洞把自己埋了。女孩子一害羞，手里的动作自然就快，云母弹琴弹得飞快，多少也有点假装专心应劫来掩饰羞涩之情的意思，其实到现在她都不敢回头看师父的表情，脸颊还烫着呢。

她觉得这应当是她和师父第一次接吻。

先前在幻境里师父虽然亲过她，但那毕竟是幻境，而且师父当时并不记得他们是师徒……但这一次不一样……

云母越想越觉得脸红，也不知等渡完劫后，师父会以什么态度待她……这么一想，云母又觉得忐忑不安，手下的动作越发地快，不过一会儿，就又应下好几道雷。

说来奇怪，云母觉得到此为止应劫都还挺轻松的。她除了前五道雷因为太紧张有些手抖，之后就进入了状态，目前的天雷尽管来得凶猛，可并未到让她觉得吃力的地步。云母手指一动，琴里发出铮的一声，灵气凝聚而成的琴音便直飞天际，正对上对着她劈下的天雷，两道白光交缠在一起，犹如相斗的白蛟。云母见自己的琴音力道不足，连忙又补上几个音连成曲子，待天雷的势头渐渐缓和了，才松了口气。

赤霞看得松了口气，笑着道："像小师妹这般，说不定不用等到明天早上，夜里就能将劫渡完了。她倒是令人省心。"

观云点了点头，不说一句话。他的嘴角也挂着淡淡的笑意，此时刚过了半日，而云母的雷劫已经过了三十八道，无论如何也称得上快速。观云一顿，抬头去看师父，看到白及脸上的表情时，不由得一愣。

白及不知何时，居然皱起了眉头，神情像是不太好。

观云嘴边的笑意消失了，也不禁改了口，问："师父……可是有什么不对？"

白及喉结滚动，沉着声道："声音不对。"

"声音？"

观云一顿，方才闭了眼开始听。他的原形本是在天飞行的凤凰，自然熟悉风卷云动，亦能辨雷声。他听了不久，果然心中一慌，睁开了眼。

小师妹的武器乃是琴，应劫之时弹拨搓抹皆是不断，应劫应得仿若弹奏仙乐，这才让观云之前只顾着听她的琴声，居然没有察觉到劫云的怪异之处。

在闷响轰鸣的雷声之外，竟还有一重雷声。

这时，云母已接下了第三十九道雷。

闷雷沉沉地鸣响着，一声伴着一声，两重雷声变得越发明显。

观云这时才发觉，云母头顶的劫云不知何时已经越聚越多。按理来说，一般雷劫早在一开始便已聚集完成，绝不该一直聚。小师妹的劫云不知不觉居然比单阳应劫时厚了许多，旭照宫顶上乌黑一片，隐隐透着不祥之兆。

云母还在应劫。

第四十道——

第四十一道——

然后，第四十二道——

看到那道夹杂着紫光的天雷劈下之时，云母当即一慌，手中的动作也乱了，白及的瞳孔骤然一缩，手已下意识地握住了剑——

轰隆——

三十六重天之上，正在举行群仙之宴的天宫忽然剧烈晃动，原本摆放着八珍玉食、饕餮盛宴的仙桌猛地向一边倾斜，众仙来不及反应，精致的玉盘和酒盏已噼里啪啦摔到地上，登时一片狼藉。

华堂之上一片哗然。在惊慌之后，已经有人反应过来，惊讶地高声道："降神雷？！为何如今还会有降神雷？！"

"有人渡劫？谁渡劫还能招来这种雷？！最近有哪位神君渡劫不成？"

几番吵闹之后，坐在大殿中的人面面相觑。今日是群仙之宴，现在天界剩下的神君总共没几位，几乎全在这里了，剩下的唯有——

有一位仙人捋了捋胡子，忽然一顿，道："莫不是玄明神君——"

其他人一听"玄明"二字，亦纷纷反应过来。且不说玄明神君人本在凡间，他若是以凡人之躯悟道归天，的确是可能引来降神雷的。况且不只是玄明，玄明与那凡人的孩子，到现在也没找到个影子，对方若是历劫，倒也有可能——

咯。

忽然，一下杯盏放在桌上的响声，打断了神仙们的交谈。若是旁人，这么小的一声自然引不起什么注意，可这时将杯盏放下的人，却是天帝。其他人注意到天帝情绪有变，自知不该提玄明，纷纷停下了讨论，看向玄天。

天帝顿了顿，道："近日……白及仙君大劫。"

天帝话音刚落，大殿里响起一片恍然大悟之声。

其他人不说，若是白及仙君渡劫，的确是会引来降神雷的。

"说起来，白及仙君以人身渡劫飞升时，引来的也是降神雷。"

有一年迈的老神仙回忆道，他依稀还记得那数千年前的天庭大震。

撼动三十六重天的惊天巨雷，便是过去这么多年，也再没有过那么大的动静。

不过白及仙君飞升的年头也是极早的，在场的神仙大多没经历过那个时候，只是听说过一二，此时倒是无人能接口。但因降神雷稀奇，其他人还是纷纷讨论起来。

场面又恢复了热闹。

唯有坐在最上方的天帝，拿指节轻轻地叩了叩桌子。

这个时候，旭照宫中，赤霞和观云看着那紫电惊雷，已是大惊失色。赤霞面色苍白，急着问道："师父，那是——那是什么？！"

那绝不是正常的劫雷，正常的劫雷是道道白光，可云母这个——云母这个——

"降神雷。"

白及嘴唇泛白，良久，方才吐出这三个字。

降神雷，顾名思义，便是神仙也能拆仙身、葬神骨的堕神之雷。

天道的劫数。

若是散了元神堕了天的神仙要重铸不朽之身，必经此雷。上古交战之时，有不少人都挨过，不过如今天庭稳定、天道安稳，倒是许久未见了。故而观云赤霞这般才两百来岁的年轻小辈，不晓得也是正常。

只是，不晓得为何这种雷居然会在云母的天劫上现身，而且……还是八十一道中的第四十道。

赤霞听到"降神雷"的解释后依然不懂，只是白及此时目光完全集中在云母身上，已无暇解释，只定定地看着她。

赤霞这个时候也是紧张万分，倒也不太在乎那个紫电是什么玩意儿了，只一心看着云母。自劫雷换了样子之后，云母明显地心神大乱，节奏也跟不上了。她已经咬着牙扛了十五道，这个时候天色已暗，在夜幕之中刺眼的雷光看起来越发可怖，只是还剩二十五道——还剩二十五道——

赤霞焦急万分，只觉得小师妹的那条九尾就应该再压个十年再长，哪儿会想到她的雷劫竟会这般？

云母身上的灵力已经明显耗尽，每一下都是在透支般硬撑，如此这般……她如何能扛下去？如何能扛得下去？！

赤霞急得满头大汗，恨不得化成原形冲到天上去搅云。仿佛是正应着她心里不好的预感，第六十一道雷劈下之时，天空中的紫光近乎刺目，只听到震耳欲聋的一声轰鸣，整个旭照宫都癫狂地摇晃起来。待雷声结束，赤霞急急地朝外面看去，却不禁大叫："小师妹！"

云母的琴断了。

她还呆呆地看着自己的琴，下一秒，又是一道巨雷劈来——

院中哪里还有小师妹的身影，只有一只狼狈的小白狐奄奄一息地趴着。赤霞回过头，便见师父已经拔出了剑，正急急地往外走。

纵然赤霞早就知道师父会去挡雷，可这个时候她还是慌了，她下意识地张口道："师父！"

替小师妹接下二十道紫雷，也就是承下二十道违逆天道的因果。接下来要发生什么？会发生什么？

白及本是急急地往外走，听到赤霞喊他，便停下步子。他顿了顿，回头道："待云儿归来，你们照顾好她。"

他手中持剑，大步冲入劫云之下。

云母此时灵力耗尽，却还有些意识。她虽晓得渡劫有可能会失败，但终归并不想死，趴在地上心里觉得许多事遗憾得很，只是眼前已经有点模糊，渐渐支撑不住了。又听到耳边响起雷声，云母不自觉地想要闭上眼——

　　不过，还未等她闭上，却见一片无尘的雪白猛地挡在她身前，云母一愣，抬头却看见师父的背影。

　　"我会护你。"

　　这时，她忽然想起了那句话。

　　云母一惊，与其说是安心，倒不如说担忧更多，只是一道雷声响过，她还未言，已经被师父一把抱起来护在怀中。温暖的体温还有沉稳的心跳声，一切皆是熟悉的，云母一愣，想喊声师父，只是她体力耗尽，还没等她出声，已经渐渐昏迷过去……

第九章　凡间成亲

云母再醒来的时候，只觉得身体分外沉，像是有几千斤重的东西一齐压在她的脑子上一样。她挣扎了好半天，方才勉强睁开眼睛，待熟悉的房间之景重新映入眼帘，云母一时觉得恍惚，怔了怔，才听旁边赤霞师姐惊喜地道："云儿，你醒啦！"

云母吃力地扭过头去看，便看到赤霞正在旁边看她。此时约莫是清晨，窗外的阳光还并不刺眼。云母站起身子来想要抖抖毛，说来也奇怪，她感觉浑身上下僵得不行，抖了好半天才抖开。她环视四周，总觉得哪里有点怪怪的，又说不上来哪儿不对，想了想，问道："师姐，现在是几时了？"

这本是个寻常的问题，谁知赤霞听完却浑身一僵，相当不自然地抓了抓头发，干笑道："没过多久，没过多久，哈哈哈……"

云母歪了歪头，她此时还懵着，只觉得头疼不已。但好像不只是房间，她的身体也有些不对劲，她闭上眼睛感了一下气，方才一惊，说："我成仙了？！"

下一秒，记忆排山倒海般灌了进来，云母惊慌不已，一把扑上去抓住赤霞师姐的袖子，急急地问道："师父呢？师父可是有事？他人呢？"

赤霞啊了一声，面露难色，支支吾吾了半天，有些回答不上来。

云母见师姐这般模样，当即便心里一凉。她松了师姐的袖子，重新坐回床上，沮丧地低下头，眼睛里出了一层水雾。云母记得当时的场景，晓得师父之后应当是为她挡了雷劫，当即觉得是自己修为不够连累了师父，又是愧疚又是懊丧，可心里乱成一团麻，不知从何处挽回才好。赤霞看她这样就有些慌了，忙道："别急别急，师父没什么……嗯……算没什么大事吗？反正也不是回不来了，就是……嗯……"

赤霞想了半天，好像不晓得该怎么和云母说，顿了顿，终于还是主动道："你猜现在离你渡劫过去多久了？"

云母怔住，看天色，本来以为只是过去了一晚，但看师姐的神情显然不是，云母一顿，只得摇了摇头。

于是赤霞报出一个年份。

云母听完一愣，呆呆地看着赤霞，又抬爪看了看自己的爪子，有些反应不过来。

赤霞看她被吓得满脸茫然，停顿片刻，笑着安慰道："吓了一跳吗？其实这么点时间，仙界几乎没什么变化的，不用担心。"

说着，赤霞取来镜子，往云母面前一放，道："你看，没什么变化吧？"

云母迟疑地接过镜子，然后抱着左看右看，觉得自己果真没什么变化。但她这个时候关心的哪里是镜子，看了几眼就不看了，急忙问道："那师父呢？师父现在在哪儿？"

"呃……"赤霞抿了抿唇，还是觉得单用嘴讲得不清楚，想了想，便道，"云儿，你跟我来。"

说着，她便将云母抱了起来，也不让云母自己飞，揣在怀里就走。云母这会儿还懵着，自然是师姐说什么就是什么。赤霞抱着云母飞了半日，待入了凡间，眼前的景致便渐渐清晰起来。云母认出这里是长安，赤霞带她进了一处看着还算不错的凡人府邸，只是整个府里似乎都没有人，有些冷清。赤霞看上去对此处颇为熟悉，不久就进了院子，待到书房，才终于见到头一个人。

云母一看到对方，当即就从赤霞怀里跳下来，化了人形，急急地趴到了窗户，不禁喊道："师父！"

白及的外貌与以往没有变化，依旧是长着一副清俊绝尘的长相，就是看起来似乎年轻了几分。他依旧穿着一身白衣，眉头微微蹙起，端正地坐着，手中持卷，正在看书。

云母看着师父的模样便胸口隐隐发疼，数种情绪一道生出，也不知哪一种更多。她能感到师父周身都敛了仙气，她和赤霞又是游仙的状态，师父便看不到她们。

赤霞解释道："当日师父替你挡雷，是违逆天道。可他既然挡的是你的天雷，违逆天道的便不止是他一个人。因此你一睡就睡了这么些年，也算是偿还因果……不过师父那里情况要严重些。"

说着，她略微一顿，才接着往下讲："降神雷对师父来说倒是没什么，只是二十道雷都逆天而行所以因果过重，师父一下子就遇到了劫数。然后……就像你看见的这样了。"

事实上当时的情景比现在说起来要惨烈得多。云母那会儿已经晕过去了所以不晓得，但赤霞和观云却是眼睁睁地看着白及挡完二十道天雷，然后抱着云母端坐在地，化作点点浮光散去的。

那场景将观云和赤霞都吓得半死，生怕师父是在天道之下魂销骨散了。好在他们后来四处打听了一番，才晓得这是因果太重带来的凡劫，历完劫消了因果就是了。天道敛了他的仙气，将他复为孩童之身，亦为他安排了新的身份，让他成了独自居住在这长安城中大隐隐于世的君子。

云母这一睡就是十几年，足够让白及重新从孩童成长为人，并且顺利地归入天道为他安排的身份之中。赤霞他们起初当然是心里难受，但现在都过去这么久了，且说起这个也不是希望云母担心，故而有意讲得轻描淡写一些。

等说明完状况，赤霞又道："其实也不只是因为你的天雷，先前师父不是还替单阳师弟处理了张六的事？还有几十年前……呃……那什么，我和观云也闹腾了不少事情出来，让师父替我们收拾了烂摊子。种种因果堆在一起，师父才下凡历劫的，你也不要太过自责了。"

云母闻言，却还是低下了头。

她哪里听不出这是师姐安慰她的话，与她的这么多道雷劫比起来，师兄师姐那点儿小事……又能算得了什么？

不过想到这里，云母略一迟疑，又问道："师姐……那天我的后四十道雷……是不是有点不对劲？"

她见过单阳师兄的雷劫，虽说没有看全，但好歹也看了前几道和最后三道雷。师兄的头几道雷劈得可比她厉害多了，可最后三道雷却不是她渡劫时见到的那般可怕的紫雷，只随便一道，就劈得天宫震颤。

"那是降神雷。"赤霞一顿，回答道。

说完，她便有些心情复杂地看了一眼小师妹。

事后她和观云当然去查过了降神雷是什么东西，只是这玩意儿为何会落在小师妹身上，他们仍是百思不得其解。不过看云母也是一副不明白的样子，赤霞便只是留了心，没有多问她，也没有多解释，只道："师父已经看过了，那我们就回去吧？"

云母望着窗内，心里还有些恋恋不舍，因此赤霞师姐拽她时，没有立刻动。也不知是不是她扒着窗户弄出了响动，忽然，屋中的白及似有所感地转过头，恰巧看向了她的方向。云母一愣，当即便局促起来，不知该躲还是该回望，一时乱了阵脚。

白及当然是什么都没看见，他轻轻蹙了蹙眉，便将视线重新移回到书上。

云母松了口气，但同时又有几分失落。赤霞看着小师妹这般神情，叹了口气道："你要是想陪师父，干脆就去陪吧。"

云母一惊，被师姐戳穿了心事，连忙慌张地回过头。

赤霞看她这般模样，心中无奈，道："谁让你那天那么大胆，不好好憋着，你不想知道师父后来是什么反应吗？"

云母闻言，后知后觉地发现有红晕慢吞吞地顺着她的脸颊爬了上来。她先前是太紧张师父忘了她还做过那事，听赤霞一提起来，当即就想起了。一旦想起来了，云母自然是不可能不在意的。只是她不好意思主动询问答案，而看赤霞师姐欲言又止的神情，也晓得结果约莫是不太好。

她想了想，睫毛一颤，捂着脸自暴自弃道："要……要不你还是别告诉我了……"

赤霞抿了抿唇，想到师父当初根本没什么反应……便也就不将这个说出来再扎小师妹的心了。不过过去这么些年了，她其实也替小师妹想了些办法……

顿了顿，赤霞道："师妹，其实我有一个想法。"

哪怕周围没有人能听见她们说话，赤霞还是凑过去，对着云母的耳朵嘀嘀咕咕地说了一堆。

云母一惊，道："这不太好吧？"

不算趁人之危吗？！

赤霞说："师父历劫未必只历一世，这段时间他都不会想起来的。且你若是失败，这段时间相较于凡人的一生来说总归是短暂的，许是等师父回天，他已经忘得差不多了呢？"

"可……可师父现在不算是凡人？"

"算是算，不过……"

不过这个时期要特殊些，神仙渡劫，虽算作是凡人，但终归还要回天上的。此时，无论是与人还是仙发生感情，都不算是违反天规，勉强算擦边。

赤霞大致解释了一番，云母也听懂了。但赤霞师姐这个想法着实大胆，听得她有点慌，另一方面……尽管在师姐看来，师父下凡已经很长时间了，可她实际上才刚刚醒来，看着师父就觉得愧疚难受，此时若再起别的心思，云母总觉得对不起师父护她渡劫的那份情意。

她想做些什么来弥补，但又想不到该如何做。

……

云母倒是想要陪师父，可今天出来得急，什么都没带就跑出来了，故而当天还是只能跟着赤霞又回了旭照宫。

她们回到仙宫时已近黄昏。还未到仙宫内，两人远远地就瞧见观云师兄在旭照宫门口等她们。

观云看到她们飞回来，总算是松了口气，道："果真是小师妹醒了……你们上哪儿去了，怎么不和我说一声就走？！"

因为走得急。

赤霞尴尬地嘿嘿笑了两声，算是掩饰。不过她顿了顿，又问道："你怎么站在门口？出什么事了吗？"

观云回答："有客人来了。"

说着，他带赤霞和云母进了旭照宫，没走几步，果然见天官严肃着脸站在院中……依旧是原来替天帝传信的那个天官，依旧是古板严肃的表情。

云母看着他便是一愣。谁知下一秒，天官的目光就落在了她身上，若有若无地打量着她。

下一刻，他便递了帖子到云母手上，道："仙子，天帝有请。"

第二日，赤霞让观云留在旭照宫里看家，自己带云母去了天宫。

天帝的邀请函来得突然，云母不知他为何会邀自己，但终究不好拒绝，便还是随着师姐上天，但她的心里却终究忐忑。

因上三十六重天处处都可借仙风，师姐妹俩上天宫倒比飞去凡间还快些。不过一会儿，两人就已到了天上。云母递了请帖以后，天宫中接待的仙娥果然立刻就反应过来，笑脸相迎道："仙子请，天帝已等候多时了。"

云母虽然已是一身仙气，但终究是个刚成仙的，见这里的仙娥也是一口一个仙子地喊她，不自在得紧。

到了天帝所在的仙殿门口，赤霞便不能再送，云母一个人被仙娥带进了殿中。隔着华美仙殿重重的帷幕屏帐，她隐隐约约能看到宫殿内有一张长案，案后坐着一个男人，只是长相看不分明……

莫名地，云母觉得此时的场景有些像当日她与单阳师兄在长安高台弹琴时，面见凡间皇帝的感觉。只是她也说不出到底是因为同是帝王所以感觉相似，还是因为天帝与那位凡间皇帝的轮廓有些相似……

天帝看起来比她想象中还要年轻，样貌是二十五六岁的青年男子，五官硬朗，神情颇为威严。他不像玄明神君那样天生带笑，因此即使两人相貌年纪相仿，他看起来仍要成熟稳重些……同时，也更不好亲近些。

"陛下，仙子已经来了。"

领着云母的仙娥低眉顺目地道。她话音刚落，天帝已抬起头来，目光落在了云母身上，云母不自觉地后背一抖，站得笔直。

这道目光仿佛有千斤重，弄得人紧张得很。

天帝上下扫视了她一番，视线在她额间的红印上停留了格外长的一段时间，然后才开口。他一开口，语气居然还算得上温和："你叫云母？原形是白狐？从师于白及仙君？"

三个问题都没错，云母索性一并点了头。

天帝顿了顿，只觉得他最后一问，再结合自家弟弟下凡历劫前说的"介绍女儿"那句话，便将事情弄得有趣得紧。不过他尽管唇角微微弯了弯，却没有真的笑出来，只是继续问道："你渡劫那日，是白及仙君替你挡了雷劫？"

云母一惊，提起那二十道雷劫，她的愧疚就涌上了心头，但还是老实地点了头，回答道："是。"

因这本就是事实，又是天帝问起，云母答得颇无防备，并未察觉其中有诈。其实那日天帝在群仙宴上直接拿白及做借口挡了一下，众人都以为那降神雷是白及引的，然后他还当真下凡渡劫了，正应了天帝那句"大劫"，哪里想得到引来降神雷的是白及仙宫里的小狐狸。因上仙仙宫自有掩饰，玄天本人实际上原本也只算到了旭照宫有变，但云母认了，他本来的六分猜测便成了十分笃定。

玄天抬起手，手指的关节轻轻地在桌上叩了叩，问道："除了你，你家中可还有人？"

云母一愣，有些不明白天帝为什么问得这么细，再说这些事……理论上来说，他明明只要去翻司命星君那里的册录便可知晓。

云母其实并不晓得她被玄明当年化身的雨掩过天机，但也不知是不是狐狸的危机意识突然浮现，她莫名地警觉起来，还没等脑子回过神，身体已经反应过来，她立刻摇了摇头，说："不晓得。"

"不晓得？"

"嗯。"云母倒也不算说谎，想了想，只道，"我渡劫后就没了意识，昏迷到昨天才醒，都过去这么久了……我也不晓得家人的情况。"

"原来如此。"

玄天似是若有所思。

话已至此，天帝要问的都问完了，就又随便说了几句例行公事。等说得差不多了，他便自然地让云母回去。待云母离开后，同样被天帝召见的司命星君便忙不迭地进来了。

司命星君不知天帝突然问召是为何事，生怕是近日的工作出了错，难免就有些忐忑，向天帝行礼行得亦分外谨慎些。谁知，天帝受了他的礼后开口便问道："我那不省心的弟弟，历劫历到何处了？"

原来是要问家人之事。

司命星君听到后就松了口气。天帝作为天庭之主，必须以身作则，清规戒律比一般神仙还要多得多……不过，只要是稍稍了解天帝的人都清楚，他对他那同胞兄弟是当真关心得很。司命思索了一会儿，就回答道："如今应当是第三世了。"

既然是渡劫，玄明的命格自然都不算好。一世为帝亡国之后，没多久又夭亡一世，现如今这第三世已经在多灾多难之中勉勉强强地长大了，只是玄明这世世都死得这般快，也真不知替他谱写命数的天道待他到底算是好还是不好。

天帝听完，似乎也心情复杂地低吟了一瞬，并未做出任何评价。

云母抵达长安时，日头都已偏西了。

因同师姐说过要陪师父，从天宫出来后，云母就急急循着师姐上回给她带的路，又入了那处凡人府邸，直奔书房，果然见到了师父。

白及拿笔蘸了墨在写字。她隔着窗口看不出他在写什么，可却觉得师父如此也是一派仙人之姿，运笔的动作好看得紧。

忽然，白及停了笔，整了整桌上的宣纸，看上去是收拾东西准备出来的样子。云母一惊，明知师父看不见她，却还是下意识地往旁边避了避。但她一避开，又想了想，最后还是化身为原形，去了身上的障眼法，从窗台上跳下来，跑到门口站着。

她说要下来陪师父，总不能是以游仙的姿态就在旁边干看着。人间的生活不像天界神仙那般逍遥无忧，且仙人下凡历劫，既是"劫"，在凡间难免要遭遇些坎坷不顺……云母虽不能一一帮他渡过劫数，但若是在他陷入低谷时还能陪伴在他身边，总能让他好受些。她不便以女子身份直接现身，但狐狸却是没问题的，于是就化了原形见他。然而云母这般往门口一蹲，等了半天却未等到师父像预料中那般开门碰见她，反倒听见里面发出了细碎的响动，像是他已经收拾好笔墨，开始做别的事了。

云母一愣，但还没等她想好是继续当一只在门口等的矜持狐狸，还是干脆主动出击上去挠门，连接书房的长廊另一侧便传来一阵急急的脚步声。她下意识地望过去，就看见一个约莫十岁的凡间童子朝这里跑来。那童子生得白白嫩嫩的，脸上有些婴儿肥，一路狂奔健步如飞，都没等云母想好要不要避开他，对方就已经冲了过来。下一瞬，云母就感到自己被一把捞起——

"噢呜？"

"郎君，你瞧我抓到了什么！"

那小书童仿佛没察觉到自己捞起来的是只可能会挠人的野生狐狸，欢天喜地地撞开了门。他原先手里捧着的东西撒了一地，倒是将云母高高地举了起来。童子话音刚落，本已换了一张纸在写的白及手中一停，抬起头望了过来。

"呜……"

一对上那双静如止水的眸子，云母顿时就僵了。白及看到童子手里举着这么只毛狐狸，竟也是怔愣了一瞬。

他并未见过这样的白狐狸，却不知为何觉得眼熟。

心脏莫名地轻轻抽动了一下，带着点揪紧似的酸疼。

白及不禁微微蹙眉，迟疑道："小狐狸？"

他顿了顿，又问："你从何处抓来的？"

"它就在门口转悠呢！"

小书童得意地说："它看上去像是想进来，我一下就抓住了！郎君，你要不要摸摸看？"

说着，他就托着云母往白及怀里塞。云母心里一慌。白及虽然化了凡人暂时失了记忆，但她却还记得她亲了师父，师父又替她挡了雷，她心中对师父还存有愧疚。谁知她一下子就被童子往师父怀里塞。可是待白及怔了一瞬，当真伸手将她抱入怀中后，好不容易重新闻到师父身上那股淡雅的檀香味，云母的情绪忽然就绷不住了。她感到鼻子猛地一酸，泪意挡都挡不住，撒娇似的噢呜呜呜地叫着就往白及怀里埋，倒是将白及吓了个措手不及。

小书童年纪小性子躁，不在意狐狸会伤人也就罢了。白及却是知道的，本来

345

应该让书童将狐狸放了。可看着这只小白狐的神情，他居然一顿，鬼使神差地将她接到了怀里。谁知这么一团小东西入了他的怀里，突然就这么伤心地哭了起来。

白及立刻就慌了，第一反应是她被人抓了不高兴，正想放她下来，哪儿晓得这狐狸进了怀里就放不下去，四只爪子都扒在他胸口，尾巴也往他身上勾，明显就不想走。偏偏她哭得可怜，起先嚎了两声后哭声就越来越小，现在基本上就是埋在他的胸口抽泣，弄得白及不知所措，只好先用手捧着哄她。

云母这会儿自然是难受的。她其实从醒来起心里就好像压着什么，只是自己也晓得哭解决不了问题，且她渡这么一次雷劫就已经给师父、师姐和师兄都添了许多麻烦，哪里好意思再哭出来让他们烦心，因而始终硬生生忍着。然而被师父这么一抱，她的内疚、羞愧和懊悔一口气统统涌了上来，全都化作泪水蹭在了师父的衣服上，明知哭依旧没什么用，只是无理取闹地撒娇而已，却还是停不下来。

结果白及就眼睁睁地看着这只狐狸哭得打了个嗝，也不知过了多久，她大约是情绪宣泄得太厉害，哭得累了，就迷迷糊糊地蹭着他的衣襟睡了过去。此时旁边的书童早已看得傻眼，震惊地道："这……这只狐狸居然会哭？！"

白及望着怀里的狐狸心情复杂，但脸上神情却未变，亦未回答。

书童问："郎君，那要不我把它抱出去放院子里吧？说不定过段时间它就自己跑了。"

"不必。"

听到这里，白及顿了顿，才答道。他迟疑了一瞬，又道："你先回去吧。"

"是。"

童子应了声，收拾了门口的东西便慌张地走了。白及想了想，也离了书房，回到卧室，将小白狐放到床上让她睡。等这一套动作做完，白及回过身又忍不住一愣，他也说不清楚是什么感觉，就是觉得这样的事不是第一次做，以前似乎也曾发生过。

这种感觉一旦来了，他本想回书房继续看书，此时却无心了。停顿片刻，白及又转过了头，他本是想再仔细看看这只白狐狸，可是待重新看向床榻之时，却整个人定住了。

他刚刚放在床上的狐狸没了，取代它的是个蜷着身子睡得香甜的少女，与那狐狸一般，额间有一道鲜艳的竖红。

狐狸……化了人？

白及有一瞬间的错愕，然而错愕之后，待他看清床上那女孩子的相貌后，胸口竟又是狠狠一抽，觉得像是在哪里见过对方。他犹豫了一刹，上前想要碰碰对方的脸，看看是不是真的。不过在手快要触及皮肤的时候，白及一顿，又猛地收回了手。他闭上眼静了静神，不敢再看床上的女孩子，大步回头取了笔墨，自顾自地书写，试图分散自己的注意力。

　　因云母占了床，睡了一夜，白及便写了一夜。

　　其实云母睡着也并非只有哭累了的原因。她虽然成了仙，但终究根基不稳，浑身的灵气又全被换成了仙气，这会儿还不习惯。并且她昨天飞了大半天才赶到长安，本来就已有些累了，这么宣泄一场之后，整只狐突然感到疲惫感涌上来，一睡便是一整夜。云母一觉醒来，发现自己在床上，师父还在前面写字，反倒吓了她一跳。

　　白及一夜未睡居然还精神尚佳，听到动静后，就停下了笔，他转过头，问道："醒了？"

　　白及清清冷冷的目光落在云母身上，云母不大自在，想嗷嗷叫两声回应一下，低头却看见了自己宽大的袖子。意识到自己此时是人形后，云母不由得一蒙。

　　若是在睡梦之中，是有可能在人形和原形间无意识地变化的。只是这种事发生的概率极小，云母在仙宫这么些年，不小心变成人形的次数一只手就数得过来，她哪儿会晓得这才刚下凡，在师父面前睡了一次，就出了这种乌龙。

　　云母又羞又窘，可当务之急是该如何解释，如今师父是凡人，狐狸变人可不是正常的事情。

　　只听白及问道："你是……何人？为何在此？"

　　"我……"

　　脑子抽抽也就是一刹那的事，云母明明想找个正当点的理由解释，可耳边却响起了赤霞前两天对她说的"索性这般那般"。

　　云母拘谨端正地坐在床上，张口就道："我……我本是在这附近修行的狐仙，并非妖物。我倾慕郎君已久，故昨日前来相见，昨日……昨日……"

　　白及原本听到"倾慕"二字已有些失神，可是云母憋了半天"昨日"，突然又高声道："昨日多谢郎君救我！"

　　白及一愣，不解道："我并未救你。"

　　他的确没做什么事，只是怀里突然被塞了只狐狸。可惜云母根本不听，脑子一团乱，只想着赤霞师姐说过反正师父多半不可能对她有男女之情，干脆趁着师父还是凡人，许还有可能时解决这件事。可她临阵上场，脑子里根本没什么想法，唯有硬着头皮顺着师姐随口说的台本跑："但我修行之身，身无长物，想谢师……郎君之恩，却无以为报……但我……但我……"

白及蹙眉，又说了一遍："我并未救你，不必报偿。"

云母赤着脸道："但我心慕郎君已久，愿结草衔环，自荐枕席，以报郎君救命之恩。"

"……"

"……"

此话一出，便是白及也隐隐觉得脸颊有些发烫。他严肃着脸抿了抿唇，压着声道："你可知自荐枕席是什么意思？"

云母呆愣片刻，脸颊烧得厉害，不知道该点头还是该摇头。但她大概也猜得到自己表白得这般仓促，定然是会被拒绝的。想到这里，即使一开始并未抱什么期待，云母还是不由得感到沮丧，眼眸垂下，肩膀也耷了下来。

看她这般模样，白及心里也不知是何等滋味，只觉得莫名地有些焦躁，却又不忍。他望着她心里就揪得紧，感情似乎也不受他本人控制了。于是待回过神来，他便听自己口中已道："好。"

"啊？"

云母一惊，无论如何都没有想到得到的会是这样一个答案，当即怔怔地睁大了眼。

尽管这事儿是云母自己先提的，不过其实也清楚自己就是一头热。毕竟她现在对师父来说还是第一次见面的人，还是个狐妖，就这样大大咧咧地将爱慕说出了口，能被接受才是见鬼了。她本来都做好了被拒绝的准备，哪儿晓得……

云母望着白及清冷的脸，脑海中只剩下一个念头……

师父他……是不是有点随便……

原来师父……是这么随便的人吗？

云母脑中一片空白，然而未等她想出个结果，白及已搁了笔，将桌上的东西草草收拾好，自然地净了手。这一套动作做下来不过片刻，紧接着，他就大步走向了云母。

云母听到脚步声，脑子里的念头都飞走了，只能呆呆地看着越走越近的师父。她整个人僵坐在床上，忽然觉得手不是手腿不是腿，浑身上下都不晓得该往哪里放了。待白及走到跟前，她的心脏已经跳得快要蹦出胸口了。云母从未有一刻像现在这样意识到师父是个男子，从未察觉到师父有这般高，步伐有这般稳，顿时整只狐都不知如何是好。云母紧张万分，乱了半天，索性直接闭上了眼睛。

她倒是坐得笔直。

白及看着脸上写满了视死如归的云母，顿了顿，张口道："变回狐狸。"

"啊？为什么？"

云母刚闭上的眼睛立马又睁开了，尽管不明白是怎么回事，但她一向是听师父的话的，于是乖乖变回了狐狸，然后又往床上一坐，仰头疑惑地看着白及，还下意识地抖了抖耳朵，眨巴眨巴眼睛。

白及却是沉着脸没有回答。原先云母是个女孩子，他和她总要保持些距离，这会儿她变回了狐狸，他总算是可以碰了。于是他先抬手取了原本放在床头的枕头，又去触云母。云母见师父的手伸过来，哪怕现在是狐形，终归还存了几分紧张，因此条件反射地缩了一下。

结果下一刻，她就被师父推到了原本放枕头的位置。白及将她推过去，摆好，然后重新将枕头随手丢在一边。

"嗷呜？"

云母就眼睁睁地看着白及将她摆在床头，自己站在床外，接着熟练地放下了青纱帐，直起身子转身就要走。他走了几步，忽然又迟疑地回头看了眼不明状况的云母，顿了顿，低声道："这种胡话，日后莫要再说了。"

说完，他当真推开门走了。

直到从外面传来了关门的声音，云母还僵在床上发蒙。她看了看自己在床上的位置，又看了看被随手搁在另一边的枕头，方才意识到她说自荐枕席，师父就果真收她当了个枕头。她原先还没个团扇大，这两年长了一些，放在床头当个枕头，倒还是够用的。

但是……

"嗷？"

她是来当枕头的吗？！是来当枕头的吗？！是吗？是吗？

云母嗷的一声往床上一趴，她的确是后悔自己情急之下就说出了那么一番胡话，可师父这般待她，反倒让她不晓得自己此时应该松一口气，还是应该为师父并非真的应了她而懊丧了。

……

另一边，白及出了屋子，走了没几步，就撞上了匆匆跑来找他的童子。在路上撞见白及，童子还吃惊了一下，道："郎君，你怎么这么早就起了？"

说完，他又好奇地探头探脑，问道："昨天那只小狐狸呢？不在了吗？"

349

突然听到童子提起那只小白狐，白及微微一怔，面上却是不显，只淡淡地道："放了。"

"放了？"童子闻言一惊，忍不住啊了一声，虽说觉得这符合自家郎君的性格，但终究不禁道，"可是……那是只白狐呢……"

白及闭口未言。

他明白童子在遗憾什么。前朝大乱之时，各地举兵起义者甚众，结果最后却是"白狐先生"横空出世，辅佐新帝夺得江山，事后却功成身退，不知所踪……可以说是一代传奇。因那白狐先生身边总是伴着一只通人性懂人言的小白狐狸，所以白狐从那时起便被奉为吉兆，亦有人觉得白狐先生本就是狐仙化身、文星临世，特意来将天下引向正轨，故而现在也有白狐等同于文星的说法。世间君子若是见了白狐，或是得了白狐的垂青，也是可以说出去吹嘘炫耀的事。

白及一向未曾将这些玄虚的说法放在心上，只是……

想到刚才那狐狸化的姑娘一脸懵懂地坐在他床上，先前还盖着他的被子，乌发凌乱、眼神迷蒙却不自知，还红着脸对他说要自荐枕席……

白及一顿，只觉得胸口微微发热，乱了心神。明知对方应当是初晓情爱，就有些口无遮拦，只怕需要学的东西还多得很，可他却仍控制不住地心跳加快，感觉心里乱得厉害。

但愿她下回，不要再这般不稳重行事了。

白及在心里叹了口气，却听自家童子已经将狐狸的事抛到脑后，接着道："对了，郎君，刚才又有人来我们府上递帖子想见你了！你道这回是谁？"

白及一顿，问："何人？"

童子激动地道："郎君，是晋王。"

说罢，童子望着白及的目光中，满是敬慕之意。

因现今的天子之所以能夺得天下，与请出了隐世高人白狐先生大有关系，现如今世人皆以与隐世君子相交为荣，王爵公侯等更是要重金聘有名的隐士出山为幕宾。白狐先生善棋、善剑、善玄，尤善清谈，故而玄风大起，但凡自诩风流者，无不论道。而上个月他们家郎君路过新君登基时所建的长安第一高台青雀台时，顺手解出了上面留下的十道玄谜，答案竟比当年白狐先生留给帝王的解释还要通透精妙。于是这一整月，府中访客络绎不绝，从名流到名士皆有，都是恭恭敬敬说要见先生的。这一下，可是连王侯都来了！

童子自顾自地高兴，哪里晓得他们家的郎君本就是白狐先生的师父，成仙不知多少年的仙君，答得比白狐先生高妙几分本就再正常不过。且白及虽然没了记忆，

350

但心境自成，本也不在意这凡间诸事，对来访者多半打发了事。只是听到这次客人的来头，白及稍稍一顿。

看他这般反应，童子还以为白及是回心转意了，期待地问道："郎君，这回见吗？"

白及蹙眉，答："不见。"

童子一愣，还不死心，又问："当……当真不见？"

"不见。"白及冷着脸拒了，就不再多说，只道，"今日我去书房。"

接着白及直接转身去了书房，同往常一般在书房里一待就是一整日，可偏偏今日不同往常，白及总觉得心神不宁，无法集中精神。

事实上，因着那小白狐的事，他昨夜根本就没睡。

白及出神良久，干脆提早收了笔，整理一番，回到屋中，步子不知怎么的就快了几分。待回到卧室，白及直接走向床铺，撩开青帐——

虽说情景在意料之中，可他仍不晓得自己是觉得轻松更多，还是失落更多。

床榻之上，枕头被端端正正地推回到原来的位置。

小白狐已经走了。

白及本来就没有想将小白狐困在房间里，因此离开时并未锁住门窗。云母发觉自己被当了枕头以后，心情复杂地在白及床上干号了半天，总不能真的就这样趴在这里当枕头。所以她见师父不回来了，就从窗户跳走了。

云母是回长安来陪师父的，不承想刚开始就出了纰漏，弄得她有些不好意思继续待在师父这儿。好在她除了担心师父之外，回长安也是想见母亲和兄长，现在她在师父这里丢脸了，就赶紧跑去见自己的娘亲。

云母不多时就进了之前白玉和山雀夫妇同住的院子，落地化人。

云母本想着自己这次回来得这般早，娘和山雀夫妇肯定是都在的，谁知刚踏进院里，她就咦了一声。

院子里空荡荡的。

母亲和山雀夫妇的气息都还在，他们肯定没有搬走，只是明明是大清早，整个院子里居然一个人都没有。

云母一愣，正觉得疑惑，忽然就听到背后有人略带惊讶地喊她名字道："云儿？"

云母下意识地转头，便看见白玉正踩着云回来，一整排漂亮的尾巴微微一晃，倒让云母怔了一瞬，觉得娘身后似是拖了整整七条尾巴，但还没等她看清楚，白玉已经轻巧地落了地，转瞬便化作人身。云母脱口而出道："娘！"

"云儿？当真是云儿？"

白玉本来不敢确定，待看清云母的脸后，不敢确定又转成了不可置信，急急地迎了上来，捧着女儿的脸上上下下地看来看去。待好不容易看够了，她才感到云母身上此时已是一身仙气。白玉一惊，当即就要后退跪下拜她。

云母被白玉的反应吓到，哪里敢当真让母亲跪自己，赶紧将白玉扶了起来，往她怀里一扎，母女俩亲热了好一会儿，人形不大方便，她们不知不觉又双双化了狐形。一大一小两只白狐狸在院子里玩闹了片刻，云母扑住了娘晃来晃去逗她的其中一条尾巴，就这样挂在她尾巴上，奇怪地问道："娘，姨父和姨母呢？还有娘你怎么这么早……就在外面？"

听到女儿问起这个，白玉似是慌乱了一瞬，将云母从尾巴上叼下来重新变回人形，云母也跟着变回了人形。白玉有些不自然地拢了拢衣襟，道："你姨父姨母外出访亲了，这阵子都不在。我……我昨夜睡不着，便出去逛了一晚。"

云母哦了一声，并未起疑。倒是白玉感觉到云母身上的仙气，似是有些失神，连说了好几个"好"字，随后又擦了擦不知何时有些泛红的眼眶，但她又怕云母察觉到她要落泪，慌忙地别过了脸去。

云母安慰了母亲，又担心地问道："娘，哥哥呢？哥哥现在如何了？"

白玉此时眼眶虽红，但面色已恢复了平静。听云母提起石英，白玉略有几分嗔怪地看了她一眼，叹了口气道："你们兄妹就晓得合起伙来瞒我。"

闻言，云母当即脸一红，明白了约莫是白玉已经知道了石英在长安城外边当妖王的事。果不其然，她道："其实只要不耽误修炼，你们要做什么，我又不会拦着。只是英儿……"

说着，白玉垂下眼眸，脸上流露出极为担忧之色。

"修为姑且不说，他整日与妖物待在一起，心境怕是要偏离正轨……你哥哥他现在过得倒是恣意，可是成仙路……我担心他还走不走得了。"

云母听得愣住了，娘的口气像是十分担心石英，而且内容涉及了心境……云母抿了抿唇，不由自主地跟着娘担心起来。

她实际上也许久未见哥哥，所以云母在家待了个上午，和白玉聊天聊得差不多了，就又自行去城外山里见兄长。

石英的妖宫还在原处，云母寻了一会儿便寻到了位置，一个时辰之后，她已身在妖王宫中。石英原本化了狐形躺在正殿里休息，见到云母的第一反应也与白玉相差无几。兄妹俩用狐形互相扑闹了一会儿后，石英才化了人形，一掀长袍在他的王座上坐下，看着云母笑道："妹妹，你可算是成仙了。"

云母第一眼看到石英时很兴奋，且当时他还是狐形，她便没有察觉到有什么不对。但此时看石英化了人形坐下，云母却愣了，视线先停留在哥哥的脸上，然后又落在哥哥身后的尾巴上，居然一时不知该从哪里问起才好。过了良久，她才问："哥哥你……已经九尾了？"

到了这时，云母才晓得白玉先前那番欲言又止的话是什么意思。石英身后拖着的明明是整整九条长尾，可他身上漂浮着的依旧是灵气而非仙气……灵狐与妖狐的不同之处就在于灵性和心境，因此到了九尾却滞留在凡间的大半都是妖狐，而九尾灵狐……

凡间的九尾狐本就少见，九尾灵狐……简直听都没有听说过！

修为已至，但心境机缘未到……

云母眨了眨眼，方才意识到，石英现在与单阳师兄当年应当是处于同一种状况中。

听到妹妹的问题，石英倒是不在意地嗯了一声，摆了摆身后的九尾，笑道："这条尾巴长出来都好几年了，就在你睡着的时候，不过雷劫却一直没有来。"

云母察觉到石英轻松的语气，问道："哥哥，你不想成仙吗？"

石英答道："无所谓吧，成仙有什么意思？位列仙班，当真有我如今在这里来得快意？"

云母张了张嘴，居然不晓得该如何应答。她又没有当过妖王，哪里知道快意不快意。不过，感受到石英身上强盛的灵气，云母倒是松了口气。不管哥哥准不准备成仙，他先将修为养出来了总还是好的，毕竟她那日的雷劫……

想到此处，云母不由得一顿，抬眸将视线落在了石英的脸上。

她之前全心全意地担心师父，也就没得及考虑她自己成仙的事。事实上，云母已将赤霞师姐随口一提的降神雷记在了心里。云母本人自然能察觉到自己的前四十一道雷和后四十道完全是不一样的劫雷，按照师姐的说法，她是挨了四十一道正常的劫雷，和四十道降神雷……

降神雷，听名字就能隐隐感觉到是和神仙有关的东西。

云母的注意力又回到哥哥身上。灵狐生长缓慢，但石英与妖兽住在一起，受到影响，成熟得自是要快些。云母睡着的这些年身体近乎冻结，没什么变化，可石英却是又长了。他平日里维持的外貌约是十七八岁，但眼中的少年稚气又褪了几分，也因此……更像玄明了。

云母心脏不自在地一跳。

之前她一直都觉得这应当是巧合，可是如今……

四十道降神雷、哥哥的长相、她和哥哥额间的红印、他们出生的时间，还有幻境中玄明神君对她说的话……

云母脑海中模模糊糊地冒出个有些惊人的念头来，但还未成型她就赶紧摇了摇头，不敢再往下想。玄明神君就算如今犯了错被贬下凡了，可毕竟还是上古的神君、天帝的胞弟，等他七世走完回了天庭，还不是该怎么样就怎么样。她若是妄想自己和哥哥是神君的孩子，无论如何都太不知好歹、太狂妄了。

"你怎么了？"这时，石英挑了挑眉，将手放在她眼前晃了晃，道，"怎么一副呆呆的样子？"

云母斟酌片刻，心情忐忑地问道："哥哥，你有没有想过……我们俩到底是怎么来的？"

说完，她稍稍一顿，觉得这话有歧义，故又纠正了重新道："我是说……我们既然出生了，就总该有个父亲。可当年浮玉山方圆百里除了娘和我们之外没有别的开了灵智的狐狸，娘是从哪儿……生了我们出来的？"

云母话音刚落，便换作石英滞了一瞬。他扬眉问："你怎么忽然问这个？"

云母也不知道该怎么说，只是心里觉得在意。不过，没等她开口，石英又接着说道："无所谓的吧？我们狐狸本来就是这样的，有娘不就足够了，要父亲做什么？再说，这是娘的事。娘生了我们，又没告诉我们爹是谁，娘肯定有她的打算……她将我们养这么大，若是我们太执着于父亲，说不定娘反倒要伤心呢？"

石英说得流利，听得云母一愣一愣的，觉得也有道理。不过她顿了顿，却莫名觉得哥哥似是对他们一家三口之中再插进别人有些排斥，语气里隐隐有些不安和嫌弃。

石英似乎并不想在这个话题上浪费太久时间，没等云母想出话来接，就轻轻地抬手在妹妹额心的红印上一点，蹙眉道："你昨天晚上睡哪儿了？"

"啊？"突然听到哥哥问这个问题，云母还有些愣愣的，不解地眨眼望着他。

石英说："你之前跟我说你是早上回到家见的母亲，可你总不能是半夜赶路从你师父的仙宫那里过来……说吧，昨晚没有回家，你跑到哪儿去了？"

"……"

云母一惊，不过是刚才与哥哥扑闹时随口提了一句，根本没有多想，却没料到石英先前就注意到了这句话。云母原本没觉得自己第一时间跑去找师父有什么不对的，即使在师父那里住一晚也是情理之中，但石英的话却让她一瞬间想起了自己早晨做的事——迷迷糊糊地化了人形、自荐枕席，还被当了枕头……

云母的脸噌的一下热了起来，羞恼不已，顿时面色赤红，有些心虚地移了视线，道："我……我……"

然而"我"了半天，她也没能将话讲下去，最后好不容易才答道："我去了师父那里。"

可惜石英根本不信，看着云母的脸色，皱了皱眉道："你去你师父那里，脸怎么会红成这样？你有什么话不能和哥哥说不成？"

说到这里，石英眉头一挑，试探地问道："心上人？"

这下云母可算是彻底僵住了，却不知道该点头还是摇头。她没说谎，昨天的确是在师父那儿，可……可说是心上人也没错啊……

想到师父的事，云母只觉得脸烫，浑身都烧得厉害。结果石英就眼睁睁看着自己妹妹先是点了点头，继而又摇头，看上去纠结不已，最后突然化成了狐形，痛苦地哀号一声，羞涩地团成一个小白毛球不说话了。

石英："……"

他晓得云母这么做是在逃避话题。此地无银三百两，故他再开口时语气里已经隐隐带了些警惕和怒意："是什么人？你成仙醒来以后才过了多久，怎么会突然冒出一个心上人来？！妹妹，你莫要轻易被骗了。"

石英现今终日与妖物厮混，生活环境不比从前在母亲庇护下一心修炼时单纯。石英虽未成仙，但却同是九尾狐，论修为气势比云母弱不了多少，且因云母沉睡多年，他无论是阅历还是外貌都忽然比原来年长许多，他这么一问，居然带了几分兄长的严厉。

可饶是石英架势十足，到底是小时候一起哭一起参毛一起被娘亲骂的孪生哥哥，不管怎么样云母都是不怕他的，顶多就是心虚加窘迫。她挣扎了半天，终于还是道："我……我的确是在师父那里……"

爱慕师父这件事，若是换作娘亲，云母是无论如何都不好意思开口说的，不过换作同龄又亲密的哥哥，她扭捏了一会儿，终究还是顶着羞涩吞吞吐吐地说了。好不容易讲完，她也不敢抬头看石英，只忐忑不安地等着对方的反应。

果不其然，石英震惊地总结道："所以你师父收你当徒弟，你竟然想——"

"嗷呜呜呜呜——"

云母羞得根本听不了哥哥往下说的话，急急地乱叫了一通打断他。等石英不往下说了，她才松了口气地止住叫声，耳朵一垂，沮丧地坐了下来。

石英一顿，看着妹妹垂着耳朵的样子，心里不忍，说："你师父既然连这么大的雷劫都为你挡，心里总还是在意你的。反正你之前都那样做过了，等他回天，你过去问问便是，又何必在凡间这么着急？"

虽说她早晨突然向师父示爱是个意外，但说到这里，云母非但没有被安慰到，反倒感到越发低落，连尾巴都耷拉下来了。她摇了摇头，道："哥哥，你没怎么见过他，所以不了解我师父……"

即便那日不是她，师父也会上前挡雷劫的。

无论那日她有没有表白，师父都会替她接下雷劫。

正是因为知道如此，她一边感动、感激、羞愧于师父替她接了雷，一边又觉得胸口涨涨刺刺的疼。师父尽力庇护了她，但是无关情爱。他面冷心热，可那般清心寡欲的出尘，也不是装出来的。

石英哪里见得了妹妹难过的模样，自己也变得心绪烦躁，但见云母如此，还是勉强宽慰了她几句，直到云母情绪平复才停下。

不知不觉已到黄昏，云母便要告辞回城。临行前，她想了想还是叮嘱道："哥哥，我渡劫时遇到的劫雷不大对劲，你现在已经生了九尾，说不定什么时候就会渡劫，所以……"

"放心吧，笨妹妹。"石英哭笑不得地朝她不轻不重地翻了个白眼，语气颇不以为意，"你道我在九尾已经停留了多久？论战我应该还是比你要强些的……再说，我也未必会应天劫。"

云母一愣，但还没等她说话，只听石英忽然换了话题，叮嘱道："对了，云儿，最近长安附近有妖物闹事……并不是我手下的妖，但听说也是有主的，你平日里要是出门——"

石英说了一半，才想起云母如今是个仙了，哪里还用得着担心那些个小妖，自嘲地笑了一下，道："我倒是忘了你成仙了。"

云母听完，却有些担心石英，问道："哥哥，他们会不会影响到你？"

"他们那主人许是想和我争万妖之王呢。不过不妨事，都是些行歪门邪道的家伙，五尾狐就能对付。"

石英说得淡淡的，自从在长安要地站稳脚跟后，这种妖碰到过不少，也极有把握。只是对方到底聚了一群乌合之众，清扫起来比较麻烦。

云母看石英的表情认真，不像是自负而为，便放心了一半，与兄长告辞后就回了长安城。她与母亲一道休息了几日，心情稍微平复了些，就又想起了师父，心中仍是惴惴不安……

云母深吸一口气，下定了决心。

……

这一日，白及在书房中练字。

平日里他闲来无事，总要找些事情做做，原来日复一日也就如此。可最近几日，自那只小白狐走后，他却有些心神不宁，总是静不下心，字也写得草率……故而这天傍晚，听到书房门外窸窸窣窣的动静时，他立刻便察觉到了。白及皱了皱眉头，正要去开门，谁知没见有人进来，倒是门缝里被塞进了一段绸条。他略有几分迟疑，故并未去拾那绸条，而是一顿，推开了门。

"嗷呜！"

下一瞬，白及就感到眼前一闪，原本缩在他门前的小白狐受惊地跑了，中间似乎还被绊了一下。她动作倒是敏捷，一窜就窜到了院子里，此时正躲在院子边角的大盆栽后面，只露出尖尖的耳朵和一双眼睛，小心翼翼地往这里瞧。

白及注意到她的视线似是有些忧虑地落在地上的绸布条上，便弯腰捡了起来，看到上面有字，接着微微怔了一下。

——"心乎爱矣，遐不谓矣，中心藏之，何日忘之？"

《诗经》中的篇目，女子表达爱慕之句。

白及心口一抽，再抬头，正对上缩在盆栽后的小白狐的眼睛。对方一慌，呜呜叫了两声，扭身逃了，一会儿就不知跑到哪里去了。白及抿了抿唇，只觉得胸口有些发烫，心情亦有几分复杂。

第二日黄昏亦是如此，只是塞进来的绸条上换了句子。

——"山有木兮木有枝。"

《越人歌》，前半句写景，后半句述情。绸条上只写了前半句，但看着上面的字，白及一怔，心里已不由自主地想起了接下来的内容。

——"心悦君兮君不知。"

心跳乱了一瞬，但白及随即又有些疑惑。

为何说不知？她已经表白过两回了，该知道的都已经知道了……

白及微顿，待要询问，院子里的小白狐又跑了。

于是接着又过了几日，白及陆续收到了"青青子衿，悠悠我心，纵我不往，子宁不嗣音""只缘感君一回顾，从此念君朝与暮""我欲与君相知，长命无绝衰"……饶是白及冷静自持，也有些架不住她这般日日表白。他觉得那小白狐约莫是会错了意，有些话想对她说……可对方每次都是塞了绸条就跑，白及也不知该拿她如何是好，便两相僵持着。

直到数日后。

这天又是黄昏，白及算着约莫到了时间就在书房门口等着，那小狐狸果然又塞了绸条就跑了，躲在盆栽后面看他读绸条的反应。白及顿了顿，便将绸条拿到桌前阅读。他展开一看，上面果然有字，只见上书："关关雎鸠，在河之洲，窈窕淑……"

啪！

白及这一日未能将绸条上的字读完，便将绸条往桌上一拍——

然后出去捉院子里的狐狸了。

云母其实一直在白及的院子里转悠。有时候白及半夜还能听到她在屋顶上闲得到处乱转时拨弄瓦片的声音，她跑得虽快但根本没跑远，要捉还是捉得着的，白及无非是不想强迫她。

不过今日是不得不捉了，再不捉，白及着实不晓得这小狐狸明天会往他的门缝里塞什么。

正因如此，白及捉了狐狸后，看着她的目光还包含着几分无奈。在师父滚烫的目光下，云母白毛底下的脸颊烧得厉害。她这段时间塞的绸条都是抄的诗词，可诗词总共就那么点，抄了一段时间，实在是词穷了，而绸条还是要塞的，只好乱写。师父过来捉她……云母也就意思意思挣扎几下，后来索性软绵绵地嗷呜呜呜叫了两声，然后就往白及怀里一扎，在他怀里蹭着他打滚撒娇，乖乖被抓。

白及一边看着云母眯着眼睛蹭他衣襟，一边叹了口气，将她抱回了书房。白及本想将云母放到书案上，还专门腾出手在桌上清理出一块地方。但这小狐进了他怀里就挂在袖子上不肯走，死死闭着眼睛不愿意下来。想到她之前也是这般，白及轻轻叹了一口气，觉得这小狐狸真是抱起了就放不下，最后只能抱着了。

"你叫什么名字？"白及揣着怀里的团子坐下，问道。

云母一愣，这才想起师父下凡后，还没告诉过他名字，忙道："云母。我叫云母。"

说完她一顿，生怕师父不知道叫得亲热点，立刻又补充道："其他人一般叫我云儿。"

说完，她含着几分羞涩期待地看着白及。

白及迎上怀中狐狸热切的目光，不知怎么便感到几分局促，微微移开了视线，却还是如她所愿，轻轻地唤了声："云儿。"

云母赶紧嗷呜地叫了一声回应他，身后的白尾巴摇得飞快，毛一抖又要往他怀中蹭。白及却轻轻抬手拦住了她，接着问道："你可知我叫什么名字？"

"白及。"

云母摇着尾巴回答。

通常来说，神仙轮回历凡都是会有转世父母、转世身份的，那样自然也有新名字。但师父是仙身历凡，不过是被收住了仙气，天道给了他凡人的身份，却未改变他的名字。

白及听到答案，一怔，倒是有些意外她答上来了。原来的话没能说下去，故而他沉默了一会儿。然而云母还眼巴巴地等着师父对她这段时间塞的情诗表个态呢，见白及不说话，她索性心一横，大着胆子化了人形，将头往师父胸口一埋。

"……"

白及在她化为人形的时候便愣了，因为云母原本被他抱在怀中，她一化人形姿势便成了坐在他怀中，所谓投怀送抱，不过如此。

云母轻轻拽住了他的袖子。他能感到她其实也忐忑得很，身子都是绷紧的，一低头，便可看到她微微颤动的睫毛，还有她隐隐带着点破罐破摔意思的倔强表情。她离他如此之近，仿佛俯首就能吻住她，气氛正好，一切尽在不言中。

白及心神强烈动荡，掌心不自觉地紧了紧。但还没等他重新呼进一口空气，就感到怀里的小狐狸不安地动了动腿，调整了个舒服的位置，然后便听她小心翼翼地问道："那个……我先前塞的诗，你看到没有？"

白及："……"

居然还好意思问。

白及一时也拿她没办法，但想到今天塞进来的"关关雎鸠"，又着实有些无力。他喉咙动了动，声音已有些发沉，却还是克制地道："我不是应了你，你还塞诗做什么？"

——你那算应吗？！

云母想起自己差点就被做成了枕头，内心依然是崩溃的，还有些委屈，要不是现在是人形，她就要嗷嗷叫了。

白及看着她的样子，心中微微一叹，终究忍着胸中那点说不清道不明的酸涩，握着云母的肩膀将她从怀里推了出去，让她在自己对面端端正正地坐好，方才道："我那日并非拒你。"

"……"

云母一惊，还没来得及再问，却听白及已经往下说道："不过，也并非接受。"

说到这里，白及闭起了眼睛。

他不明白自己为何会觉得这只小狐狸眼熟，亦不明白心中的悸动是从何而来。不过他是顺心之人，故而既然知晓自己情感如何，便不会否认……可惜这一点，现在还不能跟她说得太明白。

她看起来才十五六岁，他终归年长她几分，不能乘人之危。有些事，还是让她想清楚的好。

白及看着眼前懵懂的狐狸，缓缓问："你说你心慕我，是从何时起？"

云母怔了怔，但既然是师父问起，她也就认真思索起来。

其实真要算时间，都十几年了。但因她这段时间并无意识，也就是一睁眼一闭眼的事，故云母也不好意思往里算。另外，虽然她对师父的心意早有反应，可实际上自己意识到是后来的事……想了想，云母答道："一……一个多月吧。"

白及静静地看着她，摆出一副早知如此的样子。云母被他这一双眸子看得脸上发红，不由自主地问道："太……太短了吗？"

果然，白及略一颔首，道："我不知你是何时见到我的，不过才第一次互相见面便要自荐枕席，未免草率。"

白及看着云母，道："你年纪尚小，如此草率便对我表达心意，许是不曾见过别的男子，许是错估了自己的心事。情爱之事不同于其他，你若说你心慕我，我便不再同于你的兄长或朋友。我于你是男子，却不是旁人；甚是亲密，但又没有血缘……如此说，你可明白？"

云母有些发蒙。

她这段时间也算和凡间的师父有些接触了，晓得他的个性和在天上时并无什么变化，因此平日里极少说这么长一段话。今日他费心和她解释这些，自然是关心她。她明白师父是在提醒她勿将别的感情错当作爱慕，且她年纪还小，应当更慎重考虑。可她又有点不太明白，不知是不是该现在回答。

这时，白及静静地闭了眼，对她道："你至少考虑一个月再来回答我。这段时间，我的院子，你想来便来就是。你若不嫌无聊，也可同我谈些东西。"

云母听到这里，总算是回过神来。她本来就是希望能找机会留在师父院子里，听到师父应了，眨巴眨巴眼睛，高兴得很。尽管塞情诗表白的事看起来不像是成功了，但好像也没有失败，云母晕乎乎地喜不自胜，开开心心地接受了这个结果，这才告辞离去。

不过，对于师父的话，云母终究是有些在意的。她现在没有成仙的压力了，修炼可以三天打鱼两天晒网。于是过几日得了机会，她便去了一趟南海。

赤霞师姐不再照顾云母以后，虽说未住在旭照宫，但也暂时没有住进她和观云师兄同建的仙宫，而是先回到了南海龙宫待着，每天跟龙虾一起吐泡泡，因此云母来了，她惊喜得很。待听她说完事情的经过，赤霞摸了摸下巴，道："师父是觉得你行事太莽撞，怕你日后又觉得后悔吧。其实……有道理啊。"

赤霞没有在意别的异状，用拇指搓了一下鼻子，笑道："那你这个月就好好考虑一下，试着和师父相处看看嘛。趁此机会你也和师父好好待一阵，之前师父总喜欢闭关，动不动一两个月不见踪影，这种机会还挺少有的。"

云母兴奋地点了点头。

师姐妹俩随意地说了许多话，可是等云母和赤霞聊完后转身一想，忽然愣了一下。

当初她去问师父关于情爱的问题时，师父说他并未经历过，因而难以回答。可是这一次，他非但主动谈起，说起来时还严肃得紧，所以……

师父他……是何时懂了的？

师父是什么时候懂了情爱的？

这个念头一旦冒了出来，就像春天的野草一般飞快地在云母脑海中蔓延，让她忍不住在意。等她重新回到师父面前时，这个想法非但没有消失，反而还变得更强烈了。她望着坐在自己对面的师父，目光难免带了几分惴惴不安的试探。

白及本是自己一个人在屋子里翻书，云母进来后已分散了一些他的注意力，谁知她进来就化了人形规规矩矩地坐在旁边，一言不发地默默看着他。白及自己虽说让她想来便来，可是被她这样看着，终究有些不自在。他沉默片刻，终究看不进去手中的书，索性将书卷一放，看向坐在书房一边的云母，问道："怎么了？"

云母这会儿有一种难言的焦虑。

师父还是同在天上时一样，周身散发着一种清逸出尘的气质，神情总是淡淡的。他面色冷淡疏离，看上去便有些冷情，似乎清心寡欲，也确实不食人间烟火，看上去不像是……会对谁动心的样子。

师父先前说他并未经历过情爱，因此不懂，因此不能答她，那他现在懂了，岂不是说……他已经喜欢过谁了？

云母忽然觉得没由来地一阵懊丧，明明根本还不确定有这么个人，明明她想来想去也觉得师父这些年不是在闭关就是和她在一起所以没有机会接触别的女仙，明

361

明盯着现在的师父看也看不出什么所以然来……

等回过神来，云母已经化作了狐身，呜呜地轻轻唤了几声就爬上了白及的大腿，找了个舒服的位置，难过地团成一个团，贴着师父就要赖般闭上眼睛不动了。

白及感到她爬上来时身体已是一僵，但看她是狐身也就罢了。只是白及看着腿上的毛团子，虽能感觉到她是不高兴闹脾气了，却哪里想得到她是在吃味儿，只得稍稍一顿，伸手摸了摸她的脑袋。

云母感到白及手上的温度，眯着眼呜呜地蹭了蹭他的手，然后又用力地蹭了蹭他的衣服，像圈圈地盘似的。白及见她如此，薄唇微抿，似是若有所思。这时，书房的门却忽然响了起来，小书童跌跌撞撞地跑了进来，看到白及和他腿上的狐狸一派人狐静好的氛围，书童不觉咦了一声，抬手揉了揉眼睛。

书童还以为白及先前就将白狐放跑了，自从云母第一次来之后就没有再见过她，因此很是意外。不过白及却莫名有种自己在做什么被撞到的窘迫，待反应过来，已经下意识地用袖子将云母一拢，假装什么都没有发生似的闭眼道："何事？"

童子还是很在意那只白狐狸，但因为被白及罩住了，拉长了脖子也没能看见，只好道："郎君，晋王又来递帖子了。"

童子说完后不安地瞧了眼白及，接着问道："要见吗？"

童子忐忑地看着白及，白及却是一顿。

又是晋王。

白及的手指在书卷上摩挲了一会儿，还是道："不见。"

"是，郎君。"

听白及果然还是不准备破例，书童感到失落，不过还是听话地乖乖跑出去了。待他走后，云母才从白及的袖子底下爬出来，拿脑袋顶了顶师父的腰，疑惑地歪头问："晋王？"

白及又伸手摸了摸她的脑袋，嗯了一声。

沉默片刻，他又补充道："无妨，不必担心。"

云母听师父语气笃定，便相信了，点了点头，不再在意，只是莫名地记下了"晋王"这个名字，接着就哈欠连天。

午后暖阳，时节宜困。

白及看着云母在他膝上懒洋洋地蜷成一团，见她这回是当真犯困睡着了，便抬袖将她往自己这边搂了搂，免得她不小心摔下去，然后才拿起书重新读了起来，将晋王的事暂时放下。

不过，尽管白及拒了对方的拜帖，但有些人并不是被拒了帖子就不来了。

又是一日午后，白及独自一人在屋中翻书。因这日云母还未来，他便主动开了门等她，谁知狐狸没等来，却忽然感到屋内光影一暗，下一刻，白及便感到有人坐在他对面，他抬眼一看，便看到一个青衫持扇，生了一双上挑桃花眼的年轻男子。他见白及抬头，便先摇了摇扇子，笑着道："白先生。"

用的称呼很是尊敬。

白及此时自然认不出玄明，只觉得对方明明是未曾见过的人，却有种似曾相识的感觉。

这种感觉与之前见云母不同，虽觉得对方眼熟，但感情上并无许多触动。白及沉了沉声，已知对方身份，便唤道："晋王。"

说来奇怪，他竟然并不意外对方会在此出现。但饶是如此，白及仍是微微蹙眉，问道："你……"

"贸然来访，还望先生莫要觉得唐突。"不等白及将问题说出口，玄明已然笑着自报了情况，"我命随从给先生递了两次帖子，可都未曾得到回音，我想许是中间出了什么状况，便只得亲自来看看了。"

"可我并未听到通报。"

"我本是想让人通报的，谁知先生家的墙长得太好，我还未来得及走到门口，便想爬上一爬，一不留神，就已经进到这里了。"

白及："……"

玄明笑得坦荡自若，仿佛身为王侯的自己刚才并没有爬墙。他的手指放在白及随意叠放在桌前的字画上叩了叩，闲聊般随意地道："我听闻先生品行才德已久，今日总算得以一见，心里高兴得很。"

白及并未接话，只是摇了摇头道："王爷不该在此。"

玄明会意一笑，答道："无妨，我今日是独自来的，无人知晓……如此，先生可是放心了？"

"……"

白及一顿，倒不知如何回答，只是安静地看着玄明。

帝王幼子，自幼天资过人、过目不忘，年纪渐长后亦才德出众，若说有什么缺点，唯有性格随性懒散，有点不按常理出牌，可悟性却是极佳的。他是当今天子老来之子，又生得如此品貌才能，自是分外得帝王爱护，按说本该有些"前程"，只可惜……

生得太晚了。

陛下夺天下之时已近不惑，如今已过了知天命之年。天子勤政，夺得江山后事事亲力亲为，身体早已大不如前，尤其是今年初病情加重，缠绵病榻不起已有数月，此时朝廷之中已是暗潮汹涌，各方势力互相试探，朝堂之上是一天一个样子。

当今天子共有六子，前五子皆生于天子夺得天下之前，唯有晋王生于此后。这时机生得讨喜，他又是幼子，故难免得了许多宠爱，长到如今可以说是顺风顺水。只是得了父亲喜欢的孩子，却未必能得几位兄长的喜爱，尤其是其他人都年长他许多岁，都同父亲有打过江山、吃过苦、共过患难的时候……唯他一个生于太平盛世，从小享尽荣华富贵，也就显得分外突兀。且仍旧是因他生得晚，几位哥哥早就长好了，朝中势力早就被划分得清清楚楚，各个势力均敌。晋王虽条件不错，但终究长成得太迟，根基薄弱，犹如一叶无根之萍，形势颇有几分凄凉。

如此一来……他天赋虽最好、最得宠，年纪却是最小的，哪怕晋王一直没表现出过什么野心，仍尴尬得很。白及先前见了帖子就闭门谢客，除了因为他不喜见外人，也因为他疲于应对侯爵之事，多少有这些方面的考量。

玄明显然晓得白及心中的意思，也没有想让自己的处境连累他。他对这等境遇约莫早已熟悉，便不觉得窘迫，只笑着道："先生不必担心，我来并没有为难先生的意思，只是偶然见了先生解的十道玄谜，觉得甚有意思，便想来探讨一……嗯？"

玄明话还未说完，忽然一顿，视线像是被什么东西所吸引了。

他眯了眯眼，从白及桌案上轻轻拾起一根白色的毛发，拿在手上摆弄了一下，貌似不经意地道："先生这里，有养狐狸？"

听到玄明这么问，白及内心慌乱了一瞬，但脸上还是万年不变的沉静。他抬眸望向玄明，眼中有询问之意。玄明只说了那一句，便捻着手中的白毛把玩起来，边玩边道："白狐，倒是少见。尤其还是在这长安城中……"

那根毛毫无疑问是云母的，她这样的仙狐其实一般是不太掉毛的，但前几日那小白狐站在桌上摇尾巴时不小心碰翻了笔架，这才被稍微钩掉了几根，没想到并未清理干净……

白及看着他手中的狐狸毛，心中不由得腾起些许不悦。他蹙了蹙眉，道："王爷对狐狸有兴趣？"

眼前的晋王单凭一根白毛就断定是狐狸，这判断能力着实惊人，很难令人不觉得奇怪。

玄明闻言，倒是不否认，只摸了摸下巴，道："的确有些兴趣。不过与其说是对狐狸，不如说是对传说中的狐狸精吧……"

说到这里，玄明略有深意地停顿了一下，并未继续说下去，只笑着用手指点了点桌子，然后便貌似随意地将那根狐狸毛放下了。

虽是漂亮的白毛，光亮归光亮，可玄明心里却有种说不清道不明的感觉，这白毛应当并不属于自己熟悉的那只。

身如神女，眼同稚童，眉目含情，神态却又含伤，他求而不得，心揪得很。

且明明是初见，她却仿佛曾经见过他一般，仿佛一直在等他一般。

玄明眯着眼，拿了白及桌上的茶杯就给自己倒了杯茶，端起杯子抿了一口，才有几分怅然地微笑道："传闻狐者乃兽中之灵，其所化女子飘忽若神、迷离似魅、神秘莫测……白先生难道不觉得有意思吗？"

白及："……"

白及脑内浮现出自家抄个诗都笨拙不已、什么都写在脸上的小狐狸，只觉得晋王若是当真见到狐狸精，怕是要失望。

白及胸口一软，在心里叹了口气。待这口气叹完，他又淡淡地看向玄明。

晋王今年正是适婚之龄，外貌出身才学皆是上上等，且仪态风流，平日里若有意，想来不会缺少女子倾慕，只是至今未曾听说他沾染风月……白及一顿，莫名从对方略带惆怅的口吻和含着怅然的眉宇间感觉出了几分他有意中人的味道。

这时，晋王道："其实我已看过先生解的玄谜，觉得有趣，才特意前来与先生谈玄……不知白先生可是介意？"

白及早已知道了对方的来意，既然晋王都说了是一人前来无人知晓，索性也就不拒了，端端正正坐好，摆出听音之态。玄明见状笑笑，也不推脱，直切正题地说出自己的见解。白及起先闭着眼沉着神听，听到后来却不禁有些意外。当今圣上打江山时请了善清谈的白狐先生出山，自然是个喜爱玄术的，传闻中新帝喜爱这个幼子通透，白及本不算注意，但此时听来，竟发觉是真的。

玄明道："先生解的谜自是滴水不漏，只是似与白狐先生乃是一脉，在我看来，未免有些死板。上山之路有千条，又何必执着于一处？"

白及答："路有千行，其道如一。"

玄明问："何为道？"

白及答："心不改，步步专一。"

玄明浅浅一笑，抬手摇了摇扇子，说："如此，我倒是赞同先生的。"

两人聊到此处已是聊了许久，该谈的都已谈完，也算达成共识，彼此都有些累了。书室中静默了片刻，玄明忽然转了话题道："既然谈到这个……说起来，白先生最近是不是为情所困？"

玄明的前半句话和后半句话着实听不出什么联系，话题转得突然。白及疑惑地看向对方。

玄明笑着指了指白及桌上压在书卷下露出的一小段绸条，那绸条上能看见的，凑巧是"窈窕淑女，君子好逑"八个字。

白及："……"

便是白及，此时亦不禁觉得耳根烫了几分。

玄明道："我虽不知你要将这条绸子给谁，可若是要讨女孩子的欢心，我倒是有个提议。"

玄明满脸写着"想不到先生表面正经，实际也是有情之人，本王觉得好惊喜"，稍稍停顿后，颇为欣慰地吐出八个字道："这月十五，月夕灯会。"

说罢，他又笑言："先生不太出门，许是不知这日长安放灯。难得良辰美景，错过岂不可惜？若是有心，不如带了人去看看。"

说到此处，玄明礼貌地站起拱手，说："既如此，今日我便告辞了。"

这等说来就来说走就走的不速之客，若是之前，白及定是不送的，不过今日听说玄明要走，他还是略微怔了一瞬，方才道："走正门。"

玄明大笑称是。说完，他又与白及道别，转过身要走，谁知才刚转过身还未迈出步子，玄明却忽然定在原地，看着门前方向，不自觉地嘀咕了一声。

白及一愣，顺着他的目光看过去。云母恰在此时走进来，她此时是狐形，又急切地想着要见师父，故而蹦蹦跳跳的，嘴里还叼了个松果。

云母哪里想得到一踏进师父的书房就看到两个人，待看清玄明的脸，她惊得嘴一张，口中的松果啪的一下掉在地上。云母也来不及捡，等回过神来拔腿就跑，一口气冲到师父身后，在白及后面探出脑袋慌张地望着玄明。

白及见她忐忑不安，熟练地长袖一展，将云母护在袖中。

玄明看到云母也吃了一惊，他原先虽然从狐狸毛看出白及这里有白狐狸来过，却没想到比白玉要小这么些，故而在原地呆站了一瞬，才笑道："这就是先生养的狐狸？原来还是个未长成的，倒是可爱。"

云母脸噌的一下红了，她狐形是长得小了点，可人形早就是成年了的，听玄明这么说就觉得有点丢脸。但她看着玄明，心中的惊讶早就多过其他情绪，一时也没心情嗷嗷叫。

玄明神君？虽说额间没了红印，可这长相……绝对是转世历劫的玄明神君吧？！

云母惊得不知所措，幻境之后，还是头一次见到这位被罚下凡转世历劫的神君，难免惊诧，偏偏师父此时失了记忆，还没法理解她的惊讶。

玄明尽管觉得这小白狐看自己的眼神有些奇怪，可也没有多想，笑了笑便走了。云母在玄明走后还惊着，过了好久才从震惊中回过神来。

没想到玄明神君的转世也在长安。

不过对方走都走了，云母也没法再琢磨太多。她暂时将这事放下，重新跑回门口去拾回了松果，然后将松果往白及膝盖边一放，高兴地直摇尾巴。

白及一愣，问道："送我的？"

云母点头，拿脑袋蹭他。

白及摸了摸她的头，拿起松果看了看。虽是个从树上落下的果子，但形状却难得漂亮，也很干净，一看就知道是被仔细选过的。尽管只是小礼物，可终究是云母的一番心意。白及把松果拿起来摆在了桌上做装饰，然后又低头看向已经爬到他膝盖上打滚的小狐狸。

白及先前面上不显，实际上却将玄明的话记到心里了。他道："这月十五是月夕日，长安放灯，你可要同我去看？"

"嗯？"

云母原本打滚打得欢，听到这话立刻坐了起来，惊喜道："灯会？当真？"

灯会的日子来得颇快。要同师父一起出去，云母赏灯前几日就在屋里急得团团转，为了挑去灯会的着装甚至不惜跑去南海寻赤霞师姐。

云母一直折腾到了月夕当日，直到傍晚还在担心好不容易定下来的衣服会不会太正式了。

赤霞原本不过是随意帮她挑挑衣服，但见小师妹如此，忍不住担心她到时候脑子一晕走错路，没见到她心心念念的师父反倒被其他路过的神仙看着觉得可爱抱走了，索性亲自将她送到了白及现在住的院子。

两人是隐着身形一路飞过来的，乘在云上远远地就看见白及闭着眼坐在院中，似是在等人。云母一看到他就又紧张了，转身就反悔要回家去再换一件衣服。赤霞连忙将她摁住，看着小师妹冒红的耳尖和腼腆的神情，赶忙安抚道："你很好看，不用换了，而且再换要迟到了……我难得帮你梳了头发，你再来回跑要被风吹乱了。"

说完，赤霞拍了拍她的肩膀，道："去吧！"

云母点了点头，听赤霞说了这么几句话果然备受鼓舞，深吸一口气，抬步迈了出去。谁知她今日这件衣服穿得比较繁复、衣摆颇长，她步子又迈得太僵，这一迈就踩到了衣摆，身体前倾……

白及听到有动静便抬起了头，正巧看见云母惊慌地从天上落下来，先是一愣，连忙张开手臂接她，下一刻，正好与她抱了个满怀。

瞬间，他整个人被女孩子周身香馨甜美的气息所充盈，白及看着掉到怀里来的姑娘，不禁失神。

明明并非第一次见她，却觉得她今日格外动人，还有……

白及一顿，有些不自在地移了视线。

云母骨架较小，故而身子纤巧、腰肢纤细，只是她该长的也都长好了，该有的都有。白及这么一抱，便突然难得地有些无措，手臂一僵，不知该抱还是该松，只好自觉地移开目光不看她，仿佛如此就能减少冒犯。云母这会儿却是惊魂未定，慌张地抱紧了师父，过了好久才觉得安全，回头去看师姐，却见师姐在云端上无声地对她笑了笑。

赤霞其实也被云母忽然摔跤吓了一跳，见云母没事，赤霞松了口气，功成身退，回了南海。

云母低了头，脸上烧得停都停不住。她这会儿已经从白及怀里出来了，规规矩矩地坐在他对面。云母瞧了眼白及的神情，压低了声音小心翼翼地轻轻唤道："郎君。"

白及："……"

往常这不过是个称呼，可今夜在渐渐朦胧的霞色之中，他却忽然从她唇齿间发出的声音里听出了些别的意味来。白及心神一晃，闭了眼沉了沉心，才重新镇定下来，起身道："走吧。"

"嗯！"

云母连忙应了声，含羞跟在他身后。白及院里唯一的侍奉童子下午就被他放出去玩了，故而院中无人。两人堂堂正正地从正门走了出来，待到街市上，云母当即就眼前一亮，情不自禁地哇了一声。

此时天色渐暗，月已高挂，因是灯会，橙红色的灯火与天边的最后一抹霞光纠缠在一起，连绵悠长。

仲秋之夜，又是十五，月色自然分外明亮皎洁，月圆如盘，配上满街灯火，美不胜收。

长安平日里有宵禁，但今晚月夕灯会却是例外，夜游可至凌晨，因而这等景观甚是少见。白及低头见身旁云母的脸颊都被灯光照得亮了半面，看见她侧脸兴奋的红晕，微微一怔，心里便有些庆幸那日见了晋王。故白及动了动唇，问道："可要逛逛？"

云母自然高兴地点头，跟着他往里走去。

他们在街上走，行人有些多，过了一会儿，白及便感到云母伸手拽住了他的袖子，说不清楚那一刹那是何感觉，只感到胸口似有糖水淌过，甜得有些令人发慌。

只是走了一会儿，两人便察觉到不对。因是节日灯会，街上热闹得很，也不禁男女同游，只是云母生得太好，且盛装打扮，走来走去便吸引了不少目光。云母不大习惯受人注意，又怕自己是哪里不对劲被发现了狐身，于是发觉自己被瞧见了就朝白及身边躲。白及倒是想掩护她，但这么大个姑娘他总不能像藏狐狸似的藏袖子里，她这样一躲，倒是弄得旁人更为在意两人的关系。

故白及思索了片刻，便指了指河湖之中，低头询问道："你想不想坐船？"

云母一愣，望向湖中。只见今日水里也放了河灯，除了些赏月人的小舟，还有约莫是显贵抑或文人的画船经过，一些船上也装饰了漂亮的船灯。

从船上也能看岸上，而且上了船便没有旁人了。

云母连忙点了点头。白及去租了船，这里的湖不大，但水很稳，他们将船划到湖心就停了桨，任它顺水漂着。四周倒也有些别的游船，他们能看见晃动的人影，可因距离远，不大听得清人声，周围一下子安静下来，唯剩月色宁静。

云母忽然就有点不安。

整个空间里只剩下她和师父了，她手里还提着刚才在街上师父见她盯着看就给她买来的小灯，这时候突然就觉得自己刚刚有点孩子气。白及又安静，坐在船舱一头往外望。云母也不晓得他望的是她，还是隔着她在望外面的月亮。

白及望的自然是她。

在小小一艘船上觉得惴惴的又何止是云母一人，他亦如是，但因他神情沉静，也就难以瞧得出来。白及喉咙滚了滚，正要开口，就见对面的云母摸了摸袖子，从里面拿出一盏小小的莲花灯来。

这莲灯比寻常的小，而且看上去并不是新的，云母将它存在袖中，应该有些时日了。

于是白及原本要说的话到了嘴边就换了内容，只听他问道："这是何物？"

"河灯。"云母回答道，"我师父送的。"

云母回答时便感到有些古怪，送了她这灯的师父分明就坐在眼前，可他却不记

369

得。不过……

她垂了垂眸。

毕竟都过去这么多年了，就算师父没下凡历劫，说不定也忘了。

想到这里，云母不禁有些沮丧。但是她还是借着湖里其他的灯火点了小莲灯，将它放在湖里漂着，可她又怕它当真漂远了回不来，就在旁边紧张兮兮地护着，等它漂出一点又捞回来，漂出一点又捞回来。

白及之前闻言已经一愣，此时见云母此举，便感到胸口一跳，他微微皱眉，闭上了眼。

他心里觉得有点奇怪……倒不是因有人送了她东西嫉妒，只是听她喊"师父"，看到她这么喊时的神情，还有那盏陈旧简陋的小河灯，她护着河灯的样子……

似曾相识。

这份似曾相识，让人心口胀疼。

白及说不出个所以然来，唯有闭着眼细思，但脑海中终究是空荡荡一片，什么都记不起来。他凝了凝神还要细想，却突然感到平稳的船只剧烈一晃，接着云母惊呼一声，白及骤然睁眼，接着便见云母失了平衡扑入他怀中，他抬手一接，紧紧将她抱住。

水波摇曳之间，小莲灯顺着水流漂远了。

窄窄的一叶小舟之中安静得很，彼此瞬间加重的呼吸伴着水波拍打船身的哗哗声，空气间颇有些诡异的凝滞。

远远的有对面画船上的人往这里高呼抱歉，似是因为他们的大船晃动才惊了附近的水波。但他们只看见本来坐在船头的女孩子跌进了船舱内，透着船内的灯光，隐隐能瞧见那小船里有人影重叠晃动。那女孩约莫是没事，只是她跌进船舱后，那小船里再没有回音。画船内的文人眺望了一会儿，见没响动，也就缩回了自己的船内。

云母这个时候还僵着。

她先前还听到外面有人在唤他们的声音，后来就没有了。她感到自己的耳梢渐渐热了起来，她的脸撞在师父的胸口上，听得到师父稳重的心跳声，意外地很快，而且很沉……

狭窄密封的空间，昏暗的夜色，船内只有两人交错的呼吸声，船外是星光灯火。她能感觉到师父的手放在了她的腰上，秋日里的衣衫其实算不上很轻薄，但许是因为精神绷紧了，她觉得腰间的温度灼热，手的力道分外清晰，令人不安得很。

云母呆了一会儿，手忙脚乱地道歉，想要从他的怀里跑出来。谁知她挣了挣，白及的手居然没动。她又挣了挣，他的手还是没动。

仿佛意识到什么，云母的脸又开始烫了，索性不再挣了，就这样往师父怀里一埋，抱着他的腰不说话。

刚才船晃，白及自然也晃了，只是他坐得比云母要稳，就没怎么移动。这会儿他沉默了一会儿，轻声问道："那盏河灯……你还留着？"

师父的说话声从头顶传来，因她埋在白及胸口，师父的声音听起来有点闷，但不知是不是错觉，云母总觉得他说得比平日要温柔。

这种带着困惑的语气，像是他想起了这是他送的似的。

云母埋在他胸前了点头。

师父送她的东西，她自然是留着的。

感觉到云母点了头，白及也不知心里是何滋味，可嘴上还是道："这么旧的灯，还留着做什么？"

"师父总共没送我几样东西，且大多是修行需要之物。"

难得有一样不是，她自然是要好好留着的。

说着，云母话里居然带了几分委屈，又用力在白及怀里蹭了蹭，像是跟他抱怨。只是蹭了没几下，云母忽然就想起那盏小河灯还在外面漂着呢。她立刻就急了，赶紧用了力气想推开师父出去找河灯，谁知白及刚感到怀里一空，就下意识地拽了她的手腕将她拉了回来，用力抱进怀里，将她的脸摁在自己肩膀上。

白及听她埋怨的话，心里也说不出是什么感觉，只觉得胸口烫得厉害。他想不清楚是怎么回事，却莫名地为云母珍惜、喜欢那盏小莲灯而隐隐觉得高兴，膨胀起来的难以形容的感情使心脏胀得发疼。

只是这一下，云母心脏都快停了。

她的手抵在师父肩上，一时头昏，试图挣扎地道："河……河灯……"

白及沉着声应道："漂就漂了，我赠你新的便是。"

他并未想起什么，那种似曾相识的感觉他亦没能想出缘由来。只是这一会儿，他也不想再想了。

他低头轻蹭云母的耳畔，哑着声问道："先前我让你想的……你想好没有？"

距离定下约定已经过了二十九日，其实还差几日才期满。自己定的期限由自己来打破不太好，但这个时候，许是被她脸侧的浅红挠了心，许是被夜色的朦胧点破了真意，明明只差一点时间，他却突然不想等下去了。

云母这个时候亦是紧张，感到师父贴得很近，他的唇似乎碰到了她的耳郭。耳朵本就是灵敏易感之处，他又凑得这般近，而且他说话时耳鬓厮磨，温热的气息就在耳畔……

气氛一下子就变得暧昧起来，秋夜里本该有的寒意都无声无息地消失了。氛围太好，云母壮着胆子勾了师父的脖子，抬起头看了他一眼，然后点了点头，目光不自觉地闪了闪，因想说的话太多，反而不知道从何说起，于是蹭了蹭白及放在她脑袋后的手。

白及呼吸一滞，云母未答又神情羞怯，并不十分确定她的意思，可多少从她的动作中受到了些鼓励。他稍稍一顿，手从她脑后移上前，转为捧着云母的脸，试探地低下头去。

云母下意识地想往后缩，不敢与白及漆黑的眼眸对视，眼神羞涩地躲闪了一瞬，但定了定神，还是勾着师父的脖子，努力地往上凑。

鼻尖碰到了鼻尖，他们举止已是亲密，呼吸皆在交错间。

小小的水波仍旧拍打着船身，灯会里喧闹的人声和或明或暗的灯火仿佛都离他们远去。

白及微微停顿，闭了眼，侧过头去。云母身体越发绷紧，心脏跳得飞快，但还是努力沉了心定了神，忐忑不安地准备亲过去。

云母脑海中糊里糊涂的，纠结了一瞬要不要闭眼，最后还是决定要闭。她睫毛颤了颤，垂下眼睑。然而就在这时，她感觉到船内的光线忽然暗了下来，有另一艘小船不知何时顺着水流已经漂到了他们附近。船上有人，那艘船只挡住了他们船篷外的半片星光。云母本不想理会路过的船，但她心不在焉，不知怎么的，不觉就朝那里看去。

月色皎洁，灯火明亮，光线能映人脸。

然后，待看清船上的人，云母的心脏真的被吓停了。

她脑海里轰的一声炸了。

因为此时的情况是这样的——

在这一艘船中，云母被一个男人亲密地抱在怀里。她双手搂着她那下凡历劫应该没有记忆的师父的脖子……

而在另一艘船中，她娘白玉一袭浅色华衣端端正正地坐在船尾，满脸震惊地看着她。

母女俩隔船相望，四目相对。

372

空气一瞬间就凝住了。

云母僵在师父怀里，白玉僵在对面。云母尽管现在是人身，但动作状态也会受情绪影响的，一般人许是看不出来，但把她生出来的亲娘哪里能看不出她身上那点开心到快冒泡的狐狸的小心思。云母吓得连已经收起来的尾巴都不敢摇了，可是她现在再装乖巧也没用，毕竟一个乖巧的女儿不会大半夜在船里搂着她师父。

秋风吹过，船中的人都觉得凉了。

这个时候玄明其实也在船中。

玄明本来也没想到他邀了几次，白玉就真的跟他一起出来了。因此他坐在船舱里心情正好，谁知船顺着水漂到一半，他就看见佳人变了脸色。在玄明眼中，白玉一向是个沉稳自持有些神秘的冰美人，哪里这般失态过。见她如此，玄明自是好奇的，当即就要扭头去看，他一边将头往外探，一边笑眯眯地道："怎么了？外面有什——"

白玉一怔，当即反应过来。其实玄明坐得并不算靠里，大半个身子都在外面，女儿多半已经看到玄明了。但这个时候白玉心慌意乱的，哪怕明知希望渺茫也还要再补救一下，见玄明还没看到云母，连忙一把将他整个儿推回船篷里，索性心一横仰头吻了上去。

玄明一愣，但不久就反应过来，翻身将白玉压下，反客为主。白玉一惊，制止已是来不及，只能尽量往船舱里缩，唯求别让女儿看见。

云母的确是看不见船舱里发生了什么，可刚才船舱里坐的人是玄明转世她可看见了，而且光是从闪过的剪影和船舱里隐隐约约晃动的身影，她就能看得出娘和玄明转世举止亲昵。云母脑子一蒙，一时都不知道该震惊她娘和玄明神君转世在一起，还是该震惊她和师父约会夜游被娘亲抓到了……

云母脑子里想得多，可实际上一切都发生在电光石火间。待她回过神来，连忙啪啪啪地狂拍白及肩膀，慌张道："师父，快走快走快走！"

因为太急，云母连称呼都忘了注意了。

白及被拍得睁了眼，看着怀里的女孩子一脸慌乱，都不晓得发生了什么，他手不自觉一松，就让云母跑了。云母跑出去第一件事就是去船头拿了桨，白及便拿了自己这边的桨，帮着云母划。

船桨拍水的声音惊扰了小舟里的玄明，他抱着白玉抬起头来，认出坐在飞快离去的那艘船里的白及的背影，一愣，道："嗯？白先生？"

373

白玉先前被他按着亲都亲毛了，偏偏推还推不开，听到玄明提起白及，顿时一惊，问道："你认识白及？"

"解了十道玄谜的君子，如何不识？"

玄明坦然答道，同时，他摸了摸下巴："况且……他今日会来灯会，好像就是因为我同他说的。"

白玉："……"

白玉欲言又止。明知对方没有记忆，可想到之前听说的玄明在刑场就要把云儿嫁给白及，她还是忍不住用一种诡异的眼神看着他。

玄明却浑然不觉，心上人难得投怀送抱，尽管他搞不清楚怎么回事，不过这会儿心满意足得很。

玄明将目光投向白及，眯了眯眼。

白及那艘船虽已划远，但他仍隐隐瞧见船里除了白及，还有个背影清丽的姑娘。玄明意味深长地笑了一下，打开扇子摇了摇，口中念道："心不改，步步专一？"

"什么？"白玉不解地蹙眉。

"无事。"玄明轻笑却未答，将扇子一放，收回了目光。

……

这个时候，云母正在船上划得飞快。湖里所有的船都在赏灯赏月，只有他们在赛龙舟，顷刻之间两人就逃离了案发现场。出了这种事，云母也无心再看灯会，征得师父的同意后干脆一口气划回了岸边。等将船还给船家，白及顿了顿，才问道："刚才怎么了？"

云母急着答道："我娘……我娘……"

她说了两个"我娘"就说不下去了，她信任师父，可想到玄明神君是个违反天规下凡渡劫受罚的神仙，她就不知这话能不能说。

她现在想起来自己之前在做什么了，想到刚才在船里的情形，她又是害羞又是愧疚。

云母低下头，向白及道歉："对不起，郎君，我……"

白及哪里忍心责备她，轻叹道："无妨。"

顿了顿，他又闭了闭眼，抬手摸云母的脑袋，安抚道："这回是我急了，还有几日，我等你便是。"

听师父这么说，云母安心之余又有点说不清道不明的遗憾，便乖乖地低着头给他摸。

白及见她如此，手僵了僵，才抑制住将她重新抱回来的冲动。毕竟之前被点了火，他其实有些焦躁，但看云母心不在焉没有准备好的样子，终是叹了口气，没有再说。

不过回去时，东市口依然热闹非凡。在人群中，云母本来想拽师父的袖子，但手一伸，她脸就红了起来，探手过去碰师父的手。白及一顿，便握住了她，彼此掌心贴合。

云母感觉到手心里传来的温度，嘴角不觉一弯，小跑几步追过去与师父并肩，慢吞吞地走在他旁边。

……

师父这里没出什么大事，但娘那里的问题却不能不解决。

云母逃出危险区的一刹那满脑子都是"好险好险好险""好可怕好可怕好可怕"，可是她却忘了自己现在还是住在长安家里的，晚上总归要见到娘。

她与师父道别后，一路回了家。屋里没有亮灯，白玉还没有回来，于是云母就率先点了灯火，坐在正厅里等母亲回来。

终于，不久之后白玉便踩云归来了，稳稳地落在院子里。她的外形是成熟的白狐，身后拖着七尾，一身雪亮光滑的白毛，美得不似凡间之物，因此她神情若是严肃，外表便颇有几分威严。她一见云母，就急急地迎上来道："云儿，你和你师父是怎么回事？"

白玉是为了女儿的事才匆忙地辞了玄明回来的，自是问得焦急，而且心情复杂得很。

即便玄明当时要将女儿嫁给白及，可云儿又不知道这回事，再说他们现在是师徒，白及仙君现在又是凡人，不过是下凡历劫而已……

这叫白玉如何不为女儿担心，她问道："你们是什么时候开始的？你师父下凡前可是已经晓得这些事？他是如何想的？"

云母还没来得及问玄明神君的事，就被亲娘先发制人了，这些问题她哪里好意思回答，当即化成狐形，委屈地叫了一声，团了起来。

白玉哪里能让她躲，叼起小狐狸硬是抖了两下，将团成一团的云母抖开，重新放回地上，催促道："讲吧！"

云母无法，只得硬着头皮说了。白玉听完，立刻倒吸一口凉气，紧张道："云儿，你如此行事……可有想过待你师父回天恢复记忆之后，要怎么办？"

对上白玉既忧心又无奈的目光，云母呜呜地哼了两声，垂着耳朵低了头。

要说有没有想过的话，那自然是……

有的。

怎么可能没想过。

云母心里也晓得师父如今是失了记忆才会任她这般胡来，等到他历劫回天，就又要变回清心寡欲的师父、高高在上的仙君。若说云母时至如今从未惶恐过，当然不可能……赤霞师姐说师父历的许是不止一劫，说不定师父回天以后根本就不记得了，这也是对她来说最安全的结果，可若是……事情并非如此发展呢？

云母平日里根本不敢深想下去，只能安慰自己要适时打住。她第一次脑子一热就朝师父自荐枕席其实是个意外，要逆转也逆转不回来了，想再多也没用，还不如先顾好眼前。万一师父当真喜欢上她了呢？

脑子里是这样想，但云母自己也晓得希望渺茫，白玉一问就把她问住了。

白玉看她如此神情，哪里还能不明白，幽幽地叹了口气，对女儿的担忧简直难以言表。

云母道："娘，师父的事我到时候再想办法，就算师父回天以后生气，应……应该也不至于赶我出师门吧……"

这话云母说得极是没有底气，毫无自信。不过看着眼前的白玉，她还是尽全力挺起了毛茸茸的小胸脯，假装一点都不担心地转移话题："比起这个，娘，今日在灯会上……你和玄明神君是怎么回事？！"

她趁着师父失忆调戏了对方是没错，可娘的问题应该没有比她好到哪里去吧？！

尤其是……

白玉见她问起这个，心里咯噔一声，目光不自觉地躲闪了一下。尽管想问云母是怎么晓得玄明长什么样的，她却还是掩饰地道："什么玄明神君，我不知……"

"娘……可是他和哥哥……"

云母心情复杂，只是开了个头就没有讲下去，但娘肯定明白她是什么意思。石英和玄明就算不能说长得一模一样，乍一看也有六七分像，之前她还能当作是巧合，可是现在都看见白玉和玄明神君转世在一起了……

云母紧张得心脏直跳，她尽量让自己不要在娘亲给出准确答案之前胡思乱想。

她看见白玉的尾巴焦虑地摆了摆，又摆了摆，然后忽然动了。云母心里一紧，以为娘亲是要坦白，整个心都提了起来，接着下一瞬间……她就看到白玉闭着眼睛在屋里团成了一团，拿尾巴盖着脸摆出睡觉的姿势装死。

云母："……"

被娘养了这么多年，云母还是头一回见到白玉居然也用装死这招来躲避问题，简直惊呆了。

她可没法把母亲叼起来抖开，只能跑过去用力顶娘亲的脖子，一边努力将她顶出来，一边义正辞严地道："娘你不要团起来逃避现实！团起来是解决不了问题的！你出来我们好好说！"

然而云母顶了半天也没能将白玉翻出来，只好在旁边委屈兮兮地叫："嗷呜呜呜，嗷呜呜呜——"

白玉听她喊了半天，终究是怕女儿把嗓子喊哑了，直起身子轻叹一声，拿额头碰她哄了哄，好让云母别喊。云母侧头望向她，紧张地问道："娘？"

白玉望着女儿复杂无言。云儿如今已经成年了，又成了仙，其实告诉她许是也不大要紧……可是石英，还有她自己都还未成仙，告诉云儿又有什么用？不过是平白多一个人担心。

白玉微微垂眸，此时已经开始懊悔不该看着玄明神情失落，就一时动摇应了灯会之行。她起身化作人形，美人的脸上出现了忧色，她迟疑片刻，话里已经带了请求："说来话长……云儿，你让娘想想，让娘想想再告诉你。"

听白玉如此说，云母心脏一沉。哪怕白玉没能亲口承认，她也忍不住有了八九分确定，只差一个肯定。可是看着娘亲极是为难的样子，又想想玄明神君的事……她又想着自己许是当真不知道的好。想了想，云母体贴地没再追问，而是跑过去绕着白玉的脚轻轻唤了几声。白玉一顿，将女儿从地上抱起来，闭着眼与她互相蹭了蹭脸，算是和解。

……

不过，饶是白玉没说，云母心里终是落了事，一边在意母亲和哥哥，一边又忍不住担心师父回天宫后的事。云母先前一直是只无忧无虑的狐，一下子脑子里填了那么多繁琐的事情，她情绪难免比之前要低落许多，变得时不时就发呆。且若她想的是真的，已经成仙了的她许是不要紧，可哥哥和娘却是会出事的，反倒是知道了比不知道情况要严重……

只是娘也不晓得什么时候会下决心和她讲，云母努力提醒自己别去想了，可时不时还是要为此烦恼。即便好不容易忘掉玄明神君的事，她立刻就要为师父回天以后的事担心，少有轻松的时候，短短几天时光过得比先前几个月都累。

一眨眼就过了数日。

这一日仍旧是白及在书房里写字，云母在旁边坐着。

云母这几天注意师父注意得少了，却不知白及单因她在屋内，就已心神不宁，尤其是月夕过后，更是如此。白及察觉到她心不在焉，终于无心书写，叹了口气，搁了笔，转身对着云母，唤道："云儿。"

云母没听见，一时未有反应。

白及只得又唤了一声："云儿。"

云母这才后知后觉地抬头，望着白及，满脸迷茫之色。待看清师父安静的面容，她一时没缓过神来，险些以为自己是在旭照宫，是在并未下凡的师父面前，顿时一慌，眼神不经意地闪了闪。白及却注意到了她的小动作，微抿了唇，轻声问道："你有心事？"

他是不大常问他人这类问题的，因此问得有些生涩。

可他察觉到云母有异状已不是一日，且……今日与平常不同。

白及侧头深深地看了看云母的样子，见她神情懵懂，也不知该想的事情想了没想。看她的模样，白及忍不住怀疑她是忘了。

云母未发觉师父目光中别有意味。她自是晓得娘和玄明神君的事不好贸然和师父说，故而她与白及眼光一对，心跳一乱，脑海中首先涌上来的便是师父终究将会回天宫，终究将会想起来过去的事。此时她与白及那双墨染的黑眸互相对视，只觉得师父虽是下了凡，可眼神总是不变的……

待反应过来，云母已听自己问道："师……郎君，我……我在想若是有人这一世为人，日后再转世，终有一世成仙，发觉过往时光其实相当短暂，昔日情根亦都斩断，再回想起原来的事……他会怎么想？"

云母脸突然一红，终是不敢直接拿实情举例子，更不敢将她或是师父代入，稍稍变化了一下才说出口。但纵是如此，她将话说出口以后还是后悔了。眼见师父皱了皱眉头，她赶忙摇头道："算……算了，当我没说吧。对……对了，郎君，你听不听琴？之前好像没和你说过，其实我会……啊。"

云母为了掩饰才慌张地转移话题，可是她一把琴取出来，当即就愣了。

昏睡醒来之后各种事情接连不断，她不小心就将她的琴早在渡雷劫时就被劈断这回事给忘了。故而此时拿出一把断琴，云母不禁愣住，无意识地抬手摸了摸断掉的琴弦。

她从学琴起用的便是这一把，是师父赠的……师父赠给她的礼物并不多，琴也算一样。她一向心里喜欢，珍惜无比，现在看它从中间断成两截，突然有些无所适从。

白及原先在想云母问的问题，并不解其意，只是隐约感到这个问题后藏着她的忧虑之心，这才蹙眉。不过未等他答，就见云母取出一把断琴来，白及一怔，竟觉得这把琴也隐隐有点眼熟。他说不出这种感觉是什么，但见云儿如此，也就无心再想答案，索性顺着本心而言。

白及定了定神，凝视着她，忽然回答道："情断，续上便是。"

云母闻言愣住，下意识地抬头看向白及，谁知正对上白及沉静的双眼。云母失神了片刻，还没等她想清楚师父这句话接的是她先前的问题，还是因看到她的断琴才出声安慰，便见白及淡着一张脸又道："今日一月之约期满，你到现在都未拒我，我便当你应了。"

话完，白及顿了顿，不等云母反应，便扳了她的下巴，俯身低头，吻了上去。

云母这阵子想的事情太多，觉得脑子都不太够用了，甚至都还没一字一字理解白及话里的意思，师父修长的睫毛便已逼到了眼前。下一瞬间，她便感到唇上一软，脑海里轰的一声炸开，顷刻间一片空白。

白及这阵子被憋得有些狠了。他外表清冷看不出什么，可实际上，每天望着云母，心里都会波滚浪涌，日日都忍耐着。他见她蹙眉，便想她可是觉得后悔了；他见她发呆，便想她是否觉得同他在一起无聊了；哪怕是见她无缘无故地笑着，白及都要担心一下她可是在外面碰到了比他有趣的人。他的心绪随着她的一颦一笑起起伏伏，几次甚至都有些后悔他为何要提一月之期。现下好不容易熬到了，他终于松了口气。

白及也知自己此举多少有点先斩后奏的意味。待他感到被他亲吻的小狐狸虽是颤了颤，但并没有挣扎时，便试探地抓住了对方的手腕，将她拉入自己怀中，让她双臂环住自己的脖子，侧坐在他腿上，然后才小心翼翼地抱住她，埋头加深了这个吻。

过了许久，白及才将怀里的女孩子松开。云母整只狐都还蒙着，双臂搂着他的脖子，双眼湿润。她眨了眨眼，呆呆地望着他，明显还没回过神，脸上却在一寸一寸地变红。白及见她如此，索性什么都没说，直接第二次俯身吻了下去。

"呜……"

云母下意识地往后一缩，不觉发出小声的呜咽。只是白及并未给她躲闪的机会，两人贴得近，彼此都被对方的袖子掩着。他轻轻地咬了咬云母的唇，暗示她开口。云母到底年纪小，胆子也小，生涩得不行。她先前明明勇气还挺足的，这个时候却整个人都胆怯地蜷缩了起来，被对方开导着、引着。她调整不了呼吸，两颊不久就漫上了青涩温柔的绯色，气息和心跳皆乱。云母被吻得身体后倾，不得不越发用力地搂住白及的脖子，生怕她手一松就掉下去了。

待两人分开，已是良久之后。云母望着师父的眼睛，只觉得自己已经被巨大的喜悦冲傻了。这个时候她才渐渐明白师父刚才那番话是答应她的意思。尽管云母完全不晓得明明是她表的白、是她塞的情诗，为什么师父却把话说得像是他一直在等她的答案一样？可她仍然感觉到了一种难以言喻的幸福感，有点晕乎乎的。

"师……郎君，你这算是喜欢我的意思吗？"

惊喜来得太快，不真实感也紧随着来了，尤其是云母最近遇到的事情有点多，她不禁不确定地问道。

只是她问完也觉得自己傻气，顿时觉得脸上烫得更厉害了。白及却是微微蹙了蹙眉头，道："为什么这么问？"

云母答不上来。

白及心中微动，之前为了让云母好好想清楚，他的确没有将自己的感情说得很明白。他本以为不必说得太清楚，可是看这狐狸的样子，又怕她真的不懂，便顿了顿，侧头在她耳边沉声道："是，我心悦你。"

听到师父的声音，云母的心一下就软了，脸也烫得厉害。她在师父腿上局促地磨蹭了一会儿，壮着胆子小心翼翼地仰头去亲他下巴。亲了两口，见师父没躲着，云母这才闭上眼去亲他嘴唇，亲了一下就飞快地缩回来躲到师父怀里，把脸埋在他胸口。明明认真算起来的话，这绝对算不上是他们第一次亲吻，可云母莫名害羞得不行，比之前任何一次都要紧张。

白及被她那几下亲得心痒，感觉到云母低头钻进来了，便自然地将她揽住护住。云母其实这会儿仍然没什么真实感，可也不想再想更多了，干脆蹭了蹭师父的胸口，努力将自己胸中那点隐隐的不安摒除，满足地闭上眼睛。

毕竟是心意互通的第一日，两人都还分外青涩，搂在一起厮磨了许久。接下来几日云母又重新高兴起来，性格里那点乐观的狐狸天性在这段时间又重新爆发了出来。明明她担心的事一件都没解决，可却暂时把烦恼全忘了，跑来找师父找得越发勤快。

云母蹦跶得欢快，白及自是日日等她，有时在院中，有时在书房。他的日子原本过得单调，除了看书就是写字，近日却忽然不同起来。看着那只白狐狸蹦蹦跳跳地从门口窜进来，他便有春风乍来之感，只觉得胸口的冰雪尽数融成了春水，真是恨不得日夜将她捧在掌心。

这日云母来找师父，白及便带了她在院中练字。凡间近日虽然天气渐凉，可这天阳光却明媚得很，还有几分温暖，故白及在院中布了桌案，铺了宣纸，握了云母的手一笔一画地教她写。

云母原形人形都能写字，狐形叼着笔写得惨不忍睹，人形拿手写却还可以。白及在收绸条时就觉得她写的字稍欠火候，但颇有灵气，因此有意纠正她，现在有了时间就亲自教云母，顺便让她背背书，免得下次再闹笑话。

白及没有明说，可云母还是从他的话语和神情里感觉出点意思来，当即脸就红了，忍不住辩解道："我又不是不知道意思不合适，实在是没有合适的可以抄了……"

说到这里，她不禁觉得委屈，肩膀塌了，垂首道："你就不能早点出来抓我吗？"

白及："……"

他本就不是善于窥探他人心思之人，且那阵子云母塞了绸条就跑，白及只知要顺着她的意愿来，哪里想得到要去抓她。可他见云母此时分明不是狐形，却看起来耳朵和尾巴都要垂下来了，十分可怜的样子，唯有叹了口气，轻声道："抱歉。"

云母闻言一愣，其实也就想扭捏一下，并没有真想要师父道歉，真听白及如此说，反倒不好意思起来。云母轻轻抿了抿唇，便从白及掌心里抽出了自己握笔的手，一言不发地在他怀里转过身，双手抱住他的腰，脑袋往他怀里一埋，蹭了蹭。

白及呼吸一滞，哪里有心情责怪她。他索性也松了笔，抬袖将云母搂入怀中，轻轻捧了她的脸浅吻，低头与她亲昵。这阵子这小狐狸简直将他当狐狸洞钻，一不留神就在他怀里了……说来也奇怪，看云母的模样，两人年纪明明应该是差不多大，他顶多虚长她一两岁，可偏偏白及却始终觉得自己要比她年长许多。云母一撒娇他心就软了，他也奈何不得，只能任凭她高兴。

云母果真蹭得高兴，没放出来的尾巴也重新开始拼命摇了。云母喜欢他身上的檀香味，以前蹭师父多半要含蓄一点用狐形蹭，现在却发现了人形蹭的好处——接触面积大不说，运气好还能被师父亲两口……这些日子她发觉师父并不介意她撒娇，云母干脆就放开了顺心意而为，一抱着他就根本不想松手，今日亦是如此。不过，她闭着眼满足地还没蹭一会儿，忽然就感觉到什么，不得不睁开了眼睛，有些犹豫地直起身子。

"怎么了？"

白及本来抱着她还有几分无奈，看云母突然露出异状，一顿，疑惑地问道。

云母迟疑地摇摇头，道："没事，就是……"

她略一定神，闭了眼，确定心里的呼唤声还在，才说："郎君，好像有人来找我，我出去一下。"

说着，她有些遗憾地松开了白及的腰，从师父怀里出来，理了理衣衫，这才疑惑地往外走。云母隐匿身形从正门走到院子外，守门的童子自顾自地打着哈欠，完全没看见她。不过除了云母之外，他没看见的其实还有另外一个人。

院子外，直挺挺地立着一个身着甲胄、头戴头盔、腰间佩剑的仙人。他外表约是中年人模样，蓄着胡子，眉头紧锁，神情看起来颇为威严。见从院子里出来的是云母这样一个年纪小、飞升不久又生得貌美的仙女，他似是也怔了一瞬，方才回过神来。

云母还是第一次见到传说中的天将。看到对方的模样，她想到她娘和玄明神君的事，视线心虚地闪了闪，只是她飞升得晚，对方又是天庭的将仙，理应由她先打招呼。云母问道："不知将军唤我……有什么事吗？"

云母先前就是在院里感到外头有人召唤，这才出来的。她在旭照宫里学习的时候听师兄师姐讲到过这类事，但她还是第一次碰到。

天将其实并非为玄明之事而来，但他看到一个凡人院中莫名其妙有位仙子，觉得怪异，又看云母神情异样，便皱了皱眉，问："仙子，这院中住的是何人？你为何会在此？"

说着，天将从云母身上的仙气察觉到她是个成仙不久、年龄当真不大的仙子，怕自己语气可能重了些，转而提醒道："你成仙不久，许是对天界的规矩还不大懂。你既已脱离凡道行升天之路，还是少与凡人再有瓜葛的好……尤其是男女之情有违天规，万不能生，否则若是让天帝知道，我下次见到仙子，只怕……"

云母听到这里就晓得是天将误会了……或许也没误会。她脸一红，连忙摆了摆手解释道："这院里住的是我师父白及仙君，并非凡人。只是他近日下凡历劫，才被天道敛了仙气，所以我……我……"

云母终是不好意思说出实情，只得赤着脸掩饰道："我是担心师父，下来陪他的……"

天将听完怔了一下，白及仙君大劫引来降神雷的事是天帝在群仙宴上说的，天界的神仙知道的不少，若是他下凡历劫，倒是对得上，不过……

天将好奇地打量了一眼云母。因白及仙君不太出自己的仙宫，连带着他宫里的人也颇为少见，这个小弟子更是听说得少，既然碰到了难免让人想多看几眼，而且……

天将看着满脸羞涩的云母，觉得很是欣慰感动。

一成仙就特地下来陪渡劫的师父，多好的孩子啊！要是他日后也下凡历劫，他手下那些傻瓜天兵也能这么有孝心像这姑娘一样来陪陪他，他也算是无憾了。

这么一想，天将不禁赞许地点头，看着云母的目光亦温和了许多，他道："原来是陪师父，如此，倒是无妨的。"

停顿片刻，天将终于切入正题，正了正神色，又道："我这次下凡来，是有事要通知长安附近的神仙……长安近日，有恶妖为祸多端，我等奉天庭之命前来捉拿，仙子若是长期逗留此处，还请帮忙注意一二。"

第十章　身世曝光

云母闻言一顿，脱口而出问道："恶妖？"

"不错。"

天将见云母问起，便解释道："寻常妖物便是淘气些闹点无关紧要的小乱子，天庭自不会管。但大约是三个月前，有一大批心术不正的妖物从别处来到长安，为非作歹、不走正途，打砸抢掠坏了不少凡人的命数不说，甚至还开始食人！"

说到此处，天将情绪激动，身为仙人，自是要有庇护凡人、悲天悯人的胸怀。他急急地喘了几口气，才勉强能继续往下说：

"此等歹毒、害人利己的行径定为天道所不容！天帝派我等五百天兵天将下凡，便是要速速捉拿这些心肠歹毒的妖物，好叫凡间平安昌隆。仙子在人间陪伴白及仙君，若是找到什么线索，还请务必告诉我等！"

说完，天将又说了一个云母可以去提供信息的仙址，云母赶忙记下。

她其实听这些信息听到中途就已觉得耳熟。天将口中这些到处作乱的妖兽，多半就是哥哥之前说的近期在长安作乱还妄图与他争妖王的那些妖兽。尽管她已经听说了这群新来的妖不走正途，可从天将口中听说他们居然到了食人的地步，依然吃了一惊。

云母不敢贸然在天将面前提起石英，但仍忙道："那我到时去问问在凡间认识的人，他们在凡间修行，说不定听说过一二，会有消息。"

天将拱手道："如此，劳烦仙子留意附近……我还有任务在身，现在就先告辞了。"

云母赶紧中规中矩地行了礼。

因为石英的事，她现在听到"妖"字，心口就会不自然地一紧。云母想了想，觉得天兵天将在抓那些妖物的事也该让哥哥知道比较好，便在心里默默排上了去见石英的日程，然后回了院中。

白及还在院中等她。大约是云母好一会儿都没回来，他就自己拿了笔在写。云母见状，立刻十分自然地爬到师父腿上，在他怀里坐好，努力直起身子，撒娇地拿头顶顶他下巴，蹭了蹭，想让师父赶紧关注她。

云母这么大个姑娘钻进来，白及当然是不可能感觉不到的。只是云母蹭他的意图他却要多考虑一番，白及思索了一会儿，就抓起云母的手。云母心中一喜，但还没等她高兴，就感到师父把自己握着的笔塞到了她手里。

云母："……"

白及沉声道："我们刚才写到……"

她这么可爱的狐狸都钻怀里了！师父居然只想教她练字！

云母震惊了，并且非常委屈。

她也不是不愿意练，但这样下去就快一天了啊！练字的时间多了亲亲抱抱的时间不就少了吗！师父到底准备什么时候哄她啊嘤！

小狐狸气得想摔笔，可想想笔又没什么错，就勉强熄火按下了这个念头。云母松开了握笔的手，扭身又抱了白及的腰，一阵乱蹭，就差没在脸上写"快哄哄我"。

白及一愣，便拥住了她。他心脏又何尝不是跳得厉害，只是越是心动就越怕会错意惹了对方的反感，这才处处往保守的方向走……他怎会不想与她亲近？白及呼吸微重了一些，亦将笔随手一搁，低头吻住了她的唇。云母红着脸努力仰头回应，这下可算是满足了。

白及吻了她许久，待好不容易松开云母，声音已经染了几分情欲的沙哑。他又吻了吻云母贴近耳垂的皮肤，这才不无疑惑地贴着她的耳畔问道："刚才找你出去的……是何人？"

他又顿了顿，问道："第一次见面时，你道你是附近修行的狐仙。这可也算是……神仙？"

云母一怔，听出师父话里的在意，道："嗯，算是神仙。"

白及闻言蹙眉："那你同我在一起，人仙殊途……可会有事？"

"不会。"云母老实地摇头，轻声道，"别人可能会有事，但如果对象是郎

385

君……没关系的。"

云母讲到这里就没有再说下去。白及却将眉头蹙得更深，感到了一些微妙的不平衡感，让他脑海深处隐隐发疼。

云母怕刚才的话题太深入，连忙转了话题道："对了，郎君！刚才来的那位是天将，来执行公务的……他说的事情可能与我哥哥有一点关系，所以我明日准备去山上见我兄长，明天许是不会过来。"

白及想了想，问："我可否与你同去？"

"啊？"云母愣住，眨了眨眼。

白及面色安静，答得也颇为淡然："我还未见过你的家人……不行？"

云母脸上的红晕一点点地爬了上来，她看着白及深邃的眸子呆了半晌，但还是奋力地摇了摇头，解释说："下……下次再说吧。我哥哥那里稍微有点奇怪……"

云母说得忐忑。师父现在是未曾修炼过的凡人，其实最好不要进入妖域，况且……况且她母亲和兄长都知道他们是师徒关系，师父现在没有记忆，带他过去多少有点不对劲，但等师父恢复记忆以后……

云母低了低头，心里想起师父回天后的事，心情就有些低落。

白及见她为难，闭了闭眼，也就不再坚持，只道："无妨。"

他重新看向云母，因她是仙，而自己却是人，不禁有了种无法触及的焦躁感。白及将这种古怪的焦躁感强行压下，埋头又去吻她。

云母没有放出来的尾巴又开始摇晃了，她蹭着师父回应着，吻了一会儿，就听白及在她耳边低声道："明日，我会想你……"

云母听得耳根发红，因为师父少言，只听这么一句她就觉得师父的情话是她此生不能承受之肉麻，她的身子顿时就软了。她用力往白及胸口一埋，蹭得越发厉害。

　　……

这一日天刚明，云母立刻上了山找石英。石英事先没有听说云母到来，妹妹到的时候他好像还没睡醒。他坐在椅子上打了个哈欠，揉着眼睛问道："妹妹，你怎么了？和你师父吵架了？"

令妖宫里这日除了石英，还有许多其他妖兽。妖物这种东西心智不坚，说单纯也单纯，但容易受到周围环境的影响，故而跟了石英这么个早晨就懒洋洋的妖王，他们也跟着日复一日地懒洋洋起来。这会儿这群妖兽都是原形，也和石英一样刚起床，令妖宫里哈欠连天，有一只长得颇为可爱的妖狸子甚至眯着眼拿后腿踢了踢耳朵，往地上一趴，又睡着了。

相比较于其他妖兽，石英至少化了人形还穿了衣服，也算是得体的。云母看着他说："哥哥，昨天有天将来找我，说天庭派了天兵天将，好像是来捉你上次说的那群恶妖的。"

"哦？"

石英听到这里一惊，瞌睡瞬间就醒了。他眯了眯眼，神情像是有些不悦地重复道："天庭？天庭……还要插手这件事儿？"

云母点头，察觉到哥哥听到这个消息以后表情不是很好的样子，问道："哥哥，你不高兴？"

"自是不高兴的。"石英微微扬眉，倒也没有否认，道，"这里是我的地盘，我自会料理，也筹谋了多日……如今万事俱备，想来不多时就能将那群家伙的老巢都一锅端了。那群家伙本该落在我手上……啧，这种时候被人横插一脚，我怎么会高兴？"

说着，他脸上露出颇为不悦的样子。

不过停顿片刻后，石英展颜一笑，不自觉地摆了摆自己身后的九条狐尾，随口道："算了，无妨，反正我和天庭井水不犯河水，各自行事就是。以我目前的进展，说不定到时候还是我更快一步呢。"

话完不等云母再说，石英就不以为意地转移话题问道："不说这个了，天庭又不关我的事。比起这些，你同你师父如何了？我看你一脸情绪低落之色，总不能就因为听了个天兵天将的话……怎么，你们处得不好？"

云母平日里尽管待在白及那里多些，可也不是全然与家人断了联系。自从与师父两情相悦之后也已经过了一段时日，她之前就找日子过来羞涩地将事情跟哥哥说过，因此石英自是知情的。但是听到他说的话，云母一愣，下意识地摸了摸自己的脸。

她明明这阵子和师父在一起很开心，师父待她极是温柔，会哄她宠她，也任她撒娇。师父本来无论在天上还是凡间都是少言寡欲的，这几日她都瞧见过几次他微微抿着唇笑了，幸福得不似真实。因为太顺利，云母觉得自己连母亲和玄明神君的事都能暂时不在意了，一直很高兴，哪里能有什么不好之处？可是哥哥却说她情绪低落……

石英看她这副表情，笑道："别摸了，你自己不晓得的，但我是你哥哥，还能看不出？你好好想想，要是有什么事，哥哥自然会为你出头的。"

石英现在虽然还是灵狐，但与妖物待在一起久了，身上难免有些许妖气。他这话一说完，云母便觉得自家哥哥脸上的笑容危险了几分，连忙摆手说："没有没有，师父对我挺好的，只是……"

只是师父实在太好，她有些……有些不希望让师父回天上了。

云母一怔，被自己脑海中一闪而过的念头狠狠吓了一跳，连忙摇了摇头将它消去，抬头笑着对石英道："没事啦，哥哥你不要担心。"

石英不置可否，微妙地看了云母一眼，也就没有再说话。

……

一个念头一旦出现了，就变得无法消去，且她越是在意，这个念头就出现得越是频繁。尽管云母清楚她其实无力影响师父的劫数，何时结束怎么结束其实都与她无关。可她仍为自己竟然生出这种想法来感到羞愧，一边不堪其扰，一边却又忍不住去想，这段时间，她纠结得很。

转眼她在凡间又逗留了一段时间。母亲还是不愿说与玄明神君相关的事，云母便也不逼着她；哥哥那边忙着对付恶妖，现在好像到了关键时刻，她每回去哥哥看起来都兴奋得紧，说起进展滔滔不绝。云母也能感觉到现在长安城附近妖气四溢，俨然要大战将近的样子。她如今既然为仙，也有保护凡人之责，故而也竭尽所能地在这附近设了界，不过因为石英看起来无暇分神，她往哥哥那里去的次数也就少了。

这日，城里淅淅沥沥地下着雨，雨水顺着屋檐啪嗒啪嗒落进檐下的小水洼中，潮湿的雨声因门窗的阻隔而显得朦胧。

云母近日心不在焉，来时直接用狐形跑了过来，又忘记用法术护身，身上便沾了雨。现在天气太凉，她进屋就打了个喷嚏，站在门口抖了抖毛，茫然地抬头望着白及。

白及一愣，叹了口气，走过去将她抱起来，取了帕子给她擦毛发。云母原形还不算大，白及正好可以用宽大的帕子将她包起来搓揉，云母便不自觉地翻过身，时不时发出一点乖巧的呜咽声。她身子软，白及也就不敢用力，好不容易擦完，却发觉她身上还是凉的。白及顿了顿，起身取来冬日里才用的小手炉，弄暖了给她。

云母其实不太在意这点雨，又不会生病，但感觉到手炉的暖意，才觉得冷了。她摇了摇尾巴，高高兴兴地往上面一靠，整只狐狸靠在炉子上眯起了眼。

白及见她如此，嘴角不自觉地弯了一下，又想找找看书房里有没有备用的毯子可以给她裹着取暖，结果毯子没有找到，倒是找到一件夜晚披的外衫，便索性取来让云母罩在身上。

白及重新坐回云母身边，抬手摸了摸她的脑袋，问道："今日怎么淋了雨？"

云母白毛底下的脸微微一红，不好意思说自己是因为发呆淋的雨。她掩饰地嗷呜呜叫了两声，拖着取暖用的两样东西蹭到了白及腿边。白及见她扑腾得费劲，索性将炉子带狐狸和衣服一起放到了自己膝上，让她好好趴着。云母便也熟练地团好，蹭了蹭白及的腰，就闭上眼休息。

屋子里沉默了一会儿，白及迟疑片刻，一边顺着膝上狐狸的毛，一边试探地问道："云儿，你近日……好像不大精神。"

云母一僵，没想到自己时不时发呆会被师父看出来，她有些不知所措。与此同时，白及闭上了眼。

眼前一片漆黑。

不过若是看得仔细，又觉得黑暗之中好像有什么东西在慢慢浮动。

他近日时不时就有些头痛。约莫是与云母离得近了，他知晓自己的心意，却不知这份无缘无故的好感是从何而来，因此常常去想，想得多了，偶尔就会觉得眼前有画面闪过一般。

小白狐，游船，莲灯。

月光之下，巧笑嫣兮。

白及蹙了蹙眉，觉得好像有些眉目却并不分明。先前他见云母一身水地跑进来也觉得眼熟，但仅仅是一瞬间。白及想得头晕，抬手揉了揉眉心，不觉问道："云儿，我们之前，到底是在何处见过？"

白及本来只是随口一问，谁知下一刻，忽然觉得身上一重，下意识地睁眼，就看见云母恢复了人形，正有些惊慌地看着他。

约莫是因为她原来的毛发沾了水，尽管擦过还用炉子烘着了也没有完全干，故而她的头发还有些潮，一头乌丝顺着脖子和背垂在身后。她身上披了他的外衫，但从两襟之间还是能看到她原本穿的衣服隐隐带了水迹。白及目光闪烁了一下，不自在地侧过了头。

云母倒没注意到他的异状。她是因师父那一句话，以为他是想起什么了，才一惊吓化了人形的。可是化成人形到底要做什么，云母自己也不是很清楚，一时慌乱起来。她坐在那里不安地慌了片刻，接着一低头，啪叽一下把自己塞进白及胸口。

白及："……"

云母埋在他胸前蹭了蹭，其实很想怂恿师父不要在意这些事，不过想来想去还是说不出口。她挣扎了一会儿，脑子一热心一横，云母就闭着眼仰脸去吻师父的唇瓣，贴也当真被她贴到了……

白及的眼睛微微睁大了几分，说来也怪，他见云母披着未干的长发，居然也有一刹那觉得眼熟，不过下一瞬，他便果真被云母带跑了思路，俯身揽住她，埋头

389

回应。

刹那间，窗外雨声渐响。哗哗的雨水之音掩盖了其他的声息，还有雨点清脆地拍打着窗沿，使窗户微微地颤动了几下。

情人间亲昵永无止境，空气渐渐被暧昧的气氛提高了温度。白及一弯腰，不知不觉已将小狐狸按在了地上。他们稍稍分离，云母躺在地上一僵，红着脸，视线微有几分躲闪。她下意识地举手挡脸，颤了颤睫毛，生涩地道："我……"

白及胸口发热，只想俯身堵住她的唇，但还是定了定神，他正要直起身子，可还未等他想好下一句话该说什么，这时……

砰！

书房的门被一把推开，玄明很高兴地踏了进来，张口道："白先生，你今天有没有……哎呀。"

将白及的书房当自己家踏进来的玄明看到眼前的场景愣了一瞬，但云母还被白及掩着，从他的角度并未立刻看到她的脸。

不过和感情经历一片空白的白及不一样，尽管玄明理论上没有家室，但在他自己的认知中自己已是个暗中结婚几年的人了，所以在看到眼前这个场景的刹那，玄明已经飞快地搜集了现场的各种信息，并且在脑海中迅速产生了几个大胆的想法。

两个人脸上都有明显未消的绯红，衣衫不大整齐。除此之外，还有那女孩子披散的头发，以及身上明显是白及的外衫……

"我来的不是时候。"

玄明面不改色地扭头，转身就走。

两人拥在一起的时候被闯入的玄明撞见，白及和云母自然都是窘迫的。只是他们明明什么都没做，若是这个时候让玄明就这样走掉的话，他们恐怕就永远都洗不清了。

"——等等。"

待回过神来，白及当机立断拦下玄明。玄明一顿，居然也真停下了步子。

玄明这阵子其实心里有事。他表面上一副万事不在意的模样，实际上内里最是细腻，能察觉到他人的恶意和善意，也能察觉到爱意和恨意。正因如此，他对他那些兄弟对他的态度敏感得很。如今他们那高高在上的父亲命不久矣，他的那些兄弟只怕也要有些动作。不过，玄明发现现在最让自己焦躁的居然不是这些，而是……

而是玉儿。

玉儿仍旧同以前一般，入了夜就会时常来。可是从前一段时间起，玄明就觉察出她常常魂不守舍。她好像在为什么事情烦恼，可又始终不愿意说出来。正是这种无从下手的无奈感，让玄明整个人都焦躁得很。他这么一焦躁，今天又望见了雨，就想来找上次与他志趣相投的白及诉苦聊天，谁知他一翻墙进来，看到的居然是眼前这般温存的一幕。

这时云母和白及两人早就慌慌张张地起了身。云母太过着急，便慌乱地将自己的脸埋在白及胸前，让白及拥着她。云母慌张之时，竟都忘了瞧一眼来者的脸，对方自是也没看到她。

玄明一入内，氛围便越发古怪。他本来就是好不容易翻墙进来的，自然不想走，一听白及留他，也就顺水推舟地留了下来。只是此时屋里气氛尴尬，好在玄明生性自由，倒是自在得紧。他替白及关上了门，将雨声挡在屋外，随后试着缓和气氛，笑嘻嘻地拿扇子尖往白及怀中一指，调侃道："白先生，这便是你所说的'心不改，步步专一'？"

这话本是白及那日与玄明谈道时说的，说时并未有涉及男女之情之意，此时却被玄明拿来指他的感情之事，白及自是有些窘迫。他耳尖微微冒了红，但停顿片刻，却还是应道："是。"

这时，云母便感到师父抱着她的手紧了几分。她虽有些听不懂玄明与白及对话的意思，可也听得出是情话，有点羞涩又有点高兴地往他怀里埋了埋。

与此同时，听白及如此坦率承认，玄明亦是忍不住惊讶了一瞬，接着便笑道："如此，倒是有趣。"

说着，玄明拿扇子拍了拍手心，不着痕迹地好奇地打量白及怀里的姑娘。

从玄明的角度，只能瞧见那女孩一头柔顺乌亮的长发，纤瘦的肩膀和腰身，因为她骨架不大又裹着白及的外衫，宽大的衣服看上去有些空荡荡的。她微微露出一点的侧脸，弧度饱满，皮肤雪白，只是因她还埋在白及胸口，玄明看不大清楚对方的脸。

玄明眯了眯眼。

老实讲，要说他对白及的心上人完全不好奇，那自是不可能的。且不说白及在解出玄谜前就是深居简出的名士，他这个人看起来便清冷得很，即使是旁人随眼一扫，也能晓得是个不易动情的。偏偏这么个人，此时将一个小姑娘搂得跟什么心肝宝贝似的，两个人极是亲昵，偏又叫他撞见了……这叫玄明如何能不惊奇？如何能不想看个清楚？

故而玄明忍不住偷偷探头，想瞧清楚让白及失了心的姑娘该是什么模样。恰在这时，云母大约是在白及怀里憋得闷了，也可能是一直让师父抱着不好意思了，她正巧也慢吞吞地从白及胸口转过头来，想要自己找个地方坐。谁知还未等她看清周围的情况，倒是先与玄明的视线撞了个正着。

两人皆是一怔，眨了眨眼，谁都没能先移开目光。

白及看他们神情有异，微微一顿，这才想起自己还没给两人介绍。他沉了片刻，就为两人做了介绍。云母上回已经凑巧遇到过玄明，白及便只简单地说了是晋王就不再多言，只是介绍到云母时，他却迟疑了片刻，轻咳了一声，才道："是我思慕之人。"

云母原本和玄明面对面正愣着不知所措，哪儿晓得这时又听到师父这样介绍她，登时脸就烧了。而另一边，玄明却是当场呆住，脑中闷雷一声巨响。

他是熟悉白玉的，而此时这女孩子的长相……

先前在白及这里碰到的那只小白狐、灯会那晚玉儿的异状，还有今日白玉欲言又止的模样……

种种线索串联在一起，玄明睁大了眼睛看向云母——

幻境里的玄明曾说，幻境外的我虽不知道这段往事，但他必思我所思、想我所……想个鬼啊！现在是想这个的时候吗！

在这一刹那，当玄明用他敏锐的头脑将许多事情想清楚的一刹那，他的视线从小姑娘脸上转到了白及脸上。

玄明脑海中只剩下了一个念头——

他想揍白及。

玄明是想到什么就做什么的人，下一刻，皮笑肉不笑地扯了一下嘴角，出声道："白先生。"

白及一愣，觉得玄明周围的氛围似乎在短时间内发生了什么变化，可具体是什么情况却又说不上来。他略一蹙眉，看向玄明。

玄明非常友好地微笑着问："今日阳光明媚天气正好，我听说先生不仅善谈玄学还善使剑，你看你今天有兴趣来打一架吗？"

"……"

白及眉头蹙得更深了几分，转头去看窗外。

雨还未停，雨声哗啦啦地响着。阴云缠空，便是天色都比往常要暗上几分。

云母也随着师父的目光往外看，在玄明面前感觉有些拘谨，故而转回头就眨了眨眼睛，似有不解之意。

玄明这时也察觉到了天气不对，但只是轻描淡写地哦了一声，随口道："今日下雨，我倒是忘了……既然如此，不如来下盘棋吧？"

说着，玄明仍旧是笑容灿烂明媚，浅笑着看着白及，等着他应承。

白及一顿，他书房里的确是有棋的，只是他不喜独自下棋，平日里又鲜少有客，棋盘和棋子都落了灰……既是玄明想下，白及便也不再多说，起身要去取棋。

　　这时，在和玄明四目相对那一刹那脑子一团乱的云母倒是忽然清醒过来了。她见白及起身，一急，就抬手拽了他的袖子，忙道："师……郎君，要不我来吧？"

　　云母说到此处，又发觉有歧义，脸一红，补充说："我是说……我想试试下棋。"

　　说着，她不大有把握地侧头看向玄明，用征求意见的口吻问道："可以吗？"

　　玄明倒是没有想到云母会提出这样一个请求来，微讶了一瞬，身上本已凝聚起来的杀气顿时散了一半。他对着白及气势汹汹，可迎上这么一双像极了玉儿的小姑娘的眼睛，忽然诡异地窘迫起来，掩饰地拍了拍扇子，才挑眉道："你来？"

　　云母紧张地点头，正要认真说明一下自己学过棋，好说动玄明，却听玄明已经爽快地道："好啊。"

　　白及一顿，倒是没有想到云母会想和玄明下棋，亦没想到玄明会应，转身去拿棋过来，云母也起了身帮他。不一会儿，白及拿回两盅棋子，云母则捧着棋盘，三样东西依次摆好，两人对坐。

　　玄明抬手谦虚道："你先手吧。"

　　云母握着黑棋点了点头，马上落了子，玄明紧随其后。起初几步根本不需要思考，书房内迅速就充满了子落棋盘的啪啪声。只是待几手棋落了之后，玄明落子速度未变，云母却渐渐慢了下来。

　　她这会儿其实忐忑不已。

　　说是想与玄明下棋，但她其实未必不知自己的棋力是几斤几两。她当初与玄明在幻境中共度了不短的时光，自然是晓得玄明神君善棋的。她与其说是想与对方对弈，倒不如说是想借此机会和玄明接触一下。娘亲那里始终拖着不肯说，可她终究是在意的，玄明他……

　　云母不安得很，棋下得比平日里还要乱些，没一会儿就要输了。不过说来奇怪，玄明眼看就要将她逼入死路之时，忽然又把玩了一下棋子，便下了个无异于自投罗网的位置，好给云母可乘之机。若是一次两次，她还觉得玄明许是下错手了，可是再多几次，云母哪里能看不出他这是故意让她，登时就不好意思起来。玄明的棋路看得出是以攻势为主，可下到后来，渐渐就成了守势，偏偏云母也温吞得紧，就变成两个守方互相试探布局，这一局棋能有多无聊就有多无聊。

　　玄明一笑，索性指点起她的棋路来。

　　这一把棋最后一直下到算子，饶是他一路有意拖长棋局让着，终究是赢了云母半子。他笑了笑，看着云母道："你棋风还嫩得很。"

说着，他又道："下棋不要冲动，落子之前不妨多想想，其他事亦是如此。你年纪这般小，多等个几年亦是没事的。"

说着，玄明意有所指地看了眼白及。

因玄明的视线落在了白及身上，云母不自觉地顺着他的目光看了过去，结果便正好与白及相望。两人短暂地对视了一瞬，云母忽然就觉得脸上发烧，局促地眨了眨眼，仓皇地移开了视线。

白及一僵，有些无措。

莫名其妙的，玄明其实没说什么特别的话，可是白及看着云母脸红，心里却像是被羽毛轻轻地撩拨了一下。短短一个无言的对视之中，暧昧的气氛在两人之间若有若无地升腾起来。

玄明："呵呵。"

他原意是要给两人的关系泼泼冷水，谁知他们一对上眼就暧昧起来了，他刚刚和初次见面的女儿一起玩棋的好心情瞬间就没了。玄明哪儿能任由这两个人周围的空气升温，将他这么大一个活人摒除在外，故而他轻咳了两声，强行插入两人的朦胧爱意之中，皮笑肉不笑地道："你们倒是挺亲热。"

云母身子一抖，脸颊噌的一下就冒红了。

云母自以为她的表现不算太明显，哪儿晓得她的种种神情落入玄明眼中，都令他焦虑得很，偏他此时并无立场施展他的口才，只得干着急。顿了顿，玄明手指不自觉地扣了扣棋盘，貌似不经意地问："小姑娘，再来一盘吗？"

于是两人布好了棋重新开始，这一回，玄明明显一开始就有让她之意，两人下得分外磨蹭，大有一下三天三夜之势。

最初与玄明见面的慌乱和头脑发热已经过去，此时云母心静下来，反倒能够仔细地观察玄明。她并非第一次与玄明神君见面和说话，可上一回两人接触的时间太短，也还未撞见他与母亲之事……在幻境时两人倒是相处时间长，可幻境终归是幻境，那个玄明并非真正的玄明。算起来，此时才是她头一回和真正的玄明神君好好说话。

想到他可能是自己和哥哥之父，云母慌得下错了好几子。她以为玄明神君在转世中就不会记得什么，却忘了玄明见过她母亲，而她与母亲何其相似……在她观察玄明的时候，玄明亦瞧着她。

玄明其实亦是忐忑不安。他到底没有过孩子，眼前突然蹦出个既像他又像玉儿的小姑娘，便是一贯冷静如他也当真受不住。说来奇怪，以他如今的年龄，无论如何都生不出云母这么大的姑娘，可血脉的联系比想象中更强，这个念头一旦在脑中冒了出来他就确定了，丝毫没有别的怀疑……他的胸口滚烫，心脏亦跳得飞快。玄明自然不可能晓得事情的全貌，脑海中猜测的，乃是前世今生。玉儿乃是狐狸，无论她是妖是魅，是仙是灵，寿命总归是比凡人长的。

棋子慢吞吞地一枚接着一枚落下。两人下的时间颇长，棋局又拖拉，在旁边无事可做只能旁观的白及虽是始终安静地看着，并未说什么，可云母也觉得师父应该感到怪无聊的。她的视线时不时担心地往白及那边飘，凑巧玄明又看白及有点微妙的不顺眼，就随便找了个借口让白及出去休息一会儿透透气。白及一顿，注意到云母担心他的视线，也就略一点头出去了。

白及走后，屋内只剩下他们两人下棋。

因为他们各自只当对方不晓得自己猜到了什么，书房里的气氛就有些怪异。想了想，玄明率先开口道："云儿。"

听到玄明唤她小名，云母下意识地慌了一下，才不太自然地应道："嗯？"

玄明挑眉问："我能问问……你同白先生是何时相识的吗？"

"嗯？"

云母眨了眨眼，目光不自觉地躲闪了一下。这个问题其实并无什么冒犯之处，只是从她的角度来说，就不太好回答。好在未等云母想到什么应对之举，玄明已经自顾自地接下去了："我不久前才瞧见白先生抄在绸带上给你的情诗，算起来现在离那时还没有多少时日……你这么小的年纪，何必这么快答应？拖上一会儿，也是无妨的。"

云母："……"

听到玄明说到绸带上的情诗，云母顿时心虚地整个人都僵住。她哪里好意思告诉玄明那是她抄给师父的……云母视线闪了闪，不过她又注意到玄明话里有话，这已是玄明第二次说她年纪小了……

云母疑惑地转移话题道："我年纪不小了呀。我今年十九，若是凡间……若是和我一般年龄的女子，不是早就该成亲了吗？"

玄明一僵，大冷天仍然打开扇子掩饰地扇了扇，假装吃惊地说："是吗？"

看云母不动，玄明趁机补充道："不过，即便是十九岁，也大可不必如此着急。婚姻到底是人生大事，待人成熟些再考虑，总归是不会错的。"

云母仍低着头，只是听玄明与她谈起男女之事，小心翼翼抬眸看了眼他那与石英相似十之六七的面容，心里微沉。

玄明此时比幻境里来得年轻，哥哥又比以前来得年长，两人外表年纪相近，若要说他们什么时候最相似，约莫就是此时了。

心里那个念头又笃定了一两分，云母迟疑片刻，张口却是问道："王爷，若换作是你……会怎么做？"

玄明本来优哉地拿扇子一下一下地打着手，可云母的话音刚落，他的手忽然就停住了。

云母微微垂眸，又小声地问道："婚姻是人生大事，要慎之又慎。可若是……时间不多呢？"

云母说话时神情恍惚，想的是师父现在是在凡间历劫，可总有一日要回天的。待回天后，师父必不会再这样莫名其妙地爱她、喜欢她，若是他真还记得这段往事，说不定还会疏远她，对她心怀芥蒂，两人的师徒关系亦不知该如何维系，到时怕是要尴尬得很……

这样算来，她自然算是时间不多的。

然而这句话入了玄明之耳，又何尝不令他胸口剧痛。他所想的，是他如今处境不佳，只怕父亲驾崩之日，便是他们兄弟反目之时；父亲之忌日，亦是他九死一生之时……

本是同根生，相煎何太急。

玄明苦笑了一下，如此，可真算是时日无多了。

他心中有感，语气不觉放软，只听他不无感慨地长叹道："这般，唯有珍惜眼前人吧。"

……

白及出去透气仅仅是一小段时间，终究放心不下云母和玄明单独在一起，在屋外听了会儿雨，就又回去了。不过，令白及意外的是，他们那盘磨磨蹭蹭的棋居然已经下完了。

玄明看上去有些怅然，但总体而言心情还不错，倒像比与白及下了棋还要满意一般。见白及回来，他笑嘻嘻地道："先生回来得正好，我正要出门找先生呢。现在时辰差不多了，我若是再不回去，只怕有麻烦要来找我，所以便准备告辞了。"

白及一愣，自然没有异议。他的视线在心不在焉的云母身上淡淡一扫，微微抿了唇，并未多言。只是待他送了玄明离开，再返回书房后，却瞧见云母还是呆呆地坐在原位，像是在发呆。

云母这会儿其实有些恍惚，在脑海中细细琢磨玄明神君那句"珍惜眼前人"，谁料还未琢磨出个所以然来，就感到腰上一热，熟悉的檀香味迎了上来——她被白及从背后抱住了。

"在想什么？"

白及贴着她的耳朵，沉声问道，语气略微焦躁。

今日云母和玄明两人看上去聊得愉快，这令白及多少有些在意。毕竟他们明明并未交谈过几次，却似乎相见恨晚的样子，两人之间有一种特别的气氛……并非暧昧，却也称得上亲密。玄明是他的朋友，而云儿是他的心上人，但是这种古怪的氛围，使得本该是两人之间维系者的白及觉得自己居然反倒被排除在外。

隐隐的，他不是很喜欢这种她与别人更亲近的感觉。

想到这里，白及不觉烦躁，待反应过来，已轻轻咬了一下云母的耳垂。

他说："你若是想下棋，我亦可陪你下的。"

云儿平日里撒娇撒得欢，但他总觉得她有时在他面前还拘谨得很，因此今日她主动要与晋王下棋，白及嘴上不说，心里却是在意的。

若是可以，他想做她唯一的知心人，想护她万年如一，想与她相知相守，想与她共赴千山万水，想……娶她为妻。

这个念头冒出来，便是白及自己也吓了一跳。有些话之前玄明说得倒是对的，云儿年纪不大，他们相处时间亦不长……他生出这样的念头未免太早，若是说出来，只怕要吓到对方。

白及闭了闭眼，定了定神，勉强将一瞬间激动起来的情绪按下。

云母并不晓得白及脑海中转过的念头，这时，稍稍一愣，摇头道："我不想下棋。"

白及回过神，沉默半晌，又说："若是你想做的，同我说便是。"

"当真？"

"嗯。"

听到师父承诺的声音，云母心脏一停。

又来了，那种感觉又来了，现在的感觉太好，她不希望……她不希望师父……

云母连忙摇了摇头，将这种想法再次抛掉。只是她仍旧可惜他们这样相处的时间太短太短，师父不知什么时候就会回天，到时候……

"珍惜眼前人。"

玄明说的五个字在脑海中响起。

还有什么没做的事，最好要尽快做完……

还有什么没做的事……

还有什么没做的……

云母脑袋一热，忽然一把抓住了白及的袖子，脱口而出道："郎君，要不你……同我成亲吧？"

"你说什么？"

云母话一出口，在后面抱着她的白及就呆住了，还以为自己是听错了。

云母哪里好意思再说一遍，羞涩地把自己往白及怀里一埋。

看她这般反应，白及一愣，猜到自己多半并没有听错。

白及强行按捺住自己一刹那激动起来的情绪，压抑着喉咙里一不小心就会冒出的异样，低声问道："你认真的？不觉得……太快了？"

听师父这么问，云母已经有了自己大概会被拒绝的预感。云母小声地问道："不行吗？"

白及喉结动了动，开口道："也不是。"

"诶？"云母惊讶地抬头。

白及何尝不知他们相识相处的时间其实并不算很长，此时谈婚论嫁，未免有些着急……可这段时间以来他心里的悸动连自己都不晓得因何而来，像是已经认识了她许久，已经恋慕了她许久……他不知缘由，却想顺心而为。

白及闭了闭眼，再睁眼，他眸中已然澄净。他道："我并非不愿，只是……怎么能事事都让你来说。"

云母听了他那一句话，已是脑中一片空白，她呆望着师父。

她此时是少女模样，被白及托着腰抱在怀中。她双手勾着他的脖子，眼眸惴惴不安地望着他，脸颊绯红，双眸湿润。只这一望，白及便觉得心跳都要停了。

白及头微微一低，他们便几乎是鼻尖对着鼻尖、睫毛接着睫毛，云母的眼睫不自觉地颤了颤，有些不敢与他对视。然而她刚刚要躲，却感到白及越发用力地搂紧了她的腰。

下一刻，只听白及道："云儿，你可愿嫁我为妻？"

他声音温和而有耐心，似比往常还要温柔。只是白及明明应该知道答案，可云母却从他的话语中听出了一丝紧张。

就是这一点若有若无的紧张，让她觉得心都要化了。

窗外雨声依旧，白及安静地等着她的答案。

云母不过是因师父这番出乎意料的表白而怔愣了片刻，待回过神来，连忙顶着滚烫的脸拼命点头。云母小心翼翼地抬头去望白及，白及亦望着她。她不知自己此时双眸含羞含露，两颊印着桃色，穿着白及的外衫，乌发及腰，正衬着雪白的肤色，这些映在白及眼中，该是何等令人心颤的绮丽。

伴着雨点拍打窗户的低沉的啪啪声，空气中开始弥漫着一种暧昧的氛围。

白及心跳如鼓，动了动，俯身去触云母的唇。云母紧张地闭紧了眼睛，努力直起身子仰头去迎合。

层层雨幕遮掩着的黄昏之中，两人相拥而吻，彼此交融。昏暗的灯光之下，两道影子紧紧合成一道。

待他们分开的时候，雨已经渐渐停了。

他们成亲决定得匆忙，两人都全无准备。白及寻了两支红烛在屋里点上，又换了身更为干净得体的衣服。待他回来，就瞧见云母拘谨端庄地坐在书房地上，双手虽是放在腿上，可却是攥紧了的，看起来不安得很。

白及的心跳又快了几分，到了此时，他又如何能全然镇定？他走上前去，将手递给云母，要拉她起来。云母顿了片刻，才抬起胳膊将手放在他的掌心里。白及察觉到她的手还在发颤，他微微一顿，便合指握紧了她的手。他将她小心地从地上扶起来，两人一同步入院中。

因晚风拂散了乌云，此时一轮皎月已重新傲立于空中。大约是雨水洗过的天空分外澄澈干净，月光竟比往常还要来得皎洁明亮，宛如神光临世。

白及与云母在院中恭敬地拜了日月天地，又喝了交杯酒，算是礼成。他们决定得太匆忙，准备的时间又太少，可谓一切从简，所有仪式都只表心意罢了，待行完礼两人就算成了夫妻。白及扶着云母在廊前坐下，两人依偎在一起看月亮。

因为白及不沾酒，先前喝交杯酒的时候他不过意思意思微微抿了一口。云母原来也不喝，可今夜她太紧张，拿起来就一口将整杯酒喝下去了，完了还咂咂嘴，问白及道："还有吗？"

白及："你不会喝多了吧？"

"不……不会的吧？"

云母摇着未收起的尾巴，不确定地道。

白及犹豫了一瞬，说："你看起来不胜酒力。"

不过话虽如此，他们刚拜完天地成了夫妻，正是最情深意浓的时候。白及光是将她搂在怀里都怕她融了，现在云母说什么，哪儿有可能不应？故白及叹了口气，还是去给她拿了。

因怕云母醉了，他先前给她备的本就是小孩子吃的甜米酒，云母想吃，便索性给她盛了酒酿，又拿了小勺子。云母捧着碗和勺子靠在他怀里一口一口吃得欢，腮帮子一动一动的。因为她心里忐忑，手里和口中的动作就不自觉地加快，一会儿工夫就吃了大半碗。白及原以为一小碗甜酒酿应该不至于有什么事。谁知云母一整碗吃完，已经整张脸都红了，软软地靠在白及怀中，张口道："嗝。"

白及："……"

云母迷迷糊糊地在他胸口拱了拱，把碗递给他，接着道："可以再来一点吗？"

白及也说不出这等场景算是意料之外还是意料之中，又是轻轻一叹，看着云母软趴趴的模样，硬着心肠夺了她的碗，随手搁在一边。云母看了眼自己已经没有了碗的手，哪里还能不晓得这是请求被拒绝，她顿时失落得尾巴全垂下来了。因为喝了酒，她意识已经有点不大清醒，情绪也被放大了，一被拒绝，立刻就委屈得想哭。云母慢吞吞地蹭了蹭他胸口，撒娇似的喊道："郎君……"

白及紧紧地抱着她，生怕她一不小心滑出去了。只是听到这称呼，他又忍不住要叹气。他低头吻了吻云母的鼻尖和额头，轻声教道："换了，喊夫君。"

云母闻言一怔，犹豫地抬头看了眼白及的脸。她似乎看了一会儿才把对方认出来，眨了眨眼，乖巧地轻轻喊道："师父。"

白及："……"

白及眉头略微一蹙，只是还不等他想出什么，便感到云母已经勾着他的脖子试探地吻了上来，亲了亲他的喉结。她眼神妩媚，身体柔软，白及喉咙滚了滚，哪里受得住她这样亲，索性勾了她的下巴吻了上去。她这样轻这样软，几乎一下子就被吻得全无招架之力，整个人羞涩地蜷着偎在他怀里。云母口中还有淡淡的酒气，以及酒酿留下的甜味。白及咬了她两口，明明未喝酒，却觉得自己也要醉了。

今晚到底是所谓的新婚之夜，即使再怎么克制，两人的吻里终究是带了情欲的。白及勉强抬起头，嗓子已经哑了，吻了吻她的唇角，再次教道："喊夫君。"

云母这会儿脑子转不动，看了白及半晌，这回倒是听话地喊了，道："夫君……"

喊完，她又眯着眼睛蹭了蹭他的胸口，道："喜欢你。"

说着，她又迷迷糊糊地凑上来亲。

白及呼吸一滞，险些喘不上气。他低头咬了咬云母的耳垂，沉声道："云儿，何为夫妻，你可晓得？"

云母一顿，后退了一点，懵懵懂懂地看他，然后点了点头。白及心情复杂地看着她点头，看云母这副样子，总觉得心里不放心得很。他思索了片刻，终是将她打横抱起，抱回内屋放在床上，心里想着姑且先教着她，看她能接受到哪一步，剩下的再慢慢来。白及抿了抿唇，低头吻了下去。

屋里安静得很，云母虽是迷糊，可其实还有一点意识。她本来温顺地迎着师父的吻，起先未觉得不对，可后来却渐渐感到师父抱着她的动作比往常要重，不过因她心里还记着这是新婚，多少有点心理准备，所以也就忍了，直到……

几乎是一瞬间，在感到不对劲的一刹那，她整个人都惊醒了，酒顿时也醒了，整张脸涨得通红，懵在那里不知所措。

云母此前的这些年一直都在认认真真地修炼，虽说女孩子年纪不大，对男女之事还是稍稍有点在意的，可程度也有限。这些年来云母对恋爱关系的想象其实大多还是停留在亲亲抱抱的阶段，她偶尔会幻想一下成亲与将来要有几个孩子，但鲜少会往深处想，故此时对她来说简直是当头一棒，将云母整只狐都吓懵了。

白及一愣，见她神情不对，已经准备停下。谁知接着，他便瞧见云母憋着个脸，整张面孔都红了个彻底。事情发生得突然，云母身上淡光一闪，变回了狐狸，然后……

夺路而逃。

云母这辈子还没有跑得这么快过。

这并非虚言，而是真实情况。虽说她在幻境里被师父亲的时候也这么受到惊吓地跑过一次，可她当时还是五尾狐，而现在她却是真真正正的九尾仙狐，自然跑得要快许多。更何况……她这次受到的惊吓也远比上回来得厉害。

她一口气跑出了长安，一口气跑过了浮玉山，不知不觉一路奔到南海，还未来得及思考，已咚地一头扎进了水里。

云母逃走的时候脑子混乱，倒是不晓得这个时候，白及还一个人静静地坐在屋里。他愣了许久才回过神，望着空荡荡的洞房，只觉得刚才那一幕熟悉得心痛。

说来也不算很意外，毕竟那狐狸一直胆小，也是他急了，但要说全无失落，自不可能。

云母是从窗户跳走的，因为跑得太匆忙，她连衣服都没记得捡一下。白及沉默地拾了她的衣衫，放在掌心摩挲。

云母的衣服材料和一般的布料不一样，她的衣衫要更轻、更软，像是一朵轻盈的云。奇怪的是，这种触感他并不陌生。

月夜，少女一瞬间因惊讶和羞涩而赤红的脸，逃窜跑掉的小白狐狸……

又一段片段在他的脑海中闪过，白及有些吃痛地闭上了眼。他隐隐感觉到了什么，却捉摸不透。这时，只剩下他一个人，他倒是可以缓缓地静下心来好好思考一番……

……

三日后，白及站在了登仙台上。

师父下凡历劫结束的消息自是早早传到了旭照宫。观云急急跑去南海，将师妹们都带上后匆匆赶来，见到站在仙台上的白衣仙人，他恭敬地行礼道："师父！"

听到声音，白及一顿，淡漠的眸子缓缓地望了过来。

他的视线落在观云身上，问："你师妹呢？"

因观云与赤霞是同时拜师的，白及若是向他问起赤霞，不太会用"师妹"这个称呼，所以观云一听就知道师父问的是云母。他笑着答道："小师妹她不就在……咦？"

三日前，云母在与白及成亲当夜，她脑袋一蒙跑了，一头扎进了南海。她一清醒过来就想回去找师父，谁知却得了白及历经劫数的消息……此时，师父就站在面前，云母如何敢出来见他。

然而观云却不知有这么一回事，原以为云母应该是被赤霞抱在怀里，还在奇怪师父问这个做什么。他一回头，却发现那一小团白白的狐狸居然没了，顿时一愣。观云定睛一看，便瞧见赤霞若无其事地将双手背在身后，脸朝着另一边装作什么都没发生的样子。观云看她这个样子，好笑道："赤霞，你藏小师妹做什么？"

赤霞是知道事情经过的。由于当初是她怂恿云母去调戏师父的，小师妹玩了头赤霞自觉也有一部分责任，故这会儿也挺身而出帮她，只听她心虚道："我没藏，你说什么小师妹，我什么都不知道。"

观云抽了抽嘴角，哪里相信这么显而易见的谎话。不过，还未等他找出话来与赤霞斗嘴，白及的目光已清冷地扫向了赤霞身后……

然后他看到了一条藏不住的白尾巴。

白及眼中看不出是什么心情。他顿了顿，目光锁着偷偷藏在师姐身后的那只白狐狸，微微叹了口气，唤道："云儿，过来。"

藏在赤霞身后的那只狐狸明显抖了抖，但她缩成一团，并没过去。白及有些尴尬，观云也意外了一瞬，毕竟云母平日里最喜欢师父。观云看着云母奇怪地道："小师妹，师父喊你，你怎么不过去？"

说着，观云还以为是赤霞藏着小师妹不让她出来，就索性伸手去抱她。谁知道赤霞抱得极紧，云母也团成了个团子不肯出来，他随手抢了一下居然没能抢出来。观云无奈地一笑，对师父道："小师妹可能是因为之前渡劫的时候，让你替她挡了雷，所以现在害怕不敢出来了。"

白及点了下头，没多说别的，算是接受了这个说法。

402

这个时候观云也把云母从赤霞怀里抱出来了，他十分自然地将小师妹往白及怀里一塞，道："给。"

赤霞在观云身后痛苦地捂脸。

白及接过云母，沉默了一会儿，说："那我便带你们师妹回去了？"

"是，师父多保重身体。"

观云恭敬地俯身与他拜别。

于是白及将手里的毛团抱好，腾着云飞走了。

观云和赤霞目送着师父离去，等白及的背影看不见了，赤霞痛苦地捂着脸道："观云，你怕是要把小师妹害死了。"

"啊？"

观云甚是不解。

赤霞抿了抿唇，叹了口气，悲壮地将事情经过说了一遍。观云先是惊愕，继而悲痛，最后也对自己的言行有些后悔。等赤霞说完，他张了张嘴，却没能说出什么话来，只能和赤霞一起抬头，怜悯地看着师父抱着云母走掉的方向。

……

这个时候，白及抱着云母已经快飞到旭照宫了。

云母缩在师父怀里头也不敢抬，不过能感觉到师父飞得很快。白及仙品极高，平日里顾及他们这些弟子的脚程，几乎没有用过全速，但这一次……别的云母不太清楚，但至少在她的印象里，师父从未飞这么快过。

白及带着她直接到了旭照宫门前，云母隐约听到守门的童子高兴地唤了声"师父"，白及似乎略点了一下头，但脚下的步子却一点都没有放慢。白及一路将她抱进了内室，刚一踏过门槛，房门便砰的一声在他身后合上，内室中光线一暗，屋里安静得很。

说来奇怪，云母跑掉的时候，白及失落归失落，但其实不怎么生气。他晓得这小狐狸就跟个猫儿似的，她看你不动就偷偷过来绕着你的脚脖子转，可你一动，她就吓得一下子蹿远了。故而他也明白云母跑掉了多半是因为羞涩和惊吓，而并非厌恶。以她的性子，过几天大概就又偷偷摸摸羞愧地跑回来了，到时他再出去捉一趟，也就没事了。

不过，他因此事勾起了回忆，提前恢复记忆回天，反倒是意外之喜。

白及抿了抿唇，低着头看向畏惧瑟缩成一团的云母。凡间之事走马观花似的在他的脑海中闪现，他记得她来凡间后那些小心翼翼的试探和追求……此番一历，她的心意倒是明了了。白及心口滚烫，将云母放到床上。云母本来还自暴自弃地蜷着，却忽然感到身体一暖，被白及的仙术强行化回了人形。

白及欺身压上去，抬手捧了她的脸，低声道："张嘴。"

云母慌乱了一路，这时候脑袋还空着，眨了眨眼，回过神来就想道歉，忙慌张地开口说："师父，我……"

话还未完，她已被白及一低头含住了唇。

云母一愣，下意识地去推师父的肩膀。白及松开她，微微退开了一点，哑着嗓子道："不行？"

云母愣住，望着师父漆黑的眸子，无论如何也说不出拒绝的话，只能道："也……也不是，但……唔！"

她后面的话还没有讲出来，就已经又被白及埋头吻住。他抓了她的手压在床上，呼吸渐重。云母被吻得突然，很快就喘不上气，一边有点吃力而生涩地应着，一边想把手抽出来，和平时一样勾师父的脖子。可是白及用的力道很大，她居然没有抽出手来。无法掌握自己身体的不平衡感和被控制的感觉让云母有些紧张，她的身子绷得紧紧的。可是她的举动反倒让白及觉得她分心，于是他轻轻咬了两口她的嘴唇。

云母脑袋晕乎乎的，整个人都云里雾里的。过了不知多久，待白及感觉到她身子缓缓放软，才终于放开了她的手，云母也没有多反抗，软绵绵地将手挂在他的脖子上。单方面掳掠城池渐渐转化为细细密密的浅吻，他捧着她的脸，低头慢吞吞地一下一下亲吻着她，感受着她羞怯不已又生涩笨拙的回应。云母对此时的状况还有点不解，但还是壮着胆子轻轻地亲师父，几乎不敢停留，亲一下就缩回去。白及喜欢她的试探，但又被她弄得难耐。他的喉结不自觉地滚动了一下，索性自己俯身将她压住吻了个够，直到察觉到云母无意识地蜷起了身体，才直起身子，安静地看她。

云母躺在床上，眨巴着眼睛望着他，她的长发铺满了整床。她面色绯红，眼眸湿润，与他视线一接，就心虚地移开了目光，不敢与他对视。

白及喉咙发干，察觉得到云母被他吻得有些动了情，但她自己大约对此还是茫然。白及抿了抿唇，心里却记得她对男女情事不熟，还畏怕得很，故而适时地止了动作，坐了起来。他将云母一抱，放在膝上，让她侧靠在自己怀里，没有作声，只抓了她的手，一根一根地把玩她的手指。

云母被他抱得有点忐忑，忍不住唤道："师……师父……"

白及动作一顿，低头碰了一下她的耳侧，问："不喊夫君了？"

云母的脸噌的一下就烫了。她呆呆地望着白及，有些拿不准师父是不是在戏谑她，在开她的玩笑，他的话里有没有隐藏着的怒火……师父亲她的时候她没感觉到对方生气，可是云母现在对自己的判断没自信极了，她担心万一……万一师父是被她气疯了呢？

她六神无主了半天，想来想去还是觉得先道歉为好，她忙道："师父，对……对不起，我……"

白及一顿，没弄清楚她是在为下凡与他在一起的事还是前些天新婚之夜跑掉的事道歉，不过这些念头只是在他的脑海中稍稍转了一瞬，就被白及抛到了脑后。他顿了顿，道："无妨。"

反正无论是哪一件都是一样的，他又没有怪她的意思。相反……某种意义上，他还挺高兴的。

白及心中一动，又扣着她的下巴低头吻她。云母大约是还蒙着，这回就乖乖地凑过来给他亲。两个人拥在一起亲昵了一会儿，白及又将安了心的狐狸护在胸口。云母乖顺地待着，但没过多久，又忍不住开始乱动。她红着脸期期艾艾地问道："那……那以后真要喊你夫君吗？"

白及一愣，回答道："不必。"

他们虽然是拜了天地，可终究是凡人时的婚姻，算不得数。日后……总还要再办的。

白及低头碰了碰她的头发，轻声道："按原来唤我便是。"

云母哦了一声，得了答案，却有点说不清楚自己是高兴还是失落。微微一顿，她又慢吞吞地挪回师父怀里，闭上眼睛蹭了蹭。

云母这晚顺势就睡在了白及的房间里。

具体是怎么一回事她已经不太记得了，只记得她被师父抱着亲了好久，也鼓起勇气去亲师父，两个人凑在一起亲亲昵昵了好一会儿。现在赤霞师姐不在旭照宫，她就算回房间里也只有自己一个人，所以天黑以后她就在师父这里磨蹭，磨蹭着磨蹭着等夜深了，便顺理成章地住下了。

两人晚上亲亲抱抱浓情蜜意得很。不过转眼就到了第二日，白及刚一睁眼，就被早早在他怀里等着他醒的云母一把摁回了枕头上。云母撑着他的肩膀坐在他身上，一与他四目相接，她的目光就不安地闪了闪，她纠结了一会儿，方才有点不好意思、又有点不确定地问道："师父，我们现在……算是恋人吗？"

云母问得紧张。

昨晚她说是睡了，可是一直被师父抱在怀里哪里睡得着，整个晚上她都望着他清雅的眉眼和俊挺的鼻梁发呆，还偷偷上去亲了一口，整只狐狸清醒得很。狐狸一清醒就容易胡思乱想，前半夜的开心劲过了，后半夜她就忍不住钻牛角尖，开始思考师父不让她喊夫君，之后说的那句"按原来唤我便是"是什么意思……会不会是她会错了意，其实师父是暗示他们依旧只保持师徒关系就好？

云母越想越揪心，很担心师父真的被她气坏了。所以等白及一醒，她就赶紧焦急地想问个清楚，倒也没注意自己把师父压住了。

听到她问这般问题，白及微微蹙眉，回应道："为何这么问？"

云母看到他皱眉头顿时一慌，惊道："果……果然不算？"

"怎么会？"

白及叹了口气，不晓得这小狐狸都这种时候了怎么还会有这样的念头，若是他们如此都不算亲密，那要如何才能算得上亲密？

但是，看着云母不安的神色，白及怕自己不直说清楚她到时又会乱想，便说："自然是算的。"

说完，白及反身一压，将云母重新压回身下，看她眼睛忽闪忽闪地还在发蒙，索性不让她再想，低头吻了下去。云母还没反应过来，但已情不自禁地嗯了一声。过了一会儿，她便抬手搂住了师父的脖子，温顺地回应他。

结果他们明明没做什么，却比平日应该起床的时间晚了好久。

起来以后，白及就让云母取了她那把断琴出来。云母取出琴的时候感到怪羞愧的，这本来是师父送她的礼物，可她却没能保护它，居然让天雷给劈断了。云母喜欢这把琴，看着它被天雷劈得焦黑的残面更是难过，故而情绪低落地垂了眼眸。

天雷不同于其他，更何况这把琴替云母扛下了一道连神仙都能劈散的降神雷，损毁得极为严重。白及抚着琴身和断去的琴弦看了好久，方道："要修也能试试，不过，我亦可以送你一把新的……你想如何？"

云母闻言抬起头，眨了眨眼。都不等她说话，光看她的神情，白及一顿，便晓得这是只恋旧的狐狸，也没多说什么，只动用仙术开始修琴。

云母听说琴还能修已惊喜得很，就坐在旁边好奇地看着，不久她就放了尾巴出来摇，然后又放了耳朵出来抖。因为半人身半原身在平时不是特别端庄的行为，她都尽量克制着，但现在旭照宫里只剩下她与师父，云母胆子大了，也就随意些。

不过她抖耳朵抖得高兴，却没注意到自己不知不觉斜过了身子，她的一只狐耳都凑到了白及下巴底下。白及看了她一会儿，身体一动，便俯身在她耳朵内侧亲了一下。云母全无准备，突然就炸毛了，嗷的一声羞成一团，捂着被亲的耳朵惊慌失措地看着他。

白及一愣，倒是没料到她反应这么大，好在这时他琴也修得差不多了，也就收了手，从袖中摸出些药水涂在残琴的断面上。仙琴不同于凡琴，并非轻易就能接上，亦非接上就可恢复，故接下来还要等一段时日。他用仙术将琴封好，收了手，这才重新看向羞得红了脸的云母。

白及道："这把琴恢复还要月余，这段时间我先替你收着。可否？"

云母自然点了点头。白及又道："你如今虽成仙了，可仙气还不算很稳，且成仙后仍有不少东西可学……明日起我仍旧按照原来的时间给你授课，可否？"

云母点了点头，应道："哦。"

应完，她有点羞愧地低下了头。

倒不是她不想上课，就是师父亲了她的耳朵又不理她了，还在那里一本正经地布置任务，让云母心里有种预期落空的失落感。好在她生性乐观，不太在意这么一点点失落之感，很快就又恢复过来。她用力拉长脖子拿脑袋蹭了蹭白及的下巴，想了想，有点羞涩地问："说起来，师父你为什么会喜欢我呀？是在凡间的时候吗？"

"……"

白及抱着她的腰的手略微一顿，对云母的话有些不解。

云母继续努力地解释道："因为幻境里的事你又不记得，之后好像也没有发生过什么特别的……"

白及听到这里总算知道哪里不对劲了，他略一蹙眉，打断她道："我记得的。"

"嗯？"

"我说我记得的。"

白及连着说了两遍。可看着一脸清心寡欲，随便一坐后背就挺得笔直的师父，云母根本无法将他和幻境里那个主动过来亲她的少年师父联想在一起。

过了良久，云母才后知后觉地回过神，无法确定地又问了一遍，道："所……所以，我亲你那次，你觉得是我们第二次接吻？"

"不是，是第三次。"

"咦？"

白及低头看着这次彻底蒙掉的狐狸，叹了口气，将她抱入怀中，轻轻地吻了下去。云母耳朵猛地一抖，但终于又等来了师父的吻，很快就软了身子，不自觉地开始摇尾巴，也懒得数到底接吻多少次了，反正数不清了。

但，云母不在意了，白及却还有在意的事。

等松开她后，白及眉头未松，问道："云儿，你为何会觉得我不记得？"

云母被亲得迷迷糊糊的，眨了眨眼睛，歪头答道："嗷？"

白及："……"

好在云母过了一会儿清醒过来，她想了想，答道："是当初玄明神君跟我说……啊。"

云母一愣，忽然反应了过来。

玄明神君对幻境的情况一清二楚，还指导她去找幻境里的师父，自然不可能不晓得师父出幻境以后有没有记忆。他那样告诉她，肯定是故意的。可是……

云母出神地沉思了一会儿。可惜幻境早就结束了，现在就算她再冲进师父脑子里也没法将那个玄明神君抓出来询问，云母只得作罢。

不过，白及听到她的答案，心里却有了一丝异样。

他一直颇为在意云母渡劫时为何会降下降神雷，只是他替她应了劫后就下凡历劫，直到昨日才回来，没有深入探究此事的时间……说起来，他在凡间历劫时碰到的那位晋王……

白及抿了抿唇，他见过玄明神君，也就意识到对方只怕是玄明转世。当时那位晋王听说他屋中有白狐就显出了几分反常，后来他见到云母的人形，反应更是古怪。

四十道降神雷，幻境中玄明故意说谎，凡间玄明转世微妙的态度……

白及一顿，睁开眼，再看向怀中的小狐狸，神情已带了几分愕然。

云母未察觉到师父复杂的眼神，这会儿也有担心的事情。这时，云母思索片刻，抬起头道："师父，授课的事能不能先停一停？我前几天离开长安时比较匆忙，都没有和母亲兄长好好打过招呼……而且，我娘还有事情没有和我说清楚，所以……我想再回长安一趟，可以吗？"

云母到底已经成年了，之前住在家里的时候也偶尔会在哥哥那里或者白及那里留几天，所以有几日没回家倒是不大要紧，但是不说一声就走到底不好，况且……她也想知道娘现在想清楚了没有。

云母心里惴惴，白及却是吃惊未消。他停顿一瞬，有点担心地将她往胸口搂得紧了些，问道："可要我陪你同去？"

白及说得认真，一双漆黑的眸子安静地凝视着云母，反倒是云母愣了愣，她不好意思地问："可以吗？"

她自是不想与师父分开，可这样会不会……太麻烦师父了？

白及却是不在意这点麻烦的，抬手怜爱地摸了摸她的脑袋，看着她被摸了一会儿便习惯地低头眯眼，难得露出的两只狐耳也乖巧地歪向一边，白及放缓了语气答道："有何不可。"

微微一顿，白及又道："在凡间侍奉我的那个小童，我也该回去安置一二。明日，我亲自送你回长安。"

云母闻言，自是又惊又喜地答应了，事情如此就算定下了。

不过因为要第二日才出发，这一晚他们还是住在旭照宫。由于两人亲昵以后就并未分开，云母又蹦蹦跳跳地跟着师父回了内室。他们刚刚心意相通，正在热恋之中，自是舍不得分离太长时间的。白及轻握着她的下巴与她拥吻，直到云母累了懒洋洋地蜷在他怀中，慢吞吞地打了个哈欠，方才松手。

白及低头看她，云母这会儿已经将耳朵尾巴都收了回去，一头乌丝平平坦坦的，柔顺得很，但他却有在意的地方。白及想了想，问道："云儿，你可否将你的狐耳再放出来一下？"

云母有些疑惑地眨眼，但并不怀疑师父，乖乖将耳朵放了出来。她那一对白耳朵不安地抖了抖，被白及伸手碰了碰，就下意识地往回缩，白及凑过去照着白天那样吻了一下，云母果真惊得嗷了一声，顿时满脸绯色，慌张地缩成一团。可是等了一会儿，见白及没有下一步动作，她又有点委屈地望着他，目光闪烁，就差在脸上写"亲了耳朵你不准备再亲点别的地方吗？""耳朵都给你亲了难道你不该抱抱我吗？"这么两行字了。

白及见她如此，微微一愣，倒有几分想笑。他抬手顺了顺她的长发，将她拥入怀中，顺势压回榻上……若非晓得她如今应该还怕，今晚便有些不想让她跑了。

……

热恋之中的二人自是浓情蜜意，但因第二日还要去长安，他们次日一早便起了。

白及抵达长安后便准备回院中料理小童之事，只是有些担心云母，叮嘱了几句，便提出若不然让她先随他回院子，等安置好童子，两人再一同去访云母的母亲和兄长。

云母红着脸摇了摇头，师父这等安排哪里当她是徒弟或者恋人，感觉分明是拿她当小孩子，云母不好意思事事都让师父照顾……再说她和师父两情相悦的情况她还未郑重地同娘交代过，师父这么大一尊仙过去只怕要把娘吓一跳，所以云母还是谢绝了师父的好意。

白及倒也不坚持，道："那我两个时辰后去接你。"

云母点头应了声。说完，他们便各自去做事。云母直接跑回了家，熟门熟路地

"蹿"了一会儿，不久就在卧室中找到了正在打坐修炼心不在焉的白玉。

云母拿手在门上叩了叩，出声唤道："娘。"

白玉一听到声音，当即就睁了眼，看到云母回来不由感到意外，忙站了起来道："云儿，你这几日到哪里去了？"

"在我师父那里。"

提起这个，云母脸上一热。她握着白玉的手，两人并肩坐在床上。谈恋爱毕竟不是件小事，云母纠结片刻，还是省略了中间她向师父求婚又跑掉这等丢人的事，直接说了结果。交代完，她就有点羞涩地坐在床沿上，不安地等着白玉的反应。

白玉张了张嘴，怔怔地看着女儿，半天没有说出话来。过了许久，她才不敢确定地问道："你师父已经恢复记忆回仙界了？"

云母赤着脸点头。

白玉惊讶地又问："他没有因凡间之事怪罪你？他当真说他亦心慕你？并非师徒之情？你师父，那位白及仙君？"

云母嗯了一声，被问得羞窘极了，哪里好意思回答得这么多这么细，但她还是点了点头。

白玉看着女儿明明羞于言谈，浑身却还散发着压也压不住的幸福甜蜜之感，她是过来人，如何能看不懂女儿身上这等气氛背后所蕴含的意味。只是白玉停顿了片刻，看着云母的神情不禁带了几分微妙的复杂。想不到白及仙君那般冷情之人，居然真的动了情……

白玉微抿了一下唇，但她想起了当年云母带回来的那句玄明神君在刑场说的允诺，终究没有多说什么。

这时，云母也晓得自己这边交代得差不多了，她感受了一下白玉周身之气，眨了眨眼，惊讶地说："娘，你是不是快要八尾了？"

其实云母踏进屋时就已经感觉到了这点。她到底已经成了仙，感觉比以前都要来得敏锐，渐渐能察觉出以前师兄师姐常对她说的灵气仙气的层次之类的东西来。娘亲除了时不时显得有些忧愁，其余时候心境并不坏，且她一直在助人，功德气运方面不会有问题。可云母记得她离家时母亲还是五尾灵狐，后来修出六尾的时间也算是正常……可她这一觉睡过去的这些年，白玉长了七尾也就罢了，如何竟是要生出八尾来？

白玉听到云母如此问，稍稍一愣，并未否认，却是低落地垂了眼睫，明明尾巴长得快本是好事，她却憔悴不已。

此事说来话长。

410

白玉见云母问起，想了想，便索性放出了她那已经生出的七尾来，抱起一条放在胸前抚摸。

　　十余年前，玄明转世病逝的那一夜，她伏在他棺中啼哭了一整夜，待眼泪流干，便生出了这一条七尾。后来又是数年寻不到玄明的踪迹，不过好在白玉也多少有了方向……玄明本是上古浑天生成的神君，命数本不至于太差。纵然由于受罚要历劫难，也多少会有些贵气。于是白玉便碰运气似的在长安守株待兔，没想到当真寻到了玄明，虽说年龄与她原本想的差了一丁点没对上，可白玉却确定那就是他，也正是同一日，她感到自己的灵气又同先前一般快速增长起来。

　　之前她感觉自己的灵力增长得日渐加快还疑惑不已，如今方知缘故，原因……竟是在于玄明。

　　想到她上回生出第七尾的时间和经过，白玉便忍不住情绪低沉。她如今灵气修为已到七尾顶峰，只怕玄明此生的命数，也差不多该……

　　白玉独自想得出神，云母却是等得有点急了。她忍不住出声提醒了一声，唤道："娘？"

　　白玉一颤，回过神来。她迟疑一瞬，也晓得自己拖得够久了，她定了定神，问："说起来……你是如何知道玄明神君长相的？"

　　这个问题白玉早就想问，只是始终没找到机会。云母眨了眨眼，便将幻境中的事全说了，白玉听完，便有些讷讷。她轻声说了句"原来如此"，只是云母却读不懂白玉听到"竹林"二字时眼中那点难以形容的情绪。

　　沉默片刻，只听白玉说："我是你那位师兄开始历劫当晚生的七尾，那天……亦是前朝少帝病逝之日，你若是见到他的长相，想来就会明白。"

　　说到这里，白玉有点说不下去了，她咽了下口水，好不容易才下定决心道："云儿，你先前想的不错，其实……"

　　房门紧闭，白玉拉着女儿的手，嘴一张一合地说着往事。她声音说得轻，门口银杏树上偶然停留的鸟儿发出清脆的鸣叫声，恰巧遮掩了她口中之语。话语唯有屋中二人能够听见。

　　那年白玉还是只小白狐，刚开了灵智没多久，没什么修为，也没有名字。她误打误撞闯入了玄明种的竹林，在里面迷了路，因口渴难当，误饮了玄明埋在林中的神酒。上古神君亲自酿的神酒哪里是刚开灵智的狐狸能喝的，白玉不过拿舌头舔了一口，便昏过去了一个月，待醒来时，她已被玄明神君抱在了怀中。

　　那天玄明便穿着一身红袍，笑起来眼梢上扬，眉间含情。他微笑着说："想喝我的酒，你未免还早了些。"

话完，他又自顾自地摸了摸下巴，道："说起来，你偷喝了我的酒，我又救了你……接下来你是不是该以身相许，当我的狐狸？"

白玉身为灵狐，对仙界天然神往，可这还是她第一次见到真真正正的神仙。她因吃惊太过，反应自是木讷呆板得很。玄明被她的模样逗得开颜大笑，从此便留了她住在自己的草庐中休养。

白玉当时慌张得太厉害，后来始终没想起来自己到底有没有答应要做仙人的狐狸。但她当时酒劲未散，脚步虚浮不已，也走不了，就顺势住了下来。待一年后，她的酒劲散了，没了留下的理由，又在意自己到底算不算是神仙的狐狸，才试探地去向玄明告辞。

玄明笑着说："何必那么快走？我一个人在这林中其实也寂寞得紧，难得有个能说话的……不如这般，我教你修行，你再陪我多说几日话吧。待你能化人身，自行离开便是，如何？"

白玉因那口神酒生了第二尾，三尾也有生出的苗头，可仍不能化人身。玄明如此说，她便留下了。玄明教她修行之法，教她用术，手把手地指点她修行。几年后她化了人身，玄明看着她倒是愣了愣，而后解了腰间的玉佩赠她，笑道："我一直唤你小狐狸，倒忘了给你起个大名。既是女子，总该以珍贵的玉石为名，你是白狐，我腰间恰巧有块白玉，不如便以此为你的名字……日后，我便唤你玉儿吧。"

说完，他又道："虽说约定之时已到，但你收了我的玉，不如再多留几日，陪我种种竹子，如何？"

白玉点了头，于是又留了下来。玄明待她极好，除了种竹子，还给她弹琴，为她画画，甚至亲自为她在竹林里埋了坛酒。但冒出来的笋尖不过数月就能长得参天，又过了许多年，终于没有地方可以种竹子了，白玉有些焦虑，整日在竹林附近窜来窜去。

然而终究还是到了她要离开的时候。白玉向玄明告别，本想当日就走，然而第一日刮起大风，第二日下了暴雨，第三日雨水冲垮了道路，直到第四日她才能上路。两三个时辰的路她磨磨蹭蹭地走了一整日，直到黄昏才出了竹林，谁知刚到竹林口，便瞧见玄明站在那里等她。

玄明脸上一如既往地挂着浅笑，说："既然不想走，何不留下？"

白玉听他这么说，心中也不知掠过多少念头，过了良久，方才垂了眸道："这样不太好。"

想了想，她又解释："我并非你的狐狸，亦不是你的弟子。神凡有别，若无缘由，彼此又无关系，我不该留在这里。"

玄明闻言，轻笑一声，道："人与人之间本无关系，万千理由，不过因缘起。你若非要纠结个关系，不如为我妻。"

"……"

白玉当即红了脸。只是她想了半天也没能想到什么话来应，只得又道："这样不好……"

"有何不好？"玄明似是不解地望她，"你是女子，而我为男子，我们本就该为夫妻，哪里不对？"

哪里对了？！

白玉简直不知心里充斥着一种什么情绪，但又接不上这话，只能愣愣地站在原地。她不自觉地抬了头，哪儿晓得与玄明一对上视线就再也挪不开了，只能怔怔地看他。

见她如此，玄明笑容越深，目光却忽然正经了些。他抬袖执了她的手握在掌心，缓缓道："我盼你留下。"

言罢，他忽然又笑着望她，顿了顿，眼中似有深意，停顿片刻，方才唤她道："玉儿。"

玄明说："我已留了你三回。你如今……为何还不明白？"

待回过神来，白玉已随他回了草庐。他们一道挖出了玄明先前为她埋的酒，共饮一夜，当晚，两人便触了禁忌。

她本想当神君的狐狸，谁知却成了他的妻。再一回首，竟已过百年。

一通回忆下来，白玉已有些撑不住，神情恍然。

云母因先前已有猜测，这番只是听母亲亲口肯定再多加些细节，故而这个时候并没有多么吃惊，可仍半晌说不出话来。

白玉看她这般神情，便主动解释道："我先前不告诉你和石英，一来你们原本年纪还小，便是如今年纪大了，却又都是单纯的性子，我怕你们心里藏不住事，不小心露了痕迹。二来此事难解，你们晓得了也无济于事，反倒徒增烦恼。尤其是你，云儿。"

说着，白玉抬手刮了一下她的鼻子，叹了口气。

"你性子比你哥哥还直些，似我，又拜了你师父白及仙君为师，生活在仙界。你哥哥留在凡间，碰上神仙的机会终究较少，倒还安全些。你们父亲历刑时化修为为雨掩了天机，可总不能千千万万年地瞒下去，唯有你们兄妹二人皆成仙，以仙气掩仙气方能一劳永逸。我过去总催你们修炼，亦是这般缘由。"

云母明白地点了点头。只是听完母亲的话，便有些低落地垂了头。

正如娘所说，她即使晓得了这桩事，却也不知能做些什么。

白玉摸了摸她的脸，道："你如今已成了仙，娘也就安心了……"

说到这里，白玉面有愧疚恐慌之色。

云儿成仙归成了仙，可成得也当真凶险。她并不晓得女儿成仙时会引来降神雷，哪怕未在现场，可想到那种场景她仍是后怕得很，生怕当时一个不好自己便要少了只心肝宝贝似的小狐狸……

想到此处，白玉不禁将云母搂入怀中，摸着她的背摸了好一会儿才重新觉得安心。她松了口气，可又是一愣，想到云儿如今还活着，全因她师父白及仙君愿舍身护她。

如此想来，倒真亏了有白及仙君。

白玉原本对云儿的心慕对象是那外表冷漠寡欲的仙君师父还有种种顾虑，此时她的顾虑却散了许多，对玄明不同她说一声就随口乱许婚的不开心也减少了，觉得许是冥冥之中自有注定。玄明当时那一句话，说不准便是替云儿与她师父结下了因果，而为她护最后那一程呢。

不过，饶是如此，白玉想到云母日后总归是要成亲的，还是忍不住不舍地摸了摸女儿的头发。但她摸着摸着脸上突然又浮现出忧色，心里一沉，她轻声道："可你哥哥……"

云母成仙是没事了，可还有石英呢。

白玉担心道："你兄长终日与妖物厮混，在九尾蹉跎数年未有长进。我瞧不出他是欠在心境还是机缘，英儿他自己也一点都不急，我从未见他主动去攒功德，倒像不想成仙似的……这阵子我去山里也找不到他人，看他手下那些妖物的模样，他似是去做什么事了……云儿，你可晓得你哥哥近日是在做些什么？"

云母一愣。她知道前因后果，自是同母亲一般担心兄长，想起了石英先前在做之事，忧虑更甚。

说来，也不晓得哥哥要处理那些恶妖的事情，如今进展如何了……

……

同一时刻，长安附近，一处并非石英的令妖宫却妖气鼎盛之地。

那奉命彻查长安一带作乱恶妖的天将正领着他手下数百天兵往妖气内走，他们经过这一阵子调查之后，查出了这处恶妖洞府，只待今日将他们一网打尽。

天兵天将捉拿区区妖物，自是不必避讳什么，他们大摇大摆地便往深处走，只想快点解决回天庭吃酒。只是说来奇怪，他们虽深入这妖气凝聚之地但一路上都没碰到什么妖兽，安静不已，倒令准备与妖一战的天兵血气无处可卸，感到无聊得很。

突然，气氛突变。待感觉到空气异状的刹那，走在天将右侧的天兵面色为之一变，道："将军——"

天将略一点头，沉稳下令："准备好。"

空气之中尽是血气，虽不知里头发生了什么，可其他人却是下意识地都拔出了剑。

天将心里一沉，还未下结论，恰在此时，前方妖气一盛。天将下意识地抬起头，喊道："——什么人！"

石英原本刚将这个恶妖窝一锅端了，喽啰们作鸟兽散，他手里还提着一个被他揍成原形的妖大王。他心情本来正好，谁知刚一过转角，就听到有人厉声询问，当即就有几分不悦，不觉回应道："我还要问呢，你们是何人？！"

话完，他便感到面前这些人身上仙气鼎盛。想到云母对他说过天庭亦在插手恶妖之事，他一顿，便明白了个大概，哦了一声，皱眉说："天兵天将？来这里捉妖的？"

石英此时是人形，但因刚刚才战了一场，为了用术方便九条尾巴还拖在身后，任谁一看都能瞧出是只九尾狐。

不过，他终日与妖物为伍，又在妖窟与妖物大战，这会儿身上沾染了大妖身上的妖气和血气。天将乍一看，便以为他是只妖狐。

他见到这么年轻的九尾妖狐已是吓了一跳，又见他额间神印红得犹如滴血，九尾摆动，情绪似是激昂，天将便有些警惕，问道："不错，你又是何人？为何会在此处？"

石英早说了与天庭井水不犯河水，这会儿赢了天庭片刻还有些得意，张口正要回答。谁知他手里提的那位正主却突然高声喊道："妖王！他是此地的妖王！我本是长安善妖，是他捉了我来！说是要抓我补修为的！"

天将闻言大惊，当即全体列阵。石英听这恶妖信口开河便是一惊，但转头瞧见这些天兵天将的神情，就晓得对方已是不信自己，此时再辩亦是无用，倒不如……

石英不大喜欢被人误解，这会儿又生了些好胜的心思。九尾狐论修为未必就低于神仙，石英自认有一战之力，待天兵天将一冲，他便随手将那恶妖塞进了袖里，运起九尾准备一战。待两边相接，石英这边已是火起，朝天兵天将涌去。

天将见石英用火，觉得对方尽管气势不小，但到底是只妖狐，心里本是不以为意的，只准备随意应下来就是。可等到那火气迎面扑来，天将却再说不出这般轻描淡写之语，当即就觉得不对劲，几乎是顷刻之间，天将已大惊失色——

天狐神火！

区区一个妖狐，用的如何会是天狐神火！

狐狸属火，若是修行，天生便能用火术。不同的狐狸不仅天赋有高低之别，火的类型亦有差别，例如妖狐有妖火，仙狐有仙火。而诸多狐火中最强劲的一种，无疑是天狐神火。

上焚堕仙，下诛妖邪，便是神仙也能烧的。天狐神火如此强劲，本因天狐为群狐之首，护天下狐狸，自也要管天下狐狸。且狐狸用火需要腹中有火气，仙狐成仙便要性灵通达，狐狸通常性情温顺，等成了仙，大多腹中也没什么火气了，有的甚至吐不出火。可天狐却不同，因天生便是狐神，性格上便不必有诸多顾忌，善火术、火力大的狐狸通常都有些骄傲易怒，天狐便占了先。故而在世人印象中，总是仙狐善术而神狐善火，可无论用火的是哪一种狐狸，总还是各归各的……眼前这妖狐，如何用得天狐神火？！

天将心中的惊愕之情简直难以形容，内心震动地看着石英。他既为天将，阅历和眼界总归比天兵来得丰富和开阔，其他天兵有的察觉到了这火有异状，却认不出此乃天狐神火。眼看着交战数个回合，那妖狐情绪激动地在火光中上下翻飞，同时对抗向他扑去的数百天兵竟是未落下风，不仅如此，还颇有气势上升之势。

天将心头大震，只觉得这妖狐实力之高竟是连他都未必能敌，电光石火之间已有决断。他一把抓住了传令兵，简单地说明了状况，后又飞快地吩咐道："你马上去一趟青丘，去问问这妖狐可有什么来历！若是可以，直接将青丘神狐请来！越快越好！"

"是！将军！"

传令兵察觉到天将神色有异，只怕这妖狐真能以一敌百，他根本不敢耽搁，接了令就连忙称是，飞快地动术飞走。

天将见传令兵走了，却不敢在这时松一口气。他望向群兵中的石英，深深地皱起了眉头。石英此时战得正是畅快，倒未曾察觉到对方的视线。

天将观察了他一会儿，忽然高声道："退下！都退下！"

他这两声"退下"喊得气贯长虹，又用了仙术，声音顿时响彻一方。凡人听不见他的喊声，在场的天兵和石英却都听见了。天兵们对这个命令皆感到意外，可兵从将令，他们还是纷纷停下了。

见天兵们停下，石英一顿，倒也颇有风度地停下。他隔着人群看向天将，不解地挑了挑眉。

天将的目光扫视了军队一圈，却未立刻说话。他带这么多人来本是准备与群妖

416

一战，谁料这里根本没有群妖，只有一只强得不像话还会天狐神火的妖狐。这么多天兵围攻他一个，道义上站不住脚不说，士兵们也束手束脚根本发挥不出来，既然如此，还不如一对一来得好。

天将扬声道："我亲自与你一战！"

"嗯？"

石英扬眉，正战得起劲，只觉天兵天将不过如此，正是好战的时候。他晓得天将该是这群人中最强的，且刚才被那一大群人围着确实打得不怎么尽兴，故石英兴奋得九尾舒展，立刻应了，道："好啊，来吧！"

天将见他应战，便拿了武器迎上前去。石英重新起火，两人迅速地缠斗到一起，你来我往，天将的仙术与石英的狐火交错，光亮时闪时灭。

天将晓得不可轻敌，故而沉着冷静地应敌。只是先前他离得还不算近，周围又有人分散注意力，便无法仔细观察石英，现在只剩他们两人，他才发觉石英年轻得惊人。几招过后，天将简直为对方的实力吃惊。

这般年轻，这般天赋，天将未想到他是灵狐，只恨铁不成钢地惋惜道："你小小年纪，又是这般天资，为何行事如此暴戾？"

"先攻上来的不是你们？"石英蹙眉道。

他心气高傲懒得解释，又觉得并非是他的错，为何要他解释。天将不停，他也只管自己继续放火，丝毫没有停下的意思。

天将紧紧盯着他额心那枚鲜红的神印，心中隐隐觉得奇怪。眉心带印本是吉相，他这般年纪又有如此天赋，天将心里隐隐生了惜才的念头，挣扎了许久道："你若还有悔过之心，不如把你袖子里那小妖放了，乖乖束手就擒！到时上了天庭，说不定还有周旋的余地……你既有如此才能，何不用于正道？你若愿意悔改，我可以替你向天帝求情，总能让你留下一条命来……"

石英听得想笑，说："你晓得我袖中是何人，就让我放了？"

天将听他这样的语气，就明白对方是不会放了。他哀叹一声，只得接着打，然而两人已斗了许久，居然不分伯仲。

……

这个时候，传令兵已经以最快的速度赶到了青丘，只是好不容易赶来，他却并未如愿见到青丘狐主。青丘的人说狐主领着夫人一道外出游历去了，若有事要问，唯有见少主。于是传令兵就被领进了屋中。此时在他面前的，是一位身穿红袍、身材瘦长、十六七岁的少年人，他生得倒是好看，可脸上颇有几分清贵傲气，平白让人感觉不好亲近。

"九尾妖狐，却用天狐神火？！"他听完传令兵的话，两道俊秀的眉毛便微微蹙起，像是不可理解一般。

"是。"

传令兵如实回答道，说完，他又小心翼翼地去瞧眼前这位青丘少主。

没有见到狐主却被拉来见了少主，若说他心里没有一点失望，自是不可能的。不过等真见到了人，传令兵也有几分吃惊。

据他所知，现在的青丘少主还不到百岁，在神仙里着实算年纪小的，且还体弱多病不大出门，故他原本还以为要看到个药罐子似的小毛狐狸，谁知眼前的少年人非但瞧着颇为健康，气势也挺足的。

少暄是青丘人人捧着的少主，性情本就高傲，素来以青丘为傲。听说外头竟然有人乱用天狐神火，他顿时怒火中烧，一撩衣袍，起身怒道："不必说了，带路！我去会他！"

少暄抵达长安战场的时候，石英和天将还战得难舍难分。

少暄微微一顿，目光微移，将视线从天兵身上挪到那传说中的妖狐身上。他看不清楚那妖狐的脸，却能瞧见耀眼的火光和在火光中上下翻动的九条白尾，果然是天狐神火。少暄生长在青丘，哪里能不晓得这世间没成仙的九尾狐稀有得很，尤其对方的气息感觉起来年纪与他差不多，尾巴却是从凡狐一条一条修上来的，这隐隐增强了他的较量之心。

少暄想清楚了状况，便在手中掐了个诀。

石英原本正与天将打着，自觉并未犯错，当然也就没什么可畏缩的。可两人正打到关键时，忽然一道艳丽的火光横空出世，从两人之间迅猛地穿过，一下子将石英与天将隔开。石英一惊，自然认得出这是狐狸的火，下意识地扭过头朝狐火飞来的方向看去，却见一个年龄与他相当的人形狐狸晃着红色的九尾朝他走来。

石英耳聪目明，对方那道火除了他之外还引起了其他人的注意，天兵那里有人议论道"是青丘的人来了""是青丘的神狐""看上去年龄不大，不是狐主，莫非是少主"。石英是灵狐，自然不可能没听说过青丘，他愣了愣，不再注意天将，倒朝少暄看去。

少暄道："都是狐狸，我来与你打！"

都是善火的狐狸，性格难免都骄傲，两人年纪又相仿，尽管经历出身不同，面对面一望，气场居然有几分相似。石英对对方亦是好奇，视线在他与天将之间游移片刻，便有了决断，扬眉道："好啊。"

话不多说，既然都是善火的狐狸，那就索性直接斗火。

少暄见石英放出了他的狐火，自己也不甘示弱地将狐火燃起，两道狐火迅速地纠缠成一片火海。少暄本是抱着探出对方来历的心思出战的，可是狐火相接，在感到对方周身气息是灵气的一刹，他却忽然一怔。

这只狐狸，似乎不是……

少暄眉头一皱，感觉到其中怕是有什么误会，但他不晓得前因，因此也不敢贸然行事。觉察到石英的烈火已经扑来，他也不甘示弱，当即放出了自己的天狐火。刹那间两人所在之处火光一片，犹如晚霞灼灼。

……

石英与少暄斗得欢。另一边，因师父说的是两个时辰后再来接她，云母与母亲谈完，又等了好一会儿，方才等来师父。一感觉到师父的气息靠近，她立刻开门跑了出去，咚的一下撞进白及怀中，自然地搂住了他，高兴地喊道："师父！"

白及本来是准备敲门的，但他没想到他才刚刚靠近，小狐狸就自己飞出来了，一下子扑进他怀里。他将她抱住，摸了摸她的脑袋，心里刚刚开始软化，一抬头，就瞧见云母的母亲还站在院中。

白及一顿。

白玉其实亦是一怔，但因为是自家姑娘主动扑过去的，也不好说什么，只好维持着表面的沉稳。白玉一顿，就要下跪行礼，喊"见过仙君"，只是还未等她理好衣袍真的跪下，便被一道法术一托，重新站了起来。

白及沉着声道："不必了。"

白玉愣了愣，虽然未跪，却也还是大大方方地简单行了一礼："多谢仙君。"

她这一谢，除了白及那一扶之外，话里亦有些别的意思，例如谢他救了云儿，还有处处照顾这么麻烦的小狐狸。白玉原本对白及这般性情是否当真喜欢云儿还有些担心，可眼前此情此景却让她至少打消了一半的担心……白及仙君情绪表露得是少些，可看他对云儿的样子，分明是疼爱得很。

故白玉说完，定了心神，又轻轻一伏身，道："我这女儿，日后还要劳烦仙君照顾了。"

事到如今，白玉已三次将女儿托给白及照顾，却唯有这一次说得最为郑重，最为意味深长。这话中的慈母之心让白及亦有触动，他沉吟片刻，张口承诺道："我必护她。"

有了仙君这么一句话，白玉终于放心。

从白玉那里出来后，白及问道："你在长安可还有要去的地方？我接下来已无事，可以陪你同去。"

　　他在凡间需要料理的只有那个人间的小童。他刚才已化了凡身将他托付给信得过的友人，又以外出游历为借口找了消失的理由，从此就算是凡间并无此人了，要去哪里都是无妨的。

　　云母的确还有要去的地方。想到这里，她对哥哥的担心又重新浮上心头，脸上愁了几分。她开口说："师父，可否陪我去一趟长安城郊？我兄长在那里，我也要去与他道别，还有……"云母话还未说完，突然间却感觉到地动山摇，身体一歪，惊呼了一声，被师父扶住。云母下意识地一抬头，却见不远处的郊外有两道红光冲天而起，那并非石英洞府所在的地方，但感觉到石英的气息后，云母还是一下子认出来了，她当即惊道："哥哥！还有……"

　　还有一个气息已经许久未有接触了，她犹豫了一下才识别清楚。

　　"还有……少暗？"

　　……

　　这个时候，石英与少暗正战到酣畅之处，已从地面战到了天上。他们都是狐狸，性格上又有共同点，连战法都出奇一致，打着打着，除了起初的敌意，居然也生出几分惺惺相惜之感。

　　石英接下对方一团火，心中一动，忍不住脱口而出道："其实我有个非常可爱的妹妹……"

　　少暗想也不想就不屑地嗤道："不想认识。"

　　"可惜她已经有对象了。"

　　"……"

　　便是少暗本来不在意的，此时也有一种被对方玩弄的羞辱感，怒道："那你跟我说这个干吗？！"

　　话完，少暗周身的火气更盛，简直能破出云端。石英见他被激怒，兴奋得狐火也旺了几分，两人正要又一次对冲，突然，一道白色的剑光从上方现出，狠厉地将两人强行分了开来——

　　那一道剑光来得急猛，石英和少暗都来不及反应，一下子就被左右冲开，在地上滚了两圈，方才稳住身形。石英与少暗停住之后，立刻提高警惕寻找那用剑之人，谁知却先听见一个女声慌张地唤道："哥哥！少暗！"

　　两人一并转头看到云母满脸着急地往这边跑，没仔细听她说什么，都只注意到她喊了自己的名字，想到那道剑光的主人还没找到，不知是敌是友，石英与少暗均是脸色一变，急着喊道——

"妹妹，你别过来！"

"云母你不要靠近！"

二人的话语几乎同起同落，他们听到对方之言，都一愣，一齐扭头看对方。只是不等他们有所反应，天将已认出云母，并看清了在她身后现身的人影。天将仓皇地低头行礼道："白及仙君！"

天将刚喊出这个名字，一旁列队的天兵们俱是大惊，明白了先前那道白色剑光的来历，不约而同地朝天将行礼的方向看去。

他们转头转得及时，恰好看见白及收了出鞘的剑安稳地翩然落地，一身白衣皓若霜雪，不出声而气度自华。天兵们回过神来，连忙跟在天将身后朝地位仙品都高出他们一大截的东方第一仙行礼，只是他们一边行礼，一边却都忍不住偷偷抬头打量白及。

——毕竟这可是传说中的仙中之仙，众仙之中位列第一的仙君，数千年来极少离开自己的仙宫、连天帝宴席都不参加的上仙。

还有刚才那一剑。

想到刚才那一剑，天兵中不少人都忍不住咽了口口水。他们都是习武之人，自不会不晓得先前那一剑里隐含着的实力是何等强大深厚，都不禁为其威势所慑。东方第一仙，果真名不虚传……想到此处，天兵们的眼神越发崇敬热烈。

但此时白及已经敛了在云母面前的温柔随意，换为外人面前的冷漠清傲。

他将云母往身后一护，无视旁人好奇打探的视线，扫了眼石英后，直直看向天将，问道："出了何事？"

天将飞快地将他们奉命来长安捉妖以及为何请青丘少主来的事交代了一遍，说完，天将一顿，又一指石英，严厉道："——为祸人间的，便是这只妖狐！"

"喊。"石英此时还坐在地上未起，听到天将的说法，不屑地笑出了声，懒洋洋地撑头看他。

天将见他这般不知悔改的模样，无奈又惋惜地叹了口气，正要同白及仙君说话，少暗却是看不下去了。他长叹一声，也不从地上站起来，只理了理打架后乱掉的衣袍，打断天将未说出口的话，道："将军，你怕是弄错了。"

说着，他抬手点了点坐在对面的石英。

"这家伙，是只灵狐。"

少暗话音刚落，整个世界顿时就安静了许久。

不知过了多少时间，天将才渐渐明白过来，他像是听不明白少暗说的那几个

421

字，看向石英的眼神近乎惊愕，难以置信地脱口道："灵——"

天将都没能把"灵狐"两个字吐全，他的眼睛瞪得足有铜铃大，似是根本不信眼前这满身妖气的九尾狐狸是只灵狐。

这也不怪天将认错。灵狐性情至灵，心境纯净，这在许多时候比修炼本身还要难得多，故而灵狐的数量自是极少的。且灵狐因心境无阻，修到了九尾大多自然就会飞升，他见到石英明明有九尾却未成仙，自然认为他就是妖狐，且他一身妖气手里还不客气地提了个妖物，处处都显不出灵兽的样子，瞧着倒是挺像他们要抓的恶妖……事出紧急，他也就没来得及细想。

不过，若是灵狐，自是不可沾杀孽染血，绝不可能是那只恶妖。

少暄看天将的神情，哪里能不晓得他心里是在想什么，也心情复杂地看向石英，又肯定地道了声："是啊。"

少暄生在青丘，最是了解狐狸。他其实一接触对方的气息，就晓得对方不是妖狐，甚至知道石英根本不是真心打斗，他的火看似气势汹汹，其实并无杀意，倒有些玩闹的心思。

说到此处，少暄看着石英的目光，便带上了几分好奇。

云母其实在听到天将误会了的时候就想开口说话，只是被少暄抢了先，这会儿可算找到机会，急忙应和地补充道："将军，这位是我兄长，他只是因设立洞府庇护附近的善妖而沾上了妖气，并非妖狐。"

说着，云母亦展开了自己雪白的九尾。白狐少见，他们俩的尾巴一模一样，额间又都有红印，天将这一看，就瞧出几分相似来。他已是信了，但还是忍不住问道："可你兄长为何会在恶妖的老巢？"

"因为他——"

云母先前听说过哥哥的计划，因此知道一二。她担心兄长，正要回答，却听哥哥轻笑一声打断了她。石英不愿让妹妹费心替他解释，直接从袖中掏出一物，道："你们要找的怕是这个吧？我才不需要这种东西补修为，正愁不晓得如何处理。你们想要，给你们就是。"

说着，他把那已给揍成原形的恶妖往天将怀里一扔，真是十分不在意的样子。只是平白被人冤枉一场，石英话说得云淡风轻，语气里多少还是带了点古怪。他抬眸看了眼天将，天将被他看得羞愧万分。那妖物一到他手上就想跑，天将连忙动力将他摁住。天将一边摁住那妖，一边匆忙地朝石英道了歉，立刻召了两个天兵，当场蹲在地上验察妖兽。

验察妖兽其实麻烦得很，要查外形、气息和身上血气是否与目标相符，刚才又出了石英这档事，天将羞窘万分，生怕再弄错，故而检查得分外仔细。如此一来，总要等些时间，石英扫了眼他们，倒是不急，就坐在地上从容地等着。

云母看石英满身狼狈，忙担心地跑过去上上下下检查他伤着了没有。石英看着妹妹慌乱的样子，反而好笑，抬手大力地揉了揉她的脑袋，道："放心好了，对手这么弱，我如何可能伤着？也就是衣服乱了点，你倒不如去看看他们伤着了没有。"

石英说话声音不小，旁边的少暄当场就炸了尾巴毛要上来与他理论。天兵天将亦是听见了，可他们当真没有赢，又有错在先，这个时候哪里好意思辩解。云母见兄长颇为精神的样子，总算是微微松了口气。

过了一会儿，云母又有事跑回去与她师父说话了，少暄才将注意力重新放到石英身上。他这一看，就多了些许探究意味。

他当初与云母在青丘一别，本以为用不了多久就会有机会再见面，谁知云母一睡十多年，他倒是无聊得很，此时看着石英，多少有点被引起了兴趣。少暄早听说云母在凡间还有个兄长，可他却从未见过，先前虽然看到石英是白狐，却没想到这一头。

少暄想了想，还有几分迟疑地问道："你当真是云儿的兄长？"

"是又如何？"

石英也没想到少暄会与他妹妹认识，不禁警惕起来，对着他扬起了一边的眉毛。

少暄闻言皱眉，只觉得这兄妹俩性格差异挺大的。之前天将觉得石英不对劲，多半也是因为从未见过气焰这么嚣张的灵狐，相比较而言，云母就……

想到这里，少暄脑海中忽然意识到了什么，他的脸色猛地一变。

"等等——"他大惊道，"你妹妹什么时候有的对象？！她对象是谁？！"

这会儿不怪少暄吃惊，纵然他心里已将云母当作是朋友玩伴，不再固执追求，可到底是年纪相仿的男孩女孩，少暄对云母有喜欢的人在意得很。他有一种难言的好胜心，此时听闻对方竟已有了对象，当即就炸毛了——

所以她真有喜欢的人？到底是谁？！话说她一睡十几年怎么一醒来就有了对象，还有……

他怎么一点都没听说？！

少暄顿时十分不开心，憋着气烦躁地乱摇九条尾巴。石英见他神色说变就变，也有些疑惑。不过石英晓得妹妹与她师父的事不可在大庭广众之下说出来，不着痕迹地轻轻扫了眼少暄，接着道："我怎么知道。"

"你刚才那个语气绝对是知道吧？！"

然而少暄根本不信，扯着石英就开始追问。两只狐狸本来刚才就没有打够，此时有了由头，便又一来一往地交谈起来。

另一边，云母不晓得少暄那边已经参毛了。她跑回师父身边后，就有些紧张地握了对方的手，担忧地抬头看着白及。想了想，她开口道："师父，我哥哥……"

石英长得像玄明，虽说世间见过玄明的人不多，至少天兵天将以及少暄显然都未见过，但是……白及却是见过玄明数次的。

云母还未找到机会与师父说这事。眼下石英的事出得急，她有心解释，可周围都是天兵天将，又不知该如何说起，当即就有些着急。偏在这时，天兵天将那边已查明了石英丢出来的确实是他们在捉拿的恶妖，不顾他满嘴谎话还要挣扎，就将他收入瓶中。天将一回头，看见白及与云母还在这里等待，想到刚才是白及仙君出手阻止了这一场闹剧，天将面露赧色，简单说明了一下情况，便诚心朝白及行礼道："此番，真是叫仙君看了笑话。"

话完，他又朝云母拱手道歉。

"还有仙子也是，伤了仙子的兄长，我等实在心中愧疚难当，也不知该……"

云母哪里受得起天将的礼，连忙摆手阻止他道："你又没有将我如何，若是要道歉，还是去同我哥哥说吧。"

天将一顿，歉意地低头，道："仙子说得是，自是应当如此。"

天将并非不知这个道理，只是见此时云母与白及仙君离得更近些，他又自知先前是自己莽撞，就有些不知如何面对那只被他当作恶妖的灵狐。此时听云母一说，他便不再耽搁，转身朝石英走去。还未等云母松一口气，她便注意到师父的目光随着天将走了一段，稳稳地落在了石英身上，云母心里一惊，整颗心顿时就提了起来。

然而下一刻，白及就仿佛什么特别之处都没有发现一般淡淡移开了目光，连眉头都没有皱一下，这下反倒换云母愣神了。白及转过头，见云母眨着眼睛瞧他，微微一顿，他不解地问："怎么了？"

"师父……"

云母一慌，尾巴不安地摆了摆。她挣扎了半天，还是委婉地小声说："你不觉得我兄长的脸……"

白及只听她说了这几个字就已明白了她的意思，有些意外云母竟已察觉。这里不便多讲，他喉咙一滚，嗯了一声，眼睛转为平视前方，貌似不经意地道："回旭照宫再说。"

云母连忙点了点头。

这时，天将已经走到了石英面前，石英原本在同少暄说话，两人听到动静一停，一齐看向他。

天将说自己羞愧并非客套，是真的羞愧到不敢面对石英。现在看来，这小灵狐的年纪在天界分明是个晚辈娃娃，人家也是为了天下苍生来除恶妖的，还抢先他们一步，他们冤枉对方一场不说，还打不过他……着实丢脸得很，他竟是连道歉也不知该从何道起了。

天将羞愧得满面赤红，斟酌良久，方才低了头，郑重道："今日之事，全因我判断有误。我乃天兵之首，又为将领，伤了仙友，让仙友承了不该有的罪责，全是我疏忽莽撞之过。不敢请仙友原谅，唯有自罚其罪——"

若单是口头道歉，未免有开脱责任、试图轻描淡写之嫌，故而先前验察恶妖时，天将已想好了如何赎罪，他定了定神，拔出剑来，插立于地。一见他摆出如此阵仗，天兵们明白了他这是要立誓自罚，纷纷大惊。主将都道歉了，他们哪里还敢坦然地站着，纷纷单膝跪下。眼看大将心意已决，天兵中仍有人急着张口要劝，却被天将抬手制止。

此时，天将那把剑剑底已是沙尘翻卷，四周仙气异动，只听天将朗声道："我，项严，立剑于此起誓。今日因我个人鲁莽专横伤及无辜灵兽，有违正义，不合天道，愿以一人之力自请……"

"将军！""将军！""将军，不如还是由我——"

在场的天兵都晓得立誓的厉害，看着天将竟真要叫誓言成立，都吓得满头冒汗，还有一道拔出剑要以身代之的。

"不必了！"

未等天将说完，石英已出言打断，想了想，道："你的道歉我接受了，只是你立誓自罚，于我而言又有何用？到时出了事，你这些天兵说不定还要怪我刻薄，看着闹心。"

天将闻言一怔，被他那誓言弄得扬起的飞尘尽数落下，仙气亦归于平静。石英这么说，他这誓倒是不好意思再立下去。天将绞尽脑汁了一番，却想不出什么更好的方法，放低了姿态道："既然如此，仙友可有什么能让我偿还相助之事？但凡我力所能及且不违道义之事，定不惜性命鼎力而助。"

话完，他看石英一副不想回答的样子，又觉得惋惜。天将认认真真地看了石英一番，他原先以为对方是妖狐时，觉得石英有天资而不用于正道恨铁不成钢，这会儿晓得他是灵狐，松了口气的同时，惜才之心亦是有增无减。

他斟酌了一番，又开口说："说来，仙友既为灵狐，九尾已至而并未成仙，可

425

是出了什么差池？我虽无能指点仙友，但若是仙友愿意，我可试着向天庭的将仙将神推荐你……啊，说来，仙友可愿去见天帝？！”

说到此处，便是天将自己都有些激动起来。他在天庭众多天将之中其实地位不算出众，修为实力也不算是高的，若要牵线未必能牵上最合适的……但天帝向来善识人才，要是天帝愿意为这善战的狐狸联络一二，自是比只以他来谋划好得多。

天将越想越觉得可行，可云母听到这里却是一惊。她本来只在旁边安静听着，听到天将想让哥哥去见天帝，当即就坐不住了。

云母现在想想当时去见天帝的情形还有点后怕，幸好她长得比较像娘，但哥哥却是像玄明神君的，要是去见了天帝哪里还能兜得住。云母急急地出声要阻止，可是视线刚一触到石英，话到嘴边就变了。她脸色一白，赶紧跑过去扶住突然摇摇欲坠就要倒下的石英，问：“哥哥，你没事吧？！”

少暄也被这变故吓了一跳，石英和天将说话时还好好的，但是忽然就晃了身形。他一惊，脸上不由自主地泄露出担心之色，忙问道：“喂！你怎么——”

“没事。”

石英皱了皱眉头，撑着妹妹的手臂站起来，他的面色虽含困惑，但的确不见虚弱。

其实他自将那恶妖捉住后就感觉到些微不适，但因不太明显也就没有在意，只以为是自己兴奋过度。后来与天将斗、与少暄斗时，他觉得灵气有点异样，不过不影响他发挥便又算了。可是那天将向他道歉时，这种感觉终于达到了顶峰，石英放任对方从问他需不需要帮忙说到见天帝都没有开口，也是因体内灵气一瞬间的暴动让他无暇理会。

说来奇怪，他虽然觉得难受，可却没有褪力之感，反而觉得灵气诡异的冲击感让他想要尽快将全身的灵气释放出来。

这会儿石英身上灵气的异动已十分明显，云母立刻就察觉到了异状，她一惊，扶住石英的手就颤了颤。

石英的状态已遮掩不住了，其他人在想什么她不知道，云母脑海中第一时间记起的，却是那狠厉无比的四十道降神雷。

云母自醒来后就不大想去回忆渡劫那日的情形，并非她好了伤疤就忘了疼，只是她这一生活到如今自觉受天道眷顾，活得顺风顺水并未有过大挫折。哪怕是当初遇上蚩、陷入师父的幻境或者后来差了机缘长不出尾巴，都顶多是苦恼而从未被逼入过绝境；哪怕是玄明神君之事令她苦恼，至今为止其实也没有真出过事……唯有那一日，唯有那一日……

她还记得那道紫雷是如何不留情面地劈在她的身上，她还记得师父是如何挡在了她身前。只是那个画面每每浮现在脑中，就让她心惊肉跳、夜不能寐。无论是被天雷劈中损筋拆骨的滋味，还是眼睁睁看着师父替她担本不必要的业果的滋味都让她不好受，宛如噩梦成真。

她本来长大以后就不怕打雷了，可如今竟又有些听不得雷声。

石英这会儿也是犹如在梦中，察觉到妹妹的颤抖，察觉到天兵天将和少暗脸上的惊讶之色，可仍不太有真实感，像是无法理解似的拧着眉道："我这是？成仙？我如何就要……成仙了？"

石英心情复杂得很，既然当了这妖王，就不怎么在意修仙得道的事，一直以来都随性行事。他并不想成仙，也这样悠游自在地蹉跎了许多年，哪儿晓得天道突然就要给他扔天梯了，石英现在反倒比谁都蒙。

只可惜天道不管他蒙不蒙的，短短片刻，长安郊外的乌云已聚成一大片，隐隐的轰鸣声叠成数重，与云母当日一模一样。

天将先是吃惊，继而大喜："恭喜仙友！小伙子，你如此天资，待登天之后，必成大器！亏我还说要将你介绍给将仙，许是今夜之后，你自己便已是一个将仙了！"

天将自然没有发觉那劫雷的雷声有古怪，只忙于庆贺。云母却急得要命，待回过神，已下意识地想取琴出来，谁知她一取却取了个空，看两手中空无一物，她这才想起自己断掉的琴还用仙药煨着仙气封好养着，惯用的武器没了。

也就云母犹豫片刻的工夫，石英那里的天雷已经降下，总不能不迎不躲，就让雷劈。石英脑子还没明白过来，身体已先做出了反应，他惯用狐火，便用火焰迎天雷而上。对上石英之火，天雷竟有些畏缩，还不等劈出风浪，就被狐火整个儿吞噬了。

石英收了袖子，眉头蹙得越深，感觉天雷弱得古怪。

云母这会儿已退回了白及身边，她的后背绷得笔直，上身都被冷汗浸透。她想了半天，终是犹豫地握紧白及的手，问："师父，若是我哥哥一会儿顶不住，我可否……我可否……"

云母怕降神雷，可更怕兄长出事。哥哥若有危险，她自是可为哥哥舍身挡雷的，正如师父当日护她一般。云母想得也好，她渡劫那天好歹凭自己挡了二十道降神雷，现在她成了仙，这阵子也没荒废修行，应当至少能替石英挡去三十五道。如此一来，哥哥只要自己接下五道，也就能保住性命，她去承个因果，也是无妨的。

不过，这事到底风险极大，降神雷能拆仙身、葬神骨，一个不好就会出事，而事后还有因果，此番就未必同师父当日一样，在凡间历劫便能了事了……她既会为师父替她承雷伤心，要是两种后果出了任何一种，师父、兄长……还有她娘，又何尝不会为她伤心？且，这回本是她的家事，她又怕自己能力不行，反而再次将师父拉下了水……

云母脑子里乱成一团，问得也是十分紧张。白及握着她的手一顿，居然亦不晓得该如何回答，他想了半天终于沉着声道："量力而行。"

云母心里一松，点了点头。她现在无琴可用，就取了弓箭出来，这是白及最初教她用灵气时使用的武器，已是许久不用了，但比起其他，还是熟练许多。她握了弓箭藏在掌心，绷紧了神经看石英在那里渡劫。

十道。

二十道。

三十道。

石英渡劫渡得顺畅至极，天兵们不愿意走，都在那里围观，纷纷赞道这辈子没见过这么顺利渡劫的。众人仰视着在空中翻飞纵横的白狐，心中各有称量。

终于，四十一道天雷落完，到了第四十二道——

轰——

这一道雷落下，地动山摇，所有人脸色都变了。天将到底见多识广，比其他人反应得快，他当时就震得瞪大了眼："——降神雷？！如何会是降神雷？！"

天将话音刚落，天兵便是一片哗然，即使有人不晓得，听了旁边同伴的解释，也是跟着大惊失色。

大家都是成了仙的人，即便不曾见过真的，又如何会不怕这等诛神之雷？

天将现在也懒得安抚自己的士兵，着急地看向石英，大声喊道："天狐神火！天狐神火威力可比降神雷！年轻人，你腹中可还有火？！你的神火可还够用？！"

天将喊得焦虑万分，暗中懊恼先前未提醒石英神火莫要用得太过，天雷越到后面越凶，可他前面全都是用神火抗的。虽说当时他未料想到这会儿会出现降神雷这么严重的情况，但也该说起……然而此时天将也顾不得思索为何一只灵狐飞升会引来降神雷了，只怕一颗好苗子就在此陨落，急得他团团转。

石英专心渡着雷，他先前已听过云母提醒，看到不同于劫雷的紫雷，就清楚那是她说的降神雷，倒是不怎么意外。他听到了天将的喊话，一边将神火丢出去与降神雷纠缠，一边疑惑地回头问："什么是天狐神火？"

石英是当真不知道，天将又没当着他的面提过，哪怕天将与白及解释的那会儿，他也没在意，还以为他们是在说少暄。然而他此话一出，天兵天将那里居然顿时鸦雀无声。

石英见他们不答，也就不理，继续自顾自应雷。只是他到底已经与恶妖、天将和少暗三战，接连不断还要应雷，算起来竟已有十个时辰不曾休息，且他面对的个个都不是轻松的对手。降神雷比他想象中强，石英之前还不觉得累，这会儿却渐渐撑不住，露出疲态来，结果第四十四道雷劈下之时，他一个失神身体一晃，就未能接住，被天雷迎着脑门劈下——

瞬间，数重惊呼之声此起彼伏迭而起。

云母哪里还能忍，她玉弓早已准备好，也不管离她预期能抗下的三十五道雷其实还差两道，当即就拉开弓弦要救哥哥。但她仙气刚凝了仙箭，弓箭忽然就被穿了铁护腕的手臂猛地拦住。

"仙子，还是我来吧。"天将挡住了她的玉弓与灵箭，严肃着脸说，神情凝重，"若非是我先前莽撞行事，你兄长也不会在天雷降下前就耗掉大半体力与神火。此事因我鲁莽而起，也该由我负起责任了结。还请仙子后退，我既有歉意，便该在此时偿还。"

说着，天将沉着面孔拔出了剑，天兵中当即一阵兵荒马乱，众人"将军""将军"喊个不停。

天将自是知道替人挡劫承担违逆天道因果的严重性，但见朝夕相处的天兵们留他，他心里很是感动。他又想起与云母头回碰面时就是因白及仙君历劫，虽不知承担因果会历何劫，但天将仍忍不住道："你们不必多言，我心意已决。既是我个人之过，就该由我一人承担……不过，若我承了这些天雷后不得下凡，兄弟们，你们可愿下凡陪我一日两日，到时再把酒共饮，岂不同今朝一样痛快！"

"将军！"

天兵闻言无不动容，皆点头答应天将。天将见状已觉得无憾，持剑迎面就要去应雷，这时恰巧下一道天雷劈下，他略一定神，直剑而迎——

轰！

长剑被击中，降神雷亦消散不见。天将被震得手腕发麻，手一松就掉了剑，可击中他剑的，却并非紫雷。

随着剑身落地的哐当响声响起，狠狠打中天将仙剑的狐火亦噗地消失不见。石英拍了拍手，从地上站了起来。

他被紫雷击中，又接连发出两道狐火，一道制止天将为他挡劫，一道亲自击退了天雷，这会儿自是狼狈。但即便这般，石英也未被那道降神雷真的打回原形。他抬起袖子擦了擦嘴角的血迹，啼笑皆非地挑眉道："为我担心什么？退后！妹妹，回你师父怀里去，不要靠过来！"

说着，不等众人反应，石英已重新张开了九尾，眼中满是厉色，眉心印记红得似火，竟是已被那降神雷激怒。

突然，石英扬袖起火，直指神火冲向天际。

只见他双眸灼灼盯着空中的乌云，嗤笑一声，道："区区四十道小雷，能奈我何！"

石英当真硬生生扛下了这四十道降神雷。

天界最近这几十年很是不太平。先是玄明神君犯天条，后是白及仙君历天劫……上一回那四十道降神雷已扰了天帝的群仙宴，而这一夜，也不知多少神仙入了定后被生生震醒，杯子茶壶落在地上碎了一地，三十六重天被紫电惊雷照得雪亮，风卷云涌之势简直骇人。

饶是再怎么见多识广的老神仙，也没遇到过短短二十年间连降两次降神雷的事。明明仍在夜色之中，却有不少仙人已急匆匆地往登天台赶，都想去弄清楚是出了什么事。故而天还未亮，登天台周围已是黑压压一片，围满了看热闹的无聊神仙。

不过，便是他们再怎么被这一晚的雷声吓到，对这一次的雷劫的感受也绝没有亲眼看着历劫者渡劫的人来得震撼。

降神雷整整劈了一夜，云母心惊肉跳地看着石英纵跃于天空中与降神雷搏斗。十道，二十道，三十道……石英毕竟已战了许久，看上去总归有几分狼狈，但战意却丝毫不减。他怒极反笑，因战的是天雷，便是当真与天相斗。石英整个人被卷入火中，九条白尾在熠熠火光之中分外皎白夺目。终于，第四十道降神雷，也便是他的第八十一道天雷破出乌云以洞穿苍穹之势劈下时，石英额间的红印已明艳得滴血，他飞袖展尾，毫不畏惧地以火直冲迎上！石英脸上笑得极是快意，待天狐神火与降神雷迎面击上时，散发出无数白光刺得人睁不开眼，只听轰隆一声——

强大的爆破力造成的冲击感让众人不得不眯了眼，连不少天兵都情不自禁地做出抵挡之姿，举起手臂以免飞起的沙尘进了眼睛。云母已被白及条件反射地护入了怀中，白及还拿袖子掩她。云母亦是下意识地抓紧了师父的衣襟，明明晓得师父比她厉害多了，却还是怕自己一不小心没拉住，师父就被吹飞了。

石英却对其他人的震惊浑然不觉，待他重新落地，雷光消失，聚集的乌云亦渐渐散去。他颇不习惯一身熟悉的灵气被换成仙气，石英适应了一会儿，脸上本还带着大战一场的淋漓畅快，谁知一回头，却见所有人都怔怔地张大了眼看他，连

430

妹妹都是满脸吃惊。石英奇怪地扫了他们一圈，最终看向云母，疑惑问道："怎么了？"

"哥哥你……"

云母也不知该怎么说，她当然是为哥哥成仙高兴的，但也还没能从吃惊中恢复过来。

她本就知道哥哥能在长安郊外这等灵气集聚的要地稳坐妖王之位二十余年，定是有过人之处，可当真亲眼所见后，云母还是被吓了一跳。她知道哥哥能战，但无论如何都没想到他如此能战，面对四十道降神雷没让她帮忙不说，竟丝毫没露怯。后来石英的怒气和昂扬战意引得狐火大盛，居然还隐隐有占了上风之势……云母张了张嘴，终究还是想不出该说什么话才合适，只得干巴巴道："恭……恭喜你成仙。"

不只是云母，其实所有人都被石英所展现出来的战力所慑。天将说不出话，此时早已不是惜才不惜才的问题了，这年轻的狐狸……前途已然深不可测。

天将没能说话，其他天兵们却陆续从呆滞中恢复过来，开始热闹地恭喜石英。一时间恭贺声不绝于耳。

石英微微一怔，听妹妹以及其他人这般恭贺，还有些反应不过来。

"没什么好恭喜的吧，不就渡了个雷劫。"

石英不善应付这等万众瞩目的场面，别扭地动了动，撩起袖子一甩，道："既然雷劫已经渡完了，我就回令妖宫了。你们若是无事，不如也早点回去复命。"

说着，他真的作势就要往令妖宫的方向去，其他人见状，赶忙将他拦住。好心的天兵还道石英是不晓得成仙的步骤，连忙提醒说："仙友，你还未登天路呢！接引天官想必已在上面等你。再说，你既已成仙，便是与凡世告别，你回不回凡间的洞府，已是无所谓了。"

听其中一个天兵这么说，其他天兵亦勾起了许多回忆，皆笑呵呵地称是。说着说着，他们中便有人谈起了自己当年渡劫的情形，表情竟是怀念得很。

"——对了，说起来，仙友你这后四十道天雷，如何会是降神雷？"

他们讲着讲着，话题不久就又落回石英身上。他们问得好奇，也并没有恶意，可听人这么一提醒，其他人才想起这一茬，都看向石英。

云母一慌，下意识地便要替兄长回答，谁料她还未开口，石英已经眉头一皱，说："我怎会知道？天劫要用什么雷劈我，难不成还会先派雷来跟我解释一下原因不成？"

如此倒也是，提问的天兵不好意思地笑了笑。

有人推了石英一把，笑道："算了算了，不管了，别的不说，还是先登天路吧！"

说着，他将天路让出来给石英看。那是成千上万级台阶组成的皎白的天梯，直入云霄而达天际，一望之下是望不到尽头的。

云母一看亦是呆了。她尽管成了仙，可其实没有亲自渡完天劫，本身她又是在天界渡劫，即便渡完也没有机会登梯，因此上一回看到天路还是单阳师兄成仙之时。那会儿她是在登天台上看天路的，和此时从凡间看，又是截然不同的感触。

从凡间看，天路顶端，越发遥不可及。

石英现在已经成仙，又刚渡了劫雷，看到他应了降神雷的人这么多，根本瞒不住。云母赶紧上去拉了石英的手，道："哥哥，要不先走吧，等上了天，你先同我和师父去旭照宫如何？我有事想同你……"

石英想了想，抽手摸了摸云母的头，却还是打断了她，道："不去。"

"嗯？"

"我无意成仙。"

石英解释道："渡过天雷并非我愿，我在凡间逍遥自在好得很，且令妖宫里还有不少妖物等我庇护。我们既在此处立了洞府，他们既称我为王，我总要护他们周全。长安乃是灵气充裕之地，盯着此地的恶妖绝非一个两个，我若一走，这些妖兽该当如何？雷劫渡了，天路我就不登了，天庭总不会还有规矩……让人非得成仙不可？"

这话一出，不要说云母，连天兵天将都傻了。这些年来从来只有灵兽拼命修炼成仙的，从未听说过还有灵兽渡了雷劫却不想成仙的！

没人知道怎么回答石英，周围便安静下来。然而片刻之后，一个本不在此处的声音却打破了沉静——

"天庭是没有这样的规定，但你既然渡了雷劫，不管登不登天路，都已经算是成仙了。"

听到有人答哥哥，云母立刻就看了过去。只见一个接引天官模样的人从三十六重天上乘云降了下来，他神情严肃，不苟言笑，连说话的语气都带着容不得开玩笑的刻板。云母一眼就认了出来，这是天帝身边亲近的天官，品级颇高，平日里也常常去旭照宫里向白及传达天庭的消息，她已见过了他几次了。

纵使他今日拿了接引的簿子，可云母也不会认错，正因如此，她突然紧张起来。

果不其然，只见天官抬起了头，目光冷淡地看了眼石英，接着眼角余光也扫到

432

了云母。他目不斜视，直接开口说："既然仙友不愿上天，我便只好亲自下来找你了。除了接引之外，还有一事我必须通知仙友。"

话完，他从袖中拿了帖子递上前去。

"——天帝有请。"

"——听说这几日天帝下令要亲自召见的，就是玄明与凡人之子，此话当真？"

"不错，听说前些日子那四十道降神雷，劈的便是他。"

"玄明之子这么多年都未曾找到，如今找到却是成仙了……天庭有天条在先，其父又是玄明，如此一来，天帝该如何行事？"

"不知道。不过，我还听说那并非玄明独子……"

"什么？！"

"据说前些日子渡劫的那位只是玄明一双子女中的兄长，他还有个早些年拜入了仙门的妹妹……"

这几日，天庭上下骚动得很。

天兵天将性子直又不愿多想，但天庭的其他神仙却不是傻的。石英渡劫那天降下的四十道降神雷，无异于被丢入静默池水中的一颗巨石，一击便撞起千层浪。

降神雷是什么东西？那是给神仙渡劫降的，单单一个凡人渡劫却引来降神雷，其中必有缘故。算算如今的世道，下凡渡劫的神君仙君中未有要归天的，还在天上的神仙也未有要渡劫的，那降神雷居然是让天庭平白多了个半仙，正正好好四十道……看了那孩子的年龄，再一算玄明神君下凡的年头，竟是一下子对上了。

稍有头脑的神仙便想出了前因后果，猜到了石英的身世，这回又不像云母那回有师父白及做掩饰，石英乃是在众目睽睽之下渡的劫，便是想遮掩都无处可遮。他被天帝亲自召见的消息，不久就传遍了三十六重天，连带着云母的消息也被一道带了出来。不过数日，天界上上下下已无人不在讨论此事。

"玄明？！那是谁？"

然而这个时候，整个天庭都在讨论他们兄妹的身世，偏偏石英本人蒙得很。

尽管天帝下了令要见石英云母，但石英才刚刚成仙，体力大伤不说，仙气亦还不稳，总不能这么狼狈并匆忙地过去。于是云母磨破嘴皮子说动了天官，让石英回了一趟令妖宫安顿他的妖兽，之后又连哄带骗地将自家哥哥拐回了旭照宫。石英虽不太想和天庭对话，但妹妹之言总还能听进去几句，所以他现在就暂时住在旭照宫疗伤。天兵天将亦是讲义气，他们撞见了事情全貌，却愿意对此守口如瓶，如此这般，石英才暂时未受到打扰，云母是白及仙君门下弟子的事也没有宣扬出去。

石英其实早已体力透支，不过是事情未了强撑着，到了仙宫首先就大睡了三天，待他苏醒，云母才将事情一五一十地说了个清楚。看哥哥满脸接受不了的样子，云母叹了口气，只好又重复一遍道："那是我们的生父，哥哥。"

石英皱着眉头道："我们是野狐狸，哪里来的生父？嘶——"

云母本来在庭院替他疗伤，一不小心下手就重了。石英在应雷劫时受了大大小小的伤，最严重的莫过于肩膀上被劈出了一道极长的口子，看着吓人得很。听哥哥吃痛地出了声，她连忙放轻了动作，重新用帕子沾了热水帮他擦拭。

石英看云母慌乱的样子，倒感到几分好笑，抬手掐她的脸，笑道："不用在意我，按你原来的做便是。"

云母慌慌张张地躲开，嗯了一声，但手下的动作却还是放轻了。

天劫劈下的伤不同于其他，就是敷了仙药也要养一阵子，更何况石英挨的还是降神雷，血淋淋的伤口印在白皙的皮肤上，触目惊心。云母自己渡劫时受的伤都在睡觉期间养好了没什么感觉，这会儿看着哥哥她却觉得难过。她垂了眸，一边小心翼翼地给石英上药，一边道："我以前肯定有提过玄明神君的，就是哥哥你不记得了。我在凡间见过他的转世，不过相处时间不长，在师父的幻境里相处的时间要长些，但……"

云母回忆得有些出神，以前在幻境时还从未想过玄明会是自己的生父。然而石英却对她的话不感兴趣，不耐地打断了云母，道："别说这些了，比起这个……"

此时云母正好将他的伤口重新包扎好，石英自然地将衣领袖子一提，遮上肩膀，重新系好腰带，问："——你师父，很能打架吗？"

看着石英眼中的跃跃欲试之色，云母一怔，晓得石英是从天将还有少暄那里听来了些有的没的。

师父既是东方第一仙，修为自是极强的。这么多年来，除了在幻境中与朔清神君那一战之外，云母还从未见过师父出第二剑。

她警惕地反问道："你想知道这个做什么？"

"我之前听那只红狐狸——"石英随口答道，趁着少暄向他打探云母的情况时，他也顺便问了对方两句白及的事，不料听到的东西倒是颇多。

石英说："他讲你师父当年渡的是八十一道降神雷，结果上天的时候，不要说伤，连半点尘埃都没沾到……这话可是真的？对了，说起来……"

石英眉头一皱，面露几分不满，道："你不是说你师父并未因凡间之事怪罪于你吗？这几日，怎么没见他经常来看你？"

云母听前半段还在琢磨怎么打消哥哥想与师父打一场的念头，听到后半段脸瞬间就红了，支支吾吾了半天。

云母哪里好意思讲她是因为石英住着，晚上才没跑去和师父睡的，师父大约也是因为她兄长在，所以避着嫌呢。

想来想去，云母随意找了几个借口搪塞，勉强暂时打消了哥哥的狐疑。云母收拾好东西就捧着各种药品和水盆落荒而逃。她放好了东西就奔进了白及院子里，见师父虽然在打坐但并未入定，就跑过去把自己往他怀里一塞，唤道："师父……"

马上就要去见天帝了，石英看起来一点都不怕的样子，云母却是十分担心的……而且也不知这回一去，会不会牵扯到娘亲。

石英这几天要养伤，许多事都是云母在料理，但她也是手忙脚乱的，偶尔实在忙不过来还麻烦了师父。石英渡劫的事她已经告知了母亲，母亲说出的关于她和石英的身世她也和师父说清楚了，师父约莫是早已猜到，并不怎么吃惊，只在听完细节后摸了摸她的脑袋。

云母踌躇片刻，紧张得手心冰凉，只好跑来师父这里求温暖。她抱了白及的腰还嫌不够，犹豫半天又放了九尾，九条尾巴往他身上缠好了，整只狐狸挂在他身上才觉得安心，然后拿脑袋蹭了蹭他的衣襟。

白及感觉到云母过来就睁了眼，抬手将她搂住护住。他见怀中的女孩子闭着眼睛用力地往他胸口埋，尾巴又缠得那么紧，哪里还能不晓得她是心里害怕却努力忍着。白及将她抱稳了，静静地等着她情绪缓过来，过了好一会儿，方听云母道："师父，我娘还没成仙，会不会……"

白及答道："天规约束的本是神仙，并非凡人。你娘许是要受些桎梏……性命总是无事的。"

这虽是实话，却也是安慰之言。云母与石英虽是成了仙，总能算是位列仙班，可玄明的劫未历完，他们娘亲亦还是灵兽。天规既已立了，便不可有损威信……现在的情况尴尬，着实难处理得很。

白及轻轻抚了抚她的头发，道："明日我陪你们去天庭，你若不安，便唤我。"

……

这个时候，天宫中天帝亦是被烦琐公事缠身。

玄明的事情要处理，可天宫中的俗事也不会因为他弟弟家的事而减少分毫。天帝埋头于案卷之中，过了好久，手中方才停下，但头也未抬，只问道："玄明他，刑劫历到何处了？"

"陛下。"天官恭敬地低头，翻了翻案卷，答道，"玄明神君的第三世，今

435

晚……便要完了。"

天帝神情未变，手中的笔已经重新动了起来，凝神书写着什么，他写完最后一笔，终于停下，将这一份案卷推到一边，直起身捏了捏鼻梁。玄天沉思了片刻，终于下了决定，道："如此……正好。既然这般，待他此生渡完，后面的刑让天官暂且停下。今晚，召他回来。"

于是当晚，玄明神君又一世刑劫结束，神魂脱离之时，便未再被送去转投下一世，而是被一队天兵押送回了天上。待他重新回到天台，天色已明亮，晨光方破晓，云间露出微微的亮色。

玄明刚渡完一世。既是刑，自是令人憔悴得很。他此时还未回过神来，望着许久未见的三十六重天霞云感到恍惚。他撑了撑身子，转头对扶着他的天兵笑道："现在，是几时了？"

玄明这会儿还没从人间一世中恢复过来，记忆混乱得紧，便是站也有些站不稳，面色苍白，却笑着一派春风。天兵看着他这般好的脾气也有些不忍，便报了时辰，想了想，又答道："神君下凡已有数十年……这会儿，是丙子年了。"

玄明一怔，在心里默算了一番，面露几分感慨，无奈地笑道："竟已过了这么久……"

接着，他又道："说来，我那兄长如何又改了主意？既是判了我七世凡劫，现在还带我回来做什么？"

天兵看了他一眼，略有几分同情地道："神君，你家人已寻到了。"

玄明闻言，顿时一僵，脸上的笑容亦消失了。

"——何时？"他问。

"五六日之前。"天兵回答，"一位夫人，还有一双儿女……天帝命我们来带你，多半是去认认人的。"

……

这个时候，云母与石英已一同到了天帝的天宫之中，同时被送来的，还有刚从人间上来的白玉。

白玉未成仙，本入不了仙境，还是天兵亲自下去带了她上来。白玉一来，云母便瞧见她眼睛红了一圈，她虽站着，身体却摇摇晃晃的，神情虽是同往常一般，可这约莫是怕他们担心，才维持出的表面镇定。云母见她如此，心里咯噔一声，便晓得是玄明神君转世昨夜去了。

因兄长成仙的事闹得太大，云母将情况与白玉说过之后，本是想将她一道接到旭照宫来护着的，只是玄明转世大限将至，白玉不肯离开，便说要在凡间等着。云母见劝不动，这才让白玉一人留在凡间，只是此时她略微一探，就察觉到白玉身上灵气有变。她走过去扶了母亲，惊道："娘，你的第八尾，已经长出来了？"

白玉抬手擦了擦眼角，却点了头。

她是昨夜玄明亡时生的八尾，正如当初生出第七尾一般。她这尾巴的生出，应是与玄明有关。

云母显然也是想到了这一点，只是还没等她多问，却已来了仙娥唤他们进殿。云母不敢再随意说话，慌忙地低了头进了仙殿，不久天帝也到场。到底是天庭之主，天帝出场的阵仗大得很，他的目光庄重沉稳地扫了一圈殿内，最后落在他们三人身上。

殿中并不只有天帝，还有一众云母未曾见过的神仙，有七八个人，个个仙风道骨，一见便知是在仙界颇有地位的老仙。白玉被对方视线扫到，本是提了衣摆要跪的，谁知还未跪下，眼角余光却瞧见有人被带了上来，她当即吃了一惊，连跪也忘了跪了，就怔怔地看着对方。

玄明此时已是换了一身青衫，脸色也比刚上天时好了许多，一见白玉，他便眯着眼浅笑起来，柔声唤道："娘子。"

区区两个字看似简单，却不知这玄明是如何抵着舌头发的音，再单调不过的两个字竟硬生生让他说出百转千折的柔情来。那些平白无故被天帝抓来充场面的老仙官听了，顿时都觉得肉麻不已，浑身上下都不自在。

然而白玉却未感觉到如此，她本以为昨夜该流的眼泪都流干了，不想这会儿眼中又有泪涌上，连忙慌张地拿袖子擦了擦。玄明执了她的手将她拉到自己这边，目光在云母与石英身上掠过，只觉得胸口有千言万语想说，却碍于场合不得不忍了。

不过，玄明打量一双儿女之时，两只狐狸也在打量着他。石英无论是在凡间还是天界都是第一次见玄明，他嗤了一声就不再看了。云母却是未移开视线，眨了眨眼睛，好奇地打量着玄明。

算起来，这才是她第一次见到真正的玄明神君。并非幻境，并非转世，而是真真正正的玄明神君本人。他看起来与幻境里一模一样，只是清瘦了几分，宽大的青袍穿在身上空荡荡的。他察觉到云母看他，便转过头来对她轻轻一笑，桃花眼眼梢飞起，满脸笑意。

云母一慌，不知该回还是该躲，慌乱之间就移开了视线。玄明倒是不介意地笑了笑，这会儿他也无法同云母说太多。他将目光重新落在了上座的天帝身上，笑道："兄长，别来无恙。"

仙殿之中，气氛沉闷至极。

玄明一向不喜欢这等氛围，因而也就极少来仙宫，即便来了，也显得格格不入。

玄天与他对视一眼，略一点头，答道："嗯。"

相顾无言。

玄明索性也不耽误时间，直接笑着说："不知兄长喊我来此所为何事？不如直说。摆出这等阵仗未免严肃了些，我怕你吓到我的夫人和孩子……我夫人对仙界之事一无所知，两个孩子年纪又小，连我面都未曾见过，你又何必叫他们过来？"

"的确是你的错。"天帝不冷不热地看了他一眼，倒是不否认玄明自己说的话。但他又道："当日定下的刑罚，本是依你所言而判，只是如今既然有了变故，决定自也要变。今日重新把你叫来，也正是为此事。"

玄明一僵，抓着白玉的手紧了紧。

只听天帝说："昨日我已与众仙友讨论过。神凡结合有违伦常，育有儿女更是扰乱三界天纲……不过既然你一双子女皆已成仙，如此……也就罢了。"

玄明绷紧的神经顿时一松，但紧接着又听玄天道："儿女罪责可免，但你与这灵狐，罪责却是免不得的。你道她本是凡人不知天条，可如今看来分明是谎话——玄明，你可要解释？"

仙殿里唯有天帝一人在说话，他的声音又雄厚，语气一旦严厉起来，听起来就极为威严。

玄明几乎是下意识地将白玉护在了身后，道："兄长，你何不听我一言？"

"你还有什么话想说？"

玄明微微顿了一下，笑着道："我明知天条而犯错，自是不对，雷也历了，劫也渡了——后面许是还有四劫，你再把我丢回去渡完便是。但我夫人却并非如此……"

说着，他拍了拍白玉的肩膀，示意她将尾巴显露出来。

白玉面露犹豫，却还是听他所言，展了八条白尾。

玄明道："自古狐狸修尾成仙，我夫人如今已有八尾，离成仙不过一步之遥。有些事，我也是方才悟出的。"

玄天未言，似是等着听玄明打算说什么。

玄明笑着说："我夫人这八尾中除本身那一条，剩下七尾中有六尾皆因我而生。世间修仙之人道有千万种，有人以'剑'为道，有人以'自我'为道，有人大破大立，以'天地自然'为道，既然世间种种皆可为道……我夫人以我为道，又有何不可？！"

　　玄明话音刚落，仙殿中已是一片哗然。云母听到此处亦是愣了一下，全然没有想到天地间还会有这种道法。

　　白玉似是自己都没有想到，一惊之下，差点把玄明一把推出去。

　　天帝思索片刻，却是皱着眉头看玄明，纠正道："这不叫以你为道，这是以情为道。"

　　"都一样的。"玄明笑着说，"她仙路不过只差一程，我们自然有错，但此错并非不可弥补……天条冷血，但人却并非如此。兄长，你何不给我们一个机会？"

　　一刻钟之后，天帝带着他的幕僚们进了隐蔽的内殿中紧急商议玄明之事。玄明一家四口则被一并带入了另一间雅室中休息。待到此时，玄明撩开青袍坐下，这才松了先前一直紧紧握着的拳头，笑着执了白玉的手，唤道："玉儿。"

　　他先前在仙殿里磨破了嘴皮子劝兄长，看着胸有成竹，实际上却并非全无紧张，这会儿已经尽了人事只剩听天命了，才终于放松下来。玄明一双眸子眷恋地望着白玉，看不够一般，眼中含着笑意。白玉这会儿对玄明归来仍是不敢相信，握住他的手，嘴唇轻颤良久，才应着说："夫君……"

　　短短两个字，话里却是道不尽的苦涩、无措与思念，言有尽而情意无穷。

　　玄明浅笑着替她理了理不知何时垂到脸颊一侧的头发，扫了眼白玉拖在身后的不安地微微摇晃的八条狐尾，缓缓道："你短短几年就生了这般多的尾巴……玉儿，这些年，你可是因我受了委屈？"

　　白玉摇了摇头，说："还好。"

　　玄明笑着道："何必瞒我？你天赋几何我自是晓得的。你虽颇有灵气，却不见得有如此天资。你又以我为道……凡人修道本是逆天改命，哪一条道不是历经千难万险、绝境重重？你道相如此，只怕是我让你在短短十数年间尝了人间冷暖，历了千般苦，这才在短时间内长出八尾……"

　　说着，玄明将白玉揽入怀中，下巴在她头顶温柔地蹭了蹭，启声说："娘子，为夫让你受苦了。"

　　白玉靠在他怀中，已是说不出话，索性搂着玄明的腰往他胸口埋了埋，明明他已许久不曾回天，白玉却觉得仿佛还能从他身上嗅到昔日淡淡的竹香。

　　玄明与白玉依偎着轻声细语地不知说些什么，云母与石英却是在离他们有些距离的位置。两人都端端正正地跪坐着，石英从玄明开始拉着白玉说话时就已感到不自在，这会儿已经尴尬地别过脸去。云母担心地看了兄长一眼，又将视线移到玄明身上。

云母好奇地看着玄明神君，她已将他从衣着到配饰都细细地看了个遍，却不敢上前。

不过这时，玄明的视线却投了过来，他微笑着将白玉从怀里扶起，温柔地望着云母与石英，问道："夫人，这两位可是我们的儿女？"

白玉回过神，点头，忙介绍道："是兄妹。哥哥叫石英，妹妹叫云母。"

玄明听到名字便淡淡地笑了下。他对云母一笑，压低身子招了招手道："乖女，过来。"

云母红了脸，她对玄明是有些好奇和好感的，虽然跃跃欲试，却不好意思用人形过去，便化了原形，轻轻地嗷呜叫了一声，一颠一颠地跑向父母。等快靠近玄明了，她的步伐又慢了下来。云母抬头看了眼母亲，见白玉点头，才试探地举起爪子碰了碰玄明的膝盖，又抬头歪着脑袋看玄明的反应。

玄明揉了揉云母的脑袋，看云母眯着眼睛低头任揉倒也不躲，也就笑着将她抱起来，颇为自然地搂在怀里，道："我们在凡间有见过的，前几日你还同我下过棋……可还记得？"

云母自是记得的，她还怕玄明忘了呢。见玄明神君主动提起，云母点点头，呜呜地应着。玄明看着她心中早已软成一片，眉宇间尽是温暖之意。

她到底见过玄明多次，在幻境里还算相处了很长一段时间，此时也不认生，不一会儿就能自然地和他玩耍打滚。玄明也没忘了自己还有个儿子，将女儿放回膝盖上，就又朝石英望了过去。

相较于女儿，这个儿子对玄明来说，倒是真真正正地第一次见了。他虽形肖自己，可眼中的疏离却比云母要重许多，与他对视的眸子中也带着探究与审视。哪怕玄明不是狐狸，也能瞧出对方并没有放出来的狐狸耳朵此时正警惕地竖着，只怕尾巴也绷得极紧。

玄明先前唤了云母而未唤他，也是因瞧出了他表现出的别扭与戒备。

玄明温和地看着石英，问："你可愿过来？"

石英一动，却是心情复杂地皱了皱眉头，过了一会儿，才不太情愿地开口道："不必管我。"

话完，他就抗拒地背过身去。

"英儿？"

白玉见他如此，正要出声解释劝阻，却被玄明拦住了。

"无妨。"玄明仍旧笑着，并不十分意外，"我本就出现得突然，慢慢来便是，不必急于一时。"

听玄明如此说，白玉便止了动作，不再为难石英。

他们一家人难得聚齐，要交代的事不少，这时，白玉又想起了一桩。

白玉道："抱歉，我之前不知道你将云儿……所以机缘巧合之下，便让她拜了白及仙君为师。之前……是因云儿渡劫时引了降神雷挨不过去，白及仙君护她违逆天道，这才遭劫下了凡。如今……"

说到此处，白玉犹豫地看了玄明一眼，不知该不该将云母现在的情况说出来。

玄明却直接看向了云母，脸上的笑容意味深长，他问道："既是如此……云儿，你师父现在在何处？今日……他没有陪你来仙宫？"

白及自是来了的，但是今日场合特殊，他便没有进来，只在外头等她。临别前，他还在她掌心里留了一道仙气，若是云母觉得害怕或是出了别的事，他便能感觉到冲进来。

云母紧了紧掌心，老实答道："师父来了，但他在天宫外等我，没有进来。"

玄明啧了一声，道："可惜。"

可惜他今日约莫是出不了这天宫，否则，便可以去会会对方。

玄明的手指在桌面上轻叩，若有所思地望着女儿。云母与他对视，张了张嘴，本还有话想说，偏在这时，雅室的门被推开，那最是一丝不苟的天官沉着脸迈了进来，道："天帝那里已经有了结果。玄明神君……还有诸位，请你们同我来吧。"

几人很快就回到了先前的仙殿，天帝仍坐在上首，面无表情地往下望着，一双眼眸静得令人心慌。

玄明主动问道："兄长，你可同他们商量好了？"

天帝淡淡地看了他一眼，并未立刻说话，玄明亦耐心地等着，似不怎么着急。

天殿里甚是安静，刚刚商议完的老神仙们都还在殿中，他们自是察觉得到这两兄弟一笑一冷，话语间剑拔弩张，两人之间的气氛令人紧张。

时间过了许久，久到玄明掌心的汗已渐渐凉了，玄天才终于开口。

"既然如此，便像你说的，给你们一次机会。"

他道。

"你七世凡劫还余下四世，四世之内，若这灵狐能生九尾成仙，天庭便对你们独开一面，不再追究往事，三十六重天亦不会再有神仙因此非议，你们日后便是生生世世神仙眷侣。但你不可插手，你昔日故友还有一双儿女皆不可干涉，但凡涉及仙神俱不可行，这白狐若要为仙，必凭己身——如此，你们可有异议？"

441

天帝一席话说得掷地有声，一双严厉淡漠的眸子扫视着殿中，最后却是未看玄明，而落在了始终安静的白玉身上。

白玉得到答案后身体一震，此时情绪已比先前镇定许多，静静地俯身叩首道："是。"

云母刚一听到结果本是大大松了口气，可是听到后半段，刚放下的心又高高提起。然而她身侧的玄明已不觉松开了攥紧许久的手，脸上放松似的一笑，道："多谢兄长！"

天帝神情未变，略一颔首，一如既往地威严如石像。见两人都表示同意，他的视线在恭敬地伏在地上的白玉身上多停了一瞬，便又看向玄明，公事公办地道："天条本不可破，此番是因你本为上古君子之神，庇佑天下至纯至性之人，众仙之中受你提携照拂者甚多，这才愿开口为你求情。你莫要以为日后事事都可如此轻易，辜负了他们的一番好意……若是这回未成，我也绝不会再给你第二次挽回的机会。"

"我自是晓得的。"玄明云淡风轻地笑了笑，眉眼早已笑成一道弯月，"多谢各位仙友，还有……"

玄明礼貌地朝那些刚才与天帝在内殿中商议的老神仙拱手拜了一圈，最后他的视线又回到天帝身上，躬身方道："还有，多谢天帝。"

天帝不辨喜怒地看了他一眼，目光并未停留，只是吩咐一旁的天兵道："送他们下凡。"

"是。"

天兵听了令，稳稳地走过去领玄明和白玉。

知道事情已算是告一段落，云母见他们要送走玄明神君和母亲，连忙起身跟上去。她本想拉着石英一起走，谁知哥哥身体沉稳如钟，她拽了一下居然没拽动。云母小心翼翼地又扯了他几下，石英一顿，这才不情不愿地跟了上去。

玄明他们已一路到了他该下凡之处。天官允了家人再送他一程，玄明与白玉说完了话，又看向护送他的天兵，笑着指了指站在不远处的两个孩子，问道："我那儿子许是不愿见我，你能否唤我女儿过来？我还有些事，想与她交代几句。"

天兵看向玄明的眼神中也有同情，便点了头，过去叫云母。云母本来遥遥望着玄明神君心情颇好地与母亲说话，不想会叫到她，故而一愣，这才跑了过去。

玄明含笑看她，他对女儿生得这般清丽自是满意，想着去了凡间就看不到了，便拉着自家姑娘上上下下打量了一番。等看完了，玄明注视着云母，问道："我这一趟下凡，又不知多久才能回来。云儿，我临走之前，你可否唤我一声父亲？"

云母一愣，看着玄明有几分不好意思。她踌躇片刻，试探地唤道："爹……"

"乖女。"玄明眉开眼笑，倒是当真亲切得很，"如此我去凡间，便无憾了。"

说到这里，玄明看着不着急，云母却忍不住有些担忧。她看了眼已被领去与石英站在一块儿的白玉，担心地问道："可是娘……"

白玉这段时间尾巴生得快，若是按照现在这般速度，应该是没什么问题的。可凡事只怕万一，云母自己有过尾巴长不出来的经历，晓得成仙有时候真须机缘巧合，天意难测。

玄明一怔，越过云母看了眼站在天台之外一身素衣的身影，倒是笑了笑，说："不必担心，你娘她性子烈得很。再见之日……许是不会太久。"

若不烈性固执，如何会与他在竹林这等无聊之地空耗百年……天下凡人何其之多，他们又如何能在凡间两度重逢。

玄明笑着看了眼白玉，心里却是不担心的。比起白玉，他反倒比较担心两个孩子。

玄明拍了拍女儿的头，道："你兄长那里……他先前未听说过我，难免难接受些，只怕现在也不愿意过来……我下凡历劫未能有机会亲自照顾你们兄妹，还望你代我向你哥哥道个歉。"

云母闻言一愣，自是点头应下。

玄明略微停顿了片刻，继而又开了口："还有，你与白及之事……"

玄明神君的视线落在云母身上，见他提起这事，云母顿时脸就不自觉地红了，十分紧张。

然而令人意外的是，玄明一开口，竟不是如先前几次一般，劝她年纪小，不必太执着于情爱。只听玄明道："说来，我也有该向白及道谢的地方。"

"哦？"

看着女儿意外的神情，他微微笑了下。玄明并非不通情理之人，这一会儿，他的神情倒比往常多了些认真。

他从白玉那里听来了四十道降神雷的事。

然而此时，当着云母的面，玄明却并未直说，只眯了眯眼，道："只可惜这回见不到你师父，待下回我回来，定要与他'好好'交谈一番。"

时间已到，玄明不能再耽搁，看着女儿，柔声道："好了，时辰差不多了。乖女，我先下凡去了，你与你师父的事，我帮你瞒着没和你娘说，你想说的时候再自己说吧。剩下的事，待我归来再讲……"

话完，玄明让云母回到白玉身边。他则整了整衣袍，待天兵过来接他，便微笑地随他们走了，倒是坦荡得很。等天兵将他带到天台边上，他便了无心事地往下一跳，优雅地下了凡。

云母先前听玄明那番话已觉得哪里不对，但她还没想起来，这会儿看玄明要下凡了才突然明白过来，她连忙急道："等——"

然而哪里还来得及，还没等云母将她早已把事情告诉过母亲兄长的事说出来，玄明早就连衣角都瞧不见了。

第十一章　一家团圆

　　云母重新在天宫外见到白及，已是半个时辰之后。

　　此时白玉已被天兵送回了凡间，故而出来的只有云母和石英。待见到站在不远处清雅的白衣男子，云母不觉出声唤道："师父！"

　　白及原本背对着他们，听到云母的声音便回过头来，云母一顿，便扑过去抱住他，拿头顶轻轻蹭了蹭白及胸口的衣襟。

　　这一日云母经历的事绝不算少，无论是见到玄明神君还是天帝对玄明白玉下了判决都令她紧张得很。云母的胸腔内始终都像压着点什么，闷得慌，直到重新见到师父才终于顺过气来，故而她分外用力地抱着他，以此来寻找安全感。

　　白及一愣，抬袖轻轻摸了摸她的头。

　　白及本是上古神君，天庭中鲜少有事能瞒得过他，此时即便不问，白及亦猜得出云母约莫是见到了玄明，她父母那里也算有了结论。他晓得云母心里有些乱，便不多言。白及略一沉思，就将怀里的姑娘化成了狐狸，整个儿一团揣进怀里，云母也自然地找了个舒服的位置趴好，摆了摆尾巴。

　　白及雪白的广袖一展将她护好掩住，又看了眼石英，轻声道："回去吧。"

　　……

　　数日后，石英渡天劫时受的伤痊愈了，便向妹妹与白及告辞要回长安城郊去。

　　云母先前已将玄明神君的话转达给了哥哥，可石英当时只是淡淡地回了句"知道了"。她这会儿听石英说要下凡回长安，想到哥哥的性格，有些担心，忙问道："为何不再多留些时日？况且娘那边……"

说到娘亲，云母脸上就不由又显露出担忧之态。

尽管娘已有八尾，可狐狸尾巴总是第九尾最难生，最难有那恰到好处的一点机缘。偏偏天帝定的规矩是不准他们帮娘亲，不要说帮，便是见也不可一见的。因此自白玉下凡，云母便联系不上她，也不敢联系。

如此，母亲竟真的要独自而为了。

见云母提起白玉，石英的眸色也微微一沉。他对玄明的出现到现在都不自在得紧，但娘亲从小护他到大，直到他自立门户建了令妖宫，都还是在母亲庇护之下，对于娘……他却是不能不担心的。

说到这里石英也不晓得该怎么办，他的心情有几分焦躁，只能愿白玉运气不错了。他停顿片刻，还是耐心地对妹妹解释道："有些事你可能不清楚，长安附近乃是要地，虎视眈眈的大妖恶妖多的是，我手底下那些妖兽睡觉还行，修炼却是个个都不肯起来动的。我一走，他们多半要守在那里等我回来，走一年便等一年，走百年便等百年，不肯散去，若外头的恶妖晓得此处没有妖王坐镇，那些小妖要出事的。"

云母原先遇到的妖兽还是顽劣的多，却不承想石英这么一说，听起来他令妖宫里的妖兽居然都是挺乖巧的样子。她想了想，提议道："既然如此，哥哥你不如干脆将你的仙宫立在那里？将妖兽收入你仙宫中，或者索性在附近立庙建像，受原来那些妖物的香火，庇佑他们一方……这样如何？"

"可以这般？"

石英愣了愣。

云母点头，她说："原先桂阳郡那边的北枢真人就收了许多妖兽养在院中，不过是做宠物养的，后来又收了弟子……"

"我会考虑。"

石英果然感兴趣，蹙眉沉思了片刻，记下了北枢真人的名字。

石英听了云母的建议以后，还是离开了白及的仙宫。旭照宫里又只剩下云母与白及两个人。

云母这几日已经开始恢复上课了。她固然担心母亲，可眼下的情况便是担心也没有用，总不能什么都不做就天天干等着，于是等消息之余，还是按部就班地跟着师父往下学仙法。她的仙气渐渐稳定下来，学得也快，只是石英走后几日，白及却发觉她时不时就心不在焉。

这天亦是如此。他带了云母在道场修炼，练了约莫有一个时辰，便让她休息片刻。谁知云母一听说可以休息了，就变回了狐狸，在道场里严肃地蹦蹦跳跳转了两圈，找了个合适的位置弓起了背。她死死地闭着眼睛，尾巴绷得立起，像是努力在憋什么，可是憋了半天什么都没憋出来，终是泄气地往地上一摊，十分沮丧的模样。

　　白及略一思索，愕然道："你想吐火？"

　　自从少暗教了她火术，云母吐来吐去没什么进步，稀奇几日便放弃后，她就一直乖乖学着仙术，已许久不曾碰火。今日，不知她是为何又起了兴致，白及自觉得意外。

　　云母在地上摆了摆尾巴，重新站起来跑向师父，跳到他膝盖上重新一趴，低落地垂着眼睛应道："师父……"

　　沉默了一会儿，她又说："我之前睡了近二十年，落下的好像太多了……"

　　尽管她一醒来，赤霞师姐就安慰她说十多年太短暂，对天界来说根本不会有什么变化。正如云母睡着时是十九，醒来还是十九，时间是过了，但她身体不曾有感觉。云母先前也信了这般说法，但看完兄长历劫之后，她却不得不往深处想了。

　　云母低眸道："师父，我是不是太差劲了些？我……"

　　她还想问是不是给师父丢脸了。原先她以为成仙已是终点，日后即便再跟师父学法术，也可稍稍随意几分，可是她还没成仙几天，便出了玄明神君这桩事……然后，她便感到自己的无能为力。

　　云母泄了气，跳下白及膝盖又开始努力地憋火。白及见她难过，亦是心疼，只是仙狐能吐火的本就不多，她兄长是一路战上来的战仙，能留着火是机缘巧合……他叹了口气，揉了揉半天憋不出火已经开始痛苦咳嗽的云母的脑袋，待她抬头，就将她抱起来护入怀中。白及顺着云母的毛安抚了一会儿，想了想，说："云儿，你变回人形。"

　　云母身上白光一闪，便安静地坐在他怀中，一双清亮的眸子中带着迷茫。

　　白及轻轻捧了她的脸，沉声道："天界神仙并非只有一种。万种人便有万般道，修道成仙本就不在于争斗……"

　　而是在心。

　　白及闭了闭眼，也不知是想起了什么，未再往下说，只道："你所长之处不在于斗，而在一片柔心。争斗许是能破硬物，能降凶敌，但不能解之事亦多。有时太过，反倒适得其反。你既不善此道，便不必强求。"

　　云母眨了眨眼，似懂非懂。

白及见她歪头，倒也不欲解释太多，只又摸了摸她脑袋，说："说来……当年你师兄师姐之事也算因你而解……他们先前已来了信，近几日便要归来。"

这事云母早就晓得了，她当时是一起看了信的。赤霞观云婚期已定，诸事皆备，因而定好了日子回旭照宫准备正式出师了。云母心里是为师兄师姐开心的，虽然不知师父为什么要在这个时候突然转移话题提起这件事，但还是点了点头，嗯了一声。

应完，她又抬眼看向师父，尽管仍是半懂不懂的，但听了一段，便不知不觉觉得安心了许多。云母凑过去蹭了蹭他下巴，又小心翼翼地闭着眼甩着尾巴去亲他嘴角。白及一顿，便托了背将她搂入怀中。

他们本就是情深时，屋室之中，不久便是一片融融暖意。

……

不过另一边，云母晓得了师兄师姐即将归来，却不晓得他们此时早已从南海出发，正在往旭照宫赶着，只是一边赶着路，两人心里又都忐忑不已。

这阵子玄明神君的事闹得很大，天庭神仙少有不议论的，赤霞观云当然也都听说了。不过玄明神君之事到底是秘事，天庭泄露的消息不太多，至少外人都不晓得白玉不是凡人而是灵狐，而观云赤霞两人又都是左听一耳朵右听一耳朵的，纯当八卦，并未太在意，自然也没往小师妹身上想。这会儿他们担心的，是师父与云母的事。

眼看着快到浮玉山山脉之内了，观云与赤霞不自觉地慢了下来，彼此互看一眼，立刻都瞧出了对方心中的惴惴。

他们上回离开时，白及面无表情地将小师妹抱回了旭照宫，此后就再无音讯。想想师父情淡冷漠的性格，再想想小师妹的所作所为，不管怎么想都觉得……

小师妹怕是……凶多吉少。

观云思索了半天，沉痛地道："赤霞，等一会儿到了旭照宫，要是气氛太尴尬的话，我去安抚师父，你去看看小师妹……天下男仙多得是，你让小师妹……不要太伤心了。"

赤霞点了点头，同是满脸悲戚地回答："我明白。"

观云和赤霞自是关心小师妹和师父的。不过在他们看来，如今的情形是小师妹单恋师父。她年纪小又是初恋，到时一颗芳心受到的打击太大，只怕要十分难受。故而观云和赤霞一路上都凝重地讨论可能会出现的情形、到时要怎么办，谁知两人越讨论越是害怕，觉得师父定是生气了，等他们终于抵达旭照宫之时，他们已是在踌躇要不要进去替小师妹收尸了。

两人站在旭照宫门口，半天都未移动。

观云凝重地道："赤霞，你原先是门中唯一的女弟子，师父和大师兄嘴上不说，但实际上都比较疼你。小师妹在师门里也一向最是喜欢你，想来你的话她总能听进去些，要不……你先进去？"

"不不不。"赤霞闻言，立刻严肃地正色道："师兄你在说什么呢？古礼不可废，你年长我几个月，又是师兄，此番回来见师父，我如何能越在你前面？今天我说什么都不会在你之前去见师父的！你千万不要和我客气！"

说着，她往后一退，认真道："你是师兄，还是你先进吧！"

观云："……"

他心情复杂地看了眼赤霞，道："我们相识两百余年，你从未叫过我师兄，这会儿倒是……"

这会儿倒是叫得起劲。

赤霞满脸正直之色，痛心疾首地道："规矩不可废啊！"

观云叹了口气，从小到大他就没见赤霞什么时候讲规矩过，然而就冲她这一声"师兄"，现在也不能退缩了。观云定了定神，重新平视着旭照宫的宫门，大步跨了进去。

赤霞见观云真进了，反倒有些不好意思起来，也没真抛下他，蹑手蹑脚地跟在观云身后，鬼鬼祟祟地进了旭照宫宫门，引得童子诡异地看着他们。

……

这个时候，云母还坐在白及怀中。他们刚刚亲密了一场，她搂着他的脖子退下来，突然觉得非常羞涩，雪白的狐狸尾巴不自觉地拖在身后摆了摆。她腼腆地低下头，眼波含水，俯身埋在他胸口。过了一会儿，她又小心翼翼仰头亲了一口白及的喉结，亲完又飞快地缩回来，磨蹭师父下巴，试探地瞧他。

白及的喉结滚了滚。

小狐狸害羞了，变成人形也有些不安分。他感觉到她在他的怀中不安地动来动去，发丝蹭得他有点痒。白及索性将她抱得紧些，低头看到她脸侧绯红的霞色，看到她拖在背后无意识地晃来晃去的暴露小心思的尾巴，还有一双水光潋滟的眸子，心中微动。云母见亲了师父的喉结师父没什么反应，跃跃欲试，又壮着胆子凑上去亲他嘴唇。白及生怕她再乱动，喉结一紧，便用力扣紧她的后脑勺，搂了她的腰，让她坐稳，将云母抱紧了。云母被抱得动弹不得，果然乖巧下来，乖乖勾着他的脖子接吻，先是一下一下小心地碰着，睫毛不时还忐忑地颤着抬起来看看他，不久情之所至，两人便吻得难舍难分。

两人很快拥在一处，空气里有不均匀的呼吸声。待再分开，云母已有些喘不过气，心跳极乱。她掩饰似的埋头扯着白及宽大的袖子玩，白及便搂着她看她玩，时不时垂首轻吻她耳垂颈侧，弄得云母不好意思地蜷起身子，将白及的袖子拽得皱巴巴的。

她有点扭捏地看向白及，喊道："师父……"

白及看着她却觉得可爱，又抱起来吻了吻，但再分开时，动作忽然一顿，开口道："有人来了。"

"师兄师姐？"

云母一愣，眨了眨眼问道。

算算时日，最近不大会有访客。不过赤霞观云先前回过信，他们若是今日就到了，也未必不可能。

云母想了想，又颇为惊讶地问道："他们今天就到了吗？"

白及嗯了一声，便松开了抱紧云母的手。

云母连忙从白及身上爬下来，规规矩矩地坐他对面，等观云赤霞过来。

观云赤霞偷摸着到的时候，看到的便是云母与师父安静地面对面对坐着，云母的神情还有点怪，她的眼眶微微泛着红，像是不敢看白及。

赤霞与观云心里当即咯噔一声，对视一眼，情况果然不好。

师父万年冷着一张脸，他们也瞧不出他到底是什么情绪。两人并步迈进道场，一齐朝白及拱手道："师父！"

白及早知他们要来，云淡风轻地颔首。

云母好久没见师兄师姐，心里想念得很。这段日子发生的事着实不少，她也想同赤霞师姐好好说说，故而见他们来了，便化了狐狸朝师姐跑。谁知她还没来得及开口，就被赤霞一把捞起，往身后一藏，竟是被护住了。

云母脑子有些发蒙，倒是鲜少见到师姐脸上这般认真，正要问发生了什么事，观云师兄却已经开口了。

观云道："师父，我与赤霞此番回来，是为出师一事。"

他这么急急地开口，自是为了掩护赤霞藏了小师妹，只说一句自然还不够，立刻又接着说："不过除此之外，我还有别的事……师父，可否借一步说话？"

观云试探地打量着白及的神情，不敢多话。但白及亦觉得两个徒弟回来之后表情就颇为古怪，他抬眸看了他们一眼，又看了眼被赤霞藏在身后眼巴巴往外望的云母，思索片刻，便道："可。"

观云松了口气，示意赤霞抱着小师妹快走，赤霞会意点头，忙揣着狐狸跑了，留下观云和白及说话。

观云在脑内整理了一下语言，定了定神，并未直接切入正题，张口道："师父。"

观云说有别的事要汇报，并非假话，在袖中摸索片刻，便拿出了一封请帖，递给白及。

白及抬手接过，原以为这是观云与赤霞的婚柬，故而拿过一看发现不是，倒是怔了下。

观云解释说："这是下月初六群仙之宴的请柬，此番发柬之事交与了凤族，故而家里就派我来了。群仙宴原本一次应隔百年，这回才不过隔了二十年就要办第二次，应当是因玄明神君之故。"

天界议论玄明神君一家之事者不少，只可惜真正见到对方家人的唯有天帝和几个老神仙。天界神仙其实皆是对玄明神君怀有同情之心的，未必是要向天帝讨个说法，只是仙凡恋终究稀奇，又是玄明神君的儿女，天帝却是要亮个态度给个说法的。

白及未必不知情况，闻言一顿，沉默地收下帖子，并未说话。

观云早已习惯师父这般，倒没有多说什么。他看了眼白及的表情，沉了沉声，试探地道："说起来，小师妹……"

白及不知观云是不是察觉到了什么，不过云母的身世也的确与同门弟子交代一下为好，犹豫地张口说："云儿她……"

"师父，你不要担心。"

看师父要说话，观云赶紧抢先夺了话头。他了解白及的性格，知道白及现在只怕是在为云母的事为难。他一路上想了许多，师父与小师妹纵然没有可能，日后却还是要当师徒的，怕两人闹得太僵，便想了些主意。此时他顺势说道："小师妹她到底年少，即便受了情伤，想来很快也会恢复的。我也想过了……若是实在不行，我与赤霞便先接她到我们那儿住上几年，也带她认识些别的神仙……"

说到此处，观云不知为何忽然觉得师父周围的气场冷了许多，然而白及始终是那一张清傲的脸，看不出什么。观云只当是错觉，继续道："如此经年，即便小师妹分散不了注意力，心智上也该有所长进……师父你觉得如何？"

"不必了，让她住在旭照宫便是。"

白及抬眸看了观云一眼，心情颇为复杂。他沉了沉声，终是问道："你如何觉得……我不会应她？"

"啊？"

观云一时没有反应过来，看着白及一袭白衣清冷淡漠的模样，脑中有一瞬间的空白。

白及缓缓闭了眼，不再多说。

观云僵了一刹，险些从地上跳起来。

师父这话的意思……是应了？师父应了？师父当真应了小师妹？！

观云简直不敢相信自己的耳朵，差点以为自己听错了。

观云也不知自己是如何浑浑噩噩地从白及那里离开的，只知道自己离开后，僵坐在屋里许久。如今大师兄出师，四师弟在人间游历，偌大的男弟子院落里只有他一个人，安静得很，他等了半个时辰，赤霞才来找他。

"观云。"赤霞的脸色亦是十分凝重，"我大概做错事了。"

观云面如死灰地道："你做错的事不会有我严重的。"

"不，你不知道。"赤霞沉重地说，"我把小师妹拉到庭院以后，按照之前想好的，对她说的第一句话就是'听说大师兄近日收了个伶俐俊秀的男弟子，天生仙骨，但年纪与你差不多，你想不想认识一下'。"

观云一噎，但转头又安慰道："小师妹乖巧又迟钝，她不会介意的。"

赤霞面无表情地回答："是啊，但师父这个时候出来了。"

观云："……"

赤霞："……"

赤霞问："你觉得我们还能出师吗……"

这下连观云都不知道该说什么好了，张了张嘴，既无法摇头也无法点头，差点连"要不我们别出师了直接逃回去结婚吧"都要说出口了。他勉强维持着镇定，问道："那小师妹人呢？她一个人在你们院子里？"

"没，她被师父抱回去了。"

"……"

"……"

"哦。"

观云明明已经渐渐在消化这个消息了，可从赤霞口中听到这么一句话，仍是毫无征兆地被狠狠震了一下。师父这般冷情的人，没想到现在说将小师妹抱回去就抱回去了？！

观云满脸的不敢相信，心中一片茫然，只觉得这世道变得太快，他才出生两百多年，就已经开始跟不上了。

……

这个时候，白及已将云母抱回了自己的内室。云母本是狐狸的样貌被抱回来的，待白及坐下，被安稳地放到他的膝上，就眯着眼睛抖了抖毛，重新化了人形。云母化了人形便成了坐在白及怀中的姿势，无奈地道："师兄师姐都不相信……"

白及嗯了一声，情绪却不太高。他动作一顿，顺势将云母一下压在了床上，云母反应不过来地惊呼了一声，转瞬已是躺平慌乱地仰视他。

云母这段时间因为旭照宫里不太有客人，哥哥也回去了，便有些懈怠，头发只随意地梳了梳，没有做复杂的发式，这会儿一躺，便散开来。她神情中还带着来不及收起的慌乱，便忽然被白及单手捧住了脸。云母不自觉地弓起小腿，被淡雅的檀香味包围，略带无措地闭了眼。

从额头到锁骨，他几乎一寸一寸吻遍了所有能亲的地方。空气里带着些焦躁的意味，云母察觉到师父的状态似乎有些不对，就忍不住推了推他，担心地问道："师父……你心情不好？"

云母问得小心，并且不安地动了动。不知怎么的，师父今日用的力道比往常要大，她挣脱不开，故不得不别扭地侧过脸，生怕被察觉到已烫得不行的脸颊和快得失衡的心跳。

云母努力让自己平静下来，接着问道："难不成是因为赤霞师姐……刚才那番话？"

白及未说是也未说不是，只是抿了抿唇。

他自己也是心乱得很。原先他以为唯有自己一人有违道义动了不该有的心思时，因她与旁人关系亲密暗自伤神也就罢了。如今已晓得了她的心意，随时可抱她入怀中，他却仍因赤霞那一句话而烦躁成这样，便是白及自己也觉得自己吃醋太过……如此，叫他如何能说得出口？

云母见师父不答，也不起身，便努力小幅度地挪了挪身子，调整到一个比较舒服的位置，抬了手抱住师父的身子，学着师父平时安慰她的样子轻轻顺着师父的背抚摸，安抚道："赤霞师姐是误以为我定会被师父拒绝才这般说的，她不过是想安慰我，并非有意而为，讲清楚以后师姐就不会再提了……再说，她想来也是随口一说，且不说我不会去的，人家说不定都不认得我呢。"

云母努力替赤霞师姐辩解，并努力说服师父不必在意。她说了许多，也感觉到师父虽仍未说话，但周围的气氛却和缓起来。

白及闭了闭眼。

他其实未必不知会出现这种乌龙，问题不在云母，而在于他。若非他平时情绪外露得少，观云与赤霞也不会生出误会。看他们刚才那般神情，只怕确实是吃惊不小，这回解释清楚也就罢了，但……

日后这种事，许是会越来越多。

转眼，就到了观云和赤霞出师的日子。

毕竟是重要的日子，观云与赤霞都身着比平日要繁复华美许多的正装。尤其是赤霞，女子衣衫本就比男子的精致复杂，她着一袭素色霞衣，清逸犹如雾中月，化了淡妆，珠钗戴得不多，却极是郑重。往常赤霞性格大大咧咧的常令人忘记她的身份，云母今日一见，着实忍不住感叹赤霞师姐果真是云中仙子。

她与观云一并对师父敬了茶，两人齐齐跪下，观云先说了话，然后才换赤霞。赤霞纵使换了身衣服，身姿动作却仍是飒爽利落。只见她双手叠于额前，沉静干脆地俯身叩首行礼，一双眸子亮如明星，朗声道："弟子赤霞，随师父白及仙君修行至今已有两百六十五载，自认素来尊师敬道、友爱同门，德行无愧于仙门大道，如今修为既成，可自立于天地，特来拜别师父，谢过师父多年教导之恩。"

言罢，赤霞面不改色地重重叩首三次，前额碰地声清晰可闻。云母还未见过师姐如此认真严肃的模样，跪坐在一旁看得出神。白及轻轻抬了手，道："起来吧。"

观云与赤霞这才直起上身，两人端正地跪坐在白及面前，静静地等待师父教导。

白及看着他们二人，缓声道："离开旭照宫之后，你们二人虽不再受我教导，但亦不可懈怠修行，切记大道无疆，勿忘本心。"

"是。"

观云与赤霞齐声称是，又一并俯身叩首道："谢师父教导之恩。"

白及看着埋首在他面前的二人，闭了闭眼，方道："我亦该谢你们。"

他虽教导他们一场，见证他们从年少成长至今，又何尝不是从他们身上感觉到了不少以前独自一人时并未感到的自然之律？

赤霞与观云两人性情开朗且不羁于俗念，他们青梅竹马，年少时就常常打打闹闹。在他们之前白及虽是收了元泽为徒，但元泽为人正经，起先还有些畏惧他，有事亦多憋在心里自己琢磨，观云赤霞两人来后，他方在二人影响下渐渐活泼起来，旭照宫亦是因此才有了生气。

白及脑海中浮现出往昔种种，感慨良多，但他本是生性少言之人，心里想出的事，未必非要开口说。他平稳地道："你们随意吧。离开时，不必再与我打招呼。"

说完，白及便冷着脸起身回了内室。观云与赤霞向着白及离开时清冷的背影看了许久，方才起身。他们拜入旭照宫时不过七八岁，时过境迁到了该走的时候，若说全无留恋，自是不可能。赤霞仔仔细细地又抬头打量了一遍昔日熟悉的主殿庭柱雕墙，回头对云母道："回院子吗？"

云母已耐心地等了师姐许久，见她要回去，便点了一下头。

尽管已经行了出师礼，但观云与赤霞还定下来要在旭照宫中住最后一日，整理整理东西，明日再回南海，故而云母今晚还能再同赤霞师姐一起住一晚。她化了原形在院子里跑来跑去，找到可能是赤霞需要的东西就叼回来，恨不得将整个院落包括自己都打包给她带回去。

赤霞看得好笑，道："又不是以后见不到了，这么紧张做什么。"

云母闻言，反倒沮丧地垂下了耳朵。她一入师门便是赤霞师姐带她，神仙时光漫长，云母总还觉得赤霞师姐和观云师兄会一直留在旭照宫里似的，如今他们要离开，她当然不舍得很。

小狐狸的反应总是十分明显，什么都写在脸上。赤霞看了又忍不住笑了起来，她伸手揉了揉云母的脑袋，摸着下巴说道："说起来……单阳师弟外出游历尚未归来，我与观云走后，你就算是旭照宫的大师姐了，日后也该更稳重些，好好照料宫中事务，协助师父。"

云母一愣，道："可是我之后也没有师弟师妹了呀……"

赤霞说："这不是还有门口的童子嘛。"

云母一想也是，便点了头。但想到如今的状况，她又心不在焉地发起呆来。

赤霞奇怪地问道："你怎么了？"

"我……"

云母现在心里的事其实不少，只是赤霞回来之后，她始终没有找到机会与她好好商量。云母斟酌了一下语言，终是将玄明神君的事详细地告知了赤霞。赤霞听完，呆愣了片刻，好久方才开口道："我是听过近日玄明神君的传闻，但……原来如此，原来是这样……这样就说得通了。"

云母说完忐忑得很，但看见赤霞师姐一副恍然大悟的样子，又觉得疑惑，歪头问道："哪里说得通了？"

"四十道降神雷呀，还有你本身。"赤霞笑着说，"你当年尾巴生得如此之快，我与观云都惊奇得很。"

赤霞原以为自己说的话没什么问题，谁知她讲完，就见本来有些低落的小师妹越发垂头丧气，满脸沮丧之色。赤霞一愣，还没等问出口，就听云母迟疑片刻，终是期期艾艾地问："师姐我……"

云母垂了垂眸，方道："我忽然有些不知我是如何成的仙……成仙本是得道，我娘应是以情为道而生八尾，兄长则以战为道而能斗天兵。可是我想来想去，却不知自己是因何道而成的仙。师父说我的长处不在争斗而在一片柔心，可我现在却当真不知自己有何用。父母之事我帮不上忙，兄长那边……我也不知如何才能让他宽心。你说你与观云师兄出师后，我便是大师姐，可我……却不晓得能不能担此重任。"

云母说得丧气得很。赤霞一愣，却是笑着反问道："云儿，你道单阳师弟当年……为何喜欢你？"

"啊？"

云母一惊，下一瞬就红了脸，不知师姐为什么会在这种时候问这个，但想了半天，还是答不上来。

赤霞抬手弹了弹她的额头，也不正面回答，只回忆道："单阳师弟当年的性情你也知道，自师父将他带回来后，我与观云就未曾见他笑过一次。他从不说自己过去之事，亦不与我们深交，事事做得极好却待人疏离。我与观云虽待他如师弟，却总归有些不善应付他这等性格，故从未与单阳交心……你却不同。"

赤霞说："你入门时本为单阳戾气最重之时，你又是师妹，他自是待你颇为冷淡。若是换作旁人，多半会厌恶他，但你却未曾说过单阳师弟一句坏话……你本不必助他，你助了；你本不必救他，亦救了。他那般个性，若以冷箭相对，便是使尽了全力，两人都射得千疮百孔鲜血淋淋，亦不可能让他卸下防备，但包容以待，却能让他自己掏出真心奉上……单阳心结之所以能解开，有一大半是因你，故而他成仙的机缘也在你，那份功德就算到了你头上……其实不只是单阳，师父、我、观云，还有少暗，哪一个不是问题重重？我未曾听你说过他人坏话，即便偶有不和或是误会，亦未曾见你厌恶过谁……"

赤霞看向云母笑着说道："君子不以个人感情论他人短长，不以个人喜怒定善恶是非，感他人之情而知自然……这些即使许多仙人成仙之后都未必能做到。你母亲的善感多情，你父亲的君子之风，皆在你身上体现出来了。上善若水，至柔而容天下……若此不为道——何以为道？！师父说你有一片柔心，亦是此意。"

云母此时已是听得愣了，怔怔地看着赤霞。

赤霞知道云母多半没有这么想过，所谓赤子之心，大多便是如此。她笑了笑，抬手轻轻敲云母额头，提点道："我不晓得你兄长是何性格，但你既然这般善感他人之感，有如此之心，总是有办法的。"

云母这会儿却是听懂了，被夸得白毛底下的脸颊烫得很。尽管她仍不知道该怎么办，却多少有了些自信。她点了点头，努力埋头思索起来。

……

赤霞与云母说了一大通话说得畅快，另一边，观云却也在与白及交谈。

他本是门中最年长的弟子，出师之后还有许多事要与白及交接，因此就到白及院中去寻师父。观云本以为经过昨日一事，听说什么都不会再吃惊了，哪儿晓得白及又想起云母的身世未与他提及，当即就提了几句，听得观云下巴脱臼，差点又吓个半死。

待冷静下来以后，观云沉了沉声，终于又道："师父……之前群仙宴的事，你考虑得怎么样了？"

白及原本静静地听观云一项一项向他说明之前办好的事，听他突然转了话题，便有些疑惑地睁开眼，看向观云。

观云整理了一下语言，说："师父，我知你一向不太出席这等场合，不过这一次……要不带小师妹去吧？"

"小师妹与我们不同，她生在凡间，这几年不是在旭照宫里修炼就是下凡找机缘，与仙界交集甚少。如此看似与我和赤霞别无二致，可我、赤霞，还有大师兄无不是在天界出生长大，仙界于我们而言早已熟悉，不必再费心融入。单阳师弟与小师妹的状况倒是相似，但是……"

观云提了建议，见师父没有立刻否决，便自行往下解释。然而他说到此处，不禁停顿了片刻，不着痕迹地抬眸打量白及的神色，看师父脸上没有异色，才润了润嗓子继续说："但是小师妹是玄明神君之女……师父，你知道……"

玄明神君之女，便是天帝的侄女，即便不是天庭的公主，也与之相差无几。

虽说神仙不论贵贱，赤霞还是南海长公主呢，也没见有什么特别的，但身份总归是个容易招人议论的话题，更何况小师妹身世本就特别……

看小师妹这两天在旭照宫里欢乐地蹦来蹦去的样子，自己多半是没意识到这一点，倒是令观云担忧得很。观云想了想，又说道："小师妹日后定然是要融入仙界的，只是她与单阳师弟一般状况，旁人却要以我或赤霞的标准待她。我怕小师妹对仙界全无了解，日后可能会适应不过来。师父你自是能护小师妹，但总不能时时刻刻日日夜夜地护着她……这回的群仙宴便是个机会，天界的神仙难得齐聚，可以让云母认认人，也熟悉一下天界神仙的相处方式。"

白及一顿。

观云见师父有所触动，就不再多说。

白及听完，脑海中却是浮现万千，沉思了良久。过了好一会儿，白及才像是下定了决心，缓缓道："我会去问云儿。"

观云听到此处已是心里一松，恭敬地俯身拱手道："那么，弟子就先告退了……我与赤霞离开后，还请师父多多保重。"

白及颔首。

……

观云与赤霞第二日便按照计划回南方去了。因赤霞师姐真的走了，云母消沉了起码有三个时辰，等到下午师父唤了她过去，才暂时被转移了注意力。

"琴修好了。"

云母一到庭院中，便看到师父同往常一般穿着一袭白衣，只是今日怀中却抱了把琴。见她过来，白及便轻声唤她，然后将琴展示出来。

云母看到她的琴已是惊呼一声，立刻就狂跑着奔了过去，惊喜地看着面前的琴，半天说不出话来。

被降神雷劈过的琴，云母原以为不可能恢复，没想到现在却是复原了。此时这把琴的断面已经接上，并且上好了新的琴弦，虽说琴身不可能再完全如初，可已经好过她的预期。

云母当即小心翼翼地摸着琴弦，察觉到师父已将音都调准了，顿时感动不已，回头感谢道："谢谢师父。"

白及看云母这般高兴，唇角微微一弯，应道："无妨。"

白及将琴还给了她，又想起之前观云走时说的话，顿了顿，问："云儿，天帝下月因玄明神君之事又要举办群仙之宴，已递来了帖子……你可想去？"

白及问得直接，云母倒是怔了下，意外地眨了眨眼，重复道："群仙之宴？"

她并非头一回听说群仙之宴，只是上一次听说还是她渡劫成仙前夕时天官来递帖子。云母本来就是好奇心重的狐狸，若说她对这样的事全无好奇，自是不太可能的，只是……

"可以吗？"云母望着白及问道，"师父你不是一向不喜欢这种场合？"

"尚可。"白及道，"我已许久不曾见天帝，此次……许是应去一见。"

说到这里，白及眼神微微有些变化，等云母回答。

云母自是愿意去的，连忙点头。

458

于是事情就这样定了下来。

仙界日子过得颇快，转眼便到了群仙宴当日。

云母一大早便起来，换了身比平日正式的衣服。白及执了她的手道："不必如此紧张。仙宴上的人大多不晓得你与玄明的关系，只当你是我弟子，你随我走便是。"

云母十分信任地点了点头，跟在师父身边。须臾之后，两人便抵达了天帝的宫廷之外。

仙宴大多要持续很长一段时间，从数日到数年的都有，他们来得不算迟，却也不算早，殿中此时已聚集了不少人。天帝未至，但神仙本就潇洒快活，不太拘于礼数，故而早早地就饮酒攀谈起来。此时大殿中已弥漫着熏然的暖意，觥筹交错，谈笑声不绝于耳。

白及在群仙宴中的位置自是上座，就在天帝一侧，但这个位置常年空缺，众仙数千年来早已习以为常，自顾自聊天聊得高兴，就没有注意。

仙娥将白及引到了此处，云母被安排在他的旁边。

白及进了天宫大门，便已换了对外人用的再冷淡不过的表情。仙娥见到他本来就有些慌乱，好不容易将白及领到，就赶紧匆忙离开了，好在白及并不介意，只自己轻轻展了衣摆坐下。

然后，在他落座的一瞬间，本来喧嚷的大殿内，突然一片寂静。

天庭神仙数以万计，群仙之宴既能放出话来要招待天庭众仙，总不能只有一席，而席位的前后远近皆是论修为辈分排的，故而座位大多固定，纵有调整也不会太大。天帝作为天庭之主亦是东道主，位于最前，而他身边的两个座位，其中一个便是专门为白及留着的……同时，也是常年空着的。因此今日白及在此位坐下，便相当于当场公开了身份。

大殿里静默了一瞬，紧接着便响起了几声杂乱的咣当声，似是有人不小心摔了杯子，有人不慎碰翻了装饰，还有人瞪大了眼在桌子底下狂掐弟子大腿，总之就是一片兵荒马乱，但偏偏他们还不敢让白及仙君发现他们的慌张，只能试图掩饰动静。不久殿内便长久地呈现出一种诡异的寂静，四下只剩众仙警惕的呼吸声。

过了好久，才有同坐在天帝附近、稍微大胆的仙人试探地凑过身，询问道："白及……仙君？"

他见白及身边还跟了刚成仙似是年纪不大的女孩子，又问道："这位，是否便是仙君前段日子收的小弟子？"

白及略一点头，并未否认。他如此一动作，当即就有不少视线一下子转移到了云母身上。

在这般氛围之下，云母简直如坐针毡，乖顺安静地坐在师父身边，只觉得旁人的视线灼热得很，让她有点不敢喘气。不过，她也晓得如今自己在别人看来还只是师父的弟子，若是将来当了玄明神君的女儿，或是当了师父的妻子，只怕外人投来的好奇目光还要更多，倒不如现在就学着适应，故她努力挺直了腰杆。

过了好久，大殿内仙人们的注意力才渐渐从云母和白及身上移开，宴席又慢慢地重新热闹起来。即便云母还是时不时就觉得有人在看她，但比起刚才已是好了不少，她松了口气，见这仙宴并不像她想象中那样规矩刻板，便好奇地看来看去。

白及带云母来，本来就是希望她早日融入仙界。白及察觉到她按捺不住的好奇，顿了顿，便道："你若感兴趣，去逛逛便是。"

"可以吗？"

云母回过头看白及，不好意思地问道。

白及早已对她的神态和肢体语言熟悉得很，即便云母现在是个再端正不过的人形，他仿佛仍能看见她脑袋有两只白白的耳朵在那里跃跃欲试地抖来抖去。

白及的唇角忍不住微微上扬了几分，嗯了一声，又道："回来时不要记错了位置。"

其实白及这个位置想要记错也没那么容易，云母赶紧红着脸道了谢，从座位上站了起来，在大殿内试探地走来走去，倒没注意到先前师父低声嘱咐她时周围人又频频投来的视线。

天帝的宴殿极是宽广，数也数不清的仙案列于其中，衣着飘逸的仙子与男仙行走于并排的桌案之中，仙液琼浆淡淡的甜味弥漫在空气间，云母即便不饮酒，光是嗅了几下，也不知不觉有了微微的醉意。好奇心重的狐狸看什么都开心，她没听到什么玄明神君的消息，便想着有什么东西有趣多看几眼能回去跟师父说，故而走到一个人烟较少的角落时，就暂时停了下来想思考一下接下来去哪里逛，谁知她四处乱望望得起劲时，没察觉到有人已悄无声息地出现在了她身边。

"你逛得可还愉快？"

背后突然传来说话的人声，云母惊得浑身一抖，待回过头看清过来的人的相貌，险些惊呼出声，好不容易重新冷静下来，却仍有些拘谨。云母紧张地唤道："天帝。"

天帝此时并未穿着正服，反倒是一般仙人的打扮，甚至比一般仙人还要低调简单。但毕竟是天庭之主，云母如何能不认得？她低了头便要小幅度地行礼，谁知天帝却主动止了她的动作。

他淡淡地道："你与你兄长已不受天条所束，若是不介意，便唤我一声伯父吧。"

云母一惊，倒不敢真唤。她小心地抬头瞄了眼天帝的脸色，发现他肩宽个高、神情威严，即便刻意换了常服仍有种不怒自威之感，不过仔细看看，云母未从他脸上察觉出生气的感觉，这才壮着胆子喊道："伯父。"

天帝瞄了眼宴席中的人，问："你是同你师父一起来的？"

云母也下意识地朝白及的方向望过去，然后点了点头。

天帝又问道："你兄长没来？"

云母微怔，又点了点头，只是答完这个问题，便担忧地垂了眸。

群仙之宴邀的是群仙，石英既然已位列仙班，自然也收到了邀请。不过据云母所知，石英回了凡间之后就没有再上来过，她虽然提了建议，却不知哥哥到底是如何决定的。

现在天帝特意问起，她竟是不太好回答。

然而出乎云母的预料，天帝似乎并未因此而生气，只是叹了口气，道："又是一个这般的。"

说着，云母再抬头看他，竟是从天帝脸上看出了几分无奈来。如此一来，三言两语之间，云母心里的畏怕散去不少。她又谨慎地看了眼天帝，犹豫地问："伯父，我娘……"

此时距离玄明回天那一趟一转眼已过去了两个月，因天条网开一面的条件之一，便是她与兄长不可干涉，而这干涉的条件定得极为严苛，他们连母亲的面都见不得。若说担心，这世间恐怕没什么比一无所知更令人放心不下的了。云母本也是想从仙宴中得知些许关于父母的消息，此时天帝正在眼前，肯定不会再有更好的机会。

云母定了定神，问："我娘那边……现在有什么进展了吗？"

天帝一顿，看了她一眼，像是在脑海中思索什么，过了一会儿才道："玄明已在历第四世，你母亲现在即便寻到了他，也无法立刻化情为道……但是，凡事自有定数，玄明重返天庭最早能在何时，还要看她的造化。你要是担心，不妨做些自己能做的。"

云母一惊，张嘴还想再问，但天帝却已移开了目光，道："你若是对宴席满意，自是最好不过，我也差不多该入席了……云儿，你自己逛吧，我今日还有话要同你师父谈。"

461

说完，他便当真离开了，但并不是往宴席的方向，而是往外。云母愣了愣，觉得他多半是要回去换衣服。她在原地站了一会儿，满脑子都是天帝丢下的那句"不妨做些自己能做的"，想着想着——

"云母！"

云母突然被人拍了一下肩膀，猛地回过神来，差点以为是天帝去而复返，谁知一转头，看到的却是少暄。

少暄在这里碰到云母亦是意外。他本来同青丘的人坐在一起，中途受人调侃恼羞成怒便出来透气，哪儿晓得走了几步就碰上了云母。要晓得天庭之宴能容纳神仙上万，来来往往的天官宫娥都数不清有多少人，这样还能碰上着实算是运气，少暄惊喜道："你怎么会在这儿？对了，还有——"

他轻轻蹙了眉，不动声色地打量周围。

少暄如今晓得云母是对谁动了感情，也得了回应，但上回他和石英较劲了半天都没问出个所以然来。他虽说已不再提过去那些浑话，可对云母究竟是心慕何人，仍是挠心挠肺地好奇，又不好意思直接问云母，只好自己观察。

可惜他也没观察出什么结果来。

少暄烦躁地摸了摸脖子，又问道："还有你兄长呢？没来吗？"

云母见了少暄亦是惊讶，更是没想到今日连着两人都会问起她兄长，不过她对少暄说话却可比对天帝要随意些。她想了想，正要张嘴说话，然而耳中却忽然传入了最近一侧桌案边两个仙人的议论，听到他们话中带了"玄明"二字，云母的思路一不小心就被打断，将那两人的谈话听了进去。

一位仙人似是已经喝醉了，脸上挂着笑，感兴趣地问道："——说来，玄明那一双儿女说是俱已成仙……按说刚成仙的新来者，应当是显眼得很。今日在宴席中，你们可有看到他们？"

"不曾。"另一仙人捻杯答道，"这次群仙宴时间隔得比上一次短，我不曾看到什么新面孔。"

"我听说……玄明神君那个儿子，成仙之前就与天兵天将大战了一场？以一敌百，而且还胜了？"

"没错。"

"不知玄明之子与天兵天将大战是何故？可是为他父亲与天庭为敌？"

"不晓得……不过说不定就是如此吧。说起来，即便是神君之子，未成仙时就能敌上百天兵也算十分厉害了！我过去倒不曾听说玄明神君善战，怎么这个孩子如此厉害？能为其父做到这般地步，想来也是个刚烈的性子，不知日后他若任了仙职会如何……"

两个仙人聊得起劲，在醉意之下，他们倒没注意到云母就站在不远处，且已将二人的对话皆听入了耳中。听他们误以为哥哥是为了玄明神君才与天庭一战的，云母无奈地微笑了下，但旋即想到如今的情况，又略带担忧地垂了眸。

少暗看着云母不安的表情，一愣，将她拉到别处，问道："怎么了？"

他想想，又道："他们不过就是无聊嚼嚼舌根，没恶意的，你不要难过。"

云母听出少暗话里的关心之意，也感谢他不仅保守秘密，待她态度也没什么变化，仍如过去一般。云母感激地看了他一眼，摇了摇头道："并非如此，我只是担心兄长……"

说着，云母将石英似乎排斥玄明神君的事同少暗说了。少暗听完，不以为意地道："这有什么？既是成年的狐狸，早晚都要独立的。尤其你们一家都是狐狸，突然冒出个人来，你兄长一时接受不了也是正常。他不喜欢，你何必强求他去与玄明神君亲近？他现在顶多就是烦闷，未必伤心，但你若是全然站在突然冒出的父亲那边，不为他考虑，你哥哥才要伤心呢。"

但云母又摇了摇头，停顿片刻，将自己这阵子以来只在心里想而不知怎么说的话理了理，道："不是的，我担心的不是哥哥不与神君亲近。他若是不喜欢玄明神君，只要离玄明神君远远的不见面就能宽心，我也愿为他去和娘与玄明神君沟通。只是哥哥并非不在意家人之人……他如果厌恶玄明，娘便会觉得是她的错，总会想要弥补，但哥哥如今性子倔强，未必会接受。玄明神君又肯定是站在娘这边的……我怕长此以往，兄长会与玄明和娘对立，哥哥渐渐与家人离心……我知道他极在意我，也极在意娘，若闹到如此，哥哥便当真要伤心了。"

说到此处，云母抿了抿唇，才担心地往下讲："哥哥即便伤了心，恐怕面上也是要强，只私底下偷偷舔伤口，天长日久，我怕他会落下心结……不止是兄长，娘和玄明神君想必也会耿耿于怀……"

少暗闻言，想了想，道："你若如此担心，不如好好和他谈谈……要不你下次去见你兄长时，我和你一起去吧。"

云母一怔，意外地眨了眨眼，不解道："你要同去？"

少暗淡淡地点了点头，说："上次与你兄长一战，还未分出胜负，我也有事想找他。既然你要去，岂不正好同路……你准备何时去？"

云母本来并没有想好，但少暗如此一催，却让她下定了决心。云母略一思索，就道："不如就群仙宴之后——"

忽然，大殿内一阵毫无预兆的喧哗声打断了云母的话。云母一顿，下意识地朝喧哗的中心看去。

大殿内喧哗过后就飞快地安静了下来，活像是从门口进来了第二个白及仙君。不过云母往那儿一看，才发现进来的不是第二个白及，而是天帝。天帝踏入了殿中，殿内便庄严了些，云母话虽未说完，但也无法再开口。她与少暗对视了一眼，少暗对她略一点头，算是同意了群仙宴后去找石英的安排，就闭口不再言，而是同其他仙人一般看向天帝。

天帝泰然地坐到了主位，仍是同往常一般严肃沉稳，先是说了些希望众仙能享受宴会、与天同乐的场面话，继而又简明扼要地交代了玄明神君的处罚进展和原因，那公事公办的语气任谁都不能怀疑他有私心。天帝说完，便请众仙随意，大殿内不久就重新热闹起来。

大家都知这场只隔了二十年就再办的群仙宴是因玄明神君，纵使天帝那番话并未透露出多少新消息，但许多仙人仍是忍不住谈论起来。于是玄明神君与凡人相恋的故事又一口气被提了许多次，他在刑场要将女儿介绍给白及的事也一再被提起。尤其今日白及难得在场，他们不敢当着他的面说，视线却频频飞了过去，哪怕只能远远地瞧见一抹皓白的影子，都算是了却了他们的些许好奇心。

如此一来，倒没多少人再注意天帝。

这个时候，天帝已然在主位上坐好，他与周围的神仙寒暄了几句，便在手指间凝了个不让旁人听到声响的法术，然后看向他身边始终淡着脸安静地坐着的白衣上仙，道："白及仙君，好久不见了。"

白及早知今日会与天帝碰面，但即使如此，到了此时，仍是不禁犹豫了一瞬。他抬手转了转手中精巧的杯盏，应道："的确如此。"

天帝道："当年之事，你想必已记起来了吧。"

"嗯。"

"果然……难怪这般。"

天帝轻轻举起酒杯抿了一口。仙界仙品在上仙的仙人本就不多，白及原就位列第一，故而旁人感觉到白及身上的气息虽会觉得极为纯净强大，但并不会再往别处想，过了这么久，竟是无人察觉到他身上的仙气已经又破了一境。

天帝察觉到了，但同时也觉得到了这般地步，境界几何其实早已没什么意义。他打量了一下白及，问："是有了进展？"

白及又嗯了一声，闭着眼沉思了片刻，脑内飞快地掠过种种画面，再睁眼，道："我成仙时便已立新道，前些时日机缘到了，就入幻境斩了执念，了却前尘往事。"

天帝亦点了点头。

不过，即便两人了却前尘后算不得有什么仇怨，但彼此都觉得有些无话可谈。他们之间沉静了片刻，天帝的视线不知不觉就落在白及身边空着的座位上。那处席垫虽是空着的，可上面还留着一个浅浅的凹痕，显然不久前还有人在上面坐过。

白及注意到天帝的目光，解释道："云儿外出去了。"

天帝淡笑了一下，道："我那侄女，倒是的确可爱。"

白及："……"

天帝问："她随你修行，天资品行如何？"

白及想了想，应道："心境极佳，善感善悟，心思纯善。修行上稍有笨拙之处，但胜在一颗赤子之心，天生性灵，遇到麻烦也可迎刃而解，且她……"

天帝笑着打断他，道："不必往下说了……你比从前，变了不少。"

白及一顿，抬眸看向天帝。

天帝的指节轻轻在桌案上叩了叩。玄天当年听说了玄明转世过世时有白狐彻夜哀鸣，之后又听闻白及仙君门下有个额间带红印、原形又是狐狸的弟子，从那时起他便关注着白及这个小弟子，云母成仙后又与她见过一面，就确定了她的身份。此时天帝知晓的，倒比旁人要多不少。

于是天帝停顿片刻，看向白及，问道："所以……你们准备何时成亲？"

吭当！

听到这一问，便是白及也不禁一时失手，原本捏在手中的杯子不慎落到了桌案上。

天帝先前隐了两人的说话声，但白及这一失手却没有藏住，一时间附近的仙人都看了过来——

他们早就看到天帝在与白及仙君说话，只是碍于法术听不见，此时见白及仙君失态，众人不由得越发好奇。

可惜有天帝的法术在，即便他们拉长了耳朵，也是偷听不到一分半毫的。

天帝满意地看着白及仙君一贯清冷的脸上流露出的慌乱神色，还有他长发间隐隐露出的冒了点红色的耳尖，淡淡道："何必如此吃惊。"

白及堪堪稳住了身形，尽管面不改色地一展长袖扶起了杯子，可自己也能感觉到脸上有些发热。

他当然吃惊天帝居然会有此一问的。他并非未曾想过，但从未与旁人说起，便是对云儿也没提过，怕她吓着。此时被问及，白及略微顿了一下，这才答道："云

465

儿近日心乱……总要等到她家人归来再议。"

天帝闻言动作一滞，道了句"原来如此"，然后刚想再说什么，他抬头看了眼两席之间的过道，话到嘴边又停住了。

这时，天帝突然道："不谈了，云儿回来了。"

白及怔了怔，即使晓得他与天帝的对话云母听不见，但心脏还是一提，住了口，回头朝云母跑来的方向看去——

云母结束和少暄的对话跑回来的时候，其实远远地就瞧见了师父在与天帝说话，但她只看到两人的嘴唇在动，却听不清他们到底说了什么。他们瞧她跑到跟前，就默契地一并住了口抬眼看她，云母在两人的注视之下，莫名有些慌张。

她匆忙地跑到师父身边坐下，侧着头小声问道："怎么啦？"

白及脸上的热度还未消，同时一道热起来的不只是脸，还有心，此时他倒恨不得将小狐狸揣回怀里揉揉，只碍于旁人在场才未付诸行动。白及被她望得心慌意乱，勉强才按捺着移了视线，缓缓地说道："无事。"

"哦。"

云母点点头，疑惑地看了看师父，又看了看天帝，但他们两个人都没有解释的意思，也只好坐在原地。

云母又在旁边干坐了一会儿，感觉无事可做。因她是白及仙君的弟子，其他人都不敢贸然与她说话，而师父和天帝也不说话，云母只好取了筷子去夹东西吃，算是打发时间。

仙人本不食人间烟火，因此参加宴会的仙人多是品品玉液琼浆，尝尝天宫的珍馐美馔，大多浅尝辄止，像云母这般因为太无聊只好拿着筷子吃东西的竟是少见。她本来也只偶尔夹一点尝尝味道，可干坐着终究无聊，她一会儿一小口一会儿一小口地居然吃饱了。

狐狸吃饱了就容易犯困，她揉了揉眼睛，撑不住地打瞌睡，很想化成原形钻进师父怀里睡觉，但又担心自己在这样的宴席上如果化为原形不礼貌，只好强忍着。云母脑袋一点一点地忍了半天，哈欠也不敢打，直到她远远地瞧见有两个仙人喝醉后化作原形一跃飞到桌子上开始比赛打鸣，云母愣了，转头看向白及，这才犹豫地拽他袖子，问道："师父……"

天帝办群仙宴，终究还是希望与群仙同乐的，故而席上其实随意得很。白及见她满脸困意，一顿，道："睡吧。"

云母心里一松，高兴地嗷了一声，化了狐狸麻利地朝师父身上钻。她拿脑袋顶开白及随意搁在一侧的胳膊，爬白及的膝盖时后腿无意识地蹬踢了两下，等白及抬手将她托上来，便十分自觉地把尾巴一圈团好，扯过他的袖子盖在自己身上，眯着眼准备睡。在睡着前，云母想起自己和少暗约好看石英的事还没和白及讲，生怕醒来忘了，忙道："师父，等群仙宴结束后，我想去长安看一趟哥哥。我刚才碰到了少暗，他说也要同去……"

白及顺了顺她脑袋上柔顺的白毛，沉声问："可要我陪你？"

云母本来就有些难为情开口让师父大老远地陪她，但师父主动问起了却又不同。云母连忙点了点头，但点完头又后知后觉地红了脸，问："可以吗？"

白及瞧她，心肠本是硬的现在也软了，真不知道她为何到了如今还会觉得提要求不行。他略一颔首，缓声道："自然。"

云母又惊喜地呜呜叫了两声，用脸蹭了蹭白及的衣角，终于满意地睡了过去。

云母蹭得高兴，却不知他们短短的几句话让席上其他人掉了一地眼珠子。

因是第一次参加群仙宴，云母各处都不是很熟悉，醒醒睡睡，醒来后偶尔到处走一走，算是熟悉环境。待到半月之后，她已放开了不少；待一月之期到时，她甚至结识了几个比她大不到一百岁，也算年纪相仿的女仙，收获颇丰。

群仙之宴结束后，云母也不耽搁，只跟着师父回旭照宫休整了几日，便按照之前说好的去与少暗会合。

这一日少暗早早就在约定地点等着云母，但他不承想会见到白及，因而当他看到云母随白及同乘一片云远远飞来时，当时就被吓了一大跳。

少暗急忙将云母拽到一边，问："你师父怎么来了？！"

少暗话里问得急切，身后的尾巴毛更是绷得紧紧的。他当初在旭照宫里停留了很长一段时日，也受过白及仙君的指点，尽管未曾正式地拜过师，但多少也算与白及有一点点师徒之缘，内心其实是敬重仙君的。只是白及冷淡，少暗多少就有些怵他，这会儿他见到白及，感到紧张得很。

云母不好意思地回答道："师父愿意来陪我。"

少暗惊道："你师父离宫陪你……不要紧吗？"

"不要紧的。"见少暗吃惊，云母脸上越发有羞赧之意。她解释道："如今我师兄师姐都出师离开旭照宫了，单阳阳师兄虽未出师，但短时间内亦不会回来……我和你一起去见哥哥后，若师父还留在旭照宫里，他反而无事可做。"

少暗愣了愣，哦了一声。少暗看了眼白及的脸色，默默地将本来想问云母到底对象是谁的话又重新咽了回去。

三人一同飞了一路，少暗便不自然地绷着尾巴绷了一路，等好不容易到了长安城郊，他才总算松了口气。

令妖宫还是先前的令妖宫，只是从一般灵狐的居所成了仙居，故而在一片乱糟糟的妖气中混进了一股醇厚温良的仙气。石英知他们要来，早早地就命了门下的小妖前来迎接。待进到内殿，云母就瞧见石英正以原形卧在他的妖王石座上。雪白的狐狸拖着九尾，他眉心一点鲜艳的红印，犹如雪中一朵红梅。他未开口时，原形显得优雅从容，敛了几分他周身的傲气，看着居然颇为清雅。

石英本以为来的只有云母，看到白及也还不算太意外，但瞧见少暄亦在此，便不解地挑了挑眉。

不过石英却也不是生气的样子，朝三人随意地打了个招呼，便从王座上站起身，轻盈地跳了下来。

少暄亦不含糊，见石英是原形，他也就化了原形昂首阔步地走过去。云母回头看她师父，白及摸了摸她的头，道："去吧。"

说完，他顿了片刻，又道："我去打坐。"

说着，他便当真寻了个位置一撩衣袍坐下，闭上眼调整气息。云母冲师父道了谢，一转身也化成白狐，与哥哥和少暄聚到一处。

他们三只狐狸本是同龄，可少暄不比石英长得快，却又比睡了近二十年的云母大，如此一来，居然是三只狐狸三个大小。他们聚在一起坐着说话，从上往下看就是两白一红三个大大小小的毛团，正在嗷嗷嗷地叫着聊天。

三只狐狸围在一起聊天。只听石英问云母道："你说你要来找我，怎么连你师父也一起来了？你这么大只狐狸，出个门还要师父陪着不成？"

云母被哥哥话里的调侃之意弄得脸色通红，她与师父彼此相慕又互通心意的时间还不是很长，正在热恋之中，能不分开，云母自然是不愿意分开的。她回头看了眼正闭眼凝神打坐的白及，仗着师父听不懂狐语，索性躺平一摊，嗷嗷叫着撒娇想糊弄过去。

石英俯身拿额头顶她，一下就将翻过身抱着尾巴打滚耍赖的妹妹翻了回来，斜睨了云母一眼，却也未多说什么，算是接受了她的撒娇。他又看向少暄，扬眉道："你又为何会在这里？说起来……你叫什么来着？"

云母连忙替两人介绍："哥哥，他是少暄，是青丘少主。"

说着，她又看向少暄，介绍石英道："这位是我兄长。"

云母同少暄一并来时，已经同他说过哥哥的名字，此时倒不必再说太多。少暄对云母点了下头，又将目光投向石英，说："我们先前那一战还未分出胜负，我是来同你了结的。"

"哦？"

石英便是从云母那里听了对方的来路也丝毫不露怯，脸上反倒显出了些玩味之意。但他也晓得刚一见面就立刻开打许是要吓到自家胆子小的妹妹，故而想了想，接着说："既然如此，那我们改天找个时间便是。"

少暗亦看了眼云母，点头赞同。

三只狐狸又在那里嗷嗷叫了好半天，云母开始有些担心让师父久等了。她跟兄长和少暗打了声招呼，便扭身朝白及跑去。白及原本闭着眼没有声响，云母担心师父入了定，不敢去打扰他。她轻手轻脚地跳到了师父的膝盖上，谁知她刚摆了摆尾巴想要趴下休息，就感觉到白及的手落在了她的脑袋上，温柔地抚摸了两下。

云母回过头，高兴地朝他叫着摇尾巴，努力伸头去蹭师父的手。

云母蹭师父的手在那里玩得开心，却没注意到这会儿石英和少暗还看着他们。

少暗与石英两人皆是善用火的狐狸，性格上都有傲气之处，这个共同点虽说让他俩容易互看不顺眼，却亦有默契之处。这会儿两人视线都在云母身上，少暗只看了一会儿便了无兴味地收回视线，见云母应该听不见他们说话了，他看向石英，躁动地问道："喂，你说你妹妹已经有了对象，到底是真的假的啊？"

石英一愣，见自家妹妹一走，这红狐狸居然立刻就问这个，若有所思地扫了少暗一眼，眯了眯眼，问："你这么在意这个做什么？"

少暗道："呃，我……"

见他半天支吾不出个所以然来，石英脸上露出了然的神色。他啊了一声，同情地道："你暗恋我妹妹？"

说完，他又怜悯地劝道："云母她很迟钝又很死心眼的，认准了约莫就不会改，你怕是没机会了。"

"不是！"

少暗几乎立刻就炸了毛，毛发底下的脸颊瞬间红成一片。

他的确是有一阵子脑袋简单太冲动了，当年扛着聘礼跑去旭照宫向只见过一次面的小白狐求婚的事被青丘的长辈笑了十几年，现在逢年过节还经常被当成笑料提起调侃。少暗在这方面敏感得很，急急辩解道："我当初怀疑她喜欢的人是在旭照宫，可是白及仙君总共五个弟子，其中三个男弟子，年纪最长的元泽仙人云母见都没见过几次，观云仙人已要订婚，我原本想来想去觉得可能是单阳，可是单阳多年前就出去远游了，至今未归也没见云母怎么伤心……我无论如何都想不到她到底是对谁有意——"

469

少暄语气暴躁得很，当真有些被石英的话激恼了。然而他一股脑儿地分析下来，一抬头，却见石英目光微妙地看着他。少暄张了张嘴，问："怎么了？我说的可有哪里不对？"

石英问："你真的没察觉到？"

少暄疑惑地皱眉道："察觉到什么？"

石英想了想，突然抬手在少暄眉心一点。少暄没料到他会突然有这样的动作，猛地一惊，恼道："你做什么？！"

石英道："我觉得你自己也快猜到了，只是云母信你，我却不熟悉你的性格，不晓得你可信任与否，所以干脆提前下个术，免得你乱讲。"

少暄生为青丘神狐自是高傲得很，哪里肯就这样被人下术，然而石英转瞬之间就已完成了仙法，少暄顿时整只狐都暴躁起来，正要发飙理论，心中却突然一惊，只觉得石英这话里像是能分析出什么来。他觉得他快猜到了，也就是说他先前那些分析纵然不准，亦不远矣……少暄心里一动，惊讶地朝云母看去……

也不知过了多久，等云母在那里与师父一道玩后，回头瞧哥哥和少暄的情况时，却看到原本蹲了两只狐狸的位置如今只剩下一只，哥哥还在，但少暄却不见了。云母奇怪地咦了一声，问："少暄呢？"

石英安静地坐在那里瞧他们，瞧了已有一会儿，见云母问起早有准备，他云淡风轻地道："那只红狐狸在外面透风怀疑狐生呢，不必理会他，估计明早就好了。"

其实云母与白及先前顾及场合未有太亲密的举动，只是他们到底正值情浓之时，她又不会隐藏情绪，眼里满心满眼的爱意哪里藏得住，白及眼里亦满是含蓄的柔情，故而少暄一旦有了怀疑，仔细看了一会儿就发现了端倪，大受打击地出去蹲着吹冷风了。

云母听石英这么说，疑惑地歪了下脑袋，十分不解少暄怎么说跑就跑了。云母想了想，还是决定出去看看情况，片刻后她回来，已是满面通红，羞涩地往白及怀里一扎就不肯出来了，只露一条胖尾巴在外面晃来晃去。

白及亦有几分尴尬，但他们尴尬过后，也总算不必再顾及这里还有人不知道他们的关系了，反倒轻松许多。

石英的令妖宫如今成了仙宫，当晚就给少暄和白及安排好了房间让他们住下来，云母则有自己的屋子，就在石英的房间边上。只是当晚云母一个人睡，翻来覆去还是不太睡得着，想来想去，她便起身往外走。云母一路跑到令妖宫宫外，远远地就瞧见大门未关，还未出宫门，就已看到有人坐在门口的石阶上饮酒。她的步伐慢了下来，待走到对方身边，便唤道："哥哥。"

石英早听见了她的脚步声，并不意外，淡淡地笑着嗯了一声，随手一指他身边，道："坐吧。"

云母便理了理衣衫坐下。石英单手持着酒杯小酌，另一只手手肘撑地，慵懒地靠着石阶望月。月光洒在他身上，将他整个人笼在清透的月华之中，仿佛浮着一层光。他眉心有一点红，肤色白皙，今晚又穿了清雅松敞的青衣，嘴角微微带笑，侧脸看着极像玄明。

注意到云母的视线，石英侧过头，随口问道："怎么了？"

云母知他不喜欢自己提起玄明神君的事，怕自己一开口就坏了此时的气氛，赶紧摇了摇头。她想了想，举头望月，怀念地道："我记得哥哥你小时候很喜欢月亮。"

今晚是圆月，月光分外明亮。

石英笑道："现在也是如此。说来，你小时候还怕黑呢，现在不怕了？"

云母当即就红了脸，赶紧摇了摇头。

其实若是全无亮色的雨夜与白天相比，她当然还是喜欢白天，但这样有月光的夜晚，却没什么好怕的。

但摇完头，云母脸上又显出些低落之色，她道："说起来，我们小时候总是在一起玩闹，但从我拜入仙门后，就再也没有一起玩过了……"

石英笑了笑，放下酒杯，道："你可是说如此？"

云母一愣，还没懂他是什么意思，就突然感觉到石英用仙气引了她变作原形，紧接着石英自己也变了原形。他周身被法术笼罩，只见石英的身体迅速地缩小，等淡光消失，他已用法术变回了团扇大的狐狸，只有一条尾巴，额间却有一抹鲜艳的红色——正是云母记忆中那个陪伴她时间最长的兄长。

没等云母反应过来，石英一把将她扑翻在地，云母呜呜地叫了两声，重新翻过身来。她这些年尽管长得慢，但到底还是长了些，见兄长如此，她赶紧也用法术将自己缩小了几分，然后又朝兄长扑了过去。

月光之下，两只小白狐互相追逐打闹嬉戏，扑来扑去，难分胜负，倒是势均力敌，同过去一般。

兄妹俩许久不曾这么玩了，但仍感到很有趣，因此互相扑了好久才尽兴，等玩闹过后，他们就并排坐在地上蜷着尾巴赏月。

他们看了一会儿月亮，石英感觉到云母望着皎月发呆，便凑上去拿额头顶了她一下，笑问道："怎么了？"

云母被兄长不轻不重地顶了一下，便也呜呜叫着亲昵地顶了回去，然后云母轻轻地垂了眸，怀念地道："我想起以前赏月时，娘也是在的。我们玩闹之时，娘她总怕我们不知轻重要受伤，便在后面小心翼翼地护着，我们稍有过头她就要介入将我们分开……"

云母未说下去，但石英已懂了她的意思。

他们两人现在还可以一起玩，但母亲尚未成仙，目前也不知道她的情况，偏他们还无法帮忙，云母担心也是正常的。

石英其实也担心，这段时间也想了许多。他道："娘的情况的确令人担忧，不过你也不必太过担心了……你早早地拜了白及仙君为师可能不知，娘的修为其实应当比你想的还要强上许多。"

略微停顿片刻，石英又道："娘过去总催我们成仙，但她自己又何尝不知若她不成仙，与……呃，那个玄明终不能成眷属。故而这些年她虽寻访各处，但从未懈怠修行，否则怎么能这么快生出那些尾巴？她许是以情为道，又遇上一些机缘，可若是没有修为撑着，总没有那么顺利。你仔细想想，我们被叫去仙宫与天帝对峙那日，娘虽然见到玄明时激动了些，可其余时候并未显出多少慌张……她约莫是对这一日早有心理准备，也做好了承担罪罚的打算，只是未同我们说过罢了。"

听石英这样说，云母仔细回忆了一下，便觉得确实如此，安心了些。但她旋即又显出些低落的神情，道："即便如此，也不知娘何时才能成仙……"

石英说："你又不是不知，狐狸的九尾玄妙得很，有时修为未至也可生出九尾，有时便是生了九尾也成不了仙；有人机缘到了顷刻之间便能生尾成仙，有人便是蹉跎一生也只停在八尾不得进展……我是不觉得非成仙不可，但对你和娘来说显然并不是如此。你要是实在担心……不如我明日就去找娘，强拉她一把？"

看石英像是只要她点头，他立刻就去破坏天帝给出的条件的认真样子，云母赶紧制止。其实即便是神仙也没有什么能让人一定成仙的绝妙之法，石英若去了，无非强渡她仙气，或者说点神仙的道法，与当年玄明教白玉修炼实际上别无二致，不一定能成功不说，说不准还要给娘惹麻烦……玄明还有四世未历，即使要破釜沉舟也不该是现在。哪怕云母赞同，想来娘也不会同意的。

见云母摇头，石英亦不坚持，只说："那就算了。"

两只狐狸又安静下来，云母见之前两人扑闹时，哥哥身上的毛发有些乱了，便小心地凑上去替他理了理。石英倒是没躲，只是他侧头看了云母一眼，亦亲昵地低下头替她理了理。两只小狐狸互相蹭了一会儿，云母犹豫一瞬，观察了一会儿石英的神情，终是忍不住小心翼翼地问道："哥哥……"

石英扬眉："怎么了？"

"你是不是……讨厌玄明神君？"

"……"

"……"

云母问得忐忑，然而石英意外地只是沉了沉声，连眉头都不曾皱。他思索了一会儿，道："硬要说讨厌也算不上，只是不喜欢吧。"

"哦？"

云母怔住，这个答案与她预想的颇为不同。

石英见她一脸呆呆的模样，反而笑了。他上去重重地撞了云母额头一下，撞得她吃痛地呜呜叫。石英也懒得说那些"突然冒出一个父亲"之类的话，只是轻轻地挑了挑眼梢，问道："你要劝我？"

云母之前就已与少暗聊过她的打算，故而立马就摇了摇头，赶紧否认道："没有没有。"

顿了顿，云母又说："哥哥你本来就没有见过玄明神君，在仙宫第一次见面时你甚至都是头一次听说他，要亲近他自然勉强……玄明神君也晓得这一点，才会让我转达他的道歉之言。"

石英淡淡地嗯了一声，脸上瞧不出喜怒。于是云母又壮着胆子过去蹭了蹭他，才问："哥哥，你是怎么想的？"

说着，她便安静地望着石英，等他回应。

云母在来之前便已打算与兄长好好谈谈，只是既然要好好谈，便要知道兄长的想法，不能只是她自己一味乱说。

石英看了她一眼，胸口开始烦躁起来。石英道："他是母亲的心上人，当年娘和他生下了我们。他是上古神君，犯天条后被你师父亲自劈了一千两百二十五道天雷，以修为化雨，藏了你我的行踪，既是护娘，亦是护我们兄妹。还有……我的狐火与旁的灵狐不同，想来因有那玄明神君的一半血脉。上焚堕仙，下诛妖邪……比寻常狐火要特殊许多。"

说着，石英便在自己面前点起了一簇小小的狐火，任由它在自己面前欢快地烧着，橙红色的火光在夜色中分外明亮。石英望着它，若有所思。

约莫因为这里只有他们兄妹两人，又是在静谧的夜晚，他的声音比平时要平静，令人听不出情绪。

云母没想到从哥哥口中听到的都是些好话，不禁微讶，疑惑地问："哥哥，既然你都晓得，为什么还是不喜欢玄明神君？"

　　石英一顿，道："正因这般，我才不知该如何待他。我原先并不知道有这么个人，与这位神君说实话并没有什么交集，甚至素未谋面……我并未做过什么对他有益处的事，却平白无故让他以命相护，如此倒像是欠了对方人情，偏生他并没有让我们偿还的意思……你不觉得奇怪吗？"

　　石英抿了抿唇，整理了一下思绪，这才继续说："还有……我的狐火。"

　　他的目光落在了自己燃起的那一簇小火苗上，云母顺着石英的目光，也一同看了过去。

　　石英道："当年令妖牌还在我手上，整日有大大小小的妖物来找我麻烦，即便对方修为在我之上，我仍能得胜，现在想来，许是有大半原因都在此火……我原本以为自己能立足于此，是因我自己天赋不错，且修炼不曾懈怠，可是如今这么看来……"

　　他能活到如今，居然也是依赖于玄明。

　　恩情沉重到这般地步，着实令人不知如何报偿。若对方护他是因感情，那想来便要以感情相报，然而感情这种东西哪里能说来就来，若他做得过了反而不真……倒像是为还情而强作亲热似的。这般种种，弄得石英焦躁不已，不知如何处理。

　　石英说着，烦闷地咬了咬唇。虽说是云母主动问他到底是怎么想的，可他又何尝不是借着与她解释的机会理理自己的思绪。只是石英没想到自己越是整理，越是不知该如何破眼前的局。石英从小狐恢复成了挺拔的大狐，九条长尾一展，正要心烦意乱地收了他的狐火，偏在这时，他察觉到妹妹轻手轻脚地凑上来，她努力踮起脚，在他脸上小心翼翼地舔了一下。

　　石英一愣，顿时就散了火气，只觉得心里那股说不清道不明的小火苗被噗的一下弄灭了。他回过头，就瞧见云母这会儿也慢吞吞地缩回身子，坐回原地不安地望着他。

　　她是看石英神情消极，为了安慰他才这么做。见石英转过头来，云母便垂了垂耳朵，沮丧地道："哥哥，我担心你。"

　　"……"

　　石英胸口一震。

　　只听云母说："天狐神火或许的确帮了你不少……不过这也未必全是玄明神君的功劳。哥哥你能像如今这般用火，能像之前那样大战天兵天将……若非你长久以来一直刻苦修行、钻研火术，又怎么可能用得出来？像我就……"

说到这里，云母的脸颊不禁红了起来，但还是为了哥哥自揭短处："像我就什么都吐不出……玄明神君留下的神火许是一道必要时刻的护身符，但未来的路要如何走，能用它走到何处、走到多远，终归是靠我们自己的。神君他自是护了我们、助了我们不少，但即便要还恩，也不该自己闷着头空想一通，按照自己的想法乱来……"

　　石英看着站在原地局促不安的妹妹，心中已柔软下来。只是他张了张嘴，仍是说不出话。

　　云母挺了挺胸脯，用尽量不会让石英觉得不适、尽量不会冒犯的语气试探地道："哥哥不要勉强自己，也不要太钻牛角尖了……玄明神君那边，你若是真想将这些当人情还，不如等他回来，你亲自问他到底希望我们如何再说。哥哥你还是按照你自在的方式来，这样就不必太过纠结有恩情与否……你们本没见过几次，也没必要那么快下能不能相处的结论，倒不如先相处试试看再说。你就按一般的方式与玄明神君互相认识、互相接触，只当他是个普通的神仙，以天界的一般礼仪相待便是。你若还是觉得和玄明神君相处不自在，我便一直陪着你……你觉得这样如何？"

　　云母说得小心，这样出主意，无非是希望石英能缓解些心理压力，不要太别扭了反而弄巧成拙。然而她本来正忐忑不安地望着兄长，不想却见高她许多的兄长忽然一笑，弯腰低下了身子，将她从地上叼了起来。

　　云母一惊，下意识地想躲，可她被提着颈子悬在空中，不敢挣扎得太厉害，只得叫道："嗷？"

　　石英将她叼回台阶上放好，笑道："你倒是会说。"

　　云母歪了歪脑袋，不解其意。石英一顿，他不否认云母那番认真的话让他心里的确轻松了不少，笑道："你说的话，我会考虑一二。不过……"

　　云母当即提起心脏，问："不过什么？"

　　"不过顺毛不是像你之前那么顺的，就顺那么一下，未免也太不用心了。"

　　石英说着便作势低了头，要去蹭云母的脑袋。云母怔了怔，方才明白过来哥哥说的是她之前凑上去舔他脸的那一小下，眼看着石英已经凑过来了，云母连忙嗷嗷叫着挣扎着翻来翻去试图躲开，兄妹俩互相打闹嬉戏起来。

　　夜渐深，星光清澈。月亮不知不觉升到了半空中，明亮如旧。

　　……

　　云母又在令妖宫里住了几日，石英答应她会考虑关于玄明神君的事，算是松了口风，云母怕他烦了，也不再喋喋不休地和哥哥提起这事。她这几日就是陪着兄长打发时间，两只狐狸一起在林间跑来跑去玩耍，倒是真的找回了不少小时候的回忆。

少暄有时跟着他们一道，有时就自己留在令妖宫里，一段时间下来，竟与令妖宫里的妖兽灵兽熟悉了许多。石英的仙宫其实算起来还并未完全建好，偏偏他自己懒懒散散不怎么在意，于是云母闲下来就帮他考虑，一来二去，居然就这样消磨了许多时日。

这一日，是个晴天。

石英和少暄两人之前都说要分个胜负，已经说了好些日子，偏偏每回挑好日子又有大大小小的杂事介入，就没能成功。这一天风和日丽、天朗气清，他们终于决定要做个了结，石英和少暄到了院中，各自放出九尾，准备斗上一斗。

云母趴在白及怀里打了个哈欠，垂着耳朵，回头就往师父身上蹭了蹭。

白及一顿，抬手一下一下地摸着她的脑袋，云母的耳朵抖了抖，又眯着眼睛去蹭他的手，对他的好感掩都掩不住。

因为昨日她就知道石英今天要与少暄斗法，所以云母今天一大清早就醒了，起得早了就导致现在犯困。她之前担心两人个性都比较尖锐，怕他们水火不容，可这几日看下来，两人尽管偶尔会斗嘴，但关系分明不错，并且志趣相投。云母放松下来，便有心情与师父撒娇。

石英与少暄这会儿还未开打，他眼角的余光瞥见自家妹妹在白及怀中打滚，即便早就知道她在热恋中容易冒傻气，可见着她如此肆无忌惮地撒娇，心里还是有点不是滋味。石英忍不住张口朝她喊道："云儿，你蹭得悠着点，别到时候把自己蹭秃了！"

云母被他这样一喊，当即就羞涩地红了脸，嗷的一声钻进白及怀里拿袖子挡脸躲着不出来了。但过了一会儿，她又忍不住不甘心地出声反驳道："我又不掉毛，哪儿有那么容易秃的！"

白及一声不吭，任由云母钻进他怀里藏着，见她在手边，便抬袖缓缓地摸她脑袋，云母亦亲热地蹭上去摇尾巴。

石英看得牙疼，轻哼了一声，回头燃起了火，对少暄挑眉道："愣着做什么，来吧。"

少暄这段时间也从云母和白及的消息中缓过来了，不再在意，又听石英口中有挑衅之意，亦是一声嘲笑以作回应，放出狐火迎上去。不久两人之间就响起了呼啦呼啦的烈火飞舞之声，打得十分激烈。

云母从白及袖中冒出头来往外看，看了一会儿，见他们不曾再注意她与师父这边，就又重新转向师父。到底青天白日大庭广众的，云母不好意思化人形亲师父，扭捏片刻，便拿鼻尖碰了碰他，旋即道歉道："对不起师父……"

白及一顿，低头问道："何故道歉？"

云母羞愧地摆着尾巴，说："这阵子我与兄长相处的时间多了……"

一天总共就那么多时辰，她担心石英，与兄长相处的时间多了，便不能像之前那样没有外人时就整日地挂在师父脖子上。这里又不是旭照宫，终究是白及不熟悉的地方，云母已竭力平衡，可难免有顾虑不周的时候。师父从来不会怪她，又少言寡语，她怕自己冷落了白及太多还不自知，方才道歉。

白及其实并没有感到冷落，略一沉声，说："还好。"

云母又道："我已经与我哥哥聊过了，也在这里打扰了好长一段时间。再过几日，我们同他说一声，就回旭照宫去吧……不过少暄可能会再留在这里一阵子，他好像与我兄长关系不错。"

说到这里，云母着实松了口气。

当初少暄会跑来旭照宫，多半就是因为没什么同龄的朋友，如今他与哥哥玩得开心，无疑是件好事，如此，石英也算认识了仙界的朋友。

白及稍稍一滞，正要说若是云母想与她兄长再相处些时日，即便不那么快回去也无妨，但他还未开口，忽然一阵仙风袭来，云母不禁咦了一声。

两人一起抬头，就看见天上有五六个仙人成群飞过。

这一阵仙风不仅打扰到了白及与云母，还扰了少暄那边。他的狐火被仙人的仙风吹得颤了颤，少暄不禁啧了一下，但并不怎么在意那些过路神仙，只冲石英挑眉，半是好奇半是关心地问道："说来，你们母亲可有什么新消息没有？"

少暄晓得云母整日都很担心她在凡间一个人想办法成仙的生母，石英面上不显，其实也很担心，方才有此一问。

石英四周都被火焰包围，接下了少暄的狐火，又极为自然地运用仙气迎击，只道："哪儿有这么快，玄明神君第四世才开始没多久，即便娘运气好立刻就寻到了他，也总要再等好些年才能有进展，现在……嗯？"

石英话还没说完，他的狐火也被仙风吹得剧烈一晃。他懊恼地抬头，只见天上有一条青蛟翻云而过，蹿得飞快，也是往同一个方向去的，他身后还跟了两位仙人，个个都是步履匆匆。

少暄对仙界比石英熟悉，见这等情况也觉得好奇，便出声拦住他们，喊道："喂！前面的仙友！你们往那边做什么去啊——"

那仙人虽被拦住，也好脾气地应道："有新人历劫了！现在赶去，还能瞧见最后二十道雷呢！"

少暄皱眉问："这有什么稀奇的，半年前不是才有人历过劫吗？"

仙人说："当然稀奇了！半年前历降神雷的那个是玄明神君的孩子，今日这个，听说是玄明神君的夫人呢！天官早早就围在登天台等着了，还有不少围观的，现在不去，就占不到好位置了！"

噗！

少暄与石英周围燃起的火当即就被吓灭了。云母闻言一惊，也险些从师父怀里掉出来。

结果石英与少暄这一日还是没有分出胜负，等他们一并乘着白及的仙云抵达仙人所说的历劫之处时，白玉已经只剩最后十道天劫了。

她生来是凡狐，不过是机缘巧合开了灵智，天资算不得出众。以三百年的道行飞升，在千千万万至死也成不了仙的狐狸中或许算是不错，只是在成仙者浩如繁星、百年内悟道成仙的天才亦不在少数的仙界，却称不上什么引人注目的资历。她既无震天撼地的天赋，亦无惊天动地的身世，只是芸芸众生浩瀚星海中再普通不过的一点亮色，因此哪怕她当年做下那桩震动天庭的奇事，成了上古神君的夫人，诞下了两个半神半仙的孩子，但她如今渡的，也只不过是九九八十一道最为普通的天雷。

既是一般的天雷，自然比不得震撼九霄的降神紫雷来得威武壮丽。然而即便是这区区八十一道平常的渡劫雷刑，对普通人而言也极为吃力。白玉这时早已虚脱，浑身上下遍体鳞伤，待她咬着牙硬生生撑下最后十道天雷，极为勉强地一步一步踏上天阶时，她几乎已经站不起来了，一身素雅的白衣也被鲜血染得不辨本色，可谓狼狈至极。

接引的天官早已奉天帝之命在此等候，只是见白玉如此，不禁微怔了片刻，有些不忍看。

这些年来成仙的人少，且不是二三十岁便悟道飞升的惊世之才，便是体内藏着神血能引降神雷的神君后裔。天命不凡者看得多了，他竟是忘了对大多数人而言修行是何其之难，天劫是何其可怕，稍有不慎便是阴阳两隔，即便渡过了，总也要丢掉半条命去。

天官本欲匆匆将信息记了就让她找地方休息养伤，其余的事还是日后再说，谁知他还未开口，那浑身重伤的女子竟撑着身子坐了起来。她脸色苍白，浑身的血都流在了衣服上，却仍强撑着做出镇定淡然的神情。接着，白玉像是没有注意到今日登天台上旁观者甚众，一个个的目光都落在她的身上。她只是极恭敬标准地弓身一拜，出声道："有劳天官……带我去见天帝。"

天官笔尖一滞，不知心中瞬间漫上来的是何种心绪，轻叹一声，板着脸道："随我来吧。"

白玉很快就被带到了天宫大殿之中，到了这里，哪怕其他仙人再好奇，在层层天兵天将的把守之下，他们也不能死皮赖脸地进来。于是白玉被单独带了进去，这回云母他们尽管急急地跟上去了，却还是被领到了旁边的殿中休息。他们不能立刻瞧见母亲，只能等消息，心中的焦急自是不必言说。

这时的大殿之中只有几个人，除了白玉，便是高高坐在天君位上的天帝、常伴他左右的天官，还有几位之前审讯玄明时就已露面的老神仙。

白玉此时脸色惨白、身体虚弱，站都站不稳。她身上的仙气还在隐隐浮动，尚未稳定，但她终究已经成了仙，身上总有些淡雅的清冷之气。按理来说既已进了仙界，俗礼便不必再行，但白玉站了片刻，仍是屈膝跪下，双手置于额前，俯身下拜，行了大礼。

大殿内一片寂静，只听白玉一个人在殿中用不大不小的声音平稳地道："罪女白玉，今日特来请罪。"

天帝仍未出声，有几位老神仙不安地彼此交换了眼神，但天帝没有说话，他们也不敢率先开口，只得让白玉继续以虚弱之身在那里跪着。

不过白玉本身也未有要起来的意思，她的额头仍重重地磕在手背上，只是在一身宽大的白衣映衬下，她的身形显得分外虚弱单薄，像是风一吹便能被吹跑了似的。她亦未等天帝或是什么人主动说话，只是低着头继续缓缓地叙述道："我于未成仙时与玄明神君私自拜堂成亲定下终身，违反天规，乱仙凡伦常……但蒙天庭网开一面，如今我已应当时之约，生九尾，渡八十一道天劫，位列仙班，还请天帝兑现承诺，让我夫君归来。"

语毕，白玉又是沉沉一叩首，头触地而有声。她一番话说完，大殿内重新安静了下来，众仙的视线都落在她身上，但她却只直直地盯着地，面色沉静而坚定。

天帝扫了眼她平置于地却仍微微颤抖的指尖。

白玉同大多数不以战为道且性情稳定的仙狐一般，不太善于火术，且她并无神血，只不过是一般的狐狸，即便有火可用也不及其子，故而先前她是用剑历的劫。他们之前定下规矩不准她从仙界获得助力，故而她用的那柄剑多半不是好剑，仅仅是附了术法的凡品，在天雷劈过之后就损坏得不成样子，白玉索性都没有拿，渡完劫就把剑丢在登仙台上了。此时她的手还在抖，想来是面对天劫时她并非有过多把

479

握，当时的情况又九死一生，这会儿仍未平复心情，只是急着来天宫见他，方才硬撑着。

良久，天帝才将放在她身上的视线淡淡移开，缓慢地说："这些年来我命天官去请的戴罪之人不少，在天官开口之前主动提出要见我的，你倒是第一个。"

天帝这话听不出是喜还是怒，落在他人耳中，总让人忍不住心头一跳。然而白玉的身子不过轻轻震了下便稳住了，竭力让声音显得平稳，又重复了一遍道："还请天帝，放我夫君归来。"

天帝又看了她一眼，道："莫急，总会让你们一家团聚的。玄明……我已命人去带了。他这一世未到绝时，强改命数总要费些工夫，想来要多等一会儿他才能上来。"

天帝话音刚落，白玉自踏入天殿后始终绷直的肩膀总算塌了下来，她似是大大地松了口气。

"不过——"

天帝话锋一转，眼神中似有深意，只听他道："你这成仙的一尾，生得倒是颇快。"

白玉之前几尾都长在玄明一世结束，伤痛欲绝之时。但这一回玄明一世都算不得是开始，自然没有结束，白玉生两尾的间隔着实短暂，天帝尽管话里没有明言，其他人也不敢揣测他的意思，但事实上……其余几位在座的神仙，心里多少都是有些惊讶的。

原以为最快，也该有个几十年。

白玉听得一怔，其实她渡劫时怕原形被瞧出来，因此咬着牙没有放尾巴出来，故而她此时背后并没有拖着尾巴。但白玉仍是忍不住回头瞧了一眼，微抿着唇看自己应该会长出第九条尾巴的地方。

这一尾并非生在玄明离世之时……不过其实先前几尾之所以能生出来，实际上也并非因为玄明之死，而是因她陪他共度一生，共历一世，再历挚爱离世之痛，命运相连，方有感悟，以情悟道。

既然是悟道，哪怕没有玄明，她也是可以悟的。

她怕他等得太久。

白玉沉默了一会儿，便道："我是凡人，只能用凡人的笨办法。"

一处一处找，一样一样试，她只能在无尽的黑暗中寻找那一处微小的出口。

时间有限，不可浪费。玄明这一世才开始不久，若是等他长成人再去会他，便又是匆匆十几年而过，可是他每一世都早逝……又能有几个十几年？那她便一边寻他，一边修炼寻找别处的门路。

好在，她一向都还算有几分运气。

具体的过程若是详述难免枯燥，刻苦修行说来总是无趣得很，无非一刻不停地逼自己修炼，奋力助人、救人积攒修为功德。因白玉孤身一人，在此过程中难免吃了些苦头，非得遍体鳞伤才能渡过的难关她也渡了，非得以一敌百才能救下的人她也救了，话说来轻巧，苦乐唯有自知。她既然是为寻玄明、救玄明吃的这些苦头，自然也是为情悟的道。只是这些事说得太多难免有卖弄苦难、有意哭惨之嫌，且过去的事白玉已无心再提，便只含糊地说了那么一句，就不愿再多说。

她现在已成了仙，过去的那些就当是过眼云烟。她如今的目的和心中所系之事，唯有一件罢了。

白玉之前跪了下来叩首请罪，此时也未起身，只是调整了姿势，改为低着头端端正正地跪坐着，静静地在那里等玄明。

天帝见她如此，也没有接着往下问的意思。他的目光仍旧是严肃沉静的，看不出对白玉那一句话作何感想。白玉亦无话可同天帝说，大殿里维持着静谧的氛围，良久无声。

玄明这一世未完，强行将他召回比上一次要费工夫。因此天兵天将领着玄明从天台归来时，已是一个多时辰之后。

不知是不是因为这回是被强行召回的，且他下凡的时间太短而召回得又急促，玄明看起来比之前还要清瘦，空荡荡的衣袍架在身上，仿佛他随时会乘风而去似的。他脸色颇为苍白，眼底隐约有乌黑呈现，但他被天兵领来时，尽管看得出他意识恍然，但他的心情却称得上极好。他被领进仙殿中，看到白玉，一双含着桃花色的眸子便不自觉地弯起，笑着勾唇唤道："娘子。"

……

这个时候，云母一行人都被安排在偏殿中休息。

虽然他们赶上了看白玉成仙，但因白玉应付天雷时需要集中精神不能分心，后来又直接被天官带来了这里，他们就没能与她说上话。白玉成仙后的状态显然不好，非常需要休息。此时云母一边担心着母亲，一边又焦虑于不知道大殿里发生了什么，整只狐狸心烦意乱地在偏殿里乱转。

少暄被她转得脑壳疼，只能安慰道："天帝是信守承诺的人，你娘既然成仙了，想来就算没事了，不会再出变故的，说不定等一会儿你就能见到你的父母了。"

云母何尝不知如此？可现在毕竟是紧要关头，她实在很难平静下来。她绕了两圈后勉强按捺住心中的焦躁，重新在师父身边坐下，喊道："师父……"

"嗯。"

白及自然感觉得出她的情绪，安抚地抓了她的手握在掌心中。

云母不安地问道："你觉得我娘和玄明神君多久才能出来？到时候天帝会叫我们吗？"

白及答："天帝不过处理些后续之事，应当不会耽搁太久。即便喊你们，想来也是去接人。"

云母自然相信师父的话，可是即使得到了答案，胸口的忐忑依然没能得到平息。她忍不住问道："等他们出来以后，我要如何与娘还有玄明神君相处呢？像是一般的狐狸那样？可是一般的狐狸是怎么做的？"

这事怨不得云母担心。与上次不同，这一回玄明神君归来，应该就是真正的归来，不会再走了，既然如此，她和石英该如何与父母长期相处也就正式被提上议程。尽管她之前情真意切地劝了石英先和玄明神君相处看看，可是事到临头了云母才发觉，她自己都对这件事心里没底。她以前能跟玄明神君相处是因为只当他是性格温柔慈爱的上古神君，而不是父亲。她自幼没有父亲，自然不知如何和父亲相处，现在玄明神君突然冒了出来，心里紧张得很。

云母求助地朝哥哥石英的方向看去。然而石英瞧着比她还要焦虑许多，九条尾巴都放出来了，正拖在背后摆来摆去，见云母望过来，焦躁地道："不要看我，我怎么知道？"

云母只得将脑袋转了回去。

白及见她平静不下来，就拍了拍她的手，沉声说："别紧张，随缘便是。"

……

云母的一双眼睛还盯着偏殿入口的时候，玄明与白玉正双双跪在玄天面前叩首请罪，待行完礼，玄明便伸手将白玉从地上扶了起来。因在等待玄明归来之时，白玉是跪坐在地上等的，一直没有起身，这会儿跪得久了，又有伤在身，被玄明扶起时终究忍不住皱了皱眉头，但始终没有出声叫痛。待好不容易撑着发麻的双腿站起后，她晃了晃身子才站住，玄明笑着托住她的手和身子，两人彼此依偎着站着。

天帝淡淡地注视着他们，用低沉的声音叮嘱道："此番尽管天庭破例不再追究，但你们回去之后，切记莫要再犯旧错。"

玄明虽说是请了罪，但任谁都能瞧出他看起来一点都没有不高兴的意思，相反表现得轻松得很。这会儿听天帝板着脸如此叮嘱，他便笑着贫嘴道："放心吧兄长，我如今已有玉儿，上哪里再犯旧错？等离开天宫，我们夫妇便回竹林去，和以前一样弹琴酿酒，再叫上儿女共享天伦……不过玉儿还没好好看过天界，这阵子我少不得要带她四处转转……再过些日子，许是又要来叨扰。"

说着，玄明礼貌地略微弯腰躬身，约莫有请天帝包涵的意思。

天帝那双公事公办的淡漠眸子不冷不热地扫了他一眼，道："随你。"

得到这个答案，玄明十分满意地笑了。他一边扶着妻子，一边往左右找什么似的随意看了看，继而大方地问道："兄长这里可有疗雷伤的仙药和能让我们夫妻暂住几日的客房？我夫人刚历过雷劫，需要休养，我怕她无法现在就回竹林……且我那草庐里没什么能用的药，所以……"

天帝一顿，无奈道："你先随天官去休息，至于药品，我等会儿命人给你送。"

玄明神君弯了弯嘴角，再一次躬身拱手谢道："多谢兄长！"

谢完一次，他却并未立刻直起身子，而是神情微动，将脸上本来闲散随意的笑容收起了些，看起来正经了许多。他缓了缓声音，又一次开了口，只是语气尤为郑重："你知道……多谢，哥哥。"

玄天沉默未言，只是略一颔首，接着马上就站起身，倒让人瞧不出他刚才那微微的点头到底是回应玄明神君，还是只是站起来的前奏动作。

他道："若无他事，便退了吧。"

说着，他便转身往殿后走去。见天帝要走，天官赶忙追了上去，其他老神仙亦各归各位，随天帝走的随天帝走，回仙府的回仙府。玄明则执了白玉的手，笑道："夫人，走吧。"

白玉颔首，自是有不少话要与玄明说，只是周围有人，只好暂时按捺住，随着他离开。

天官将他们引到客房后就平稳地步出门外，临走前还出于礼貌替他们掩上了门。

客房的门在悠长的咯吱声中缓慢闭上，外头的光亮被渐渐掩住。待阴影在玄明笑眯眯的脸上合成一线，门完全闭紧后，不等门外那天官离去，玄明已回身一把抱住白玉，飞快地将她摁在地上，急躁地吻了上去。

久别的夫妻重新见面，总比寻常要急切些。

他们不知多久没有好好见过面、好好独处过，玄明先前还维持着彬彬有礼的状态已经算得上是克制，此时总算到了两个人单独在一起的时候，早已抑制不住自己的感情。

玄明搂着她的肩膀，托着她的背便俯身将她压在了地上。然而玄明固然久别重逢情绪来得激动，但白玉又何尝不是？天官一走她便支起双臂搂住了他的脖子，急急地迎上去吻他，继而顺势随着玄明的动作后仰卧在地，两人很快就拥在了一处，空气中仿佛冒着噼里啪啦的火星，千言万语都融进了激烈而彼此渴求的吻和越发混乱的喘息中。

玄明的呼吸早就乱了，恨不得用力将白玉整个儿揉进自己身体里，但他还记得她身上有伤，因此尽力控制着不要压伤了她，同时用一只手臂小心地隔着她的肩背，免得她后背碰到地面，另一只手则捂着她的后脑，尽量保持着不会碰到她伤口的姿势，唯有口中的力道未松。白玉却没有那么注意，也没管自己身上的伤，竭尽全力地撑着身子去回应玄明，努力地贴了上去，唯有紧紧地靠着、感受对方的温度，方才能感受到一点脚踏实地的安全感，然而她越是能感觉到安全，就越是不愿意放手，因而越发努力地凑近他。

太久了，他们等得太久了。

白玉说不清内心到底是怎样一种感受，只得将千言万语的思念都化作细密到无暇出声的拥吻。两人就这样恨不能融为一体地搂在一起，等情绪好不容易平稳下来，他们才开始放缓了动作。忽然白玉一动，抽痛地嘶了一声。

玄明当即放松了手上的力道，着急地检查她道："哪里疼？可是我弄伤了你？"

白玉坐直了身子，摇了摇头，这回真怨不得玄明，是她自己手臂环他脖子抱得太用力，不小心扯了肩胛骨上的伤口。

其实比起她刚刚渡劫完的时候，这些伤已经不算那么疼了。然而玄明看起来自责得很，将她小心地扶着挪到一边坐好，不让她乱动，像是怕瓷花瓶自己会把自己碰碎了一般，待天帝派人将药送来了，他便让白玉半褪了衣服，仔细地替她上药。

等药上了大半，白玉见玄明望着她身上的伤一直沉默，便趁他凑近时，抬手扶住了他的肩膀，探过去在他唇上轻轻吻了一下。玄明一愣，继而便露出了笑容，笑着唤道："夫人。"

说着，他捉了她无意间放在他肩上的手握在掌间，道："我心念你。"

白玉知他是什么意思，因她的心也同玄明一般。只是白玉嘴笨，觉得说一句"我也是"未免轻率，表达不出她心绪的万一，千般思念不知从哪里说起才好。

玄明见她面露焦急，笑了笑，不必她多说也懂了，感觉无言胜有言。他抓着白玉的手放在胸口，良久，方郑重地道："此番……还有这些年，辛苦夫人了。"

白玉的目光闪了闪，摇了摇头，轻声道："你护我那么多次，我总也该护你一回。"

……

夫妻二人握着手亲密地依偎了好一会儿。故而云母跟随给他们引路的仙娥从偏殿过来，敲了门踏进屋子时，看到的便是玄明和白玉安静地靠在一处的模样。

玄明听到声音回头，仰脸对云母笑着大大方方地喊道："乖女儿。"

接着，他将视线落在站在云母身后的男孩身上，笑着又唤道："英儿。"

少暄和白及到底是外人，因此仙娥来引路时，他们就没有一起跟过来，这回进来的只有云母和石英。

被喊了小名，石英窘迫地挪开了视线，不与他对视，只轻轻地嗯了一下。

玄明神君见状，并未挑剔或者失落，反而脸上的笑容又加深了几分，心里已是明白了。他又看向云母，笑道："乖女，多谢。"

云母当即就红了脸，但还没等她说话，玄明已笑着朝他们兄妹招了招手，道："过来。"

石英本还僵在原地，被云母拉了两下才动。他们一前一后走到玄明与白玉边上坐下，四个人围成一圈。

尽管他们已经见过面，彼此都认识也都知晓了事情的经过，但白玉还是正式地介绍道："云儿，英儿，这是你们的父亲。"

玄明礼貌地朝他们浅笑，并未立刻摆出父亲的姿态，而是先等他们两人反应。

上回他已与这对兄妹见过，他们的态度他心里也明白。但上回是上回，这一次却不同，他既然归了天，就不必再下凡历劫了，也就是说……日后他们是当真要做一家人来相处的。

如此一来，哪怕是愿意变成狐狸跳到他腿上的女儿，想来也会有不适应的地方。磨合的时间，恐怕也要久些。

正如玄明神君所想的那样，云母上一次见玄明只是好奇和亲近，但这一次，他们是亲人的真实感一下子增强了许多。事到临头人总是容易紧张，她看了眼玄明，最后还是将目光放在了娘身上，问："娘，你们接下来准备做什么？"

想了想，云母又问："回竹林去吗？"

"我伤还未愈，可能要先在仙宫休养几日。"白玉答道，这个她刚才就与玄明商量过了，"等养得差不多了，我们就一道回竹林去。"

　　玄明神君在旁边微笑着补充道："我那草庐算起来也有几十年没有住过人了，回去以后少不得要修整一番。"

　　说到这里，玄明似是想起了什么，忽然拿起扇子摇了摇，和蔼地道："说来，你们是不是还不曾去过我的竹林？等你们娘伤好了，你们可愿和我一起回去，在竹林里休息一阵子？"

第十二章　朝朝暮暮

听到玄明神君如此提议，云母不禁略微怔了一瞬。尽管她在师父幻境的竹林中与玄明神君共住了好一阵子，她知道那地方在哪儿，熟悉它的每一处布置，但的确没有在现实中去过玄明神君的草庐。对于玄明神君现实中的居所，云母是很好奇的。

她想去，但不好意思答应得那么快，便抬眼看了眼母亲，又看兄长。

玄明笑得眯了眯眼。本来他提出这样的提议，未尝不是希望多与儿女相处些时日，见云母脸上有强压着的跃跃欲试之感，便劝道："如何？我的草庐不大，但再住两个人总还是够的。若是你们愿意，我们可以一道种种竹子，或者下下棋。"

石英被他看得有些不自在，转开了视线，道："你问云儿。"

于是玄明微笑着看向云母。

云母觉察到哥哥那句话的意思是如果她去他就陪她。云母想起石英之前已经答应等玄明回来，他会考虑试着与他相处，这次若是他愿意去草庐，也算是尝试的一种，且石英的表情并不像是十分抗拒的样子……

云母想了想，回答道："我想去……不过若是要去，我要跟师父说一声……"

她若是去了，便只留白及一人在旭照宫，她有些担心师父。

玄明闻言，脸上的笑容越发深了，道："不妨事。反正我与你娘也还要在这里休养，暂时回不去。再说你们总要收拾行装……到时你先随你师父回仙宫，准备好了再来便是。"

玄明这番话可谓是十分善解人意，语气不急不缓，毫无催促之意，听起来便让人觉得舒服，因此也让云母觉得有些过意不去，忙用力点了点头。

……

因为白玉身上有伤，云母和石英不敢打扰她太久，又与父母简单地聊了几句，便一起退出了屋子。白玉原本极是担心两个孩子和玄明如何相处，怕他们与玄明神君之间有隙，不过今日见他们谈话相处，虽说谈不上非常亲密，可已比她预料的好，不禁大大地松了口气。

不过……

云母与石英一起从房间里离开时，白玉原本还宽慰地看着他们，可等她看见云母提着裙子从门槛跨出去时，心里忽然一阵恍惚，隐约间想起了什么。待房门关上，白玉便垂了眸，像是有些心事。

玄明神君自是注意到了她忽然转变的神情，他笑着抓了她的手，柔声问道："怎么了？"

白玉回握玄明，犹豫地道："夫君，说起来……有件事，我觉得差不多该与你谈了。"

玄明笑问道："什么事？"

说着，他单手提起客房小案的茶壶，翻过杯子给自己倒了一杯茶。

白玉迟疑片刻，出声回答："云儿的婚事。"

——咔。

玄明动作一顿，险些摔了手上的杯子。玄明脸上的笑容僵了几分，问："云儿年纪又不大，怎么现在就要考虑这个？"

白玉也不多耽搁，索性便将云母与白及仙君之间的情况同玄明说了。

她是不太懂神仙间娶嫁的规矩，但却晓得云儿极喜欢她师父，两人的感情甚笃，算上在凡间的日子，两人相恋时间也不短了。云母早已是成年的狐狸，也是可以考虑亲事的时候了……

然而玄明听完却不自觉地轻轻叩了叩桌子，道："这事我之前就知道，不过……不急。"

玄明顿了顿，说："云儿到底是刚成仙的，哪怕算上她渡劫后睡着了的那几年，也还不到一百岁呢。在仙界，即便是两三百岁成亲都算是早的，云儿如今这般年纪，着实还太小了些。"

话完，他便又笑着搂了白玉，道："云儿要是自己不提起，成亲的事儿等个几

488

百年再说也不要紧。"

白玉本来也就不急，只是觉得该考虑一二了。听玄明如此说，她也就点了点头，便不再提。

……

这个时候，云母也已经走到了外头。大概是猜到他们有意留在这里陪白玉养伤，天帝也给他们在天宫中找了暂时的住处。少暄打了个招呼便回了青丘，石英则自己独自回了房，故而云母见到白及时，已经只剩他们两人了。她见到师父，脸上便不自觉地带了笑，出声喊道："师父！"

说着，她脚下的步子不知不觉快了几分。

白及一直站在那里等她，待云母小跑了过来，便轻轻将她揽入袖中，问："见过你父母了？"

其实看云母的神情，白及已能猜出情况多半是不错。果不其然，云母点点头，将屋内的情况大致复述了一遍，神情轻松，似是松了口气。

她道："玄明神君已经回来了，我娘和他都无碍，日后应该也没事了……就是我娘历天劫时受了伤，要在天宫里暂住一阵子休养，他们可能要休息一段时间才能回竹林。"

白及略一颔首。云母说的，他多半也能猜到一些，尤其是得知天帝让仙娥给他们在天宫留了院子暂住之后，因此白及并不感到意外。

不过云母说到此处，稍微停了停，这才继续往下说，道："不过玄明神君邀了我和哥哥到他的竹林草庐小住一些时日……"

她觉得师父多半不会拒绝，但她还是有些犹豫，小心翼翼地问道："师父……你怎么想的？"

云母原本想说，若是白及不高兴，她便不去了。但白及听了，稍稍一顿，便问道："你们要住多长时间？"

他们两人一边走着一边交谈，这会儿两人已经进了屋中，自然地合上了门。

"不清楚，这个还没有仔细商量过。"

云母回答道。因为玄明神君看起来也是临时想出了这么个主意，许多细节都没有确认。云母猜测道："可能要十几天……或者一个月吧？"

白及一滞，有一小会儿都没有说话。他晓得云母与家人团聚之后，应该会需要一小段时间相处，但因为这是玄明神君、白玉、云母和石英他们一家人的事，他若硬是要跟去终究会显得突兀。他可以陪着云母去长安，或者陪着她去见兄长，唯有这一回，跟过去是不太合适的。

自白及回天之后，他与云儿还不曾分离过，因此这一日突然到来，内心微微觉得……有些长了。

其实哪怕不是一个月，而只是十几天、几天，他也隐隐觉得长了些。说白了，无非……他不太想与她分开。

白及沉默的时间有点长，云母坐在原地有些疑惑，歪了歪脑袋，试探地喊了一声道："师父？"

白及一顿，总算回过神来。他知道自己不可再拖延，稍闭了闭眼凝神，抬手摸了摸云母的脸，回答道："去吧。"

他想说早些回来，但因为云母是去与家人相聚，又怕叮嘱得太多反而让云母有压力，话到嘴边就变成了："若是有什么事，便回来同我说。"

说完，白及缓慢地俯身凑近，在她唇上轻轻地吻了一下。云母起初愣了一瞬，但很快反应过来，她匆忙地嗷了一声算是开心地应下了师父的话，接着便主动仰脸凑过去高高兴兴地回应他的吻。

两个人凑在一起极是亲昵。

由于玄明神君和白玉已经无事，云母的心情是这阵子以来前所未有的轻松。她勾着白及的脖子小鸡啄米似的一下一下吻他，不时眯着眼睛撒娇一般地磨蹭亲近。白及被她弄得喉咙发紧，喉结不自在地动了动，不得不压着情绪才能让手上的力道不至于太重。

云母约莫是不晓得他内心的情绪的，不过不可否认小狐狸的温软的确一定程度上安抚了他的焦虑，同时也令人……越发不舍。

明明云母还没准备要走，但白及已经开始感觉到了不情愿。故而他们分开之时，他看着她明显开心惊喜但又有些羞涩的笑，心中不禁升腾起一种奇异的感觉。

白及放轻了声音，哄着她似的缓缓说道："到时……我会念你。"

平时他们亲热的举止不少，但白及说的情话不多，只听这么一句，云母已觉得惊喜。她用力地点了点头，也认真地回应道："我也会想你的。"

说罢，她依恋地埋在白及胸口。白及抬手理了理她鬓边的碎发，将她的脸露出来，手指触及肌肤时能够感到她柔软的温热，他的动作不觉一顿。

——尽管云母还没有走，他却已经开始感到不舍了。

如此一想，白及搂着她腰的手不觉收紧了些许。察觉到云母奇怪地抬头往上看，他便凑过去吻了吻她的额头。

……

半个月后，白玉伤愈，玄明亦从反复下凡历劫的精神恍惚中渐渐恢复过来。云母回了旭照宫一趟收拾东西，便同兄长石英一同去了玄明神君的竹林。白及送走了云母，旭照宫一下子冷清起来，他独自闭关了几日，便又出了关，随后就造访了南海。

赤霞与观云在南海附近建了新的仙宫，目前正在筹备婚事。白及的到来无疑把他们两人都吓了一跳，赤霞紧张地在门口探头探脑，扯着观云的领子半天都没撒手，压低了声音惊讶道："师父怎么……从旭照宫里出来了？"

观云被她拽着领子不是很舒服，颇为无奈地低头瞅了她一眼，随即将目光投向白及，亦有些担心地道："不会是和小师妹吵架了吧？"

说完，两人一同看向白及，但谁都不敢率先一步过去询问，如此便僵持着。

其实也不怪他们反应过激。赤霞与观云好歹在白及门下学习了两百多年，知晓白及喜爱清静，他若无要事就不大离宫，故而像这样无缘无故地就从旭照宫跑来南方看他们，真真是稀奇。

赤霞与观云对视一眼。

白及是前几日突然造访的，也没事先打个招呼。要说有什么事好像也不像，他同他们打了招呼，便自己在一间客房中打坐修炼，同在旭照宫里似乎也没什么两样，让人难以猜测他的来意。

他们屏息凝神地凑在客房门口往里瞧白及，他们自以为减小了动静，实际上响动颇大。白及闭着眼挺着背身子笔直地在打坐，但他并未入定，已将赤霞和观云在门口的对话听得一清二楚，不过，并未开口解释什么。

因为他自己……都对此时的状况感到有些莫名其妙。

他住在仙宫中多年，清冷惯了，以往也有过弟子全部外出、旭照宫中只有他一人的情况，只是那时并未觉得不对劲，仍旧打坐清修，和平常无二。然而这一回……云母离开后，他在内室独自待了几日便觉得无法忍受，望着空荡荡的内室、庭院和道场，他的心里像是空了一块。他突然就开始怀念人声，想来想去，便来了这里。赤霞和观云两个都是他的弟子，亦是最为活泼的两个。哪怕白及只是看着他们，都觉得要比别处热闹些，总算填补了些他心里的空寂。

不过……内心却总还是未填满的。

白及略有几分失神。他这几日总觉得像是少了点什么，他思念她发间萦绕的淡雅的香气，却又知云儿离开不过数日，回来只怕还要好久……想来想去，白及只得静静地压下心底的焦躁，凝了凝神，缓缓地等待着。

——这个时候，云母已经抵达了玄明神君的竹林。

她与石英已经在玄明的草庐中小住了几天。正如玄明神君所说，这里长久不住人，总要休整休整，而云母和石英他们既然来了，索性就搭把手。

　　他们并未主动要求，只是跟在玄明后面，玄明也索性睁一只眼闭一只眼地让他们跟着，在经过某些地方的时候，还特意简单地说明两句。

　　"当年我第一次见到你们娘的人身，便是在这儿。"

　　玄明从箱子里寻出了他当年的扇子，自然地将它拿在手中敲了敲。他笑得颇为温柔，脸上还挂着怀念之色。

　　"我原只当她是路过的灵物，是脑子里想法颇多的狐狸。自那之后，便再不能如此想了。"

　　云母顺着他的目光瞧去。他所说的位置是草庐的屋檐之下，若是有雨的日子，便可坐在此处听雨。玄明这样说，云母脑海中立刻浮现出娘坐在这里，首次从白狐变为了人的画面，再看这草庐檐下，难免生出时光荏苒之感。

　　玄明说完便笑了笑，长袖一拂，就将不知是被风从哪儿吹来的茅草竹叶都拂去了。他带着两个孩子又往别处走，一边收拾，一边随口说点往事。

　　玄明的住处说大也不是很大，他们不一会儿就将草庐里里外外都走遍了。云母当然是认认真真地到处打量，因为在幻境中待过，她对这里不算完全陌生，但细看之后，又能发现不同的风景。

　　在幻境中，玄明是一人独居的神君，他兴趣风雅又好整洁，屋子里处处都井井有条，摆设也颇为风雅，同时也看得出皆是按他一个人的喜好随意布置的，然而今日这个草庐……却处处都有女子生活过的痕迹，有时候……又不只是女子。

　　他们到处整理的时候，她偶然瞧见有些屋子里的物件似乎是给小孩子准备的，大概因为不知道会有怎样的孩子，乱七八糟地备了许多。玄明亦瞧见了，但没带他们进去看，只淡淡地笑了下，就自行将东西都收起来了，道了句是空屋，就带着他们往下一处走。

　　等收拾得差不多了，玄明笑着挥了挥手，道："我去竹林里看看，你们自己玩吧。我今日同你们说的事，你们莫要和玉儿提，她脸皮薄，听了要不好意思的。"

　　玄明如此说，云母自然点头应了，石英也应下。他们兄妹一起在草庐里看来看去，然后一起往竹林的方向晃了过去，结果没走几步就又碰到了玄明神君。玄明神君听到脚步声，倒也没说什么，只是笑着招手让他们过去，道："我几十年没有回来，这一块的竹子倒死了一片，要重新种了。"

　　云母一愣，顺着他的目光往上看去，果然有一片竹子开过了花，干枯死了。比起一路走来时的绿意，这里隐隐透着死意，萧条得很。

石英站在原处，听玄明这样说，看着一片焦枯的竹林亦是沉默。

竹子开花而死，是为不祥之兆。

石英顿了顿，还是看向了玄明。玄明察觉到他的视线，回头一笑，道："无妨，生老病死本是寻常。它们虽大多经了我的手，许是比一般的竹子要耐得住些，但终还是凡物……再说，置死地，未尝不是为新生。"

说着，玄明轻轻扬了扬袖，用了点术法。云母眼前一晃，那一大片枯死的竹林就皆不见了，只剩下玄明手中一把开花后留下的竹米。他将竹米拿在手中把玩了一番，笑着说："一切从头开始便是。待将这些种下去，再等两年，就又是一片新竹子了。"

石英的喉咙动了动，犹豫了一瞬，头一回主动问他话道："你为何这么喜欢竹子？"

玄明一顿，目光不觉看向了另一片竹林。这两片竹子挨着，他都分不清是何时开始有了生死之别的。这一片竹林长得颇高，生机勃勃得很，一层层竹叶拢起的绿顶遮挡着阳光，留下一处阴凉地。玄明笑了笑，抬手轻轻摸了摸离得最近的一棵竹子，回答道："弯而不折，折而不断，且生而有节……"

不弯不折，有礼有节。

待升高到凌云乘风处，便是高风亮节。

然而玄明却没往下说，他只是看着两个孩子一笑，答道："而且长得高。种下这么一片，到了夏日便可乘凉，如何能不喜欢？"

话完，他将手掌一摊，朝云母和石英露出那一把竹米，笑着问道："你们若是感兴趣，不如一起种？"

等回过神来，云母已经跟着玄明神君种了好几日的竹子。

她对竹子、种竹子还有对玄明神君本身都带着些狐狸式的好奇，对什么都小心翼翼地碰碰，玄明手把手地教她如何弄，不过几天就上了手。她按照玄明说的那样用仙气和法术养护，种下的竹子不久就抽了笋，过一段时间就长得老高，如今云母已不知不觉种出了一小片竹子，这让她极有成就感。有时哪怕玄明不带她来，她也能在竹林里转上好久，心里高兴得很。

这一日，玄明亦带着兄妹二人种竹子。

竹米已经埋下，玄明扶着石英的手，教他如何用法术助它长成，云母则坐在一旁乖巧地看着他们。石英直勾勾地盯着他刚刚埋了竹米的土壤，即便被玄明神君扶着，他准备用术的双手也一直发抖，让人瞧得提心吊胆，恨不得亲自上去扶他一把。

玄明在旁边看着发笑，细心地指点道："不必如此紧张，你把注意力集中到土壤底下，顺着感觉到的生命牵引，不要用力过多……对，正是如此。"

看着尖尖的笋头破土而出，一路蹿上半空抽出竹子特有的青绿色，石英才大大地松了口气，脸上带了点笑，为了用仙术方便而放出的尾巴亦不自觉地摆了两下。玄明笑着道："你再试试种在别处，我会在旁边看着的，去吧。"

大概是种植草木意味着"生"，和石英成仙立的道不大契合，他在打斗和渡劫上要胜云母一大截，但如今学个小仙术却笨手笨脚的。他之前没怎么接触这一类型的术法，结果云母那边的竹子都长了好一大片了，他还在学如何生笋。

石英本就是有些傲气的狐狸，怎么都学不会胸口自是憋了口气，非要学成不可。如今好不容易把笋生出来了，气一松，抬眸瞧了玄明一眼，就往下一处埋好的竹米去了。

他没说话，但身后的尾巴却无意识地一摇一摆，看得出他心情颇好。

云母见状忍不住一笑。石英刚到竹林时还颇为别扭，但大约是发现和玄明神君相处没有他想象中那么困难，一来二去他就渐渐放松下来，且又跟着玄明种了几天竹子，他已日渐融入其中。哥哥的事她应该不需要太担心了，不过……

想到某些事，云母不禁垂了垂眸，面露低落之色。

玄明眼角的余光瞥到她神情有异，原本挂着笑的嘴角就敛了几分，但还是笑着的。他一顿，拿起扇子轻轻在云母脑袋上敲了一下，温柔地问道："乖女，怎么这般神情。可是我这竹林，有什么不合你心意的地方？"

云母一愣，连忙摇头，回答："竹林挺好的，就是……"

她稍微停顿了片刻。

竹林里生活优哉，玄明神君待她又极是和蔼，平日里见到的都是家人，她的确没有什么不适应的地方，很快就习惯了竹林里的生活。起初她是很开心，但是……

云母沮丧道："我想师父了。"

狐狸的情绪表达总是很直接的，她想念白及。在竹林里她能和母亲撒娇，能和哥哥撒娇，现在胆子大了也敢和玄明神君撒撒娇，可是与家人在一起固然高兴，但跟和师父在一起终究是有些不同的。她想抱他、蹭他、亲他，可又见不到他的面，情绪上就难免有些波动。

玄明听她如此回答，又扫过云母低垂着的睫毛，微微一愣，不觉将手中的扇子撑开烦躁地扇了扇。斟酌片刻，玄明一笑，将扇子朝云母的方向摊开，道："云儿，你瞧这个。"

说着，玄明便拿扇子耍了个小术法。他用扇子一扇，便有风起，竹林里传来呼啦呼啦的风声，竹叶随风而舞，极是漂亮，且转眼之间竹子就又蹿高了几分。

　　云母没有见过玄明用这等术法，她惊呼一声，不知不觉就被吸引了注意力。

　　玄明见她喜欢，便笑着说："此乃纵风之术，我改天找把扇子来教你玩。说来我还没教你和英儿酿酒……你们娘允许你们小酌几杯吗？对了，原先我埋好的酒许是该挖出来了，过几天我带你们去瞧瞧……"

　　玄明说得温和，云母便感兴趣地听他说。这么一会儿的工夫，石英也种了好几棵竹子了。等到黄昏时分，玄明神君同往常一般带着他们回草庐，云母走到半途才突然发觉不大对劲，但却已错过了和玄明提师父的机会，只好作罢。

　　一转眼又过了几日，白玉的身子差不多养好了，常常也能出来走走，在竹林里乱转的就成了一家四口。云母每每早起，便能看见玄明神君扶着娘在院子里慢吞吞地散步，他待娘倒比待他们兄妹还要柔情些。有时竹林里起风，他们就都待在草庐里，云母便能瞧见玄明神君和娘一起坐在屋檐下，娘在玄明肩膀上靠着，画面看起来颇为温馨。

　　于是她便越发想念师父。

　　云母在竹林里住的时间还不算长，且玄明神君和娘都表现得极希望她多留几日的样子，云母便有些不好意思提想提前回去。她想来想去，便想折中一下说先回旭照宫看看，等见过了师父再回竹林来。然而她每次刚提起和白及有关的话头，便不知不觉被玄明神君用其他的话云淡风轻地带了过去。一次两次云母还觉得是偶然，次数多了，她便察觉到玄明神君多半是有意的。

　　玄明似乎是对白及有些排斥。

　　因为玄明神君不大主动提白及的事，云母此前并未发现这一点，此时发觉了，便有些吃惊。然而她又不知该如何做，只能急得团团转。

　　然后，有一日，竹林里来了客人。

　　玄明神君过去不大离开竹林，过着隐居避世的生活。虽说见过他的神仙的确不多，可总归还是有的，这一日来的，便是玄明神君在仙界的几位好友。

　　既是玄明的老朋友，自然都是年纪不小的老神仙了，是在天界只闻其名不见其人的角色。云母大多都没有见过，却晓得他们的名号，因此见到真人，便忍不住好奇地望着他们。

　　玄明在这些老仙面前表现得颇为自得。现在白玉的事已不是秘密，他便也不避讳，笑着大大方方地介绍道："这位是我夫人，还有这两个，是我的一双儿女。"

　　白玉过去不曾见人，如今十分紧张。她抿了抿唇，绷着身子朝客人打了招呼。

石英和云母亦是有点不知所措，算是姑且与对方互相认识了一下。那些老神仙晓得他们初来乍到，体贴地没多说话，都笑呵呵地夸赞着，偶尔说两句也是取笑玄明，气氛一片融洽。

不过到底是玄明的朋友，白玉同他们坐在旁边硬聊也没话题，只是认识了一番便走了。云母给他们送了茶，但等送完便慌慌张张地去寻母兄。那些神仙们和蔼地目送她离开，等云母走远，话题自然而然就转到了她身上。

不同于玄明的清俊，他这些友人大多还是喜欢仙风道骨的老人相貌。其中一人将了将自己雪白的胡子，笑着道："你这个女儿生得似母，又有仙貌，倒是颇为可爱。"

玄明也不谦虚，笑着应了。只是他那友人说到此处，又不禁往云母的方向瞥了数眼，然后话锋一转，若有所思地说："不过……我前些日子就在天帝办的群仙宴上瞧见她了。说起来，你这闺女……似乎是白及仙君的弟子？"

玄明神君听他这个时候说起这事，拿着茶杯的手不自觉地微微一僵，道："的确是。不过……这又如何？"

友人道："本来你家姑娘早早拜入仙门也是件好事，可她师父偏偏是白及仙君，这可有些难办了……"

说着，那老神仙拿手指指节轻轻叩了叩桌子，看了一眼玄明，见他似乎丝毫不觉得棘手的神情，忍不住提醒道："你忘了？你当初下凡之前，不是说白及仙君的雷劈得不错，要将你家姑娘嫁给他吗？"

玄明当初和凡人私订终身的事本来就闹得很大，因此他说要将女儿嫁给白及仙君的事，差不多已是人尽皆知的谈资。老神仙这话，既是提醒玄明，又是打趣他。

看着玄明脸上一贯云淡风轻、游刃有余的笑容明显僵硬了，老神仙心情舒畅，笑呵呵地看着他。

玄明果真已摆不出淡然的脸，他重重地将茶杯往桌上一放，笑容已然有些绷不住，故作镇定道："——我何时说过这种话了？！"

老神仙乐呵呵地道："现在开始否认了？"

玄明道："我不过是说要介绍他们认识。"

老神仙嘿嘿一笑："狡辩。"

老神仙一派悠游自在，看着玄明脸上越来越僵的笑容，唇角上扬地将了将胡子，取笑他道："怎么，如今知道祸从口出，舍不得女儿了？"

玄明拿起杯子喝了一口，喝完，又将它往桌上一放。他心烦意乱，便有些分不清轻重，杯底撞在桌案上，发出清晰的咚的一声。

他先前的确不知那是白及。毕竟说起他与白及的渊源，也就是白及还是神君时降生的山洞离他的竹林颇近，充其量他只是听说过白及的名字，未见过他人。不过他这次下凡时倒是意外地将白及看了个一清二楚，然后再结合回天后的记忆一想，也就明白了。

玄明沉了沉声，才答道："也不算是。"

他一顿，闷闷地说："我当时又不晓得我真会有个姑娘，当然也不晓得有个姑娘是什么感觉。"

"哦？"老神仙听出玄明神君话里的异样，颇有几分意外，道，"——这么说，你当年那话，难道不全是开玩笑的？"

老神仙本以为他这话一出，玄明很快就会反驳。谁知玄明却半晌没说话，这下换作老神仙吃惊了。

他震惊道："你是真想将女儿嫁给白及？！"

"我又没这么说。"

玄明见对方屡次曲解他的意思，终于忍不住翻了个白眼，随后才道："不过，我当时是真觉得他雷劈得不错。"

老神仙："……"

玄明想了想，说："再说刚才你也瞧见云儿了，她年纪又不大，这么着急成亲做什么。神仙性子淡漠，仙界成千上万岁没成过家的比比皆是。我那时不过随口一言，做不得数的。"

玄明说到此处，神情已正经了许多。老神仙见他认真，便也收起了戏谑的心思，笑着叹了口气道："也是。"

老神仙若有所思地叹了口气，说："其实师徒不师徒的还在其次，你那戏言似的婚约也不打紧，总不能真凭你一句话，就让小姑娘随便嫁了……说到底最重要的还是两情相悦，等你家姑娘日后碰到了真心喜欢的人，再讨论这个不迟。到时，只怕你即便是想挡，都挡不住的。"

说着，老神仙又和蔼地笑笑，再次拿起杯子喝茶，光顾着夸玄明的茶叶不错，却没注意到他一低头，玄明神君的脸色便发生了几分变化。

他不出声地将老神仙的话都听完了，良久，终是没有说话。

……

玄明的友人既是来探访他，总有许多话要说，待他们离开，已是三日之后。客人们离开之后，玄明的竹林和草庐就又恢复了昔日的平静。

云母思念师父，偏又不知该怎么与玄明神君开口，想来想去，还是决定一试。于是趁这日空闲，她便抱了琴去找玄明神君。

云母是先打算好的，这段时间连着几日天气都颇好，玄明午后便常常坐在廊下弹琴，云母算着时间过去时，玄明神君膝上也放了把古朴的玉琴。

玄明听到脚步声，便睁眼转头，见来的是抱琴的云母，就勾唇朝她招手，说道："过来，云儿。你可是想和我一起弹？"

云母点了点脑袋，走过去挨着玄明坐下。玄明生得高，又是男子，她一坐下，琴便自然比玄明神君矮了一截，但倾斜的角度却是一模一样的。

玄明神君瞧见了这琴，心里便有几分自得，不由得道："说起来……我记得你会弹琴，在凡间还弹与我听过？"

云母想了想，便点头。

玄明面上和煦，毕竟女儿肖自己，做父亲的哪儿有不得意的。

这时，云母定了定神，张口道："神君……"

"嗯？"

"我今日过来，其实就是有首曲子想弹给你听，那个……等我弹完，你能不能指点我一下？"

云母说得郑重。

玄明听完一愣，却来了兴趣，他浅笑着颔首："弹吧。"

云母深深吸了口气，连忙摆正了姿势，起手拨弦，缓慢地弹了起来。

她的琴坏了好一阵，实际上她有一阵子没弹过琴了。不过云母知道基本功不能废，平时经常在脑海中练谱子，且既然是主动来找玄明神君的，自不可全无准备，来之前就偷摸着一个人在竹林里练过，于是这回手一触弦，并没有半点生疏之感。

云母如今已成了仙，琴音即使不是有意而为也带了仙意。她指尖一动，便听琴声潺潺如流水，连贯而灵动，隐约间带了些古意，恰似春水东流。

玄明神君善琴，在他面前班门弄斧总归是令人不安的。云母是自己谱的曲子，自己拿捏轻重，还未弹与别人听过，难免忐忑。等弹完，云母额上已冒了层汗，脸颊亦露出了绯色。她抬起袖子擦了擦，长长地出了口气，紧张地看向玄明，等他评价。

玄明良久没有说话，手指轻轻地叩着膝，似是在斟酌。过了好一会儿，他才抬起手摸了摸云母的脑袋，赞赏道："弹得不错。"

被玄明神君夸奖自是件值得自豪的事，可云母却不敢立刻就开心。她被他摸得眯了眼，一边乖巧地低着头，一边却又不安地想抬眸瞧他，看看还有没有后文。玄明下手不重，还隐约带着留恋的慈爱。他温柔地看着她，缓缓道："云儿，你果真似你娘。"

云母一怔，有点不知玄明神君这话说的是什么意思。

然而玄明并未有解释的意思，他说完这句话，便取出腰间的扇子，折着放在掌心拍了一下。他浅笑着看向云母，心中了然地道："琴音本是随心而为，你落手似有些犹豫……这首曲子我以前未曾听过，若是你亲自所写，当真令我骄傲。不过……"

玄明一顿，微笑地望着她。

"你给我弹这么一曲，应当是有什么话想对我说吧？"

云母当即就红了脸。

玄明说得没错，琴声随心所动，当然也能表情。

她知道玄明神君喜欢听琴，既然说话的时候总是不知不觉被玄明带跑，那她就弹琴给他听。玄明是懂琴的人，自然能听懂她的琴话。

见玄明不出声，云母想了想，主动出声唤道："爹。"

这个称呼如今于她仍有几分生疏，云母壮了胆子，鼓起勇气道："我想回旭照宫看看师父。我之前与师父说可能过一个月回去，现在时间已经快要到了。我怕我再不回去，师父会等得焦急……所以我想先回去见一次师父，跟他说一声，然后再回来。"

说完，云母努力表现出有底气的样子，坐直了身子等他回应，然而玄明却没有立刻答她。

云母琴里的话音他自是听出来了，小女孩的调子，没多么深沉，因此反倒听得令人舒心。她是想竭力为她师父说话，结果落到手指间，曲子里就不知不觉带了情意。那点初尝情爱时微妙的心思都化作星星点点的情愫流了出来，原本好端端的曲子，听着也像是说着情话的情曲似的。

尤其是云母自己根本没有察觉到自己的琴音里夹了私情，还眼巴巴地望着他。

玄明略有几分失神，瞧了自家姑娘一眼，没有立刻应她，而是摸了摸下巴，像是随意地问道："说起来，你到底为什么喜欢白及？"

云母愣住，没想到玄明神君会突然问这个。

玄明悠闲地道："白及仙君脸虽生得不错，气质也如高山白雪，但这等人物终究可远观而不可亵玩，对你这等活泼可爱的小姑娘来说，许是太清冷了些。这世间的神仙数量许是和凡人不能比，但要说俊秀的男子，天界也是不少的。这么多人里，你偏偏挑了这一个，我既然是你父亲，总归觉得有些想不明白，要弄清楚才是。"

说完，玄明神君便笑盈盈地看她，静静地等着云母回应。可是云母被他问住，一时居然没答上来。

她发现自己喜欢上师父时，早已情根深种，但这颗种子是何时埋下的，却要比她意识到时早得多。她想了一会儿，只挑最早的说道："当初，是师父救了我。"

"哦？"

玄明感兴趣地扬了扬眉，显然是等着她继续往下说。

于是云母整理了一下语言，将她在浮玉山偶然遇到师父的事说了出来，说了师父一剑将虺制服救她的事，当时他一身白衣洁净如雪，不似这世间中人。若说她对师父初见时的印象，无疑便是那利落的一剑和无尘的白衣让她记得最深。

云母说着说着，便有些恍然。

玄明听她这么说，亦不禁错愕，没有想到白及仙君救她并不只有一次。但救归救，感情却要另说。玄明想了想，又道："那么，我有一事要问你。"

"什么？"云母双手抱紧了怀里的琴。

玄明问道："若你是由此而种的因，那你心慕白及，究竟是因他那一剑展示出的强大、展示出的对你来说神秘莫测的仙人之域，还是因他救你？"

玄明问得正经，一双眸子带笑却一分不移地凝视着她。云母被他望得心里茫然，隐约觉得这个问题问得有深意，可她又分辨不出。

她想来想去，还是顺着心答道："多半还是因为他救我吧。"

于是玄明笑了。

"可是按你刚才所说，他当时只是路过随手助那些来捉虺的仙门弟子一力罢了，并不知道你躲在草丛之中。"玄明道，"既不知道你躲在草丛之中，便不是有意救你。既不是有意救你，哪里谈得到恩情呢。于白及而言，降服普普通通的一个妖兽还不是举手之劳……你就因他一次毫不费力的无心之举思慕于他，难道不觉得不值当吗？"

玄明说到最后一句话，已不觉加重了语气。他问得并不多么咄咄逼人，反倒一如既往的有谦和随性之感，但偏偏能直击人心，句句在理，令人无法反驳，让人乱了心神。

云母亦是如此，她的目光不觉就闪了闪，已没法与玄明神君对视。

玄明见她显出慌乱之色，浅笑着出声做了结语道："白及当初制服妖兽，并非为你而为，且恩情本不同于感情，你何不再仔细想想。"

玄明神君丝毫不急，安安静静地挂着笑看她，大概是瞧出云母答不上来，因而等着她自动败退。他随手拿手指在自己的琴弦上拨了几个音，让古琴发出几声古朴的音韵，乱人心弦。

谁知琴音结束，云母却用力摇了摇头，道："不是这样的。"

玄明动作一滞，问道："那是如何？"

云母道："我……我起初也没有觉得自己是心慕于他，或许的确是生了许多仰慕，但自己也未分明，等到明白，还是因为日后种种……再说，我与师父相伴多年，我们之间亦并非只有初遇……他伴我、助我、救我自不必说，且在幻境中、在凡间，我们数次初见相识，他待我态度却如一。我……我不知该怎么说，但是……"

云母说着说着，不觉怀念地低垂了睫毛，但思路却渐渐清晰起来。

在幻境中，他还是少年，对她这只闯入屋中的灵狐却称得上宽容礼貌；前些日子在凡间时，她已明自己心意，但到底是头一次动情，追求时其实多有冒犯之处，但师父仍是带她、领她，包容待她。他的确不算善于言辞，但是……

云母说到此处，并未察觉到自己脸上已带了羞涩之意，脸颊绯红、双眸发亮地道："我知他少言寡语，但他却是坚定诚挚、初心不变、表里如一之人……"

玄明看着云母灿如晨星的黑眸，略微一讶，没有说话，只在一旁看着她一个人絮絮叨叨地说。云母也未察觉到自己说了许多，更未察觉到自己话中的情意，说了好半天，等发现周围没有声音才反应过来。她转过头看见玄明若有所思地看她，她的脸突然一烫，道："我……"

玄明神君抬手轻轻地摸了摸她的脑袋。

等到玄明碰到她的脑袋，云母一怔，感觉到了一丝他的留恋之情。

那是一种若有若无的感觉，云母还来不及再次确定，玄明就已收了手。

他脸上仿佛有一闪而过的怅然，但等云母抬头看他，玄明却已笑了，道："你是认真的？"

云母自然点头。

玄明又问："说完了？"

云母脸颊微红。玄明的语气让人难辨喜怒，再说她之前自己一个人不知不觉说得忘情，现在想来，居然都不记得自己没头没尾地到底说了什么话。云母慌乱之中，也不知自己说动玄明没有，张口又要再辩。

玄明抬手阻止，笑眯眯地道："不用说了，你说了这么多，我已明白你的意思……不过，你与白及既已如今日这般，你想见他、想回去，他理应也是如此才是。你已在我这里住了这么久，怎么不见你师父主动来看你？他飞得比你快，按理说若是你们同时觉得非见对方不可，也该是他先到你这边才对。且我这些日子多次拦你……怎么到现在，都没见到你师父？"

云母想说的话瞬间就被堵回了喉咙里。玄明先前说的话虽然也令她觉得不安，但绝没有像这一句这样一下子戳了她的心，她顿时僵在原地。她心里当然为师父想了万般理由，可是……

玄明看云母答不上来，惬意地微笑着摇了摇扇子，但偏在这时，屋内的脚步声由远而近，直到廊边停下。

石英过来，看着这对父女抱着琴不知道在说些什么，便古怪地瞧了他们一眼，不过好在他也不是很在意，便收了神，直接道："你们还在这儿做什么？有客人来了，娘让我过来说一声……"

说着，石英的目光放到了云母身上，瞧了她一眼，说："你师父来看你了。"

玄明："……"

石英话音刚落，玄明神君的笑容顿时就僵在了脸上。

云母一下子未反应过来，接着立刻惊喜地化了跑得比较快的狐形，欢快地嗷了一声，飞快地往外跑，因为跑得太急，后脚还被绊了一下。不过一小会儿的工夫，整只狐狸都没影了。

石英无奈地看着妹妹欢快地跑了，但旋即身子一动，忍不住奇怪地看玄明，挑眉问道："你不拦一下？"

玄明一愣，望着云母跑掉的身影，神情先是有些不舍，继而又是怅然，最后眼中光华一敛，笑着摇了摇头，说："拦什么，她自己已有了打算。"

石英意外地看着他。

玄明又起手随意地在琴弦上拨了几个音，他天生善琴，即便是信手拨弄的小调子也有清逸潇洒的仙风。琴音从琴弦中缓缓流出，玄明先是单手，继而用了双手。等他弹完一段，又不禁抬手摸了摸下巴。

"不过说起来，白及为何会这会儿过来？"

三日前。

"师父。"

在白及在他们仙宫中待了近一个月之后，观云终于忍不住了。他郑重地进了屋子，跪坐在白及对面，十分严肃地跟他打了招呼，然后将手中一物上前一递，严肃道："这个，请你收下。"

白及睁了眼，低头看向观云递到他手上的东西，一愣，问："给我这个做什么？"

观云面无表情地答："送给小师妹。"

白及："……"

白及想了想，还是不解，问："你为何要送她这个？"

其实观云主动跑来和师父提议，他内心亦是有几分心虚的。他和赤霞商量了半宿，仍是觉得白及独自跑来，是与云母吵架之故，于是他们二人商量出了个主意，希望能够帮到师父，只是不知道师父是否会采纳……

见白及未明白他的意思，观云在心里长叹一声，从头解释道："不是我送。女孩子不都喜欢可爱的东西吗？小师妹应当也会喜欢的。"

说着，观云一本正经地指了指他刚刚塞到白及手上的灰兔。那只可怜的兔子还是他刚刚从林子捉来的凡兔，它突然被人抓了，自是惊恐得很，缩在白及掌中一动都不敢动，鼻子一抽一抽的，颤得厉害。

观云说："云儿偶尔许是会闹小孩子脾气，但并非不讲理，可能只是不知该如何做，或者一时下不了台面。师父，你将这个带去给她，再哄哄她，也就没事了。"

白及："……"

观云越说，他就越是不解他究竟是何意，思索良久，才有了些头绪。白及一顿，解释道："我们没吵架。"

"啊？"

"玄明神君归天，接了云儿去他那里小住，暂未归来。"

"……"

"……"

白及沉着脸没表现出什么情绪，然而正是因为如此，陈述了事实之后，气氛登时就变得十分尴尬。观云看着师父沉稳的脸，还有师父手中他刚刚不管不问塞进去的兔子，已经有点坐不住了。他涨红了脸，僵硬地道了句"打扰了"，然后起身就要走，谁知这时，白及一顿，出了声——

"——等等。"

白及唤道，同时下意识地摸了摸怀中兔子的耳朵。他看了眼兔子，沉思片刻，道："你平日里……会送东西？"

白及问得含糊，观云怔了一下才明白过来师父是问自己会不会给赤霞送东西。

想起这事，他无奈地笑了下，回答道："自是会送的。除了节日生辰有些说法之外，平日里找到了合适的东西也会送。不过……赤霞的喜好，比起其他仙子，有些特别。"

想到昨晚商议要给小师妹送点什么的时候，赤霞那一堆没建树的提议，观云就感到头疼。她自己不同寻常也就罢了，偏她对自己的不寻常把握不准，最后还是他拍板定了送兔子。

观云记得上回天帝送师父兔子，结果小师妹钻到师父怀里扒都扒不出来的事。但他想着上回是小师妹还未同师父一道，这才吃醋吃到了天上去，如今她与师父已经成了，总不会再吃兔子的醋。而且师父应该也是喜欢这种毛茸茸的小家伙的，日后他们可以一起养，也算一桩好事。

然而白及捧着怀中的兔子，却想着别的事。他如今已将爱意全转到了云母身上，看着兔子，他脑中却不由想起小狐狸在他怀中撒娇打滚的模样，想起她双手勾在他肩上、仰脸含羞地望着他的模样……他喉咙发紧，思念泛滥却不知该往何处纾解。

他听了观云的话，便忆起自己虽送过云母些东西，但大多是以师父的身份送的，难免有些生疏无趣之感，反倒是云母在凡间时经常给他叼个松果之类的东西来，不算多么贵重，却是心意。

如此一想，白及便觉得自己似乎有些疏漏。只是若要送……该送些什么？

白及轻轻皱了皱眉。

观云看出了白及的苦闷，笑了笑，道："师父，要不你还是将这只兔子带给小师妹吧？我既已将它赠你，就没准备要回来。哪怕你们没吵架，小师妹从你这里收到礼物，想来也是会开心的。"

白及摇了摇头，道："既是我想赠她东西，总该自己想。"

不过他停顿了一瞬，还是说："你的兔子，我也一并带给她，就说是你送的。"

观云闻言怔住，没想到师父会这么想，颔首笑道："如此，小师妹一定会高兴的。"

白及却没有接话，像是在想些什么。观云在一旁等了许久，等得他开始思考自己是不是该离开了，才听白及犹豫地问道："不过……若是我现在去拜访，是否会显得唐突？"

"唐突？"观云重复了一遍。

白及话一出口，就已觉得有些后悔。他闭了眼沉思，改口道："无事。"

云儿现在与家人在一处，没有外人，他去拜访总有几分尴尬。但若要说思念，他如何能不思念云儿？

本来掐算着她归来的日子，闲时听她在海螺里絮絮叨叨地说话，且观云赤霞两人这里热闹又有人气，他勉强还能忍着。然而眼看着日子渐渐逼近，他却已渐渐忍不得了。他想了想，决定若是没有借口，便说他是来接云母回师门的，于是下定了决心。

白及起身道："我去一趟玄明神君的竹林。"

……

于是时间就到了这会儿。

云母兴冲冲地从廊外冲进茶室去见师父，然而等她到时，看到的除了她心心念念的师父之外，还有一只灰兔子。

白及见了云母心中欣喜，正要开口与她说话，谁知一眨眼的工夫，云母已经一口气冲到了他怀里，伤心地打了两个滚，又呜呜乱叫地蹭了好半天。白及被她撒娇弄得不知所措，小心翼翼地抱着哄了半天却哄不好，还是云母十分委屈地示意了一下那只兔子，然后对着白及叫道："嗷？"

白及道："这是观云托我带来赠你的礼物。"

"什么？"云母一愣，顿时就对自己不分青红皂白吃醋而红了脸。她从师父膝上跳下来，化作人形，过去将那只瑟缩得很厉害的兔子抱了起来，拿在手上细细查看。

可是看了好半天，她也想不出观云师兄送她这个是想做什么。

于是她顿了顿，疑惑地问道："可是我修炼已久，不吃兔子的呀？"

云母满脸不解，歪着脑袋看手里的兔子，然后又歪着脑袋看白及。

白及默了片刻，凑过去扣住云母的后脑亲了她嘴唇一下，解释道："这不是吃的，是给你养着玩的。"

"……"

"……"

"哦。"

呆滞了好久，她好不容易才呆呆地出了声。云母被亲了一下，又意识到自己接连闹了笑话，愣愣地瞧着师父，面颊烧得滚烫。她慌张地红着脸道："那……那我去安置一下兔子！"

说着云母便低头躲开白及的视线，抱着兔子扭身要跑。

然而还不等她起身跑出去，白及却突然做了动作，没等云母反应，她已经被用力地从身后抱住。

　　"就搁在一边吧。"

　　白及蹭着她的耳畔，胸口贴着她的背，哑着声道："云儿……我想见你。"

　　云母的脑袋一瞬间就蒙了，她手一松，任由兔子从胸口跳了出去，转身搂住白及，仰头吻了上去。

　　等回过神来，他们已经吻在了一处。

　　他们已有近一个月没见了。一个月对热恋中的情人来说无疑称得上久别，积累了许久的热情一口气冲出来，就像是山洪暴发一般难以阻止。云母感觉到师父紧紧地扣了她的后脑，另一只手放在腰上用力地抱着她。他今日用的力道比往常重，吻也来得密集。白及平时不常说情话，但她今日却听他连哄带磨地低着声说了好多，听他喊了许多遍自己的名字。有些时候她被吻得迷迷糊糊的没太听清，可云母已听得身子软了，便是挂在师父脖子上都已有些挂不住，恨不得拖着他躺下。她恍惚间似乎也对师父说了好几遍想他，可具体说了几遍又没有印象，只知道不停地重复。

　　白及此时胸口滚烫，想见她何止一日两日，抱住了她便有些放不了手，只觉得怀里的狐狸哪里都是香香软软的。他抱了她侧放在膝上，好让她半倚半靠，搂起来也方便些。等将能亲的地方都亲了个遍，察觉到他如果再亲云母就要害羞得缩了，他才停下，又拿鼻子碰她厮磨了半天，这才扣住云母的手指放在手里把玩。

　　到底有男女之别，白及的手自是要比云母大上一圈。他试着将五指都嵌进她的指间，可以整个扣住，女孩子的手有种说不出的柔软感，还是暖的。云母羞涩地靠在他肩上，拿额头蹭了蹭他，表达亲热之意。

　　白及想了想，先将观云和赤霞婚礼的请柬掏出来递给她，道："你师兄师姐大婚之日定了，他们让我将这个带来给你。"

　　云母惊喜地接过。

　　尽管知道观云和赤霞婚礼之日将近，可真的到了总还是让人为他们高兴的。云母兴奋地拿着婚柬翻来覆去地看了几遍，确认了日子和地点，喜悦地道："等下我去拿海螺恭喜她，再给她写封信。"

　　说完，她又不安地看向白及，目光闪烁。

　　她话里隐隐约约地带着期待，但又不敢表现得太明显。云母克制着雀跃问道："离师兄师姐婚礼还有好长一阵子呢，那师父你这次来……可会多留一段日子？我爹娘对我和哥哥有挽留之意，我至少还要再住几天再走，所以……"

　　云母当然是私心希望师父不是来看她一眼就走的，希望他留下来。

听到这个问题，白及一顿，道："我有此意，但还未定。"

他其实也的确存了最好留下云母准备离开，他到时直接接她回旭照宫的打算，只是不知这里的主人是何意思。况且……仔细想想，事到如今他除了和云母的母亲白玉交谈过几句，都未曾正式见过云儿的家人，他应趁此机会，和她的家人见个面。

尽管是"未定"，可云母已经眼前一亮，她高兴地晃着尾巴主动道："那我等下去问问爹娘。"

白及心中柔软，应道："嗯。"

白玉让云母单独见了白及，一方面是给他们相处的空间，另一方面亦是让云母自己招待她师父，将主动权给了她。因此两人又腻在一起亲亲抱抱了片刻，云母便不大熟练地摆出主人的阵仗，准备带着师父四处看看。但她走了几步路，就发觉抱着兔子不大方便，且这只兔子大约是受了许多惊吓还被带着飞了许多路，这会儿耳朵耷拉着看起来很不精神，带着走来走去似乎也不太好。

尽管她不懂怎么照料兔子，但毕竟这是观云师兄送的礼物，云母是准备好好珍惜的。她摸了摸灰兔的耳朵，想了想，便扭头对白及道："师父，我还是先去安置一下这只兔子吧。我马上就回来，你在这里等我片刻可以吗？"

白及自然是点头，然后就站在原地等她。

云母不敢耽搁，马上抱着兔子往廊边跑。草庐里没有专门养兔子的地方，想着哥哥与妖兽灵兽相处过，说不定知道怎么养兔子，云母便去找他。等跑到长廊边，她看到石英和玄明神君果然还都留在那里，便松了口气。

她将兔子递给石英，道："哥哥，你……"

云母话未说完，石英已扫了一眼她手中的灰兔，不以为然地拒绝道："我不吃。"

云母："……"

云母哭笑不得，将灰兔往石英手上一塞，按着师父对她说的话对石英道："哥哥，这个不是吃的，是我师兄送我的礼物。我现在抱着不太方便，你能不能先替我照顾一下？"

石英一愣，抬手接了过来。

云母向兄长道了谢，转身正要走，本来背对着他们悠闲弹琴的玄明神君却收了琴，回头笑着对她道："云儿，你和你师父聊好了？"

云母一顿，她刚刚才和玄明谈过，察觉到玄明神君与她说话时态度有所变化，这时白及来了，也没有很多抵触的样子。

玄明问起，她便点了点头。

玄明笑着道："说来我与白及仙君还算有些渊源，但始终不曾好好与他聊过。一会儿你带他逛完……便换我去与他聊聊。"

于是等白及随云母逛了草庐一圈后，就又被领进了茶室，而这一次，坐在他对面的，便是玄明神君。

玄明神君今日随意地套了件青衫，长发松散，坐在桌案对面慵懒却不失仪态，端的是一派风流，气质是春风和煦。他手中随意地转着一个小瓷茶杯，浅笑着不动声色地打量白及，良久，方道："好久不见了，白及仙君。"

玄明神君一句话说得慢，笑容温和但话里又有几分试探。白及对他略一颔首，应道："好久不见。"

两人静默了一会儿，有些没话说。玄明神君到底是云母的父亲，白及面对他，心中难免有些忐忑，故坐得笔直，等着玄明神君先开口。

玄明神君呷了口茶，看了他一眼，便记住了白及的相貌。白及身量颀长、身姿挺拔，一身白衣清逸绝尘，气质清冷，颇有些不沾尘世的意味。只是约莫因刚被云母牵着手围着草庐转了一圈，玄明这时从他眸中瞧出了点未来得及收起的柔情和一种带着暖意的淡淡的烟火气息。

玄明其实看着白及还是有些来气，但也不可否认他身上这点烟火气挺难得，因此分外令人动容。

然而他终究是气未消。

玄明擅长种竹子和弹琴，却不擅长打架，若是论战，他定然打不过白及。他倒是不像许多神仙那样敬畏白及，可也不愿拿自己的短处去碰白及的长处。于是玄明略一思索，将茶杯往桌上一放，皮笑肉不笑地道："上回在凡间被云儿打断了，你我倒是不曾对弈过……现在如何？你愿意和我来盘棋吗？"

白及一愣，觉察出了玄明身上隐约的战意。

玄明也直接得很，长袖一拂便凭空在两人之间的桌案上摆好了棋盘，一人一边一黑一白。他低着头落了子，干脆地道："云儿喜欢你。"

白及耳根顿时就有些发红。

然而玄明还有后半句："所以我心里不痛快得很，想在棋盘上赢你泄泄火。"

白及："……"

玄明神君笑着看白及，见他略一思索，便起手执了子，不久茶室内就响起了接连不断的啪啪的落子声。

玄明棋势很猛，与他谦谦君子的外表不大相符，当真有屠龙的气势。

两人落子速度都极快，论起棋力自是玄明更胜一筹，且白及有意让他，棋局很快就分了胜负。玄明倒是屠得爽快，但看白及根本不在意输赢的样子，又着实气闷。

他挑剔道："你输棋倒是输得干脆……日后若是有人来与你夺云儿，你也就如此让了？"

白及一噎，不知该如何回答。他是因玄明神君是云母父亲这才相让，原来隐忍也就罢了，但到了如今，换作别人……不要说退让，若是有歹意，他们便是想碰云儿的袖子都不可能，更何谈其他。

白及道："我会护好她。"

说完，他想了想，一拂白袖，将棋子全都收了，主动问道："再来一局？"

玄明气笑了，说道："我这么一说，你就准备好好战我了？那我若说别的，你岂不是又要换一个想法？"

白及："……"

白及再次被硬生生堵住话头，难免有些狼狈。他能感觉到玄明神君话中那点带刺的敌意，若是旁人，白及自是不会对这种敌意有所反应或是在意，可玄明是云母之父，不可像以往那般淡着脸只当没听到。白及到底不善处理这种事，便不禁有些焦虑。

其实玄明神君脸上虽是扯着嘴角笑着，可又何尝不知自己的话有些强词夺理，他不过是将自己心里的烦躁迁怒到白及身上罢了。然而即便是有意刁难白及，他也未真的感到快活。玄明不禁取了扇子，飞快地朝自己脸上扇了扇，脸上的笑亦带了几分苦意。

白及却未察觉到玄明神君情绪上的变化，思索良久，终是道："我心慕云儿。"

玄明神君心烦意乱地笑着追问："所以？"

"定不会退让。"

"……"

"不过，"白及抬眸看他，说，"若是你有什么希望我做的，我也会尽力而为。"

玄明没有说话，白及亦是未言，空气中弥漫着寂静的氛围。

玄明不禁笑了，随口道："既然如此，我若说想和你打一架，但只能是我打你，你不能还手，即便我要引天雷劈你两道呢？"

白及思索片刻，便答道："可。"

说着，白及便当真放下棋子要起身。这下反倒是换玄明一愣，连忙拦住他，道："算了算了，我不过假设——"

玄明摇了摇头，笑着道："你如此怕我生气，是因为担心若是我不高兴，云儿会难过、会伤心？"

这没什么可掩饰的，白及一顿，并未否认。

然而玄明见他如此，却是无奈地笑了笑，挑眉道："可是我到时若是劈坏了你，云儿只怕不仅要伤心，还要围着你转跑去照顾你，结果还不是一样。你不希望她伤心，我自也是如此……再说——"

玄明将扇子收起，放在掌心里拍了拍，情绪似有些低落。

他的声音不自觉地轻了几分，才接着往下道："——再说，我气的也并非是你。"

白及一怔。

不过玄明只是低着头瞧着桌上的棋盘和黑白子，若有所思地摩挲着手中的扇子。他也未看白及，只是略微带笑，缓缓问道："我这女儿，生得很可爱，且颇有灵气吧？"

白及怔了怔，不知玄明神君为什么忽然问起这个，但还是点了点头，神情不自觉地柔和下来。

提起这个，自是勾起了白及一些回忆。云母当然是灵秀可爱的，无论原形还是人形皆是如此，偏她自己未曾察觉到，也因此显得更为娇憨可爱，让人想将她护在怀中。

白及眸中带了几分情意，不禁答道："是。"

玄明口气中本已带了些自豪得意之感，见白及认同，他脸上的笑容更加深了些，只是这笑没维持多久就又淡了。玄明感慨地道："只可惜……我首次见到她时，她便已是如今的模样。云儿与英儿皆是如此，我还未来得及照料他们，他们便已长大，有了自己的路要走……孩子成长本是好事，可我从未尽过父亲之责，心中羞愧得很。尤其是云儿，她本善琴，却并非我教的；她会些棋艺，也并非由我指点……英儿暂时还没有建立家庭的打算，可云儿……我还不曾好好与她说过话，还不曾好好疼爱过她，她已高高兴兴地说要与你成亲，你说这般……我如何舍得？"

说到此处，玄明苦笑着叹了口气。

"我气的哪里是你。"他说，"我气的本是我自己，只是迁怒于你罢了。"

玄明神君一番自白说完，茶室中静默了好一会儿。哪怕玄明脸皮颇厚，这么自我剖析、表露感情他也会感到不好意思的，尤其是面对着白及一张正经的脸，没人说话他觉得尴尬得紧。玄明不得不挑了挑眉，自我开解地道："怎么，被我说的话吓到了？你没什么想说的吗？"

白及沉默了片刻，忍不住问："她说过要同我成……"

玄明答："没有，这只是举例子。你不要想太多了。"

白及："……"

白及刚才隐约升腾起来的那点期待的情绪被强行压下，难免有点窘迫。

不过，他很快将视线重新放到玄明神君身上。

玄明神君自是心爱云儿，除了不舍和遗憾，其中又未尝没有担心和忧虑。

白及想了想，将他刚刚放在身侧的剑拿了起来，身子挪后些许，留出位置，将剑拔出，举立于身前，然后缓缓闭上了眼。玄明看他这般动作，不禁一怔，接着，只听白及沉着声字字有力地立誓道："上仙白及以此剑起誓为诺，愿以身护玄明神君之女云母。为师、为友、为仙侣，从今往后，生生世世，不负情缘，不改初心。"

话完，他周身环绕的仙气便渐渐平息下来。玄明神君听得出神，神仙一诺千金，更何况白及仙君绝非轻易许诺的仙人，有他这一番话，哪怕他原本对白及还有些许不安，也已打消了心中的顾虑。

玄明神君心里宽慰了不少。他将扇子一摊，放在下巴底下摇了摇，脸上的笑已是真诚了许多。

玄明道："听说你不太离开旭照宫，日后，可还会再带云儿来看我和玉儿？"

白及已慢慢地收了剑，重新挺直腰背坐回原处。听玄明如此问，他便颔首答道："自会。"

玄明满意地一笑，将桌上的棋盘向前一推，拈起棋子问道："时间还有……再来一局？"

等白及告别玄明神君从茶室里出来，已是两个时辰之后。尽管天界四季如春，却还是有日夜十二时辰之分的，白及出来时，天气未凉，但天色已经暗了。他一踏出屋子，便看到云母在茶室外等他。她见他出屋，赶紧跑过来撞进他怀里。

云母已在外面不安地等了许久，玄明神君说要和师父单独谈谈已经说了几回，每回他的笑容中看起来都有懊恼之意，弄得云母担心得很，既担心师父，又担心玄明神君。白及进了茶室后，她便在外面焦急地等着，偏偏玄明神君在门口设了术法，饶是她拉长了耳朵贴在门上都听不见动静，急得她直摆尾巴。

好不容易见了白及，云母的心算是安了一小半，担心地问道："师父，你和爹没发生什么冲突吧？"

白及低头看她，见她满脸藏不住的担心之色，不禁伸手摸了摸她柔顺的长发。

尽管云母这会儿是人形，但长发间却冒着尖尖的狐狸耳朵，一瞧就知道是刚才扒在门口偷听了。感觉到师父的手伸进长发，大概是脖子受了凉，她不觉眯了眯眼睛，雪白的尖耳颤了颤。

白及道："无事。没有冲突。"

"当真？"

云母意外地眨了眨眼，同时露出高兴的表情来。

白及颔首："是。"

停顿片刻，他又出言补充道："不过玄明神君让你日后也常回来看他，还有你母亲。"

这些即便玄明神君不说，云母亦不会忘记的，赶紧点了点头，又笑着往师父怀里埋着蹭了蹭，嗅白及身上那股让人心安的檀香味，白及也轻轻地吻她额心的红印。不过哪怕玄明神君还在屋里品茶没有跟出来，四下无人，但这里到底不是私密之处，两人尽管亲昵，却并未做得太过。云母想了想，觉得自己拉着师父看了白日里的草庐，但夜里的还没看，便急匆匆地拉着他的手要去廊上看月亮。白及也任由她高高兴兴地拉着，随之而去。

于是白及便随云母在玄明神君的竹林中小住几日。住下后第二日，他便与云母的所有家人正式见了一面。玄明神君昨日已将该说的都说了，又亲眼见白及立了誓，这回便始终中规中矩地笑着坐在一旁；白玉初时已经吃惊过了，到如今早已平静下来，又念及白及仙君救过云儿数次，对他总归是好感多些，现在自不会再说什么；倒是石英对白及颇为好奇，加之石英性格又有棱角，便稍稍多问了几句。

总之，这回见面，总体而言颇为融洽，白及也算顺利地住下了。他性子本就随遇而安，在竹林并无不适应之处，住下后除了陪云儿，还与玄明神君将在凡间未谈完的玄术谈完了。

一转眼过去了半个月，早已比云母以为自己会在竹林住的时间长了。眼看赤霞与观云的婚期将至，他们总要提早做出行的准备，云母便拉着师父与父母辞行。

临别前，石英揣着袖子送他们。他看着漫不经心，却送了有十几里远，待要分别，云母问道："哥哥，你准备何时回长安？"

石英想了想，回答道："再过几日吧。如今我的洞府已经改成了仙宫，我多离开些日子也无妨……不过也不会待太久的。"

512

云母听了他的打算，理解地点头。哥哥如今已与玄明神君相处得不错，她是安心的，再说，即便暂且分别，想来再过不久就可相见。

于是她与石英挥手告别，待飞出许久，云母回头还能瞧见哥哥远远地看着他们。等石英真的转身回竹林了，云母才回过身，自然地牵住了白及长袖底下的手，扣住他的五指。

白及一顿，唤道："云儿。"

"嗯？"

云母刚与家人分别，心里还有些伤感和不舍，但她天性乐观，且重逢之日不久，便也觉得还好，听师父唤她，便仰头疑惑地看他。

白及不觉将云母的手握得更紧了些，道："待回旭照宫后，我有东西想赠你。"

云母脑袋一蒙，对师父说的话有点反应不过来，眨了眨眼睛，又眨了眨眼睛。

白及其实亦不擅长做这样的事，多少觉得紧张，因此只说了这么一句，就不再多说，只是腾云的速度快了些。

不多时，两人就回到了旭照宫内。恪尽职守的童子早在门口等着了，见他们二人归来，便笑嘻嘻地露出一口乳牙，恭敬地行礼道："师父，小师姐！"

云母连忙与他回礼，只觉得童子今日心情颇好，让云母有些摸不着头脑。

然后，等跟着师父进了庭院，看到眼前的景象，她才终于明白了。

碧池之中，卧叶浮水，白莲开遍，红莲点缀。一朵朵睡莲漂满了清池，抬眼望去，满池都弥漫着清雅的仙气。

白及的仙宫中是有池的，不只道场这边的庭院有，云母、赤霞和观云他们居住的两个弟子院皆有，白及住的主院也有。只是白及性子淡，终日打坐，无意打理，故而池子大多是空着的，只有观云在他的院子里养了几条红鲤鱼，他出师后也带走了。

这池水中睡莲一漂，顿时就有了勃勃的生气。

白及解释道："先前在凡间，应了要买新的莲灯给你，只是后来回天回得早便没有机会。仙界不大放河灯，因此我去问认得的仙友要了些睡莲的种子来，种在这里，算是赠你。"

白及从离开赤霞和观云的仙宫到抵达玄明神君的竹林总共用了三日，以他凌云飞行的速度，其实要不了这么多时间，之所以迟了，便是为了这些莲花种子。

白及还是因观云拿了兔子给他，这才生出送活物的想法。他看向云母，问道：

"云儿，你可喜欢？"

云母看漂亮的莲池早已看得目不转睛。她本是灵狐，天生就亲近这些灵植灵物，成仙后，习惯亦留了下来。再说这些莲花冒着仙气，生得好看，又是师父送的，她哪有不喜欢的道理？

她怔怔地望着红白相接的莲花，还有衬着浮莲的碧绿的莲叶，心中又是高兴又是感动。听到白及问她，连忙用力点点头，答道："喜欢的！"

白及松了口气，道："这次准备得匆忙，又没有问你的意见，我便没有贸然种在你的院子里。下回……总会先问你再送。"

其实只要是师父愿意送她东西，她如何会不喜欢？

云母飞快地点了点头，然后又一头栽进白及怀中，双手抱住他，就着他的衣襟蹭了蹭，开心得说不出话。

他顿了顿，抬手环住她的腰，轻轻将她揽入怀中，然后温和地摸她的脑袋。

云母亲近他，使劲靠在他身上，望着面前的大片莲池，感到心脏已被填得满满的。

直到晚上，云母都惊喜不已，缠着师父的脖子半天没有下来。

白及知她会高兴，但见云母这么高兴，被她感染，终是忍不住越发温柔待她，他的嘴角亦扬起了一点弧度，只是自己并未察觉。

云母已许久不曾回过旭照宫，竹林那里都是家人，饶是想与师父亲近也总找不到机会。被憋了一阵子，她今天心里又高兴，情绪便比往日要来得激动。她先是用原形挂在师父脖子上挂了许久，之后就转为人形，抱着他亲亲蹭蹭了好一会儿后，靠在他胸口，忍不住小声道："师父……"

"嗯？"

白及将她侧抱着，低沉地应了一声，一低头，鼻尖便碰着她的脸颊。

云母的面颊烧了烧，踌躇片刻，终是不好意思主动说出口。她又重新往白及怀里一埋，拿他的胸口挡自己烧红的脸，掩饰道："没……没什么……"

因为云母平时也亲昵着亲昵着就害羞起来，见她突然羞涩，白及便没有多问，只是把她搂得越发紧，任由云母在他怀中乱动。

两人一同在旭照宫里又度过了一段时光，除了更为亲密，与过去倒是没什么不同的。转眼又是数日，接着……便到了观云和赤霞的婚礼。

观云和赤霞的仙宫坐落于南海之北一处高山之上，因为他们二人立宫殿于此，此处便成了仙山。毕竟赤霞为水龙，观云为天鸟，两人要一起生活，总不能互相勉强。这里近赤霞住的南海龙宫，也近凤凰栖息的南禺山，倒算是折中，即便赤霞日后人主了南海龙宫，也不会太过麻烦。

云母还是第一次来，尽管大婚之日未到，但仙宫已经装饰一新，看着便像是有神仙要大婚的样子。赤霞已早早地在仙宫门口等他们，她的原形较长，可以拉得很远，且又是赤色，醒目得很。等他们两人靠近，赤霞就在云中欢乐地腾跃了两下，闹得白云翻卷。

"师父！"待白及与云母飞到跟前，她才化了人形落在仙宫门口。赤霞笑着同师父行礼打了招呼，然后看向云母，笑盈盈地唤道："小师妹，走，我带你转转。"

说着，她便挽了云母的胳膊。云母被挽住，只得急急回头与白及告别，见师父对她略一点头，这才安心地跟着赤霞师姐走了。

赤霞带着她先转了一圈。等她向云母介绍完仙宫的几个主要场所和专门留给师父住的客房，赤霞便火急火燎地将云母拉进了自己房间。赤霞似是有点紧张，云母感觉到赤霞师姐手心微微冒了点汗，但还没等云母开口问，赤霞已将她松开，找出一个体积颇大的精巧盒子，当着云母的面打开。

云母看清里面放的东西，不由惊呼了一声。

婚服，是赤霞的婚服。

赤霞不仅是仙子神女，还是龙宫公主，家底丰厚，婚服比寻常神仙结婚时还要隆重些。她的礼服以庄重的玄色为主，绣金纹红线，用了最为传统古典的样式，颜色简单，但纹路华美非常。云母不敢真的上手去摸，但光是看着，也知是仙中极品。

云母真诚地赞道："好漂亮。"

她夸奖礼服的时候，赤霞已经又拿了另一个盒子出来，从里面取出头饰，摆在婚服上配成一套。她笑道："是好看。我娘大概是怕我成不了婚，就早早地给我备了这套婚服。观云取了他的凤翎赠我，可惜他是青鸾，颜色不大对，装饰不到婚服上，只好想办法加到头冠上了。"

云母听师姐这么一说，便往头冠上看，只见上面果真小心地点缀了一支凤凰青羽，肯定是费了功夫才加上去的，看着很是和谐漂亮。

云母想了想，又看了眼赤霞，然后就抓了她的手，放轻了声音问道："师姐，你是不是觉得不安？"

云母一抓赤霞的手，发觉她手背冰凉。

赤霞亦不否认，不自觉地拿未被云母握住的那只手摸了摸脖子，不好意思地道："被你觉察到了？"

她憨笑道："其实也不是什么大事……我头一次成亲，哪儿有不紧张的？再说也不是我一个人，观云亦是这般，他这几日都不怎么敢和我说话，一说话就脸红。"

　　说来奇怪，他们青梅竹马两百多年，一块儿长大时不知男女有别从没有害羞过，在一起后又因彼此太过熟悉没有害羞的机会，现在快到婚前，两人倒是莫名其妙地开始害羞起来了。

　　她专程将云母带过来，其实也没有什么特别的原因，只是眼看着大日子越来越近，总想找个人倾诉，和其他人说未免有些奇怪，但云母是她小师妹，又向来与她关系好，各方面皆是正好。

　　赤霞摸着自己脑袋后的头发，自我调解似的嘿嘿一笑，说："你不用担心我，就剩几天了，我缓缓就好。就是我这把年纪，都不好意思去找我娘撒娇要她留下过夜了，云儿，你能不能陪我几日？"

　　这点要求，云母自是点头答应。云母思索一会儿，忽然化了原形，还没等赤霞反应，已轻快地跳了两下跳到赤霞手上，然后往她怀里钻。赤霞一愣，急忙将师妹抱好，只听云母认真地道："我当然愿意陪你。我原形有毛比较暖和，你先抱着我暖暖手，别的事，我慢慢听你讲呀。"

　　赤霞一怔，因她一向男孩子气，说这种话总怕让人觉得奇怪，因此她听小师妹这么说，心里甚是感动，不由得将云母抱得紧了些。狐狸抱着暖和，且怀里有个软和的东西莫名让人觉得踏实，赤霞抱着她，心里的紧张竟是真的缓和了不少。

　　数日之后，便是观云与赤霞正式的大婚之日。

　　这一日赤霞起得早。因师姐妹俩一起睡，师姐已经醒来了，云母便也摇着尾巴迷迷糊糊地跟着起来。她往窗外一看，才发觉此时外面的天色还昏昏沉沉的，带着黎明之光将亮未亮的慵懒。于是云母便化成人形坐在床边揉着眼睛，看着匆匆从龙宫赶来的龙王夫人焦虑地安排各项事宜，龙宫派来的侍女们笑盈盈地忙里忙外替赤霞师姐梳妆打扮。

　　赤霞本来就紧张，大概是婚服太繁复了令她有些不舒服，便不大自在地想要站起来，但还没等身体动起来，就被龙王夫人眼疾手快地摁回座位上，急道："别乱动别乱动！今日你可不能再由着自己的性子乱来了。"

　　说着，龙王夫人伤感地抹了抹眼角，道："你总算也熬到了如今这地步，观云是个好孩子，你们本该为一对的。我还记得他幼时喜好干净又颇为讲究，你们成婚之后，你千万不要随便欺负人家，不要动不动就用水术喷他，人家到底是属火的凤凰，万一给水浇坏了……"

赤霞："……"

赤霞犹豫了半天，不知该不该同她娘讲那个瓷娃娃般的精致小公子老早就一去不复返了，观云已经同她一般糙了。她尴尬地摸了摸脖子，终究还是应道："我知道了，娘。"

龙王夫人点了点头。待赤霞的妆容服饰打点大半，龙王夫人上上下下打量着她，感慨道："等会儿你出去让你父亲瞧见你现在的模样，他定然会吃惊的。"

赤霞不好意思地嘿嘿笑了两声，算是回应了。待赤霞这里完全梳理好，龙王夫人又带着侍女去了正殿布置，赤霞转身将婚服袖子展开，看向云母，不大确定地道："云儿，你觉得怎样？可是好看？"

师姐自然是好看的。

礼服叠好了放在箱子里看是一回事，穿到身上看又是一回事。赤霞这一身婚服极是正统大气，换作是旁人难免会被衣服压住了气势，但赤霞相貌极盛，镇住了衣服不说，还显出了端秀逼人之貌，放在过去，这便是云母想象出的九天神女之相。

云母看得愣了好半天，待回过神来，赶紧夸奖道："好看的！非常好看！"

赤霞犹豫地问道："当真？"

云母点头："当真！"

于是赤霞便放心了些。她今日格外严谨，便是袖子上有个褶子，脖子上落了一根头发，都忍不住担心是不是出了纰漏。

梳理完毕后，天也亮了大半，赤霞去主殿前和观云一道等着见客人。另一边，云母送走赤霞，便跑去找师父。这个时候落座的宾客还不是很多，早来的多是赤霞和观云二人的亲眷，且白及又是新人重要的长辈，自是坐在上宾席上。云母一眼就瞧见了他，高高兴兴地跑过去，喊道："师父！"

说着，她在师父旁边应当是留给她的座位坐好，白及也顺手摸了摸她的脑袋。这时，坐在两人对面的年轻男子笑着将刚抿了口茶的茶杯放下，和气地喊她道："云儿，你可还记得我？"

云母刚被师父摸头就抬起脑袋，看着面前俊朗的男仙，待认出来，她连忙唤道："大师兄！"

喊完对方，她又看向他身边的女仙，认真喊道："嫂子。"

紫草仙子性子腼腆内向，听云母如此喊她，雪白的皮肤便浮现出些绯色来，看着有种温柔谦逊的美感。

元泽则笑了笑，和蔼地看着云母，道："想不到小师妹如今已这么大了，我记

517

得上回见你，你才是只有这么一点点大的小白狐呢。"

说着，元泽就拿手比画了团扇的大小，看孩子似的看着她。

云母闻言，脸颊稍稍一红。若是认真算起来，她与元泽上回见面的确已是三十多年前了。

云母这么一想，心里居然也有些感慨。算起来，她与元泽师兄总是在婚礼之上见面，第一次是元泽师兄自己的婚礼，第二次是观云师兄和赤霞师姐的婚礼，也不知今日一别后，再次见面，会不会又是谁的婚礼呢？

又是好一会儿的工夫。主殿内宾客陆续到齐，观云和赤霞也从殿外进了殿内。

不久吉时已到，观云执了赤霞的手，两人并肩而行，大礼告禀天地大道，随后天边降下祥云，正应礼成。

青梅竹马，佳偶天成。荏苒冬春，终成眷属。

既是婚宴，自是热闹得很，云母的视线缓缓落在赤霞身上，有些失神，不由往师父身边靠了靠。

师姐今日真是极美。哪怕清晨在屋中已经见过，可这会儿在大殿明亮的光线之下，在喜庆的气氛映衬下，赤霞着那一身婚服分外明丽，神采奕奕的表情和泛红的双颊都将她衬得光艳四射，比云母早晨看见的又要美上三分，竟是灵秀异常。

云母出神地望着新娘子，不知怎么的，在婚礼热闹的气氛之中，她的心口好像泛起了涟漪。她一边望着赤霞，一边无意识地探手过去握住了师父的手，扣着他的掌心。

白及在云母悄悄伸手过来时就稍稍怔了怔，感觉到她小而柔软的手塞进自己掌中，白及亦是一顿，接着便握紧了她。周围的宾客仍然在自顾自地谈笑风生，觥筹交错，竟无人察觉到他们桌席之下这点亲昵的小动作……白及的胸口像是被细小的羽毛轻轻划了一下，面上未显，心里却生出了些前所未有的奇妙的异样来。他动作微微一滞，瞧了眼侧着脸专心致志地在看赤霞的云母，不得不将忽然起来的心思按捺住，随手拿起放凉的茶呷了一口，好冷冷自己突然热起来的五脏六腑。

仙界婚礼时间漫长，他们在南海停留了数日。到两人决定离开之时，已是一月之后。观云和赤霞不舍地将他们一直送到仙宫外，云母又如何能舍得师兄师姐？被师父用云带着回旭照宫时，她还一路频频回头，不停地同观云和赤霞挥手告别，直到看不见了，她才泄气地缩回来。

白及看了她一眼，心中怜惜，出声安慰道："日后你若是想念他们二人，再来看他们便是，或者……也可邀他们回浮玉山做客。"

云母红着脸点了点头，但点完头，犹豫了一会儿，又摇了摇头。

她道："师兄师姐才刚刚成亲，短时间内还是莫要打扰他们了……我刚才只是在想赤霞师姐穿婚服的样子真是好看，哪怕她大婚日后就换了，我记得的也总是那一件，于是想着想着就……"

说到此处，她匆忙地收了尾，羞窘地说："我就不小心发呆了。"

白及听到她提起此事也是心中微动，脑海中便忽然浮现出他们在凡间拜堂成亲那一夜。她当时两颊红似云霞，乌发如瀑，肌肤胜雪。她身子轻软得很，含羞埋在他怀中，虽未来得及准备太多，却美得惊人……

如此一想，白及的心忽然滚烫起来，眸色微沉，轻轻地嗯了一声，接着就抬手梳理云母掉在脸颊边的发丝。云母正为自己所说的话羞恼，抬头就看师父的手伸了过来，白及仙气清逸，身上有点凉，手指的指背蹭过云母温和的脸颊，弄得她有点痒痒的。

只是见师父听她的话没什么反应，云母又有点说不清道不明的失落。

两人顺着风又飞了好一阵子，等回到旭照宫后，云母便急匆匆地跑去照料庭院里的一池莲花，又去看了看养在院子里的兔子。尽管去参加婚礼的这一个多月，这些都是童子代为打理，但在离开前云母自己也着实养了一阵子，见兔子喂得胖胖的没什么事儿，便又跑回去看莲花。如今这些睡莲开得比他们离开前更旺了，天界四季如春，一池的睡莲便也四季都开着，盛着盈盈的仙气，极是漂亮。云母坐在池边，细心地用仙术照料莲花，白及便在一旁陪她，坐在她不远处望她。过了一会儿，只听白及停顿片刻，唤道："云儿。"

"嗯？"

云母还照顾着睡莲，白及喊她她便停了动作，回头歪着脑袋看师父。

然而白及并未立刻回答，而是稍稍沉思了一会儿。其实有些话还在路上时就已到了嘴边，但他总想着这些事在路上说出来不太慎重，这才忍到回旭照宫。此时望着云母清澈的双眸，白及缓了缓声，问道："云儿，你可还记得，当初在凡间，你我成亲的事？"

"啊。"

云母没想到白及会在这个时候突然说起这个，脑子一蒙，脸噌的一下红透了。她结结巴巴地道："记……记得的……怎么了？"

白及斟酌了一下语言，这才慢慢地接着往下说，他的语气颇为认真："我们虽

519

拜过天地，但不过是你当时心血来潮做的决定，且我也尚未回天，又是在凡间，终做不得数。我们准备得也仓促……"

白及还未说完，云母已经略有几分低落地哦了一声。她有些恍惚，其实他们回到仙界已经有很长时间了，在凡间的那个时候，倒像是很久以前的事了。

白及望着她，目光微微一沉。

他哪里能看不出她一路上起起伏伏的心绪变化，还有提起赤霞时眼底隐隐期盼的神情。只是这话由他来说，终究有几分怕会错意的紧张。白及抿了抿唇，调整一番心情，从后将云母抱住，将她抱到自己膝盖上放好，鼻尖蹭了蹭她的耳畔，方道："云儿，如今，你可愿嫁我？"

"嗯？"

云母眨了眨眼，又眨了眨眼，险些以为自己听错了，等反应过来，当即就要变成狐狸，然后嗷的一声跳起来——

然而她刚跳起来就被白及抱住了。白及掐了个诀将她强行变回人形，死死摁在怀中叫她跳不出去。他当然觉得云母的原形可爱，可在此时，总希望她看着他的眼睛好好答他。

然而云母哪里好意思看他的眼睛，只觉得师父漆黑的眸子都快将她点着烧化了。偏偏被这样抱着，她既没法变狐狸又无处躲闪，白及用力握着她腰的手热度分外鲜明，一抬头就望进了师父眼里。云母脑子一团乱，不知道怎么答才好，最后索性用力点了点头，也不敢看师父的神情，一抬手抱住白及脖子便飞快地埋进他怀里。

白及都未有机会反应，就被云母扑了个满怀。香甜柔软的女孩子的气味瞬间萦绕整个鼻腔，白及收紧了手臂将她抱住，饶是他向来内敛，此时也架不住血液沸腾之感带来的激动。他不过反应了一瞬，便反守为攻，一手托着云母的腰，一手扣了她的下巴，眼一闭，低头吻了下去，攻势之强以至于将云母吓了一跳。她呜呜地吓坏了，想推却推不开，只好努力挂在白及脖子上适应，不久声音便小了，又一会儿便没了声，只余下池边两道缠绵的剪影。

春风和煦，池面上荡起悠悠的微波，睡莲倚在莲叶边上轻轻地晃了晃，便又静了。

……

于是数日之后，玄明神君又见到了他毛茸茸的女儿及其师父。

等听完他们的来意，玄明啪地将手中的扇子一收，皮笑肉不笑地问道："——你们说什么？"

当着玄明神君的面，云母其实心里也是紧张的。她惴惴不安地坐着，身子挺得笔直，脸上烧红，却还是直勾勾望着玄明神君。

玄明神君这么问，其实也不是真的生气，只是吃惊得太过被吓着了。白玉亦是一怔，但多少比玄明更能理解女儿一些，短暂的惊讶过后就回过神，安抚地拍了拍玄明的手。

玄明被夫人拍醒了，这才慢慢地缓过劲。他抬手将自己的手掌覆盖在白玉的手上，眼睛却还看着面前的二人。白及向来淡然，云母害羞，这一刻却比往常来得郑重许多。

玄明心情略有几分微妙，手中的扇子便不禁晃了晃。

白玉被他握着手，自是能瞧出玄明情绪异样。她想了想，便松开了她的夫君，朝云母招手道："云儿，你过来，我有东西给你看。"

云母闻言，回头去瞧师父，见白及对她轻轻点了一下头，云母这才好奇地站起身子，跟着白玉出去了。

白玉与云母走后，屋子里只剩下玄明与白及两人。玄明被白玉不动声色地哄了哄，已多少缓过神来，拿着扇子在手心里敲了敲。上回他已敲打过白及，也得了对方立誓应诺，哪怕他觉得不快，此时若再刁难，难免落了下乘。故而玄明只是斟酌了片刻，便拿手指叩了叩桌案，道："——你决定了要与云儿成婚？"

白及略一颔首。

玄明仍觉得匪夷所思，又问道："是你提的，还是云儿提的？"

白及亦不避讳，答道："我提的。"

于是玄明索性不再拐弯抹角，摇了摇头，笑道："前段时间，我和兄长闲谈，他同我说你已与过去不同，我过去和你没什么接触，不知他具体说的是什么，但如今……却有几分好奇了。"

玄明道："云儿年纪尚小，又在凡间长大，若是她想成亲也就罢了。我听说你昔日回忆已经复苏，想来也有万年记忆，怎么也着急成这样？"

说着，玄明执起桌上的茶杯抿了一口，他虽是笑着，却带着几分不解看向白及。

白及一顿，没有立刻接口，只是他想到云母，眼神却不觉柔了几分，他道："不过是顺应本心而为。"

玄明哪里能看不出他眼中的眷慕之色，怔了片刻，将杯子放下，扬眉道："你这个本心……倒是没耐性得很。"

白及略微闭了闭眼，并未回避玄明神君的调侃。

他脑中浮现的是云母坐在庭院莲花池边巧笑嫣兮之态。她到底是灵狐，举手投足间都有灵动活泼之态，总是跑来跑去的，若发觉有什么新奇的东西，还要着急地拉他去看。她高兴时笑里总有三分明媚七分羞涩，被他抱着、坐在他怀中时也害羞得令人觉得可爱。如今两人亲密，她有时会试着偷偷唤他名字，唤完又自觉犯错，畏罪般飞快地缩回他怀里埋好。那时他看着她的侧脸，便觉如花瓣映朝阳，心中的感情难以言表。

说来奇怪，白及也知自己看着并不太好接近。他一心向道，也无所谓外人，但细细想来，云母却是从一开始就极亲近于他，他本身又喜欢这般生灵，自是难以抗拒。其实起初只是单纯的喜欢罢了……只是待这番喜欢转化为爱意后，便有些难以收拾。

他抬眸，方开口道："我心慕于她，她亦心慕于我。我命中既有，又何必回避？"

玄明哑然，看着白及坦坦荡荡的双眸，拿着扇子呆了半天，倒是不知该如何回他。良久，他才无奈地摇了摇头，失笑道："你果真与我听说过的不同。仙中之仙……原也是有几分人气儿的。"

说完，玄明将杯中的茶水一饮而尽，一顿，继而又笑道："不过话说回来，若是这事，我也没有办法答应你。"

白及一顿，他知道玄明指的是云儿之母，只是听玄明这时说起，他便想起了刚刚一同离开的母女二人，目光不觉往门口投去。

……

这个时候，云母已经随着白玉进了屋子，拉长了脖子好奇娘要给她看什么东西。

白玉其实本来没什么要给她看的东西，只是看玄明神君好像有话希望避开云母说的样子，她这才拉着女儿离开。白玉原来是想随便找点特别之物给云母瞧瞧便算糊弄过去了，只是开了箱子后，待看见其中一物，不由一怔，便情不自禁地将它拿了出来。

云母好奇地探脑袋问道："娘，这是什么？"

见白玉取出来的是个式样古朴的盒子，且看这盒子的大小与赤霞师姐当时拿给她看的差不多大，云母心里已有猜测，但不敢确定。

白玉犹豫一瞬，抬手将它打开，里面果然是婚服。

白玉道："我当年与你父亲成婚，虽未宴请宾客，但也禀告过天地大道，是礼成的。这是当日我所穿的衣裳，你穿应也合身，可以先试试。不过……你与白及仙君成婚时，衣服总还要再做的。"

云母本来和师父说好时还没特别强的感觉，可看见了白玉鲜红的婚服，却突然有了真实感，顿时不好意思起来。她心底里是期盼早日与师父成婚的，但当着娘的面却不好说得太急切，得装得矜持一些。云母有点扭捏亦有点担心地道："现在考虑衣服会不会太早了？爹许是希望我们再等一阵呢……"

白玉这时已经取了另一套衣服出来，一打开，便能瞧得出是与白玉那件配成一套的，应是玄明神君的婚服。她听云母这么说，略一停顿，便道："你父亲应是会松口的，还是早日准备起来的好。只是……"

说着，白玉话音一停，先将那件女式的婚服一展，放在云母身上比画。云母懵懂地随母亲摆弄穿了，白玉低头替她系腰上的带子，等系完，望着被一身红衣衬得肤白胜雪的女儿，心中感慨却又隐约觉得骄傲。但她那番话还未讲完，白玉望着云母含羞的模样，心里仍有几分担心，沉思片刻，接着道："只是……云儿，你可明白何为夫妻？"

云母脑子一空，接着脑海中便浮现出些画面来。她结结巴巴道："明……明白的。"

"果真？"白玉狐疑地瞧她，也不知云母在脸红什么。顿了顿，她叹了口气，问道，"你可知夫妻本为一体，日后将要彼此扶持一世……凡间夫妇尚且如此，而你们既是仙侣，以后便是千年万年？"

云母愣住，倒是没有想到这一重。

白玉道："你师父长你许多，且毕竟你们有师徒之缘在先，即便你不说、你不请求，想来他也会处处让你、处处哄你、处处照顾你。只是夫妻之间本应平等，如此方能长久。现在你师父能护你的多，你能护他的少……将来成婚后，万一你师父陷于危难，你总会希望自己能助他，如果还如今日一般……到时，你可会觉得懊悔？"

白玉语调起伏不大，但话里却像有深意，稍稍垂了眸，眼中亦有伤感。云母听得愣神，转瞬便明白母亲还是在为当年玄明神君受天罚挨了天雷下凡之事后怕自责，因而也提点于她。她出神了片刻，心中亦有所思。

云母抿了抿唇，此时眼神已认真了许多，回答道："娘，我明白的。"

白玉见她神情已有深思之意，便晓得云母是听了进去，也不再多说，只低头仔细地替她整理身上的婚服。

……

于是等白及再见云母时，她身上便穿着火红的婚服，白及一时间倒是怔住了，半天说不出话来。

云母到底还有些羞窘，展了展袖子，将衣服撑开了给白及看，道："我娘借给我穿的，说是可以借我几日带回旭照宫，到时候做我自己的也可拿来当参考，我等下还要收好……不过，娘让我脱下来之前，先穿来给你看看。"

说完，云母便忐忑不安地站好等着师父评价。

白及不知白玉是何意，但他着实是被惊到了。他胸中有千言万语却无法言说，想来想去，终究只化作了三字，道："很漂亮。"

云母是不大挑夸赞的，就算如此她也十分满意了，得了三个字的夸奖就眉开眼笑，开开心心地回去换常服了。留下白及一人在那里出神，虽是站定，却半天都未回过神来。

他们二人的状况，婚事并不适合铺张，因此与玄明神君和白玉仙子说明了状况，又简单地走过流程，便算是正式定下了。

云母当然兴奋，跟着师父回到旭照宫以后的第一件事，就是将她能想到的应该通知的人都通知了个遍。只是信又多又难送，云母不好意思麻烦仙使和童子，于是……

时隔这么多年后，浮玉山一带的鸟儿们终于又一次经历了被兴奋的灵狐追得满山跑的惨剧，然后等发现对方不是灵狐而是仙子的时候还来不及吃惊，张大的嘴里就被塞了信，接着就在发蒙中飞向了仙子所指使的地点。

这一日云母又叼了鸟回来，白及见她如往常一般行事，等那受惊的鸟儿衔着信飞走，他便抬手一顿，不久便有路过的白鸟落下。仙人可以令山中鸟兽传信，这些鸟虽未开灵智，但隐约能识得神仙，十分友好。白及一手将云母揽回怀中，一手将鸟儿递给她，道："何必这么麻烦。"

云母脸微烫了几分，其实婚事定下之后，她既是高兴又是不安，希望婚礼之日早点到来但想到却又有点害怕，故整个人都焦躁得很，出去捉鸟既是为了送信，可其中也有宣泄情绪的意思。只是这些话她哪儿好意思同师父说，因此扭捏了一下还是答不上来，只道："该送的信都送完啦，刚才那就是最后一封……已经往南海去了，想来师兄师姐很快就会收到的。"

白及嗯了一声，便随云母心意，一抬手让白鸟飞了，然后双手将怀里的姑娘抱住。他想同她亲近，见云母闲了又没怎么表现出不乐意的样子，便试探地凑过去吻她耳垂、侧脸、脖子、下巴……云母大约是被吻得痒了，又容易害羞，一会儿忍不住笑，一会儿又嘤嘤地埋进他肩膀里躲着。但她躲进去偏又离得与白及更近，白及索性捉了她的手握着。

说来奇怪，他本以为自己已爱她至深，捧在手里怕掉了，含在嘴里怕化了，但婚约定下之后，竟是还能与她再亲密。且他们当年原本为师徒，纵然关系亲近也总有礼数之隔，比如即便云母原形是小狐狸，当她自己跳他怀里，白及不管再怎么喜欢柔软可爱的生灵，也只能礼貌地摸她脑袋，并且他生性克制，更是不可表现太过。

但如今却不必如此。

他捧了她的脸，闭了眼睛吻她，只觉得分开一刻都嫌太长，嗅不到她身上的香气便觉得焦虑，因此见她跑来跳去就想捉回来抱着，时刻放在手边能摸到才好。

云母乖巧地给师父抱着，自己亦凑上去轻轻地吻他。她又何尝不喜欢抱着蹭师父？此时她心里开心不已，只觉得幸福到可以化了，不知不觉便凑得离师父更近。只是吻了一阵，云母心里忽然又生出些罪恶感来，然后不自觉地放缓了动作。

她自是能察觉到师父近日对她宽容得很，好像与她也比之前还要更亲密，每天抱着师父磨蹭好久师父都不会生气。而且因为两人最近在准备婚礼的事，平日里的授课都停了，师父也不催她功课了。云母仔细想想，竟是觉得自己好久没干正事，而且近日师父待她太热情，已隐约有点受不住，呼吸总是顺不过来不说，她的嘴唇最近也好像有点麻了……

云母倒是没将原因想到师父身上去，只觉得是自己太爱撒娇黏人，才会让师父分外纵容她。于是云母想来想去，为了让自己别再动不动就挂到师父身上去，也为了让自己别一不小心就腻在师父怀里不肯出来，耽误师父修行，云母第二日再到庭院里蹦跶时就没有再化人形，见白及招手唤她，也直接用原形跳到师父怀中，亲热地拿脑袋蹭了蹭他。

白及伸手将云母接住，只是见她还是个毛茸茸的小白狐，便愣了一下，不解地问道："你今日怎么不化人？"

云母羞涩地嗷了一声，摇着尾巴钻到白及胸口蹭蹭。

其实她的想法简单得很，若是原形，撒娇就没有那么容易影响师父了，而且师父打坐的时候她还可以安安静静地趴他膝盖上，到时候偷偷摸摸蹭他，也挺开心的。

只是云母自己想得乐，真将理由说给师父听她还是有点害羞的。于是云母想了想，便说："我觉得我好久没有当狐狸了，最近事情比较多，还是用原形跑来跑去方便……这样不好吗？"

云母自知理由很牵强，怕白及不信，便担心地看着他。

然而白及虽是一怔，但反应过来便淡淡地嗯了一下，也没有太大的反应。

他既然爱她，便是整个她都爱的。云母化人时自是亲热起来方便，但她当着狐狸也颇为可爱，即便没法亲密，抱在怀里也足以令人安心了。再说原先他只能摸摸脑袋，但如今云儿已是他的未婚妻，变作狐狸时，想来也可随意些……

于是白及便道："随你喜欢就是。"

云母感动地嗷呜唤了声，只觉得师父对她果真宽容，便高高兴兴给他抱着。看师父没准备休息打坐，还帮她顺毛时，云母也配合地打了个滚，软乎乎地埋进了师父的衣襟里……

不过几日后，她就不得不变了回来。

倒不是云母不喜欢被师父揉毛，只是这几天的经历让她逐渐意识到了一件很重要的事。

如果她当人，嘴唇被亲破了事小，毕竟好好养一阵子就会长回来的，但如果她继续当狐狸……

可能就要被摸秃了。

云母的内心有些惊慌，然而这个时候就算担心"秃了还要不要嫁给师父"这种问题也已来不及，因为她的婚服已经做好了。

纺织星仙女让他们去取婚服这日，天朗气清，惠风和畅。

其中一位仙子当着云母的面开了两个盒子，里头男子与女子的礼服分明是一对的。纺织仙子笑道："我与六位姐妹都不承想有朝一日会替白及仙君做婚服，之前着实吓了一跳呢。"

纺织星仙宫里到底都是女眷，她们先引了云母进内屋看衣服。因为云母仙龄不大，又是看着颇为乖巧的女孩子，她们说话便随意些。云母闻言，亦腼腆地朝她们一笑。

纺织星仙子的手艺自是好的，婚服又是采晴天的朝云织的，看起来极为飘逸美幻。神仙清灵静雅，不喜俗物，便不似凡人那般有货币，若有什么缺的，仍是找其他仙宫或换或取，经常也会有仙宫种的养的东西多了便主动赠出去。只是纺织星仙子的织物数量太少，却不大可能让她们赠，平日里便是换取也是难换，云母不大晓得师父是如何请动的仙子，但她大约能猜到定是她之前夸师姐的衣服夸多了，师父才以为她是想要漂亮的婚服。

她本意其实并非如此，可是师父愿意为她费心，云母又怎么可能会不高兴？她感动地将婚服收了，随纺织星仙子出了主殿，便看见在此等候的师父正坐着喝茶。

他看她出来，便问道："你可觉得喜欢？"

云母用力点了点头，白及一顿，嘴角不禁也弯了些许。

……

婚服领来之后便是婚礼，他们二人有意要低调些，便不设大宴，只简单地邀请了些宾客。说是宾客，其实人也不多，无非云母的亲人、旭照宫的弟子还有与白及熟识的老仙。

这一日，饶是先前在凡间已经急匆匆地拜过一次天地了，云母仍是紧张得很。白玉和赤霞师姐一早便来替云母梳妆，赤霞见她慌成这样，便笑道："别怕，只是拜个天地，很快的。再说你们今日请的客人也不多，都是熟人，没人会笑你的。"

然而赤霞这番话的作用却不是很大，云母不安地抓了赤霞的手腕，忍不住问道："可是我同师父以前是师徒，今日拜完天地……大道会不会不愿认可？"

到了最后关头，云母着实忍不住乱想。赤霞下意识地想说"不会"，但不知怎么的话到嘴边又卡了壳……不过好在白玉一边取了支步摇替云母簪上，一边淡淡地答了句"不会"。

白玉道："它连仙凡都不管，想来师徒也是不会管的。天规本是神仙定的，但大道即是自然，顺应而为即是常理……它又何必拦你们？"

云母本是忐忑得很，听娘这么说，便慢慢安心下来。这时她衣服妆容也好了，白玉将她推到镜前，借着镜子看她，忽而抬袖擦了擦泪，继而又展颜一笑，道："走吧。"

即便请的宾客不多，到底是大婚之日，旭照宫里里外外都装饰过了，连童子都换了身得体喜气的衣服、扎了头发，欢欢喜喜地等着迎云母去正殿。白及已在门口等她，见云母穿着一身朝霞织的云衣婚裳出来，不禁怔了一下。

他自是知道云儿穿什么都会好看，可她美到如此，竟是让人连呼吸都不稳了。白及的嘴角不自觉地微微扬了几分，连他自己都未觉察，心跳亦带着难以形容的激动咚咚咚地跳动着。他伸手执了云母，将她拉到身边，然后下意识地就将她护入怀中。

云母从白玉那里被换到师父手中，清亮的眸子一闪一闪的。她含羞不敢看师父的脸，最后只好盯着他的双襟，任他拉着走。白玉和赤霞在旁边跟着，早晨在那里陪师父着手准备的观云，这会儿便也同她们汇合了。一路上，观云师兄和赤霞师姐似是说了几句符合气氛的打趣的话，只是云母紧张得脑袋里一片空白，竟是一句都没听见，等回过神来，她已同师父站在正殿之外。

他们未邀太多宾客，该来的人都提前一日来了，因此他们省了迎宾的环节，到了正殿便是吉时。云母双手冰冷，好在师父握她握得极紧，便有暖意传来。两人并肩而立，师父见她脚软，还体贴地稍稍扶了她一把。云母绷直了身子跪下，感觉到师父就在她身边与她同伏同起，心脏却比平日跳得要快。她同师父一并伏身而跪，东拜天地自然。

白及声音清朗，语调平缓地禀道："散仙白及今日欲与仙子云母结发，此后同心共命，永不相负。"

云母连忙跟着念道："同心共命，永不相负。"

拜完天地后，白及扶了云母起身。云母又转回殿中去拜玄明神君和白玉，待拜完父母，她回过头，才瞧见白及静立在一旁等她。云母一愣，急忙跑回师父身边，自然地牵了他的手。但刚拉好师父，她旋即又回过神来，赶紧往殿外看去。等见到天边光华落下，五色祥云升起一片，云母才终于心里一松，不禁侧头挨着师父的肩膀，高兴地唤道："师父。"

云母晓得那是得了天道的认同，雀跃不已，连声音里都带着丝丝的甜意。

白及虽不及云母担心，但情绪终究是激动的。他被她这一声唤得心都软了，只是碍于周围到底有宾客在场，不好直接抱了吻她，只得先按捺着。白及缓缓抬手摸了摸云母的头，摸得极轻，却柔情得很。

因他们不准备大宴宾客，婚宴持续的时间不长，黄昏时分便送走了客人。宾客走后，便又只剩下白及和云母两人。

两人回了内室之中。尽管旭照宫里清静早已不是一日两日，但今晚只剩她与师父时，云母却为周围的静谧感到些许不安。

不知是不是这日为婚礼准备的布置将气氛引得不同了，窗外映进屋内的淡淡的红光，还有屋内晃动着的红烛的光火，都仿佛带着暧昧之感。

在这带着深意的灯火之中，云母小心翼翼地拿着师父取下给她的头发，又小心翼翼地取了自己的，将它们极为郑重地结为一缕，然后谨慎地放入早已准备好的精巧小盒中。白及将她搂了护在怀里，看云母仔仔细细地将盒子收好了，便低头吻了她一下，问道："云儿，你可想出去赏月？"

今晚是何等氛围、何等状况，云母心里自然是清楚的，紧张得不知如何是好，便随着师父行事，师父想做什么她跟着就是。不过她刚点了头，就又有些疑惑地指了指旁边还摆着的杯子和瓷壶，问："可是交杯酒还没喝呀？"

"出去喝。"

白及应道，随即又捧着云母的脸在她唇上轻啄一下，这才准备把她抱出去。云母身子一晃，心里便慌了，连忙红着脸说"我自己走我自己走"，然后她赶紧从白及腿上下来，眼疾手快地拿了酒壶和杯子，抢在师父之前往外跑。白及一愣，便起身跟了上去。

这晚月色宁静，皎白的月光一路沿着银河洒向天地间，像是营造出了一道天路。

云母与师父坐在院中换着喝了交杯酒。说是赏月，但今晚她焦虑至此，哪里真的看得了月亮，便禁不住又给自己喂了两杯酒壮胆。事实上白及亦是如此。待两人将酒杯放下，白及便抱了她在怀中亲吻，从额头到锁骨。他捉了她的手抵在自己胸口，身子前倾，又压着她，距离极近。他慢吞吞地吻了云母耳垂、脖子、下巴，又在嘴唇上流连许久。他熟悉云母的反应，自是晓得她喜欢被碰哪里、被亲哪里又会害羞。云母被吻得有点招架不住，因温柔太过，反倒难耐。她有时也会试着去吻师父，但又惴惴地觉得自己做得不好，因此主动了反倒是退缩。

不过其实白及倒是喜欢的，只是她亲一半就跑，难免得再追过去将吻索全了，于是厮磨得反而比寻常更久。大约是仙酒比凡酒要烈，他只抿了一口，但云母却是一口喝空了，且之后还喝过两杯，故白及这会儿便能嗅到她身上淡淡的仙酒香味，也晓得她大概是有点醉了。云母睡眼蒙眬，已经揉了好几回眼睛。

白及自己不沾酒，云母平时也不沾，所以他知道她今晚是紧张。他拿手捧了她的脸，轻轻地摩挲她脸上娇嫩的皮肤，心里觉得小狐狸的醉态也憨娇可掬，便又低头不轻不重地咬她的脸，咬了一口又亲了两下。听她迷迷糊糊地轻轻喊着"师父""师父"，白及忽而一顿，想起她礼成之后仍是一直这样喊，只是他这会儿又硬不下心肠来教她，想了想，便道："云儿，我们已是夫妻，你可唤我唤得亲近些。"

偏生一般情况下比较怂的狐狸，喝了酒以后胆子就肥了起来，云母这会儿就浑身都是胆。她听师父这么说，稍稍一想，便亲亲热热地将脸埋进他颈窝里，勾紧他蹭了蹭，甜蜜地唤道："及哥哥。"

白及："……"

云母胆子比较大的时候的确是会偷偷喊他名字的，只是通常喊完就缩了，今日倒有些不同寻常。尽管与白及设想的略有几分不同，但仔细想想似乎又没差，于是索性便应了她。且云母主动凑得那么近，他便低头顺着她彼此亲密一番。待亲热完，白及嗓音已有些低哑。他凑近她耳边，道："云儿，你可准备好了？"

云母虽然喝了酒，反应有点慢，胆子有点肥，脑子有点迷迷糊糊的，但到底绷紧了精神，意识还是有些的，听到这里，瞬间清醒不少。她赤着脸，突然觉得身体一轻，已被师父抱了起来，然后便从院中到了屋内，继而又被放到了床上。云母脸涨得通红，浑身上下无处不慌张。

云母一方面一直为她上回跑掉的事愧疚得很，另一方面也记得娘对她说过的那番夫妻本应互相保护帮助的话。师父长久以来护她许多、包容她许多，且最近也都是师父为她打算。如此想来，她似乎也不该总是被动地让师父推着。她也许……也许应当主动点。

这么一想着，白及就瞧见云母忽然身子一溜从床底下掏出一小坛酒来，不由意外地道："这是哪儿来的？"

云母回答道："是爹送的。"

玄明神君在竹林里酿的酒，日子久，比寻常的酒要来得烈些，是前段时间作为新婚礼物给的。云母自己也晓得自己怂，琢磨着说不定什么时候能用上，就匀了一点出来，专门搁在床底下藏着。

云母这时已羞得不敢看人，开了酒坛喝了一口，然后重新将小酒坛封好，放回床底下，这才朝师父张了双臂，努力道："师……师父……"

白及喉咙发紧，也说不上是什么心情，便上前抱她。谁知他刚一抱住，云母却上前一扑，跌在他身上。然后未等白及反应，她已赤着脸紧张地爬了上来，小心翼翼地坐在他的腰上，不知所措地开始解他腰带，结果手颤得厉害，解不开不说反倒扯得更紧了。云母心里丧气得很，只好转变策略慢腾腾地解自己的腰带……

然后白及就眼睁睁地看着她将自己的腰带解开，接着大概是自己也不知道自己在干什么了，她一转头又打了个更复杂的结，结果半天解不开，又羞又急，委屈地一直眨眼睛，脸也红透了。

好在白及本也没对喝醉的狐狸抱很高的期望，见她如此，有些无奈。他轻叹一口气，领了云母的心意，反身将她压回身下，道："还是我来吧。"

云母眨了眨眼，愣愣地看着师父。

白及一顿，俯身在她额上吻了一下，将一缕仙意从她眉心红印注入，同时用了术让她暂时变不回狐狸。仙意一入体，云母身子顿时就软了，脑子还迷糊着，却忍不住感到不安。

见仙意起了反应，白及唇角不觉弯了一下。

他轻声哄她道："乖。"

随后他慢慢低头，缓缓吻了下去……

第二日醒来已是天亮，白及睁开眼睛，便感到怀里还窝着一个热乎乎的小姑娘。她靠在他手臂上，脑袋猫在胸口，白及双手紧紧地环着她，像揣着个宝贝似的。感觉到白及动了，云母也跟着动了动，好像还起不来，很费劲地扭了扭身子，无意识地呜呜嗯嗯地挣扎了好一会儿，将醒未醒。勉强睁开眼睛后，她又迷迷糊糊地挪上来，睡眼惺忪地抱着白及的脖子在他嘴唇上吻了一下，这才揉着眼睛唤道："师父……"

白及被她这一吻都快亲化了，当即便捧了她的脸，温柔地嗯了一下，继而唤道："云儿……"

他口中唤着，吻也接着应声落下，支起身子将她压回身下，抓着她的手摁在床榻上，缠绵地吻了许久，凑过去与她耳鬓厮磨。云母睡了一觉也还没什么力气，自然乖乖地应了，软绵绵地顺着他。

于是再起已是许久之后。

白及将她扶起，让她在自己怀中坐好，然后一件一件地替她穿衣。云母到底是头一回和师父如此亲密，身体终归还有些不适，不好意思得紧，不大敢看师父。小衣、里衣、外衫……再系上束带……云母能感到师父的手指擦过她的皮肤，羞涩得很。他低头替她结了里衣胸前的系带，套上外衣后又替她整理腰带。云母全程低着头，暗自懊恼自己不该赖那么一会儿床，让师父先把衣服穿好了，她现在总不能把师父的腰带拽开了再给他系上。

于是等衣服理好了，她便脸红地匆匆要下地，白及见她光着脚要去碰地面，眉头一皱，又一把将她捞回来，抓着她的脚摸了摸，果真是凉的，便给她用术暖暖。

云母被师父握了脚，觉得羞涩得很，无论是感觉还是姿势都让她羞得想挠墙，但缩了缩又缩不回来，索性便放弃了，乖巧地蜷回他怀中，又叫了声"师父"。但想了想又不知道该说什么，她似乎只是想喊喊他，光是抱着他她就觉得高兴，想永远这么抱着。

白及听她这么喊，却轻蹙了一下眉，低头吻她脸、咬她嘴唇，低声道："你不该唤我夫君？"

云母一愣，脸顿时又烫了许多。师父已问过她几回了，但不是情况不大对劲，便是她还醉着，至今还未好好叫过。她那条这会儿没放出来的尾巴不安地晃了晃，咬着唇生涩地喊道："夫君……"

说完，她便向前一倾抱住白及，双手勾着他的脖子，整个人挂他身上好叫他看不见脸，尾巴也真按捺不住放出来摇了。

"夫人。"

白及听她那般喊已是心头滚热，谁知转眼就被云母抱住。他看着她摇得飞快的尾巴怔了片刻，抬手环住她柔软的身子，浅笑着在她耳边唤道。

云母听得发愣，眨了许多下眼睛，后退几分见白及笑，登时便不好意思再看，又抱着师父把自己埋了回去。

这一日要收拾的东西颇多。云母下了床跑去沐了浴，又噌噌噌地跑回来整理杂物。其实她房间里必要的东西早就搬到师父那里去了，只是还剩些小玩意儿，今日索性将整个院子正式清空，剩下的东西一股脑儿搬回师父的院落。

白及本是想帮忙的，谁知云母动作太快，等他收拾了宴厅回来，云母已经将本来的院子搬空了。他回到院落时，正见他昨晚刚娶的新娘蹦蹦跳跳地满院子屋内屋外地跑，一边放东西一边还欢快地哼着调子，看着身体已没什么异样，没了赖床时的懒散，上午嘤嘤啜泣时留下的泪痕也早不见了。白及走进屋内，一把将她从后面抱起来，放在手里掂了掂，沉声问："不累？"

云母本来突然被抱住便惊呼了一声，但感觉到是师父就安了心。

她道："我快整理好啦！"

说着，她便退开一点让白及看。云母搬来的东西其实不多，因此房间里变化也不是很大，但白及一望，果真还是瞧见屋里多了几个小箱子，都被整整齐齐地放在一侧。

看起来更像是两个人住的了。

白及说不清内心是何感受，但终究是觉得高兴的。他从背后揽了云母的腰，往她颈子里吻了吻，弄得云母发痒得笑着直躲。

……

他们着实已称得上低调，只是纸终究包不住火。不久之后，白及仙君成婚的消息仍是传遍了三十六重天上上下下。

其实传出去也不算让人意外，他们虽然不太铺张，但也没有意隐瞒。只是白及清冷高傲、仙中之仙的名号响亮，且他又的确是千年万年来不曾沾染世俗情爱，毫无征兆地突然成了亲，着实将天界的神仙们都吓了一跳，难免议论纷纷。

于是一段时间后，便有人听说了白及娶的果真是刚回天的玄明神君当年许下的女儿，虽不知是玄明有意撮合的，还是一桩偶然因果，但总引得人们啧啧感叹。

　　结果晓得玄明神君之女一事的人多了，清楚白及与云母本是师徒的人反倒极少，也不知他们算不算是因祸得福。

　　不过，终究还是有人晓得的。

　　云母和白及在旭照宫里神仙眷侣逍遥了一阵子后，有一日忽然收到了天帝命天官送来的帖子，这回的名头，乃是时节到了，邀群仙共赏天宫里养出来的百年一开花的仙牡丹。

　　天庭为了广结众仙，平日里聚会的名头颇多，其中最有名最重要的自然莫过于群仙之宴，而平日里这些风雅的花会茶会，便可来得随意些。若是往日，白及自是不会在意这些邀请，但这是他与云儿成亲后的头一桩邀请，就与寻常不同了些……况且，现在天帝也不只是天帝，而是云儿的伯父了。

　　白及想了想，便将请帖递给云母，问道："云儿，你可想去？"

　　云母将请帖接过，拿不准主意地放在手里翻了翻。其实之前她与师父成亲的时候，也试探着给天帝发了请帖，并且天帝也真的赏光来了，所以这会儿天帝的邀请，云母自是不好意思拒绝的。

　　她靠在白及肩上蹭了蹭，道："去吧。上回伯父来了我们婚礼，这回换他邀请我们，若是不去，我担心他会失望。"

　　云母说得在理，更何况又撒了娇。白及一顿，将她揽入怀中，应了声："好"。

　　于是转眼就到了花宴这日。

　　天帝定下的游园日天气自然是好的，连浮在天空中的仙云都比往日飘逸轻柔。白及仙君成婚在仙界也着实是件轰动的事，因此云母跟着师父递请帖进天宫时，便已感觉到守卫的天兵好奇地落在她身上的目光。等她拉着师父的手踏进仙牡丹开遍的天宫花园，更是刹那间就察觉到许多道视线朝她探来。云母原忍不住想要往白及身后躲，可转念一想又觉得自己不能总依靠师父，于是挺了挺胸勉强克制住了情绪。倒是白及抬袖一揽，不动声色地将她稳稳护住，目光不移，方才入了人群之中。

　　原本正互相喧嚷着赏花的仙人们，在白及仙君带着一个小姑娘现身时便为之一静，花园里短暂地沉默了片刻，才有与白及相熟的神仙与他打招呼，不熟的则频频往此处看来。白及仙君气质清逸自不必说，不过纵使离得远，他们也能瞧见白及身边站着个着浅色衣衫的仙子，轮廓虽隐隐约约，却是灵秀逼人，看着清丽得很。

即便无人介绍，赏花会上的仙人们也能猜到这定是白及仙君前些日子娶的夫人，也是玄明神君与凡人生的女儿，便纷纷侧目多瞧了好几眼。然后，他们便瞧见白及仙君与她一道朝赏花会的主人走去。

天帝虽是东道主，但也是赏花者中的一人。而玄明神君难得出了竹林，带了妻子也来赏花，看到云母和白及并肩而来，他便笑着朝她招了招手，唤道："乖女，过来。"

云母看到爹娘，还有同站在不远处的哥哥，心中高兴，赶紧拉着师父上前，等到他们跟前，便喊人道："爹！娘！哥哥！"

玄明看云母过来极是愉快，抬手就要摸女儿脑袋，云母还牵着师父没放手，也乖乖给玄明摸了两下。石英亦与她打了招呼，白玉则站在一旁，温和地看着他们父女互动，等云母抬起眸来望她，她便也回望过去。

白玉问道："你成亲也有一阵子了，如今可已适应了？"

到底是母女，云母看见白玉，是想化成狐狸到她怀里滚滚的，最好娘也能化狐狸，像幼时那样替她顺顺毛。不过此时是天帝的花宴，却不可如此造次。云母脸上微微泛了红，点头道："适应了。"

其实她一直是和师父住的，本无所谓什么适应不适应，只是他们之间的关系从师徒转成了夫妻，然后睡的地方又从两个院子变成了同一张床，若说是夫妻关系……起先是有不习惯的地方，但她喜欢师父，师父亦爱她甚多，时间久了，自然还是现在这般甜蜜。

白玉看着女儿这般神采奕奕的模样，便心安了不少。她想了想，又叮嘱道："即便成了婚，日后也勿忘了修炼。成仙归成仙，以后的日子还长，可学的东西也还多得很。"

云母自是认真地点头应下。

这时，玄明笑道："今日何必管修炼的事？难得家人团聚，不妨聊聊别的。"

对此白玉当然也没意见，云母闻言却不禁一愣，看了眼周围，这才发觉今日人当真是齐全得很。除了她的家人外，几位师兄师姐也都到齐了，单阳师兄虽还在凡间未归，可前些日子总算也送了平安信回来，而观云与赤霞刚才瞧见他们，还远远地打了个招呼。

云母心中有感，看着眼前欢腾喧闹、一片平静祥和的天界之景，已觉得十分圆满。

等她与师父再一同回到旭照宫，已是数日之后。

这天，云母抱着兔子坐在莲池边看莲花。天帝养的仙牡丹自然好看，但再如何好看，云母还是更喜欢师父为她种的这一池子仙莲花。她坐在莲池边望着它们出神，忽然，便感到有人扯了扯她的袖子，云母一低头，这才发现是童子。

童子这几日总在她跟前打转，但云母想问他有什么事时，他又总红着脸跑了，弄得云母迷茫得很。今日他又来，深呼吸一口，犹豫良久，才开口："小师……嗯……师……师母？"

云母被这个称呼弄得顿时耳根发烫，脑子里想起了师父，赶紧努力回过神，可脸上的热度却又退不下来。她见童子也是满脸不自在的样子，忙道："你若不习惯，按照原来唤我便是。"

得云母此言，童子立刻大大松了口气，按原来喊道："小师姐。"

不过言毕，童子的脸上又显出愁眉苦脸之色来。

云母等了一会儿，终是忍不住，主动问道："你怎么了？最近可是出了什么事？"

童子憋红了脸，咬了咬牙，才说："师姐我……我……"

他狠了狠心，这才吐出两个字道："孤单。"

云母一愣。

童子这一边终于将话说出了口，似乎释然了，索性委屈地道："师父点化我也有四十多年了，我自是喜欢旭照宫，也喜欢我旭照宫门中之人。只是大师兄出师之后，四师兄下凡也没有再回来，二师兄和三师姐也跟着学成离宫了……虽说还有小师姐你和师父，但你如今已与师父结成道侣，我自是为你们二人高兴，可有时又不便过多打扰……"

云母听他说到这里，已是对童子羞愧万分，忙要道歉，但道歉的话才刚刚说出口，已被童子拼命摇手制止。他急忙道："不不不，不是，小师姐，我不是因此而抱怨。只是……只是……"

童子脸一红，扭捏道："我听说别的仙宫中，大多都是童男童女一对的，但师父当年却只点化了我一人。我不敢去问师父，所以我想问问小师姐，能不能再点一人出来陪我？我会好好当师兄照顾她的。"

云母一怔，问道："我也能点吗？"

童子一听，眼睛立即亮了起来，点头道："小师姐也是仙人，当然是能的！"

云母听了，也有几分新奇，且她对童子有愧，便动了心。不过她到底不好完全不和师父说就自己点一个童女出来，于是考虑一番后，就跑去找了师父。

白及听她说完，略吃惊了一瞬，但应道："可以。"

535

云母当即一喜。

白及看着她闪闪发亮的眼睛，一怔，便觉得云母坐在他对面看着蛮奇怪的，抬手将她一揽，抱在怀里揣好，让她坐腿上，这才觉得舒坦。云母也没觉得哪里不对，自己挪了挪位置，觉得舒服了，便疑惑地歪头问："可是该如何做？"

白及一顿，想起云母由于成仙后事情颇多，这一样他还没有教过她，想了想，道："点化不可凭空而为……你想点化什么？"

云母倒是未曾想过这个，听到师父这么说，思索了片刻，然后征得白及同意后，她便牵着师父一道离开内室，回到庭院的莲池边。云母俯下身，跪在池边小心翼翼地取了一朵离岸较近的红莲。

童子紧张地拽着云母衣角，踮起脚看她取莲花，眼中流露出丝丝的期待之情。

睡莲被取来了，云母认真地捧着，又看向师父。白及抿了抿唇，便耐心地指点她，云母将睡莲放在地上，然后按照白及所言一一照做，不久那朵红莲便晃出些光亮，一个身着红衣、头系红带的五六岁小姑娘便显身出来。小姑娘看了看自己的手，懵懂地眨了眨眼，过了一会儿就明白了眼前的状况，当即慌张地跪下，极是恭敬地对云母叩首一拜，脆生生地喊道："见过仙子！谢仙子点化之恩！"

童子见童女化形出来已是高兴，他连忙上前拉了她的手介绍道："不要怕，这位是我师父，那位点化你的仙子是你师父，我们师父本是同门，所以我也算是你师……"

童子本想说"我也算是你师兄"，但他仔细算了算才发觉不对，忙改了口道："我也算是你师叔，你跟我来，日后我会照顾你的。"

童女脑袋还蒙着，这时有人主动站出来要教她，自然感动不已。只是眼看着童子要将她带走，她却又不舍点化她的仙子，不时往云母那里看。云母一愣，忙回过神来给她起了名字，童女念了几遍自己的名字，觉得喜欢，心里高兴了，于是又恭恭敬敬地对云母行了一遍大礼，这才随童子离去。

云母看着童子拉着童女的手走远，忽然身子一歪，咚的一下撞进白及怀里，动了动，喊道："师父……"

她脸颊上还有红晕未消，是因童子那句"师叔"让她想起了辈分问题，看着师父忽然害羞起来，又忽然想冲他撒撒娇，便蹭了过去。

白及抬袖将她抱住，任凭云母放出了自己的狐狸耳朵在他下巴上晃着蹭来蹭去。他伸手扣住她的脸，低下头在她唇上吻了一下，吻完似是觉得还不够，就又吻了回去。云母仰头应着，转过身，勾住了白及的脖子。

于是又是好一阵亲热。

待亲热完，云母直接依偎着师父坐着。两人面向莲池，她望着随水而动的睡莲，想起先前被童子领走的童女，忽然觉得旭照宫里的确是变了不少，她也变了不少，便有些恍惚。

不过她转念又想，她已与师父成了亲，纵使人来人往，她与师父总还是永远在一起的。

如此一想，云母便又忍不住将头埋在白及胸口，用力地蹭了两下。

白及一愣，不知她为何突然这般，顿了下，却还是将她抱住，任由她蹭着。忽然，他视线微移，不知不觉将目光投向了水中的倒影。

在朦胧的水光中，两人于一池浮莲中相拥而坐，春来秋去，朝朝暮暮。